古典
小说
大字本

冯梦龙
编
◎
黄钧
校注

东周列国志 中

人民文学出版社

第三十七回

介子推守志焚绵上　太叔带怙宠入宫中

话说晋文公在王城，诛了吕省、郤芮，向秦穆公再拜称谢。因以亲迎夫人之礼，请逆怀嬴归国。穆公曰："弱女已失身子圉，恐不敢辱君之宗庙，得备嫔嫱[1]之数足矣。"文公曰："秦晋世好，非此不足以主宗祀。舅其勿辞！且重耳之出，国人莫知，今以大婚为名，不亦美乎？"穆公大喜，乃邀文公复至雍都，盛饰辎軿[2]，以怀嬴等五人归之。又亲送其女，至于河上，以精兵三千护送，谓之"纪纲之仆"。今人称管家为纪纲，盖始于此。文公同怀嬴等济河，赵衰诸臣，早备法驾于河口，迎接夫妇升车。百官扈从，旌旗蔽日，鼓乐喧天，好不闹热！昔时宫中夜遁，如入土之龟，缩头缩尾；今番河上荣归，如出冈之凤，双宿双飞。正所谓彼一时，此一时也。文公至绛，国人无不额手称庆。百官朝贺，自不必说。遂立怀嬴为夫人。

当初晋献公嫁女伯姬之时，使郭偃卜卦，其繇云："世作甥舅，三定我君。"伯姬为秦穆公夫人，穆公女怀嬴，又为晋文公夫人，岂不是"世作甥舅"？穆公先送夷吾归国，又送重耳归国，今日文公避难而出，又亏穆公诱诛吕、郤，重整山河，岂不是"三定我君"？

第三十七回

又穆公曾梦宝夫人,引之游于天阙,谒见上帝,遥闻殿上呼穆公之名曰:"任好听旨,汝平晋乱!"如是者再。穆公先平里克之乱,复平吕、郤之乱,一筮一梦,无不应验。诗云:

万物荣枯皆有定,浮生碌碌空奔忙。
笑彼愚人不安命,强觅冬雷和夏霜。

文公追恨吕、郤二人,欲尽诛其党。赵衰谏曰:"惠、怀以严刻失人心,君宜更之以宽。"文公从其言,乃颁行大赦。吕、郤之党甚众,虽见赦文,犹不自安,讹言日起,文公心以为忧。忽一日侵晨,小吏头须叩宫门求见。文公方解发而沐,闻之怒曰:"此人窃吾库藏[3],致寡人行资缺乏,乞食曹、卫。今日尚何见为?"阍人如命辞之。头须曰:"主公得无方沐乎?"阍者惊曰:"汝何以知之?"头须曰:"夫沐者,俯首曲躬,其心必覆。心覆则出言颠倒,宜我之求见而不得也。且主公能容勃鞮,得免吕、郤之难;今独不能容头须耶?头须此来,有安晋国之策。君必拒之,头须从此逃矣。"阍人遽以其言告于文公,文公曰:"是吾过也!"亟索冠带装束,召头须入见。头须叩头请罪讫,然后言曰:"主公知吕、郤之党几何?"文公蹙眉而言曰:"众甚。"头须奏曰:"此辈自知罪重,虽奉赦犹在怀疑,主公当思所以安之。"文公曰:"安之何策?"头须奏曰:"臣窃主公之财,使主公饥饿。臣之获罪,国人尽知。若主公出游而用臣为御,使举国之人,闻且见之,皆知主公之不念旧恶,而群疑尽释矣。"文公曰:"善。"乃托言巡城,用头须为御。吕、郤之党见之,皆私语曰:"头须窃君之藏,今且仍旧录用,况他人乎?"自是讹言顿息。文公仍用头须掌库藏之事。因有恁般容人之量,所以能安定晋国。

介子推守志焚绵上　太叔带怙宠入宫中

文公先为公子时，已娶过二妻。初娶徐嬴早卒。再娶偪姞，生一子一女，子名骓，女曰伯姬。偪姞亦薨于蒲城。文公出亡时，子女俱幼，弃之于蒲。亦是头须收留，寄养于蒲民遂氏之家，岁给粟帛无缺。一日，乘间言于文公。文公大惊曰："寡人以为死于兵刃久矣，今犹在乎？何不早言？"头须奏曰："臣闻母以子贵，子以母贵。君周游列国，所至送女，生育已繁。公子虽在，未卜君意何如？是以不敢遽白耳。"文公曰："汝如不言，寡人几负不慈之名！"即命头须往蒲，厚赐遂氏，迎其子女以归，使怀嬴母之。遂立骓为太子，以伯姬赐与赵衰为妻，谓之赵姬。

翟君闻晋侯嗣位，遣使称贺，送季隗归晋。文公问季隗之年，对曰："别来八载，今三十有二矣。"文公戏曰："犹幸不及二十五年也。"齐孝公亦遣使送姜氏于晋，晋侯谢其玉成之美。姜氏曰："妾非不贪夫妇之乐，所以劝驾者，正为今日耳。"文公将齐、翟二姬平昔贤德，述于怀嬴。怀嬴称赞不已，固请让夫人之位于二姬。于是更定宫中之位，立齐女为夫人，翟女次之，怀嬴又次之。

赵姬闻季隗之归，亦劝其夫赵衰，迎接叔隗母子。衰辞曰："蒙主公赐婚，不敢复念翟女也！"赵姬曰："此世俗薄德之语，非妾所愿闻也。妾虽贵，然叔隗先配，且有子矣，岂可怜新而弃旧乎？"赵衰口虽唯唯，意犹未决。赵姬乃入宫奏于文公曰："妾夫不迎叔隗，欲以不贤之名遗妾，望父侯作主！"文公乃使人至翟，迎叔隗母子以归。赵姬以内子之位让翟女，赵衰又不可。赵姬曰："彼长而妾幼，彼先而妾后，长幼先后之序，不可乱也。且闻子盾，齿已长矣，而又有才，自当立为嫡子。妾居偏房，理所当然。若必不从，妾惟有退居宫中耳！"衰不得已，以姬言奏于文公。文公曰："吾女能

第三十七回

推让如此,虽周太妊[4]莫能过也!"遂宣叔隗母子入朝,立叔隗为内子,立盾为嫡子。叔隗亦固辞,文公喻以赵姬之意,乃拜受谢恩而出。盾时年十七岁,生得气宇轩昂,举动有则,通诗书,精射御,赵衰甚爱之。后赵姬生三子,曰同,曰括,曰婴,其才皆不及盾。此是后话。史官叙赵姬之贤德,赞云:

阴性好闭[5],不嫉则妒。惑夫逞骄,篡嫡敢怒。褒进申绌[6],服欢曰怖[7]。理显势穷,误人自误。贵而自贱,高而自卑。同括下盾[8],隗压于姬[9]。谦谦令德,君子所师。文公之女,成季[10]之妻。

再说晋文公欲行复国之赏,乃大会群臣,分为三等:以从亡为首功,送款者次之,迎降者又次之。三等之中,又各别其劳之轻重,而上下其赏。第一等从亡中,以赵衰、狐偃为最;其他狐毛、胥臣、魏犨、狐射姑、先轸、颠颉,以次而叙。第二等送款者,以栾枝、郤溱为最;其他士会、舟之侨、孙伯纠、祁瞒等,以次而叙。第三等迎降者,郤步扬、韩简为最;其他梁繇靡、家仆徒、郤乞、先蔑、屠击等,以次而叙。无采地者赐地,有采地者益封。别以白璧五双赐狐偃曰:"向者投璧于河,以此为报。"又念狐突冤死,立庙于晋阳[11]之马鞍山,后人因名其山曰狐突山。又出诏令于国门:"倘有遗下功劳未叙者,许其自言。"小臣壶叔进曰:"臣自蒲城相从主公,奔走四方,足踵俱裂。居则侍寝食,出则戒车马,未尝顷刻离左右也。今主公行从亡之赏,而不及于臣,意者臣有罪乎?"文公曰:"汝来前,寡人为汝明之。夫导我以仁义,使我肺腑开通者,此受上赏;辅我以谋议,使我不辱诸侯者,此受次赏;冒矢石,犯锋镝[12],以身卫寡人者，此复受次赏。故上赏赏德，其次赏才，又其次赏功。若夫奔走之劳，匹夫之力，又在其次。三赏之后，行且及汝矣。"壶叔愧服而退。文公乃大出金帛，遍赏舆儓[13]仆隶之辈，受赏者无不感悦。惟魏犨、颠颉二人，自恃才勇，见赵衰、狐偃都是文臣，以辞令为事，其赏却在己上，心中不悦，口内稍有怨言。文公念其功劳，全不计较。

又有介子推，原是从亡人数，他为人狷介无比。因济河之时，见狐偃有居功之语，心怀鄙薄，耻居其列。自随班朝贺一次以后，托病居家，甘守清贫，躬自织屦，以侍奉其老母。晋侯大会群臣，论功行赏，不见子推，偶尔忘怀，竟置不问了。邻人解张，见子推无赏，心怀不平。又见国门之上，悬有诏令："倘有遗下功劳未叙，许其自言。"特地叩子推之门，报此消息。子推笑而不答。老母在厨下闻之，谓子推曰："汝效劳十九年，且曾割股救君，劳苦不小。今日何不自言？亦可冀数钟之粟米，共朝夕之饔飧，岂不胜于织屦乎？"子推对曰："献公之子九人，惟主公最贤。惠、怀不德，天夺其助，以国属于主公。诸臣不知天意，争据其功，吾方耻之！吾宁终身织屦，不敢贪天之功以为己力也！"老母曰："汝虽不求禄，亦宜入朝一见，庶不没汝割股之劳。"子推曰："孩儿既无求于君，何以见为？"老母曰："汝能为廉士，吾岂不能为廉士之母？吾母子当隐于深山，毋溷于市井中也。"子推大喜曰："孩儿素爱绵上[14]，高山深谷，今当归此。"乃负其母奔绵上，结庐于深谷之中，草衣木食，将终其身焉。邻舍无知其去迹者。惟解张知之，乃作书夜悬于朝门。文公设朝，近臣收得此书，献于文公。文公读之，其词曰：

有龙矫矫，悲失其所。数蛇从之，周流天下。龙饥乏食，

第 三 十 七 回

　　一蛇割股。龙返于渊,安其壤土。数蛇入穴,皆有宁宇。一蛇
　　无穴,号于中野!

文公览毕,大惊曰:"此介子推之怨词也!昔寡人过卫乏食,子推割股以进。今寡人大赏功臣,而独遗子推,寡人之过何辞?"即使人往召子推,子推已不在矣。文公拘其邻舍,诘问子推去处:"有能言者,寡人并官之。"解张进曰:"此书亦非子推之书,乃小人所代也。子推耻于求赏,负其母隐于绵上深谷之中。小人恐其功劳泯没,是以悬书代为白之。"文公曰:"若非汝悬书,寡人几忘子推之功矣!"遂拜解张为下大夫,即日驾车,用解张为前导,亲往绵山,访求子推。只见峰峦叠叠,草树萋萋,流水潺潺,行云片片,林鸟群噪,山谷应声,竟不得子推踪迹。正是:"只在此山中,云深不知处。"

左右拘得农夫数人到来,文公亲自问之。农夫曰:"数日前,曾有人见一汉子,负一老妪,息于此山之足,汲水饮之,复负之登山而去。今则不知所之也。"文公命停车于山下,使人遍访,数日不得。文公面有愠色,谓解张曰:"子推何恨寡人之深耶?吾闻子推甚孝,若举火焚林,必当负其母而出矣。"魏犨进曰:"从亡之日,众人皆有功劳,岂独子推哉?今子推隐身以要君,逗留车驾,虚费时日。待其避火而出,臣当羞之!"乃使军士于山前山后,周围放火,火烈风猛,延烧数里,三日方息。子推终不肯出,子母相抱,死于枯柳之下。军士寻得其骸骨。文公见之,为之流涕。命葬于绵山之下,立祠祀之。环山一境之田,皆作祠田,使农夫掌其岁祀。"改绵山曰介山,以志寡人之过!"后世于绵上立县,谓之介休,言介子推休息于此也。

介子推守志焚绵上　太叔带怙宠入宫中

焚林之日，乃三月五日清明之候。国人思慕子推，以其死于火，不忍举火，为之冷食一月。后渐减至三日。至今太原、上党、西河、雁门各处，每岁冬至后一百五日，预作干糗，以冷水食之，谓之"禁火"，亦曰"禁烟"。因以清明前一日为寒食节，遇节，家家插柳于门，以招子推之魂，或设野祭，焚纸钱，皆为子推也。胡曾有诗云：

羁绁[15]从游十九年，天涯奔走备颠连。
食君刳股[16]心何赤？辞禄焚躯志甚坚！
绵上烟高标气节，介山祠壮表忠贤。
只今禁火悲寒食，胜却年年挂纸钱。

文公既定君臣之赏，大修国政，举善任能，省刑薄敛，通商礼宾，拯寡救乏，国中大治。周襄王使太宰周公孔，及内使叔兴，赐文公以侯伯之命。文公待之有加礼。叔兴归见襄王，言："晋侯必伯诸侯，不可不善也。"襄王自此疏齐而亲晋。不在话下。

是时郑文公臣服于楚，不通中国，恃强凌弱，怪滑伯[17]事卫不事郑，乃兴师伐之。滑伯惧而请成。郑师方退，滑仍旧事卫，不肯服郑。郑文公大怒，命公子士泄为将，堵俞弥副之，再起大军伐滑。卫文公与周方睦，诉郑于周。周襄王使大夫游孙伯、伯服至郑，为滑求解。未至，郑文公闻之，怒曰："郑、卫一体也，王何厚于卫，而薄于郑耶？"命拘游孙伯、伯服于境上，俟破滑凯旋，方可释之。孙伯被拘，其左右奔回，诉知周襄王。襄王骂曰："郑捷欺朕太甚，朕必报之！"问群臣："谁能为朕问罪于郑者？"大夫颓叔、桃子二人进曰："郑自先王兵败[18]，益无忌惮。今又挟荆蛮为重，虐执王臣。若兴兵问罪，难保必胜。以臣之愚，必借兵于翟，方可伸威。"大夫富辰连声曰："不可，不可！古人云：'疏不间亲。'郑虽无道，乃子友[19]之后，于天子兄弟也。武公著东迁之劳，厉公平子颓之乱，其德均不可忘。翟乃戎狄豺狼，非我同类。用异类而蔑同姓，修小怨而置大德，臣见其害，未见其利也。"颓叔、桃子曰："昔武王伐商，九夷俱来助战，何必同姓？东山之征，实因管、蔡。郑之横逆，犹管、蔡也。翟之事周，未尝失礼。以顺诛逆，不亦可乎？"襄王曰："二卿之言是也。"乃使颓叔、桃子如翟，谕以伐郑之事。翟君欣然奉命，假以出猎为名，突入郑地，攻破栎城，以兵戍之。遣使同二大夫告捷于周。周襄王曰："翟有功于朕。朕今中宫新丧，欲以翟为婚姻，何如？"颓叔、桃子曰："臣闻翟人之歌曰：'前叔隗，后叔隗，如珠比玉生光辉。'言翟有二女，皆名叔隗，并有殊色。前叔隗乃咎如国之女，已嫁晋侯。后叔隗乃翟君所生，今尚未聘，王可求之。"襄王大喜，复命颓叔、桃子往翟求婚。翟人送叔隗至周，襄王欲立为继后。富辰又谏曰："王以翟为有功，劳之可也。今以天子之尊，下配夷女。翟恃其功，加以姻亲，必有窥伺之患矣。"襄王不听，遂以叔隗主中宫之政。

说起那叔隗，虽有韶颜，素无闺德。在本国专好驰马射箭，翟君每出猎，必自请随行，日与将士每驰逐原野，全无拘束。今日嫁与周王，居于深宫，如笼中之鸟，槛内之兽，甚不自在。一日，请于襄王曰："妾幼习射猎，吾父未尝禁也。今郁郁宫中，四肢懈倦，将有痿痹[20]之疾。王何不举大狩，使妾观之？"襄王宠爱方新，言无不从。遂命太史择日，大集车徒，较猎于北邙山。有司[21]张幕于山腰，襄王与隗后坐而观之。襄王欲悦隗后之意，出令曰："日中为期,得三十禽者,赏辂车[22]三乘;得二十禽者,赏以辎车[23]二乘;得十禽者,赏以辒车[24]一乘;不逾十禽者,无赏。"一时王子王孙及大小将士,击狐伐兔,无不各逞其能,以邀厚赏。打围良久,太史奏:"日已中矣。"襄王传令撤回,诸将各献所获之禽,或一十,或二十。惟有一位贵人,所献逾三十之外。那贵人生得仪容俊伟,一表人物,乃襄王之庶弟,名曰带,国人皆称曰太叔,爵封甘公。因先年夺嫡不遂[25],又召戎师以伐周[26],事败出奔齐国。后来惠后再三在襄王面前辩解求恕,大夫富辰,亦劝襄王兄弟修好。襄王不得已,召而复之。今日在打围中,施逞精神,拔了个头筹。襄王大喜,即赐辂车如数。其馀计获多少,各有赐赉。隗后坐于王侧,见甘公带才貌不凡,射艺出众,夸奖不迭。问之襄王,知是金枝玉叶,十分心爱。遂言于襄王曰:"天色尚早,妾意欲自打一围,以健筋骨,幸吾王降旨!"襄王本意欲取悦隗后,怎好不准其奏,即命将士重整围场。隗后解下绣袍。原来袍内,预穿就窄袖短衫,罩上异样黄金锁子轻细之甲。腰系五彩纯丝绣带。用玄色轻绡六尺,周围抹额[27],笼蔽凤笄[28],以防尘土。腰悬箭箙,手执朱弓。妆束得好不齐整!有诗为证:

花般绰约[29]玉般肌,幻出戎装态更奇。

仕女班中夸武艺,将军队里擅娇姿。

隗后这回装束,别是一般丰采,喜得襄王微微含笑。左右驾戎辂以待。隗后曰:"车行不如骑迅。妾随行诸婢,凡翟国来的,俱惯驰马。请于王前试之。"襄王命多选良马,鞴勒[30]停当。侍婢陪骑者,约有数人。隗后方欲跨马,襄王曰:"且慢。"遂问同姓诸卿中:"谁人善骑?保护王后下场。"甘公带奏曰:"臣当效劳。"这一差,

第三十七回

正暗合了隗后之意。侍婢簇拥隗后，做一队儿骑马先行。甘公带随后跨着名驹赶上，不离左右。隗后要在太叔面前，施逞精神。太叔亦要在隗后面前，夸张手段。未试弓箭，且试跑马。隗后将马连鞭几下，那马腾空一般去了。太叔亦跃马而前。转过山腰，刚刚两骑马，讨个并头。隗后将丝缰勒住，夸奖甘公曰："久慕王子大才，今始见之！"太叔马上欠身曰："臣乃学骑耳，不乃王后万分之一！"隗后曰："太叔明早可到太后宫中问安，妾有话讲。"言犹未毕，侍女数骑俱到，隗后以目送情，甘公轻轻点头，各勒马而回。恰好山坡下，赶出一群麋鹿来，太叔左射麋，右射鹿，俱中之。隗后亦射中一鹿。众人喝采一番。隗后复跑马至于山腰，襄王出幕相迎曰："王后辛苦！"隗后以所射之鹿，拜献襄王。太叔亦以一麋一鹿呈献。襄王大悦。众将及军士，又驰射一番，方才撤围。御庖将野味，烹调以进，襄王颁赐群臣，欢饮而散。

次日，甘公带入朝谢赐，遂至惠后宫中问安。其时隗后已先在矣。隗后预将贿赂，买嘱随行宫侍。遂与太叔眉来眼去，两下意会，托言起身，遂私合于侧室之中。男贪女爱，极其眷恋之情。临别两不相舍。隗后嘱咐太叔："不时入宫相会。"太叔曰："恐王见疑。"隗后曰："妾自能周旋，不必虑也！"惠后宫人，颇知其事，只因太叔是太后的爱子，况且事体重大，不敢多口。惠后心上，亦自觉着，反吩咐宫人："闲话少说。"隗后的宫侍，已自遍受赏赐，做了一路，为之耳目。太叔连宵达旦，潜住宫中，只瞒得襄王一人。史官有诗叹曰：

太叔无兄何有嫂？襄王爱弟不防妻。
一朝射猎成私约，始悔中宫女是夷！

又有诗讥襄王不该召太叔回来,自惹其祸。诗云:

明知篡逆性难悛[31],便不行诛也绝亲。

引虎入门谁不噬?襄王真是梦中人!

大凡做好事的心,一日小一日;做歹事的胆,一日大一日。甘公带与隗后私通,走得路熟,做得事惯,渐渐不避耳目,不顾利害,自然败露出来。那隗后少年贪欲,襄王虽则宠爱,五旬之人,到底年力不相当了,不时在别寝休息。太叔用些贿,使些势,那把守宫门的,无过是内侍之辈,都想道:"太叔是太后的爱子,周王一旦晏驾,就是太叔为王了,落得他些赏赐,管他甚账?"以此不分早晚,出入自如。

却说宫婢中有个小东,颇有几分颜色,善于音律。太叔一夕欢宴之际,使小东吹玉箫,太叔歌而和之。是夕开怀畅饮,醉后不觉狂荡,便按住小东求欢。小东惧怕隗后,解衣脱身,太叔大怒,拔剑赶逐,欲寻小东杀之。小东竟奔襄王别寝,叩门哭诉,说太叔如此恁般,"如今见在宫中。"襄王大怒,取了床头宝剑,趋至中宫,要杀太叔。毕竟性命如何,且看下回分解。

---

〔1〕 嫱嫱(qiáng 强):古代宫廷中女官名。位在后妃、夫人之下。

〔2〕 辎軿:均为有障蔽的车,前面开户的叫辎,后面开户的叫軿。多为妇人所乘。

〔3〕 此人窃吾库藏:指重耳去翟奔卫时,头须窃库藏而逃。见第三十一回。

〔4〕 周太妊(rèn 任):即太任。周文王之母,季历之妃。据传她怀孕之

第三十七回

时,目不视恶色,耳不听淫声,口不出傲言,以胎教闻名。

〔5〕 闭:闭塞,目光短浅。

〔6〕 褒进申绌:指褒姒进位为后,申后被废。绌,同黜。事见第二回。

〔7〕 服欢曰怖:伯服高兴,宜臼害怕。指周幽王废太子宜臼,立伯服一事。见第二回。

〔8〕 同括下盾:指赵同、赵括地位低于赵盾。

〔9〕 隗压于姬:指季隗地位在赵姬之上。

〔10〕 成季:即赵衰。成为其谥号,季乃其排行。

〔11〕 晋阳:春秋时晋邑名。在今山西太原市南晋源镇。

〔12〕 锋镝(dí 敌),刀锋和箭头。

〔13〕 舆僅:即舆台。古代分人为十等,舆为第六等,台为第十等。舆台指地位低微之人。

〔14〕 绵上:春秋时晋地名。在今山西介休市东南四十里之介山。

〔15〕 羁绁(jī xiè 机谢):马笼头和马缰绳,借指乘马驰骋。

〔16〕 食(sì 四)君刳(kū 枯)股:割下股肉给君主食。刳,挖出,剖开。

〔17〕 滑伯:滑为周代诸侯国,姬姓,伯爵。国于费,故一名费滑。故城在今河南省洛阳市偃师区之缑氏镇。滑伯其名不详。

〔18〕 先王兵败:指周桓王带兵伐郑,祝聃射王中肩,兵败而回一事。见第九回。

〔19〕 子友:指郑开国之君桓公姬友。姬友为周宣王幼弟。

〔20〕 痿痹(wěi bì 萎必):肢体不能动作之病。

〔21〕 有司:官吏。

〔22〕 轒(tún 屯)车:兵车的一种,专司屯守。

〔23〕 冲(chōng 充)车:兵车的一种,专司冲锋。

〔24〕 巢(cháo 巢)车:兵车的一种,专司侦察。因车上加巢,可瞭望敌阵。

〔25〕 先年夺嫡不遂:指惠后与太叔带阴谋废世子郑而自立一事,见第二十四回。

〔26〕 召戎师以伐周:指王子带召伊、雒之戎伐京师,围王城事。见第二十九回。

〔27〕 抹额:束额巾,也称抹头。古时武士多用之。

〔28〕 笼蔽凤笄:笼蔽,即护膝的围裙,又称蔽膝。其形如笼,故称笼蔽。凤笄,外形如凤的簪子,用以束发。

〔29〕 绰约:柔美的样子。

〔30〕 鞴(bèi 备)勒:鞴指将马鞍、辔头等放在马身上。勒指套上马笼头。

〔31〕 悛(quān 圈):悔改。

第三十八回

周襄王避乱居郑　晋文公守信降原

话说周襄王闻宫人小东之语，心头一时火起，急取床头宝剑，趋至中宫，来杀太叔。才行数步，忽然转念："太叔乃太后所爱，我若杀之，外人不知其罪，必以我为不孝矣。况太叔武艺高强，倘然不逊，挺剑相持，反为不美。不如暂时隐忍，俟明日询有实迹，将隗后贬退，谅太叔亦无颜复留，必然出奔外境，岂不稳便？"叹了一口气，掷剑于地，复回寝宫，使随身内侍，打探太叔消息。回报："太叔知小东来诉我王，已脱身出宫去矣。"襄王曰："宫门出入，如何不禀命于朕？亦朕之疏于防范也！"次早，襄王命拘中宫侍妾审问。初时抵赖，唤出小东面证，遂不能隐，将前后丑情，一一招出。襄王将隗后贬入冷宫，封锁其门，穴墙以通饮食。太叔带自知有罪，逃奔翟国去了。惠太后惊成心疾，自此抱病不起。

却说颓叔、桃子，闻隗后被贬，大惊曰："当初请兵伐郑，是我二人；请婚隗氏，又是我二人。今忽然被斥，翟君必然见怪。太叔今出奔在翟，定有一番假话，哄动翟君。倘然翟兵到来问罪，我等何以自解？"即日乘轻车疾驰，赶上太叔，做一路商量："若见翟君，须是如此如此。"不一日，行到翟国，太叔停驾于郊外。颓叔、桃子

周襄王避乱居郑　晋文公守信降原

先入城见了翟君,告诉道:"当初我等原为太叔请婚,周王闻知美色,乃自取之,立为正宫。只为往太后处问安,与太叔相遇,偶然太叔叙起前因,说话良久,被宫人言语诬谤。周王轻信,不念贵国伐郑之劳,遂将王后贬入冷宫,太叔逐出境外。忘亲背德,无义无恩,乞假一旅之师,杀入王城,扶立太叔为王,救出王后,仍为国母,诚贵国之义举也。"翟君信其言,问:"太叔何在?"颓叔、桃子曰:"现在郊外候命。"翟君遂迎太叔入城。太叔请以甥舅之礼[1]相见,翟君大喜。遂拨步骑五千,使大将赤丁同颓叔、桃子,奉太叔以伐周。

周襄王闻翟兵临境,遣大夫谭伯为使,至翟军中,谕以太叔内乱之罪。赤丁杀之,驱兵直逼王城之下。襄王大怒,乃拜卿士原伯贯为将,毛卫副之,率车三百乘,出城御敌。伯贯知翟兵勇猛,将辎车联络为营,如坚城一般,赤丁冲突数次,俱不能入,连日搦战,亦不出应。赤丁愤甚,乃定下计策,于翠云山[2]搭起高台,上建天子旌旗,使军士假扮太叔,在台上饮宴歌舞为乐。却教颓叔、桃子各领一千骑兵,伏于山之左右。只等周兵到时,台上放炮为号,一齐拢杀将来。又教亲儿赤风子引骑兵五百,直逼其营辱骂,以激其怒。若彼开营出战,佯输诈败,引他走翠云山一路,便算功劳。赤丁与太叔引大队在后准备接应。分拨停当。

却说赤风子引五百骑兵搦战,原伯贯登垒望之,欺其寡少,便欲出战。毛卫谏曰:"翟人诡诈多端,只宜持重。俟其懈怠,方可击也。"挨至午牌时分,翟军皆下马坐地,口中大骂:"周王无道之君,用这般无能之将,降又不降,战又不战,待要何如?"亦有卧地而骂者。原伯贯忍耐不住,喝教开营。营门开处,涌出车乘百馀,

第三十八回

车上立着一员大将,金盔绣袄,手执大杆刀,乃原伯贯也。赤风子忙叫:"孩儿们快上马!"自挺铁挪来迎战,不上十合,拨马往西而走。军士多有上马不及者,周军乱抢马匹,全无行列。赤风子回马,又战数合,渐渐引至翠云山相近。赤风子委弃马匹器械殆尽,引数骑奔山后去了。原伯贯抬头一望,见山上飞龙赤旗飘飐,绣伞之下,盖着太叔,大吹大擂饮酒。原伯贯曰:"此贼命合尽于吾手!"乃拣平坦处驱车欲上。山上檑木炮石打将下来,原伯正没计较。忽闻山坳中连珠炮响,左有颓叔,右有桃子,两路铁骑,如狂风骤雨,围裹将来。原伯心知中计,急教回车,来路上已被翟军砍下乱木,纵横道路,车不能行。原伯喝令步卒开路,军士都心慌胆落,不战而溃。原伯无计可施,卸下绣袍,欲杂于众中逃命。有小军叫曰:"将军到这里来!"颓叔听得叫声,疑为原伯,指挥翟骑追之,擒获三十余人,原伯果在其内。比及赤丁大军到时,已大获全胜,车马器械,悉为所俘。有逃脱的军士,回营报知毛卫。毛卫只教坚守,一面遣人驰奏周王,求其添兵助将。不在话下。

颓叔将原伯贯绑缚献功于太叔。太叔命囚之于营。颓叔曰:"今伯贯被擒,毛卫必然丧胆。若夜半往劫其营,以火攻之,卫可擒也。"太叔以为然,言于赤丁。赤丁用其策,暗传号令。是夜三鼓之后,赤丁自引步军千余,俱用利斧,劈开索链,劫入大营,就各车上,将芦苇放起火来。顷刻延烧,遍营中火球乱滚,军士大乱。颓叔、桃子各引精骑,乘势杀入,锐不可当。毛卫急乘小车,从营后而遁。正遇着步卒一队,为首乃是太叔带,大喝:"毛卫那里走?"毛卫着忙,被太叔一枪刺于车下。翟军大获全胜,遂围王城。

周襄王闻二将被擒,谓富辰曰:"早不从卿言,致有此祸。"富

周襄王避乱居郑　晋文公守信降原

辰曰:"翟势甚狂,吾王暂尔出巡,诸侯必有倡义纳王者。"周公孔奏曰:"王师虽败,若悉起百官家属,尚可背城一战。奈何轻弃社稷,委命于诸侯乎?"召公过奏曰:"言战者,乃危计也。以臣愚见,此祸皆本于叔隗,吾王先正其诛,然后坚守以待诸侯之救,可以万全。"襄王叹曰:"朕之不明,自取其祸!今太后病危,朕暂当避位,以慰其意。若人心不忘朕,听诸侯自图之可也。"因谓周、召二公曰:"太叔此来,为隗后耳。若取隗氏,必惧国人之谤,不敢居于王城。二卿为朕缮兵固守,以待朕之归可也。"周、召二公顿首受命。襄王问于富辰曰:"周之接壤,惟郑、卫、陈三国,朕将安适?"富辰对曰:"陈、卫弱,不如适郑。"襄王曰:"朕曾用翟伐郑,郑得无怨乎?"富辰曰:"臣之劝王适郑者,正为此也。郑之先世,有功于周,其嗣必不忘。王以翟伐郑,郑心不平,固日夜望翟之背周,以自明其顺也。今王适郑,彼必喜于奉迎,又何怨焉?"襄王意乃决。富辰又请曰:"王犯翟锋而出,恐翟人悉众与王为难,奈何?臣愿率家属与翟决战,王乘机出避可也。"乃尽召子弟亲党,约数百人,勉以忠义,开门直犯翟营,牵住翟兵。襄王同简师父、左鄢父等十馀人,出城望郑国而去。富辰与赤丁大战,所杀伤翟兵甚众,辰亦身被重伤,遇颓叔、桃子,慰之曰:"子之忠谏,天下所知也,今日可以无死。"富辰曰:"昔吾屡谏王,王不听,以及此。若我不死战,王必以我为怼[3]矣。"复力战多时,力尽而死。子弟亲党,同死者三百馀人。史官有诗赞曰:

　　用夷凌夏岂良谋?纳女宣淫祸自求。

　　骤谏不从仍死战,富辰忠义播《春秋》。

富辰死后,翟人方知襄王已出王城。时城门复闭,太叔命释原伯贯

第三十八回

之囚,使于门外呼之。周、召二公立于城楼之上,谓太叔曰:"本欲开门奉迎,恐翟兵入城剽掠,是以不敢。"太叔请于赤丁,求其屯兵城外,当出府库之藏为犒,赤丁许之。太叔遂入王城,先至冷宫,放出隗后,然后往谒惠太后。太后见了太叔,喜之不胜,一笑而绝。太叔且不治丧,先与隗后宫中聚阔[4]。欲寻小东杀之,小东惧罪,先已投井自尽矣。呜呼哀哉!

次日,太叔假传太后遗命,自立为王,以叔隗为王后,临朝受贺。发府藏大犒翟军,然后为太后发丧。国人为之歌曰:

莫[5]丧母,且娶妇,妇得嫂,臣娶后。为不惭,言可丑!谁其逐之?我与尔左右[6]!

太叔闻国人之歌,自知众论不服,恐生他变。乃与隗氏移驻于温[7],大治宫室,日夜取乐。王城内国事,悉委周、召二公料理,名虽为王,实未尝与臣民相接也。原伯贯逃往原城去了。此段话且搁过不提。

且说周襄王避出王城,虽然望郑国而行,心中未知郑意好歹。行至氾地[8],其地多竹而无公馆,一名竹川。襄王询土人,知入郑界,即命停车,借宿于农民封氏草堂之内。封氏问:"官居何职?"襄王言曰:"我周天子也。为国中有难,避而到此。"封氏大惊,叩头谢罪曰:"吾家二郎,夜来梦红日照于草堂。果有贵人下降。"即命二郎杀鸡为黍。襄王问:"二郎何人?"对曰:"民之后母弟也。与民同居于此,共爨同耕,以奉养后母。"襄王叹曰:"汝农家兄弟,如此和睦,朕贵为天子,反受母弟之害,朕不如此农民多矣!"因凄然泪下。大夫左鄢父进曰:"周公大圣,尚有骨肉之变。吾主不必自伤,作速告难于诸侯,料诸侯必不坐视。"襄王乃亲作书稿,使人

周襄王避乱居郑　晋文公守信降原

分告齐、宋、陈、郑、卫诸国。略曰：

不穀[9]不德，得罪于母之宠子弟带，越[10]在郑地汜。敢告。

简师父奏曰："今日诸侯有志图伯者，惟秦与晋。秦有蹇叔、百里奚、公孙枝诸贤为政，晋有赵衰、狐偃、胥臣诸贤为政，必能劝其君以勤王之义，他国非所望也。"襄王乃命简师父告于晋；使左鄢父告于秦。且说郑文公闻襄王居汜，笑曰："天子今日方知翟之不如郑也。"即日使工师往汜地创立庐舍，亲往起居，省视器具，一切供应，不敢菲薄。襄王见郑文公颇有惭色。鲁、宋诸国，亦遣使问安，各有馈献。惟卫文公不至。鲁大夫臧孙辰[11]字文仲，闻之叹曰："卫侯将死矣！诸侯之有王，犹木之有本，水之有源也。木无本必枯，水无源必竭，不死何为？"时襄王十八年之冬十月也。至明年春，卫文公薨。世子郑立，是为成公[12]。果应臧文仲之言。此是后话。

再说简师父奉命告晋。晋文公询于狐偃，偃对曰："昔齐桓之能合诸侯，惟尊王也。况晋数易其君，民以为常，不知有君臣之大义。君盍纳王而讨太叔之罪，使民知君之不可贰[13]乎？继文侯[14]辅周之勋，光武公启晋之烈[15]，皆在于此。若晋不纳，秦必纳之，则伯业独归于秦矣。"文公使太史郭偃卜之。偃曰："大吉！此黄帝战于阪泉[16]之兆。"文公曰："寡人何敢当此！"偃对曰："周室虽衰，天命未改。今之王，古之帝也，其克叔带必矣。"文公曰："更为我筮之。"得《乾》下《离》上《大有》[17]之卦，第三爻动[18]，变为《兑》下《离》上《睽》卦。偃断之曰："《大有》之九三

441

第三十八回

云:'公用享于天子[19]。'战克而王享[20],吉莫大焉!《乾》为天,《离》为日[21]。日丽[22]于天,昭明之象。《乾》变而《兑》,《兑》为泽[23],泽在下,以当《离》日之照。是天子之恩光照临晋国,又何疑焉?"文公大悦,乃大阅车徒,分左右二军,使赵衰将左军,魏犨佐之;郤溱将右军,颠颉佐之。文公引狐偃、栾枝等,左右策应。临发时,河东守臣报称:"秦伯亲统大兵勤王,已在河上,不日渡河矣。"狐偃进曰:"秦公志在勤王,所以顿兵河上者,为东道之不通故也。如草中之戎、丽土之狄[24],皆车马必由之路,秦素未与通,恐其不顺,是以怀疑不进。君诚行赂于二夷,谕以假道勤王之意,二夷必听。更使人谢秦君,言晋师已发,秦必退矣。"文公然其言。一面使狐偃之子狐射姑,赍金帛之类,行赂于戎、狄,一面使胥臣往河上辞秦。胥臣谒见穆公,致晋侯之命曰:"天子蒙尘[25]在外,君之忧,即寡君之忧也。寡君已扫境内兴师,代君之劳,已有成算,毋敢烦大军远涉。"穆公曰:"寡人恐晋君新立,军师未集,是以奔走在此,以御天子之难。既晋君克举大义,寡人当静听捷音。"蹇叔、百里奚皆曰:"晋侯欲专大义,以服诸侯,恐主公分其功业,故遣人止我之师。不如乘势而下,共迎天子,岂不美哉?"穆公曰:"寡人非不知勤王美事,但东道未通,恐戎、狄为梗。晋初为政,无大功何以定国,不如让之。"乃遣公子絷随左鄢父至氾,问劳襄王。穆公班师而回。

却说胥臣以秦君退师回报,晋兵遂进屯阳樊[26],守臣苍葛出郊外劳军。文公使右军将军郤溱等围温,左军将军赵衰等迎襄王于氾。襄王以夏四月丁巳日复至王城,周、召二公迎之入朝。不在话下。温人闻周王复位,乃群聚攻颓叔、桃子,杀之,大开城门以纳

周襄王避乱居郑　晋文公守信降原

晋师。太叔带忙携隗后登车，欲夺门出走翟国。守门军士，闭门不容其去。太叔仗剑砍倒数人。却得魏犨追到，大喝："逆贼走那里去？"太叔曰："汝放孤出城，异日厚报。"魏犨曰："问天子肯放你时，魏犨就做人情。"太叔大怒，挺剑刺来，被魏犨跃上其车，一刀斩之。军士擒隗氏来见，犨曰："此淫妇，留他何用！"命众军乱箭攒射。可怜如花夷女，与太叔带半载欢娱，今日死于万箭之下。胡曾先生咏史诗云：

　　逐兄盗嫂据南阳[27]，半载欢娱并罹殃。

　　淫逆倘然无速报，世间不复有纲常。

魏犨带二尸以报郤溱，溱曰："何不槛送天子，明正其戮？"魏犨曰："天子避杀弟之名，假手于晋，不如速诛之为快也！"郤溱叹息不已，乃埋二尸于神农涧[28]之侧。一面安抚温民，一面使人报捷于阳樊。

晋文公闻太叔和隗氏俱已伏诛，乃命驾亲至王城，朝见襄王奏捷。襄王设醴酒以飨之，复大出金帛相赠。文公再拜谢曰："臣重耳不敢受赐。但死后得用隧葬[29]，臣沐恩于地下无穷矣。"襄王曰："先王制礼，以限隔上下，止有此生死之文，朕不敢以私劳而乱大典。叔父大功，朕不敢忘！"乃割畿内温、原[30]、阳樊、攒茅[31]四邑，以益其封。文公谢恩而退。百姓携老扶幼，填塞街市，争来识认晋侯，叹曰："齐桓公今复出也！"

晋文公下令两路俱班师。大军屯于太行山之南，使魏犨定阳樊之田，颠颉定攒茅之田，栾枝定温之田，晋侯亲率赵衰定原之田。为何定原之田，文公亲往？那原乃周卿士原伯贯之封邑，原伯贯兵败无功，襄王夺其邑以与晋，伯贯见在原城，恐其不服，所以必须亲

第 三 十 八 回

往。颠颉至攒茅,栾枝至温,守臣俱携酒食出迎。

却说魏犨至阳樊,守臣苍葛谓其下曰:"周弃岐、丰,馀地几何!而晋复受四邑耶?我与晋同是王臣,岂可服之。"遂率百姓持械登城。魏犨大怒,引兵围之,大叫:"早早降顺,万事俱休!若打破城池,尽皆屠戮!"苍葛在城上答曰:"吾闻德以柔中国,刑以威四夷。今此乃王畿之地,畿内百姓,非王之宗族,即王之亲戚。晋亦周之臣子,忍以兵威相劫耶?"魏犨感其言,遣人驰报文公。文公致书于苍葛,略曰:

> 四邑之地,乃天子之赐,寡人不敢违命。将军若念天子之姻亲,率以归国,亦惟将军之命是听。

因谕魏犨缓其攻,听阳民迁徙。苍葛得书,命城中百姓:"愿归周者去,愿从晋者留。"百姓愿去者大半,苍葛尽率之,迁于轵村[32]。魏犨定其疆界而还。

再说文公同赵衰略地至原。原伯贯诒其下曰:"晋兵围阳樊,尽屠其民矣!"原人恐惧,共誓死守,晋兵围之。赵衰曰:"民所以不服晋者,不信故也。君示之以信,将不攻而下矣。"文公曰:"示信若何?"赵衰对曰:"请下令,军士各持三日之粮,若三日攻原不下,即当解围而去。"文公依其言。到第三日,军吏告禀:"军中只有今日之粮了!"文公不答。是日夜半,有原民缒城而下,言:"城中已探知阳樊之民,未尝遭戮,相约于明晚献门。"文公曰:"寡人原约攻城以三日为期,三日不下,解围去之。今满三日矣,寡人明早退师。尔百姓自尽守城之事,不必又怀二念。"军吏请曰:"原民约明晚献门,主公何不暂留一日,拔一城而归?即使粮尽,阳樊去此不远,可驰取也。"文公曰:"信,国之宝也,民之所凭也。三日之

周襄王避乱居郑　晋文公守信降原

令,谁不闻之?若复留一日,是失信矣!得原而失信,民尚何凭于寡人?"黎明,即解原围。原民相顾曰:"晋侯宁失城,不失信,此有道之君!"乃争建降旗于城楼,缒城以追文公之军者,纷纷不绝。原伯贯不能禁止,只得开城出降。髯仙有诗云:

　　口血犹含起战戈[33],谁将片语作山河?
　　去原毕竟原来服,谲诈何如信义多!

晋军行三十里,原民追至,原伯贯降书亦到。文公命扎住车马,以单车直入原城,百姓鼓舞称庆。原伯贯来见,文公待以王朝卿士之礼,迁其家于河北。文公择四邑之守曰:"昔子馀以壶飧从寡人于卫,忍饥不食,此信士也。寡人以信得原,还以信守之。"使赵衰为原大夫,兼领阳樊。又谓郤溱曰:"子不私其族[34],首同栾氏通款于寡人,寡人不敢忘。"乃以郤溱为温大夫,兼守攒茅。各留兵二千戍其地而还。后人论文公纳王示义,伐原示信,乃图伯之首事也。毕竟何时称伯,且看下回分解。

〔1〕 甥舅之礼:此指女婿见岳父之礼。
〔2〕 翠云山:山名。在王城西北,即在今河南洛阳市西北。
〔3〕 怼(duì 对):怨恨。
〔4〕 聚阔:指阔别之后的欢聚。
〔5〕 莫(mù 暮):同"暮",晚上。
〔6〕 左右:辅佐,协助。
〔7〕 温:春秋时东周邑名。在今河南温县南。
〔8〕 氾(fàn 范):春秋时郑地名。在今河南襄城县南。襄城之得名,即因周襄王避乱居此之故。

第 三 十 八 回

〔9〕 不穀(gǔ古):不善。穀作善解。古代王侯自称谦辞。

〔10〕 越:远。

〔11〕 臧孙辰:鲁国著名大夫,曾主持鲁政多年。臧孙为氏,辰为名。以立言不朽著称。

〔12〕 成公:卫成公姬郑,在位三十五年(前634年—前600)。

〔13〕 贰:怀二心,引申为背离。

〔14〕 文侯:即晋文侯姬仇。曾逐犬戎,拥立周平王。见第三回。

〔15〕 武公启晋之烈:武公即曲沃武公姬称。启晋之烈,开拓晋国的功业。见第二十回。

〔16〕 阪(bǎn板)泉:古地名。相传黄帝与炎帝曾战于阪泉之野。其地在今河北涿鹿县东南。

〔17〕 《大有》:《易经》六十四卦之一。乾下离上。大有乃盛大丰有的象征。《易经·象》曰:"火(即离)在天(即乾)上,大有。"即天子富有四海,故曰大有。

〔18〕 "第三爻动"二句:第三爻,即《大有》卦象六划中倒数第三划。动,即变动原来的阳爻—为阴爻--,那样一来,《乾》即变而为《兑》。《大有》卦就变成《兑》下《离》上的《睽》卦了。

〔19〕 "公用"句:原意为某公侯得到天子的款待。享,原文作亨。享、亨、烹,意并同。

〔20〕 "战克"句:战而胜之,则周王得以享有其位。享,本指宴享;此作享有、享受。

〔21〕 《离》为日:按八卦的象征,《离》为火。火即日之兆。

〔22〕 丽:附着。

〔23〕 《兑》为泽:兑,八卦之一。其象为☱,象泽。

〔24〕 "草中"句:戎、狄别种。地处晋国之东。草中、丽土,均乃地名,故址失考,但应在晋国东方。《国语·晋语四》云:"公行赂于草中之戎与丽土之

狄,以求东道。"

〔25〕 蒙尘:蒙被尘土。多用以比喻君王流亡失位,遭受垢辱。

〔26〕 阳樊:春秋时周畿内邑名。一名樊。在今河南济源市东南。

〔27〕 南阳:古代地区名。指在太行山以南,黄河以北,即济源至获嘉一带。温邑即在其中。

〔28〕 神农涧:地在今温县,相传上古神农曾在此采药,以杖画地,遂成涧。

〔29〕 隧(suì岁)葬:周代礼制规定,天子墓葬,得用隧道以通墓室。诸侯则只能用悬棺下葬至墓室。

〔30〕 原:本西周时诸侯国名。平王东迁后成为畿内属邑。地在今河南济源市西北。

〔31〕 攒茅:东周时畿内邑名。在今河南修武县西北。

〔32〕 轵(zhǐ止)村:古地名。在今河南济源市之南。

〔33〕 "口血"句:古结盟有歃血仪式,结盟涂血于口旁,以示信守。这里有结盟不久即背盟之意。

〔34〕 不私其族:指郤溱与郤芮同族。郤芮为晋惠公夷吾之死党,而郤溱却首先通款于重耳。

第三十九回

柳下惠授词却敌　晋文公伐卫破曹

话说晋文公定了温、原、阳樊、攒茅四邑封境，直通太行山之南，谓之南阳。此周襄王十七年[1]之冬也。时齐孝公亦有嗣伯之意。自无亏之死，恶了鲁僖公[2]。鹿上不署，弊了宋襄公[3]。盂会不赴，背了楚成王[4]。诸侯离心，朝聘不至。孝公心怀愤怒，欲用兵中原，以振先业。乃集群臣问曰："先君桓公在日，无岁不征，无日不战。今寡人安坐朝堂，如居蜗壳之中，不知外事，寡人愧之！昔年鲁侯谋救无亏，与寡人为难，此仇未报。今鲁北与卫结，南与楚通，倘结连伐齐，何以当之？闻鲁岁饥，寡人意欲乘此加兵，以杜其谋。诸卿以为何如？"上卿高虎奏曰："鲁方多助，伐之未必有功。"孝公曰："虽无功，且试一行，以观诸侯离合之状。"乃亲率车徒二百乘，欲侵鲁之北鄙。

边人闻信，先来告急。鲁正值饥馑之际，民不胜兵，大夫臧孙辰言于僖公曰："齐挟忿深入，未可与争胜负也，请以辞令谢之！"僖公曰："当今善为辞令者何人？"臧孙辰对曰："臣举一人，乃先朝司空无骇[5]之子，展氏获名，字子禽，官拜士师[6]，食邑柳下[7]。此人外和内介，博文达理，因居官执法，不合于时，弃职归隐。若得此人为使，定可不辱君命，取重于齐矣。"僖公曰："寡人亦素知其人，今安在？"曰："见在柳下。"使人召之，展获辞以病不能行。臧孙辰曰："禽有从弟名喜，虽在下僚，颇有口辩。若令喜就获之家，请其指授，必有可听。"僖公从之。展喜至柳下，见了展获，道达君命。展获曰："齐之伐我，欲绍桓公之伯业也。夫图伯莫如尊王，若以先王之命责之，何患无辞？"展喜复于僖公曰："臣知所以却齐矣。"僖公已具下犒师之物，无非是牲醴粟帛之类，装做数车，交与展喜。

喜至北鄙，齐师尚未入境，乃迎将上去。至汶南[8]地方，刚遇齐兵前队，乃崔夭为先锋。展喜先将礼物呈送崔夭。崔夭引至大军，谒见齐侯，呈上犒军礼物，曰："寡君闻君亲举玉趾，将辱临于敝邑，使下臣喜奉犒执事。"孝公曰："鲁人闻寡人兴师，亦胆寒乎？"喜答曰："小人则或者胆寒，下臣不知也。若君子，则全无惧意。"孝公曰："汝国文无施伯之智，武无曹刿之勇，况正逢饥馑，野无青草，何所恃而不惧？"喜答曰："敝邑别无所恃，所恃者先王之命耳。昔周先王封太公于齐，封我先君伯禽于鲁，使周公与太公割牲为盟，誓曰：'世世子孙，同奖[9]王室，无相害也。'此语载在盟府，太史掌之。桓公是以九合诸侯，而先与庄公为柯之盟，奉王命也。君嗣位九年，敝邑君臣，引领望齐曰：'庶几修先伯主之业，以亲睦诸侯。'若弃成王之命，违太公之誓，堕桓公之业，以好为仇，度君侯之必不然也。敝邑恃此不惧。"孝公曰："子归语鲁侯，寡人愿修睦，不复用兵矣。"即日传令班师。潜渊有诗，讥臧孙辰知柳下惠之贤，不能荐引同朝。诗云：

北望烽烟鲁势危，片言退敌奏功奇。

第三十九回

臧孙不肯开贤路,柳下仍淹[10]展士师。

展喜还鲁,复命于僖公。臧孙辰曰:"齐师虽退,然其意实轻鲁。臣请偕仲遂如楚,乞师伐齐,使齐侯不敢正眼觑鲁,此数年之福也。"僖公以为然。乃使公子遂为正使,臧孙辰为副使,行聘于楚。

臧孙辰素与楚将成得臣相识,使得臣先容于楚王,谓楚王曰:"齐背鹿上之约,宋为泓水之战,二国者,皆楚仇也。王若问罪于二国,寡君愿悉索敝赋,为王前驱。"楚成王大喜。即拜成得臣为大将,申公叔侯副之,率兵伐齐。取阳谷[11]之地,以封齐桓公之子雍,使雍巫相之。留甲士千人,从申公叔侯屯戍,以为鲁之声援。成得臣奏凯还朝。令尹子文时已年老,请让政于得臣。楚王曰:"寡人怨宋,甚于怨齐。子玉已为我报齐矣,卿为我伐宋,以报郑之仇。俟凯旋之日,听卿自便何如?"子文曰:"臣才万不及子玉,愿以自代,必不误君王之事。"楚王曰:"宋方事晋,楚若伐宋,晋必救之。两当晋、宋,非卿不可,卿强为寡人一行。"乃命子文治兵于睽[12]。简阅车马,申明军法。子文满意欲显子玉之能,是日草草完事,终朝毕事,不戮一人。楚王曰:"卿阅武而不戮一人,何以立威?"子文奏曰:"臣之才力,比于强弩之末矣。必欲立威,非子玉不可。"楚王更使得臣治兵于蒍[13]。得臣简阅精细,用法严肃,有犯不赦,竟一日之长,方才事毕。总计鞭七人之背,贯三人之耳,真个钟鼓添声,旌旗改色。楚王喜曰:"子玉果将才也!"子文复请致政,楚王许之。乃以得臣为令尹,掌中军元帅事。

群臣皆造子文之宅,贺其举荐得人,致酒相款。时文武毕集,惟大夫蒍吕臣有微恙不至。酒至半酣,阍人报:"门外有一小儿求见。"子文命召入。那小儿举手鞠躬,竟造末席而坐,饮酒啖炙[14],傍若无人。有人认识此儿,乃蒍吕臣之子,名曰蒍贾,年方一十三岁。子文异之,问曰:"某为国得一大将,国老[15]无不贺,尔小子独不贺,何也?"蒍贾曰:"诸公以为可贺,愚以为可吊耳!"子文怒曰:"汝谓可吊,有何说?"贾曰:"愚观子玉为人,勇于任事,而昧于决机[16]。能进而不能退,可使佐斗,不可专任也。若以军政委之,必至偾事[17]。谚云'太刚则折',子玉之谓矣!举一人而败国,又何贺焉?如其不败,贺未晚也。"左右曰:"此小儿狂言,不须听之。"蒍贾大笑而出,众公卿俱散。

明日,楚王拜得臣为大将,亲统大兵,纠合陈、蔡、郑、许四路诸侯,一同伐宋,围其缗邑[18]。宋成公使司马公孙固如晋告急。晋文公集群臣问计。先轸进曰:"方今惟楚强横,而于君有私恩。今楚戍谷[19]伐宋,生事中原,此天授我以救灾恤患之名也。取威定伯,在此举矣!"文公曰:"寡人欲解齐、宋之患,如何而可?"狐偃进曰:"楚始得曹而新婚于卫,是二国又皆主公之仇也。若兴师以伐曹、卫,楚必移兵来救,则齐、宋宽矣。"文公曰:"善。"乃以其谋告公孙固,使回报宋公,令其坚守。公孙固领命去了。文公以兵少为虑。赵衰进曰:"古者大国三军,次国二军,小国一军。我曲沃武公,始以一军受命。献公始作二军,以灭霍、魏、虞、虢诸国,拓地千里。晋在今日,不得为次国,宜作三军。"文公曰:"三军既作,遂可用否?"赵衰曰:"未也。民未知礼,虽聚而易散。君盍大蒐[20]以示之礼,使民知尊卑长幼之序,劝亲上死长之心,然后可用。"文公曰:"作三军,必须立元帅,谁堪其任?"赵衰对曰:"夫为将者,有勇

第三十九回

不如有智,有智不如有学。君如求智勇之将,不患无人。若求有学者,臣所见惟郤縠一人耳。縠年五十馀矣,好学不倦,说《礼》、《乐》而敦《诗》、《书》[21]。夫《礼》、《乐》、《诗》、《书》,先王之法,德义之府也。民生以德义为本,兵事以民为本。惟有德义者,方能恤民。能恤民者,方能用兵。"文公曰:"善。"乃召郤縠为元帅,縠辞不受。文公曰:"寡人知卿,卿不可辞!"强之再三,乃就职。

择日,大蒐于被庐[22],作中上下三军。郤縠将中军,郤溱佐之,祁瞒掌大将旗鼓。使狐偃将上军,偃辞曰:"臣兄在前,弟不可以先兄。"乃命狐毛将上军,狐偃佐之。使赵衰将下军,衰辞曰:"臣贞慎不如栾枝,有谋不如先轸,多闻不如胥臣。"乃命栾枝将下军,先轸佐之。荀林父御戎,魏犫为车右,赵衰为大司马。郤縠登坛发令。三通鼓罢,操演阵法,少者在前,长者在后,坐作进退,皆有成规。有不能者,教之;三教而不遵,以违令论,然后用刑。一连操演三日,奇正变化,指挥如意。众将见郤縠宽严得体,无不悦服。方欲鸣金收军,忽将台之下,起一阵旋风,竟将大帅旗杆,吹为两段,众皆变色。郤縠曰:"帅旗倒折,主将当应之。吾不能久与诸子同事,然主公必成大功。"众问其故,縠但笑而不答。时周襄王十九年[23],冬十二月之事也。

明年春,晋文公议分兵以伐曹、卫,谋于郤縠。縠对曰:"臣已与先轸商议停当矣。今日非与曹、卫为难也,分兵可以当曹、卫,而不可以当楚。主公宜以伐曹为名,假道于卫,卫、曹方睦,必然不允。我乃从南河[24]济师,出其不意,直捣卫境,所谓迅雷不及掩耳,胜有八九。既胜卫,然后乘势而临曹。曹伯素失民心,又慑于

柳下惠授词却敌　晋文公伐卫破曹

败卫之威,其破曹必矣!"文公喜曰:"子真有学之将也!"即使人如卫假道伐曹。卫大夫元咺请于成公曰:"始晋君出亡过我,先君未尝加礼。今来假道,君必听之。不然,彼将先卫而后曹矣。"成公曰:"寡人与曹共服于楚,若假以伐曹之路,恐未结晋欢,而先取楚怒也。怒晋,犹恃有楚,并怒楚,将何恃乎?"遂不许。晋使回报文公。文公曰:"不出元帅所料也!"乃命迁道南行。渡了黄河,行至五鹿之野,文公曰:"嘻!此介子推割股处也!"不觉凄然泪下,诸将皆感叹助悲。魏犨曰:"吾等当拔城取邑,为君雪往年之耻,何用叹息?"先轸曰:"武子之言是也。臣愿率本部之兵,独取五鹿。"文公壮其言,许之。魏犨曰:"吾当助子一臂。"二将升车前进。先轸令军士多带旗帜,凡所过山林高阜之处,便教悬插,务要透出林表。魏犨曰:"吾闻兵行诡道,今遍张旗表,反使敌人知备,不知何意?"先轸曰:"卫素臣服于齐,近改事荆蛮,国人不顺,每虞[25]中国之来讨。吾主欲继齐图伯,不可示弱,当以先声夺之。"

却说五鹿百姓,不意晋兵猝然来到,登城了望,但见旌旗布满山林,正不知兵有多少。不论城内城外居民,争先逃窜,守臣禁止不住。先轸兵到,无人守御,鼓拔之。遣人报捷于文公。文公喜形于色,谓狐偃曰:"舅云得土[26],今日验矣!"乃留老将郤步扬屯守五鹿,大军移营,进屯敛盂[27]。郤縠忽然得病,文公亲往视之。郤縠曰:"臣蒙主公不世之遇,本欲涂肝裂脑,以报知己。奈天命有限,当应折旗之兆,死在旦夕!尚有一言奉启。"文公曰:"卿有何言?寡人无不听教。"縠曰:"君之伐曹、卫,本谋固以致楚也。致楚必先计战,计战必先合齐、秦。秦远而齐近,君速遣一使结好齐侯,愿与结盟。齐方恶楚,亦思结晋。倘得齐侯降临,则卫、

第三十九回

曹必惧而请成，因而收秦。此制楚之全策也。"文公曰："善。"遂遣使通好于齐，叙述桓公先世之好，愿与结盟，同攘荆蛮。

时齐孝公已薨，国人推立其弟潘，是为昭公[28]。潘，葛嬴所生也，新嗣大位。以取谷[29]之故，正欲结晋以抗楚。闻知晋侯屯军敛盂，即日命驾至卫地相会。卫成公见五鹿已失，忙使宁速之子宁俞，前来谢罪请成。文公曰："卫不容假道，今惧而求成，非其本心。寡人旦夕当踏平楚丘矣。"宁俞还报卫侯。时楚丘城中，讹传晋兵将到，一夕五惊。俞谓卫成公曰："晋怒方盛，国人震恐，君不如暂出城避之。晋知主公已出，必不来攻楚丘。然后再乞晋好，保全社稷可也。"成公叹曰："先君不幸失礼于亡公子，寡人又一时不明，不允假道，以至如此。累及国人，寡人亦无面目居于国中！"乃使大夫咺同其弟叔武摄国事，自己避居襄牛[30]之地；一面使大夫孙炎，求救于楚。时乃春二月也。髯翁有诗云：

患难何须具主宾？纳姬赠马怪纷纷。
谁知五鹿开疆者，便是当年求乞人！

是月，郤縠卒于军。晋文公悼惜不已，使人护送其丧归国。以先轸有取五鹿之功，升为元帅。用胥臣佐下军，以补先轸之缺。因赵衰前荐胥臣多闻，是以任之。文公欲遂灭卫国。先轸谏曰："本为楚困齐、宋，来拯其危，今齐、宋之患未解，而先覆人国，非伯者存亡恤小之义也。况卫虽无道，其君已出，废置在我。不如移兵东伐曹，比及楚师救卫，则我已在曹矣。"文公然其言。

三月，晋师围曹。曹共公集群臣问计。僖负羁进曰："晋君此行，为报观胁之怨也。其怒方深，不可较力。臣愿奉使谢罪请平，

柳下惠授词却敌　晋文公伐卫破曹

以救一国百姓之难。"曹共公曰："晋不纳卫,肯独纳曹乎?"大夫于朗进曰："臣闻晋侯出亡过曹,负羁私馈饮食,今又自请奉使,此乃卖国之计,不可听之。主公先斩负羁,臣自有计退晋。"曹共公曰:"负羁谋国不忠,姑念世臣,免杀罢官。"负羁谢恩出朝去了。正是：闭门不管窗前月,吩咐梅花自主张。共公问于朗："计将安出?"于朗曰:"晋侯恃胜,其气必骄。臣请作为密书,约以黄昏献门。预使精兵挟弓弩,伏于城壖[31]之内,哄得晋侯入城,将悬门[32]放下,万矢俱发,不愁不为齑粉[33]。"曹共公从其计。晋侯得于朗降书,便欲进城。先轸曰:"曹力未亏,安知非诈?臣请试之。"乃择军中长须伟貌者,穿晋侯衣冠代行。寺人勃鞮自请为御。黄昏左侧,城上竖起降旗一面,城门大开,假晋侯引着五百馀人,长驱而入。未及一半,但闻城壖之内,梆声乱响,箭如飞蝗射来。急欲回车,门已下闸。可惜勃鞮及三百馀人,死做一堆！幸得晋侯不去,不然,昆冈[34]失火,玉石俱焚了。

晋文公先年过曹,曹人多有认得的,其夜仓卒不辨真伪。于朗只道晋侯已死,在曹共公面前,好不夸嘴！及至天明辨验,方知是假的,早减了一半兴。其未曾入城者,逃命来见晋侯。晋侯怒上加怒,攻城愈急。于朗又献计曰："可将射死晋兵,暴尸于城上,彼军见之,必然惨沮,攻不尽力。再延数日,楚救必至,此乃摇动军心之计也。"曹共公从之。晋军见城头用桦竿悬尸,累累相望,口中怨叹不绝。文公谓先轸曰："军心恐变,如之奈何?"先轸对曰："曹国坟墓,俱在西门之外。请分军一半,列营于墓地,若将发掘者,城中必惧,惧必乱,而后乃可乘也。"文公曰："善。"乃令军中扬言："将发曹人之墓。"使狐毛、狐偃率所部之众,移屯墓地,备下锹锄,限

第 三 十 九 回

定来日午时，各以墓中髑髅献功。城内闻知此信，心胆俱裂。曹共公使人于城上大叫："休要发墓，今番真正愿降！"先轸亦使人应曰："汝诱杀我军，复磔尸城上，众心不忍，故将发墓，以报此恨！汝能殡殓死者，以棺送还吾军，吾当敛兵而退矣。"曹人覆曰："既如此，请宽限三日！"先轸应曰："三日内不送尸棺，难怪我辱汝祖宗也！"曹共公果然收取城上尸骸，计点数目，各备棺木，三日之内，盛敛得停停当当，装载乘车之上。先轸定下计策，预令狐毛、狐偃、栾枝、胥臣整顿兵车，分作四路埋伏，只等曹人开门出棺，四门一齐攻打进去。

到第四日，先轸使人于城下大叫："今日还我尸棺否？"曹人城上应曰："请解围退兵五里，即当交纳。"先轸禀知文公，传令退兵，果退五里之远。城门开处，棺车分四门推出。才出得三分之一，忽闻炮声大举，四路伏兵一齐发作，城门被丧车填塞，急切不能关闭，晋兵乘乱攻入。曹共公方在城上弹压，魏犨在城外看见，从车中一跃登城，劈胸揪住，缚做一束。于朗越城欲遁，被颠颉获住斩之。晋文公率众将登城楼受捷。魏犨献曹伯襄，颠颉献于朗首级，众将各有擒获。晋文公命取仕籍观之，乘轩者三百人，各有姓名，按籍拘拿，无一脱者。籍中不见僖负羁名字，有人说："负羁为劝曹君行成，已除籍为民矣。"文公乃面数曹伯之罪曰："汝国只有一贤臣，汝不能用，却任用一班宵小，如小儿嬉戏，不亡何待？"喝教："幽于大寨，俟胜楚之后，待听处分。"其乘轩三百人，尽行诛戮，抄没其家，以赏劳军士。僖负羁有盘飧之惠，家住北门，环北门一带，传令："不许惊动，如有犯僖氏一草一木者斩首！"晋侯分调诸将，一半守城，一半随驾，出屯大寨。胡曾先生咏史诗云：

柳下惠授词却敌　晋文公伐卫破曹

曹伯慢贤遭絷虏，负羁行惠免诛夷。

眼前不肯行方便，到后方知是与非。

却说魏犨、颠颉二人，素有挟功骄恣之意，今日见晋侯保全僖氏之令，魏犨忿然曰："吾等今日擒君斩将，主公并无一言褒奖。些须盘飧[35]，所惠几何，却如此用情，真个轻重不分了！"颠颉曰："此人若仕于晋，必当重用，我等被他欺压，不如一把火烧死了他，免其后患。便主公晓得，难道真个斩首不成？"魏犨曰："言之有理。"二人相与饮酒，候至夜静，私领军卒，围住僖负羁之家，前后门放起火来，火焰冲天。魏犨乘醉恃勇，跃上门楼，冒着火势，在檐溜上奔走如飞，欲寻僖负羁杀之。谁知栋榱[36]焚毁，倒塌下来，扑陆一声，魏犨失脚坠地，跌个仰面朝天。只听得天崩地裂之声，一根败栋刮喇的，正打在魏犨胸脯上。魏犨大痛无声，登时口吐鲜血，前后左右，火球乱滚，只得挣闿[37]起来，兀自攀着庭柱，仍跃上屋，盘旋而出。满身衣服，俱带着火，扯得赤条条，方免焚身之祸。魏犨虽然勇猛，此时不由不困倒了。刚遇颠颉来到，扶到空闲去处，解衣衣之，一同上车，回寓安歇。

却说狐偃、胥臣在城内，见北门火起，疑有军变，慌忙引兵来视。见僖负羁家中被火，急教军士扑灭，已自焚烧得七零八落。僖负羁率家人救火，触烟而倒，比及救起，已中火毒，不省人事。其妻曰："不可使僖氏无后！"乃抱五岁孩儿僖禄奔后园，立污池中得免。乱到五更，其火方熄。僖氏家丁死者数人，残毁房舍民居数十馀家。狐偃、胥臣访知是魏犨、颠颉二人放的火，大惊，不敢隐瞒，飞报大寨。那大寨离城五里，是夜虽望见城中火光，不甚明白，直到天明，文公接得申报，方知其故。即刻驾车入城，先到北门来看

第 三 十 九 回

僖负羁，负羁张目一看，遂瞑。文公叹息不已。负羁妻抱着五岁孩儿僖禄，哭拜于地。文公亦为垂泪，谓曰："贤嫂不必愁烦，寡人为汝育之。"即怀中拜为大夫，厚赠金帛，殡葬负羁，携其妻子归晋。直待曹伯归附之后，负羁妻愿归乡省墓，乃遣人送归。僖禄长成，仍仕于曹为大夫。此是后话。

当日文公命司马赵衰，议违命放火之罪，欲诛魏犫、颠颉。赵衰奏曰："此二人有十九年从亡奔走之劳，近又立有大功，可以赦之！"文公怒曰："寡人所以取信于民者，令也。臣不遵令，不谓之臣，君不能行令于臣，不谓之君。不君不臣，何以立国？诸大夫有劳于寡人者甚众，若皆可犯令擅行，寡人自今不复能出一令矣！"赵衰复奏曰："主公之言甚当。然魏犫材勇，诸将莫及，杀之诚为可惜！且罪有首从，臣以为借颠颉一人，亦足警众，何必并诛？"文公曰："闻魏犫伤胸不能起，何惜此旦暮将死之人，而不以行吾法乎？"赵衰曰："臣请以君命问之，如其必死，诚如君言。倘尚可驱驰，愿留此虎将，以备缓急。"文公点头道："是。"乃使荀林父往召颠颉，使赵衰视魏犫之病。不知魏犫性命如何，且看下回分解。

---

〔1〕 周襄王十七年：即公元前635年。

〔2〕 "自无亏"二句：指宋襄公护送孝公昭嗣位，鲁僖公曾起兵救无亏一事。见第三十三回。

〔3〕 "鹿上"二句：指鹿上之会时，孝公未在征会之牍上署名一事。见第三十三回。弻，违拗。

〔4〕 "盂会"二句：指楚、宋、陈、蔡等七国会盟于盂时，齐孝公拒不到会

一事。见第三十三回。

〔5〕 无骇：人名。鲁公室公子展之孙，鲁隐公时曾任司空，隐公命以其祖父之字为氏，故其子称为展氏。

〔6〕 士师：古代官名，即为狱官。

〔7〕 食邑柳下：柳下乃地名，在鲁国西北部，即今山东新泰市柳里。据《列女传》，其妻私谥为惠，故后世多称为柳下惠。《庄子》、《战国策》则称为柳下季。季乃其排行。

〔8〕 汶南：即汶水之南。古汶水出山东莱芜市北，经东平、梁山等地入于济水。

〔9〕 奖：帮助，扶持。

〔10〕 淹：滞留，引申为久居下位。

〔11〕 阳谷：春秋时齐地名。在今山东阳谷县北。

〔12〕 暌（kuí 奎）：春秋时楚地名。故址不详。

〔13〕 芛（wèi 位）：春秋时楚地名。故址不详。

〔14〕 啖炙：吃烤肉。

〔15〕 国老：指国家卿大夫已告老退休者。

〔16〕 决机：指当机立断的能力。

〔17〕 偾（fèn 愤）事：败事。

〔18〕 缗（mín 民）邑：春秋时宋邑。在今山东金乡县东北。

〔19〕 戍谷：即戍守阳谷。指楚派兵伐齐取阳谷，派兵戍守一事。见上文。

〔20〕 大蒐（sōu 搜）：古代对军队进行的大检阅。三年一次叫大阅，五年一次叫大蒐。

〔21〕 "说（yuè 悦）《礼》、《乐》"句：喜爱《礼记》、《乐经》而致力于《诗经》和《尚书》。说，同"悦"，爱好。敦，勤勉。《乐》即《乐经》，先秦"六经"之一，秦以后失传。

第 三 十 九 回

〔22〕 被庐:晋地名,应在晋都绛附近,地址不详。

〔23〕 周襄王十九年:即公元前433年。

〔24〕 南河:古称黄河自河套以下自北向南流向的一段为西河,潼关以下自西向东流向的一段为南河。

〔25〕 虞:担心,害怕。

〔26〕 得土:指重耳逃亡过卫乞食,野人赐土一事,见第三十一回。

〔27〕 敛盂:春秋时卫地名。在今河南濮阳市东南。

〔28〕 昭公:齐昭公吕潘。齐桓公子,孝公庶弟。据《史记·齐世家》,孝公死后,吕潘曾派公子开方杀死孝公之子而嗣位。在位二十年(前632—前613)。

〔29〕 取谷:即欲攻取楚兵戍守之阳谷。

〔30〕 襄牛:春秋时卫邑名。在今河南范县南。

〔31〕 城壖(ruán 软阳声):即瓮城内与外垣之间的隙地。

〔32〕 悬门:古时城门所设的悬挂门闸,平时吊起,有警时放下,以便固守。

〔33〕 虀(jī 基)粉:细粉,碎屑。喻粉身碎骨。

〔34〕 昆冈:即昆仑山。据传山多产玉。

〔35〕 盘飧:指饭菜。

〔36〕 榱(cuī 崔):椽子。即放在檩上架屋瓦的木条。

〔37〕 挣剉(cuò 挫):挣扎。

第 四 十 回

先轸诡谋激子玉　晋楚城濮大交兵

话说赵衰奉了晋侯密旨,乘车来看魏犨。时魏犨胸脯伤重,病卧于床,问:"来者是几人?"左右曰:"止赵司马单车至此。"魏犨曰:"此探吾死生,欲以我行法耳!"乃命左右取匹帛:"为我束胸,我当出见使者。"左右曰:"将军病甚,不宜轻动。"魏犨大喝曰:"病不至死,决勿多言!"如常装束而出。赵衰问曰:"闻将军病,犹能起乎?主公使衰问子所苦。"魏犨曰:"君命至此,不敢不敬,故勉强束胸以见吾子。犨自知有罪当死;万一获赦,尚将以馀息报君父之恩,其敢自逸!"于是距跃[1]者三,曲踊[2]者三。赵衰曰:"将军保重,衰当为主公言之。"乃复命于文公,言:"魏犨虽伤,尚能跃踊,且不失臣礼,不忘报效。君若赦之,后必得其死力。"文公曰:"苟足以申法而警众,寡人亦何乐乎多杀?"

须臾,荀林父拘颠颉至,文公骂曰:"汝焚僖大夫之家何意?"颠颉曰:"介子推割股啖君,亦遭焚死,况盘飧乎?臣欲使僖负羁附于介山之庙也!"文公大怒曰:"介子推逃禄不仕,何与寡人?"乃问赵衰曰:"颠颉主谋放火,违命擅刑,合当何罪?"赵衰应曰:"如令当斩首!"文公喝命军正用刑。刀斧手将颠颉拥出辕门斩之。

命以其首祭负羁于僖氏之家,悬其首于北门,号令曰:"今后有违寡人之令者,视此!"文公又问赵衰曰:"魏犫与颠颉同行,不能谏阻,合当何罪?"赵衰应曰:"当革职,使立功赎罪。"文公乃革魏犫戎右之职,以舟之侨代之。将士皆相顾曰:"颠、魏二将,有十九年从亡大功,一违君命,或诛或革,况他人乎?国法无私,各宜谨慎!"自此三军肃然知畏。史官有诗云:

> 乱国全凭用法严,私劳公议两难兼。
> 只因违命功难赎,岂为盘飧一夕淹?

话分两头。却说楚成王伐宋,克了缗邑,直至睢阳,四面筑起长围,欲俟其困,迫而降之。忽报:"卫国遣使臣孙炎告急。"楚王召问其事,孙炎将晋取五鹿,及卫君出居襄牛之事,备细诉说,"如救兵稍迟,楚丘不守。"楚王曰:"吾舅[3]受困,不得不救。"乃分申、息二邑之兵,留元帅成得臣及斗越椒[4]、斗勃、宛春一班将佐,同各路诸侯围宋。自统芳吕臣、斗宜申等,率中军两广[5],亲往救卫。四路诸侯,亦虑本国有事,各各辞回,止留其将统兵。陈将辕选,蔡将公子印,郑将石癸,许将百畴,俱听得臣调度。

单说楚王行至半途,闻晋兵已移向曹国,正议救曹。未几,报至:"晋兵已破曹,执其君。"楚王大惊曰:"晋之用兵,何神速乃尔?"遂驻军于申城[6],遣人往谷,取回公子雍及易牙等,以谷地仍复归齐,使申公叔侯与齐讲和,撤戍而还。又遣人往宋,取回成得臣之师,且戒谕之曰:"晋侯在外十九年矣,年逾六旬,而果得晋国,备尝险阻,通达民情,殆天假之年,以昌大晋国之业。非楚所能敌也,不如让之。"使命至谷,申公叔侯致谷修好于齐,班师回楚。

先轸诡谋激子玉　晋楚城濮大交兵

惟成得臣自恃其才,愤愤不平,谓众诸侯曰:"宋城旦暮且破,奈何去之?"斗越椒亦以为然。得臣使回见楚王:"愿少待破宋,奏凯而回。如遇晋师,请决一死战;若不能取胜,甘伏军法。"楚王召子文问曰:"孤欲召子玉还,而子玉请战,于卿何如?"子文曰:"晋之救宋,志在图伯;然晋之伯,非楚利也。能与晋抗者惟楚,楚若避晋,则晋遂伯矣。且曹、卫我之与国。见楚避晋,必惧而附晋,姑令相持,以坚曹、卫之心,不亦可乎?王但戒子玉勿轻与晋战,若讲和而退,犹不失南北之局也。"楚王如其言,吩咐越椒,戒得臣勿轻战,可和则和。成得臣闻越椒回复之话,且喜不即班师,攻宋愈急,昼夜不息。

宋成公初时,得公孙固报言,晋侯将伐曹、卫以解宋围,乃悉力固守。及楚成王分兵一半,救卫去了,得臣之围愈急,心下转慌。大夫门尹般进曰:"晋知救卫之师已行,未知围宋之师未退也。臣请冒死出城,再见晋君,乞其救援。"宋成公曰:"求人至再,岂可以空言往乎?"乃籍库藏中宝玉重器[7]之数,造成册籍,献于晋侯,以求进兵。只等楚兵宁静,便照册输纳。门尹般再要一人帮行,宋公使华秀老同之。二人辞了宋公,觑个方便,缒城而出。偷过敌寨,一路挨访晋军,到于何处,径奔军前告急。门尹般、华秀老二人见了晋侯,涕泣而言:"敝邑亡在旦夕,寡君惟是不腆宗器,愿纳左右,乞赐哀怜!"文公谓先轸曰:"宋事急矣!若不往救,是无宋也。若往救,必须战楚。郤縠曾为寡人策之,非合齐、秦为助不可。今楚归谷地于齐,与之通好。秦、楚又无隙,未肯合谋,将若之何?"先轸对曰:"臣有一策,能使齐、秦自来战楚。"文公欣然,问:"卿有何妙计,使齐、秦自来战楚?"先轸对曰:"宋之赂我,可谓厚矣!受

第 四 十 回

赂而救,君何义焉?不如辞之。使宋以赂晋之物,分赂齐、秦,求二国向楚宛转[8],乞其解围。二国自谓力能得之于楚[9],必遣使至楚。楚若不从,则齐、秦之隙成矣。"文公曰:"倘请之而从,齐、秦将以宋奉楚,与我何利焉?"先轸对曰:"臣又有一策,能使楚必不从齐、秦之请。"文公曰:"卿又有何计,使楚必不从齐、秦之请?"先轸曰:"曹、卫,楚所爱也;宋,楚所嫉也。我已逐卫侯,执曹伯矣。二国土地,在我掌握,与宋连界。诚割取二国田土,以畀宋人,则楚之恨宋愈甚。齐、秦虽请,其肯从乎?齐、秦怜宋而怒楚,虽欲不与晋合,不可得也。"文公抚掌称善。乃使门尹般以宝玉重器之数,分作二籍,转献齐、秦二国。门尹般如秦,华秀老如齐,约定一般说话,相见之间,须要极其哀恳。

秀老至齐,参见了昭公,言:"晋、楚方恶,此难非上国不解。若因上国得保社稷,不惟先朝重器不敢爱,愿年年聘好,子孙无间。"齐昭公问曰:"今楚君何在?"华秀老曰:"楚王亦肯解围,已退师于申矣。惟楚令尹成得臣新得楚政,谓敝邑旦暮可下,贪功不退。是以乞怜于上国耳!"昭公曰:"楚王前日取我谷邑,近日复归于我,结好而退,此无贪功之心。既令尹成得臣不肯解围,寡人为宋曲意请之。"乃命崔夭为使,径至宋地,往见得臣,为宋求释。门尹般到秦,亦如华秀老之言。秦穆公亦遣公子絷为使,如楚军与得臣讨情。齐、秦两不相照,各自遣使。门尹般和华秀老俱转到晋军回话。文公谓之曰:"寡人已灭曹、卫,其田近宋者,不敢自私。"乃命狐偃同门尹般收取卫田,命胥臣同华秀老收取曹田,把两国守臣,尽行赶逐。崔夭、公子絷正在成得臣幕下替宋讲和,恰好那些被逐的守臣,纷纷来诉,说:"宋大夫门尹般、华秀老倚晋之威,将

先轸诡谋激子玉　晋楚城濮大交兵

本国田土,都割据去了。"得臣大怒,谓齐、秦使者曰:"宋人如此欺负曹、卫,岂像个讲和的?不敢奉命,休怪,休怪!"崔夭和公子絷一场没趣,即时辞回。晋侯闻得臣不准齐、秦二国之请,预遣人于中途邀迎二国使臣,到于营中,盛席款待,诉以:"楚将骄悍无礼,即日与晋交战,望二国出兵相助。"崔夭、公子絷领命去了。

且说得臣誓于众曰:"不复曹、卫,宁死必不回军!"楚将宛春献策曰:"小将有一计,可以不劳兵刃,而复曹、卫之封。"得臣问曰:"子有何计?"宛春曰:"晋之逐卫君,执曹伯,皆为宋也。元帅诚遣一使至晋军,好言讲解,要晋复了曹、卫之君,还其田土,我这里亦解宋围,大家罢战休兵,岂不为美?"得臣曰:"倘晋不见听如何?"宛春曰:"元帅先以解围之说,明告宋人,姑缓其攻。宋人思脱楚祸,如倒悬之望解,若晋侯不允,不惟曹、卫二国怨晋,宋亦怒之。聚三怨以敌一晋,我之胜数多矣。"得臣曰:"谁人敢使晋军?"宛春曰:"元帅若以见委,春不敢辞。"得臣乃缓宋国之攻,命宛春为使,乘单车直造晋军,谓文公曰:"君之外臣得臣,再拜君侯麾下,楚之有曹、卫,犹晋之有宋也。君若复卫封曹,得臣亦愿解围去宋,彼此修睦,各免生灵涂炭之苦。"言犹未毕,只见狐偃在旁,咬牙怒目骂道:"子玉好没道理!你释了一个未亡之宋,却要我这里复两个已亡之国,你直恁便宜!"先轸急蹑狐偃之足,谓宛春曰:"曹、卫罪不至灭亡,寡君亦欲复之。且请暂住后营,容我君臣计议施行。"栾枝引宛春归于后营。狐偃问于先轸曰:"子载真欲听宛春之请乎?"轸曰:"宛春之请,不可听,不可不听。"偃曰:"何谓也?"轸曰:"宛春此来,盖子玉奸计,欲居德于己,而归怨于晋也。不听,则弃三国,怨在晋矣;听之,则复三国,德又在楚矣。为今之计,不如私许曹、卫,以离其党;再拘执宛春,以激其怒。得臣性刚而躁,必移兵索战于我,是宋围不求解而自解也。倘子玉自与宋通和,则我遂失宋矣。"文公曰:"子载之计甚善!但寡人前受楚君之惠,今拘执其使,恐于报施之理有碍。"栾枝对曰:"楚吞噬小国,凌辱大邦,此皆中原之大耻;君不图伯则已,如欲图伯,耻在于君,乃怀区区之小惠乎?"文公曰:"微卿言,寡人不知也!"遂命栾枝押送宛春于五鹿,交付守将郄步扬小心看管。其原来车骑从人,尽行驱回,教他传话令尹曰:"宛春无礼,已行囚禁,待拿得令尹,一同诛戮。"从人抱头鼠窜而去。文公打发宛春事毕,使人告曹共公曰:"寡人岂为出亡小忿,求过于君?所以不释然于君者,以君之附楚故也。君若遣一介[10]告绝于楚,以明君之与晋,即当送君还曹耳。"曹共公急于求释,信以为然,遂为书遗得臣云:

　　孤惧社稷之陨,死亡不免,不得已即安于晋,不得复事上国。上国若能驱晋以为孤宁宇,孤敢有二心耶?

文公又使人往襄牛见卫成公,亦以复国许之。成公大喜。宁俞谏曰:"此晋国反间之计,不可信之。"成公不听,亦致书得臣,大约如曹伯之语。时得臣方闻宛春被拘之报,咆哮叫跳,大骂:"晋重耳,你是跑不伤、饿不死的老贼!当初在我国中,是我刀砧上一块肉,今才得返国为君,辄如此欺负人!自古两国相争,不罪来使。如何将我使臣拿住?吾当亲往与他讲理。"正在发怒,帐外小卒报道:"曹、卫二国,各有书札上达元帅。"得臣想道:"卫侯、曹伯流离之际,有甚书来通我?必是打探得晋国什么破绽,私来报我,此乃天助我成功也!"启书看时,如此恁般,却是从晋绝楚的话头,气得心头一片无明火,直透上三千丈不止。大叫道:"这两封书,又是

先轸诡谋激子玉　晋楚城濮大交兵

老贼逼他写的！老贼，老贼！今日不是你就是我，定要拚个死活！"吩咐大小三军，撤了宋围，且去寻晋重耳做对。"待我败了晋军，怕残宋走往那里去！"斗越椒曰："吾王曾叮咛不可轻战。若元帅要战之时，还须禀命而行。况齐、秦二国，曾为宋求情，恨元帅不从，必然遣兵助晋。我国虽有陈、蔡、郑、许相帮，恐非齐、秦之敌。必须入朝请添兵益将，方可赴敌。"得臣曰："就烦大夫一行，以速为贵。"越椒奉元帅将令，径到申邑，来见楚王，奏知请兵交战之意。楚王怒曰："寡人戒勿与战，子玉强要出师，能保必胜乎？"越椒对曰："得臣有言在前：'如若不胜，甘当军令。'"楚王终不快意，乃使斗宜申将西广之兵而往。楚兵二广，东广在左，西广在右，凡精兵俱在东广。止分西广之兵，不过千人[11]，又非精卒，乃是楚王疑其兵败，不肯多发之意。成得臣之子成大心，聚集宗人之兵，约六百人，自请助战。楚王许之。斗宜申同越椒领兵至宋，得臣看兵少，心中愈怒，大言曰："便不添兵，难道我胜不得晋？"即日约会四路诸侯之兵，拔寨都起。这一去，正中了先轸的机谋了。髯翁有诗云：

久困睢阳功未收，勃然一怒战群侯。

得臣纵有冲天志，怎脱今朝先轸谋！

得臣以西广戎车，兼成氏本宗之兵，自将中军。使斗宜申率申邑之师，同郑、许二路兵将为左军。使斗勃率息邑之兵[12]，同陈、蔡二路兵将为右军。雨骤风驰，直逼晋侯大寨，做三处屯聚。

晋文公集诸将问计。先轸曰："本谋致楚，欲以挫之。且楚自伐齐围宋，以至于今，其师老矣。必战楚，毋失敌！"狐偃曰："主公昔日在楚君面前，曾有一言：'他日治兵中原，请避君三舍。'今遂

第 四 十 回

与楚战,是无信也。主公向不失信于原人,乃失信于楚君乎?必避楚。"诸将皆艴然[13]曰:"以君避臣,辱甚矣!不可,不可!"狐偃曰:"子玉虽刚狠,然楚君之惠,不可忘也。吾避楚,非避子玉。"诸将又曰:"倘楚兵追至,奈何?"狐偃曰:"若我退,楚亦退,必不能复围宋矣。如我退而楚进,则以臣逼君,其曲在彼。避而不得,人有怒心,彼骄我怒,不胜何为?"文公曰:"子犯之言是也。"传令:"三军俱退!"晋军退三十里,军吏来禀曰:"已退一舍之地矣。"文公曰:"未也。"又退三十里,文公仍不许驻军。直退到九十里之程,地名城濮[14],恰是三舍之远,方教安营息马。时齐孝公命上卿国懿仲之子国归父为大将,崔夭副之;秦穆公使其次子小子慭[15]为大将,白乙丙副之。各率大兵,协同晋师战楚,俱于城濮下寨。宋围已解,宋成公亦遣司马公孙固如晋军拜谢,就留军中助战。

却说楚军见晋军移营退避,各有喜色。斗勃曰:"晋侯以君避臣,于我亦有荣名矣。不如借此旋师,虽无功,亦免于罪。"得臣怒曰:"吾已请添兵将,若不一战,何以复命?晋军既退,其气已怯,宜疾追之!"传令:"速进!"楚军行九十里,恰与晋军相遇,得臣相度地势,凭山阻泽,据险为营。晋诸将言于先轸曰:"楚若据险,攻之难拔,宜出兵争之。"先轸曰:"夫据险以固守也。子玉远来,志在战而不在守。虽据险,安所用之?"时文公亦以战楚为疑。狐偃奏曰:"今日对垒,势在必战。战而胜,可以伯诸侯;即使不胜,我国外河内山,足以自固。楚其奈我何?"文公意犹未决。是夜就寝,忽得一梦,梦见如先年出亡之时,身在楚国,与楚王手搏为戏,气力不加,仰面倒地。楚王伏于身上,击破其脑,以口喋之。既觉,大惧。时狐偃同宿帐中,文公呼而告之,如此恁般:"梦中斗楚不胜,彼饮吾脑,恐非吉兆乎?"狐偃称贺曰:"此大吉之兆也!君必胜矣!"文公曰:"吉在何处?"狐偃对曰:"君仰面倒地,得天相照;楚王伏于身上,乃伏地请罪也。脑所以柔物,君以脑予楚,柔服之矣,非胜而何?"文公意乃释然。天色乍明,军吏报:"楚国使人来下战书。"文公启而观之,书云:

请与君之士戏[16],君凭轼而观之,得臣与寓目[17]焉。

狐偃曰:"战,危事也,而曰戏,彼不敬其事矣,能无败乎?"文公使栾枝答其书云:

寡人未忘楚君之惠,是以敬退三舍,不敢与大夫对垒。大夫必欲观兵[18],敢不惟命!诘朝[19]相见。

楚使者去后,文公使先轸再阅兵车,共七百乘,精兵五万馀人,齐、秦之众,不在其内。文公登有莘之墟[20],以望其师,见其少长有序,进退有节,叹曰:"此郤縠之遗教也。以此应敌可矣。"使人伐其山木,以备战具。先轸分拨兵将,使狐毛、狐偃引上军,同秦国副将白乙丙攻楚左师,与斗宜申交战。使栾枝、胥臣引下军,同齐国副将崔夭,攻楚右师,与斗勃交战。各授计策行事。自与郤溱、祁瞒中军结阵,与成得臣相持。却教荀林父、士会,各率五千人为左右翼,准备接应。再教国归父、小子慭,各引本国之兵,从间道抄出楚军背后埋伏,只等楚军败北,便杀入据其大寨。时魏犨胸疾已愈,自请为先锋。先轸曰:"留老将军有用处。从有莘南去,地名空桑[21],与楚连谷[22]地面接壤,老将军可引一枝兵,伏于彼处,截楚败兵归路,擒拿楚将。"魏犨欣然去了。赵衰、孙伯纠、羊舌突、茅茷等一班文武,保护晋文公于有莘山上观战。再教舟之侨于

第四十回

南河整顿船只，伺候装载楚军辎重，临期无误。次日黎明，晋军列阵于有莘之北，楚军列阵于南，彼此三军，各自成列。得臣传令，教："左右二军先进，中军继之。"

且说晋下军大夫栾枝，打探楚右师用陈、蔡为前队，喜曰："元帅密谓我曰：'陈、蔡怯战而易动。'先挫陈、蔡，则右师不攻而自溃矣。"乃使白乙丙出战[23]。陈辕选、蔡公子印欲在斗勃前建功，争先出车。未及交锋，晋兵忽然退后。二将方欲追赶，只见对阵门旗开处，一声炮响，胥臣领着一阵大车，冲将出来。驾车之马，都用虎皮蒙背，敌马见之，认为真虎，惊惶跳踯，执辔者拿把不住，牵车回走，反冲动斗勃后队。胥臣和白乙丙乘乱掩杀，胥臣斧劈公子印于车下，白乙丙箭射斗勃中颊。斗勃带箭而逃，楚右师大败，死者枕藉，不计其数。栾枝遣军卒，假扮作陈、蔡军人，执着彼处旗号，往报楚军，说："右师已得胜，速速进兵，共成大功。"得臣凭轼望之，但见晋军北奔，烟尘蔽天，喜曰："晋下军果败矣！"急催左师并力前进。斗宜申见对阵大旆高悬，料是主将，抖擞精神，冲杀过来。这里狐偃迎住，略战数合，只见阵后大乱，狐偃回辕便走，大旆亦往后退行。斗宜申只道晋军已溃，指引郑、许二将，尽力追逐。忽然鼓声大震，先轸、郤溱引精兵一枝，从半腰里横冲过来，将楚军截做二段。狐毛、狐偃翻身复战，两下夹攻。郑、许之兵先自惊溃，宜申支架不住，拚死命杀出，遇着齐将崔夭，又杀一阵，尽弃其车马器械，杂于步卒之中，爬山而遁。原来晋下军伪作北奔，烟尘蔽天，却是栾枝砍下有莘山之木，曳于车后，车驰木走，自然刮地尘飞，哄得左军贪功索战。狐毛又诈设大旆，教人曳之而走，装作奔溃之形。狐偃佯败，诱其驱逐。先轸早已算定，吩咐祁瞒虚建大将旗，守定

先轸诡谋激子玉　晋楚城濮大交兵

中军,任他敌军搦战,切不可出应。自引兵从阵后抄出,横冲过来,恰与二狐夹攻,遂获全胜。这都是先轸预定下的计策。有诗为证:

　　临机何用阵堂堂?先轸奇谋不可当。

　　只用虎皮蒙马计,楚军左右尽奔亡。

话说楚元帅成得臣虽则恃勇求战,想着楚王两番教诫之语,却也十分持重。传闻左右二军,俱已进战得利,追逐晋兵;遂令中军击鼓,使其子小将军成大心出阵。祁瞒先时,也守着先轸之戒,坚守阵门,全不招架。楚中军又发第二通鼓,成大心手提画戟,在阵前耀武扬威。祁瞒忍耐不住,使人察之,回报:"是十五岁的孩子。"祁瞒曰:"谅童子有何本事!手到拿来,也算我中军一功。"喝教:"擂鼓!"战鼓一鸣,阵门开处,祁瞒舞刀而出,小将军便迎住交锋。约斗二十馀合,不分胜败。斗越椒在门旗之下,见小将军未能取胜,即忙驾车而出,拈弓搭箭,觑得较亲,一箭正射中祁瞒的盔缨。祁瞒吃了一惊,欲待退回本阵,恐冲动了大军,只得绕阵而走。斗越椒大叫:"此败将不须追之,可杀入中军,擒拿先轸!"不知胜负如何,且看下回分解。

――――――

〔1〕　距跃:向前直跳,即跳远。

〔2〕　曲踊:弯腰向上跳。

〔3〕　吾舅:楚王新婚于卫,故称卫侯为吾舅。

〔4〕　斗越椒:楚国大臣名。斗伯比之孙,令尹子文之从弟。斗氏名椒,字子越,又字伯棼。春秋时常连字与名呼之,故称之越椒或斗越椒。

〔5〕　两广:春秋时楚国军制名。中军有左右二列,每列有戎车十五乘及

第 四 十 回

相应步卒,称一广。

〔6〕 申城:申本国名,后并于楚,遂为楚之大邑。故地在今河南南阳市。

〔7〕 重器:即传国之宝器,如鼎鬲之属。

〔8〕 宛转:劝解。劝解需委宛曲折之言,故称。

〔9〕 力能得之于楚:国力能与楚国相称。得,相当。

〔10〕 一介:一个人,一个使者。

〔11〕 不过千人:每广有兵车十五乘,每兵车乘者三人,随从步卒七十二人,故总数略过千人。

〔12〕 息邑之兵:息原为姬姓国,后并于楚,为楚属邑。地在今河南息县。息与申均在楚方城之北,邻近中原;故楚争霸多用申、息之兵。

〔13〕 艴(bó勃)然:盛气发怒的样子。

〔14〕 城濮:春秋时卫地名。在今山东鄄城县临濮镇。

〔15〕 小子憖(yìn印):秦穆公之子。小子,多称其幼子。

〔16〕 "请与"句:请求同您的士卒做做游戏。这是请战的外交辞令。

〔17〕 寓目:过目,观看。

〔18〕 观兵:本指检阅军队,这里借指观看两军战斗。

〔19〕 诘朝:明晨。

〔20〕 有莘(shēn申)之墟:有莘国的故址。有莘为上古国名,商汤曾娶有莘之女。有莘之墟应在今临濮镇附近,当时属卫国地。

〔21〕 空桑:古地名。商汤时贤相伊尹出生之地。在今河南范县附近。

〔22〕 连谷:春秋时楚边境地名。其地应在空桑之南,楚方城之外,具体地址待考。

〔23〕 使白乙丙出战:据上段,栾枝所引晋下军,攻楚右师,客席将领为齐国副将崔夭。

第四十一回

连谷城子玉自杀　践土坛晋侯主盟

话说楚将斗越椒与小将军成大心,不去追赶祁瞒,竟杀入中军,越椒见大将旗迎风荡扬,一箭射将下来。晋军不见了帅旗,即时大乱。却得荀林父、先蔑两路接应兵到,荀林父接住斗越椒厮杀,先蔑便接住成大心厮杀。成得臣麾军大进,攘臂大呼曰:"今日若容晋军一个生还,誓不回军!"正在施设,先轸、郤溱兵到,两下混战多时。栾枝、胥臣、狐毛、狐偃一齐都到,如铜墙铁壁,围裹将来。得臣方知左右二军已溃,无心恋战,急急传令鸣金收军。怎当得晋兵众盛,把楚家兵将,分做十来处围住。小将军成大心一枝画戟,神出鬼没,率领宗兵六百人,无不一以当百,保护其父得臣,拚命杀出重围。不见了斗越椒,复翻身杀入。那斗越椒,乃是子文之从弟,生得状如熊虎,声若豺狼,有万夫不当之勇,精于射艺,矢无虚发。在晋军中左冲右突,正寻觅成家父子。恰好成大心遇见,说:"元帅有了,将军可快行!"两个遂合做一处,各奋神威,复救出许多楚军,溃围而出。

晋文公在有莘山上,观见晋兵得胜,忙使人教先轸传谕各军:"但逐楚兵出了宋、卫之境足矣。不必多事擒杀,以伤两国之情,

第四十一回

负了楚王施惠之意。"先轸遂约住诸军,不行追赶。祁瞒违令出战,囚于后军,伺候发落。胡曾先生有诗云:

避兵三舍为酬恩,又诫穷追免楚军;
两敌交锋尚如此,平居负义是何人?

陈、蔡、郑、许四国,损兵折将,各自逃生,回本国去了。单说成得臣同成大心、斗越椒出了重围,急投大寨。前哨报:"寨中已竖起齐、秦两家旗号了!"原来国归父、小子憖二将杀散楚兵,据了大寨,辎重粮草,尽归其手。得臣不敢经过,只得倒转从有莘山后,沿睢水[1]一路而行。斗宜申、斗勃各引残兵来会。行至空桑地面,忽然连珠炮响,一军当路,旗上写"大将魏"字。魏犨先在楚国,独制貘兽,楚人无不服其神勇。今日路当险处,遇此劲敌,那残兵又都是个伤弓之鸟,谁人不丧胆消魂!早已望风而溃了。斗越椒大怒,叫小将军保护元帅,奋起精神,独力拒战。斗宜申、斗勃也只得勉强相帮。魏犨力战三将,水泄不漏。正在相持,忽见北来一人,飞马而至,大叫:"将军罢战,先元帅奉主公之命:'放楚将生还本国,以报出亡时款待之德。'"魏犨方才住手,教军士分开两下,大喝:"饶你去!"得臣等奔走不迭,回至连谷,点检残军,中军虽有损折,尚十存六七;其申、息之师,分属左右二军者,所存十无一二。哀哉!古人有吊战场诗云:

胜败兵家不可常,英雄几个老沙场?
禽奔兽骇投坑窜,肉颤筋飞饱剑铓;
鬼火荧荧魂宿草,悲风飒飒骨侵霜。
劝君莫羡封侯事,一将功成万命亡!

得臣大恸曰:"本图为楚国扬万里之威,不意中晋人诡谋,贪功败

连谷城子玉自杀　践土坛晋侯主盟

绩，罪复何辞？"乃与斗宜申、斗勃俱自囚于连谷，使其子大心部领残军，去见楚王，自请受诛。时楚成王尚在申城，见成大心至，大怒曰："汝父有言在前：'不胜甘当军令。'今又何言？"大心叩头曰："臣父自知其罪，便欲自杀，臣实止之。欲使就君之戮，以申国法也。"楚王曰："楚国之法，兵败者死。诸将速宜自裁[2]，毋污吾斧锧[3]！"大心见楚王无怜赦之意，号泣而出，回复得臣。得臣叹曰："纵楚王赦我，我亦何面目见申、息之父老乎？"乃北向再拜，拔佩剑自刎而死。

却说䓕贾在家，问其父䓕吕臣曰："闻令尹兵败，信乎？"吕臣曰："信。"䓕贾曰："王何以处之？"䓕吕臣曰："子玉与诸将请死，王听之矣。"䓕贾曰："子玉刚愎而骄，不可独任；然其人强毅不屈，使得智谋之士，以为之辅，可使立功。今虽兵败，他日能报晋仇者，必子玉也。父亲何不谏而留之？"吕臣曰："王怒甚，恐言之无益。"䓕贾曰："父亲不记范巫矞似[4]之言乎？"吕臣曰："汝试言之。"䓕贾曰："矞似善相人，主上为公子时，矞似曾言：'主上与子玉、子西三人，日后皆不得其死。'主上切记其言，即位之日，即赐子玉、子西免死牌各一面，欲使矞似之言不验也。主上怒中，偶忘之耳。父亲若言及此，主上必留二臣无疑矣。"吕臣即时往见楚王，奏曰："子玉罪虽当死，然吾王曾有免死牌在彼，可以赦之。"楚王愕然曰："岂非范巫矞似之故耶？微子言，寡人几忘之矣！"乃使大夫潘尪同成大心乘急传[5]宣楚王命："败将一概免死！"比及到连谷时，得臣先死半日矣。左师将军斗宜申悬梁自缢，因身躯重大，悬帛断绝，恰好免死命至，留下性命。斗勃原要收殓子玉、子西之尸，方才自尽，故此亦不曾死。单死了个成得臣，岂非命乎？潜渊居士有诗

第四十一回

吊之云：

> 楚国昂藏一丈夫，气吞全晋挟雄图。
> 一朝失足身躯丧，始信坚强是死徒。

成大心殡殓父尸。斗宜申、斗勃、斗越椒等，随潘尪到申城谒楚王，伏地拜谢不杀之恩。楚王知得臣自杀，懊悔不已。还驾郢都，升蒍吕臣为令尹；贬斗宜申为商邑尹，谓之商公，斗勃出守襄城。楚王转怜得臣之死，拜其子成大心、成嘉俱为大夫。令尹子文致政居家，闻得臣兵败，叹曰："不出蒍贾所料！吾之识见，反不如童子，宁不自羞！"呕血数升，伏床不起。召其子斗般嘱曰："吾死在旦夕。惟有一言嘱汝：汝叔越椒，自初生之日，已有熊虎之状，豺狼之声，此灭族之相也。吾此时曾劝汝祖勿育之，汝祖不听。吾观蒍吕臣不寿，勃与宜申，皆非善终之相，楚国为政，非汝则越椒。越椒傲狠好杀，若为政，必有非理之望，斗氏之祖宗其不祀乎？吾死后，椒若为政，汝必逃之，无与其祸也。"般再拜受命。子文遂卒。未几，蒍吕臣亦死。成王追念子文之功，使斗般嗣为令尹，越椒为司马，蒍贾为工正。不在话下。

却说晋文公既败楚师，移屯于楚大寨。寨中所遗粮草甚广，各军资之以食，戏曰："此楚人馆谷[6]我也。"齐、秦及诸将等，皆北面称贺。文公谢不受，面有忧色。诸将曰："君胜敌而忧，何也？"文公曰："子玉非甘出人下者，胜不可恃，能勿惧乎？"国归父、小子慭等辞归，文公以军获之半遗之，二国奏凯而还。宋公孙固亦归本国，宋公自遣使拜谢齐、秦。不在话下。

先轸因祁瞒至文公之前，奏其违命辱师之罪。文公曰："若非

连谷城子玉自杀　践土坛晋侯主盟

上下二军先胜,楚兵尚可制乎?"命司马赵衰定其罪,斩祁瞒以徇于军,号令曰:"今后有违元帅之令者,视此!"军中益加悚惧。大军留有莘三日,然后下令班师。行至南河,哨马禀复:"河下船只,尚未齐备。"文公使召舟之侨。侨亦不在。原来舟之侨是虢国降将,事晋已久,满望重用立功,却差他南河拘集船只,心中不平。恰好接得家报,其妻在家病重,侨料晋、楚相持,必然日久,未必便能班师,因此暂且回国看视。不想夏四月戊辰,师至城濮,已巳交战,便大败楚师,休兵三日,至癸酉大军遂还,前后不过六日,晋侯便至河下,遂误了济河之事。文公大怒,欲令军士四下搜捕民船。先轸曰:"南河百姓,闻吾败楚,谁不震恐?若使搜捕,必然逃匿。不若出令以厚赏募之。"文公曰:"善。"才悬赏军门,百姓争舣船应募,顷刻舟集如蚁,大军遂渡了黄河。文公谓赵衰曰:"曹、卫之耻已雪矣,惟郑仇未报,奈何?"赵衰对曰:"君旋师过郑,不患郑之不来也。"文公从之。

行不数日,遥见一队车马,簇拥着一位贵人,从东而来。前队栾枝迎住,问:"来者何人?"答曰:"吾乃周天子之卿士王子虎也。闻晋侯伐楚得胜,少安中国,故天子亲驾銮舆,来犒三军,先令虎来报知。"栾枝即引子虎来见文公。文公问于群下曰:"今天子下劳寡人,道路之间,如何行礼?"赵衰曰:"此去衡雍[7]不远,有地名践土[8],其地宽平,连夜建造王宫于此,然后主公引列国诸侯迎驾,以行朝礼,庶不失君臣之义也。"文公遂与王子虎订期,约以五月之吉,于践土候周王驾临。子虎辞去。大军望衡雍而进。途中又见车马一队,有一使臣来迎,乃是郑大夫子人九。奉郑伯之命,恐晋兵来讨其罪,特遣行成。晋文公怒曰:"郑闻楚败而惧,非出本心，寡人俟觐王之后，当亲率师徒，至于城下。"赵衰进曰："自我出师以来，逐卫君，执曹伯，败楚师，兵威已大震矣。又求多于郑，奈劳师何？君必许之。若郑坚心来归，赦之可也；如其复贰，姑休息数月，讨之未晚。"文公乃许郑成。大军至衡雍下寨。一面使狐毛、狐偃帅本部兵，往践土筑造王宫；一面使栾枝入郑城，与郑伯为盟。郑伯亲至衡雍，致饩谢罪。文公复与歃血订好。话间，因夸美子玉之英勇。郑伯曰："已自杀于连谷矣。"文公叹息久之。郑伯既退，文公私谓诸臣曰："吾今日不喜得郑，喜楚之失子玉也。子玉死，馀人不足虑，诸卿可高枕而卧矣！"髯翁有诗云：

得臣虽是莽男儿，胜负将来未可知。

尽说楚兵今再败，可怜连谷有舆尸[9]！

却说狐毛、狐偃筑王宫于践土，照依明堂[10]之制。怎见得？有《明堂赋》为证：

赫赫明堂，居国之阳[11]。嵬峨特立，镇压殊方[12]。所以施一人之政令，朝万国之侯王[13]。面室有三，总数惟九。间太庙于正位，处太室于中霤[14]。启闭乎三十六户，罗列乎七十二牖[15]。左个右个，为季孟之交分[16]；上圆下方，法天地之奇偶[17]。及夫诸位散设，三公最崇。当中阶而列位，与群臣而不同。诸侯东阶之东，西面而北上；诸伯西阶之西，东面而相向。诸子应门[18]之东而鹄立[19]，诸男应门之西而鹤望。戎夷金木之户外，蛮狄水火而位配[20]。九采外屏之右以成列，四塞外屏之左而遥对[21]。朱干玉戚[22]，森笋[23]以相参；龙旗豹韬[24]，抑扬而相错。肃肃沉沉，峦崇壑深[25]。烟收[26]而卿士齐列，日出而天颜[27]始临。戴冕旒[28]以当轩,见八纮[29]之稽颡[30];负斧扆[31]而南面,知万国之归心。

王宫左右,又别建馆舍数处。昼夜并工,月馀而毕。传檄诸侯:"俱要五月朔日,践土取齐。"是时,宋成公王臣,齐昭公潘,俱系旧好;郑文公捷,是新附之国,率先来赴。他如鲁僖公申,与楚通好;陈穆公款,蔡庄公甲午,与楚连兵;都是楚党,至是惧罪,亦来赴会。邾、莒小国,自不必说。惟许僖公业,事楚最久,不愿从晋。秦穆公任好,虽与晋合,从未与中国会盟,迟疑不至。卫成公郑,出在襄牛;曹共公襄,见拘五鹿;晋侯曾许以复国,尚未明赦,亦不与会。

单说卫成公闻晋将合诸侯,谓宁俞曰:"征会不及于卫,晋怒尚未息也。寡人不可留矣!"宁俞对曰:"君徒出奔,谁纳君者!不如让位于叔武,使元咺[32]奉之,以乞盟于践土,君若为逊避而出。天如祚[33]卫,武获与盟,武之有国,犹君有之。况武素孝友,岂忍代立?必当为复君之计矣。"卫侯心虽不愿,到此地位,无可奈何,使孙炎以君命致国于叔武,如宁俞之言。孙炎领命,往楚丘去了。卫侯又问于宁俞曰:"寡人今欲出奔,何国而可?"俞踌躇未答。卫侯又曰:"适楚何如?"俞对曰:"楚虽婚姻,实晋仇也。且前已告绝,不可复往,不如适陈。陈将事晋,又可藉为通晋之地也。"卫侯曰:"不然,告绝非寡人意,楚必谅之。晋、楚将来,事未可定。使武事晋,而我托于楚,两途观望,不亦可乎?"卫侯遂适楚,楚边人追而詈之;乃改适陈,始服宁俞之先见矣。

孙炎见叔武,致卫侯之命。武曰:"吾之守国,摄也,敢受让乎?"即同元咺赴会。使孙炎回复卫侯,言:"见晋之时,必当为兄

第四十一回

乞怜求复也。"元咺曰："君性多猜忌，吾不遣亲子弟相从，何以取信？"乃使其子元角，伴孙炎以往，名虽问候，实则留质之意。公子歂犬私谓元咺曰："君之不复，亦可知矣。子何不以让国之事，明告国人，拥立夷叔[34]而相之？晋人必喜。子挟晋之重以临卫，是子与武共卫也。"元咺曰："叔武不敢无兄，吾敢无君乎？此行且请复吾君矣。"歂犬语塞而退。恐卫侯一旦复国，元咺泄其言，未免得罪，乃私往陈国，密报卫侯，反说："元咺已立叔武为君，谋会晋以定其位。"卫成公惑其言，以问孙炎。孙炎对曰："臣不知也。元角见在君所，其父有谋，角必与闻，君何不问之？"卫侯复问于元角，角言并无是事。宁俞亦言曰："咺若不忠于君，肯遣子出侍乎？君勿疑也。"公子歂犬私见卫侯曰："咺之设谋拒君，非一日矣。其遣子，非忠于君也，将以窥君之动静，而为之备也。若使乞怜于晋，以求复吾君，必辞会而不敢与，如公然与会，则为君信矣。君其察之。"卫侯果阴使人往践土，伺察叔武、元咺之事。胡曾先生有诗云：

弟友臣忠无间然，何堪歂犬肆谗言？
从来富贵生猜忌，忠孝常含万古冤。

却说周襄王以夏五月丁未日，驾幸践土。晋侯率诸侯，预于三十里外迎接，驻跸[35]王宫。襄王御殿[36]，诸侯谒拜稽首。起居[37]礼毕，晋文公献所获楚俘于王：被甲之马凡百乘，步卒千人，器械衣甲十馀车。襄王大悦，亲劳之曰："自伯舅齐侯即世之后，荆楚复强，凭陵中夏，得叔父[38]仗义剪伐，以尊王室。自文武[39]以下，皆赖叔父之休[40]，岂惟朕躬？"晋侯再拜稽首曰："臣

连谷城子玉自杀　践土坛晋侯主盟

重耳幸歼楚寇,皆仗天子之灵,臣何功焉?"

次日,襄王设醴酒以享晋侯。使上卿尹武公,内史叔兴,策命晋侯为方伯。赐大辂之服[41],服鷩冕[42];戎辂之服,服韦弁[43];彤弓一,彤矢百,旅弓[44]十,旅矢千,秬鬯[45]一卣[46],虎贲之士三百人。宣命曰:"俾尔晋侯,得专征伐,以纠王慝[47]。"晋侯逊谢再三,然后敢受。遂以王命布告于诸侯。襄王复命王子虎,册封晋侯为盟主,合诸侯修盟会之政。晋侯于王宫之侧,设下盟坛,诸侯先至王宫行觐礼,然后各趋会所。王子虎监临其事。晋侯先登,执牛耳,诸侯以次而登。元咺已引叔武谒过晋侯了。是日,叔武摄卫君之位,附于载书之末。子虎读誓词曰:"凡兹同盟,皆奖王室,毋相害也。有背盟者,明神殛[48]之,殃及子孙,陨命绝祀[49]!"诸侯齐声曰:"王命修睦,敢不敬承!"各各歃血为信。潜渊读史诗云:

晋国君臣建大猷[50],取威定伯服诸侯。

扬旌城濮观俘馘,连袂王宫觐冕旒。

更羡今朝盟践土,谩夸当日会葵邱。

桓公末路留遗恨,重耳能将此志酬。

盟事既毕,晋侯欲以叔武见襄王,立为卫君,以代成公。叔武涕泣辞曰:"昔宁母之会,郑子华以子奸父,齐桓公拒之[51]。今君方继桓公之业,乃令武以弟奸兄乎?君侯若嘉惠于武,赐之矜怜,乞复臣兄郑之位。臣兄郑事君侯,不敢不尽!"元咺亦叩头哀请,晋侯方才首肯。不知卫侯何时复国,再看下回分解。

第四十一回

〔1〕 睢水:河流名。见第三十三回注〔8〕。

〔2〕 自裁:自尽,自杀。

〔3〕 斧锧(zhì 至):斧头及铁制砧板。古代腰斩之刑具。

〔4〕 范巫矞似:矞似为人名,巫为其职业,范乃地名,在今河南范县。

〔5〕 急传:快速的驿传。古代专用于递送紧急文书。

〔6〕 馆谷:供给食宿。

〔7〕 衡雍:春秋时郑地名。在今河南原阳县西。

〔8〕 践土:春秋时郑地名。在今河南原阳县西南。

〔9〕 舆尸:车载之尸。此指成得臣之尸。

〔10〕 明堂:古代帝王举行朝会、庆赏、祭祀等大典的殿堂。

〔11〕 居国之阳:地在国都的南方。阳,向阳处,即南面。

〔12〕 殊方:异域地方。指域外各附属国。

〔13〕 "所以"二句:故此周王一人发号施令,各诸侯国、附属国均来朝贡。

〔14〕 "面室"四句:叙述明堂的总体结构。每面三间,形如井字,四面共有九间。正东、正西、正南、正北的一间称太庙。最中间的一间叫太室。太庙,帝王祖庙。而明堂正室亦陈列帝王历代昭穆,故称明堂太庙。中霤(liù 六),即中央。

〔15〕 "启闭乎"二句:明堂四面,每室三窗,总共有三十六个窗子。每窗有窗棂二,共排列七十二扇窗棂。

〔16〕 "左个"二句:正室两旁侧室叫"个"。以孟、仲、季为序数代表左、中、右三室。故左室、右室按其序数乃为季和孟。交分,此指区分。

〔17〕 "上圆"二句:圆形屋顶与方形殿堂正象征天圆地方。奇偶,这里代指方圆。

〔18〕 应门:明堂南面正门叫应门。

〔19〕鹄(hú胡)立:鹄为天鹅,颈长能望远。鹄立即引领静立。

〔20〕"戎夷"二句:戎夷、蛮狄,即所谓九夷、八蛮、六戎、五狄,泛指边疆各民族。金木、水火,代指东南西北四座大门。此二句言其他民族国君则站立于四门之外。

〔21〕"九采"二句:九采,指各边远诸侯国。《礼记·王制》:"千里之外曰采。"四塞,指四方藩卫之国。外屏,即明堂四门之外的门屏,俗称照壁。这二句说,四方边境诸侯国及藩属国,则排列在四门外照壁左右。

〔22〕朱干玉戚:红色的盾,玉做的大斧。干戚本为兵器,这里用作仪仗。

〔23〕森耸:森然耸立的样子。

〔24〕龙旗豹韬(tāo滔):韬,古代军队或仪仗队的大旗。这里指绣有龙形的旗帜和绣有豹状的大旗。这都代表着帝王的仪仗。

〔25〕"肃肃"二句:说明行礼时的气氛。用山高壑深以象征气氛之深沉肃穆。

〔26〕烟收:指晨雾收敛,以说明天已大明。

〔27〕天颜:周天子的脸色。此代周天子。

〔28〕冕旒(liǔ柳):天子的冠冕。旒,冠之前后悬垂的玉串。《礼记·礼器》:"天子之冕,朱绿藻,十有二旒。"

〔29〕八纮(hóng红):八方极远之处。《淮南子·墬形训》:"九州之外,乃有八殥……八殥之外,而有八纮,亦方千里。"这里代指边远国家。

〔30〕稽颡(qǐ sǎng 起嗓):以额触地。这是最尊敬的行礼方式。

〔31〕斧扆(yǐ以):指画有斧形的屏风。扆,屏风的一种。天子座位正在斧扆之前,面南,故全句说"负斧扆而南面。"

〔32〕元咺(xuǎn选):即卫大夫咺。见第三十九回。咺乃其名。食邑于元(今河北元氏县),故以元为氏。

〔33〕祚(zuò坐):赐福,保佑。

〔34〕夷叔:即叔武,夷乃其谥号。

第四十一回

〔35〕驻跸(bì 毕):帝王出行,中途暂住称驻跸。跸,专指帝王车驾。

〔36〕御殿:升殿,登殿。

〔37〕起居:指问候安否之言。

〔38〕叔父:周王称异姓诸侯曰伯舅,称同姓诸侯曰叔父。晋为姬姓,故称叔父。

〔39〕文武:指周开国之君周文王、周武王。

〔40〕休:福佑,荫庇。

〔41〕大辂(lù 路)之服:大辂乃天子乘坐之车,亦可赐与诸侯。大辂之服,指大辂及与大辂配套之服饰与装配。

〔42〕鷩(bì 必)冕:一种礼服,供侯伯之用。其衣有鷩(红色野鸡)形图画,冕有七旒。

〔43〕韦弁(biàn 辨):一种熟皮制成的红色帽子。出征时穿戴。

〔44〕旅(lù 路)弓:旅,黑色。此即黑色之弓。古代一弓配百矢。故彤弓一,彤矢为百。旅弓十,旅矢则为千。

〔45〕秬鬯(jù chàng 巨畅):用黑黍与香草酿造的酒,色黄而芳香,甚名贵。

〔46〕卣(yǒu 有):盛酒器。其形椭圆,大腹敛口,圈足无耳。亦可作祭器用。

〔47〕以纠王慝(tè 特):用来惩治那些危害周王的人。慝,恶。王慝,指有恶于周王的人和事。

〔48〕殛(jí 及):杀死。

〔49〕绝祀:断绝香火,指断子绝孙。

〔50〕大猷(yóu 犹):重大谋划。此指大功劳,大事业。

〔51〕"昔宁母之会"三句:指齐桓公会诸侯于宁母,郑世子华代行,阴谋去郑三良一事,见第二十四回。

484

第四十二回

周襄王河阳受觐　卫元咺公馆对狱

话说周襄王二十年[1],下劳晋文公于践土,事毕归周,诸侯亦各辞回本国。卫成公疑歂犬之言,遣人密地打探,见元咺奉叔武入盟,名列载书,不暇致详,即时回报卫侯。卫侯大怒曰:"叔武果自立矣!"大骂:"元咺背君之贼!自己贪图富贵,扶立新君,却又使儿子来窥吾动静。吾岂容汝父子乎?"元角方欲置辩,卫侯拔剑一挥,头已坠地。冤哉!元角从人,慌忙逃回,报知其父咺。咺曰:"子之生死,命也!君虽负咺,咺岂可负太叔[2]乎?"司马瞒谓元咺曰:"君既疑子,子亦当避嫌。何不辞位而去,以明子之心耶?"咺叹曰:"咺若辞位,谁与太叔共守此国者?夫杀子,私怨也;守国,大事也。以私怨而废大事,非人臣所以报国之义也。"乃言于叔武,使奉书晋侯,求其复成公之位。此乃是元咺的好处。这事暂且搁过一边。

再说晋文公受了册命而回,虎贲弓矢,摆列前后,另是一番气象。入国之日,一路百姓,扶老携幼,争睹威仪,箪食壶浆,共迎师旅。叹声啧啧,都夸"吾主英雄!"喜色欣欣,尽道"晋家兴旺"。

第四十二回

正是：

> 捍艰复缵文侯绪，攘楚重修桓伯[3]勋。
>
> 十九年前流落客，一朝声价上青云。

晋文公临朝受贺，论功行赏，以狐偃为首功，先轸次之。诸将请曰："城濮之役，设奇破楚，皆先轸之功，今反以狐偃为首，何也？"文公曰："城濮之役，轸曰：'必战楚，毋失敌。'偃曰：'必避楚，毋失信。'夫胜敌者，一时之功也；全信者，万世之利也。奈何以一时之功，而加万世之利乎？是以先之。"诸将无不悦服。狐偃又奏："先臣荀息，死于奚齐、卓子之难，忠节可嘉。宜录其后，以励臣节。"文公准奏，遂召荀息之子荀林父为大夫。舟之侨正在家中守着妻子，闻晋侯将到，赶至半路相迎。文公命囚之后车。行赏已毕，使司马赵衰议罪，当诛。舟之侨自陈妻病求宽，文公曰："事君者不顾其身，况妻子乎？"喝命斩首示众。文公此番出军，第一次斩了颠颉，第二次斩了祁瞒，今日第三次，又斩了舟之侨。这三个都是有名的宿将，违令必诛，全不轻宥。所以三军畏服，诸将用命。正所谓：赏罚不明，百事不成；赏罚若明，四方可行。此文公所以能伯诸侯也。文公与先轸等商议，欲增军额，以强其国，又不敢上同天子之六军，乃假名添作"三行[4]"。以荀林父为中行大夫，先蔑、屠击为左右行大夫。前后三军三行，分明是六军，但避其名而已。以此兵多将广，天下莫比其强。

一日，文公坐朝，正与狐偃等议曹、卫之事，近臣奏："卫国有书到。"文公曰："此必叔武为兄求宽也。"启而观之，书曰：

> 君侯不泯卫之社稷，许复故君，举国臣民，咸引领以望高

义。惟君侯早图之!

陈穆公亦有使命至晋,代卫郑[5]致悔罪自新之意。文公乃各发回书,听其复归故国,谕郤步扬不必领兵邀阻。叔武得晋侯宽释之信,急发车骑如陈,往迎卫侯。陈穆公亦遣人劝驾。公子歂犬谓成公曰:"太叔为君已久,国人归附,邻国同盟,此番来迎,不可轻信。"卫侯曰:"寡人亦虑之。"乃遣宁俞先到楚丘,探其实信。宁俞只得奉命而行。

至卫,正值叔武在朝中议政。宁俞入朝,望见叔武设座于殿堂之东,西向而坐。一见宁俞,降坐而迎,叙礼甚恭。宁俞佯问曰:"太叔摄位而不御正[6],何以示观瞻耶?"叔武曰:"此正位吾兄所御,吾虽侧其傍,尚慄慄不自安,敢居正乎?"宁俞曰:"俞今日方见太叔之心矣。"叔武曰:"吾思兄念切,朝暮悬悬,望大夫早劝君兄还朝,以慰我心也。"俞遂与订期,约以六月辛未吉日入城。宁俞出朝,采听人言,但闻得百官之众,纷纷议论,言:"故君若复入,未免分别居、行二项[7],行者有功,居者有罪,如何是好?"宁俞曰:"我奉故君来此传谕尔众:'不论行居,有功无罪。'如或不信,当歃血立誓。"众皆曰:"若能共盟,更有何疑!"俞遂对天设誓曰:"行者卫主,居者守国;若内若外,各宣其力。君臣和协,共保社稷;倘有相欺,明神是殛!"众皆欣然而散,曰:"宁子不欺吾也。"叔武又遣大夫长牂,专守国门,吩咐:"如有南来人到,不拘早晚,立刻放入。"

却说宁俞回复卫侯,言:"叔武真心奉迎,并无歹意。"卫侯也自信得过了。怎奈歂犬谗毁在前,恐临时不合,反获欺谤之罪,又说卫侯曰:"太叔与宁大夫定约,焉知不预作准备,以加害于君?

第 四 十 二 回

君不如先期而往,出其不意,可必入也。"卫侯从其言,即时发驾。歂犬请为前驱,除宫备难,卫侯许之。宁俞奏曰:"臣已与国人订期矣。君若先期而往,国人必疑。"歂犬大喝曰:"俞不欲吾君速入,是何主意?"宁俞乃不敢复谏,只得奏言:"君驾若即发,臣请先行一程,以晓谕臣民,而安上下之心。"卫侯曰:"卿为国人言之,寡人不过欲早见臣民一面,并无他故。"宁俞去后,歂犬曰:"宁之先行,事可疑也。君行不宜迟矣!"卫侯催促御人,并力而驰。

再说宁俞先到国门,长牂询知是卫侯之使,即时放入。宁俞曰:"君即至矣。"长牂曰:"前约辛未,今尚戊辰,何速也?子先入城报信,吾当奉迎。"宁才转身时,歂犬前驱已至,言:"卫侯只在后面。"长牂急整车从,迎将上去。歂犬先入城去了。时叔武方亲督舆隶[8],扫除宫室,就便在庭中沐发。闻宁俞报言:"君至。"且惊且喜,仓卒之间,正欲问先期之故,忽闻前驱车马之声,认是卫侯已到,心中喜极,发尚未干,等不得挽髻,急将一手握发,疾趋而出,正撞了歂犬。歂犬恐留下叔武,恐其兄弟相逢,叙出前因,远远望见叔武到来,遂弯弓搭箭,飕的发去,射个正好。叔武被箭中心窝,望后便倒。宁俞急忙上前扶救,已无及矣。哀哉!元咺闻叔武被杀,吃了一惊,大骂:"无道昏君!枉杀无辜,天理岂能容汝?吾当投诉晋侯,看你坐位可稳?"痛哭了一场,急忙逃奔晋国去了。髯翁有诗云:

坚心守国为君兄,弓矢无情害有情。

不是卫侯多忌忮[9],前驱安敢擅加兵?

却说成公至城下,见长牂来迎,叩其来意。长牂述叔武吩咐之语,早来早入,晚来晚入。卫侯叹曰:"吾弟果无他意也!"比及入城,只见宁俞带泪而来,言:"叔武喜主公之至,不等沐完,握发出迎,谁知柱被前驱所杀,使臣失信于国人,臣该万死!"卫侯面有惭色,答曰:"寡人已知夷叔之冤矣!卿勿复言。"趋车入朝,百官尚未知觉,一路迎谒,先后不齐。宁俞引卫侯视叔武之尸,两目睁开如生。卫侯枕其头于膝上,不觉失声大哭,以手抚之曰:"夷叔,夷叔!我因尔归,尔为我死!哀哉痛哉!"只见尸目闪烁有光,渐渐而瞑。宁俞曰:"不杀前驱,何以谢太叔之灵?"卫侯即命拘之。时歂犬谋欲逃遁,被宁俞遣人擒至。歂犬曰:"臣杀太叔,亦为君也!"卫侯大怒曰:"汝谤毁吾弟,擅杀无辜,今又归罪于寡人。"命左右将歂犬斩首号令。吩咐以君礼厚葬叔武。国人初时,闻叔武被杀,议论哄然,及闻诛歂犬,葬叔武,群心始定。

　　话分两头。再说卫大夫元咺,逃奔晋国,见了晋文公,伏地大哭,诉说卫侯疑忌叔武,故遣前驱射杀之事。说了又哭,哭了又说。说得晋文公发恼起来,把几句好话,安慰了元咺,留在馆驿。因大集群臣问曰:"寡人赖诸卿之力,一战胜楚。践土之会,天子下劳,诸侯景从[10]。伯业之盛,窃比齐桓。奈秦人不赴约,许人不会朝,郑虽受盟,尚怀疑贰之心,卫方复国,擅杀受盟之弟。若不再申约誓,严行诛讨,诸侯虽合必离,诸卿计将安出?"先轸进曰:"征会讨贰,伯主之职。臣请厉兵秣马,以待君命。"狐偃曰:"不然。伯主所以行乎诸侯者,莫不挟天子之威。今天子下劳,而君之觐礼未修,我实有缺,何以服人?为君计,莫若以朝王为名,号召诸侯。视其不至者,以天子之命临之。朝王,大礼也。讨慢王之罪,大名也。行大礼而举大名,又大业也。君其图之!"赵衰曰:"子犯之言甚善。然以臣愚见,恐入朝之举,未必遂也。"文公曰:"何为不遂?"

第四十二回

赵衰曰："朝觐之礼，不行久矣。以晋之强，五合六聚[11]，以临京师，所过之地，谁不震惊？臣惧天子之疑君而谢君也。谢而不受，君之威亵矣。莫若致王于温，而率诸侯以见之。君臣无猜，其便一也。诸侯不劳，其便二也。温有叔带之新宫，不烦造作，其便三也。"文公曰："王可致乎？"赵衰曰："王喜于亲晋，而乐于受朝，何为不可？臣请为君使于周，而商入朝之事，度天子之计，亦必出此。"

文公大悦，乃命赵衰如周，谒见周襄王，稽首再拜，奏言："寡君重耳，感天王下劳锡命之恩，欲率诸侯至京师，修朝觐之礼，伏乞圣鉴！"襄王嘿然。命赵衰就使馆安歇。即召王子虎计议，言："晋侯拥众入朝，其心不测，何以辞之？"子虎对曰："臣请面见晋使而探其意，可辞则辞。"子虎辞了襄王，到馆驿见了赵衰，叙起入朝之事。子虎曰："晋侯倡率诸姬，尊奖天子，举累朝废坠之旷典，诚王室之大幸也！但列国鳞集，行李充塞，车徒众盛，士民目未经见，妄加猜度，讹言易起，或相讥讪，反负晋侯一片忠爱之意，不如已之。"赵衰曰："寡君思见天子，实出至诚。下臣行日，已传檄各国，相会于温邑取齐。若废而不举，是以王事为戏也。下臣不敢复命。"子虎曰："然则奈何？"赵衰曰："下臣有策于此，但不敢言耳。"子虎曰："子馀有何良策？敢不如命！"赵衰曰："古者，天子有时巡之典，省方观民[12]。况温亦畿内故地也。天子若以巡狩[13]为名，驾临河阳[14]，寡君因率诸侯以展觐。上不失王室尊严之体，下不负寡君忠敬之诚。未知可否？"子虎曰："子馀之策，诚为两便。虎即当转达天子。"子虎入朝，述其语于襄王。襄王大喜。约于冬十月之吉，驾幸河阳。赵衰回复晋侯。晋文公以朝王之举，播

490

告诸侯,俱约冬十月朔,于温地取齐。

至期,齐昭公潘,宋成公王臣,鲁僖公申,蔡庄公甲午,秦穆公任好,郑文公捷,陆续俱到。秦穆公言:"前此践土之会,因惮路远后期,是以不果。今番愿从诸侯之后。"晋文公称谢。时陈穆公款新卒,子共公朔新立,畏晋之威,墨衰而至。邾、莒小国,无不毕集。卫侯郑自知有罪,意不欲往。宁俞谏曰:"若不往,是益罪也,晋讨必至矣。"成公乃行。宁俞与铖庄子、士荣,三人相从。比至温邑,文公不许相见,以兵守之。惟许人终于负固[15],不奉晋命。总计晋、齐、宋、鲁、蔡、秦、郑、陈、邾、莒,共是十国,先于温地叙会。不一日,周襄王驾到,晋文公率众诸侯迎至新宫驻跸。上前起居,再拜稽首。次日五鼓,十路诸侯,冠裳佩玉,整整齐齐,舞蹈扬尘,锵锵济济。方物有贡,各伸地主之仪;就位惟恭,争睹天颜之喜。这一朝,比践土更加严肃。有诗为证:

衣冠济济集河阳,争睹云车降上方[16]。
虎拜[17]朝天鸣素节[18],龙颜垂地沐恩光。
酆宫[19]胜事空前代,郏鄏[20]虚名慨下堂[21]。
虽则致王非正典,托言巡狩亦何妨?

朝礼既毕,晋文公将卫叔武冤情,诉于襄王,遂请王子虎同决其狱。襄王许之。文公邀子虎至于公馆,宾主叙坐。使人以王命呼卫侯。卫侯囚服而至。卫大夫元咺亦到。子虎曰:"君臣不便对理,可以代之。"乃停卫侯于庑下。宁俞侍卫侯之侧,寸步不离。铖庄子代卫侯,与元咺对理;士荣摄治狱之官,质正其事。元咺口如悬河,将卫侯自出奔襄牛起首,如何嘱咐太叔守国,以后如何先杀元角,次杀太叔,备细铺叙出来。铖庄子曰:"此皆猰犬谗谮之言,以致卫君误听,不全由卫君之事。"元咺曰:"歂犬初与咺言,要拥立太叔。咺若从之,君岂得复入?只为咺仰体太叔爱兄之心,所以拒歂犬之请,不意彼反肆离间。卫君若无猜忌太叔之意,歂犬之谮,何由而入?咺遣儿子角,往从吾君,正是自明心迹,本是一团美意,乃无辜被杀。就他杀吾子角之心,便是杀太叔之心了。"士荣折之曰:"汝挟杀子之怨,非为太叔也。"元咺曰:"咺常言:'杀子私怨,守国大事。'咺虽不肖,不敢以私怨而废大事。当日太叔作书致晋,求复其兄。此书稿出于咺手。若咺挟怨,岂肯如此?只道吾君一时之误,还指望他悔心之萌,不意又累太叔受此大枉。"士荣又曰:"太叔无篡位之情,吾君亦已谅之。误遭歂犬之手,非出君意。"元咺曰:"君既知太叔无篡位之情,从前歂犬所言,都是虚谬,便当加罪;如何又听他先期而行?比及入国,又用为前驱,明明是假手歂犬,难言不知。"铖庄子低首不出一语。士荣又折之曰:"太叔虽受枉杀,然太叔,臣也;卫侯,君也。古来人臣,被君枉杀者,不可胜计。况卫侯已诛歂犬,又于太叔加礼厚葬,赏罚分明,尚有何罪?"元咺曰:"昔者桀枉杀关龙逄,汤放之。纣枉杀比干,武王伐之。汤与武王,并为桀、纣之臣子,目击忠良受枉,遂兴义旅,诛其君而吊其民。况太叔同气[22],又有守国之功,非龙逄、比干之比。卫不过侯封,上制于天王,下制于方伯,又非桀、纣贵为天子,富有四海之比。安得云无罪乎?"士荣语塞,又转口曰:"卫君固然不是,汝为其臣,既然忠心为君,如何君一入国,汝便出奔?不朝不贺,是何道理?"元咺曰:"咺奉太叔守国,实出君命;君且不能容太叔,能容咺乎?咺之逃,非贪生怕死,实欲为太叔伸不白之冤耳!"晋文公在座,谓子虎曰:"观士荣、元咺往复数端,种种皆是元咺的理长。卫郑乃天子之臣,不敢擅决,可先将卫臣行刑。"喝教左右:"凡相从卫君者,尽加诛戮。"子虎曰:"吾闻宁俞,卫之贤大夫,其调停于兄弟君臣之间,大费苦心,无如卫君不听何?且此狱与宁俞无干,不可累之。士荣摄为士师,断狱不明,合当首坐。铖庄子不发一言,自知理曲,可从末减。惟君侯鉴裁!"文公依其言,乃将士荣斩首,铖庄子刖足[23],宁俞姑赦不问。卫侯上了槛车,文公同子虎带了卫侯,来见襄王,备陈卫家君臣两造狱词:"如此冤情,若不诛卫郑,天理不容,人心不服。乞命司寇行刑,以彰天罚!"襄王曰:"叔父之断狱明矣;虽然,不可以训[24]。朕闻《周官》[25]设两造[26]以讯平民,惟君臣无狱[27],父子无狱。若臣与君讼,是无上下也。又加胜焉,为臣而诛君,为逆已甚!朕恐其无以彰罚,而适以教逆[28]也。朕亦何私于卫哉?"文公惶恐谢曰:"重耳见不及此。既天王不加诛,当槛送京师,以听裁决。"文公仍带卫侯,回至公馆,使军士看守如初。一面打发元咺归卫,听其别立贤君,以代卫郑之位。

元咺至卫,与群臣计议,诡言:"卫侯已定大辟[29],今奉王命,选立贤君。"群臣共举一人,乃是叔武之弟名适,字子瑕,为人仁厚。元咺曰:"立此人,正合兄终弟及之礼。"乃奉公子瑕即位。元咺相之。司马瞒、孙炎、周歂、冶廑一班文武相助。卫国粗定。毕竟卫事如何结束,且看下回分解。

〔1〕 周襄王二十年:即公元前632年。
〔2〕 太叔:即叔武。叔武乃卫成公长弟,故称。

第四十二回

〔3〕 桓伯：指齐桓公之霸业。

〔4〕 三行(háng杭)：意同三军。晋已有上、中、下三军，复作左、中、右三行。以避天子六军之名。

〔5〕 卫郑：卫成公姬郑。

〔6〕 御正：就正位而坐。宫殿正中面南之位为正位。

〔7〕 居、行二项：居，指留卫都事叔武之人。行，指随成公出逃之人。

〔8〕 舆隶：古代分人为十等之第六及七等。《左传·昭公七年》："皂臣舆，舆臣隶。"指地位低贱的服役人员。

〔9〕 忌忮(zhì治)：猜疑嫉忌。

〔10〕 景(yǐng影)从：紧相追随，如影从形。

〔11〕 五合六聚：指会合四方诸侯。五、六，泛指各国之数。

〔12〕 省(xǐng醒)方观民：视察四方，观看民之风俗。

〔13〕 巡狩：亦称巡守。天子出外视察州郡邦国曰巡狩。

〔14〕 河阳：春秋时周畿内地名。在今河南孟州市西三十五里。

〔15〕 负固：倚仗地势险固。

〔16〕 云车：本指神仙以云为车，此借喻周天子车驾之盛。上方：本指天宫，此借指周都王城。

〔17〕 虎拜：古称大将拜君曰虎拜。诸侯身份与大将相当。

〔18〕 素节：玉制的符节。符节为古时使臣执以示信之物，守邦国之诸侯多用玉节。玉色白，故称素节。

〔19〕 酆(fēng丰)宫：周文王宫殿名。故址在今陕西省西安市鄠邑区东。此借指东周宫殿。

〔20〕 郏鄏(jiá rǔ袷辱)：古地名，周洛邑之别称。即今河南洛阳市。

〔21〕 下堂：指降阶而到堂下。《礼记·郊特牲》："觐礼，天子不下堂而见诸侯。"此暗指周襄王离开王城到河阳接受诸侯朝见，实等于下堂，故为之感慨不已。

〔22〕 同气：即同胞。卫成公姬郑与叔武系同父同母之兄弟。

〔23〕 刖（yuè月）足：古代一种把双脚砍掉的酷刑。

〔24〕 训：法则。

〔25〕 《周官》：古代典籍名，亦称《周礼》、《周官经》。今本四十二卷。内容主要叙述周朝设官分职情况。

〔26〕 两造：即原告和被告。

〔27〕 君臣无狱：指国君与臣子不得对讼。

〔28〕 教逆：鼓励犯上。

〔29〕 大辟：死刑，一般指杀头。

第四十三回

智宁俞假酖复卫　老烛武缒城说秦

话说周襄王受朝已毕，欲返洛阳。众诸侯送襄王出河阳之境，就命先蔑押送卫侯于京师。时卫成公有微疾，晋文公使随行医衍，与卫侯同行，假以视疾为名，实使之酖[1]杀卫侯，以泄胸中之忿："若不用心，必死无赦！"又盼咐先蔑："作急在意，了事之日，一同医衍回话。"

襄王行后，众诸侯未散，晋文公曰："寡人奉天子之命，得专征伐。今许人一心事楚，不通中国。王驾再临，诸君趋走不暇，颍阳[2]密迩，置若不闻，怠慢莫甚！愿偕诸君问罪于许。"众诸侯皆曰："敬从君命。"时晋侯为主，齐、宋、鲁、蔡、陈、秦、莒、邾八国诸侯，皆率车徒听命，一齐向颍阳进发。只有郑文公捷，原是楚王姻党，惧晋来附，见晋文公处置曹、卫太过，心中有不平之意，思想："晋侯出亡之时，自家也曾失礼于他，看他亲口许复曹、卫，兀自不肯放手。如此怀恨，未必便忘情于郑也。不如且留楚国一路，做个退步，后来患难之时，也有个依靠。"上卿叔詹见郑伯踌躇，似有背晋之意，遂进谏曰："晋幸辱收郑矣，君勿贰也。贰且获罪不赦。"

郑伯不听,使人扬言:"国中有疫。"托言祈祷,遂辞晋先归,阴使人通款于楚曰:"晋侯恶许之昵就上国也,驱率诸侯,将问罪焉。寡君畏上国之威,不敢从兵,敢告。"许人闻有诸侯之兵,亦遣人告急于楚。楚成王曰:"吾兵新败,勿与晋争。俟其厌兵[3]之后,而求成焉。"遂不救许。诸侯之兵,围了颍阳,水泄不漏。

时曹共公襄,尚羁五鹿城中,不见晋侯赦令,欲求能言之人,往说晋侯。小臣侯獳,请携重赂以行,曹共公许之。侯獳闻诸侯在许,径至颍阳,欲求见晋文公。适文公以积劳之故,因染寒疾,梦有衣冠之鬼,向文公求食,叱之而退。病势愈加,卧不能起,方召太卜郭偃,占问吉凶。侯獳遂以金帛一车,致于郭偃,告之以情,使借鬼神之事,为曹求解,须如此恁般进言。郭偃受其贿嘱,许为讲解。既见,晋侯示之以梦。布卦得"天泽"[4]之象,阴变为阳。偃献繇于文公,其词曰:

阴极生阳,蛰虫开张[5];大赦天下,钟鼓堂堂。

文公问曰:"何谓也?"郭偃对曰:"以卦合之于梦,必有失祀之鬼神,求赦于君也。"文公曰:"寡人于祀事,有举无废。且鬼神何罪,而求赦耶?"偃曰:"以臣之愚度之,其曹乎?曹叔振铎,文之昭也。晋先君唐叔,武之穆也[6]。昔齐桓公为会,而封邢、卫异姓之国[7]。今君为会,而灭曹、卫同姓之国。况二国已蒙许复矣。践土之盟,君复卫而不复曹,同罪异罚,振铎失祀,其见梦不亦宜乎?君若复曹伯,以安振铎之灵,布宽仁之令,享钟鼓之乐,又何疾之足患?"这一席话,说得文公心下豁然,觉病势顿去其半。即日遣人召曹伯襄于五鹿,使复归本国为君,所界宋国田土,亦吐还之。曹伯襄得释,如笼鸟得翔于霄汉,槛猿复升于林木,即统本国之兵,趋

497

第四十三回

至颍阳，面谢晋侯复国之恩，遂协助众诸侯围许。文公病亦渐愈。许僖公见楚救不至，乃面缚衔璧，向晋军中乞降，大出金帛犒军。文公乃与诸侯解围而去。

秦穆公临别，与晋文公相约："异日若有军旅之事，秦兵出，晋必助之，晋兵出，秦亦助之，彼此同心协力，不得坐视。"二君相约已定，各自分路。晋文公在半途，闻郑国遣使复通款于楚，勃然大怒，便欲移兵伐郑。赵衰谏曰："君玉体乍平，未可习劳。且士卒久敝，诸侯皆散，不如且归，休息一年，而后图之。"文公乃归。

话分两头。再表周襄王回至京师，群臣谒见称贺毕。先蔑稽首，致晋侯之命，乞以卫侯付司寇。时周公阅为太宰秉政，阅请羁卫侯于馆舍，听其修省[8]。襄王曰："置大狱太重，舍公馆太轻。"乃于民间空房，别立囚室而幽之。襄王本欲保全卫侯，只因晋文公十分忿恨，又有先蔑监押，恐拂其意，故幽之别室，名为囚禁，实宽之也。宁俞紧随其君，寝处必偕，一步不离，凡饮食之类，必亲尝过，方才进用。先蔑催促医衍数次，奈宁俞防范甚密，无处下手。医衍没奈何，只得以实情告于宁俞曰："晋君之强明，子所知也。有犯必诛，有怨必报。衍之此行，实奉命用酖，不然，衍且得罪。衍将为脱死之计，子勿与知可也。"宁俞附耳言曰："子既剖腹心以教我，敢不曲为子谋乎？子之君老矣，远于人谋，而近于鬼谋。近闻曹君获宥，特以巫史一言，子若薄其酖以进，而托言鬼神，君必不罪。寡君当有薄献。"医衍会意而去。宁俞假以卫侯之命，向衍取药酒疗疾，因密致宝玉一函[9]。衍告先蔑曰："卫侯死期至矣！"遂调酖于瓯以进，用毒甚少，杂他药以乱其色。宁俞请尝，衍佯不许,强逼卫侯而灌之。才灌下两三口,衍张目仰看庭中,忽然大叫倒地,口吐鲜血,不省人事,仆瓯于地,酖酒狼藉。宁俞故意大惊小怪,命左右将太医扶起。半响方苏,问其缘故。衍言:"方灌酒时,忽见一神人,身长丈馀,头大如斛,装束威严,自天而下,直入室中,言:'奉唐叔之命,来救卫侯。'遂用金锤,击落酒瓯,使我魂魄俱丧也!"卫侯自言所见,与衍相同。宁俞佯怒曰:"汝原来用毒以害吾君,若非神人相救,几不免矣。我与汝义不俱生!"即奋臂欲与衍斗,左右为之劝解。先蔑闻其事,亦飞驾来视,谓宁俞曰:"汝君既获神佑,后禄未艾,蔑当复于寡君。"卫侯服酖,又薄又少,以此受毒不深,略略患病,随即痊安。先蔑与医衍还晋,将此事回复文公。文公信以为然,赦医衍不诛。史臣有诗云:

　　酖酒何名毒卫侯? 漫教医衍碎磁瓯。
　　文公怒气虽如火,怎脱今朝宁武[10]谋!

却说鲁僖公原与卫世相亲睦,闻得医衍进酖不死,晋文公不加责罪,乃问于臧孙辰曰:"卫侯尚可复乎?"辰对曰:"可复。"僖公曰:"何以见之?"辰对曰:"凡五刑[11]之用,大者甲兵斧钺,次者刀锯钻笮[12],最下鞭扑。或陈之原野,或肆[13]之市朝,与百姓共明其罪。今晋侯于卫,不用刑而私酖焉;又不诛医衍,是讳杀卫侯之名也。卫侯不死,其能老于周乎? 若有诸侯请之,晋必赦卫。卫侯复国,必益亲于鲁,诸侯谁不诵鲁之高义?"僖公大悦,使臧孙辰先以白璧十双,献于周襄王,为卫求解。襄王曰:"此晋侯之意也。若晋无后言,朕何恶于卫君?"辰对曰:"寡君将使辰哀请于晋,然非天王有命,下臣不敢自往。"襄王受了白璧,明是依允之

499

第四十三回

意。臧孙辰随到晋国，见了文公，亦以白璧十双为献曰："寡君与卫，兄弟也，卫侯得罪君侯，寡君不遑宁处。今闻君已释曹伯，寡君愿以不腆之赋，为卫君赎罪。"文公曰："卫侯已在京师，王之罪人，寡人何得自专乎？"臧孙辰曰："君侯代天子以令诸侯，君侯如释其罪，虽王命又何殊也？"先蔑进曰："鲁亲于卫，君为鲁而释卫，二国交亲，以附于晋，君何不利焉？"文公许之，即命先蔑再同臧孙辰如周，共请于襄王。乃释卫成公之囚，放之回国。

时元咺已奉公子瑕为君，修城缮备[14]，出入稽察甚严。卫成公恐归国之日，元咺发兵相拒，密谋于宁俞。俞对曰："闻周歂、冶廑以拥子瑕之功，求为卿而不得，中怀怨望，此可结为内援也。臣有交厚一人，姓孔名达，此人乃宋忠臣孔父之后，胸中广有经纶[15]，周、冶二人，亦是孔父相识。若使孔达奉君之命，以卿位啖二人，使杀元咺，其馀俱不足惧矣。"卫侯曰："子为我密致之。若事成，卿位固不吝也。"宁俞乃使心腹人一路扬言："卫侯虽蒙宽释，无颜回国，将往楚国避难矣。"因取卫侯手书，付孔达为信，教他私结周歂、冶廑二人，如此恁般。歂、廑相与谋曰："元咺每夜必亲自巡城，设伏兵于城闉[16]隐处，突起刺之，因而杀入宫中，并杀子瑕，扫清宫室，以迎卫侯，功无出我二人上者。"两家各自约会家丁，埋伏停当。

黄昏左侧，元咺巡至东门，只见周歂、冶廑二人一齐来迎。元咺惊曰："二位为何在此？"周歂曰："外人传言故君已入卫境，旦晚至此。大夫不闻乎？"元咺愕然曰："此言从何来？"冶廑曰："闻宁大夫有人入城，约在位诸臣往迎，大夫何以处之？"元咺曰："此乱言，不可信之。况大位已定，岂有复迎故君之理？"周歂曰："大夫

智宁俞假酖复卫　老烛武缒城说秦

身为正卿,当洞观万里。如此大事,尚然不知,要你则甚!"冶廑便拿住元咺双手。元咺急待挣扎,周歂手拔佩刀,大喝一声,劈头砍来,去了半个天灵盖。伏兵齐起,左右一时惊逃。周歂、冶廑率领家丁,沿途大呼:"卫侯引齐、鲁之兵,见集城外矣!尔百姓各宜安居,勿得扰动!"百姓家家闭户,处处关门。便是为官在朝的,此时也半疑半信,正不知甚么缘故,一个个袖手静坐,以待消息。周歂、冶廑二人,杀入宫中。公子适[17]方与其弟子仪,在宫中饮酒,闻外面有兵变,子仪拔剑在手,出宫探信。正遇周歂,亦被所杀。寻觅公子适不见。宫中乱了一夜,至天明,方知子适已投井中死矣。周歂、冶廑将卫侯手书,榜于朝堂,大集百官,迎接卫成公入城复位。后人论宁武子,能委曲以求复成公,可谓智矣!然使当此之时,能谕之让国于子瑕,瑕知卫君之归,未必引兵相拒,或退居臣位,岂不两全?乃导周歂、冶廑行袭取之事,遂及弑逆,骨肉相残,虽卫成公之薄,武子不为无罪也!有诗叹曰:

前驱一矢正含冤,又迫新君赴井泉。

终始贪残无谏阻,千秋空说宁俞贤。

卫成公复位之后,择日祭享太庙。不负前约,封周歂、冶廑并受卿职,使之服卿服,陪祭于庙。是日五鼓,周歂升车先行,将及庙门,忽然目睛反视,大叫:"周歂穿窬[18]小人,蛇豕奸贼!我父子尽忠为国,汝贪卿位之荣,戕害我命。我父子含冤九泉,汝盛服陪祀,好不快活!我拿你去见太叔及子瑕,看你有何理说?吾乃上大夫元咺是也!"言毕,九窍流血,僵死车中。冶廑后到,吃一大惊,慌忙脱卸卿服,托言中寒而返。卫成公至太庙,改命宁俞、孔达陪祀。还朝之时,冶廑辞爵表章已至。卫侯知周歂死得希奇,遂不强

第四十三回

其受。未逾月，冶廑亦病亡。可怜周、冶二人，止为贪图卿位，干此不义之事，未享一日荣华，徒取千年唾骂，岂不愚哉！卫侯以宁俞有保护之功，欲用为上卿。俞让于孔达。乃以达为上卿，宁俞为亚卿。达为卫侯画策，将咺、瑕之死，悉推在已死周歂、冶廑二人身上，遣使往谢晋侯。晋侯亦付之不问。

时周襄王十二年[19]，晋兵已休息岁馀。文公一日坐朝，谓群臣曰："郑人不礼之仇未报，今又背晋款楚。吾欲合诸侯问罪何如？"先轸曰："诸侯屡勤矣。今以郑故，又行征发，非所以靖中国也。况我军行无缺，将士用命，何必外求？"文公曰："秦君临行有约，必与同事。"先轸对曰："郑为中国咽喉，故齐桓欲伯天下，每争郑地。今若使秦共伐，秦必争之，不如独用本国之兵。"文公曰："郑邻晋而远于秦，秦何利焉？"乃使人以兵期告秦，约于九月上旬，同集郑境。文公临发，以公子兰[20]从行。兰乃郑伯捷之庶弟，向年逃晋，仕为大夫。及文公即位，兰周旋左右，忠谨无比，故文公爱近之。此行盖欲借为向导也。兰辞曰："臣闻君子虽在他乡，不忘父母之国。君有讨于郑，臣不敢与其事。"文公曰："卿可谓不背本矣！"乃留公子兰于东鄙，自此有扶持他为郑君之意。

晋师既入郑境，秦穆公亦引着谋臣百里奚，大将孟明视，副将杞子、逢孙、杨孙等，车二百乘来会。两下合兵攻破郊关，直逼曲洧[21]，筑长围而守之。晋兵营于函陵[22]，在郑城[23]之西。秦兵营于氾南[24]，在郑城之东。游兵日夜巡警，樵采俱断。慌得郑文公手足无措。大夫叔詹进曰："秦、晋合兵，其势甚锐，不可与争。但得一舌辩之士，往说秦公，使之退兵，秦若退师，晋势已孤，不足畏矣。"郑伯曰："谁可往说秦公者？"叔詹对曰："佚之狐可。"郑伯命佚之狐。狐对曰："臣不堪也，臣愿举一人以自代。此人乃口悬河汉、舌摇山岳之士，但其老不见用。主公若加其官爵，使之往说，不患秦公不听矣。"郑伯问："是何人？"狐曰："考城[25]人也，姓烛名武，年过七十，事郑国为圉正[26]，三世不迁官。乞主公加礼而遣之！"郑伯遂召烛武入朝，见其须眉尽白，伛偻[27]其身，蹒跚[28]其步，左右无不含笑。烛武拜见了郑伯，奏曰："主公召老臣何事？"郑伯曰："佚之狐言子舌辩过人，欲烦子说退秦师，寡人将与子共国。"烛武再拜辞曰："臣学疏才拙，当少壮时，尚不能建立尺寸之功，况今老耄，筋力既竭，语言发喘，安能犯颜进说，动千乘[29]之听乎？"郑伯曰："子事郑三世，老不见用，孤之过也。今封子为亚卿，强为寡人一行。"佚之狐在旁赞言曰："大丈夫老不遇时，委之于命。今君知先生而用之，先生不可再辞。"烛乃受命而出。时二国围城甚急，烛武知秦东晋西，各不相照。是夜命壮士以绳索缒下东门，径奔秦寨。将士把持，不容入见。武从营外放声大哭，营吏擒来禀见穆公。穆公问："是谁人？"武曰："老臣乃郑之大夫烛武是也。"穆公曰："所哭何事？"武曰："哭郑之将亡耳！"穆公曰："郑亡，汝安得在吾寨外号哭？"武曰："老臣哭郑，兼亦哭秦。郑亡不足惜，独可惜者秦耳！"穆公大怒，叱曰："吾国有何可惜？言不合理，即当斩首！"武面无惧色，叠着两个指头，指东画西，说出一段利害来。正是：

说时石汉皆开眼，道破泥人也点头。

红日朝升能夜出，黄河东逝可西流。

烛武曰："秦晋合兵临郑，郑之亡，不待言矣。若亡郑而有益于秦，

第 四 十 三 回

老臣又何敢言？不惟无益，又且有损，君何为劳师费财，以供他人之役乎？"穆公曰："汝言无益有损，何说也？"烛武曰："郑在晋之东界，秦在晋之西界，东西相距，千里之遥。秦东隔于晋，南隔于周，能越周、晋而有郑乎？郑虽亡，尺土皆晋之有，于秦何与？夫秦、晋两国，毗邻并立，势不相下。晋益强，则秦益弱矣。为人兼地，以自弱其国，智者计不出此。且晋惠公曾以河外五城许君，既入而旋背之，君所知也。君之施于晋者，累世矣，曾见晋有分毫之报于君乎？晋侯自复国以来，增兵设将，日务兼并为强。今日拓地于东，既亡郑矣；异日必思拓地于西，患且及秦。君不闻虞、虢之事乎？假虞君以灭虢，旋反戈而中虞。虞公不智，助晋自灭，可不鉴哉！君之施晋，既不足恃；晋之用秦，又不可测。以君之贤智，而甘堕晋之术中，此臣所谓'无益而有损'，所以痛哭者此也！"穆公静听良久，耸然动色，频频点首曰："大夫之言是也！"百里奚进曰："烛武辩士，欲离吾两国之好，君不可听之！"烛武曰："君若肯宽目下之围，定立盟誓，弃楚降秦。君如有东方之事，行李往来，取给于郑，犹君外府[30]也。"穆公大悦，遂与烛武歃血为誓，反使杞子、逢孙、杨孙三将，留卒二千人助郑戍守，不告于晋，密地班师而去。早有探骑报入晋营。文公大怒，狐偃在旁，请追击秦师。不知文公从否，且看下回分解。

〔1〕 酖(zhèn 振)：用毒酒毒杀。酖，通"鸩"。

〔2〕 颍阳：春秋时邑名。许国都城。在今河南许昌市东。

〔3〕 厌兵：犹言厌战。对战争感到厌倦。

〔4〕 天泽：天即八卦中之"乾"，泽即八卦中之"兑"。兑下乾上，即《易经》六十四卦中之《履》卦。天在上，泽在下，比喻上下尊卑之分。

〔5〕 蛰虫开张：伏藏在土中过冬的昆虫叫蛰虫。开张即开口张翅。

〔6〕 "曹叔振铎"四句：昭、穆为古代庙次。始祖居中，左昭右穆。周以后稷为始祖，第一、三、五等奇数代为昭；第二、四、六等偶数代为穆。至周文王姬昌为十四代，周武王姬发为十五代。曹叔振铎，周文王子，故为十五代。他系曹国始封之君，故称"文（王）之昭也"。晋开国之君唐叔虞，周武王子，故为十六代，故曰"武（王）之穆也"。

〔7〕 异姓之国：邢、卫皆姬姓，于齐（吕姓）则为异姓。齐桓公封邢、卫事，见第二十三回。

〔8〕 修省（xǐng 醒）：修身反省。

〔9〕 一函：指一盒、一匣。

〔10〕 宁武：即宁俞。武为其谥号，故下文称宁武子。

〔11〕 五刑：春秋战国时以甲兵、斧钺、刀锯、钻笮、鞭扑为五刑。

〔12〕 钻笮（zuó 昨）：笮，通"凿"。钻与凿均为施行黥刑之工具，故以代黥刑。黥刑，指在脸上刺字并涂上墨的一种刑罚。

〔13〕 肆：指陈尸示众。

〔14〕 缮备：整治完备。

〔15〕 经纶：整理丝缕，理出的线绪叫经，编丝成绳叫纶，统称经纶。后借指学问、经济、谋略之类。

〔16〕 城闉（yīn 殷）：古代城门常两重。两门之间叫闉，即瓮城。

〔17〕 公子适：即元咺所立卫君公子瑕。公子瑕姓姬名瑕，字子适。

〔18〕 穿窬（yú 鱼）：穿壁翻墙。指偷窃之事。

〔19〕 周襄王十二年：此处诸本皆误，应为周襄王二十二年，即公元前640年。

〔20〕 公子兰：郑文公捷与妾燕姞所生之子。见第二十四回。下文言

第四十三回

"兰乃郑伯捷之庶弟",大误,应为其庶子。

〔21〕 曲洧(wěi 伟):春秋时郑邑名。在今河南长葛市境内。

〔22〕 函陵:春秋时郑地名。在今河南新郑市北。

〔23〕 郑城:即新郑,郑之国都。在今河南新郑市。

〔24〕 汜南:春秋时郑地名。在今河南中牟县南。

〔25〕 考城:春秋时城邑名。在今河南兰考县境内。

〔26〕 圉(yǔ 雨)正:主管马牛等牲畜饲养之官。

〔27〕 伛偻(yǔ lǚ 雨吕):脊梁弯曲,即驼背。

〔28〕 蹒跚(pán shān 盘删):跛着行的样子。

〔29〕 千乘(shèng 胜):春秋时,大国能出兵在千乘。故常以千乘代指大国或大国之君。此指秦穆公。

〔30〕 外府:即外库,指国境之外的仓库。

第四十四回

叔詹据鼎抗晋侯　弦高假命犒秦军

话说秦穆公私与郑盟，背晋退兵，晋文公大怒。狐偃进曰："秦虽去不远，臣请率偏师追击之。军有归心，必无斗志，可一战而胜也。既胜秦，郑必丧胆，将不攻自下矣。"文公曰："不可。寡人昔赖其力，以抚有社稷。若非秦君，寡人何能及此？以子玉之无礼于寡人，寡人犹避之三舍，以报其施，况婚姻乎？且无秦，何患不能围郑？"乃分兵一半，营于函陵，攻围如故。郑伯谓烛武曰："秦兵之退，子之力也。晋兵未退，如之奈何？"烛武对曰："闻公子兰有宠于晋侯，若使人迎公子兰归国，以请成于晋，晋必从矣。"郑伯曰："此非老大夫，亦不堪使也。"石申父曰："武劳矣，臣愿代一行。"乃携重宝出城，直叩晋营求见。文公命之入。石申父再拜，将重宝上献，致郑伯之命曰："寡君以密迩荆蛮，不敢显绝，然实不敢离君侯之宇下也。君侯赫然震怒，寡君知罪矣。不腆世藏，愿效赟于左右。寡君有弟兰[1]，获侍左右，今愿因兰以乞君侯之怜。君侯使兰监郑之国，当朝夕在庭，其敢有二心！"文公曰："汝离我于秦，明欺我不能独下郑也。今又来求成，莫非缓兵之计，欲俟楚救耶？若欲我退兵，必依我二事方可。"石申父曰："请君侯命之！"

第四十四回

文公曰："必迎立公子兰为世子，且献谋臣叔詹出来，方表汝诚心也。"

石申父领了晋侯言语，入城回复郑伯。郑伯曰："孤未有子，闻子兰昔有梦征[2]，立为世子，社稷必享之。但叔詹乃吾股肱之臣，岂可去孤左右？"叔詹对曰："臣闻主忧则臣辱，主辱则臣死。今晋人索臣，臣不往，兵必不解。是臣避死不忠，而遗君以忧辱也。臣请往！"郑伯曰："子往必死，孤不忍也！"叔詹对曰："君不忍于一詹，而忍于百姓之危困，社稷之陨坠乎？舍一臣以救百姓而安社稷，君何爱焉？"郑伯涕泪而遣之。石申父同侯宣多，送叔詹于晋军，言："寡君畏君之灵，二事俱不敢违。今使詹听罪于幕下，惟君侯处裁！且求赐公子兰为敝邑之适嗣[3]，以终上国之德。"晋侯大悦，即命狐偃召公子兰于东鄙，命石申父、侯宣多在营中等候。

且说晋侯见了叔詹，大喝："汝执郑国之柄，使其君失礼于宾客[4]，一罪也；受盟而复怀贰心，二罪也。"命左右速具鼎镬[5]，将烹之。叔詹面不改色，拱手谓文公曰："臣愿得尽言而死。"文公曰："汝有何言？"詹对曰："君侯辱临敝邑，臣常言于君曰：'晋公子贤明，其左右皆卿才，若返国，必伯诸侯。'及温之盟，臣又劝吾君：'必终事晋，无得罪，罪且不赦。'天降郑祸，言不见纳。今君侯委罪于执政，寡君明其非辜，坚不肯遣。臣引'主辱臣死'之义，自请就诛，以救一城之难。夫料事能中，智也；尽心谋国，忠也；临难不避，勇也；杀身救国，仁也。仁智忠勇俱全，有臣如此，在晋国之法，固宜烹矣！"乃据鼎耳而号曰："自今已往，事君者以詹为戒！"文公悚然，命赦勿杀，曰："寡人聊以试子，子真烈士也！"加礼甚厚。不一日，公子兰取至，文公告以相召之意；使叔詹同石申父、侯宣多

叔詹据鼎抗晋侯　弦高假命犒秦军

等,即以世子之礼相见,然后跟随入城。郑伯立公子兰为世子,晋师方退。自是秦、晋有隙。髯翁有诗叹云:

甥舅同兵意不欺,却因烛武片言移。
为贪东道蝇头利,数世兵连那得知?

是年魏犨醉后,坠车折臂,内伤病复发,呕血斗馀死。文公录其子魏颗嗣爵。未几,狐毛、狐偃,亦相继而卒。晋文公哭之恸曰:"寡人得脱患难,以有今日,多赖舅氏之力,不意弃我而去,使寡人失其右臂矣。哀哉!"胥臣进曰:"主公惜二狐之才,臣举一人,可为卿相,惟主公主裁!"文公曰:"卿所举何人也?"胥臣曰:"臣前奉使,舍于冀野[6],见一人方秉耒而耨,其妻馈以午餐,双手捧献,夫亦敛容接之。夫祭而后食,其妻侍立于旁。良久食毕,夫俟其妻行而后复耨,始终无惰容。夫妻之间,相敬如宾,况他人乎?臣闻能敬者必有德。往问姓名,乃郤芮之子郤缺也。此人若用于晋,不弱于子犯。"文公曰:"其父有大罪,安可用其子乎?"胥臣曰:"以尧、舜为父,而有丹朱、商均之不肖[7];以鲧为父,而有禹之圣;贤不肖之间,父子不相及也。君奈何因已往之恶,而弃有用之才乎?"文公曰:"善。卿为我召之。"胥臣曰:"臣恐其逃奔他国,为敌所用,已携归在臣家中矣。君以使命往,方是礼贤之道。"文公依其言,使内侍以簪缨袍服,往召郤缺。郤缺再拜稽首辞曰:"臣乃冀野农夫,君不以先臣之罪,加之罪戮,已荷宽宥,况敢赖宠以玷朝班?"内侍再三传命劝驾,郤缺乃簪佩入朝。郤缺生得身长九尺,隆准丰颐[8],声如洪钟。文公一见大喜,乃迁胥臣为下军元帅,使郤缺佐之。复改二行[9]为二军,谓之"新上""新下"。以赵衰将"新上军",箕郑佐之;胥臣之子胥婴将"新下军",先都佐之。旧有三军,今又添二军,共是五军,亚于天子之制,豪杰向用,军政无阙。楚成王闻之而惧,乃使大夫斗章请平于晋。晋文公念其旧德,许之通好,使大夫阳处父报聘于楚。不在话下。

周襄王二十四年[10],郑文公捷薨。群臣奉其弟公子兰即位,是为穆公,果应昔日梦兰之兆。是冬,晋文公有疾,召赵衰、先轸、狐射姑、阳处父诸臣,入受顾命,使辅世子骧为君,勿替伯业。复恐诸子不安于国,预遣公子雍出仕于秦,公子乐出仕于陈。雍乃杜祁所生,乐乃辰嬴所生也。又使其幼子黑臀,出仕于周,以亲王室。文公薨,在位八年[11],享年六十八岁。史臣有诗赞云:

  道路奔驰十九年,神龙返穴遂乘权[12]。
  河阳再觐忠心显,城濮三军义问宣。
  雪耻酬恩中始快,赏功罚罪政无偏。
  虽然广俭[13]由天授,左右匡扶赖众贤。

世子骧主丧即位,是为襄公。襄公奉文公之柩,殡于曲沃。方出绛城,柩中忽作大声,如牛鸣然,其柩重如泰山,车不能动。群臣无不大骇。太卜郭偃卜之,献其繇曰:

  有鼠西来,越我垣墙。我有巨梃,一击三伤。

偃曰:"数日内,必有兵信自西方来。我军击之,大捷。此先君有灵,以告我也。"群臣皆下拜,柩中声顿止,亦觉不重,遂如常而行。先轸曰:"西方者,秦也。"随使人密往秦国探信不题。

话分两头。却说秦将杞子、逢孙、杨孙三人,屯戍于郑之北门。

叔詹据鼎抗晋侯　弦高假命犒秦军

见晋国送公子兰归郑,立为世子,忿然曰:"我等为他戍守,以拒晋兵,他又降服晋国,显得我等无功了。"已将密报知会本国。秦穆公心亦不忿[14],只碍着晋侯,敢怒而不敢言。及公子兰即位,待杞子等无加礼。杞子遂与逢孙、杨孙商议:"我等屯戍在外,终无了期。不若劝吾主潜师袭郑,吾等皆可厚获而归。"正商议间,又闻晋文公亦薨,举手加额曰:"此天赞吾成功也!"遂遣心腹人归秦,言于穆公曰:"郑人使我掌北门之管[15],若遣兵潜来袭郑,我为内应,郑可灭也。晋有大丧,必不能救郑。况郑君嗣位方新,守备未修,此机不可失。"

秦穆公接此密报,遂与蹇叔及百里奚商议。二臣同声进谏曰:"秦去郑千里之遥,非能得其地也,特利其俘获耳。夫千里劳师,跋涉日久,岂能掩人耳目?若彼闻吾谋,而为之备,劳而无功,中途必有变。夫以兵戍人,还而谋之,非信也;乘人之丧而伐之,非仁也;成则利小,不成则害大,非智也;失此三者,臣不知其可也!"穆公艴然曰:"寡人三置晋君,再平晋乱,威名著于天下。只因晋侯败楚城濮,遂以伯业让之。今晋侯即世[16],天下谁为秦难[17]者?郑如困鸟依人,终当飞去。乘此时灭郑,以易晋河东之地,晋必听之。何不利之有?"蹇叔又曰:"君何不使人行吊于晋,因而吊郑,以窥郑之可攻与否?毋为杞子辈虚言所惑也。"穆公曰:"若待行吊而后出师,往返之间,又几一载。夫用兵之道,疾雷不及掩耳,汝老耄何知?"乃阴约来人:"以二月上旬,师至北门,里应外合,不得有误。"

于是召孟明视为大将,西乞术、白乙丙副之,挑选精兵三千馀人,车三百乘,出东门之外。孟明乃百里奚之子,白乙乃蹇叔之子。

第四十四回

出师之日，蹇叔与百里奚，号哭而送之曰："哀哉，痛哉！吾见尔之出，而不见尔之入也！"穆公闻之大怒，使人让二臣曰："尔何为哭吾师？敢沮吾军心耶？"蹇叔、百里奚并对曰："臣安敢哭君之师？臣自哭吾子耳！"白乙见父亲哀哭，欲辞不行。蹇叔曰："吾父子食秦重禄，汝死自分内事也。"乃密授以一简，封识甚固，嘱之曰："汝可依吾简中之言。"白乙领命而行，心下又惶惑，又凄楚。惟孟明自恃才勇，以为成功可必，恬不为意。

大军既发，蹇叔谢病不朝，遂请致政[18]。穆公强之。蹇叔遂称病笃，求还铚村，百里奚造其家问病，谓蹇叔曰："奚非不知见几之道，所以苟留于此者，尚冀吾子生还一面耳！吾兄何以教我？"蹇叔曰："秦兵此去必败。贤弟可密告子桑，备舟楫于河下，万一得脱，接应西还。切记，切记！"百里奚曰："贤兄之言，即当奉行。"穆公闻蹇叔决意归田，赠以黄金二十斤，彩缎百束，群臣俱送出郊关而返。百里奚握公孙枝之手，告以蹇叔之言，如此恁般："吾兄不托他人，而托子桑，以将军忠勇，能分国家之忧也。将军不可泄漏，当密图之！"公孙枝曰："敬如命。"自去准备船只。不在话下。

却说孟明见白乙领父密简，疑有破郑奇计在内，是夜安营已毕，特来索看。白乙丙启而观之，内有字二行曰："此行郑不足虑，可虑者晋也。崤山[19]地险，尔宜谨慎。我当收尔骸骨于此！"孟明掩目急走，连声曰："咄咄！晦气，晦气！"白乙意亦以为未必然。三帅自冬十二月丙戌日出师，至明年春正月，从周北门而过，孟明曰："天子在是，虽不敢以戎事谒见，敢不敬乎？"传令左右[20]，皆免胄下车。前哨牙将褒蛮子，骁勇无比，才过都门，即从平地超越登车，疾如飞鸟，车不停轨。孟明叹曰："使人人皆褒蛮子，何事不

叔詹据鼎抗晋侯　弦高假命犒秦军

成?"众将士哗然曰:"吾等何以不如褒蛮子?"于是争先攘臂呼于众曰:"有不能超乘[21]者,退之殿后!"凡行军以殿为怯,军败则以殿为勇。此言殿后者,辱之也。一军凡三百乘,无不超腾而上者。登车之后,车行迅速,如疾风闪电一般,霎时不见。

时周襄王使王子虎同王孙满,往观秦师,过讫,回复襄王。王子虎叹曰:"臣观秦师骁健如此,谁能敌者?此去郑必无幸矣!"王孙满时年甚小,含笑而不言。襄王问曰:"尔童子以为何如?"满对曰:"礼,过天子门,必卷甲束兵而趋[22]。今止于免胄,是无礼也。又超乘而上,其轻甚矣。轻则寡谋,无礼则易乱。此行也,秦必有败衄[23]之辱,不能害人,只自害耳!"

却说郑国有一商人,名曰弦高,以贩牛为业。自昔王子颓爱牛,郑、卫各国商人,贩牛至周,颇得重利。今日弦高尚袭其业。此人虽则商贾之流,倒也有些忠君爱国之心、排患解纷之略,只为无人荐引,屈于市井之中。今日贩了数百肥牛,往周买卖。行近黎阳津[24],遇一故人,名曰蹇他,乃新从秦国而来。弦高与蹇他相见,问:"秦国近有何事?"他曰:"秦遣三帅袭郑,以十二月丙戌日出兵,不久即至矣。"弦高大惊曰:"吾父母之邦,忽有此难,不闻则已,若闻而不救,万一宗社沦亡,我何面目回故乡也?"遂心生一计,辞别了蹇他,一面使人星夜奔告郑国,教他速作准备。一面打点犒军之礼,选下肥牛二十头随身,馀牛俱寄顿客舍。弦高自乘小车,一路迎秦师上去。来至滑国,地名延津[25],恰好遇见秦兵前哨,弦高拦住前路,高叫:"郑国有使臣在此,愿求一见!"前哨报入中军。孟明倒吃一惊,想道:"郑国如何便知我兵到来,遣使臣远

第四十四回

远来接？且看他来意如何。"遂与弦高车前相见。弦高诈传郑君之命,谓孟明曰:"寡君闻三位将军,将行师出于敝邑,不腆之赋,敬使下臣高远犒从者。敝邑摄乎大国之间,外侮迭至。为久劳远戍,恐一旦不戒[26],或有不测,以得罪于上国,日夜儆备,不敢安寝。惟执事[27]谅之!"孟明曰:"郑君既犒师,何无国书?"弦高曰:"执事以冬十二月丙戌日出兵,寡君闻从者驱驰甚力,恐俟词命之修,或失迎犒,遂口授下臣,匍匐请罪,非有他也。"孟明附耳言曰:"寡君之遣视,为滑故也,岂敢及郑?"传令:"住军于延津!"弦高称谢而退。西乞、白乙问孟明:"驻军延津何意?"孟明曰:"吾师千里远涉,止以出郑人之不意,可以得志。今郑人已知吾出军之日,其为备也久矣。攻之则城固而难克,围之则兵少而无继。今滑国无备,不若袭滑而破之,得其卤获,犹可还报吾君,师出不为无名也。"是夜三更,三帅兵分作三路,并力袭破滑城。滑君奔翟。秦兵大肆掳掠,子女玉帛,为之一空。史臣论此事,谓秦帅目中已无郑矣。若非弦高矫命犒师,以杜三帅之谋,则灭国之祸,当在郑而不在滑也。有诗赞云:

千里驱兵狠似狼,岂因小滑逞锋铓。

弦高不假军前犒,郑国安能免灭亡?

滑自被残破,其君不能复国。秦兵去后,其地遂为卫国所并。不在话下。

却说郑穆公接了商人弦高密报,犹未深信。时当二月上旬,使人往客馆,窥觇杞子、逢孙、杨孙所为。则已收束车乘,厉兵秣马[28],整顿器械,人人装束,个个抖擞,只等秦兵到来,这里准备献门。使者回报,郑伯大惊。乃使老大夫烛武,先见杞子、逢孙、杨

叔詹据鼎抗晋侯　弦高假命犒秦军

孙,各以束帛为赆[29],谓之曰:"吾子淹久于敝邑,敝邑以供给之故,原圃[30]之麋鹿俱竭矣。今闻吾子戒严,意者有行色[31]乎?孟明诸将在周、滑之间,盍往从之?"杞子大惊,暗思:"吾谋已泄,师至无功,反将得罪,不惟郑不可留,秦亦不可归矣。"乃缓词以谢烛武,即日引亲随数十人,逃奔齐国。逢孙、杨孙,亦奔宋国避罪。戍卒无主,屯聚于北门,欲为乱。郑穆公使佚之狐,多赍行粮,分散众人,导之还乡。郑穆公录弦高之功,拜为军尉[32]。自此郑国安靖。

却说晋襄公在曲沃殡宫守丧,闻谍报:"秦国孟明将军,统兵东去,不知何往?"襄公大惊,即使人召群臣商议。先轸预已打听明白,备知秦君袭郑之谋,遂来见襄公。不知先轸如何计较,且看下回分解。

---

〔1〕 弟兰:应为子兰。见上回注〔20〕。下文郑伯说"孤未有子",亦误。据《史记·郑世家》,郑文公有宠子五人,皆以罪早死,其中公子华、公子臧均被诛。见第二十四回。郑文公怒,概逐群公子,故子兰奔晋。

〔2〕 梦征:指公子兰之母燕姞梦伟丈夫持兰草以赠一事。见第二十四回。

〔3〕 適(dí 敌)嗣:即世子。適,通嫡。正妻所生长子才可继承君位,故世子称嫡嗣。

〔4〕 失礼于宾客:指重耳流亡时过郑,郑闭门不纳一事。见第三十五回。

〔5〕 鼎镬(huò 祸):鼎、镬都是烹饪器。镬形似鼎而无足。

第四十四回

〔6〕 冀野:冀邑野外。冀本国名,在今山西河津市境内。后为晋灭,以其地为郤氏食邑。

〔7〕 不肖:不似其父。后引申为不才或品德不佳。丹朱为尧之子,不肖,故尧禅帝位于舜。商均为舜之子,不肖,乃使禹继位。

〔8〕 隆准丰颐(yí移):高高的鼻子,肥肥的下巴。颐,面颊,腮。

〔9〕 二行:晋原有三军三行。见第四十二回。此处之"二"疑为"三"之误。

〔10〕 周襄王二十四年:即公元前628年。

〔11〕 在位八年:应为九年。文公自周襄王十六年(前636)二月驱子圉即位,当即改元,到襄王二十四年(前628)冬病故,在位应为九年。又下句"享年六十八岁",亦与上文矛盾。据第三十六回,文公即位时已六十二岁,故享年应为七十岁或七十一岁。

〔12〕 乘权:指掌握、控制权力。

〔13〕 广俭:宽窄,借指才能大小。

〔14〕 不忿(fèn愤):不平,不服气。

〔15〕 管:钥匙。

〔16〕 即世:去世,死亡。

〔17〕 难:敌对,对手。

〔18〕 致政:归还政事,辞官退休。

〔19〕 崤(xiáo淆)山:或作殽山。在今河南渑池至三门峡市陕州区之间。山分东西二崤,险峻无比。

〔20〕 左右:指车左主射者及车右持戈者。暗示居中之驾车者并未下车,仍驾车赶行。

〔21〕 超乘:指在行进中的战车上跳上跳下,以示有勇。

〔22〕 卷甲束兵而趋:把盔甲卷起,兵器收束,小步疾走而过。这是当时对周天子的礼貌。

〔23〕 败衄(nù恧):失败,挫折。

〔24〕 黎阳津:古津渡名。故址在今河南浚县东南,位于古黄河北岸。

〔25〕 延津:古河水名。古黄河流经滑地,通称为延津。在今河南滑县南。

〔26〕 不戒:不谨慎,不注意。

〔27〕 执事:手下办事人员,借指对方。

〔28〕 厉兵秣(mò沫)马:磨好武器,喂饱马匹。指作好战斗准备。

〔29〕 赆(jìn近):离别时赠送的礼物。

〔30〕 原圃:郑国著名园林,一名圃田泽。故址在今河南中牟县西。

〔31〕 "意者"句:意为估计会有出行的计划吧。

〔32〕 军尉:春秋时军队中将佐名。

第四十五回

晋襄公墨缞败秦　先元帅免胄殉翟

话说中军元帅先轸，已备知秦国袭郑之谋，遂来见襄公曰："秦违蹇叔、百里奚之谏，千里袭人。此卜偃所谓：'有鼠西来，越我垣墙'者也。急击之，不可失！"栾枝进曰："秦有大惠于先君，未报其德，而伐其师，如先君何？"先轸曰："此正所以继先君之志也。先君之丧，同盟方吊恤之不暇，秦不加哀悯，而兵越吾境，以伐我同姓之国，秦之无礼甚矣！先君亦必含恨于九泉，又何德之足报？且两国有约，彼此同兵。围郑之役，背我而去，秦之交情，亦可知矣。彼不顾信，我岂顾德？"栾枝又曰："秦未犯吾境，击之毋乃太过？"先轸曰："秦之树吾先君于晋，非好晋也，以自辅也。君之伯诸侯，秦虽面从，心实忌之。今乘丧用兵，明欺我之不能庇郑也。我兵不出，真不能矣！袭郑不已，势将袭晋。谚云：'一日纵敌，数世贻殃[1]。'若不击秦，何以自立？"赵衰曰："秦虽可击，但吾主苫块之中，遽兴兵革，恐非居丧之礼。"先轸曰："礼，人子居丧，寝处苫块，以尽孝也。剪强敌以安社稷，孝孰大焉？诸卿若云不可，臣请独往！"胥臣等皆赞成其谋。先轸遂请襄公墨缞[2]治兵。襄公曰："元帅料秦兵何时当返？从何路行？"先轸屈指算之曰："臣料秦

518

兵，必不能克郑。远行无继，势不可久，总计往返之期，四月有馀，初夏必过渑池。渑池乃秦晋之界，其西有崤山两座，自东崤至于西崤，相去三十五里，此乃秦归必由之路。其地树木丛杂，山石崚嶒[3]，有数处车不可行，必当解骖[4]下走。若伏兵于此处，出其不意，可使秦之兵将，尽为俘虏。"襄公曰："但凭元帅调度。"先轸乃使其子先且居，同屠击引兵五千，伏于崤山之左；使胥臣之子胥婴，同狐鞫居引兵五千，伏于崤山之右。候秦兵到日，左右夹攻。使狐偃之子狐射姑同韩子舆，引兵五千，伏于西崤山，预先砍伐树木，塞其归路。使梁繇靡之子梁弘同莱驹，引兵五千，伏于东崤山，只等秦兵尽过，以兵迫之。先轸同赵衰、栾枝、胥臣、阳处父、先蔑一班宿将，跟随晋襄公，离崤山二十里下寨，各分队伍，准备四下接应。正是：整顿窝弓射猛虎，安排香饵钓鳌鱼。

再说秦兵于春二月中，灭了滑国，掳其辎重，满载而归。只为袭郑无功，指望以此赎罪。时夏四月初旬，行及渑池，白乙丙言于孟明曰："此去从渑池而西，正是崤山险峻之路，吾父谆谆叮嘱谨慎，主帅不可轻忽。"孟明曰："吾驱驰千里，尚然不惧，况过了崤山，便是秦境，家乡密迩，缓急可恃，又何虑哉？"西乞术曰："主帅虽然虎威，然慎之无失。恐晋有埋伏，卒然[5]而起，何以御之？"孟明曰："将军畏晋如此，吾当先行，如有伏兵，吾自当之！"乃遣骁将褒蛮子，打着元帅百里旗号，前往开路。孟明做第二队，西乞第三队，白乙第四队，相离不过一二里之程。却说褒蛮子惯使着八十斤重的一柄方天画戟，抡动如飞，自谓天下无敌。驱车过了渑池，望西路进发。行至东崤山，忽然山凹里鼓声大震，飞出一队车马，车上立着一员大将，当先拦路，问："汝是秦将孟明否？吾等候多

第 四 十 五 回

时矣。"褒蛮子曰:"来将可通姓名。"那将答曰:"吾乃晋国大将莱驹是也!"蛮子曰:"教汝国栾枝、魏犨来到,还斗上几合戏耍,汝乃无名小卒,何敢拦吾归路?快快闪开,让我过去。若迟慢时,怕你捱不得我一戟!"莱驹大怒,挺长戈劈胸刺去,蛮子轻轻拨开,就势一戟刺来,莱驹急闪,那戟来势太重,就刺在那车衡[6]之上。蛮子将戟一绞,把衡木折做两段。莱驹见其神勇,不觉赞叹一声道:"好孟明,名不虚传!"蛮子呵呵大笑曰:"我乃孟明元帅部下牙将褒蛮子便是!我元帅岂肯与汝鼠辈交锋耶?汝速速躲避,我元帅随后兵到,汝无噍类[7]矣!"莱驹吓得魂不附体,想道:"牙将且如此英雄,不知孟明还是如何?"遂高声叫曰:"我放汝过去,不可伤害吾军!"遂将车马约在一边,让褒蛮子前队过去。蛮子即差军士传报主帅孟明,言:"有些小晋军埋伏,已被吾杀退,可速上前合兵一处,过了崤山,便没事了。"孟明得报大喜,遂催趱西乞、白乙两军,一同进发。且说莱驹引兵来见梁弘,盛述褒蛮子之勇。梁弘笑曰:"虽有鲸蛟,已入铁网,安能施其变化哉?吾等按兵勿动,俟其尽过,从后驱之,可获全胜。"

再说孟明等三帅,进了东崤,约行数里,地名上天梯、堕马崖、绝命岩、落魂涧、鬼愁窟、断云峪,一路都是有名的险处,车马不能通行。前哨褒蛮子,已自去得远了。孟明曰:"蛮子已去,料无埋伏矣。"吩咐军将,解了辔索,卸了甲胄,或牵马而行,或扶车而过,一步两跌,备极艰难,七断八续,全无行伍。有人问道:"秦兵当日出行,也从崤山过去的,不见许多艰阻。今番回转,如何说得恁般?"这有个缘故。当初秦兵出行之日,乘着一股锐气,且没有晋兵拦阻,轻车快马,缓步徐行,任意经过,不觉其苦。今日往来千里,人马俱疲困了,又掳掠得滑国许多子女金帛,行装重滞,况且遇过晋兵一次,虽然硬过,还怕前面有伏,心下慌忙,倍加艰阻,自然之理也。

　　孟明等过了上天梯第一层险隘,正行之间,隐隐闻鼓角之声,后队有人报道:"晋兵从后追至矣!"孟明曰:"我既难行,他亦不易,但愁前阻,何怕后追?吩咐各军,速速前进便了!"教白乙前行:"我当亲自断后,以御追兵。"又蓦[8]过了堕马崖。将近绝命岩了,众人发起喊来,报道:"前面有乱木塞路,人马俱不能通,如何是好?"孟明想:"这乱木从何而来?莫非前面果有埋伏?"乃亲自上前来看,但见岩旁有一碑,镌上五字道:"文王避雨处。"碑旁竖立红旗一面,旗竿约长三丈有馀,旗上有一"晋"字。旗下都是纵横乱木。孟明曰:"此是疑兵之计也。事已至此,便有埋伏,只索上前。"遂传令教军士先将旗竿放倒,然后搬开柴木,以便跋涉。谁知这面晋字红旗,乃是伏军的记号。他伏于岩谷僻处,望见旗倒,便知秦兵已到,一齐发作。秦军方才搬运柴木,只闻前面鼓声如雷,远远望见旌旗闪烁,正不知多少军马。白乙丙且教安排器械,为冲突之计。只见山岩高处,立着一位将军,姓狐名射姑,字贾季,大叫道:"汝家先锋褒蛮子,已被缚在此了。来将早早投降,免遭屠戮!"原来褒蛮子恃勇前进,堕于陷坑之中,被晋军将挠钩搭起,绑缚上囚车了。白乙丙大惊,使人报知西乞术与主将孟明,商议并力夺路。

　　孟明看这条路径,只有尺许之阔,一边是危峰峻石,一边临着万丈深溪,便是落魂涧了,虽有千军万马,无处展施。心生一计,传令:"此非交锋之地。教大军一齐退转东崤宽展处,决一死战,再作区处。"白乙丙奉了将令,将军马退回,一路闻金鼓之声,不绝于耳。才退至堕马崖,只见东路旌旗,连接不断,却是大将梁弘同副将莱驹,引着五千人马,从后一步步袭来。秦军过不得堕马崖,只得又转。此时好像蚂蚁在热盘之上,东旋西转,没有个定处。孟明教军士从左右两旁,爬山越溪,寻个出路。只见左边山头上金鼓乱鸣,左有一枝军占住,叫道:"大将先且居在此,孟明早早投降!"右边隔溪一声炮响,山谷俱应,又竖起大将胥婴的旗号。孟明此时,如万箭攒心,没摆布一头处。军士每分头乱窜,爬山越溪,都被晋兵斩获。孟明大怒,同西乞、白乙二将,仍杀到堕马崖来。那柴木上都掺有硫黄焰硝引火之物,被韩子舆放起火来,烧得焰腾腾烟涨迷天,红赫赫火星撒地。后面梁弘军马已到,逼得孟明等三帅叫苦不迭。左右前后,都是晋兵布满,孟明谓白乙丙曰:"汝父真神算也!今日困于绝地,我死必矣!你二人变服,各自逃生。万一天幸,有一人得回秦国,奏知吾主,兴兵报仇,九泉之下,亦得吐气!"西乞术、白乙丙哭曰:"吾等生则同生,死则同死,纵使得脱,何面目独归故国?"言之未已,手下军兵,看看散尽,委弃车仗器械,连路堆积。孟明等三帅,无计可施,聚于岩下,坐以待缚。晋兵四下围裹将来,如馒头一般,把秦家兵将,做个馅子[9],一个个束手受擒。杀得血污溪流,尸横山径,匹马只轮,一些不曾走漏。髯翁有诗云:

千里雄心一旦灰,西崤无复只轮回。
休夸晋帅多奇计,蹇叔先曾堕泪来。

先且居诸将会集于东崤之下,将三帅及褒蛮子,上了囚车。俘获军士及车马,并滑国掳掠来许多子女玉帛,尽数解到晋襄公大营。襄公墨缞受俘,军中欢呼动地。襄公问了三帅姓名,又问:"褒蛮子何人也?"梁弘曰:"此人虽则牙将,有兼人之勇,莱驹曾失利一阵,若非落于陷坑,亦难制缚。"襄公骇然曰:"既如此骁勇,留之恐有他变!"唤莱驹上前:"汝前日战输与他,今日在寡人面前,可斩其头以泄恨。"莱驹领命,将褒蛮子缚于庭柱,手握大刀,方欲砍去。那蛮子大呼曰:"汝是我手下败将,安敢犯吾?"这一声,就如半空中起个霹雳一般,屋宇俱震动。蛮子就呼声中,将两臂一撑,麻索俱断。莱驹吃一大惊,不觉手颤,堕刀于地。蛮子便来抢这把大刀。有个小校,名曰狼瞫,从旁观见,先抢刀在手,将蛮子一刀劈倒,再复一刀,将头割下,献于晋侯之前。襄公大喜曰:"莱驹之勇,不及一小校也!"乃黜退莱驹不用,立狼瞫为车右之职。狼瞫谢恩而出,自谓受知于君,不往元帅先轸处拜谢。先轸心中,颇有不悦之意。

次日,襄公同诸将奏凯而归,因殡在曲沃,且回曲沃。欲俟还绛之后,将秦帅孟明等三人献俘于太庙,然后施刑。先以败秦之功,告于殡宫[10],遂治窀穸[11]之事。襄公墨缞视葬,以表战功。母夫人嬴氏[12],因会葬亦在曲沃,已知三帅被擒之信,故意问襄公曰:"闻我兵得胜,孟明等俱被囚执,此社稷之福也。但不知已曾诛戮否?"襄公曰:"尚未。"文嬴曰:"秦晋世为婚姻,相与甚欢。孟明等贪功起衅,妄动干戈,使两国恩变为怨。吾量秦君,必深恨此三人。我国杀之无益,不如纵之还秦,使其君自加诛戮,以释二国之怨,岂不美哉?"襄公曰:"三帅用事于秦,获而纵之,恐贻晋患。"文嬴曰:"兵败者死,国有常刑。楚兵一败,得臣伏诛。岂秦国独无军法乎?况当时晋惠公被执于秦,秦君且礼而归之,秦之有礼于我如此。区区败将，必欲自我行戮，显见我国无情也。"襄公初时不肯，闻说到放还惠公之事，悚然动心。即时诏有司释三帅之囚，纵归秦国。孟明等得脱囚系，更不入谢，抱头鼠窜而逃。先轸方在家用饭，闻晋侯已赦三帅，吐哺入见，怒气冲冲，问襄公："秦囚何在？"襄公曰："母夫人请放归即刑，寡人已从之矣。"先轸勃然唾襄公之面曰："咄！孺子不知事如此！武夫千辛万苦，方获此囚，乃坏于妇人之片言耶？放虎归山，异日悔之晚矣！"襄公方才醒悟，拭面而谢，曰："寡人之过也！"遂问班部中："谁人敢追秦囚者？"阳处父愿往。先轸曰："将军用心，若追得，便是第一功也。"阳处父驾起追风马，抡起斩将刀，出了曲沃西门，来追孟明。史臣有诗赞襄公能容先轸，所以能嗣伯业。诗曰：

　　妇人轻丧武夫功，先轸当时怒气冲。

　　拭面容言无愠意，方知嗣伯属襄公。

　　却说孟明等三人，得脱大难，路上相议曰："我等若得渡河，便是再生，不然，犹恐晋君追悔，如之奈何？"比到河下，并无一个船只，叹曰："天绝我矣！"叹声未绝，见一渔翁，荡着小艇，从西而来，口中唱歌曰：

　　囚猿离槛兮，囚鸟出笼。有人遇我兮，反败为功。

孟明异其言，呼曰："渔翁渡我！"渔翁曰："我渡秦人，不渡晋人！"孟明曰："吾等正是秦人，可速渡我！"渔翁曰："子非崤中失事之人耶？"孟明应曰："然。"渔翁曰："吾奉公孙将军将令，特舣舟[13]在此相候，已非一日矣。此舟小，不堪重载，前行半里之程有大舟，将军可以速往。"说罢，那渔翁反棹而西，飞也似去了。三帅循河而西，未及半里，果有大船数只泊于河中，离岸有半箭之地，那渔舟已

晋襄公墨缞败秦　先元帅免胄殉翟

自在彼招呼。孟明和西乞、白乙跣足[14]下船,未及撑开,东岸上早有一位将官,乘车而至,乃大将阳处父也。大叫:"秦将且住!"孟明等各各吃惊。须臾之间,阳处父停车河岸,见孟明已在舟中,心生一计,解自家所乘左骖之马,假托襄公之命,赐与孟明:"寡君恐将军不给于乘,使处父将此良马,追赠将军,聊表相敬之意。伏乞将军俯纳!"阳处父本意要哄孟明上岸相见,收马拜谢,乘机缚之。那孟明漏网之鱼,脱却金钩去,回头再不来,心上也防这一着,如何再肯登岸。乃立于船头之上,遥望阳处父,稽首拜谢曰:"蒙君不杀之恩,为惠已多,岂敢复受良马之赐?此行寡君若不加戮,三年之后,当亲至上国,拜君之赐耳!"阳处父再欲开口,只见舟师水手运桨下篙,船已荡入中流去了。阳处父悯然如有所失,闷闷而回,以孟明之言,奏闻于襄公。先轸忿然进曰:"彼云'三年之后,拜君之赐'者,盖将伐晋报仇也。不如乘其新败丧气之日,先往伐之,以杜其谋。"襄公以为然,遂商议伐秦之事。

话分两头。再说秦穆公闻三帅为晋所获,又闷又怒,寝食俱废。过了数日,又闻三帅已释放还归,喜形于色。左右皆曰:"孟明等丧师辱国,其罪当诛。昔楚杀得臣以警二军,君亦当行此法也。"穆公曰:"孤自不听蹇叔、百里奚之言,以累及三帅,罪在于孤,不在他人。"乃素服迎之于郊,哭而唁之,复用三帅主兵,愈加礼待。百里奚叹曰:"吾父子复得相会,已出望外矣!"遂告老致政。穆公乃以繇余、公孙枝为左右庶长,代蹇叔、百里奚之位。此话且搁过一边。

再说晋襄公正议伐秦,忽边吏驰报:"今有翟主白部胡,引兵

第四十五回

犯界,已过箕城[15]。望乞发兵防御!"襄公大惊曰:"翟、晋无隙,如何相犯?"先轸曰:"先君文公,出亡在翟,翟君以二隗妻我君臣,一住十二年,礼遇甚厚。及先君返国,翟君又遣人拜贺,送二隗还晋。先君之世,从无一介束帛,以及于翟。翟君念先君之好,隐忍不言。今其子白部胡嗣位,自恃其勇,故乘丧来伐耳。"襄公曰:"先君勤劳王事,未暇报及私恩。今翟君伐我之丧,是我仇也,子载为寡人创之。"先轸再拜辞曰:"臣忿秦帅之归,一时怒激,唾君之面,无礼甚矣!臣闻兵事尚整[16],惟礼可以整民。无礼之人,不堪为帅。愿主公罢臣之职,别择良将!"襄公曰:"卿为国发愤,乃忠心所激,寡人岂不谅之?今御翟之举,非卿不可,卿其勿辞!"先轸不得已,领命而出,叹曰:"我本欲死于秦,谁知却死于翟也!"闻者亦莫会其意。襄公自回绛都去了。

单说先轸升了中军帐,点集诸军,问众将:"谁肯为前部先锋者?"一人昂然而出曰:"某愿往。"先轸视之,乃新拜右车将军狼瞫也。先轸因他不来谒谢,已有不悦之意,今番自请冲锋,愈加不喜。遂骂曰:"尔新进小卒,偶斩一囚,遂获重用。今大敌在境,汝全无退让之意,岂藐我帐下无一良将耶?"狼瞫曰:"小将愿为国家出力,元帅何故见阻?"先轸曰:"眼前亦不少出力之人,汝有何谋勇,辄敢掩诸将之上?"遂叱去不用。以狐鞫居有崤山夹战之功,用以代之。狼瞫垂首叹气,恨恨而出。遇其友人鲜伯于途,问曰:"闻元帅选将御敌,子安能在此闲行?"狼瞫曰:"我自请冲锋,本为国家出力,谁知反触了先轸那厮之怒。他道我有何谋勇,不该掩诸将之上,已将我罢职不用矣!"鲜伯大怒曰:"先轸妒贤嫉能,我与你共起家丁,刺杀那厮,以出胸中不平之气,便死也落得爽快!"狼瞫曰:"不可,不可!大丈夫死必有名。死而不义,非勇也。我以勇受知于君,得为戎右。先轸以为无勇而黜之。若死于不义,则我今日之被黜,乃黜一不义之人,反使嫉妒者得藉其口矣。子姑待之。"鲜伯叹曰:"子之高见,吾不及也!"遂与狼瞫同归。不在话下。后人有诗议先轸黜狼瞫之非。诗曰:

提戈斩将勇如贲[17],车右超升属主恩。

效力何辜遭黜逐?从来忠勇有冤吞!

再说先轸用其子先且居为先锋,栾盾、郤缺为左右队,狐溱、狐鞫居为合后,发车四百乘,出绛都北门,望箕城进发。两军相遇,各安营停当。先轸唤集诸将授计曰:"箕城有地名曰大谷,谷中宽衍,正乃车战之地。其旁多树木,可以伏兵。栾、郤二将,可分兵左右埋伏。待且居与翟交战,佯败,引至谷中,伏兵齐起,翟主可擒也!二狐引兵接应,以防翟兵驰救。"诸将如计而行。先轸将大营移后十馀里安扎。

次早,两下结阵,翟主白部胡亲自索战。先且居略战数合,引车而退。白部胡引着百馀骑,奋勇来追。被先且居诱入大谷,左右伏兵俱起。白部胡施逞精神,左一冲,右一突,胡骑百馀,看看折尽。晋兵亦多损伤。良久,白部胡杀出重围,众莫能御。将至谷口,遇着一员大将,刺斜里飕的一箭,正中白部胡面门,翻身落马,军士上前擒之。射箭者,乃新拜下军大夫郤缺也。箭透脑后,白部胡登时身死。郤缺认得是翟主,割下首级献功。时先轸在中营,闻知白部胡被获,举首向天连声曰:"晋侯有福!晋侯有福!"遂索纸笔,写表章一道,置于案上。不通诸将得知,竟与营中心腹数人,乘单车驰入翟阵。

第四十五回

却说白部胡之弟白暾，尚不知其兄之死，正欲引兵上前接应。忽见有单车驰到，认是诱敌之兵，白暾急提刀出迎。先轸横戈于肩，瞪目大喝一声，目眦尽裂，血流及面。白暾大惊，倒退数十步，见其无继，传令弓箭手围而射之。先轸奋起神威，往来驰骤，手杀头目三人，兵士二十馀人，身上并无点伤。原来这些弓箭手，惧怕先轸之勇，先自手软，箭发的没力了。又且先轸身被重铠，如何射得入去？先轸见射不能伤，自叹曰："吾不杀敌，无以明吾勇；既知吾勇矣，多杀何为？吾将就死于此！"乃自解其甲以受箭，箭集如蝟，身死而尸不僵仆。白暾欲断其首，见其怒目扬须，不异生时，心中大惧。有军士认得的，言："此乃晋中军元帅先轸。"白暾乃率众罗拜，叹曰："真神人也！"祝曰："神许我归翟供养乎？则仆！"尸僵立如故。乃改祝曰："神莫非欲还晋国否？我当送回。"祝毕，尸遂仆于车上。要知如何送回晋国，且看下回分解。

---

〔1〕 贻殃：留下灾难。

〔2〕 墨缞（cuī）：束于胸前的麻布带叫缞。子为父服三年之丧者用之。墨缞，即以墨染缞绖，表示以丧服治兵。

〔3〕 崚嶒（léng céng 棱层）：指山的高峻险怪。

〔4〕 骖（cān 参）：古时驾车例用马四匹，居中两马叫服。两旁的马叫骖，或分别称为左骖、右骖。

〔5〕 卒（cù 促）然：突然。卒，同"猝"。

〔6〕 车衡：车辕前横木叫衡。

〔7〕 噍（jiào 叫）类：活人。噍，嚼食。噍类，活着而能嚼食者。

〔8〕 蓦（mò 漠）：超越，闯。

〔9〕 馅(dàn但)子：馅，通"馅"。即包在米面所制食物中的心子。

〔10〕 殡宫：古代临时停柩之所。

〔11〕 窀穸(zhūn xì 谆戏)：墓穴。长埋谓窀，长夜谓穸。墓中长埋，有如长夜，故称窀穸。

〔12〕 嬴氏：即秦穆公之女怀嬴。因再嫁晋文公，故下文亦称文嬴。

〔13〕 舣(yǐ 以)舟：船泊岸边。

〔14〕 跣(xiǎn 显)足：光着脚。

〔15〕 箕城：春秋时晋城邑名。在今山西蒲县东北。

〔16〕 尚整：重视秩序。

〔17〕 贲(bēn 奔)：指孟贲。古代勇士，能力举千斤。

第四十六回

楚商臣宫中弑父　秦穆公殽谷封尸

话说翟主白部胡被杀，有逃命的败军，报知其弟白暾。白暾涕泣曰："俺说'晋有天助，不可伐之。'吾兄不听，今果遭难也！"欲将先轸尸首，与晋打换部胡之尸，遣人到晋军打话。且说郤缺提了白部胡首级，同诸将到中军献功，不见了元帅。有守营军士说道："元帅乘单车出营去了，但吩咐'紧守寨门'。不知何往？"先且居心疑，偶于案上见表章一道，取而观之，云：

臣中军大夫先轸奏言：臣自知无礼于君。君不加诛讨，而复用之，幸而战胜，赏赍将及矣。臣归而不受赏，是有功而不赏也；若归而受赏，是无礼而亦可论功也。有功不赏，何以劝功？无礼论功，何以惩罪？功罪紊乱，何以为国？臣将驰入翟军，假手翟人，以代君之讨。臣子且居有将略，足以代臣。臣轸临死冒昧！

且居曰："吾父驰翟师死矣！"放声大哭。便欲乘车闯入翟军，查看其父下落。此时郤缺、栾盾、狐鞫居、狐射姑等，毕集营中，死劝方住。众人商议："必先使人打听元帅生死，方可进兵。"忽报："翟主之弟白暾，差人打话。"召而问之，乃是彼此换尸之事。且居知死信真实,又复痛哭了一场。约定:"明日军前,各抬亡灵,彼此交换。"翟使回复去后,先且居曰:"戎狄多诈,来日不可不备。"乃商议令郤缺、栾盾仍旧张两翼于左右,但有交战之事,便来夹攻。二狐同守中军。

次日,两边结阵相持,先且居素服登车,独出阵前,迎接父尸。白暾畏先轸之灵,拔去箭翎,将香水浴净,自脱锦袍包裹,装载车上,如生人一般,推出阵前,付先且居收领。晋军中亦将白部胡首级,交割还翟。翟送还的,是香喷喷一具全尸;晋送去的,只是血淋淋一颗首级。白暾心怀不忍,便叫道:"你晋家好欺负人!如何不把全尸还我?"先且居使人应曰:"若要取全尸,你自去大谷中乱尸内寻认!"白暾大怒,手执开山大斧,指挥翟骑冲杀过来。这里用轻车[1]结阵,如墙一般,连冲突数次,皆不能入。引得白暾踯躅[2]咆哮,有气莫吐。忽然晋军中鼓声骤起,阵门开处,一员大将,横戟而出,乃狐射姑也。白暾便与交锋。战不多合,左有郤缺,右有栾盾,两翼军士围裹将来。白暾见晋兵众盛,急忙拨转马头,晋军从后掩杀。翟兵死者,不计其数。狐射姑认定白暾,紧紧追赶。白暾恐冲动本营,拍马从剌斜里跑去。射姑不舍,随着马尾赶来。白暾回首一看,带转马头,问曰:"将军面善,莫非贾季乎?"射姑答曰:"然也。"白暾曰:"将军别来无恙?将军父子,俱住吾国十二年,相待不薄,今日留情,异日岂无相见?我乃白部胡之弟白暾是也。"狐射姑见提起旧话,心中不忍,便答道:"我放汝一条生路,汝速速回军,无得淹久于此。"言毕回车,至于大营。晋兵已自得胜,便拿不着白暾,众俱无话。是夜白暾潜师回翟,白部胡无子,白暾为之发丧,遂嗣位为君。此是后话。

第四十六回

且说晋师凯旋而归,参见晋襄公,呈上先轸的遗表。襄公怜轸之死,亲殓其尸。只见两目复开,勃勃有生气,襄公抚其尸曰:"将军死于国事,英灵不泯,遗表所言,足见忠爱,寡人不敢忘也!"乃即柩前,拜先且居为中军元帅,以代父职,其目遂瞑。后人于箕城立庙祀之。襄公嘉郤缺杀白部胡之功,仍以冀[3]为之食邑,谓曰:"尔能盖父之愆,故还尔父之封也。"又谓胥臣曰:"举郤缺者,吾子之功。微子,寡人何由任缺?"乃以先茅之县[4]赏之。诸将见襄公赏当其功,无不悦服。

时许、蔡二国,因晋文公之变,复受盟于楚。晋襄公拜阳处父为大将,帅师伐许,因而侵蔡。楚成王命斗勃同成大心,帅师救之。行及泜水[5],隔岸望见晋军,遂逼泜水下寨。晋军营于泜水之北,两军只隔得一层水面,击柝[6]之声,彼此相闻。晋军为楚师所拒,不能前进。如此相持,约有两月。看看岁终,晋军粮食将尽,阳处父意欲退军。既恐为楚所乘,又嫌于避楚,为人所笑。乃使人渡泜水,直入楚军,传语斗勃曰:"谚云:'来者不惧,惧者不来。'将军若欲与吾战,吾当退去一舍之地,让将军济水而阵,决一死敌。如将军不肯济,将军可退一舍之地,让我渡河南岸,以请战期。若不进不退,劳师费财,何益于事?处父今驾马于车,以候将军之命,惟速裁决!"斗勃忿然曰:"晋欺我不敢渡河耶?"便欲渡河索战。成大心急止曰:"晋人无信,其言退舍,殆诱我耳。若乘我半济而击之,我进退俱无据矣。不如姑退,以让晋涉。我为主,晋为客,不亦可乎?"斗勃悟曰:"孙伯之言是也!"乃传令军中,退三十里下寨,让晋济水。使人回复阳处父。处父使改其词,宣言于众,只说:"楚

楚商臣宫中弑父　秦穆公殽谷封尸

将斗勃,畏晋不敢涉水,已遁去矣。"军中一时传遍。处父曰:"楚师已遁,我何济为?岁暮天寒,且归休息,以俟再举可也。"遂班师还晋。斗勃退舍二日,不见晋师动静,使人侦之,已去远矣。亦下令班师而回。

却说楚成王之长子,名曰商臣,先时欲立为太子,问于斗勃。勃对曰:"楚国之嗣,利于少,不利于长,历世皆然。且商臣之相,蜂目豺声[7],其性残忍,今日爱而立之,异日复恶而黜之,其为乱必矣。"成王不听,竟立为嗣,使潘崇傅之。商臣闻斗勃不欲立己,心怀怨恨。及斗勃救蔡,不战而归,商臣谮于成王曰:"子上受阳处父之赂,故避之以为晋名。"成王信其言,遂不许斗勃相见,使人赐之以剑。斗勃不能自明,以剑刎喉而死。成大心自诣成王之前,叩头涕泣,备述退师之故,如此恁般:"并无受赂之事,若以退为罪,罪宜坐臣。"成王曰:"卿不必引咎,孤亦悔之矣!"自此成王有疑太子商臣之意。后又爱少子职,遂欲废商臣而立职,诚恐商臣谋乱,思寻其过失而诛之。宫人颇闻其语,传播于外。商臣犹豫未信,以告于太傅潘崇。崇曰:"吾有一计,可察其说之真假。"商臣问:"计将安出?"潘崇曰:"王妹芈氏,嫁于江国,近以归宁来楚,久住宫中,必知其事。江芈性最躁急,太子诚为设享,故加怠慢,以激其怒,怒中之言,必有泄漏。"商臣从其谋,乃具享以待江芈。芈氏来至东宫,商臣迎拜甚恭,三献之后,渐渐疏慢,中馈但使庖人供馔,自不起身,又故意与行酒侍儿,窃窃私语,芈氏两次问话,俱失应答。芈氏大怒,拍案而起,骂曰:"役夫[8]不肖如此,宜王之欲杀汝而立职也!"商臣假意谢罪,芈氏不顾,竟上车而去,骂声犹不绝口。

第 四 十 六 回

商臣连夜告于潘崇，因叩以自免之策。潘崇曰："子能北面而事职乎？"商臣曰："吾不能以长事少也。"潘崇曰："若不能屈首事人，盍适他国？"商臣曰："无因也，只取辱焉。"潘崇曰："舍此二者，别无策矣！"商臣固请不已，潘崇曰："有一策，甚便捷，但恐汝不忍耳！"商臣曰："死生之际，有何不忍？"潘崇附耳曰："除非行大事，乃可转祸为福。"商臣曰："此事吾能之！"乃部署宫甲，至夜半，托言宫中有变，遂围王宫。潘崇仗剑，同力士数人入宫，径造成王之前。左右皆惊散。成王问曰："卿来何事？"潘崇答曰："王在位四十七年矣，成功者退，今国人思得新王，请传位于太子！"成王惶遽答曰："孤即当让位，但不知能相活否？"潘崇曰："一君死，一君立，国岂有二君耶？何王之老而不达也？"成王曰："孤方命庖人治熊掌，俟其熟而食之，虽死不恨！"潘崇厉声曰："熊掌难熟，王欲延时刻，以待外救乎？请王自便，勿俟臣动手！"言毕，解束带投于王前。成王仰天呼曰："好斗勃！好斗勃！孤不听忠言，自取其祸，复何言哉！"遂以带自挽其颈，潘崇命左右拽之，须臾气绝。江芈曰："杀吾兄者，我也！"亦自缢而死。时周襄王二十六年[9]冬十月之丁未日也。髯翁论此事，谓成王以弟弑兄[10]，其子商臣，遂以子弑父，天理报应，昭昭不爽。有诗叹曰：

楚君昔日弑熊囏，今日商臣报叔冤。

天遣潘崇为逆傅，痴心犹想食熊蹯。

商臣既弑其父，遂以暴疾讣于诸侯，自立为王，是为穆王。加潘崇之爵为太师，使掌环列之尹[11]，复以为太子之室赐之。令尹斗般等，皆知成王被弑，无人敢言。商公斗宜申闻成王之变，托言奔丧，因来郢都，与大夫仲归谋弑穆王。事露，穆王使司马斗越椒

楚商臣宫中弑父　秦穆公殽谷封尸

擒宜申、仲归杀之。巫者范矞似言："楚成王与子玉、子西三人，俱不得其死。"至是，其言果验矣！斗越椒觊令尹之位，乃说穆王曰："子扬常向人言：'父子世秉楚政[12]，受先王莫大之恩，愧不能成先王之志。'其意欲扶公子职为君。子西[13]之来，子扬实召之。今子西伏诛，子扬意不自安，恐有他谋，不可不备。"穆王疑之，乃召斗般使杀公子职，斗般辞以不能。穆王怒曰："汝欲成先王之志耶？"自举铜锤击杀之。公子职欲奔晋，斗越椒追杀之于郊外。穆王拜成大心为令尹。未几，大心亦卒。遂迁斗越椒为令尹，蒍贾为司马。后穆王复念子文治楚之功，录斗克黄为箴尹[14]。克黄字子仪，乃斗般之子，子文之孙也。

晋襄公闻楚成王之死，问于赵盾曰："天其遂厌楚乎？"赵盾对曰："楚君虽横，犹可以礼义化诲。商臣不爱其父，况其他乎？臣恐诸侯之祸，方未艾耳！"不几年，穆王遣兵四出，先灭江，次灭六[15]，灭蓼[16]，又用兵陈、郑，中原多事，果如赵盾之言。此是后话。

却说周襄王二十七年，春二月，秦孟明视请于穆公，欲兴师伐晋，以报崤山之败。穆公壮其志，许之。孟明遂同西乞、白乙，率车四百乘伐晋。晋襄公虑秦有报怨之举，每日使人远探，一得此信，笑曰："秦之拜赐者至矣！"遂拜先且居为大将，赵衰为副，狐鞫居为车右，迎秦师于境上。大军将发之际，狼瞫自请以私属[17]效劳，先且居许之。时孟明等尚未出境。先且居曰："与其俟秦至而战，不如伐秦。"遂西行至于彭衙[18]，方与秦兵相遇，两边各排成阵势。狼瞫请于先且居曰："昔先元帅以瞫为无勇，罢黜不用。今

第四十六回

曰瞫请自试，非敢求录功，但以雪前之耻耳。"言毕，遂与其友鲜伯等百馀人，直犯秦阵，所向披靡，杀死秦兵无算。鲜伯为白乙所杀。先且居登车，望见秦阵已乱，遂驱大军掩杀前去。孟明等不能当，大败而走。先且居救出狼瞫，瞫遍体皆伤，呕血斗馀，逾日而亡。晋兵凯歌还朝。且居奏于襄公曰："今日之胜，狼瞫之力，与臣无与也。"与襄公命以上大夫之礼，葬狼瞫于西郭，使群臣皆送其葬。此是襄公激励人才的好处。史臣有诗夸狼瞫之勇云：

壮哉狼车右，斩囚如割鸡！

被黜不妄怒，轻身犯敌威。

一死表生平，秦师因以摧。

重泉若有知，先轸应低眉。

却说孟明兵败回秦，自分必死，谁知穆公一意引咎，全无嗔怪之意，依旧使人郊迎慰劳，任以国政如初。孟明自愧不胜。乃增修国政，尽出家财，以恤阵亡之家。每日操演军士，勉以忠义，期来年大举伐晋。是冬，晋襄公复命先且居，纠合宋大夫公子成、陈大夫辕选、郑大夫公子归生，率师伐秦，取汪[19]及彭衙二邑而还。戏曰："吾以报拜赐之役也。"昔郭偃卜繇，有"一击三伤"之语，至是三败秦师，其言果验。孟明不请师御晋，秦人皆以为怯。惟穆公深信之，谓群臣曰："孟明必能报晋，但时未至耳。"

至明年夏五月，孟明补卒蒐乘，训练已精，请穆公自往督战，"若今次不能雪耻，誓不生还！"穆公曰："寡人凡三见败于晋矣。若再无功，寡人亦无面目返国也。"乃选车五百乘，择日兴师。凡军士从行者，皆厚赠其家，三军踊跃，皆愿效死。兵由蒲津关[20]而出。既渡黄河，孟明出令，使尽焚其舟。穆公怪而问曰："元帅

楚商臣宫中弑父　秦穆公殽谷封尸

焚舟，何意也？"孟明视奏曰："兵以气胜。吾屡挫之后，气已衰矣。幸而胜，何患不济？吾之焚舟，示三军之必死，有进无退，所以作其气也。"穆公曰："善。"孟明自为先锋，长驱直入，破王官城[21]，取之。谍报至绛州，晋襄公大集群臣，商议出兵拒敌。赵衰曰："秦怒已甚，此番起倾国之兵，将致死于我。且其君亲行，不可当也，不如避之。使稍逞其志，可以息两国之争。"先且居亦曰："困兽犹能斗，况大国乎？秦君耻败，而三帅俱好勇，其志不胜不已。兵连祸结，未有已时，子馀之言是也。"襄公乃传谕四境坚守，毋与秦战。繇馀谓穆公曰："晋惧我矣！君可乘此兵威，收殽山死士之骨，可以盖昔之耻。"穆公从之。遂引兵渡黄河上岸，自茅津[22]济师，屯于东殽，晋兵无一人一骑敢相迎者。穆公命军士于堕马崖、绝命岩、落魂涧等处，收检尸骨，用草为衬，埋藏于山谷僻坳之处。宰牛杀马，大陈祭享。穆公素服，亲自沥酒，放声大哭。孟明诸将伏地不能起，哀动三军，无不堕泪。髯仙有诗云：

　　曾嗔二老哭吾师，今日如何自哭之？

　　莫道封尸豪举事，殽山虽险本无尸。

汪及彭衙二邑百姓，闻穆公伐晋得胜，哄然相聚，逐去晋之守将，还复归秦。秦穆公奏凯班师，以孟明为亚卿，与二相同秉国政。西乞、白乙，俱加封赏。改蒲津关为大庆关，以志军功。

　　却说西戎主赤班，初时见秦兵屡败，欺秦之弱，欲倡率诸戎叛秦。及伐晋回来，穆公遂欲移师伐戎。繇馀请传檄戎中，征其朝贡，若其不至，然后攻之。赤班打听孟明得胜，正怀忧惧；一见檄文，遂率西方二十馀国，纳地请朝，尊穆公为西戎伯主。史臣论秦事，以为"千军易得，一将难求"。穆公信孟明之贤，能始终任用，

第四十六回

所以卒成伯业。

是时秦之威名，直达京师，周襄王谓尹武公曰："秦、晋匹也，其先世皆有功于王室。昔重耳主盟中夏，朕册命为侯伯。今秦伯任好，强盛不亚于晋，朕亦欲册之如晋。卿以为何如？"尹武公曰："秦自伯西戎，未若晋之能勤王也。今秦、晋方恶，而晋侯骧能继父业，若册命秦，则失晋欢矣。不若遣使颁赐以贺秦，则秦知感，而晋亦无怨。"襄王从之。要知后事如何，再看下回分解。

---

〔1〕 辎（tún 屯）车：兵车的一种，常作屯扎以便守卫、防护之用。

〔2〕 踯躅：徘徊不进。此处引申为跳来跳去。

〔3〕 冀：春秋时晋邑名。在今山西河津市北。原为其父郤芮之采邑，故称"仍以"。参见二十七回注〔41〕。

〔4〕 先茅之县：先茅，晋大夫名。因无后人，故将其生前食采之县改称先茅之县。故址不详。

〔5〕 泜（zhì 治）水：一作铽水，即今沙河。源出河南鲁山县西，东流经叶县北入汝河。

〔6〕 击柝（tuò 唾）：敲梆巡夜。柝，一种木梆。

〔7〕 蜂目豺声：目如蜂眼突露，声似豺狼凶残。

〔8〕 役夫：当时骂人的话，犹言贱人。

〔9〕 周襄王二十六年：即公元前 626 年。

〔10〕 成王以弟弑兄：楚成王乘其胞兄熊囏出猎而袭杀之，才得继位。见第二十回。

〔11〕 环列之尹：楚官名。负责宫廷警卫，后代谓之环卫官。

〔12〕 父子世秉楚政：子扬（令尹斗般）乃令尹子文之子。父子二人相继

538

为成王之令尹。

〔13〕 子西：斗宜申之字。原文为"子上"，而子上乃斗勃之字，疑系刻印之误，故改正。

〔14〕 箴(zhēn 真)尹：亦作铖尹。楚国官名。主规谏等事。

〔15〕 六：古国名。传为皋陶之后。故址在今安徽六安市北。

〔16〕 蓼(liǎo 了)：周代诸侯国名。姬姓。故址在今河南固始县东北。

〔17〕 私属：指家众，家丁。

〔18〕 彭衙：春秋时秦邑名。在今陕西白水县东北。

〔19〕 汪：春秋时秦邑名。在今陕西澄城县境内。

〔20〕 蒲津关：古关塞名，亦称临晋关，简称蒲关。地在今陕西大荔县东黄河西岸，扼蒲津渡口。此关乃战国时魏国所置。此时只应称蒲津渡。

〔21〕 王官城：春秋时晋城邑名。在今山西闻喜县西。

〔22〕 茅津：古黄河渡口。即今山西平陆县之茅津渡，亦称大阳渡。

第四十七回

弄玉吹箫双跨凤　赵盾背秦立灵公

话说秦穆公并国二十，遂伯西戎。周襄王命尹武公赐金、鼓[1]以贺之。秦伯自称年老，不便入朝，使公孙枝如周谢恩。是年，繇余病卒，穆公心加痛惜，遂以孟明为右庶长。公孙枝自周还，知穆公意向孟明，亦告老致政。不在话下。

却说秦穆公有幼女，生时适有人献璞[2]，琢之得碧色美玉。女周岁，宫中陈晬盘[3]，女独取此玉，弄之不舍，因名弄玉。稍长，姿容绝世，且又聪明无比，善于吹笙，不由乐师，自成音调。穆公命巧匠，剖此美玉为笙。女吹之，声如凤鸣。穆公钟爱其女，筑重楼以居之，名曰凤楼。楼前有高台，亦名凤台。弄玉年十五，穆公欲为之求佳婿。弄玉自誓曰："必得善笙人，能与我唱和者，方是我夫，他非所愿也。"穆公使人遍访，不得其人。

忽一日，弄玉于楼上卷帘闲看，见天净云空，月明如镜，呼侍儿焚香一炷，取碧玉笙，临窗吹之。声音清越，响入天际，微风拂拂，忽若有和之者。其声若远若近，弄玉心异之，乃停吹而听，其声亦止，馀音犹袅袅不断。弄玉临风惘然，如有所失。徙倚夜半，月

弄玉吹箫双跨凤　赵盾背秦立灵公

昃[4]香消,乃将玉笙置于床头,勉强就寝。梦见西南方,天门洞开,五色霞光,照耀如昼。一美丈夫羽冠鹤氅[5],骑彩凤自天而下,立于凤台之上,谓弄玉曰:"我乃太华山[6]之主也。上帝命我与尔结为婚姻,当以中秋日相见,宿缘应尔。"乃于腰间解赤玉箫,倚栏吹之。其彩凤亦舒翼鸣舞,凤声与箫声,唱和如一,宫商协调,喤喤盈耳[7]。弄玉神思俱迷,不觉问曰:"此何曲也?"美丈夫对曰:"此《华山吟》第一弄[8]也。"弄玉又问曰:"曲可学乎?"美丈夫对曰:"既成姻契,何难相授?"言毕,直前执弄玉之手。弄玉猛然惊觉,梦中景象,宛然在目。

及旦,自言于穆公。乃使孟明以梦中形象,于太华山访之。有野夫指之曰:"山上明星岩,有一异人,自七月十五日至此,结庐独居。每日下山沽酒自酌。至晚,必吹箫一曲,箫声四彻,闻者忘卧,不知何处人也。"孟明登太华山,至明星岩下,果见一人羽冠鹤氅,玉貌丹唇,飘飘然有超尘出俗之姿。孟明知是异人,上前揖之,问其姓名。对曰:"某萧姓,史名。足下何人?来此何事?"孟明曰:"某乃本国右庶长百里视是也。吾主为爱女择婿,女善吹笙,必求其匹。闻足下精于音乐,吾主渴欲一见,命某奉迎。"萧史曰:"某粗解宫商,别无他长,不敢辱命[9]。"孟明曰:"同见吾主,自有分晓。"乃与共载而回。

孟明先见穆公,奏知其事,然后引萧史入谒。穆公坐于凤台之上,萧史拜见曰:"臣山野匹夫,不知礼法,伏祈矜宥[10]!"穆公视萧史形容潇洒,有离尘绝俗之韵,心中先有三分欢喜;乃赐坐于旁。问曰:"闻子善箫,亦善笙乎?"萧史曰:"臣止能箫;不能笙也。"穆公曰:"本欲觅吹笙之侣,今箫与笙不同器,非吾女匹也。"顾孟明

第 四 十 七 回

使引退。弄玉遣侍者传语穆公曰:"箫与笙一类也。客既善箫,何不一试其长? 奈何令怀技而去乎?"穆公以为然,乃命萧史奏之。萧史取出赤玉箫一枝,玉色温润,赤光照耀人目,诚希世之珍也。才品一曲,清风习习而来;奏第二曲,彩云四合;奏至第三曲,见白鹤成对,翔舞于空中,孔雀数双,栖集于林际,百鸟和鸣,经时方散。穆公大悦。时弄玉于帘内,窥见其异,亦喜曰:"此真吾夫矣!"

穆公复问萧史曰:"子知笙、箫何为而作? 始于何时?"萧史对曰:"笙者,生也。女娲氏所作,义取发生,律应太簇[11]。箫者,肃也。伏羲氏所作,义取肃清,律应仲吕[12]。"穆公曰:"试详言之。"萧史对曰:"臣执艺在箫,请但言箫。昔伏羲氏,编竹为箫,其形参差,以象凤翼;其声和美,以象凤鸣。大者谓之雅箫,编二十三管,长尺有四寸;小者谓之颂箫,编十六管,长尺有二寸。总谓之箫管。其无底者,谓之洞箫[13]。其后黄帝使伶伦[14]伐竹于昆溪,制为笛,横七孔,吹之,亦象凤鸣,其形甚简。后人厌箫管之繁,专用一管而竖吹之。又以长者名箫,短者名管。今之箫,非古之箫矣。"穆公曰:"卿吹箫,何以能致珍禽也?"史又对曰:"箫制虽减,其声不变,作者以象凤鸣,凤乃百鸟之王,故皆闻凤声而翔集也。昔舜作箫韶之乐,凤凰应声而来仪[15]。凤且可致,况他鸟乎?"萧史应对如流,音声洪亮。穆公愈悦,谓史曰:"寡人有爱女弄玉,颇通音律,不欲归之盲婿[16],愿以室吾子。"萧史敛容再拜辞曰:"史本山僻野人,安敢当王侯之贵乎?"穆公曰:"小女有誓愿在前,欲择善笙者为偶,今吾子之箫,能通天地,格万物,更胜于笙多矣。况吾女复有梦征,今日正是八月十五中秋之日,此天缘也,卿不能辞。"萧史乃拜谢。穆公命太史择日婚配,太史奏今夕中秋上吉,月圆于上,人圆于下。乃使左右具汤沐,引萧史洁体,赐新衣冠更换,送至凤楼,与弄玉成亲。夫妻和顺,自不必说。

次早,穆公拜萧史为中大夫。萧史虽列朝班,不与国政,日居凤楼之中,不食火食,时或饮酒数杯耳。弄玉学其导气之方,亦渐能绝粒[17]。萧史教弄玉吹箫,为《来凤》之曲。约居半载,忽然一夜,夫妇于月下吹箫,遂有紫凤集于台之左,赤龙盘于台之右。萧史曰:"吾本上界仙人,上帝以人间史籍散乱,命吾整理。乃以周宣王十七年[18]五月五日,降生于周之萧氏,为萧三郎。至宣王末年,史官失职,吾乃连缀本末,备典籍之遗漏。周人以吾有功于史,遂称吾为萧史,今历一百十馀年矣。上帝命我为华山之主,与子有夙缘,故以箫声作合,然不应久住人间。今龙凤来迎,可以去矣。"弄玉欲辞其父,萧史不可,曰:"既为神仙,当脱然无虑,岂容于眷属生系恋耶?"于是萧史乘赤龙,弄玉乘紫凤,自凤台翔云而去。今人称佳婿为"乘龙",正谓此也。

是夜,有人于太华山闻凤鸣焉。次早,宫侍报知穆公。穆公惘然,徐叹曰:"神仙之事,果有之也!倘此时有龙凤迎寡人,寡人视弃山河,如齐敝屣耳!"命人于太华踪迹之,杳然无所见闻。遂立祠于明星岩,岁时以酒果祀之,至今称为萧女祠,祠中时闻凤鸣也。六朝鲍照[19]有《萧史曲》云:

萧史爱少年,嬴女夭[20]童颜。

火粒[21]愿排弃,霞雾好登攀。

龙飞逸天路,凤起出秦关。

身去长不返,箫声时往还。

又江总[22]亦有诗云:

第四十七回

弄玉秦家女，萧史仙处童。

来时兔月[23]满，去后凤楼空。

密笑开还敛，浮声咽更通。

相期红粉色，飞向紫烟中。

穆公自是厌言兵革，遂超然有世外之想。以国政专任孟明，日修清净无为之业。未几，公孙枝亦卒。孟明荐子车氏之三子，奄息、仲行、鍼虎并有贤德，国中称为"三良"。穆公皆拜为大夫，恩礼甚厚。又三年，为周襄王三十一年[24]春二月望日，穆公坐于凤台观月，想念其女弄玉，不知何往，更无会期，蓦然睡去。梦见萧史与弄玉，控一凤来迎，同游广寒之宫，清冷彻骨。既醒，遂得寒疾，不数日薨，人以为仙去矣。在位三十九年，年六十九岁。穆公初娶晋献公女，生太子罃，至是即位，是为康公。葬穆公于雍。用西戎之俗，以生人殉葬，凡用一百七十七人。子车氏之三子亦与其数。国人哀之，为赋《黄鸟》之诗。诗见《毛诗·国风》。后人论穆公用"三良"殉葬，以为死而弃贤，失贻谋之道。惟宋苏东坡学士有题秦穆公墓诗，出人意表。诗云：

橐泉[25]在城东，墓在城中无百步。乃知昔未有此城，秦人以此识公墓。昔公生不诛孟明，岂有死之日，而忍用其良？乃知三子殉公意，亦如齐之二子从田横[26]。古人感一饭，尚能杀其身。今人不复见此等，乃以所见疑古人。古人不可望，今人益可伤！

话分两头。却说晋襄公六年，立其子夷皋为世子，使庶弟公子乐出仕于陈。是年，赵衰、栾枝、先且居、胥臣先后皆卒，连丧四卿，

弄玉吹箫双跨凤　赵盾背秦立灵公

位署俱虚。明年，乃大蒐车徒于夷[27]，舍[28]二军，仍复三军之旧。襄公欲使士縠[29]、梁益耳将中军，使箕郑父、先都将上军。先且居之子先克进曰："狐、赵有大功于晋，其子不可废也。且士縠位司空，与梁益耳俱未有战功，骤为大将，恐人心不服。"襄公从之。乃以狐射姑为中军元帅，赵盾佐之；以箕郑父为上军元帅，荀林父佐之；以先蔑为下军元帅，先都佐之。狐射姑登坛号令，指挥如意，傍若无人。其部下军司马臾骈谏曰："骈闻之，师克在和[30]。今三军之帅，非夙将，即世臣也。元帅宜虚心谘访，常存谦退。夫刚而自矜，子玉所以败于晋也，不可不戒。"射姑大怒，喝曰："吾发令之始，匹夫何敢乱言，以慢军士？"叱左右鞭之一百。众人俱有不服之意。

再说士縠、梁益耳闻先克阻其进用，心中大恨。先都不得上军元帅之职，亦深恨之。时太傅阳处父聘于卫，不与其事。及处父归国，闻狐射姑为元帅，乃密奏于襄公曰："射姑刚而好上，不得民心，此非大将之才也。臣曾佐子馀之军，与其子盾相善，极知盾贤而且能。夫尊贤使能，国之令典。君如择帅，无如盾者。"襄公用其言，乃使阳处父改蒐于董[31]。狐射姑未知易帅之事，欣然长中军之班，襄公呼其字曰："贾季，向也寡人使盾佐吾子，今吾子佐盾。"射姑不敢言，唯唯而退。襄公乃拜赵盾为中军元帅，而使狐射姑佐之。其上军下军如故。赵盾自此当国，大修政令，国人悦服。有人谓阳处父曰："子孟言无隐，忠则忠矣，独不虞取怨于人乎？"处父曰："苟利国家，何敢避私怨也？"次日，狐射姑独见襄公，问曰："蒙主公念先人之微劳，不以臣为不肖，使司戎政。忽然更易，臣未知罪。意者以先臣偃[32]之勋，不如衰乎？抑别有所谓

第四十七回

耶?"襄公曰:"无他也。阳处父谓寡人,言吾子不得民心,难为大将。是以易之。"射姑嘿然而退。

是年秋,八月,晋襄公病,将死,召太傅阳处父,上卿赵盾及诸臣,在榻前嘱曰:"寡人承父业,破狄伐秦,未尝挫锐气于外国。今不幸命之不长,将与诸卿长别。太子夷皋年幼,卿等宜尽心辅佐,和好邻国,不失盟主之业可也。"群臣再拜受命。襄公遂薨。次日,群臣欲奉太子即位。赵盾曰:"国家多难,秦、狄为仇,不可以立幼主。今杜祁之子公子雍,见仕于秦,好善而长,可迎之以嗣大位。"群臣莫对。狐射姑曰:"不如立公子乐。其母,君之嬖也。乐仕于陈,而陈素睦于晋,非若秦之为怨。迎之,则朝发而夕至矣。"赵盾曰:"不然。陈小而远,秦大而近。迎君于陈不加睦,而迎于秦,可以释怨而树援,必公子雍乃可。"众议方息。乃使先蔑为正使,士会副之,如秦报丧,因迎公子雍为君。

将行,荀林父止之曰:"夫人、太子皆在,而欲迎君于他国,恐事之不成,将有他变。子何不托疾以辞之?"先蔑曰:"政在赵氏,何变之有?"林父谓人曰:"同官为僚。吾与士伯为同僚,不敢不尽吾心。彼不听吾言,恐有去日,无来日矣。"不说先蔑往秦。且说狐射姑见赵盾不从其言,怒曰:"狐、赵等也。今有赵其无狐耶?"亦阴使人召公子乐于陈,将为争立之计。早有人报知赵盾。盾使其客公孙杵臼,率家丁百人,伏于中路,候公子乐行过,要而杀之。狐射姑益怒曰:"使赵孟[33]有权者,阳处父也。处父族微无援,今出宿郊外,主诸国会葬之事,刺之易耳。盾杀公子乐,我杀处父,不亦可乎?"乃与其弟狐鞠居谋。鞠居曰:"此事吾力能任之。"与家人诈为盗,夜半踰墙而入,处父尚秉烛观书,鞠居直前击之,中肩。

弄玉吹箫双跨凤　赵盾背秦立灵公

处父惊而走,鞫居逐杀之,取其首以归。阳处父之从人,有认得鞫居者,走报赵盾。盾佯为不信,叱曰:"阳太傅为盗所害,安敢诬人？"令人收殓其尸。此九月中事。

至冬十月,葬襄公于曲沃。襄夫人穆嬴同太子夷皋送葬,谓赵盾曰:"先君何罪？其適嗣亦何罪？乃舍此一块肉,而外求君于他国耶？"赵盾曰:"此国家大事,非盾一人之私也。"葬毕,奉主入庙。赵宣子即庙中谓诸大夫曰:"先君惟能用刑赏,以伯诸侯。今君柩在殡,而狐鞫居擅杀太傅,为诸臣者,谁不自危？此不可不讨也！"乃执鞫居付司寇,数其罪而斩之。即于其家,搜出阳处父之首,以线缝于颈而葬之。狐射姑惧赵盾已知其谋,乃夜乘小车,出奔翟国,投翟主白暾去讫。

时翟国有长人曰侨如,身长一丈五尺,谓之长翟。力举千钧,铜头铁额,瓦砾不能伤害。白暾用之为将,使之侵鲁。文公使叔孙得臣帅师拒之。时值冬月,冻雾漫天,大夫富父终甥,知将雨雪,进计曰:"长翟骁勇异常,但可智取,不可力敌。"乃于要道,深掘陷坑数处,将草蓐掩盖,上用浮土。是夜果降大雪,铺平地面,不辨虚实。富父终甥引一枝军,去劫侨如之寨。侨如出战,终甥诈败,侨如奋勇追杀。终甥留下暗号,认得路径,沿坑而走。侨如随后赶来,遂坠于深坑之中。得臣伏兵悉起,杀散翟兵。终甥以戈刺侨如之喉而杀之,取其尸载以大车,见者都骇,以为防风氏之骨[34],不是过也。得臣适生长子,遂名曰叔孙侨如,以志军功。

自此鲁与齐、卫合兵伐翟,白暾走死,遂灭其国。狐射姑转入赤翟潞国[35],依潞大夫酆舒。赵盾曰:"贾季,吾先人同时出亡者,左右先君,功劳不浅。吾诛鞫居,正以安贾季也。彼惧罪而亡,

第 四 十 七 回

何忍使孤身栖止于翟境乎？"乃使臾骈送其妻子往潞。臾骈唤集家丁，将欲起行。众家丁禀曰："昔蒐夷之日，主人尽忠于狐帅，反被其辱，此仇不可不报。今元帅使主人押送其妻孥，此大赐我也。当尽杀之，以雪其恨！"臾骈连声曰："不可，不可！元帅以送孥见委，宠我也。元帅送之，而我杀之，元帅不怒我乎？乘人之危，非仁也；取人之怒，非智也。"乃迎其妻子登车，将家财细细登籍，亲送出境，毫无遗失。射姑闻之，叹曰："吾有贤人而不知，吾之出奔，宜也！"赵盾自此重臾骈之人品，有重用之意。

再说先蔑同士会如秦，迎公子雍为君。秦康公喜曰："吾先君两定晋君，当寡人之身，复立公子雍，是晋君世世自秦出也。"乃使白乙丙率车四百乘，送公子雍于晋。

却说襄夫人穆嬴自送葬归朝之后，每日侵晨，必抱太子夷皋于怀，至朝堂大哭，谓诸大夫曰："此先君適子也，奈何弃之！"既散朝，则命车适于赵氏，向赵盾顿首曰："先君临终，以此子嘱卿，尽心辅佐。君虽弃世，言犹在耳。若立他人，将置此子于何地耶？不立吾儿，吾子母有死而已。"言毕，号哭不已。国人闻之，无不哀怜穆嬴，而归咎于赵盾。诸大夫亦以迎雍失策为言。赵盾患之，谋于郤缺曰："士伯已往秦迎长君矣，何可再立太子？"缺曰："今日舍幼子而立长君，异日幼子渐长，必然有变。可亟遣人往秦，止住士伯为上。"盾曰："先定君，然后发使，方为有名。"即时会集群臣，奉夷皋即位，是为灵公[36]，时年才七岁耳。

百官朝贺方毕，忽边谍报称："秦遣大兵送公子雍已至河下。"诸大夫曰："我失信于秦矣，何以谢之？"赵盾曰："我若立公子雍，则秦吾宾客也。既不受其纳，是敌国矣。使人往谢，彼反有辞于

弄玉吹箫双跨凤　赵盾背秦立灵公

我,不如以兵拒之。"乃使上军元帅箕郑父辅灵公居守。盾自将中军。先克为副,以代狐射姑之职。荀林父独将上军。先都因先蔑往秦,亦独将下军。三军整顿,出迎秦师,屯于堇阴[37]。秦师已济河而东,至令狐下寨。闻前有晋军,犹以为迎公子雍而来,全不戒备。先蔑先至晋军来见赵盾。盾告以立太子之故。先蔑睁目视曰:"谋迎公子,是谁主之?今又立太子而拒我乎?"拂袖而出,见荀林父曰:"吾悔不听子言,以至今日。"林父止之曰:"子,晋臣也。舍晋安归?"先蔑曰:"我受命往秦迎雍,则雍是我主,秦为吾主之辅。岂可自背前言,苟图故乡之富贵乎?"遂奔秦寨。赵盾曰:"士伯不肯留晋,来日秦师必然进逼,不如乘夜往劫秦寨,出其不意,可以得志。"遂出令秣谷饲马,军士于寝蓐[38]饱食,衔枚疾走,比至秦寨,恰好三更,一声呐喊,鼓角齐鸣,杀入营门。秦师在睡梦中惊觉,马不及披甲,人不及操戈,四下乱窜。晋兵直追至刳首[39]之地,白乙丙死战得脱,公子雍死于乱军之中。先蔑叹曰:"赵孟背我,我不可背秦!"乃奔秦。士会亦叹曰:"吾与士伯同事,士伯既往秦,吾不可以独归也!"亦从秦师而归。秦康公俱拜为大夫。荀林父言于赵盾曰:"昔贾季奔狄,相国念同僚之义,归其妻孥。今士伯、随季与某亦有僚谊,愿效相国昔日之事。"赵盾曰:"荀伯重义,正合吾意。"遂令卫士送两宅家眷及家财于秦。胡曾先生有诗云:

　　谁当越境送妻孥?只为同僚义气多。

　　近日人情相忌刻,一般僚谊却如何?

又髯翁有诗,讥赵宣子轻于迎雍,以宾为寇:

　　弈棋下子必踌躇,有嫡如何又外求?

第四十七回

宾寇须臾成反覆,赵宣谋国是何筹?

按此一战,各军将皆有俘获,惟先克部下骁将蒯得,贪进不顾,为秦所败,反丧失戎车五乘。先克欲按军法斩之,诸将皆代为哀请。先克言于赵盾,乃夺其田禄。蒯得恨恨不已。

再说箕郑父与士縠、梁益耳素相厚善,自赵盾升为中军元帅,士縠、梁益耳俱失了兵柄,连箕郑父也有不平之意。时郑父居守,士縠、梁益耳俱聚做一处,说起:"赵盾废置自由,目中无人。今闻秦以重兵送公子雍,若两军相持,急未能解,我这里从中为乱,反了赵盾,废夷皋迎公子雍,大权皆归于吾党之手。"商议已定。不知成败如何,且看下回分解。

---

〔1〕 金、鼓:均为军中用器。金指金钲,一种金属乐器,军中用代号令,用以止兵。鼓则用以进兵。执金、鼓即可以号令三军,以示讨罪。周襄王赐秦伯金、鼓,亦含有使专征伐之意。

〔2〕 璞(pú 仆):未经雕琢加工的玉。

〔3〕 晬(zuì 最)盘:旧俗于婴儿周岁日,以盘盛各种杂物听其抓取,以占其将来之志趣。这叫抓晬、抓周。盛物之盘名晬盘。

〔4〕 月昃:月亮偏西。

〔5〕 羽冠鹤氅(chǎng 厂):用羽毛装饰的帽子,用鹤毛编织的外衣。这代表道者之服。

〔6〕 太华山:即西岳华山。在今陕西华阴市南。因附近有少华山,故名。

〔7〕 喤喤(huáng 皇)盈耳:喤喤,象声词。此兼指音色之优美。盈耳,充满两耳。

〔8〕 弄：曲。

〔9〕 辱命：即奉命的谦虚说法。

〔10〕 伏祈矜宥：敬请原谅。

〔11〕 太簇(cù 促)：音律名。十二律中第三律。

〔12〕 仲吕：音律名。即中吕。十二律中第六律。

〔13〕 洞箫：乐器名。古代的箫，以竹管编排而成，称为排箫。上文雅箫、颂箫均属排箫一类。排箫以蜡封底。无蜡封底者称洞箫。今称单管直吹、正面五孔、背面一孔者为洞箫。

〔14〕 伶伦：传说黄帝时乐官。曾制作音律。

〔15〕 来仪：来贺。仪有贺意。

〔16〕 盲婿：指昏暗不通音律之婿。

〔17〕 绝粒：指不食五谷。

〔18〕 周宣王十七年：即公元前811年。至秦穆公三十六年（前624年），实际已经历一百八十馀年，而不是下文所说的"一百十馀年"。

〔19〕 鲍照：刘宋时诗人，公元414—466年在世，字明远。曾官前军参军，世号鲍参军。

〔20〕 悋(lìn 赁)：同"吝"，惜也。

〔21〕 火粒：指熟食，谷食。

〔22〕 江总：南朝陈代诗人，公元519—594年在世。为陈后主宠信，官至尚书令。世称江令，所作多艳诗。

〔23〕 兔月：即月亮。因月中有玉兔，故称。

〔24〕 周襄王三十一年：即公元前621年。

〔25〕 橐(tuó 驼)泉：秦宫殿名。秦穆公之墓即在橐泉宫祈年观之下。见《三辅皇图·宫》。

〔26〕 齐之二子从田横：田横，战国齐田氏后代。秦末起义反秦，自立为齐王。刘邦称帝后，率五百人逃往海岛。刘邦招之。横与二客前往洛阳。未

第四十七回

至二十里,羞为汉臣,自杀。二客亦随之自杀。原居海岛之徒众,闻横死,亦皆自杀。

〔27〕 夷:本周采地,后属晋。故址待考。

〔28〕 舍:舍弃,即撤消。

〔29〕 士縠(hú 胡):士芳之子,继士芳为司空。《穀梁传》作士穀。縠、穀音近,古通。

〔30〕 师克在和:意指军队打胜仗的原因在于内部团结和睦。

〔31〕 董:春秋时晋地。在今山西闻喜县东北。

〔32〕 先臣偃:已经死亡的臣子叫先臣。偃即狐偃。狐射姑乃狐偃之子。

〔33〕 赵孟:即赵盾。赵氏自赵盾之后,世称其为赵孟。

〔34〕 防风氏之骨:防风氏为古部落酋长名。相传夏禹会诸部落于会稽之山,防风氏后至,为夏禹所杀。其身躯高大,骨节要用专车运载。

〔35〕 潞国:赤狄部落国家名。故址在今山西省长治市潞城区东北。

〔36〕 灵公:晋灵公姬夷皋,在位十四年(前620—前607)。

〔37〕 堇(yǐn 引)阴:春秋时晋地名。在今山西临猗县东。

〔38〕 寝蓐(rù 褥):睡草席。意指休息。

〔39〕 刳(kū 枯)首:春秋时晋地名。在今山西临猗县西四十五里,乃秦、晋分界之处。

第四十八回

刺先克五将乱晋　召士会寿馀诒秦

话说箕郑父、士縠、梁益耳三人商议,只等秦兵紧急,便从中作乱,欲更赵盾之位。不意赵盾袭败秦兵,奏凯而回,心中愈愤。先都为下军佐,因主将先蔑为赵盾所卖,出奔于秦,亦恨赵盾。凑着蒯得被先克以军事夺其田禄,中怀怨望,诉于士縠。縠曰:"先克倚恃赵孟之属,故敢横行如此。盾所专制,惟中军耳。诚得一死士,先往刺克,则盾势孤矣。此事非得先子会不可!"蒯得曰:"子会因主帅[1]为盾所卖,意亦恨之。"士縠曰:"既如此,则克不难办也。"遂附耳曰:"只须如此恁般,便可了事。"蒯得大喜曰:"吾当即往言之。"蒯得往见先都,倒是先都开口说起:"赵孟背了士季,袭败秦师,全无信义,难与同事。"蒯得遂以士縠之言,告于先都。都曰:"诚如此,晋国之幸也!"

时冬月将尽,约至新春,先克往箕城,谒拜其祖先轸之祠。先都使家丁伏于箕城之外,只等先克过去,远远跟定,觑个空隙,群起刺杀之。从人惊散。赵盾闻先克为贼所杀,大怒,严令司寇缉获,五日一比[2]。先都等情慌,与蒯得商议,怂恿士縠、梁益耳等作速举事。梁益耳醉中泄其语于梁弘。弘大惊曰:"此灭族之事也!"

乃密告于臾骈，骈转闻于赵盾。盾即聚甲戒车，吩咐伺候听令。先都闻赵氏聚甲戒车，疑其谋已泄，急走士縠处，催并速发。箕郑父欲借上元节[3]晋侯赐酺[4]，乘乱行事，议久不决。赵盾先遣臾骈围先都之家，执都付狱。梁益耳、蒯得慌忙之际，欲与箕郑父、士縠团集四族家丁，劫出先都，一同为乱。赵盾使人反以先都之谋，告于箕郑父，请他入朝商议。箕郑父曰："赵孟见召，殆不疑我也。"遂轻身而往。原来赵孟为箕郑父见为上军元帅，恐其鼓众同乱，假意召之。郑父不知是计，坦然入朝。赵盾留住于朝房，与之议先都之事。密遣荀林父、郤缺、栾盾领着三枝军马，分头拿捕士縠、梁益耳、蒯得三人。俱下狱讫，荀林父等三将，至朝房回话。林父大声喝曰："箕郑父亦在作乱数内，如何还不就狱？"郑父曰："我有居守之劳，彼时三军在外，我独居中，不以此时为乱，今日诸卿济济，乃求死耶？"赵盾曰："汝之迟于为乱，正欲待先都、蒯得也。我已访知的实，不须多辩！"箕郑父俯首就狱。

赵盾奏闻晋灵公，欲将先都等五人行诛。灵公年幼，唯唯而已。灵公既入宫，襄夫人闻五人在狱，问灵公曰："相国如何处置？"灵公曰："相国言：'罪并应诛。'"襄夫人曰："此辈事起争权，原无篡逆之谋，且主谋杀先克者，不过一二人，罪有首从，岂可一概诛戮？迩年老成雕丧，人才稀少，一朝而戮五臣，恐朝堂之位遂虚矣。可不虑乎？"明日，灵公以襄夫人之言，述于赵盾。盾奏曰："主少国疑，大臣擅杀，不大诛戮，何以惩后？"遂将先都、士縠、箕郑父、梁益耳、蒯得五人，坐以不君之罪，斩于市曹。录先克之子先縠为大夫。国人畏赵盾之严，无不股慄。

狐射姑在潞国闻其事，骇曰："幸哉！我之得免于死也。"一日,潞大夫酆舒问于狐射姑曰:"赵盾比赵衰二人孰贤?"射姑曰:"赵衰乃冬日之日,赵盾乃夏日之日。冬日赖其温,夏日畏其烈。"酆舒笑曰:"卿宿将,亦畏赵孟耶?"

闲话休提。却说楚穆王自篡位之后,亦有争伯中原之志。闻谍报:"晋君新立,赵盾专政,诸大夫自相争杀。"乃召群臣计议,欲加兵于郑。大夫范山进曰:"晋君年幼,其臣志在争权,不在诸侯。乘此时出兵以争北方,谁能当者!"穆王大悦,使斗越椒为大将,芍贾副之,帅车三百乘伐郑。自引两广精兵,屯于狼渊[5],以为声援。别遣息公子朱为大将,公子茷副之,帅车三百乘伐陈。

且说郑穆公闻楚兵临境,急遣大夫公子坚、公子庞、乐耳三人,引兵拒楚于境上,嘱以固守勿战,别遣人告急于晋。越椒连日挑战,郑兵不出。芍贾密言于越椒曰:"自城濮之后,楚兵久不至郑矣。郑人恃有晋救,不与我战。乘晋之未至,诱而擒之,可以雪往日之耻。不然,迁延日久,诸侯毕集,恐复如子玉故事,将奈何?"越椒曰:"今欲诱之,当用何计?"芍贾附耳曰:"必须如此恁般。"越椒从其谋,乃传令军中,言:"粮食将缺,可于村落掠取,以供食用。"自于帐中鼓乐饮酒,每日至夜半方散。有人传至狼渊,楚穆王疑斗越椒玩敌[6],欲自往督战。范山曰:"伯嬴智士,此必有计,不出数日,捷音当至矣。"

再说公子坚等,见楚兵不来搦战,心中疑虑,使人探听。回言:"楚兵四出掳掠为食。斗元帅中军,日逐鼓乐饮酒,酒后谩骂,言郑人无用,不堪厮杀。"公子坚喜曰:"楚兵四出掳掠,其营必虚;楚将鼓乐饮酒,其心必懈;若夜劫其营,可获全胜。"公子庞、乐耳皆

第四十八回

以为然。是夜结束饱食,公子庞欲分作前中后三队,次第而进。公子坚曰:"劫营与对阵不同,乃一时袭击之计,可分左右,不可分前后也。"于是三将并进。将及楚营,远远望见灯烛辉煌,笙歌嘹亮。公子坚曰:"伯棼命合休矣!"麾车直进,楚军全不抵当。公子坚先冲入寨中,乐人四散奔走,惟越椒呆坐不动。上前看时,吃一大惊,乃是束草为人,假扮作越椒模样。公子坚急叫:"中计!"退出寨时,忽闻寨后炮声大震,一员大将领军杀来,大叫:"斗越椒在此!"公子坚奔走不迭,会合公子庞及乐耳二将,做一路逃奔。行不一里,对面炮声又起,却是芳贾预先埋伏一枝军马,在于中路,邀截郑兵。前有芳贾,后有越椒,首尾夹攻,郑兵大败。公子庞、乐耳先被擒。公子坚舍命来救,马踬[7]车覆,亦为楚兵所获。郑穆公大惧,谓群臣曰:"三将被擒,晋救不至,如何?"群臣皆曰:"楚势甚盛,若不乞降,早晚打破城池,虽晋亦无如之何矣!"郑穆公乃遣公子丰至楚营谢罪,纳赂求和,誓不反叛。斗越椒使人请命于穆王,穆王许之。乃释公子坚、公子庞、乐耳三人之囚,放还郑国。

楚穆王传令班师。行至中途,楚公子朱伐陈兵败,副将公子茂为陈所获,打从狼渊一路来见穆王,请兵复仇。穆王大怒,正欲加兵于陈。忽报:"陈有使命,送公子茂还楚,上书乞降。"穆王拆书看之,略曰:

  寡人朔,壤地褊小,未获接侍君王之左右。蒙君王一旅训定[8],边人愚莽,获罪于公子。朔惶悚,寝不能寐,敬使一介,具车马致之大国。朔愿终依宇下,以求荫庇。惟君王辱收之!

穆王笑曰:"陈惧我讨罪,是以乞附,可谓见几[9]之士矣。"乃准其降。传檄征取郑、陈二国之君,同蔡侯以冬十月朔,于厥貉[10]取齐相会。

却说晋赵盾因郑人告急，遣人约宋、鲁、卫、许四国之兵，一同救郑。未及郑境，闻郑人降楚，楚师已还。又闻陈亦降楚。宋大夫华耦，鲁大夫公子遂，俱请伐陈、郑。赵盾曰："我实不能驰救，以失二国，彼何罪焉？不如退而修政。"乃班师。髯翁有诗叹云：

谁专国柄主诸侯？却令荆蛮肆蠢谋。

今日郑陈连臂去，中原伯气黯然[11]收。

再说陈侯朔与郑伯兰，于秋末齐至息地，候楚穆王驾到。相见礼毕，穆王问曰："原订厥貉相会，如何逗留此地？"陈侯、郑伯齐声答曰："蒙君王相约，诚恐后期获罪，故预于此地奉候随行。"穆王大喜。忽谍报："蔡侯甲午，已先到厥貉境上。"穆王遂同陈、郑二君，登车疾走。蔡侯迎穆王于厥貉，以臣礼见，再拜稽首。陈侯、郑伯大惊，私语曰："蔡屈礼如此，楚必以我为慢矣。"乃相与请于穆王曰："君王税驾[12]于此，宋君不来参谒，君王可以伐之。"穆王笑曰："孤之顿兵于此，正欲为伐宋计也。"早有人报入宋国。

时宋成公王臣已卒，子昭公杵臼[13]已立三年，信用小人，疏斥公族。穆、襄之党[14]作乱，杀司马公子卬，司城荡意诸奔鲁，宋国大乱。赖司寇华御事调停国事，请复意诸之官，国以粗安。至是，闻楚合诸侯于厥貉，有窥宋之意。华御事请于宋公曰："臣闻小不事大，国所以亡。今楚臣服陈、郑，所不得者宋耳。请先往迎之。若待其见伐，然后请成，无及也。"宋公以为然。乃亲造厥貉，迎谒楚王。且治田猎之具，请较猎于孟诸之薮[15]。穆王大悦。陈侯请为前队开路，宋公为右阵，郑伯为左阵，蔡侯为后队，相从楚

第四十八回

穆王出猎。穆王出令，命诸侯从田者，于侵晨驾车，车中各载燧[16]，以备取火之用。合围良久，穆王驰入右师，偶赶逐群狐，狐入深窟，穆王回顾宋公，取燧熏之。车中无燧。楚司马申无畏奏曰："宋公违令，君不可以加刑，请治其仆。"乃叱宋公之御者，挞之三百，以儆于诸侯。宋公大惭。此周顷王二年[17]事。是时楚最强横，遣斗越椒行聘于齐、鲁，俨然以中原伯主自待，晋不能制也。

周顷王四年，秦康公集群臣议曰："寡人衔令狐之恨[18]，五年于兹矣！今赵盾诛戮大臣，不修边政。陈、蔡、郑、宋，交臂事楚，晋莫能禁，其弱可知。此时不伐晋，更何待乎？"诸大夫皆曰："愿效死力！"康公乃大阅车徒，使孟明居守，拜西乞术为大将，白乙丙副之，士会为参谋，出车五百乘，浩浩荡荡，济河而东。攻羁马[19]，拔之。赵盾闻报，急为应敌之计。自将中军，迁上军大夫荀林父为中军佐，以补先克之缺。用提弥明为车右。使郤缺代箕郑父为上军元帅。盾有从弟赵穿，乃晋襄公之爱婿，自请为上军之佐。盾曰："汝年少好勇，未曾历练，姑待异日。"乃用臾骈为之。使栾盾为下军元帅，补先蔑之缺；胥臣之子胥甲为副，补先都之缺。赵穿又自请以其私属，附于上军，立功报效。赵盾许之。军中缺司马，韩子舆之子韩厥，自幼育于赵盾之家，长为门客，贤而有才。盾乃荐于灵公而用之。

三军方出绛城，甚是整肃。行不十里，忽有乘车冲入中军。韩厥使人问之，御者对曰："赵相国忘携饮具，奉军令来取，特此追送。"韩厥怒曰："兵车行列已定，岂容乘车擅入？法当斩！"御者涕泣曰："此相国之命也！"韩厥曰："厥忝为司马，但知有军法，不知有相国也。"斩御者而毁其车。诸帅言于赵盾曰："相国举韩厥,而厥戮相国之车。此人负恩,恐不可用。"赵盾微笑,即使人召韩厥。诸将以盾必辱厥以报其怨。厥既至,盾乃降席而礼之曰："吾闻事君者,比而不党[20]。子能执法如此,不负吾举矣。勉之!"厥拜谢而退。盾又谓诸将曰："他日执晋政者,必厥也!韩氏其将昌矣。"晋师营于河曲[21],臾骈献策曰："秦师蓄锐数年,而为此举,其锋不可当,请深沟高垒,固守勿战。彼不能持久,必退,退而击之,胜可万全。"赵盾从其计。

秦康公求战不得,问计于士会。士会对曰："赵氏新任一人,姓臾名骈,此人广有智谋。今日坚壁不战,盖用其谋,以老我师也。赵有庶子赵穿,晋先君之爱婿。闻其求佐上军,赵孟不从而用骈,穿意必然怀恨。今赵孟用骈之谋,穿必不服,故自以私属从行,其意欲夺臾骈之功也。若使轻兵挑其上军,即臾骈不出,赵穿必恃勇来追,因之以求一战,不亦可乎?"秦康公从其谋,乃使白乙丙率车百乘,袭晋上军挑战。郤缺与臾骈俱坚持不动。赵穿闻秦兵掩至,即率私属百乘出迎。白乙丙回车便走,车行甚速,赵穿追十馀里,不及而返。怪臾骈等不肯协力同追,乃召军吏大骂曰："裹粮披甲,本欲求战,今敌来而不出击,岂上军皆妇人乎?"军吏曰："主帅自有破敌之谋,不在今日。"穿复大骂曰："鼠辈有何深谋?直是畏死耳!别人怕秦,我赵穿偏不怕!我将独奔秦军,拚死一战,以雪坚壁之耻。"遂驱车复进,呼号于众曰："有志气者,都跟我来!"三军莫应。惟有下军副将胥甲叹曰："此人真正好汉,吾当助之。"正欲出军。却说上军元帅郤缺,急使人以赵穿之事报之赵盾。盾大惊曰："狂夫独出,必为秦擒,不可不救也。"乃传令三军,一时并

第 四 十 八 回

出,与秦交战。

再说赵穿驰入秦壁,白乙丙接住交锋,约战三十馀合,彼此互有杀伤。西乞术方欲夹攻,见对面大军齐至,两下不敢混战,各鸣金收军。赵穿回至本阵,问于赵盾曰:"我欲独破秦军,为诸将雪耻,何以鸣金之骤也?"盾曰:"秦大国,未可轻敌,当以计破之。"穿曰:"用计用计,吃了一肚子好气!"言犹未毕,报:"秦国有人来下战书。"赵盾使臾骈接之。使者将书呈上,臾骈转呈于赵盾。盾启而观之,书曰:"两国战士,皆未有缺,请以来日决一胜负!"盾曰:"谨如命。"使者去后,臾骈谓赵盾曰:"秦使者口虽请战,然其目彷徨四顾,似有不宁之状,殆惧我也,夜必遁矣。请伏兵于河口,乘其将济而击之,必大获全胜。"赵盾曰:"此计甚妙!"正欲发令埋伏,胥甲闻其谋,告于赵穿。穿遂与胥甲同至军门,大呼曰:"众军士听吾一言:我晋国兵强将广,岂在西秦之下?秦来约战,已许之矣;又欲伏兵河口,为掩袭之计,是岂大丈夫所为耶?"赵盾闻之,召谓曰:"我原无此意,勿得扰乱军心也!"秦谍者探得赵穿和胥甲军门之语,乃连夜遁走,复侵入瑕邑[22],出桃林塞[23]而归。赵盾亦班师,回国治泄漏军情之罪,以赵穿为君婿,且是从弟,特免其议;专委罪于胥甲,削其官爵,逐去卫国安置。又曰:"白季之功,不可斩也[24]!"仍用胥甲之子胥克为下军佐。髯仙有诗议赵盾之不公。诗云:

> 同呼军门罪不殊,独将胥甲正刑书。
> 相君庇族非无意,请把桃园问董狐。

周顷王五年,赵盾惧秦师复至,使大夫詹嘉居瑕邑,以守桃林之塞。臾骈进曰:"河曲之战,为秦画策者士会也。此人在秦,吾辈岂能高枕而卧耶?"赵盾以为然,乃于诸浮[25]之别馆,大集六卿而议之。——那六卿:赵盾、郤缺、栾盾、荀林父、臾骈、胥克。——是日六卿毕至,赵盾开言曰:"今狐射姑在狄,士会在秦,二人谋害晋国,当何策以待之?"荀林父曰:"请召射姑而复之。射姑堪境外之事,且子犯旧勋,宜延其赏。"郤缺曰:"不然。射姑虽系宿勋,然有擅杀大臣[26]之罪。若复之,何以儆将来乎?不如召士会。士会顺柔而多智,且奔秦非其罪也。狄远而秦逼,欲除秦害,先去其助,言召士会者是。"赵盾曰:"秦方宠任士会,请之必不从,何计而可复之?"臾骈曰:"骈所善一人,乃先臣毕万之孙,名寿馀,即魏犨之从子也。见今食邑于魏[27],虽在国中带名世爵,未有职任。此人颇能权变,要招来士会,只在此人身上。"乃附赵盾之耳曰:"如此恁般……何如?"盾大喜曰:"烦吾子为我致之。"六卿既散,臾骈即夕往叩寿馀之门,寿馀相迎坐定。臾骈请至密室,以招士会之策,告于寿馀,寿馀应允。臾骈回复了赵盾。

次早,赵盾奏知灵公,言:"秦人屡次侵晋,宜令河东诸邑宰,各各团练甲伍,结寨于黄河岸口,轮番戍守。并责成食采之人[28],往督其事,倘有失利,即行削夺,庶肯用心防范。"灵公准奏。赵盾又曰:"魏,大邑也。魏倡之,诸邑无敢不从矣。"乃以灵公之命召魏寿馀,使督责有司,团兵出戍。寿馀奏曰:"臣蒙主上录先世之功,衣食大县,从未知军旅之事。况河上绵延百馀里,处处可济,暴露军士,守之无益。"赵盾怒曰:"小臣何敢挠吾大计?限汝三日内,取军籍呈报!再若抗违,当正军法!"寿馀叹息而出,回家闷闷不悦。妻子叩问其故,寿馀曰:"赵盾无道,欲我督戍河口,何日了期?汝可收拾家资,随我往秦国,从士会去可也。"吩咐

第四十八回

家人整备车马。是夜索酒痛饮，以进馔不洁，鞭膳夫百馀，犹恨恨不绝，言欲杀之。膳夫奔赵府，首告寿馀欲叛晋奔秦之事，赵盾使韩厥帅兵往捕之。厥放走寿馀，只擒获其妻子，下于狱中。

寿馀连夜遁往秦国，见秦康公，告诉赵盾如此愚般，强横无道。"妻子陷狱，某孤身走脱，特来投降。"康公问士会："真否？"士会曰："晋人多诈，不可信也。若寿馀果真降，当以何物献功？"寿馀于袖中出一文书，乃是魏邑土地人民之数，献于康公曰："明公能收寿馀，愿以食邑奉献。"康公又问士会："魏可取否？"寿馀以目盼士会，且蹑其足。士会虽奔在秦，然心亦思晋，见寿馀如此光景，阴会其意，乃对曰："秦弃河东五城，为姻好也[29]。今两国治兵相攻，数年不息，攻城取邑，惟力是视。河东诸城，无大于魏者，若得魏而据之，以渐收河东之地，亦是长策[30]。只恐魏有司惧晋之讨，不肯来归耳！"寿馀曰："魏有司虽晋臣，实魏氏之私也。若明公率一军屯于河西，遥为声援，臣力能致之。"秦康公顾士会曰："卿熟知晋事，须同寡人一行。"乃拜西乞术为将，士会副之，亲率大军前进。

既至河口，安营了毕，前哨报："河东有一枝军屯扎，不知何意？"寿馀曰："此必魏人闻有秦兵，故为备耳。彼未知臣之在秦也。诚得一东方之人，熟知晋事者，与臣先往，谕以祸福，不愁魏有司不从。"康公命士会同往，士会顿首辞曰："晋人虎狼之性，暴不可测。倘臣往谕而从，是国家之福也。万一不从，拘执臣身，君复以臣不堪事之故，加罪于臣之妻孥，无益于君。而臣之身家，枉被其殃，九泉之下，可追悔乎？"康公不知士会为诈，乃曰："卿宜尽心前往。若得魏地，重加封赏。倘被晋人拘留，寡人当送还家口，以表相与之情。"与士会指黄河为誓。秦大夫绕朝谏曰:"士会,晋之谋臣,此去如巨鱼纵壑,必不来矣。君奈何轻信寿馀之言,而以谋臣资敌乎?"康公曰:"此事寡人能任之,卿其勿疑。"士会同寿馀辞康公而行。绕朝慌忙驾车追送,以皮鞭赠士会曰:"子莫欺秦国无智士也,但主公不听吾言耳。子持此鞭马速回,迟则有祸。"士会拜谢,遂驰车急走。史臣有诗云:

　　策马挥衣古道前,殷勤赠友有长鞭。

　　休言秦国无名士,争奈康公不纳言。

士会等渡河而东。未知如何归晋,再看下回分解。

---

〔1〕　主帅:指先蔑。先蔑为下军元帅,先都(字子会)佐之。见上回。

〔2〕　比:限期追捕犯人叫比。

〔3〕　上元节:旧俗以农历正月十五为上元节,后又称元宵。

〔4〕　赐酺(pú 仆):赐宴。天子赐臣下聚饮叫酺。

〔5〕　狼渊:春秋时郑地名。在今河南许昌市西。

〔6〕　玩敌:轻视敌人。

〔7〕　踬(zhì 治):绊倒。

〔8〕　训定:平定并使其顺服。

〔9〕　见几(jī 基):几通"机"。见几,即了解形势。

〔10〕　厥貉(hé 核):春秋时楚地名,在今河南项城市境内。

〔11〕　黯(àn 暗)然:沮丧的样子。

〔12〕　税(tuō 脱)驾:停车休息。税,通"脱"。

〔13〕　昭公杵臼:宋成公子,在位九年(前619—前611)。

〔14〕　穆、襄之党:指宋穆公子和、宋襄公子兹父的子孙后代。

第四十八回

〔15〕 孟诸之薮：春秋时宋境内之著名薮泽。故址在今河南商丘市北。因屡被黄河冲决，早已不存。

〔16〕 燧（suì碎）：火炬之类。

〔17〕 周顷王二年：周顷王姬壬臣，周同襄王子。在位六年（前618—前613）。其二年即公元前617年。

〔18〕 令狐之恨：指秦奉约送公子雍至令狐下寨，晋违约反攻秦军，致秦大败一事。见上回。

〔19〕 羁马：春秋时晋邑名。在今山西永济市南。

〔20〕 比而不党：亲近而不偏私。

〔21〕 河曲：黄河弯曲之处。黄河流至今山西永济市，由南北流向转折为东西流向。

〔22〕 瑕（xiá侠）邑：春秋时晋邑。在今河南灵宝市东，旧名曲沃地。

〔23〕 桃林塞：古边塞名，又称桃园、桃原。在今河南灵宝市以西、陕西潼关以东。

〔24〕 "臼季"二句：臼季，即胥甲之父胥臣。乃重耳从亡的功臣。斩，此指断绝，埋没。

〔25〕 诸浮：春秋时晋地名，在新绛城外近郊。

〔26〕 擅杀大臣：指狐射姑使其弟狐鞫居杀太傅阳处父一事。见上回。

〔27〕 魏：春秋时晋邑名。在今山西芮城县西。

〔28〕 食采之人：指封土赐爵但无官职禄位之人。

〔29〕 "秦弃"二句：河东，疑为河西之误。世子圉（即晋怀公）质于秦，穆公以女怀嬴妻之，乃以河西五城归于晋。此事本书未载。

〔30〕 长策：善策，良策。

第四十九回

公子鲍厚施买国　齐懿公竹池遇变

话说士会同寿馀济了黄河，望东而行。未及里许，只见一位年少将军，引着一队军马来迎，在车上欠身曰："随季[1]别来无恙？"士会近前视之，那将军姓赵名朔，乃赵相国盾之子也。三人下车相见。士会问其来意，朔曰："吾奉父命，前来接应吾子还朝，后面复有大军至矣。"当下一声炮响，车如水，马如龙，簇拥士会同寿馀入晋去了。秦康公使人隔河瞭望，回报康公，大怒，便欲济河伐晋。前哨又报："探得河东复有大军到来，大将乃是荀林父、郤缺二人。"西乞术曰："晋既有大军接应，必不容我济河，不如归也。"乃班师。荀林父等见秦军已去，亦还晋国。士会去秦三载，今日复讲绛城，不胜感慨。入见灵公，肉袒谢罪。灵公曰："卿无罪也。"使列于六卿之间。赵盾嘉魏寿馀之劳，言于灵公，赐车十乘。秦康公使人送士会之妻孥于晋，曰："吾不负黄河之誓也！"士会感康公之义，致书称谢，且劝以息兵养民，各保四境。康公从之。自此秦、晋不交兵者数十年。

周顷王六年，崩，太子班即位，是为匡王[2]。即晋灵公之八年也。时楚穆王薨，世子旅嗣位，是为庄王[3]。赵盾以楚新有丧，乘此机会，思复先世盟主之业，乃大合诸侯于新城[4]。宋昭公杵臼、鲁文公兴、陈灵公平国、卫成公郑、郑穆公兰、许昭公锡我，并至会所。宋、陈、郑三国之君，各诉前日从楚之情，出于不得已。赵盾亦各各抚慰，诸侯始复附于晋。惟蔡侯附楚如故，不肯赴会。赵盾使郤缺引军伐之，蔡人求和，乃还。

齐昭公潘，本欲赴会，适患病，未及盟期，昭公遂薨。太子舍即位。其母乃鲁女子叔姬，谓之昭姬。昭姬虽为昭公夫人，不甚得宠。世子舍才望庸常，亦不为国人所敬重。公子商人，齐桓公之妾密姬所生，素有篡位之志，赖昭公待之甚厚，此念中沮，欲候昭公死后，方举大事。昭公末年，召公子元[5]于卫，任以国政。商人忌公子元之贤，意欲结纳人心，乃尽出其家财，周恤贫民，如有不给，借贷以继之，百姓无不感激。又多聚死士在家，朝夕训练，出入跟随。及世子舍即位，适彗星出于北斗，商人使人占之。曰："宋、齐、晋三国之君，皆将死乱。"商人曰："乱齐者，非我而谁？"命死士即于丧幕中，刺杀世子舍。商人以公子元年长，乃伪言曰："舍无人君之威，不可居大位，吾此举为兄故也。"公子元大惊曰："吾知尔之求为君也久矣，何乃累我？我能事尔，尔不能事我也。但尔为君以后，得容我为齐国匹夫，以寿终足矣！"商人即位，是为懿公[6]。子元心恶商人之所为，闭门托病，并不入朝。此乃是公子元的好处。

且说昭姬痛其子死于非命，日夜悲啼。懿公恶之，乃囚于别室，节其饮食。昭姬阴赂宫人，使通信于鲁。鲁文公畏齐之强，命大夫东门遂如周，告于匡王，欲借天子恩宠，以求释昭姬之囚。匡王命单伯往齐,谓懿公曰:"既杀其子,焉用其母,何不纵之还鲁,以明齐之宽德?"懿公讳弑舍之事,闻"杀子"之语,面颊发赤,嘿然无语。单伯退就客馆。懿公迁昭姬于他宫,使人诱单伯曰:"寡君于国母未之敢慢。况承天子降谕,敢不承顺?吾子何不谒见国母,使知天子眷顾宗国之意?"单伯只道是好话,遂驾车随使者入宫谒见昭姬。昭姬垂涕,略诉苦情,单伯尚未及答,不虞懿公在外掩至,大骂曰:"单伯如何擅入吾宫,私会国母,欲行苟且之事耶?寡人将讼之天子!"遂并单伯拘禁,与昭姬各囚于一室。恨鲁人以王命压之,兴兵伐鲁。论者谓懿公弑幼主,囚国母,拘天使,虐邻国,穷凶极恶,天理岂能容乎?但当时高、国世臣,济济在朝,何不奉子元以声商人之罪,而乃纵其凶恶,绝无一言?时事至此,可叹矣!有诗云:

欲图大位欺孤主,先散家财买细民。

堪恨朝中绶若若[7],也随市井媚凶人!

鲁使上卿季孙行父如晋告急。晋赵盾奉灵公合宋、卫、蔡、陈、郑、曹、许共八国诸侯,聚于扈地[8],商议伐齐。齐懿公纳赂于晋,且释单伯还周,昭姬还鲁,诸侯遂散归本国。鲁闻晋不果伐齐,亦使公子遂纳赂于齐以求和。不在话下。

却说宋襄公夫人王姬,乃周襄王之女兄,宋成公王臣之母,昭公杵臼之祖母也。昭公自为世子时,与公子卬、公孙孔叔、公孙钟离三人,以田猎游戏相善。既即位,惟三人之言是听,不任六卿,不朝祖母,疏远公族,怠弃民事,日以从田[9]为乐。司马乐豫知宋国必乱,以其官让于公子卬。司城[10]公孙寿亦虑祸及,告老致政。

第四十九回

昭公即用其子荡意诸[11]，嗣为司城之官。襄夫人王姬老而好淫，昭公有庶弟公子鲍，美艳胜于妇人。襄夫人心爱之，醉以酒，因逼与之通，许以扶立为君。遂欲废昭公而立公子鲍。昭公畏穆、襄之族太盛，与公子卬等谋逐之。王姬阴告于二族，遂作乱，围公子卬、公孙钟离二人于朝门而杀之。司城荡意诸惧而奔鲁。公子鲍素能敬事六卿，至是，同在国诸卿，与二族讲和，不究擅杀之事，召荡意诸于鲁，复其位。

公子鲍闻齐公子商人，以厚施买众心，得篡齐位，乃效其所为，亦散家财，以周给贫民。昭公七年，宋国岁饥，公子鲍尽出其仓廪之粟，以济贫者。又敬老尊贤，凡国中年七十以上，月致粟帛，加以饮食珍味，使人慰问安否。其有一才一艺之人，皆收致门下，厚糈管待[12]。公卿大夫之门，月有馈送。宗族无亲疏，凡有吉凶之费，倾囊助之。昭公八年，宋复大饥，公子鲍仓廪已竭，襄夫人尽出宫中之藏以助之施，举国无不颂公子鲍之仁。宋国之人，不论亲疏贵贱，人人愿得公子鲍为君。公子鲍知国人助己，密告于襄夫人，谋弑昭公。襄夫人曰："闻杵臼将猎于孟诸之薮，乘其驾出，我使公子须闭门，子帅国人以攻之，无不克矣。"鲍依其言。

司城荡意诸，颇有贤名，公子鲍素敬礼之。至是，闻襄夫人之谋，以告昭公曰："君不可出猎，若出猎，恐不能返。"昭公曰："彼若为逆，虽在国中，其能免乎？"乃使右师[13]华元、左师公孙友居守。遂尽载府库之宝，与其左右，以冬十一月望孟诸进发。才出城，襄夫人召华元、公孙友留之宫中，而使公子须闭门。公子鲍使司马华耦号于军中曰："襄夫人有命：'今日扶立公子鲍为君。'吾等除了无道昏君，共戴有道之主，众议以为何如？"军士皆踊跃曰："愿从命!"国人亦无不乐从。华耦率众出城,追赶昭公。昭公行至半途闻变,荡意诸劝昭公出奔他国,以图后举。昭公曰:"上自祖母,下及国人,无不与寡人为仇,诸侯谁纳我者?与其死于他国,宁死于故乡耳!"乃下令停车治餐,使从田者皆饱食。食毕,昭公谓左右曰:"罪在寡人一身,与汝等何与?汝等相从数年,无以为赠,今国中宝玉,俱在于此,分赐汝等,各自逃生,毋与寡人同死也!"左右皆哀泣曰:"请君前行,倘有追兵,我等愿拚死一战。"昭公曰:"徒杀身,无益也。寡人死于此,汝等勿恋寡人!"少顷,华耦之兵已至,将昭公围住,口传襄夫人之命:"单诛无道昏君,不关众人之事。"昭公急麾左右,奔散者大半,惟荡意诸仗剑立于昭公之侧。华耦再传襄夫人之命,独召意诸。意诸叹曰:"为人臣而避其难,虽生不如死!"华耦乃操戈直逼昭公,荡意诸以身蔽之,挺剑格斗。众军民齐上,先杀意诸,后杀昭公,左右不去者,尽遭屠戮。伤哉!史臣有诗云:

　　昔年华督弑殇公[14],华耦今朝又助凶。
　　贼子乱臣原有种,蔷薇桃李不相同。

华耦引军回报襄夫人。右师华元、左师公孙友等合班启奏:"公子鲍仁厚得民,宜嗣大位。"遂拥公子鲍为君,是为文公[15]。华耦朝贺毕,回家患心疼暴卒。文公嘉荡意诸之忠,用其弟荡虺为司马,以代华耦。母弟公子须为司城,以补荡意诸之缺。

赵盾闻宋有弑君之乱,乃命荀林父为将,合卫、陈、郑之师伐宋。宋右师华元至晋军,备陈国人愿戴公子鲍之情,且敛金帛数车,为犒军之礼,求与晋和。荀林父欲受之。郑穆公曰:"我等鸣钟击鼓,以从将军于宋,讨无君也。若许其和,乱贼将得志矣。"荀

第四十九回

林父曰："齐、宋一体也，吾已宽齐，安得独诛宋乎？且国人所愿，因而定之，不亦可乎？"遂与宋华元盟，定文公之位而还。郑穆公退而言曰："晋惟赂是贪，有名无实，不能复伯诸侯矣。楚王新立，将有事于征伐，不如弃晋从楚，可以自安。"乃遣人通款于楚，晋亦无如之何也！髯仙有诗云：

仗义除残是伯图，兴师翻把乱臣扶。

商人无恙鲍安位，笑杀中原少丈夫！

再说齐懿公商人，赋性贪横。自其父桓公在位时，曾与大夫邴原，争田邑之界，桓公使管仲断其曲直。管仲以商人理曲，将田断归邴氏，商人一向衔恨于心。及是弑舍而自立，乃尽夺邴氏之田，又恨管仲党于邴氏，亦削其封邑之半。管氏之族惧罪，逃奔楚国，子孙遂仕于楚。懿公犹恨邴原不已，时邴原已死，知其墓在东郊，因出猎过其墓所，使军士掘墓，出其尸，断其足，邴原之子邴歜随侍左右，懿公问曰："尔父罪合断足否？卿得无怨寡人乎？"歜应曰："臣父生免刑诛，已出望外，况此朽骨，臣何敢怨？"懿公大悦曰："卿可谓干蛊之子[16]矣！"乃以所夺之田还之。邴歜请掩其父，懿公许之。复购求国中美色，淫乐惟日不足。有人誉大夫阎职之妻甚美，因元旦出令，凡大夫内子俱令朝于中宫[17]。阎职之妻，亦在其内，懿公见而悦之，因留宫中，不遣之归。谓阎职曰："中宫爱尔妻为伴，可别娶也。"阎职敢怒而不敢言。

齐西南门有地名申池，池水清洁可浴，池旁竹木甚茂。时夏五月，懿公欲往申池避暑，乃命邴歜御车，阎职骖乘[18]。右师华元[19]私谏曰："君刖邴歜之父，纳阎职之妻，此二人者，安知不衔怨于君？而君乃亲近之。齐臣中未尝缺员，何必此二人也？"懿公曰："二子未尝敢怨寡人也，卿勿疑。"乃驾车游于申池，饮酒甚乐。懿公醉甚，苦热，命取绣榻，置竹林密处，卧而乘凉。邴歜与阎职浴于申池之中。邴歜恨懿公甚深，每欲弑之，以报父仇，未得同事之人。知阎职有夺妻之怨，欲与商量，而难于启口，因在池中同浴，心生一计，故意以折竹击阎职之头。职怒曰："奈何欺我？"邴歜带笑言曰："夺汝之妻，尚然不怒；一击何伤，乃不能忍耶？"阎职曰："失妻虽吾之耻，然视刖父之尸，轻重何如？子忍于父，而责我不能忍于妻，何其昧也！"邴歜曰："我有心腹之言，正欲语子，一向隐忍不言。惟恐子已忘前耻，吾虽言之，无益于事耳。"阎职曰："人各有心，何日忘之，但恨力不及也。"邴歜曰："今凶人醉卧竹中，从游者惟吾二人。此天遣我以报复之机，时不可失！"阎职曰："子能行大事，吾当相助。"二人拭体穿衣，相与入竹林中，看时，懿公正在熟睡，鼻息如雷，内侍守于左右。邴歜曰："主公酒醒，必觅汤水，汝辈可预备以待。"内侍往备汤水。阎职执懿公之手，邴歜扼其喉，以佩剑刎之，头坠于地。二人扶其尸，藏于竹林之深处，弃其头于池中。懿公在位才四年耳。

内侍取水至，邴歜谓之曰："商人弑君而立，齐先君使我行诛。公子元贤孝，可立为君也。"左右等唯唯，不敢出一言。邴歜与阎职驾车入城，复置酒痛饮，欢呼相庆。早有人报知上卿高倾、国归父，高倾曰："盍讨其罪而戮之，以戒后人？"国归父曰："弑君之人[20]，吾不能讨，而人讨之，又何罪焉？"邴、阎二人饮毕，命以大车装其家资，以轷车[21]载其妻子，行出南门，家人劝使速驰，邴歜曰："商人无道，国人方幸其死，吾何惧哉？"徐徐而行，俱往楚国去

第 四 十 九 回

讫。高倾与国归父聚集群臣商议,请公子元为君,是为惠公[22]。髯翁有诗云:

> 仇人岂可与同游?密迩仇人仇报仇。
> 不是逆臣无远计,天教二憨逞凶谋。

话分两头。却说鲁文公[23]名兴,乃僖公嫡夫人声姜之子,于周襄王二十六年嗣位。文公娶齐昭公女姜氏为夫人,生二子,曰恶,曰视。其嬖妾秦女敬嬴,亦生二子,曰倭,曰叔肸。四子中惟倭年长。而恶乃嫡夫人所生,故文公立恶为世子。时鲁国任用三桓[24]为政。孟孙氏曰公孙敖,生子曰穀,曰难。叔孙氏曰公孙兹,生子曰叔仲彭生,曰叔孙得臣。文公以彭生为世子太傅。季孙氏曰季无佚,乃季友之子,无佚生行父,即季文子也。鲁庄公有庶子曰公子遂,亦曰仲遂,住居东门,亦曰东门遂,自僖公之世,已与三桓一同用事。论起辈数,公孙敖与仲遂为再从兄弟,季孙行父又是下一辈了。因公孙敖得罪于仲遂,客死于外,故孟孙氏失权,反是仲孙氏、叔孙氏、季孙氏三家为政。

且说公孙敖如何得罪。敖娶莒女戴己为内子,即穀之母;其娣声己,即难之母也。戴己病卒,敖性淫,复往聘己氏之女。莒人辞曰:"声己尚在,当为继室。"敖曰:"吾弟仲遂未娶,即与遂纳聘可也。"莒人许之。鲁文公七年,公孙敖奉君命如莒修聘,因顺便为仲遂逆女。及鄢陵[25],敖登城而望,见己氏色甚美,是夜竟就己氏同宿,自娶归家。仲遂见夺其妻,大怒,诉于文公,请以兵攻之。叔仲彭生谏曰:"不可。臣闻之,兵[26]在内为乱,在外为寇。幸而无寇,可启乱乎?"文公乃召公孙敖,使退还己氏于莒,以释仲遂之憾。敖与遂兄弟讲和如故。敖一心思念己氏，至次年，奉命如周，奔襄王之丧，不至京师，竟携吊币，私往莒国，与己氏夫妇相聚。鲁文公亦不追究，立其子穀主孟氏之祀。

其后，敖忽思故国，使人言于穀，穀转请于其叔仲遂。遂曰："汝父若欲归，必依我三件事，乃可。无入朝，无与国政，无携带己氏。"穀使人回复公孙敖。敖急于求归，欣然许之。敖归鲁三年，果然闭户不出。忽一日，尽取家中宝货金帛，复往莒国。孟孙穀想念其父，逾年病死。其子仲孙蔑尚幼，乃立孟孙难为卿。未几，己氏卒，公孙敖复思归鲁，悉以家财纳于文公，并及仲遂，使其子难为父请命。文公许之，遂复归。至齐，病不能行，死于堂阜[27]。孟孙难固请归其丧于鲁。难乃罪人之后，又权主宗祀，以待仲蔑之长，所以不甚与事。季孙行父让仲遂与彭生、得臣是叔父行，每事不敢自专。而彭生仁厚，居师傅之任。得臣屡掌兵权，所以仲遂、得臣二人，尤当权用事。敬嬴恃文公之宠，恨其子不得为嗣，乃以重赂交结仲遂，因以其子倭托之，曰："异日倭得为君，鲁国当与子共之。"仲遂感其相托之意，有心要推戴公子倭。念："叔仲彭生，乃是世子恶之傅，必不肯同谋。而叔孙得臣，性贪贿赂，可以利动。"时时以敬嬴所赐分赠之，曰："此嬴氏夫人命我赠子者。"又使公子倭时时诣得臣之门，谦恭请教，故得臣亦心向之。

周匡王四年，鲁文公十有八年也。是年春，文公薨，世子恶主丧即位。各国皆遣使吊问。时齐惠公元，新即大位，欲反商人之暴政，特地遣人至鲁，会文公之葬。仲遂谓叔孙得臣曰："齐、鲁世好也。桓、僖二公，欢若兄弟。孝公结怨，延及商人，遂为仇敌。今公子元新立，我国未曾致贺，而彼先遣人会葬，此修好之美意，不可不

第 四 十 九 回

往谢之。乘此机会,结齐为援,以立公子倭,此一策也。"叔孙得臣曰:"子去,我当同行。"毕竟二人如齐,商量出甚事来,且看下回分解。

---

〔1〕 随季:即士会。士会字季,亦称士季。因食采于随、范,故又可称为随会、随季或范会。死后谥武,又称范武子或随武子。

〔2〕 匡王:周匡王姬班,顷王子。在位六年(前612—前607)。

〔3〕 庄王:楚庄王芈旅(又作芈侣),穆王子。春秋五霸之一。在位二十三年(前613—前591)。

〔4〕 新城:春秋时郑邑名,或称新密。在今河南密县东南。

〔5〕 公子元:齐桓公妾少卫姬所生。因桓公死后群公子作乱失败而逃卫。见第三十二、三十三回。

〔6〕 懿公:齐懿公吕商人,齐桓公妾密姬所生。在位四年(前612—前609)。

〔7〕 绶若若:古代职官用以系印环的丝带叫绶。若若,长而下垂貌。此泛指众多的官僚。

〔8〕 扈:春秋时郑邑名。在今河南原阳县原武镇西北有扈亭。

〔9〕 从田:从事打猎。

〔10〕 司城:宋职官名,即司空。因宋武公名司空,故避讳改名。

〔11〕 荡意诸:人名,公孙寿之子。寿父公子荡乃宋桓公子。故寿之子乃以荡为氏。

〔12〕 厚糈(xǔ 许)管待:以优厚的食物接待。糈指粮饷。管待,招待。

〔13〕 右师:与左师均为宋官名,位列六卿。

〔14〕 华督弑殇公:事见第八回。下句华耦系华督之曾孙。

〔15〕 文公:宋文公子鲍,在位二十二年(前610—前589)。

〔16〕 干蛊（gǔ古）之子：意指为子者而能矫正父母的过失。语出《易经·蛊》。

〔17〕 中宫：王后或诸侯夫人居处，以别于东西二宫。此借指齐懿公夫人。

〔18〕 骖乘：平时乘车时居于车右者，即陪乘。

〔19〕 "右师华元"以下一段：此处甚误。齐无右师官名，齐大夫中亦无名华元者。上文宋右师华元乃春秋时著名人物，但此人此时并未写明出使齐国，且此段所谓"私谏"全系针对国君用人而发，根本不合外臣口吻。

〔20〕 弑君之人：此指齐懿公吕商人，言其曾弑昭公之子舍。

〔21〕 辎（píng平）车：妇女乘坐四围有障蔽之车。

〔22〕 惠公：齐惠公吕元，在位十年（前608—前599）。

〔23〕 鲁文公：名姬兴。在位十八年（前626—前609）。

〔24〕 三桓：指鲁桓公后代孟孙、叔孙、季孙三家。见第二十二回。

〔25〕 鄢（yān烟）陵：春秋时莒国邑名。在今山东沂水县西南。

〔26〕 兵：此指军事行动。

〔27〕 堂阜：春秋时齐邑名。在今山东蒙阴县西北。

第 五 十 回

东门遂援立子倭　赵宣子桃园强谏

话说仲孙遂同叔孙得臣二人如齐拜贺新君,且谢会葬之情。行礼已毕,齐惠公赐宴,因问及鲁国新君:"何以名恶?世间嘉名颇多,何偏用此不美之字?"仲遂对曰:"先寡君初生此子,使太史占之,言:'当恶死,不得享国。'故先寡君名之曰恶,欲以厌[1]之。然此子非先寡君所爱也。所爱者长子名倭,为人贤孝,能敬礼大臣,国人皆思奉之为君,但压于嫡耳。"惠公曰:"古来亦有立子以长之义,况所爱乎?"叔孙得臣曰:"鲁国故事,立子以嫡,无嫡方立长。先寡君狃[2]于常礼,置倭而立恶,国人皆不顺焉。上国若有意为鲁改立贤君,愿结婚姻之好,专事上国,岁时朝聘,不敢有阙。"惠公大悦曰:"大夫能主持于内,寡人惟命是从,岂敢有违?"仲遂、叔孙得臣请歃血立誓,因设婚约。惠公许之。

遂等既返,谓季孙行父曰:"方今晋业已替[3],齐将复强,彼欲以嫡女室公子倭,此厚援不可失也。"行父曰:"嗣君,齐侯之甥也。齐侯有女,何不室嗣君,而乃归之公子乎?"仲遂曰:"齐侯闻公子倭之贤,立心与倭交欢,愿为甥舅。若夫人姜氏,乃昭公之女。桓公诸子,相攻如仇敌,故四世[4]皆以弟代兄,彼不有其兄,何有

东门遂援立子倭　赵宣子桃园强谏

于甥？"行父嘿然,归而叹曰:"东门氏将有他志矣!"仲遂家住东门,故呼为东门氏。行父密告于叔仲彭生。彭生曰:"大位已定,谁敢贰心耶?"殊不以为意。

仲遂与敬嬴私自定计,伏勇士于厩中,使圉人伪报:"马生驹,甚良!"敬嬴使公子倭同恶与视,往厩看驹毛色。勇士突起,以木棍击恶杀之,并杀视。仲遂曰:"太傅彭生尚在,此人不除,事犹未了。"乃使内侍假传嗣君有命,召叔仲彭生入宫。彭生将行,其家臣公冉务人,素知仲遂结交宫禁之事,疑其有诈,止之曰:"太傅勿入,入必死。"彭生曰:"有君命,虽死,其可逃乎?"公冉务人曰:"果君命,则太傅不死矣。若非君命而死,死之何名?"彭生不听。务人牵其袂而泣。彭生绝袂登车,径造宫中,问:"嗣君何在?"内侍诡对曰:"内厩马生驹,在彼阅之。"即引彭生往厩所。勇士复攒击杀之,埋其尸于马粪之中。敬嬴使人告姜氏曰:"君与公子视,被劣马蹞啮[5],俱死矣。"姜氏大哭,往厩视之,则二尸俱已移出于宫门之外。季孙行父闻恶、视之死,心知仲遂所为,不敢明言,私谓仲遂曰:"子作事太毒,吾不忍闻也。"仲遂曰:"此嬴氏夫人所为,与某无与。"行父曰:"晋若来讨,何以待之?"仲遂曰:"齐、宋往事,已可知矣。彼弑其长君,尚不成讨;今二孺子死,又何讨焉?"行父抚嗣君之尸,哭之不觉失声。仲遂曰:"大臣当议大事,乃效儿女子悲啼何益!"行父乃收泪。叔孙得臣亦至,问其兄彭生何在？仲遂辞以不知。得臣笑曰:"吾兄死为忠臣,是其志也,何必讳哉?"仲遂乃私告以尸处,且曰:"今日之事,立君为急。公子倭贤而且长,宜嗣大位。"百官莫不唯唯。乃奉公子倭为君,是为宣公[6]。百官朝贺。胡曾先生咏史诗云:

第 五 十 回

外权内宠私谋合，无罪嗣君一旦休。

可笑模棱季文子，三思不复有良谋[7]。

得臣掘马粪，出彭生之尸而殡之。不在话下。

再说嫡夫人姜氏，闻二子俱被杀，仲遂扶公子倭为君，捶胸大哭，绝而复苏者几次。仲遂又献媚于宣公，引母以子贵之文，尊敬嬴为夫人，百官致贺。姜夫人不安于宫，日夜啼哭，命左右收拾车仗，为归齐之计。仲遂伪使人留之曰："新君虽非夫人所出，然夫人嫡母也，孝养自当不缺。奈何向外家寄活乎？"姜氏骂曰："贼遂！我母子何负于汝，而行此惨毒之事？今乃以虚言留我！鬼神有知，决不汝宥也！"姜氏不与敬嬴相见，一径出了宫门，登车而去。经过大市通衢，放声大哭，叫曰："天乎，天乎！二孺子何罪？婢子又何罪？贼遂蔑理丧心，杀嫡立庶！婢子今与国人永辞，不复再至鲁国矣！"路人闻者，莫不哀之，多有泣下者。是日，鲁国为之罢市。因称姜氏为哀姜，又以出归于齐，谓之出姜。出姜至齐，与昭公夫人母子相见，各诉其子之冤，抱头而哭。齐惠公恶闻哭声，另筑室以迁其母子。出姜竟终于齐。

却说鲁宣公同母之弟叔肸，为人忠直，见其兄藉仲遂之力，杀弟自立，意甚非之，不往朝贺。宣公使人召之，欲加重用。肸坚辞不往。有友人问其故，肸曰："吾非恶富贵，但见吾兄，即思吾弟，是以不忍耳！"友人曰："子既不义其兄，盍适他国乎？"肸曰："兄未尝绝我，我何敢于绝兄乎？"适宣公使有司候问，且以粟帛赠之，肸对使者拜辞曰："肸幸不至冻饿，不敢费公帑[8]。"使者再三致命，肸曰："倘有缺乏，当来乞取，今决不敢受也。"友人曰："子不受爵禄，亦足以明志矣。家无馀财，稍领馈遗，以给朝夕饔飧之资，未为

东门遂援立子倭　赵宣子桃园强谏

伤廉。并却之,不已甚乎?"盼笑而不答。友人叹息而去。使者不敢留,回复宣公。宣公曰:"吾弟素贫,不知何以为生?"使人夜伺其所为,方挑灯织屦,俟明早卖之,以治朝餐。宣公叹曰:"此子欲学伯夷、叔齐,采首阳之薇耶?吾当成其志可也。"盼至宣公末年方卒。终其身未尝受其兄一寸之丝,一粒之粟,亦终其身未尝言兄之过。史臣有赞云:

> 贤者叔盼,感时泣血。织屦自赡,于公不屑。顽民耻周,采薇甘绝[9]。惟叔嗣音[10],入而不涅[11]。一乳同枝,兄顽弟洁。形彼东门,言之污舌!

鲁人高叔盼之义,称颂不置。成公[12]初年,用其子公孙婴齐为大夫。于是叔孙氏之外,另有叔氏。叔老、叔弓、叔辄、叔鞅、叔诣,皆其后也。此是后话,搁过一边。

再说周匡王五年[13],为宣公元年。正旦[14],朝贺方毕,仲遂启奏:"君内主尚虚,臣前与齐侯,原有婚媾之约,事不容缓。"宣公曰:"谁为寡人使齐者?"仲遂对曰:"约出自臣,臣愿独往。"乃使仲遂如齐,请婚纳币[15]。遂于正月至齐,二月迎夫人姜氏以归。因密奏宣公曰:"齐虽为甥舅,将来好恶,未可测也。况国有大故[16]者,必列会盟,方成诸侯。臣曾与齐侯歃血为盟,约以岁时朝聘,不敢有阙。盖预以定位嘱之。君必无恤重赂,请齐为会。若彼受赂而许会,因恭谨以事之,则两国相亲,有唇齿之固,君位安于泰山矣。"宣公然其言,随遣季孙行父往齐谢婚,致词曰:

> 寡君赖君之灵宠,备守宗庙[17],恐恐焉惧不得列于诸侯,以为君羞。君若惠顾寡君,赐以会好,所有不腆济西[18]之田,晋文公所以贶先君者,愿效贽于上国,惟君辱收之!

579

第五十回

齐惠公大悦,乃约鲁君以夏五月,会于平州[19]之地。

至期,鲁宣公先往,齐侯继至,先叙甥舅之情,再行两君相见之礼。仲遂捧济西土田之籍以进,齐侯并不推辞。事毕,宣公辞齐侯回鲁。仲遂曰:"吾今日始安枕而卧矣。"自此,鲁或朝或聘,君臣如齐,殆无虚日,无令不从,无役不共。至齐惠公晚年,感鲁侯承顺之意,仍以济西田还之。此是后话。

话分两头。却说楚庄王旅即位三年,不出号令,日事田猎,及在宫中,惟日夜与妇人饮酒为乐。悬令于朝门曰:"有敢谏者,死无赦!"大夫申无畏入谒,庄王右抱郑姬,左抱蔡女,踞坐于钟鼓之间,问曰:"大夫之来,欲饮酒乎?闻乐乎?抑有所欲言也?"申无畏曰:"臣非饮酒听乐也。适臣行于郊,有以隐语进臣者,臣不能解,愿闻之于大王。"庄王曰:"噫!是何隐语,而大夫不能解。盍为寡人言之!"申无畏曰:"有大鸟,身被五色,止于楚之高阜三年矣。不见其飞,不闻其鸣,不知此何鸟也?"庄王知其讽己,笑曰:"寡人知之矣!是非凡鸟也。三年不飞,飞必冲天。三年不鸣,鸣必惊人。子其俟之。"申无畏再拜而退。

居数日,庄王淫乐如故。大夫苏从请间见庄王,至而大哭。庄王曰:"苏子何哀之甚也?"苏从对曰:"臣哭夫身死而楚国之将亡也!"庄王曰:"子何为而死?楚国又何为而亡乎?"苏从曰:"臣欲进谏于王,王不听,必杀臣。臣死而楚国更无谏者。恣王之意,以堕楚政,楚之亡可立而待矣。"庄王勃然变色曰:"寡人有令:'敢谏者死。'明知谏之必死,而又欲入犯寡人,不亦愚乎?"苏从曰:"臣之愚,不及王之愚之甚也!"庄王益怒曰:"寡人胡以愚甚?"苏从曰:"大王居万乘之尊,享千里之税,士马精强,诸侯畏服,四时贡献,不绝于庭,此万世之利也。今荒于酒色,溺于音乐,不理朝政,不亲贤才,大国攻于外,小国叛于内,乐在目前,患在日后。夫以一时之乐,而弃万世之利,非甚愚而何?臣之愚,不过杀身。然大王杀臣,后世将呼臣为忠臣,与龙逄、比干并肩,臣不愚也。君之愚,乃至求为匹夫而不可得。臣言毕于此矣。请借大王之佩剑,臣当刎颈王前,以信[20]大王之令!"庄王幡然[21]起立曰:"大夫休矣!大夫之言,忠言也,寡人听子。"乃绝钟鼓之悬,屏郑姬,疏蔡女,立樊姬为夫人,使主宫政。曰:"寡人好猎,樊姬谏我不从,遂不食鸟兽之肉,此吾贤内助也。"任芳贾、潘尫、屈荡,以分令尹斗越椒之权。早朝宴罢,发号施令。令郑公子归生伐宋,战于大棘[22],获宋右师华元。命芳贾救郑,与晋师战于北林[23],获晋将解扬以归,逾年放还。自是楚势日强,庄王遂侈然有争伯中原之志。

却说晋上卿赵盾,因楚日强横,欲结好于秦以拒楚。赵穿献谋曰:"秦有属国曰崇[24],附秦最久,诚得偏师以侵崇国,秦必来救,因与讲和,如此,则我占上风矣。"赵盾从之。乃言于灵公,出车三百乘,遣赵穿为将,侵崇。赵朔曰:"秦、晋之仇深矣。又侵其属国,秦必益怒,焉肯与我议和?"赵盾曰:"吾已许之矣。"朔复言于韩厥,厥微微冷笑,附朔耳言曰:"尊公此举,欲树穿以固赵宗,非为和秦也。"赵朔嘿然而退。秦闻晋侵崇,竟不来救,兴兵伐晋,围焦[25]。赵穿还兵救焦,秦师始退。穿自此始与兵政。臾骈病卒,穿遂代之[26]。

是时晋灵公年长,荒淫暴虐,厚敛于民,广兴土木,好为游戏。

宠任一位大夫，名屠岸贾。乃屠击之子，屠岸夷之孙。岸贾阿谀取悦，言无不纳。命岸贾于绛州城内，起一座花园，遍求奇花异草，种植其中。惟桃花最盛，春间开放，烂如锦绣，名曰桃园。园中筑起三层高台，中间建起一座绛霄楼，画栋雕梁，丹楹刻桷[27]，四围朱栏曲槛，凭栏四望，市井俱在目前。灵公览而乐之，不时登临，或张弓弹鸟，与岸贾赌赛饮酒取乐。

一日，召优人呈百戏于台上，园外百姓聚观，灵公谓岸贾曰："弹鸟何如弹人？寡人与卿试之。中目者为胜；中肩臂者免；不中者以大斗罚之。"灵公弹右，岸贾弹左。台上高叫一声："看弹！"弓如月满，弹似流星，人丛中一人弹去了半只耳朵，一个弹中了左胛。吓得众百姓每乱惊乱逃，乱嚷乱挤，齐叫道："弹又来了！"灵公大怒，索性教左右会放弹的，一齐都放。那弹丸如雨点一般飞去，百姓躲避不迭，也有破头的，伤额的，弹出眼乌珠的，打落门牙的，啼哭号呼之声，耳不忍闻。又有唤爹的，叫娘的，抱头鼠窜的，推挤跌倒的，仓忙奔避之状，目不忍见。灵公在台望见，投弓于地，呵呵大笑，谓岸贾曰："寡人登台，游玩数遍，无如今日之乐也！"自此百姓每望见台上有人，便不敢在桃园前行走。市中为之谚云：

莫看台，飞丸来。出门笑且忻，归家哭且哀！

又有周人所进猛犬，名曰灵獒，身高三尺，色如红炭，能解人意。左右有过，灵公即呼獒使噬之。獒起立啮其颡，不死不已。有一奴，专饲此犬，每日啖以羊肉数斤，犬亦听其指使。其人名獒奴，使食中大夫之俸。灵公废了外朝，命诸大夫皆朝于内寝。每视朝或出游，则獒奴以细链牵犬，侍于左右，见者无不悚然。其时列国离心，万民嗟怨，赵盾等屡屡进谏，劝灵公礼贤远佞，勤政亲民，灵

东门遂援立子倭　赵宣子桃园强谏

公如瑱[28]充耳,全然不听,反有疑忌之意。

忽一日,灵公朝罢,诸大夫皆散,惟赵盾与士会,尚在寝门,商议国家之事,互相怨叹。只见有二内侍抬一竹笼,自闱[29]而出。赵盾曰:"宫中安有竹笼出外?此必有故。"遥呼:"来,来!"内侍只低头不应。盾问曰:"竹笼中所置何物?"内侍曰:"尔相国也,欲看时可自来看,我不敢言。"盾心中愈疑,邀士会同往察之,但见人手一只,微露笼外。二位大夫拉住竹笼细看,乃支解过的一个死人。赵盾大惊,问其来历,内侍还不肯说。盾曰:"汝再不言,吾先斩汝矣!"内侍方才告诉道:"此人乃宰夫也。主公命煮熊蹯,急欲下酒,催促数次,宰夫只得献上。主公尝之,嫌其未熟,以铜斗击杀之,又砍为数段,命我等弃于野外。立限时刻回报,迟则获罪矣。"赵盾乃放内侍依旧扛抬而去。盾谓士会曰:"主上无道,视人命如草菅[30]。国家危亡,只在旦夕。我与子同往苦谏一番,何如?"士会曰:"我二人谏而不从,更无继者。会请先入谏,若不听,子当继之。"时灵公尚在中堂,士会直入。灵公望见,知其必有谏诤之言,乃迎而谓曰:"大夫勿言,寡人已知过矣,今当改之!"士会稽首对曰:"人谁无过,过而能改,社稷之福也!臣等不胜欣幸!"言毕而退,述于赵盾。盾曰:"主公若果悔过,旦晚必有施行。"

至次日,灵公免朝,命驾车往桃园游玩。赵盾曰:"主公如此举动,岂像改过之人?吾今日不得不言矣!"乃先往桃园门外,候灵公至,上前参谒。灵公讶曰:"寡人未尝召卿,卿何以至此?"赵盾稽首再拜,口称:"死罪!微臣有言启奏,望主公宽容采纳!臣闻:'有道之君,以乐乐人,无道之君,以乐乐身。'夫宫室嬖倖,田猎游乐,一身之乐止此矣,未有以杀人为乐者。今主公纵犬噬人,放弹打人,又以小过支解膳夫,此有道之君所不为也,而主公为之。人命至重,滥杀如此,百姓内叛,诸侯外离,桀、纣灭亡之祸,将及君身!臣今日不言,更无人言矣。臣不忍坐视君国之危亡,故敢直言无隐。乞主公回辇入朝,改革前非,毋荒游,毋嗜杀。使晋国危而复安,臣虽死不恨!"灵公大惭,以袖掩面曰:"卿且退,容寡人只今日游玩,下次当依卿言。"赵盾身蔽园门,不放灵公进去。屠岸贾在旁言曰:"相国进谏,虽是好意,然车驾既已至此,岂可空回,被人耻笑?相国暂请方便。如有政事,俟主公明日早朝,于朝堂议之,何如?"灵公接口曰:"明日早朝,当召卿也。"赵盾不得已,将身闪开,放灵公进园,瞋目视岸贾曰:"亡国败家,皆由此辈!"恨恨不已。

　　岸贾侍灵公游戏。正在欢笑之际,岸贾忽然叹曰:"此乐不可再矣!"灵公问曰:"大夫何发此叹?"岸贾曰:"赵相国明早必然又来聒絮,岂容主公复出耶?"灵公忿然作色曰:"自古臣制于君,不闻君制于臣。此老在,甚不便于寡人,何计可以除之?"岸贾曰:"臣有客鉏麑者,家贫,臣常周给之,感臣之惠,愿效死力。若使行刺于相国,主公任意行乐,又何患哉?"灵公曰:"此事若成,卿功非小!"是夜,岸贾密召鉏麑,赐以酒食,告以:"赵盾专权欺主,今奉晋侯之命,使汝往刺。汝可伏于赵相国之门,俟其五鼓赴朝刺杀,不可误事。"鉏麑领命而行,扎缚停留,带了雪花般匕首,潜伏赵府左右。闻谯鼓已交五更,便趑到[31]赵府门首,见重门洞开,乘车已驾于门外,望见堂上灯光影影。鉏麑乘间趑进中门,躲在暗处,仔细观看。堂上有一位官员,朝衣朝冠,垂绅正笏,端然而坐。此位官员,正是相国赵盾,因欲趋朝,天色尚早,坐以待旦。鉏麑大

东门遂援立子倭　赵宣子桃园强谏

惊,退出门外,叹曰:"不忘恭敬,民之主也!贼杀民主,则为不忠,受君命而弃之,则为不信,不忠不信,何以立于天地之间哉?"乃呼于门曰:"我,钮麑也,宁违君命,不忍杀忠臣,我今自杀!恐有后来者,相国谨防之!"言罢,望着门前一株大槐,一头触去,脑浆迸裂而死。史臣有赞云:

　　壮哉钮麑,刺客之魁!闻义能徙,视死如归。报屠存赵,身灭名垂。槐阴所在,生气依依!

此时惊动了守门人役,将钮麑如此恁般,报知赵盾。盾之车右提弥明曰:"相国今日不可入朝,恐有他变。"赵盾曰:"主公许我早朝,我若不往,是无礼也。死生有命,吾何虑哉?"吩咐家人,暂将钮麑浅埋于槐树之侧。赵盾登车入朝,随班行礼。灵公见赵盾不死,问屠岸贾以钮麑之事。岸贾答曰:"钮麑去而不返,有人说道触槐而死,不知何故?"灵公曰:"此计不成,奈何?"岸贾奏曰:"臣尚有一计,可杀赵盾,万无一失。"灵公曰:"卿有何计?"岸贾曰:"主公来日,召赵盾饮于宫中,先伏甲士于后壁。俟三爵之后,主公可向赵盾索佩剑观看,盾必捧剑呈上。臣从旁喝破:'赵盾拔剑于君前,欲行不轨,左右可救驾!'甲士齐出,缚而斩之。外人皆谓赵盾自取诛戮,主公可免杀大臣之名,此计如何?"灵公曰:"妙哉,妙哉!可依计而行。"

明日,复视朝,灵公谓赵盾曰:"寡人赖吾子直言,以得亲于群臣。敬治薄享,以劳吾子。"遂命屠岸贾引入宫中。车右提弥明从之,将升阶,岸贾曰:"君宴相国,馀人不得登堂。"弥明乃立于堂下。赵盾再拜,就坐于灵公之右,屠岸贾侍于君左。庖人献馔,酒三巡,灵公谓赵盾曰:"寡人闻吾子所佩之剑,盖利剑也,幸解下与

第 五 十 回

寡人观之。"赵盾不知是计,方欲解剑。提弥明在堂下望见,大呼曰:"臣侍君宴,礼不过三爵[32],何为酒后拔剑于君前耶?"赵盾悟,遂起立。弥明怒气勃勃,直趋上堂,扶盾而下。岸贾呼獒奴纵灵獒,令逐紫袍者。獒疾走如飞,追及盾于宫门之内。弥明力举千钧,双手搏獒,折其颈,獒死。灵公怒甚,出壁中伏甲以攻盾,弥明以身蔽盾,教盾急走。弥明留身独战,寡不敌众,遍体被伤,力尽而死。史臣赞云:

  君有獒,臣亦有獒;君之獒,不如臣之獒。君之獒,能害人;臣之獒,克保身。呜呼二獒!吾谁与亲?

话说赵盾亏弥明与甲士格斗,脱身先走。忽有一人狂追及盾,盾惧甚。其人曰:"相国无畏,我来相救,非相害也。"盾问曰:"汝何人?"对曰:"相国不记翳桑[33]之饿人乎?则我灵辄便是。"原来五年之前,赵盾曾往九原山[34]打猎而回,休于翳桑之下,见有一男子卧地,盾疑为刺客,使人执之。其人饿不能起,问其姓名,曰:"灵辄也。游学于卫三年,今日始归,囊空无所得食,已饿三日矣。"盾怜之,与之饭及脯,辄出一小筐,先藏其半而后食。盾问曰:"汝藏其半何意?"辄对曰:"家有老母,住于西门,小人出外日久,未知母存亡何如?今近不数里,倘幸而母存,愿以大人之馔,充老母之腹。"盾叹曰:"此孝子也!"使尽食其馀,别取箪食与肉,置囊中授之。灵辄拜谢而去。今绛州有哺饥坂,因此得名。后灵辄应募为公徒,适在甲士之数,念赵盾昔日之恩,特地上前相救。时从人闻变,俱已逃散,灵辄背负赵盾,趋出朝门。众甲士杀了提弥明,合力来追。恰好赵朔悉起家丁,驾车来迎,扶盾登车。盾急召灵辄欲共载,辄已逃去矣。甲士见赵府人众,不敢追逐。赵盾谓朔曰:"吾不得复顾家矣!此去或翟或秦,寻一托身之处可也。"于是父子同出西门,望西路而进。不知赵宣子出奔何处,再看下回分解。

---

〔1〕 厌(yā压):镇压,抑制。

〔2〕 狃(niǔ扭):拘泥,束缚。

〔3〕 替:衰微。

〔4〕 四世:指齐自桓公之后,孝公昭、昭公潘、懿公商人及惠公元四君,均为桓公之子,相继嗣位。

〔5〕 踶啮(dì niè 帝聂):踶,同"踢"。啮,用牙齿咬。

〔6〕 宣公:鲁宣公姬倭,一作姬俀。在位十八年(前608—前591)。

〔7〕 "三思"句:此句讽刺季文子为鲁之重臣,预知弑君之谋而又无可如何。三思,再三思考。季文子以能反复思考而闻名。《论语·公冶长》云:"季文子三思而后行。子闻之,曰:'再,斯可矣!'"文子乃季孙行父之谥号。

〔8〕 帑(tǎng 淌):库藏的金帛。

〔9〕 "顽民"二句:顽民,指伯夷、叔齐,耻食周粟,采薇首阳山,自甘远离尘世。

〔10〕 嗣音:继承其传统。

〔11〕 入而不涅(niè 聂):进入染缸但却不被染黑。借喻叔肹出身宫廷却不同流合污。涅,黑色染料。

〔12〕 成公:鲁成公姬黑肱,宣公之子。在位十八年(前590—前573)。

〔13〕 周匡王五年:即公元前608年。

〔14〕 正旦:即年初一。时行周历,以十一月为岁首。

〔15〕 纳币:即婚姻六礼中的纳征,犹今之下聘礼,女家受金,婚姻乃定。

〔16〕 大故:大事,大变故。多指国君死亡,新君嗣位。

第 五 十 回

〔17〕备守宗庙:即嗣位为君的谦虚说法。备,备位,充数。守宗庙,即主持宗庙的祭典。

〔18〕济西:济水西岸。济水乃古河流,其河道为黄河所夺。

〔19〕平州:春秋时齐、鲁交界处邑名。在今山东莱芜市西。

〔20〕信(shēn 申):通"伸"。伸张。

〔21〕幡然:突然醒悟的样子。幡,同"翻"。

〔22〕大棘:春秋时宋地名。在今河南睢市南。

〔23〕北林:春秋时郑地名。在今河南新郑市北。

〔24〕崇:古国名。周文王时曾伐崇侯虎,即其国。故址在今陕西省西安市鄠邑区东。

〔25〕焦:本诸侯国名,后为晋地。故址在今河南三门峡市。

〔26〕代之:指代臾骈为上军佐。

〔27〕丹楹刻桷(jué 决):红漆的柱子,雕刻的椽子。桷,方形之椽。圆者为椽,方者为桷。

〔28〕瑱(tiàn 掭):玉制的耳塞。

〔29〕闺:小门。

〔30〕草菅(jiān 尖):菅亦草名,俗称苞子草。草菅,均为低贱之物。

〔31〕趐(xué 学):盘旋而进,即绕着走。

〔32〕三爵:三杯。爵,盛酒器。不过三爵,以免醉后乱君臣之分。

〔33〕翳(yì 义)桑:指浓密的桑树底下。一说,应为九原山区内小地名。

〔34〕九原山:地在今山西绛县境内。

第五十一回

责赵盾董狐直笔　诛斗椒绝缨大会

话说晋灵公谋杀赵盾,虽然其事不成,却喜得赵盾离了绛城,如村童离师,顽竖离主,觉得胸怀舒畅,快不可言,遂携带宫眷于桃园住宿,日夜不归。

再说赵穿在西郊射猎而回,正遇见盾、朔父子,停车相见,询问缘由。赵穿曰:"叔父[1]且莫出境,数日之内,穿有信到,再决行止。"赵盾曰:"既然如此,吾权住首阳山[2],专待好音。汝凡事谨慎,莫使祸上加祸!"赵穿别了盾、朔父子,回至绛城,知灵公住于桃园,假意谒见,稽首谢罪,言:"臣穿虽忝宗戚,然罪人之族,不敢复侍左右,乞赐罢斥!"灵公信为真诚,乃慰之曰:"盾累次欺蔑寡人,寡人实不能堪,与卿何与?卿可安心供职。"穿谢恩毕,复奏曰:"臣闻所贵为人主者,惟能极人生声色之乐也。主公钟鼓虽悬,而内宫不备,何乐之有?齐桓公嬖幸满宫,正娶之外,如夫人者六人。先君文公虽出亡,患难之际,所至纳姬,迄于返国,年逾六旬,尚且妾媵无数。主公既有高台广囿,以为寝处之所,何不多选良家女子,充牣其中,使明师教之歌舞,以备娱乐,岂不美哉?"灵公曰:"卿所言,正合寡人之意。今欲搜括国中女色,何人可使?"

第 五 十 一 回

穿对曰："大夫屠岸贾可使。"灵公遂命屠岸贾专任其事。不拘城内郊外，有颜色女子，年二十以内未嫁者，咸令报名选择，限一月内回话。赵穿借此公差，遣开了屠岸贾，又奏于灵公曰："桃园侍卫单弱，臣于军中精选骁勇二百人，愿充宿卫，伏乞主裁！"灵公复准其奏。

赵穿回营，果然挑选了二百名甲士。那甲士问道："将军有何差遣？"赵穿曰："主上不恤民情，终日在桃园行乐，命我挑选汝等，替他巡警。汝等俱有室家，此去立风宿露，何日了期？"军士皆嗟怨曰："如此无道昏君，何不速死？若相国在此，必无此事。"赵穿曰："吾有一语，与汝等商量，不知可否？"众军士皆曰："将军能救拔我等之苦，恩同再生！"穿曰："桃园不比深宫邃密，汝等以二更为候，攻入园中，托言讨赏，我挥袖为号，汝等杀了晋侯，我当迎还相国，别立新君。此计何如？"军士皆曰："甚善！"赵穿皆劳以酒食，使列于桃园之外。入告灵公。灵公登台阅之，人人精勇，个个刚强。灵公大喜，即留赵穿侍酒，饮至二更，外面忽闻喊声，灵公惊问其故。赵穿曰："此必宿卫军士，驱逐夜行之人耳。臣往谕之，勿惊圣驾。"当下赵穿命掌灯，步下层台。甲士二百人，已毁门而入。赵穿稳住了众人，引至台前，升楼奏曰："军士知主公饮宴，欲求馀沥犒劳，别无他意。"公传旨，教内侍取酒分犒众人，倚栏看给。赵穿在旁呼曰："主公亲犒汝等，可各领受！"言毕，以袖麾之，众甲士认定了晋侯，一涌而上。灵公心中着忙，谓赵穿曰："甲士登台何意？卿可传谕速退！"赵穿曰："众人思见相国盾，意欲主公召还归国耳。"灵公未及答言，戟已攒刺，登时身死。左右俱各惊走。赵穿曰："昏君已除，汝等勿得妄杀一人，宜随我往迎相国还朝也。"只为晋侯无道好杀,近侍朝夕惧诛,所以甲士行逆,莫有救者。百姓怨苦日久,反以晋侯之死为快,绝无一人归罪于赵穿。七年之前,彗星入北斗,占云:"齐、宋、晋三国之君,皆将死乱。"至是验矣!髯翁有诗云:

崇台歌管未停声,血溅朱楼起外兵。

莫怪台前无救者,避丸[3]之后绝人行。

屠岸贾正在郊外,捱门捱户的访问美色女子,忽报:"晋侯被弑!"吃了大惊,心知赵穿所为,不敢声张,潜回府第。士会等闻变,趋至桃园,寂无一人。亦料赵穿往迎相国,将园门封锁,静以待之。不一日,赵盾回车,入于绛城,巡到桃园,百官一时并集。赵盾伏于灵公之尸,痛哭了一场,哀声闻于园外。百姓闻者皆曰:"相国忠爱如此,晋侯自取其祸,非相国之过也。"赵盾吩咐将灵公殡殓,归葬曲沃。一面会集群臣,议立新君。时灵公尚未有子,赵盾曰:"先君襄公之殁,吾常倡言欲立长君,众谋不协,以及今日。此番不可不慎!"士会曰:"国有长君,社稷之福,诚如相国之言。"赵盾曰:"文公尚有一子,始生之时,其母梦神人以黑手涂其臀,因名曰黑臀。今仕于周,其齿已长,吾意欲迎立之,何如?"百官不敢异同,皆曰:"相国处分甚当。"赵盾欲解赵穿弑君之罪,乃使穿如周,迎公子黑臀归晋,朝于太庙,即晋侯之位,是为成公[4]。

成公既立,专任赵盾以国政,以其女妻赵朔,是为庄姬。盾因奏曰:"臣母乃狄女,君姬氏[5]有逊让之美,遣人迎臣母子归晋,臣得僭居适子,遂主中军。今君姬氏三子同、括、婴皆长,愿以位归之。"成公曰:"卿之弟,乃吾娣[6]所钟爱,自当并用,毋劳过让。"乃以赵同、赵括、赵婴并为大夫。赵穿佐中军如故。穿私谓盾曰:

"屠岸贾谄事先君,与赵氏为仇,桃园之事,惟岸贾心怀不顺。若不除此人,恐赵氏不安!"盾曰:"人不罪汝,汝反罪人耶?吾宗族贵盛,但当与同朝修睦,毋用寻仇为也。"赵穿乃止。岸贾亦谨事赵氏,以求自免。

赵盾终以桃园之事为歉。一日,步至史馆,见太史董狐,索简观之。董狐将史简呈上。赵盾观简上,明写:"秋七月乙丑,赵盾弑其君夷皋于桃园。"盾大惊曰:"太史误矣!吾已出奔河东[7],去绛城二百余里,安知弑君之事?而子乃归罪于我,不亦诬乎?"董狐曰:"子为相国,出亡未尝越境,返国又不讨贼,谓此事非子主谋,谁其信之?"盾曰:"犹可改乎?"狐曰:"是是非非,号为信史。吾头可断,此简不可改也!"盾叹曰:"嗟乎!史臣之权,乃重于卿相!恨吾未即出境,不免受万世之恶名,悔之无及。"自是赵盾事成公,益加敬谨。赵穿自恃其功,求为正卿,盾恐碍公论,不许。穿愤恚,疽发于背而死。穿子赵旃,求嗣父职,盾曰:"待汝他日有功,虽卿位不难致也。"史臣论赵盾不私赵穿父子,皆董狐直笔所致。有赞云:

庸史纪事,良史诛意[8]。穿弑其君,盾蒙其罪。宁断吾头,敢以笔媚?卓哉董狐,是非可畏!

时乃周匡王之六年也。是年,匡王崩,其弟瑜立,是为定王[9]。

定王元年,楚庄王兴师伐陆浑之戎[10],遂涉雒水[11],扬兵于周之疆界,欲以威胁天子,与周分制天下。定王使大夫王孙满问劳庄王。庄王问曰:"寡人闻大禹铸有九鼎,三代相传,以为世宝,今在雒阳。不知鼎形大小与其轻重何如?寡人愿一闻之!"王孙满曰:"三代以德相传,岂在鼎哉!昔禹有天下,九牧[12]贡金,取铸九鼎。夏桀无道,鼎迁于商。商纣暴虐,鼎又迁于周。若其有德,鼎虽小亦重,如其无德,虽大犹轻!成王定鼎于郏鄏[13],卜世三十,卜年七百,天命有在,鼎未可问也?"庄王惭而退,自是不敢复萌窥周之志。

却说楚令尹斗越椒,自庄王分其政权,心怀怨望,嫌隙已成。自恃才勇无双,且先世功劳,人民信服,久有谋叛之意,常言:"楚国人才,惟司马伯嬴一人,馀不足数也!"庄王伐陆浑时,亦虑越椒有变,特留芳贾在国。越椒见庄王统兵出征,遂决意作乱。欲尽发本族之众,斗克不从,杀之,遂袭杀司马芳贾。贾子敖,扶其母奔于梦泽以避难。越椒出屯蒸野[14]之地,欲邀截庄王归路。

庄王闻变,兼程而行,将及漳澨[15]。越椒引兵来拒,军威甚壮。越椒贯弓挺戟,在本阵往来驰骤,楚兵望之,皆有惧色。庄王曰:"斗氏世有功勋于楚,宁伯棼负寡人,寡人不负伯棼也!"乃使大夫苏从,造越椒之营,与之讲和,赦其擅杀司马之罪,且许以王子为质。越椒曰:"吾耻为令尹耳,非望赦也,能战则来。"苏从再三谕之,不听。苏从去后,越椒命军士击鼓前进。庄王问诸将:"何人可退越椒?"大将乐伯应声而出。越椒之子斗贲皇便接住厮杀。潘尪见乐伯战贲皇不下,即忙驱车出阵。越椒之从弟斗旗亦驱车应之。庄王在戎辂之上,亲自执枹[16],鸣鼓督战。越椒远远望见,飞车直奔庄王,弯着劲弓,一箭射来。那枝箭直飞过车辕,刚刚中在鼓架之上,骇得庄王连鼓槌掉下车来。庄王急教避箭,左右各将大笠前遮。越椒又复一箭,恰恰的把左笠射个对穿。庄王且教回车,鸣金收兵。越椒奋勇赶来,却得右军大将公子侧,左军大将

第五十一回

公子婴齐,两军一齐杀到,越椒方退。乐伯、潘尪闻金声,亦弃阵而回。楚军颇有损折,退至皋浒[17]下寨。取越椒箭视之,其长半倍于他箭,鹳翎[18]为羽,豹齿为镞,锋利非常,左右传观,无不吐舌。

至夜,庄王自出巡营,闻营中军卒,三三五五,相聚都说:"斗令尹神箭可畏,难以取胜!"庄王乃使人谬言于众曰:"昔先君文王之世,闻戎蛮造箭最利,使人问之,戎蛮乃献箭样二枝,名'透骨风',藏于太庙,为越椒所窃得。今尽于两射矣,不必虑也。明日当破之。"众心始定。庄王乃下令退兵随国,扬言:"欲起汉东诸国之众,以讨斗氏。"苏从曰:"强敌在前,一退必为所乘,王失计矣!"公子侧曰:"此王之谬言耳。吾等入见,必别有处分。"乃与公子婴齐,夜见庄王。庄王曰:"逆椒势锐,可计取,不可力敌也。"吩咐二将,如此恁般,埋伏预备。二将领计去了。

次早,鸡鸣,庄王引大军退走。越椒探听得实,率众来追。楚军兼程疾走,已过竟陵[19]而北。越椒一日一夜,行二百余里,至清河桥。楚军在桥北晨炊,望见追兵来到,弃其釜爨而遁。越椒令曰:"擒了楚王,方许朝餐。"众人劳困之后,又忍着饥饿,勉强前进,追及后队潘尪之军。潘尪立于车中,谓越椒曰:"吾子志在取王,何不速驰?"越椒信为好语,乃舍潘尪。前驰六十里,至青山,遇楚将熊负羁,问:"楚王安在?"负羁曰:"王尚未至也。"越椒心疑,谓负羁曰:"子肯为我伺王,如得国,当与子分治。"负羁曰:"吾观子众饥困,且饱食,乃可战耳。"越椒以为然,乃停车治爨。爨尚未熟,只见公子侧、公子婴齐两路军杀到。越椒之军,不能复战,只得南走。回至清河桥,桥已拆断。原来楚庄王亲自引兵,伏于桥之左右,只等越椒过去,便将桥梁拆断,绝其归路。越椒大惊,吩咐左

责赵盾董狐直笔　诛斗椒绝缨大会

右测水深浅,欲为渡河之计。只见隔河一声炮响,楚军于河畔大叫:"乐伯在此!逆椒速速下马受缚!"越椒大怒,命隔河放箭。

乐伯军中有一小校,精于射艺,姓养名由基,军中称为神箭养叔。自请于乐伯,愿与越椒较射。乃立于河口大叫曰:"河阔如此,箭何能及?闻令尹善射,吾当与比较高低,可立于桥堵之上,各射三矢,死生听命!"越椒问曰:"汝何人也?"应曰:"吾乃乐将军部下小将养由基也。"越椒欺其无名,乃曰:"汝要与我比箭,须让我先射三矢。"养由基曰:"莫说三矢,就射百矢,吾何惧哉!躲闪的不算好汉!"乃各约住后队,分立于桥堵之南北。越椒挽弓先发一箭,恨不得将养由基连头带脑射下河来。谁知忙者不会,会者不忙。养由基见箭来,将弓梢一拨,那箭早落在水中。高叫:"快射,快射!"越椒又将第二箭搭上弓弦,觑得亲切,嗖的发来。养由基将身一蹲,那枝箭从头而过。越椒叫曰:"你说不许躲闪,如何蹲身躲箭?非丈夫也!"由基答曰:"你还有一箭,吾今不躲,你若这箭不中,须还我射来。"越椒想道:"他若不躲闪,这枝箭管情射着。"便取第三枝箭,端端正正的射去,叫声:"着了!"养由基两脚站定,并不转动,箭到之时,张开大口,刚刚的将箭镞咬住。越椒三箭都不中,心下早已着慌,只是大丈夫出言在前,不好失信,乃叫道:"让你也射三箭,若射不着,还当我射。"养由基笑曰:"要三箭方射着你,便是初学了。我只须一箭,管教你性命遭于我手!"越椒曰:"你口出大言,必有些本事,好歹由你射来。"心下想道:"那里一箭便射得正中?若一箭不中,我便喝住他。"大着胆由他射出。谁知养由基的箭,百发百中。那时养由基取箭在手,叫一声:"令尹看射!"虚把弓拽一拽,却不曾放箭。越椒听得弓弦响,只说

595

箭来,将身往左一闪。养由基曰:"箭还在我手,不曾上弓,讲过'躲闪的,不算好汉。'你如何又闪去?"越椒曰:"怕人躲闪的,也不算会射!"由基又虚把弓弦拽响,越椒又往右一闪。养由基乘他那一闪时,接手放一箭来,斗越椒不知箭到,躲闪不及,这箭直贯其脑。可怜好个斗越椒,做了楚国数年令尹,今日死于小将养由基的一箭之下!髯仙有诗云:

  人生知足最为良,令尹贪心又想王。

  神箭将军聊试技,越椒已在隔桥亡。

斗家军已自饥困,看见主将中箭,慌得四散奔走。楚将公子侧、公子婴齐,分路追逐,杀得尸同山积,血染河红。越椒子斗贲皇,逃奔晋国,晋侯用为大夫,食邑于苗[20],谓之苗贲皇。

  庄王已获全胜,传令班师,有被擒者,即于军前斩首。凯歌还于郢都,将斗氏宗族,不拘大小,尽行斩首。只有斗班[21]之子,名曰克黄,官拜箴尹,是时庄王遣使行聘齐、秦二国。斗克黄领命使齐,归及宋国,闻越椒作乱之事,左右曰:"不可入矣!"克黄曰:"君,犹天也,天命其可弃乎?"命驰入郢都,复命毕,自诣司寇请囚,曰:"吾祖子文,曾言'越椒有反相,必主灭族。'临终嘱吾父逃避他国。吾父世受楚恩,不忍他适,为越椒所诛[22]。今日果应吾祖之口!既不幸为逆臣之族,又不幸违先祖之训,今日死其分也!安敢逃刑耶?"庄王闻之,叹曰:"子文真神人也。况治楚功大,何忍绝其嗣乎?"乃赦克黄之罪,曰:"克黄死不逃刑,乃忠臣也。"命复其官,改名曰斗生,言其宜死而得生也。

  庄王嘉由基一箭之功,厚加赏赐,使将亲军,掌车右之职。因令尹未得其人,闻沈尹虞邱[23]之贤,使权[24]主国事。置酒大宴群臣于渐台[25]之上,妃嫔皆从。庄王曰:"寡人不御钟鼓[26],已六年于此矣。今日叛臣授首,四境安靖,愿与诸卿同一日之游,名曰'太平宴'。文武大小官员,俱来设席,务要尽欢而止。"群臣皆再拜,依次就坐。庖人进食,太史奏乐。饮至日落西山,兴尚未已。庄王命秉烛再酌,使所幸许姬姜氏,遍送诸大夫之酒,众俱起席立饮。忽然一阵怪风,将堂烛尽灭,左右取火未至。席中有一人,见许姬美貌,暗中以手牵其袂。许姬左手绝袂,右手揽其冠缨[27],缨绝,其人惊惧放手。许姬取缨在手,循步至庄王之前,附耳奏曰:"妾奉大王命,敬百官之酒,内有一人无礼,乘烛灭,强牵妾袖。妾已揽得其缨,王可促火察之。"庄王急命掌灯者:"且莫点烛!寡人今日之会,约与诸卿尽欢,诸卿俱去缨痛饮,不绝缨者不欢。"于是百官皆去其缨,方许秉烛,竟不知牵袖者为何人也。席散回宫,许姬奏曰"妾闻男女不渎[28]。况君臣乎?今大王使妾献觞于诸臣,以示敬也。牵妾之袂,而王不加察,何以肃上下之礼,而正男女之别乎?"庄王笑曰:"此非妇人所知也!古者,君臣为享,礼不过三爵,但卜[29]其昼,不卜其夜。今寡人使群臣尽欢,继之以烛,酒后狂态,人情之常。若察而罪之,显妇人之节,而伤国士之心,使群臣俱不欢,非寡人出令之意也。"许姬叹服。后世名此宴为"绝缨会"。髯翁有诗云:

暗中牵袂醉中情,玉手如风已绝缨。

尽说君王江海量,畜鱼水忌十分清。

一日,与虞邱论政,至于夜分,方始回宫。夫人樊姬问曰:"朝中今日何事,而晏罢如此?"庄王曰:"寡人与虞邱论政,殊不觉其晏也。"樊姬曰:"虞邱何如人?"庄王曰:"楚之贤者。"樊姬曰:"以妾观之，虞邱未必贤矣！"庄王曰："子何以知虞邱之非贤？"樊姬曰："臣之事君，犹妇之事夫也。妾备位中宫，凡宫中有美色者，未常不进于王前。今虞邱与王论政，动至夜分，然未闻进一贤者。夫一人之智有限，而楚国之士无穷，虞邱欲役一人之智，以掩无穷之士，又乌得为贤乎？"庄王善其言，明早以樊姬之言，述于虞邱。虞邱曰："臣智不及此，当即图之。"乃遍访于群臣。斗生言芳贾之子芳敖之贤，"为避斗越椒之难，隐居梦泽，此人将相才也。"虞邱言于庄王。庄王曰："伯嬴智士，其子必不凡。微子言，吾几忘之。"即命虞邱同斗生驾车往梦泽，取芳敖入朝听用。

却说芳敖字孙叔，人称为孙叔敖。奉母逃难，居于梦泽，力耕自给。一日，荷锄而出，见田中有蛇两头，骇曰："吾闻两头蛇，不祥之物，见者必死，吾其殆矣！"又想道："若留此蛇，倘后人复见之，又丧其命，不如我一人自当！"乃挥锄杀蛇，埋于田岸，奔归向母而泣。母问其故，敖对曰："闻见两头蛇者必死，儿今已见之，恐不能终母之养，是以泣也。"母曰："蛇今安在？"敖对曰："儿恐后人复见，已杀而埋之矣。"母曰："人有一念之善，天必佑之。汝见两头蛇，恐累后人，杀而埋之，此其善岂止一念哉？汝必不死，且将获福矣。"逾数日，虞邱等奉使命至，取用孙叔敖。母笑曰："此埋蛇之报也。"敖与其母，随虞邱归郢。

庄王一见，与语竟日，大悦曰："楚国诸臣，无卿之比！"即日拜为令尹。孙叔敖辞曰："臣起自田野，骤执大政，何以服人？请从诸大夫之后！"庄王曰："寡人知卿，卿可不辞。"叔敖谦让再三，乃受命为令尹。考求楚国制度，立为军法：凡军行，在军右者[30]，挟辕为战备[31]；在军左者，追求草蓐，为宿备[32]。前茅虑无[33]，中权后劲^[34]。前茅虑无者,旌帜在前,以觇贼之有无,而为之谋虑。中权者,权谋皆出中军,不得旁挠^[35]。后劲者,以劲兵为后殿,战则用为奇兵,归则用为断后。王之亲兵^[36],分为二广,每广车十五乘,每乘用步卒百人,后以二十五人为游兵。右广管丑、寅、卯、辰、巳五时;左广管午、未、申、酉、戌五时。每日鸡鸣时分,右广驾马以备驱驰,至于日中,则左广代之,黄昏而止。内官^[37]分班捱次,专主巡亥、子二时,以防非常之变。用虞邱将中军,公子婴齐将左军,公子侧将右军,养由基将右广,屈荡将左广。四时蒐阅,各有常典。三军严肃,百姓无扰。又筑芍波^[38]以兴水利,六、蓼^[39]之境,灌田万顷,民咸颂之。楚诸臣见庄王宠任叔敖,心中不服,及见叔敖行事,井井有条,无不叹息曰:"楚国有幸,得此贤臣,子文其复起矣!"当初令尹子文,善治楚国,今得叔敖,如子文之再生也。

是时郑穆公兰薨,世子夷即位,是为灵公^[40]。公子宋与公子归生当国,尚依违于晋、楚之间,未决所事。楚庄王与孙叔敖商议欲兴兵伐郑,忽闻郑灵公被公子归生所弑,庄王曰:"吾伐郑益有名矣!"不知归生如何弑君,且看下回分解。

---

[1] 叔父:此赵穿称赵盾为叔父。按第四十八回称"盾有从弟赵穿"。前后矛盾。

[2] 首阳山:亦名首山、雷首山,在今山西永济市东南,中条山西起于此。

[3] 避丸:典出《左传·宣公二年》:晋灵公无道,从台上用弹弓弹人,

第五十一回

观人避丸,以此取乐。本书第五十回曾叙及。

〔4〕 成公:晋成公姬黑臀。晋文公子。在位七年(前606—前600)。

〔5〕 君姬氏:即晋文公之女伯姬,嫁赵衰后称赵姬。见第三十七回。赵盾视之如嫡母,故称之为君姬氏。

〔6〕 吾娣(dì弟):古时姐称其妹曰娣。按赵姬乃文公在蒲城所生,而黑臀乃归国后所生。故赵姬应为黑臀之姐而非娣。

〔7〕 河东:地区名。即河曲,指今山西永济市一带。黄河至此由南北流向改为东西流向。

〔8〕 诛意:责备人动机不善。犹言"诛心"。指责赵盾虽无弑君之事,不免有弑君之心。

〔9〕 定王:周定王姬瑜,周顷王子。在位二十一年(前606—前586)。

〔10〕 陆浑之戎:古部族名。亦称允姓之戎或阴戎。原住瓜州之陆浑(今甘肃敦煌一带)。春秋时迁往伊水(今河南嵩县附近),但仍以陆浑为名。

〔11〕 雒(luò洛)水:即洛水。在河南中部,于洛阳附近入黄河。

〔12〕 九牧:指九州的主管官员。相传夏禹治水后,分天下为九州。

〔13〕 郏鄏(jiá rǔ夹汝):即周之洛邑,西周成王时周公营建,以作东都。故《左传》称:"成王定鼎于郏鄏。"春秋时称之为王城,平王以下十二王皆都于此。

〔14〕 蒸野:春秋时楚地名,在今湖北江陵县境。

〔15〕 漳澨(shì世):春秋时楚地名,即漳水东岸地,在今湖北荆门市西。

〔16〕 枹(fú伏):同"桴"。击鼓之杖,即鼓槌。

〔17〕 皋浒:地名。在今湖北襄阳市襄州区西。诸本多误为"皇浒",皇、皋形近,故讹。

〔18〕 鹳(guàn灌)翎:鹳鸟的翎。鹳鸟,形似鹤,嘴长而直。翎,翅及尾上较粗之羽毛。

〔19〕 竟陵:春秋时楚邑名,在今湖北潜江市西北。

〔20〕　苗:春秋时晋邑名,在今河南济源市西南。

〔21〕　斗班:即令尹子文之子。前文均称斗般。古代班、般通用。但与第二十回诛杀令尹子元的斗班并非一人。

〔22〕　为越椒所诛:斗般为越椒谮死一事见第四十六回。

〔23〕　沈尹虞邱:即沈邑之邑宰姓虞邱者。沈,本国名。楚此时并有其部分地区。其地在今河南汝南县东。虞邱,《新序》作虞邱子。

〔24〕　权:代理,摄守其职。

〔25〕　渐台:春秋时楚郢都城内著名高台。

〔26〕　不御钟鼓:意指不享受声色之乐。钟鼓,代指音乐。

〔27〕　冠缨:结帽的带子。

〔28〕　男女不渎(dú 读):男女之间不容有轻慢亵渎的行为。

〔29〕　卜:选择。

〔30〕　军右:指行军时每兵车后有步卒七十二人跟随。这又分左右两列,各三十六人。被称为军右及军左。

〔31〕　挟辕为战备:整理好战车,作好战斗准备。辕,此代车。

〔32〕　"追求"二句:即搜集好茅草,以作住宿之准备。

〔33〕　前茅虑无:古行军,前军探道,以旌旗为标志以告中军及后军。茅,通"旄"。前茅,即前面根据不同情况举起相应的旌旗。虑无,预备不虞,防止各种情况。

〔34〕　中权后劲:中军出谋划策,而以精兵殿后。

〔35〕　旁挠:从旁阻挠。

〔36〕　亲兵:相当于保护王宫之卫队。

〔37〕　内官:指宫廷内的卫士。

〔38〕　芍(què 却)波:当作"芍陂"。楚相孙叔敖所修筑之人工湖,周围百二十里,在今安徽寿县南。

〔39〕　六、蓼:古国名,后均并于楚。六,故址在今安徽六安市北。蓼,故

601

址在今河南固始县东北。

〔40〕 灵公:郑灵公姬夷,郑穆公子。在位仅一年(前605)即被公子宋所杀。

第五十二回

公子宋尝鼋构逆　陈灵公衵服戏朝

话说公子归生字子家,公子宋字子公,二人皆郑国贵戚之卿[1]也。郑灵公夷元年,公子宋与归生相约早起,将入见灵公。公子宋之食指,忽然翕翕[2]自动。何谓食指？第一指曰拇指,第三指曰中指,第四指曰无名指,第五指曰小指。惟第二指,大凡取食必用着他,故曰食指。公子宋将食指跳动之状,与归生观看。归生异之。公子宋曰:"无他。我每常若跳动,是日必尝异味。前使晋食石花鱼[3],后使楚一食天鹅,一食合欢橘[4],指皆预动,无次不验。不知今日尝何味耶？"将入朝门,内侍传命,唤宰夫甚急。公子宋问之曰:"汝唤宰夫何事？"内侍曰:"有郑客从汉江来,得一大鼋[5],重二百馀斤,献于主公,主公受而赏之。今缚于堂下,使我召宰夫割烹,欲以享诸大夫也。"公子宋曰:"异味在此,吾食指岂虚动耶？"既入朝,见堂柱缚鼋甚大,二人相视而笑,谒见之际,馀笑尚在。灵公问曰:"卿二人今日何得有喜容？"公子归生对曰:"宋与臣入朝时,其食指忽动。言'每常如此,必得异味而尝之。'今见堂下有巨鼋,度主公烹食,必将波及诸臣,食指有验,所以笑耳！"灵公戏之曰:"验与不验,权尚在寡人也！"

第五十二回

　　二人既退，归生谓宋曰："异味虽有，倘君不召子，如何？"宋曰："既享众，能独遗我乎？"至日哺，内侍果遍召诸大夫。公子宋欣然而入，见归生笑曰："吾固知君之不得不召我也。"已而，诸臣毕集，灵公命布席叙坐，谓曰："鼋乃水族佳味，寡人不敢独享，愿诸卿共之。"诸臣合词谢曰："主公一食不忘，臣等何以为报！"坐定，宰夫告鼋味已调，乃先献灵公，公尝而美之。命人赐鼋羹一鼎，象箸一双，自下席派起，至于上席。恰到第一第二席，止剩得一鼎，宰夫禀道："羹已尽矣，只有一鼎，请命赐与何人？"灵公曰："赐子家。"宰夫将羹致归生之前。灵公大笑曰："寡人命遍赐诸卿，而偏缺子公，是子公数[6]不当食鼋也！食指何尝验耶？"原来灵公故意吩咐庖人，缺此一鼎，欲使宋之食指不验，以为笑端。却不知公子宋已在归生面前说了满话，今日百官俱得赐食，己独不与，羞变成怒，径趋至灵公面前，以指探其鼎，取鼋肉一块啖之，曰："臣已得尝矣！食指何尝不验也？"言毕，直趋而出。灵公亦怒，投箸曰："宋不逊，乃欺寡人！岂以郑无尺寸之刃，不能斩其头耶？"归生等俱下席俯伏曰："宋恃肺腑之爱，欲均沾君惠，聊以为戏。何敢行无礼于君乎？愿君恕之！"灵公恨恨不已，君臣皆不乐而散。归生即趋至公子宋之家，告以君怒之意。"明日可入朝谢罪。"公子宋曰："吾闻慢人者，人亦慢之。君先慢我，乃不自责而责我耶？"归生曰："虽然如此，君臣之间，不可不谢。"

　　次日，二人一同入朝。公子宋随班行礼，全无觳觫[7]伏罪之语。倒是归生心上不安，奏曰："宋惧主公责其染指之失，特来告罪。战兢不能措辞，望主公宽容之！"灵公曰："寡人恐得罪子公，子公岂惧寡人耶？"拂衣而起。公子宋出朝，邀归生至家，密语曰：

公子宋尝鼋构逆　陈灵公衵服戏朝

"主公怒我甚矣！恐见诛，不如先作难，事成可以免死。"归生掩耳曰："六畜岁久，犹不忍杀之。况一国之君，敢轻言弑逆乎？"公子宋曰："吾戏言，子勿泄也。"归生辞去。公子宋探知归生与灵公之弟公子去疾相厚，数有往来。乃扬言于朝曰："子家与子良早夜相聚，不知所谋何事，恐不利于社稷也。"归生急牵宋之臂，至于静处，谓曰："是何言与？"公子宋曰："子不与我协谋，吾必使子先我一日而死！"归生素性懦弱，不能决断，闻宋之言，大惧曰："汝意欲何如？"公子宋曰："主上无道之端，已见于分鼋。若行大事，吾与子共扶子良为君，以亲昵于晋，郑国可保数年之安矣。"归生想了一回，徐答曰："任子所为，吾不汝泄也。"公子宋乃阴聚家众，乘灵公秋祭斋宿，用重赂结其左右，夜半潜入斋宫，以土囊压灵公而杀之，托言"中魘[8]暴死"。归生知其事而不敢言。按孔子作《春秋》，书："郑公子归生弑其君夷。"释公子宋而罪归生，以其身为执政[9]，惧谮从逆，所谓"任重者，责亦重"也。圣人书法，垂戒人臣，可不畏哉！

次日，归生与公子宋共议，欲奉公子去疾为君。去疾大惊，辞曰："先君尚有八子，若立贤，则去疾无德可称，若立长，则有公子坚在。去疾有死，不敢越也。"于是逆[10]公子坚即位，是为襄公[11]。总计穆公共有子十三人：灵公夷被弑，襄公坚嗣立，以下尚有十一子，曰公子去疾字子良，曰公子喜字子罕，曰公子骓字子驷，曰公子发字子国，曰公子嘉字子孔，曰公子偃字子游，曰公子舒字子印，又有公子丰，公子羽，公子然，公子志。襄公忌诸弟党盛，恐他日生变，私与公子去疾商议，欲独留去疾，而尽逐其诸弟。去疾曰："先君梦兰而生，卜曰：'是必昌姬氏之宗。'夫兄弟为公族，譬如枝叶盛茂，本是以荣。若剪枝去叶，本根俱露，枯槁可立而待矣。君能容之，固所愿也。若不能容，吾将同行，岂忍独留于此，异日何面目见先君于地下乎？"襄公感悟。乃拜其弟十一人皆为大夫，并知郑政。公子宋遣使求成于晋，以求安其国。此周定王二年事也。

明年，为郑襄公元年，楚庄王使公子婴齐为将，率师伐郑，问曰："何故弑君？"晋使荀林父救之，楚遂移兵伐陈。郑襄公从晋成公盟于黑壤[12]。

周定王三年，晋上卿赵盾卒。郤缺代为中军元帅，闻陈与楚平，乃言于成公，使荀林父从成公率宋、卫、郑、曹四国伐陈。晋成公于中途病薨，乃班师。立世子獳为君，是为景公[13]。是年，楚庄王亲统大军，复伐郑师于柳棼[14]。晋郤缺率师救之，袭败楚师。郑人皆喜，公子去疾，独有忧色。襄公怪而问之。去疾对曰："晋之败楚，偶也。楚将泄怒于郑，晋可长恃乎？行见楚兵之在郊矣！"明年，楚庄王复伐郑，屯兵于颍水之北。适公子归生病卒，公子去疾追治尝鼋之事，杀公子宋，暴其尸于朝。斫子家之棺，而逐其族。遣使谢楚王曰："寡人有逆臣归生与宋，今俱伏诛。寡君愿因陈侯而受献于上国。"庄王许之。遂欲合陈、郑同盟于辰陵[15]之地，遣使约会陈侯。使者自陈还，言："陈侯为大夫夏征舒所弑，国内大乱。"有诗为证：

周室东迁世乱离，纷纷篡弑岁无虚。

妖星入斗征三国[16]，又报陈侯遇夏舒。

公子宋尝鼋构逆　陈灵公衵服戏朝

话说陈灵公[17]讳平国,乃陈共公朔之子,在周顷王六年嗣位。为人轻佻惰慢,绝无威仪,且又耽于酒色,逐于游戏,国家政务,全然不理。宠着两位大夫,一个姓孔名宁,一个姓仪名行父,都是酒色队里打锣鼓的。一君二臣,志同气合,语言戏亵,各无顾忌。其时朝中有个贤臣,姓泄名冶,是个忠良正直之辈,遇事敢言,陈侯君臣,甚畏惮之。又有个大夫夏御叔,其父公子少西,乃是陈定公之子,少西字子夏,故御叔以夏为字,又曰少西氏,世为陈国司马之官,食采于株林[18]。御叔娶郑穆公之女为妻,谓之夏姬。那夏姬生得蛾眉凤眼,杏脸桃腮,有骊姬、息妫之容貌,兼妲己、文姜之妖淫。见者无不消魂丧魄,颠之倒之。更有一桩奇事,十五岁时,梦见一伟丈夫,星冠羽服,自称上界天仙,与之交合,教以吸精导气之法。与人交接,曲尽其欢,就中采阳补阴,却老还少,名为"素女采战之术"。在国未嫁,先与郑灵公庶兄公子蛮兄妹私通,不勾三年,子蛮殀死。后嫁于夏御叔为内子,生下一男,名曰征舒。征舒字子南,年十二岁上,御叔病亡。夏姬因有外交[19],留征舒于城内,从师习学,自家退居株林。

孔宁、仪行父,向与御叔同朝相善,曾窥见夏姬之色,各有窥诱之意。夏姬有侍女荷华,伶俐风骚,惯与主母做脚[20]揽主顾。孔宁一日与征舒射猎郊外,因送征舒至于株林,留宿其家。孔宁费一片心机,先勾搭上了荷华,赠以簪珥,求荐于主母,遂得入马[21],窃穿其锦裆[22]以出,夸示于仪行父。行父慕之,亦以厚币交结荷华,求其通款。夏姬平日窥见仪行父,身材长大,鼻准丰隆,也有其心。遂遣荷华约他私会。仪行父广求助战奇药,以媚夏姬,夏姬爱之,倍于孔宁。仪行父谓夏姬曰:"孔大夫有锦裆之赐,今既蒙垂盼，亦欲乞一物为表记，以见均爱。"夏姬笑曰："锦裆彼自窃去，非妾所赠也。"因附耳曰："虽在同床，岂无厚薄？"乃自解所穿碧罗襦[23]为赠。仪行父大悦。自此行父往来甚密，孔宁不免稍疏矣。有古诗为证：

郑风[24]何其淫？桓武化已渺[25]。

士女竞私奔，里巷失昏晓。

仲子墙欲逾[26]，子充性偏狡[27]。

东门忆茹藘[28]，野外生蔓草[29]。

搴裳望匪遥[30]，驾车去何杳[31]？

青衿萦我心[32]，琼琚破人老[33]。

风雨鸡鸣时，相会密以巧[34]。

扬水流束薪，谗言莫相搅[35]！

习气多感人，安能自美好？

仪行父为孔宁将锦裆骄了他，今得了碧罗襦，亦夸示于孔宁。孔宁私叩荷华，知夏姬与仪行父相密，心怀妒忌，无计拆他，想出一条计策来："那陈侯性贪淫药，久闻夏姬美色，屡次言之，相慕颇切，恨不到手，不如引他一同入马，陈侯必然感我。况陈侯有个暗疾，医书上名曰'狐臭'，亦名'腋气'，夏姬定不喜欢。我去做个贴身帮闲，落得捉空调情，讨些便宜。少不得仪大夫稀疏一二分，出了我这点捻酸的恶气。好计，好计！"遂独见灵公，闲话间，说及夏姬之美，天下绝无！灵公曰："寡人亦久闻其名，但年齿已及四旬，恐三月桃花，未免改色矣！"孔宁曰："夏姬熟晓房中之术，容颜转嫩，常如十七八岁好女子模样。且交接之妙，大异寻常，主公一试，自当魂消也。"灵公不觉欲火上炎，面颊发赤，向孔宁曰："卿何策使寡

公子宋尝鼋构逆　陈灵公袒服戏朝

人与夏姬一会？寡人誓不相负！"孔宁奏曰："夏氏一向居株林，其地竹木繁盛，可以游玩。主公明早，只说要幸株林，夏氏必然设享相迎。夏姬有婢，名曰荷华，颇知情事，臣当以主公之意达之，万无不谐之理。"灵公笑曰："此事全仗爱卿作成。"

次日传旨驾车，微服出游株林，只教大夫孔宁相随。孔宁先送信于夏姬，教他治具相候。又露其意于荷华，使之转达。那边夏姬，也是个不怕事的主顾，凡事预备停当。灵公一心贪着夏姬，把游幸当个名色，正是：窃玉偷香真有意，观山玩水本无心。略蹬一时，就转到夏家。夏姬具礼服出迎，入于厅坐，拜谒致词曰："妾男征舒，出就外傅，不知主公驾临，有失迎接。"其声如新莺巧啭，呖呖可听。灵公视其貌，真天人也！六宫妃嫔，罕有其匹。灵公曰："寡人偶尔闲游，轻造尊府，幸勿惊讶。"夏姬敛衽[36]对曰："主公玉趾下临，敝庐增色。贱妾备有蔬酒，未敢献上。"灵公曰："既费庖厨，不须礼席，闻尊府园亭幽雅，愿入观之，主人盛馔，就彼相扰可也。"夏姬对曰："自亡夫即世，荒圃久废扫除，恐慢大驾，贱妾预先告罪！"夏姬应对有序，灵公心中愈加爱重，命夏姬："换去礼服，引寡人园中一游。"夏姬卸下礼服，露出一身淡妆，如月下梨花，雪中梅蕊，别是一般雅致。

夏姬前导，至于后园。虽然地段不宽，却有乔松秀柏，奇石名葩，池沼一方，花亭几座。中间高轩一区，朱栏绣幕，甚是开爽，此乃宴客之所。左右俱有厢房。轩后曲房数层，回廊周折，直通内寝。园中立有马厩，乃是养马去处。园西空地一片，留为射圃。灵公观看了一回，轩中筵席已具，夏姬执盏定席。灵公赐坐于旁，夏姬谦让不敢。灵公曰："主人岂可不坐？"乃命孔宁坐右，夏姬坐

第五十二回

左:"今日略去君臣之分,图个尽欢。"饮酒中间,灵公目不转睛,夏姬亦流波送盼。灵公酒兴带了痴情,又有孔大夫从旁打和事鼓,酒落快肠,不觉其多。日落西山,左右进烛,洗盏更酌,灵公大醉,倒于席上,鼾鼾睡去。孔宁私谓夏姬曰:"主公久慕容色,今日此来,立心与你求欢,不可违拗。"夏姬微笑不答。孔宁便宜行事,出外安顿随驾人众,就便宿歇。夏姬整备锦衾绣枕,假意送入轩中,自己香汤沐浴,以备召幸,止留荷华侍驾。

少顷,灵公睡醒,张目问:"是何人?"荷华跪而应曰:"贱婢乃荷华也。奉主母之命,伏侍千岁爷爷。"因取酸梅醒酒汤以进。灵公曰:"此汤何人所造?"荷华答曰:"婢所煎也。"灵公曰:"汝能造梅汤,能为寡人作媒乎?"荷华佯为不知,对曰:"贱婢虽不惯为媒,亦颇知效奔走,但不知千岁爷属意何人?"灵公曰:"寡人为汝主母,神魂俱乱矣!汝能成就吾事,当厚赐汝。"荷华对曰:"主母残体,恐不足当贵人,倘蒙不弃,贱婢即当引入。"灵公大喜,即命荷华掌灯引导,曲曲弯弯,直入内室。夏姬明灯独坐,如有所待。忽闻脚步之声,方欲启问,灵公已入户内。荷华便将银灯携出,灵公更不攀话,拥夏姬入帷,解衣共寝。肌肤柔腻,着体欲融,欢会之时,宛如处女。灵公怪而问之。夏姬对曰:"妾有内视[37]之法,虽产子之后,不过三日,充实如故。"灵公叹曰:"寡人虽遇天上神仙,亦只如此矣!"论起灵公淫具,本不及孔、仪二大夫,况带有暗疾,没讨好处。因他是一国之君,妇人家未免带三分势利,不敢嗔嫌,枕席上虚意奉承,灵公遂以为不世之奇遇矣。

睡至鸡鸣,夏姬促灵公起身,灵公曰:"寡人得交爱卿,回视六宫,有如粪土。但不知爱卿心下有分毫及寡人否?"夏姬疑灵公已

公子宋尝鼋构逆　陈灵公衵服戏朝

知孔、仪二人往来之事，乃对曰："贱妾实不相欺，自丧先夫，不能自制，未免失身他人。今既获侍君侯，从兹当永谢外交，敢复有二心，以取罪戾！"灵公欣然曰："爱卿平日所交，试为寡人悉数之，不必隐讳。"夏姬对曰："孔、仪二大夫，因抚遗孤，遂及于乱，他实未有也。"灵公笑曰："怪道孔宁说卿交接之妙，大异寻常，若非亲试，何以知之？"夏姬对曰："贱妾得罪在先，望乞宽宥！"灵公曰："孔宁有荐贤之美，寡人方怀感激，卿其勿疑。但愿与卿常常相见，此情不绝，其任卿所为，不汝禁也。"夏姬对曰："主公能源源而来，何难常常而见乎！"须臾，灵公起身，夏姬抽自己贴体汗衫，与灵公穿上，曰："主公见此衫，如见贱妾矣！"荷华取灯，由旧路送归轩下。

天明后，厅事上已备早膳，孔宁率从人驾车伺候。夏姬请灵公登堂，起居问安，庖人进馔。众人俱有酒食犒劳。食毕，孔宁为灵公御车回朝。百官知陈侯野宿，是日俱集朝门伺候。灵公传令："免朝。"径入宫门去了。仪行父扯住孔宁，盘问主公夜来宿处。孔宁不能讳，只得直言。仪行父知是孔宁所荐，顿足曰："如此好人情，如何让你独做？"孔宁曰："主公十分得意，第二次你做人情便了。"二人大笑而散。

次日，灵公早朝，礼毕，百官俱散。召孔宁至前，谢其荐举夏姬之事。又召仪行父问曰："如此乐事，何不早奏寡人？你二人却占先头，是何道理？"孔宁、仪行父齐曰："臣等并无此事。"灵公曰："是美人亲口所言，卿等不必讳矣。"孔宁对曰："譬如君有味，臣先尝之；父有味，子先尝之。若尝而不美，不敢进于君也。"灵公笑曰："不然。譬如熊掌，就让寡人先尝也不妨。"孔、仪二人俱笑。灵公又曰："汝二人虽曾入马，他偏有表记送我。"乃扯衬衣示之

第五十二回

曰："此乃美人所赠,你二人可有么?"孔宁曰："臣亦有之。"灵公曰："赠卿何物?"孔宁撩衣,见其锦裆,曰："此姬所赠。不但臣有,行父亦有之。"灵公问行父："卿又是何物?"行父解开碧罗襦,与灵公观看。灵公大笑曰："我等三人,随身俱有质证,异日同往株林,可作连床大会矣!"一君二臣,正在朝堂戏谑。把这话传出朝门,恼了一位正直之臣,咬牙切齿,大叫道："朝廷法纪之地,却如此胡乱,陈国之亡,屈指可待矣!"遂整衣端简,复身闯入朝门进谏。不知那位官员是谁,再看下回分解。

---

〔1〕 贵戚之卿:二人皆为郑之宗室。归生乃郑灵公之庶弟。

〔2〕 翕翕(xī 息):伸缩的样子。

〔3〕 石花鱼:疑即石斑鱼,一种中型海鱼,肉肥美可食。

〔4〕 合欢橘:橘的一种。每枝两橘并生。产于湖北江陵县。

〔5〕 大鼋(yuán 元):鳖的一种。俗称癞头鳖。

〔6〕 数:命运。

〔7〕 縠觫(hú sù 胡速):因恐惧而发抖。

〔8〕 中魇(yǎn 演):即中邪。魇,妖邪。

〔9〕 执政:似指公子归生乃执掌政权之正卿。但有关史籍及本书均未交代。

〔10〕 逆:迎接。

〔11〕 襄公:郑襄公姬坚,穆公子。在位十八年(前604—前587)。

〔12〕 黑壤:春秋时晋地名。一称黄父。在今山西翼城县东北之乌岭。

〔13〕 景公:据《春秋》,晋景公名姬獳(rú 如)。而《史记》则称姬据。本书原作"孺",当为刻写之误,今校正。景公在位十九年(前599—前581)。

〔14〕 柳棼(fén 焚)：春秋时郑地名。地址不详。

〔15〕 辰陵：春秋时陈地名。在今河南淮阳县西。

〔16〕 "妖星"句：指公元前 600 年，彗星入北斗。占卜谓齐、宋、晋三国之君皆死于乱。见第五十一回。

〔17〕 陈灵公：在位十五年（前 613—前 599）。

〔18〕 株林：春秋时陈邑名。在今河南西华县西南。

〔19〕 外交：意同外遇。

〔20〕 做脚：指为男女私情牵线。

〔21〕 入马：勾搭上手。

〔22〕 锦裆(dāng 当)：织锦背心。

〔23〕 碧罗襦(rú 如)：绿色绫罗做的内衣。

〔24〕 郑风：指《诗经·国风》中所收之郑国民歌，共二十一篇，其中写男女情爱的达十五篇，故历来受到封建士大夫鄙视，称之为"郑声淫"（《论语·卫灵公》）。

〔25〕 桓武：指郑国始封之君桓公友及其子武公掘突。化已渺：指那时的教化风尚已不存在。

〔26〕 "仲子"句：出《诗经·郑风·将仲子》："将仲子兮，无逾我墙。"这是一首女赠男的情诗。诗中劝她情人仲子不要爬墙到她家来。

〔27〕 "子充"句：出《郑风·山有扶苏》："不见子充，乃见狡童。"子充，古代美男子名。狡，狡狯。

〔28〕 "东门"句：出《郑风·东门之墠》："东门之墠，茹藘在阪。"意为在东门郊外长着茜草的坡地上，乃是自己与情人相会之处。茹藘(rú lǘ 如驴)，即茜草，亦称茅蒐。

〔29〕 "野外"句：出《郑风·野有蔓草》："野有蔓草，零露漙兮。有美一人，清扬婉兮。"这是一首恋歌，写男女相遇于野田草露之间的情景。

〔30〕 搴(qiān 千)裳：提起裙子。搴，同"褰"。此为《郑风》篇名。诗中

有句为:"子惠思我,褰裳涉溱。"意为你如果爱我而想念我,就提起裙子涉过溱水来吧。

〔31〕 "驾车"句:出《郑风·丰》:"叔兮伯兮,驾予与行。"意指她那字叔伯的情人,赶快驾车来同我走。这里说"去何杳",暗示不见驾车来到。

〔32〕 "青衿(jīn 今)"句:出《郑风·子衿》:"青青子衿,悠悠我心。"意谓那位穿着青色交领衣服的读书人,正是我内心牵挂的对象。衿,古代衣服的交领。领连于襟,故称衿,乃读书人之常服。后来成为秀才的代称。

〔33〕 "琼琚"句:出《郑风·有女同车》:"有女同车,颜如舜华。将翱将翔,佩玉琼琚。"意指男子载着一个遍身珠玉的美女,将翱翔远方。琼琚,华美的佩玉。破人老,指岁月摧人,时不我待之意。

〔34〕 "风雨"二句:出《郑风·风雨》:"风雨凄凄,鸡鸣喈喈。既见君子,云胡不夷。"意谓在风雨交加、鸡鸣不已之时会见情人,还有什么不高兴呢!选择风雨鸡鸣时相会,乃是既机密而又巧妙的安排。

〔35〕 "扬水"二句:出《郑风·扬之水》:"扬之水,不流束薪。终鲜兄弟,维予二人。无信人之言,人实不信。"大意指扬起水波也流不走一捆柴。只我们两人相爱,连兄弟俱无。不要相信谗人之言,那些话都是假的。

〔36〕 敛衽(rèn 刃):提起衣襟夹于带间,以表示敬意。古代男女行礼皆可,元以后,始专指妇女的拜礼。

〔37〕 内视:道家的一种修炼内丹之法。

614

第五十三回

楚庄王纳谏复陈　　晋景公出师救郑

却说陈灵公与孔宁、仪行父二大夫，俱穿了夏姬所赠亵衣[1]，在朝堂上戏谑。大夫泄冶闻之，乃整襟端笏，复身趋入朝门。孔、仪二人，素惮泄冶正直，今日不宣自至，必有规谏，遂先辞灵公而出。灵公抽身欲起御座，泄冶腾步上前，牵住其衣，跪而奏曰："臣闻：君臣主敬，男女主别。今主公无《周南》[2]之化，使国中有失节之妇。而又君臣宣淫，互相标榜，朝堂之上，秽语难闻，廉耻尽丧，体统俱失。君臣之敬，男女之别，沦灭已极！夫不敬则慢，不别则乱，慢而且乱，亡国之道也。君必改之！"灵公自觉汗颜，以袖掩面曰："卿勿多言，寡人行且悔之矣！"泄冶辞出朝门，孔、仪二人尚在门外打探，见泄冶怒气冲冲出来，闪入人丛中避之。泄冶早已看见，将二人唤出，责之曰："君有善，臣宜宣之；君有不善，臣宜掩之。今子自为不善，以诱其君；而复宣扬其事，使士民公然见闻，何以为训？宁不羞耶？"二人不能措对，唯唯谢教。泄冶去了，孔、仪二人，求见灵公，述泄冶责备其君之语，"主公自今更勿为株林之游矣！"灵公曰："卿二人还往否？"孔、仪二人对曰："彼以臣谏君，与臣等无与。臣等可往，君不可往。"灵公奋然曰："寡人宁得罪于

第 五 十 三 回

泄冶,安肯舍此乐地乎?"孔、仪二人复奏曰:"主公若再往,恐难当泄冶絮聒[3],如何?"灵公曰:"二卿有何策,能止泄冶勿言?"孔宁曰:"若要泄冶勿言,除非使他开口不得。"灵公笑曰:"彼自有口,寡人安能禁之使不开乎?"仪行父曰:"宁之言,臣能知之。夫人死则口闭,主公何不传旨,杀了泄冶,则终身之乐无穷矣!"灵公曰:"寡人不能也。"孔宁曰:"臣使人刺之何如?"灵公点首曰:"由卿自为。"二人辞出朝门,做一处商议。将重贿买出刺客,伏于要路,候泄冶入朝,突起杀之。国人皆认为陈侯所使,不知为孔、仪二人之谋也。史臣有赞云:

陈丧明德[4],君臣宣淫。缨绅[5]袒服[6],大廷株林[7]。壮哉泄冶,独矢[8]直音!身死名高,龙血比心[9]。

自泄冶死后,君臣益无忌惮,三人不时同往株林,一二次还是私偷,以后习以为常,公然不避。国人作《株林》[10]之诗以讥之。诗曰:

胡为乎株林?从夏南?匪适株林;从夏南[11]!

征舒字子南,诗人忠厚,故不曰夏姬,而曰夏南,言从南而来也。

陈侯本是个没偏僗[12]的人,孔、仪二人,一味奉承帮衬,不顾廉耻。更兼夏姬善于调停,打成和局,弄做了一妇三夫,同欢同乐,不以为怪。征舒渐渐长大知事,见其母之所为,心如刀刺,只是干碍陈侯,无可奈何。每闻陈侯欲到株林,往往托故避出,落得眼中清净。那一班淫乐的男女,亦以征舒不在为方便。光阴似箭,征舒年一十八岁,生得长躯伟干,多力善射。灵公欲悦夏姬之意,使嗣父职为司马,执掌兵权。征舒谢恩毕,回株林拜见其母夏姬。夏姬曰:"此陈侯恩典,汝当恪供乃职[13],为国分忧,不必以家事分念。"征舒辞了母亲,入朝理事。

楚庄王纳谏复陈　晋景公出师救郑

忽一日，陈灵公与孔、仪二人，复游株林，宿于夏氏。征舒因感嗣爵之恩，特地回家设享，款待灵公。夏姬因其子在坐，不敢出陪。酒酣之后，君臣复相嘲谑，手舞足蹈。征舒厌恶其状，退入屏后，潜听其言。灵公谓仪行父曰："征舒躯干魁伟，有些像你，莫不是你生的？"仪行父笑曰："征舒两目炯炯，极像主公，还是主公所生。"孔宁从旁插嘴曰："主公与仪大夫年纪小，生他不出，他的爹极多，是个杂种，便是夏夫人自家也记不起了！"三人拍掌大笑。征舒不听犹可，听见之时，不觉羞恶之心，勃然难遏。正是：怒从心上起，恶向胆边生。暗将夏姬锁于内室，却从便门溜出，吩咐随行军众："把府第团团围住，不许走了陈侯及孔、仪二人。"军众得令，发一声喊，围了夏府。

征舒戎妆披挂，手执利刃，引着得力家丁数人，从大门杀进。口中大叫："快拿淫贼！"陈灵公口中还在那里不三不四，要笑弄酒。却是孔宁听见了，说道："主公不好了！征舒此席，不是好意。如今引兵杀来，要拿淫贼。快跑罢！"仪行父曰："前门围断，须走后门。"三人常在夏家穿房入户，路道都是识熟的。陈侯还指望跑入内室，求救于夏姬，见中门锁断，慌上加慌，急向后园奔走。征舒随后赶来。陈侯记得东边马厩，有短墙可越，遂望马厩而奔。征舒叫道："昏君休走！"攀起弓来，飕的一箭，却射不中。陈侯奔入马厩，意欲藏躲，却被群马惊嘶起来，即忙退身而出。征舒刚刚赶近，又复一箭，正中当心。可怜陈侯平国，做了一十五年诸侯，今日死于马厩之下！孔宁、仪行父先见陈侯向东走，知征舒必然追赶，遂望西边奔入射圃。征舒果然只赶陈侯。孔、仪二人，遂从狗窦中钻出，不到家中，赤身奔入楚国去了。

第五十三回

征舒既射杀了陈侯,拥兵入城,只说陈侯酒后暴疾身亡,遗命立世子午为君,是为成公[14]。成公心恨征舒,力不能制,隐忍不言。征舒亦惧诸侯之讨,乃强逼陈侯往朝于晋,以结其好。

再说楚国使臣,奉命约陈侯赴盟辰陵,未到陈国,闻乱而返。恰好孔宁、仪行父二人逃到,见了庄王,瞒过君臣淫乱之情,只说:"夏征舒造反,弑了陈侯平国。"与使臣之言相合。庄王遂集群臣商议。却说楚国一位公族大夫,屈氏名巫,字子灵,乃屈荡之子。此人仪容秀美,文武全材,只有一件毛病,贪淫好色,专讲彭祖房中之术[15]。数年前,曾出使陈国,遇夏姬出游,窥见其貌,且闻其善于采炼,却老还少,心甚慕之。及闻征舒弑逆,欲借此端,掳取夏姬,力劝庄王兴师伐陈。令尹孙叔敖亦言:"陈罪宜讨。"庄王之意遂决。时周定王九年,陈成公午之元年也。楚庄王先传一檄,至于陈国,檄上写道:

楚王示尔:少西氏弑其君,神人共愤。尔国不能讨,寡人将为尔讨之。罪有专归,其馀臣民,静听无扰!

陈国见了檄文,人人归咎征舒,巴不能勾假手于楚,遂不为御敌之计。

楚庄王亲引三军,带领公子婴齐、公子侧、屈巫一班大将,云卷风驰,直造陈都,如入无人之境,所至安慰居民,秋毫无犯。夏征舒知人心怨己,潜奔株林。时陈成公尚在晋国未归。大夫辕颇,与诸臣商议:"楚王为我讨罪,诛止征舒。不如执征舒献于楚军,遣使求和,保全社稷,此为上策。"群臣皆以为然。辕颇乃命其子侨如,统兵往株林,擒拿征舒。侨如未行,楚兵已至城下。陈国久无政令,况陈侯不在国,百姓做主,开门迎楚。楚庄王整队而入。诸将将辕颇等拥至庄王面前,庄王问:"征舒何在?"辕颇对曰:"在株林。"庄王问曰:"谁非臣子,如何容此逆贼,不加诛讨?"辕颇对曰:"非不欲讨,力不加也。"庄王即命辕颇为向导,自引大军,往株林进发,却留公子婴齐一军,屯扎城中。

再说征舒正欲收拾家财,奉了母亲夏姬,逃奔郑国。只争一刻,楚兵围住株林,将征舒拿住。庄王命囚于后车,问:"何以不见夏姬?"使将士搜其家,于园中得之。荷华逃去,不知所适。夏姬向庄王再拜言曰:"不幸国乱家亡,贱妾妇人,命悬大王之手。倘赐矜宥,愿充婢役!"夏姬颜色妍丽,语复详雅,庄王一见,心志迷惑,谓诸将曰:"楚国后宫虽多,如夏姬者绝少,寡人意欲纳之,以备妃嫔,诸卿以为何如?"屈巫谏曰:"不可,不可!吾主用兵于陈,讨其罪也。若纳夏姬,是贪其色也。讨罪为义,贪色为淫。以义始而以淫终,伯主举动,不当如此。"庄王曰:"子灵之言甚正,寡人不敢纳矣。只是此妇世间尤物,若再经寡人之眼,必然不能自制。"叫军士凿开后垣,纵其所之。时将军公子侧在旁,亦贪夏姬美貌,见庄王已不收用,跪而请曰:"臣中年无妻,乞我王赐臣为室。"屈巫又奏曰:"吾王不可许也。"公子侧怒曰:"子灵不容我娶夏姬,是何缘故?"屈巫曰:"此妇乃天地间不祥之物,据吾所知者言之:妖子蛮,杀御叔,弑陈侯,戮夏南,出孔、仪,丧陈国,不祥莫大焉!天下多美妇人,何必取此淫物,以贻后悔?"庄王曰:"如子灵所言,寡人亦畏之矣!"公子侧曰:"既如此,我亦不娶了。只是一件,你说主公娶不得,我亦娶不得,难道你娶了不成?"屈巫连声曰:"不敢,不敢!"庄王曰:"物无所主,人必争之。闻连尹[16]襄老,近日丧

第五十三回

偶,赐为继室可也。"时襄老引兵从征,在于后队。庄王召至,以夏姬赐之,夫妇谢恩而出。公子侧倒也罢了,只是屈巫谏止庄王,打断公子侧,本欲留与自家;见庄王赐与襄老,暗暗叫道:"可惜,可惜!"又暗想道:"这个老儿,如何当得起那妇人?少不得一年半载,仍做寡妇,到其间再作区处。"这是屈巫意中之事,口里却不曾说出。庄王居株林一宿,仍至陈国;公子婴齐迎接入城。庄王传令将征舒囚出栗门,车裂以殉,如齐襄公处高渠弥之刑。史臣有诗云:

陈主荒淫虽自取,征舒弑逆亦违条。

庄王吊伐如时雨,泗上诸侯望羽旄。

庄王号令征舒已毕,将陈国版图查明,灭陈以为楚县。拜公子婴齐为陈公,使守其地。陈大夫辕颇等,悉带回郢都。南方属国,闻楚王灭陈而归,俱来朝贺,各处县公[17],自不必说。独有大夫申叔时,使齐未归。其时齐惠公薨,世子无野即位,是为顷公[18]。齐、楚一向交好,故庄王遣申叔时,往行吊旧贺新之礼。这一差还在未伐陈以前。及庄王归楚三日之后,申叔方才回转,复命而退,并无庆贺之言。庄王使内侍传语责之曰:"夏征舒无道,弑其君,寡人讨其罪而戮之,版图收于国中,义声闻于天下。诸侯县公,无不称贺。汝独无一言,岂以寡人讨陈之举为非耶?"申叔时随使者求见楚王,请面毕其辞。庄王许之。申叔时曰:"王闻'蹊田夺牛'之说乎?"庄王曰:"未闻也。"申叔时曰:"今有人牵牛取径于他人之田者,践其禾稼,田主怒夺其牛。此狱若在王前,何以断之?"庄王曰:"牵牛践田,所伤未多也。夺其牛,太甚矣!寡人若断此狱,薄责牵牛者,而还其牛。子以为当否?"申叔时曰:"王何明于断狱,而昧于断陈也？夫征舒有罪,止于弑君,未至亡国也；王讨其罪足矣。又取其国,此与牵牛何异？又何贺乎？"庄王顿足曰："善哉此言！寡人未之闻也！"申叔时曰："王既以臣言为善,何不效反牛之事？"庄王立召陈大夫辕颇,问："陈君何在？"颇答曰："向往晋国,今不知何在。"言讫,不觉泪下。庄王惨然曰："吾当复封汝国,汝可迎陈君而立之。世世附楚,勿依违南北,有负寡人之德。"又召孔宁、仪行父吩咐："放汝归国,共辅陈君！"辕颇明知孔、仪二人是个祸根,不敢在楚王面前说明,只是含糊一同拜谢而行。将出楚境,正遇陈侯午自晋而归,闻其国已灭,亦欲如楚,面见楚王。辕颇乃述楚王之美意,君臣并贺至陈。守将公子婴齐,已接得楚王之命,召还本国,遂将版图交割还陈,自归楚国去了。此乃楚庄王第一件好处。髯翁有诗云：

县陈谁料复封陈？跖舜还从一念新。

南楚义声驰四海,须知贤主赖贤臣。

孔宁归国,未一月,白日见夏征舒来索命,因得狂疾,自赴池中而死。死之后,仪行父梦见陈灵公、孔宁与征舒三人,来拘他到帝廷对狱,梦中大惊,自此亦得暴疾卒。此乃淫人之报也！

再说公子婴齐既返楚国,入见庄王,犹自称陈公婴齐。庄王曰："寡人已复陈国矣,当别图所以偿卿也。"婴齐遂请申、吕[19]之田,庄王将许之。屈巫奏曰："此北方之赋,国家所恃以御晋寇者,不可以充赏。"庄王乃止。及申叔时告老,庄王封屈巫为申公,屈巫并不推辞。婴齐由是与屈巫有隙。周定王十年[20],楚庄王之十七年也。

第五十三回

庄王以陈虽南附，郑犹从晋，未肯服楚，乃与诸大夫计议。令尹孙叔敖曰："我伐郑，晋救必至，非大军不可。"庄王曰："寡人意正如此。"乃悉起三军两广之众，浩浩荡荡，杀奔荥阳而来，连尹襄老为前部。临发时，健将唐狡请曰："郑小国，不足烦大军，狡愿自率部下百人，前行一日，为三军开路。"襄老壮其志，许之。唐狡所至力战，当者辄败，兵不留行，每夕扫除营地，以待大军。庄王率诸将直抵郑郊，未曾有一兵之阻，一日之稽。庄王怪其神速，谓襄老曰："不意卿老而益壮，勇于前进如此！"襄老对曰："非臣之力，乃副将唐狡力战所致也。"庄王即召唐狡，欲厚赏之。唐狡对曰："臣受君王之赐已厚，今日聊以报效，敢复叨赏乎？"庄王讶曰："寡人未尝识卿，何处受寡人之赐？"唐狡对曰："绝缨会上，牵美人之袂者，即臣也。蒙君王不杀之恩，故舍命相报。"庄王叹息曰："嗟乎！使寡人当时明烛治罪，安得此人之死力哉？"命军正纪其首功，俟平郑之后，将重用之。唐狡谓人曰："吾得死罪于君，君隐而不诛，是以报之。然既已明言，不敢以罪人徼后日之赏。"即夜遁去，不知所往。庄王闻之，叹曰："真烈士矣！"

大军攻破郊关，直抵城下。庄王传令，四面筑长围攻之，凡十有七日，昼夜不息。郑襄公恃晋之救，不即行成。军士死伤者甚众。城东北角崩陷数十丈，楚兵将登，庄王闻城内哭声震地，心中不忍，麾军退十里。公子婴齐进曰："城陷正可乘势，何以退师？"庄王曰："郑知吾威，未知吾德，姑退以示德。视其从违，以为进退可也。"郑襄公闻楚师退，疑晋救已至，乃驱百姓修筑城垣，男女皆上城巡守。庄王知郑无乞降之意，复进兵围之。郑坚守三月，力不能支。楚将乐伯率众自皇门[21]先登，劈开城门。庄王下令，不许

楚庄王纳谏复陈　晋景公出师救郑

虏掠,三军肃然。行至逵路,郑襄公肉袒牵羊,以迎楚师,辞曰:"孤不德,不能服事大国,使君王怀怒,以降师于敝邑,孤知罪矣!存亡死生,一惟君王命。若惠顾先人之好,不遽剪灭,延其宗祀,使得比于附庸,君王之惠也!"公子婴齐进曰:"郑力穷而降,赦之复叛,不如灭之。"庄王曰:"申公若在,又将以蹊田夺牛见诮矣!"即麾军退三十里。郑襄公亲至楚军,谢罪请盟,留其弟公子去疾为质。

庄王班师北行,次于郔[22],谍报:"晋国拜荀林父为大将,先縠为副,出车六百乘,前来救郑,已过黄河。"庄王问于诸将曰:"晋师将至,归乎?抑战乎?"令尹孙叔敖对曰:"郑之未成,战晋宜也;已得郑矣,又寻仇于晋,焉用之?不如全师而归,万无一失。"嬖人[23]伍参奏曰:"令尹之言非也。郑谓我力不及,是以从晋;若晋来而避之,真我不及矣。且晋知郑之从楚,必以兵临郑。晋以救来,我亦以救往,不亦可乎?"孙叔敖曰:"昔岁入陈,今岁入郑,楚兵已劳敝矣。若战而不捷,虽食参之肉,岂足赎罪?"伍参曰:"若战而捷,令尹为无谋矣;如其不捷,参之肉将为晋军所食,何能及楚人之口?"庄王乃遍问诸将,各授以笔,使书其掌,主战者写"战"字,主退者写"退"字。诸将写讫,庄王使开掌验之。惟中军元帅虞邱及连尹襄老、裨将蔡鸠居、彭名四人,掌中写"退"字,其他公子婴齐、公子侧、公子縠臣、屈荡、潘党、乐伯、养由基、许伯、熊负羁、许偃等二十馀人,俱"战"字。庄王曰:"虞邱老臣之见,与令尹合,言退者是矣。"乃传令南辕[24]反旆,来日饮马于河而归。

伍参夜求见庄王曰:"君王何畏于晋,而弃郑以畀之也?"庄王曰:"寡人未尝弃郑也。"伍参曰:"楚兵顿郑城下九十日,而仅得郑

第 五 十 三 回

成。今晋来而楚去,使晋得以救郑为功而收郑,楚自此不复有郑矣,非弃郑而何?"庄王曰:"令尹言战晋未必捷,是以去之。"伍参曰:"臣已料之审矣。荀林父新将中军,威信未孚于众。其佐先縠,先轸之孙,先且居之子[25],恃其世勋,且刚愎不仁,非用命之将也。栾、赵之辈,皆累世名将,各行其意,号令不一。晋师虽多,败之易耳。且王以一国之主,而避晋之诸臣,将遗笑于天下,况能有郑乎?"庄王愕然曰:"寡人虽不能军[26],何至出晋诸臣之下?寡人从子战矣!"即夜使人告令尹孙叔敖,将乘辕一齐改为北向,进至管城[27],以待晋师。不知胜负如何,且看下回分解。

---

〔1〕 亵(xiè 泄)衣:旧指贴身衣服为亵衣。

〔2〕 《周南》:《诗经·国风》中篇名,含诗十一首。应为周代南国民歌。内容较纯正。首篇为《关雎》,旧时认为是颂"后妃之德"的。

〔3〕 絮聒(guō 郭):意同絮叨,形容说话啰唆。

〔4〕 明德:完美的德性。

〔5〕 缨绅:指头戴缨冠、腰束大带者。即官僚士大夫之类。

〔6〕 衵(nì 溺,一读 rì 日)服:妇女贴身之内衣。与"亵衣"相近。

〔7〕 "大廷"句:意指把株林当作朝廷。

〔8〕 独矢:喻泄冶。矢即箭,用以比喻正直、端正。

〔9〕 "龙血"句:关龙逄之血,比干之心。关龙逄、比干分别为夏桀、商纣时之忠臣,皆因忠谏不从而被杀。此喻泄冶死之壮烈。

〔10〕 《株林》:《诗经·陈风》中篇目。

〔11〕 "胡为乎"四句:前二句为疑问句,意为国君到株林干什么呢?他何以去找夏南呢?后二句为陈述句,意为,他去株林,就是去找夏南啊。匪,意

同彼。

〔12〕 没偸儸(tà sà 踏萨)：恶劣，没出息。

〔13〕 恪(kè 客)供乃职：谨慎地担任你的职守。

〔14〕 成公：陈成公妫午，在位三十年(前598—前569)。据《史记·陈世家》，灵公被杀后，夏征舒曾自立为陈侯。

〔15〕 彭祖房中之术：彭祖，传说颛顼玄孙陆终氏的第三子，尧封之于彭城，因其道可祖，故称彭祖。房中之术，指男女运气采战之术。古代有些讲房中术书籍曾托名彭祖之术。

〔16〕 连尹：楚国朝廷官名，职掌不详。

〔17〕 县公：即县尹。此时楚国初设县，县有县尹，县尹冒称为公。

〔18〕 顷公：齐顷公吕无野，齐惠公吕元之子。在位十七年(前598—前582)。

〔19〕 申、吕：春秋时楚邑名。申在今河南南阳市及以北部分，吕在今南阳市以西部分。

〔20〕 周定王十年：即公元前597年。

〔21〕 皇门：郑都城门。有人认为郑都郭门。

〔22〕 郔(yán 延)：春秋时楚邑名。在今河南项城市境。

〔23〕 嬖(bì 避)人：宠爱的人。此指宠臣、幸臣。

〔24〕 南辕：把车辕转向南方，意指回车。

〔25〕 "先縠"二句：据史籍及前文，先縠应为先轸之曾孙。先轸之子先且居，先且居子先克，而先縠乃先克之子。见第四十八回。

〔26〕 军：打战。此指指挥作战。

〔27〕 管城：春秋时郑邑名。在今河南郑州市。

625

第五十四回

荀林父纵属亡师　孟侏儒托优悟主

话说晋景公即位三年,闻楚王亲自伐郑,谋欲救之。乃拜荀林父为中军元帅,先縠副之;士会为上军元帅,郤克副之;赵朔为下军元帅,栾书副之。赵括、赵婴齐[1]为中军大夫,巩朔、韩穿为上军大夫,荀首、赵同为下军大夫,韩厥为司马。更有部将魏锜、赵旃、荀罃、逢伯、鲍癸等数十员,起兵车共六百乘,以夏六月自绛州进发。到黄河口,前哨探得郑城被楚久困,待救不至,已出降于楚,楚兵亦将北归矣。荀林父召诸将商议行止。士会曰:"救之不及,战楚无名;不如班师,以俟再举。"林父善之,遂命诸将班师。中军一员上将,挺身出曰:"不可,不可!晋能伯诸侯者,以其能扶倾救难故也。今郑待救不至,不得已而降楚。我若挫楚,郑必归晋。今弃郑而逃楚,小国何恃之有?晋不复能伯诸侯矣!元帅必欲班师,小将情愿自率本部前进。"荀林父视之,乃中军副将先縠,字彘子[2]。林父曰:"楚王亲在军中,兵强将广,汝偏师独济,如以肉投馁虎,何益于事?"先縠咆哮大叫曰:"我若不往,使人谓堂堂晋国,没一个敢战之人,岂不可耻?此行虽死于阵前,犹不失志气。"说罢,竟出营门,遇赵同、赵括兄弟,告以:"元帅畏楚班师,我将独济。"同、括曰："大丈夫正当如此。我弟兄愿率本部相从。"三人不秉将令,引军济河。荀首不见了赵同,军士报道："已随先将军去迎楚军矣。"荀首大惊,告于司马韩厥。韩厥特造中军,来见荀林父,曰："元帅不闻彘子之济河乎？如遇楚师,必败。子总中军,而彘子丧师,咎专在子。将若之何？"林父悚然问计。韩厥曰："事已至此,不如三军俱进。如其捷,子有功矣。万一不捷,六人均分其责,不犹愈于专罪乎？"林父下拜曰："子言是也。"遂传令三军并济,立营于敖、鄗二山[3]之间。先縠喜曰："固知元帅不能违吾之言也。"

话分两头。且说郑襄公探知晋兵众盛,恐一旦战胜,将讨郑从楚之罪,乃集群臣计议。大夫皇戌进曰："臣请为君使于晋军,劝之战楚。晋胜则从晋,楚胜则从楚,择强而事,何患焉？"郑伯善其谋,遂使皇戌往晋军中,致郑伯之命曰："寡君待上国之救,如望时雨,以社稷之将危,偷安于楚,聊以救亡,非敢背晋也。楚师胜郑而骄,且久出疲敝,晋若击之,敝邑愿为后继。"先縠曰："败楚服郑,在此一举矣。"栾书曰："郑人反覆,其言未可信也。"赵同、赵括曰："属国助战,此机不可失。彘子之言是也。"遂不由林父之命,同先縠竟与皇戌定战楚之约。谁知郑襄公又别遣使往楚军中,亦劝楚王与晋交战,是两边挑斗,坐观成败的意思。孙叔敖虑晋兵之盛,言于楚王曰："晋人无决战之意,不如请成,请而不获,然后交兵,则曲在晋矣。"庄王以为然。使蔡鸠居往晋请罢战修和。荀林父喜曰："此两国之福也！"先縠对蔡鸠居骂曰："汝夺我属国,又以和局缓我,便是我元帅肯和,我先縠决不肯,务要杀得你片甲不回,方见我先縠手段！快去报与楚君,教他早早逃走,饶他性命！"蔡鸠

第 五 十 四 回

居被骂一场,抱头而窜。将出营门,又遇赵同、赵括兄弟,以剑指之曰:"汝若再来,先教你吃我一剑!"鸠居出了晋营,又遇晋将赵㤄,弯弓向之,说道:"你是我箭头之肉,少不得早晚擒到!烦你传话,只教你蛮王仔细!"

　　鸠居回转本寨,奏知庄王。庄王大怒,问众将:"谁人敢去挑战?"大将乐伯应声而出曰:"臣愿往!"乐伯乘单车,许伯为御,摄叔为车右。许伯驱车如风,径逼晋垒。乐伯故意代御执辔,使许伯下车饰马正鞅[4],以示闲暇。有游兵十馀人过之,乐伯不慌不忙,一箭发去,射倒一人;摄叔跳下车,又只手生擒一人,飞身上车,馀兵发声喊都走。许伯仍为御,望本营而驰。晋军知楚将挑战杀人,分为三路追赶将来。鲍癸居中,左有逢宁,右有逢盖。乐伯大喝曰:"吾左射马,右射人,射错了,就算我输!"乃将雕弓挽满,左一箭,右一箭,忙忙射去,有分有寸,不差一些。左边连射倒三四匹马,马倒,车遂不能行动。右边逢盖面门亦中一箭,军士被箭伤者甚多。左右二路追兵,俱不能进。只有鲍癸紧紧随后,看看赶着。乐伯只存下一箭了。搭上弓靶,欲射鲍癸,想道:"我这箭若不中,必遭来将之手。"正转念间,车驰马骤之际,赶出一头麋来,在乐伯面前经过。乐伯心下转变,一箭望麋射去,刚刚的直贯麋心。乃使摄叔下车取麋,以献鲍癸曰:"愿充从者之膳。"鲍癸见乐伯矢无虚发,心中正在惊惧,因其献麋,遂假意叹曰:"楚将有礼,我不可犯也!"麾左右回车。乐伯徐行而返。有诗为证:

　　单车挑战骋豪雄,车似雷轰马似龙。
　　神箭将军谁不怕?追军缩首去如风。

　　晋将魏锜知鲍癸放走了乐伯,心中大怒曰:"楚来挑战,晋国

荀林父纵属亡师　孟侏儒托优悟主

独无一人敢出军前,恐被楚人所笑也。小将亦愿以单车,探楚之强弱。"赵旃曰:"小将愿同魏将军走遭。"林父曰:"楚来求和,然后挑战。子若至楚军,也将和议开谈,方是答礼。"魏锜答曰:"小将便去请和。"赵旃先送魏锜登车,谓魏锜曰:"将军报鸠居之使,我报乐伯,各任其事可也。"

却说上军元帅士会,闻赵、魏二将讨差往楚,慌忙来见荀林父,欲止其行。比到中军,二将已去矣。士会私谓林父曰:"魏锜、赵旃,自恃先世之功,不得重用,每怀怨望之心。况血气方刚,不知进退,此行必触楚怒。倘楚兵猝然乘我,何以御之?"时副将郤克亦来言:"楚意难测,不可不备。"先縠大叫曰:"旦晚厮杀,何以备为!"荀林父不能决。士会退谓郤克曰:"荀伯[5]木偶耳!我等宜自为计。"乃使郤克约会上军大夫巩朔、韩穿,各率本部兵,分作三处,伏于敖山之前。中军大夫赵婴齐,亦虑晋师之败,预遣人具舟于黄河之口。

话分两头。再说魏锜一心忌荀林父为将,欲败其名,在林父面前只说请和,到楚军中,竟自请战而还。楚将潘党知蔡鸠居出使晋营,受了晋将辱骂,今日魏锜到此,正好报仇。忙趋入中军,魏锜已自出营去了,乃策马追之。魏锜行及大泽,见追将甚紧,方欲对敌;忽见泽中有麋六头,因想起楚将战麋之事,弯起弓来,也射倒一麋,使御者献于潘党曰:"前承乐将军赐鲜,敬以相报。"潘党笑曰:"彼欲我描旧样耳!我若追之,显得我楚人无礼。"亦命御者回车而返。魏锜还营,诡说:"楚王不准讲和,定要交锋,决一胜负。"荀林父问:"赵旃何在?"魏锜曰:"我先行,彼在后,未曾相值。"林父曰:"楚既不准和,赵将军必然吃亏。"乃使荀罃率辎车二十乘,步卒千

第 五 十 四 回

五百人,往迎赵旃。

却说赵旃夜至楚军,布席于军门之外,车中取酒,坐而饮之。命随从二十馀人,效楚语,四下巡绰,得其军号,混入营中。有兵士觉其伪,盘诘之;其人拔刀伤兵士。营中乱嚷起来,举火搜贼,被获者十馀人。其馀逃出,见赵旃尚安坐席上,扶之起,登车,觅御人,已没于楚军矣。天色渐明,赵旃亲自执辔鞭马,马饿不能驰。楚庄王闻营中有贼遁去,自驾戎辂,引兵追赶,其行甚速。赵旃恐为所及,弃其车,奔入万松林内,为楚将屈荡所见,亦下车逐之。赵旃将甲裳挂于小小松树之上,轻身走脱。屈荡取甲裳并车马,以献庄王。方欲回辕,望见单车风驰而至,视之,乃潘党也。党指北向车尘,谓楚王曰:"晋师大至矣!"这车尘却是荀林父所遣轺车,迎接赵旃者。潘党远远望见,误认以为大军,未免轻事重报,吓得庄王面如土色。忽听得南方鼓角喧天,为首一员大臣,领着一队车马飞到。这员大臣是谁?乃是令尹孙叔敖。庄王心下稍安,问:"相国何以知晋军之至,而来救寡人?"孙叔敖对曰:"臣不知也。但恐君王轻进,误入晋军,臣先来救驾,随后三军俱至矣。"庄王北向再看时,见尘头不高,曰:"非大军也。"孙叔敖对曰:"《兵法》有云:'宁可我迫人,莫使人迫我。'诸将既已到齐,吾王可传令,只顾杀向前去。若挫其中军,馀二军皆不能存扎矣。"

庄王果然传令:使公子婴齐同副将蔡鸠居,以左军攻晋上军;公子侧同副将工尹齐,以右军攻晋下军;自引中军两广之众,直捣荀林父大营。庄王亲自援枹击鼓。众军一齐擂鼓,鼓声如雷,车驰马骤,步卒随着车马,飞奔前行。晋军全没准备。荀林父闻鼓声,才欲探听,楚军漫山遍野,已布满于营外,真是出其不意了。林父

荀林父纵属亡师　孟侜儒托优悟主

仓忙无计,传令并力混战。楚兵人人耀武,个个扬威,分明似海啸山崩,天摧地塌。晋兵如久梦乍回,大醉方醒,还不知东西南北。没心人遇有心人,怎生抵敌得过?一时鱼奔鸟散,被楚兵砍瓜切菜,乱杀一回,杀得四分五裂,七零八碎。荀罃乘着轺车,迎不着赵旃,却撞着楚将熊负羁,两下交锋。楚兵大至,寡不敌众,步卒奔散,荀罃所乘左骖,中箭先倒,遂为熊负羁所擒。

再说晋将逢伯,引其二子逢宁、逢盖,共载一小车,正在逃奔。恰好赵旃脱身走到,两趾俱裂,看见前面有乘车者,大叫:"车中何人?望乞挈带!"逢伯认得是赵旃声音,吩咐二子:"速速驰去,勿得反顾。"二子不解其父之意,回头看之,赵旃即呼曰:"逢君可载我!"二子谓父曰:"赵叟[6]在后相呼。"逢伯大怒曰:"汝既见赵叟,合当让载也!"叱二子下车,以綮授赵旃,使登车同载而去。逢宁、逢盖失车,遂死于乱军之中。

荀林父同韩厥从后营登车,引着败残军卒,取路山右,沿河而走,弃下车马器仗无算。先縠自后赶上,额中一箭,鲜血淋漓,扯战袍裹之。林父指曰:"敢战者亦如是乎?"行至河口,赵括亦到,诉称其兄赵婴齐[7],私下预备船只,先自济河:"不通我每得知,是何道理?"林父曰:"死生之际,何暇相闻也?"赵括恨恨不已,自此与婴齐有隙。林父曰:"我兵不能复战矣!目前之计,济河为急。"乃命先縠往河下招集船只。那船俱四散安泊,一时不能取齐。正扰攘之际,沿河无数人马,纷纷来到。林父视之,乃是下军正副将赵朔、栾书,被楚将公子侧袭败,驱率残兵,亦取此路而来。两军一齐在岸,那一个不要渡河的?船数一发少了。南向一望,尘头又起,林父恐楚兵乘胜穷追,乃击鼓出令曰:"先济河者有赏!"两军夺舟，自相争杀。及至船上人满了，后来者攀附不绝，连船覆水，又坏了三十馀艘。先縠在舟中喝令军士："但有攀舷扯桨的，用刀乱砍其手。"各船俱效之。手指砍落舟中，如飞花片片，数掬不尽，皆投河中。岸上哭声震响，山谷俱应，天昏地惨，日色无光。史臣有诗云：

舟翻巨浪连帆倒，人逐洪波带血流。

可怜数万山西卒，半丧黄河作水囚！

后面尘头又起，乃是荀首、赵同、魏锜、逢伯、鲍癸一班败将，陆续逃至。荀首已登舟，不见其子荀罃，使人于岸呼之。有小军看见荀罃被楚所获，报知荀首。荀首曰："吾子既失，吾不可以空返。"乃重复上岸，整车欲行。荀林父阻之曰："罃已陷楚，往亦无益。"荀首曰："得他人之子，犹可换回吾子也。"魏锜素与荀罃相厚，亦愿同行。荀首甚喜。聚起荀氏家兵，尚有数百人。更兼他平昔恤民爱士，大得军心，故下军之众，在岸者无不乐从，即已在舟中者，闻说下军荀大夫欲入楚军寻小将军，亦皆上岸相从，愿效死力。此时一股锐气，比着全军初下寨时，反觉强旺。荀首在晋，亦算是数一数二的射手，多带良箭，撞入楚军。遇着老将连尹襄老，正在掠取遗车弃仗，不意晋兵猝至，不作整备，被荀首一箭射去，恰穿其颊，倒于车上。公子縠臣看见襄老中箭，驰车来救。魏锜就迎住厮杀。荀首从旁觑定，又复一箭，中其右腕。縠臣负痛拔箭，被魏锜乘势将縠臣活捉过来，并载襄老之尸。荀首曰："有此二物，可以赎吾子矣！楚师强甚，不可当也。"乃策马急驰。比及楚军知觉，欲追之，已无及矣。

且说公子婴齐来攻上军。士会预料有事，探信最早，先已结

荀林父纵属亡师　孟侏儒托优悟主

阵,且战且走。婴齐追及敖山之下,忽闻炮声大震,一军杀出,当头一员大将在车中高叫:"巩朔在此,等候多时矣!"婴齐倒吃了一惊。巩朔接住婴齐厮杀,约斗二十馀合,不敢恋战,保着士会,徐徐而走。婴齐不舍,再复追来,前面炮声又起,韩穿起兵来到。偏将蔡鸠居出车迎敌,方欲交锋,山凹里炮声又震,旗旆如云,大将郤克引兵又至。婴齐见埋伏甚众,恐堕晋计,鸣金退师。士会点查将士,并不曾伤折一个人。遂依敖山之险,结成七个小寨,连络如七星,楚不敢逼。直到楚兵尽退,方才整旆而还。此是后话。

再说荀首兵转河口,林父大兵尚未济尽,心甚惊皇。却喜得赵婴齐渡过北岸,打发空船南来接应。时天已昏黑,楚军已至邲城[8]。伍参请速追晋师。庄王曰:"楚自城濮失利,贻羞社稷,此一战可雪前耻矣。晋、楚终当讲和,何必多杀?"乃下令安营。晋军乘夜济河,纷纷扰扰,直乱到天明方止。史臣论荀林父智不能料敌,才不能御将,不进不退,以至此败,遂使中原伯气,尽归于楚,岂不伤哉!有诗云:

阃外元戎[9]无地天,如何裨将敢挠权[10]?

舟中掬指真堪痛,纵渡黄河也靦然!

郑襄公知楚师得胜,亲自至邲城劳军。迎楚王至于衡雍[11],僭居王宫,大设筵席庆贺。潘党请收晋尸,筑为京观[12],以彰武功于万世。庄王曰:"晋非有罪可讨,寡人幸而胜之,何武功之足称耶?"命军士随在掩埋遗骨,为文祭祀河神,奏凯而还。论功行赏,嘉伍参之谋,用为大夫。伍举、伍奢、伍尚、伍员即其后也。令尹孙叔敖叹曰:"胜晋大功,出自嬖人,吾当愧死矣!"遂郁郁成疾。

话分两头。却说荀林父引败兵还见景公,景公欲斩林父。群

第五十四回

臣力保曰："林父先朝大臣，虽有丧师之罪，皆是先縠故违军令，所以致败。主公但斩先縠，以戒将来足矣。昔楚杀得臣而文公喜，秦留孟明而襄公惧。望主公赦林父之罪，使图后效。"景公从其言，遂斩先縠，复林父原职。命六卿治兵练将，为异日报仇之举。此周定王十年事也。

定王十二年春三月，楚令尹孙叔敖病笃，嘱其子孙安曰："吾有遗表一通，死后为我达于楚王。楚王若封汝官爵，汝不可受。汝碌碌庸才，非经济之具，不可滥厕冠裳[13]也。若封汝以大邑，汝当固辞。辞之不得，则可以寝丘[14]为请。此地瘠薄，非人所欲，庶几可延后世之禄耳。"言毕遂卒。孙安取遗表呈上，楚庄王启而读之，表曰：

> 臣以罪废之馀，蒙君王拔之相位，数年以来，愧乏大功，有负重任。今赖君王之灵，获死牖下[15]，臣之幸矣！臣止一子，不肖，不足以玷冠裳。臣之从子蒍凭[16]，颇有才能，可任一职。晋号世伯，虽偶败绩，不可轻视。民苦战斗已久，惟息兵安民为上。人之将死，其言也善。愿王察之！

庄王读罢，叹曰："孙叔死不忘国，寡人无福，天夺我良臣也！"即命驾往视其殓，抚棺痛哭，从行者莫不垂泪。次日，以公子婴齐为令尹。召蒍凭为箴尹，是为蒍氏。庄王欲以孙安为工正，安守遗命，力辞不拜，退耕于野。

庄王所宠优人孟侏儒[17]，谓之优孟，身不满五尺，平日以滑稽调笑，取欢左右。一日出郊，见孙安砍下柴薪，自负而归。优孟迎而问曰："公子何自劳苦负薪？"孙安曰："父为相数年，一钱不入私门,死后家无馀财,吾安得不负薪乎?"优孟叹曰:"公子勉之,王行且召子矣!"乃制孙叔敖衣冠剑履一具,并习其生前言动,摹拟三日,无一不肖,宛如叔敖之再生也。值庄王宴于宫中,召群优为戏。优孟先使他优扮为楚王,为思慕叔敖之状,自己扮叔敖登场。楚王一见,大惊曰:"孙叔无恙乎?寡人思卿至切,可仍来辅相寡人也。"优孟对曰:"臣非真叔敖,偶似之耳。"楚王曰:"寡人思叔敖不得见,见似叔敖者,亦足少慰寡人之思,卿勿辞,可即就相位。"优孟对曰:"王果用臣,于臣甚愿。但家有老妻,颇能通达世情,容归与老妻商议,方敢奉诏。"乃下场,复上曰:"臣适与老妻议之,老妻劝臣勿就。"楚王问曰:"何故?"优孟对曰:"老妻有村歌劝臣,臣请歌之!"遂歌曰:

贪吏不可为而可为,廉吏可为而不可为。贪吏不可为者,污且卑;而可为者,子孙乘坚而策肥[18]。廉吏可为者,高且洁;而不可为者,子孙衣单而食缺。君不见楚之令尹孙叔敖,生前私殖[19]无分毫,一朝身没家凌替,子孙丐食栖蓬蒿。劝君勿学孙叔敖,君王不念前功劳!

庄王在席上见优孟问答,宛似叔敖,心中已是凄然;及闻优孟歌毕,不觉潸然[20]泪下曰:"孙叔之功,寡人不敢忘也!"即命优孟往召孙安。孙安敝衣草屦而至,拜见庄王。庄王曰:"子穷困至此乎?"优孟从旁答曰:"不穷困,不见前令尹之贤。"庄王曰:"孙安不愿就职,当封以万家之邑。"安固辞。庄王曰:"寡人主意已定,卿不可却。"孙安奏曰:"君王倘念先臣尺寸之劳,给臣衣食,愿得封寝丘,臣愿足矣。"庄王曰:"寝丘瘠恶之土,卿何利焉?"孙安曰:"先臣有遗命,非此不敢受也。"庄王乃从之。后人以寝丘非善地,

第 五 十 四 回

无人争夺,遂为孙氏世守。此乃孙叔敖先见之明。史臣有诗单道优孟之事。诗曰:

清官遑计子孙贫,身死褒崇赖主君。
不是侏儒能讽谏,庄王安肯念先臣?

却说晋臣荀林父,闻孙叔敖新故,知楚兵不能骤出。乃请师伐郑,大掠郑郊,扬兵而还。诸将请遂围郑,林父曰:"围之未可遽克,万一楚救忽至,是求敌也,姑使郑人惧而自谋耳。"郑襄公果大惧,遣使谋之于楚,且以其弟公子张[21],换公子去疾回郑,共理国事。庄王曰:"郑苟有信,岂在质乎?"乃悉遣之,因大集群臣计议。不知所议何事,且看下回分解。

---

〔1〕 赵婴齐:赵衰之子,赵盾异母弟。双名婴齐。古人凡双名者,单复并行。故此前第三十七及五十一回均单称为"婴"。

〔2〕 彘(zhì 致)子:先縠之祖先轸等食邑于原,而其本人则食邑于彘(今山西霍县东北),故称彘子。彘子并非其字。

〔3〕 敖、鄗(hào 浩)二山:古代山峰名,在今河南荥阳市西北。

〔4〕 鞅(yāng 央):指套在马颈上用以负轭的皮带。

〔5〕 荀伯:荀林父字伯。死后谥桓,又称桓子。因其曾将中行,又称中行桓子。

〔6〕 赵叟:赵旃字叟。傁与叟,古通。

〔7〕 其兄赵婴齐:据第三十七及五十一回,均称"曰同、曰括、曰婴"或"三子同、括、婴"。婴齐似为赵括之弟,而非其兄。

〔8〕 邲(bì 避)城:春秋时郑邑名。在今河南荥阳市东北。

〔9〕 阃(kǔn 捆)外元戎:指统兵在外的元帅。阃,郭门,国门。

〔10〕 挠权:不服从命令。权,权力,引申为命令。

〔11〕 衡雍:春秋时郑邑名。在今河南原阳县西北。

〔12〕 京观(guàn 贯):指积尸封其土,建表木而书之,以垂功后世。京,指高丘。观,谓其形如台。

〔13〕 滥厕冠裳:指超越个人才能插足于官僚队伍中。厕,参加。

〔14〕 寝丘:一作沈丘,春秋时楚地名。在今河南沈丘县东南。

〔15〕 获死牖(yǒu 有)下:意同寿终正寝。牖下,窗户之下,意即房中。

〔16〕 从子蒍(wěi 伟)凭:从子,即侄儿。孙叔敖本姓芳,蒍与芳通,故蒍凭与之同宗。

〔17〕 侏儒:身材特别矮小的人。古时常用侏儒作优人。

〔18〕 乘坚而策肥:即乘坐坚车、驱赶肥马的缩语。

〔19〕 私殖:指私人财产。财产可以生息,故有"货殖"之称。

〔20〕 潸(shān 删)然:泪流不止的样子。

〔21〕 公子张:郑襄公有兄弟十三人,而此人不在其内。见第五十二回。据《左传》,此人名公孙黑,字子张,乃郑穆公之孙,郑襄公之侄。

第 五 十 五 回

华元登床劫子反　老人结草亢杜回

　　话说楚庄王大集群臣，计议却晋之事。公子侧进曰："楚所善无如齐，而事晋之坚，无过于宋。若我兴师伐宋，晋方救宋不暇，敢与我争郑乎？"庄王曰："子策虽善，然未有隙也。自先君败宋于泓，伤其君股，宋能忍之。及厥貉之会，宋君亲受服役[1]。其后昭公见弑，子鲍嗣立，今十八年矣，伐之当奉何名？"公子婴齐对曰："是不难。齐君屡次来聘，尚未一答。今宜遣使报聘于齐，竟自过宋，令勿假道，且以探之。若彼不较，是惧我也，君之会盟，必不拒矣。如以无礼之故，辱我使臣，我借此为辞，何患无名哉？"庄王曰："何人可使？"婴齐对曰："申无畏曾从厥貉之会，此人可使也。"

　　庄王乃命无畏如齐修聘。无畏奏曰："聘齐必经宋国，须有假道文书送验，方可过关。"庄王曰："汝畏阻绝使臣耶？"无畏答曰："向者厥貉之会，诸君田于孟诸，宋君违令，臣执其仆而戮之[2]，宋恨臣必深。此行若无假道文书，必然杀臣。"庄王曰："文书上与汝改名曰申舟，不用无畏旧名可矣。"无畏犹不肯行，曰："名可改，面不可改。"庄王怒曰："若杀子，我当兴兵破灭其国，为子报仇！"无畏乃不敢复辞。

明日，率其子申犀，谒见庄王曰："臣以死殉国，分也。但愿王善视此子。"庄王曰："此寡人之事，子勿多虑。"申舟领了出使礼物，拜辞出城。子犀送至郊外，申舟吩咐曰："汝父此行，必死于宋。汝必请于君王，为我报仇，切记吾言！"父子洒泪而别。

不一日，行至睢阳，关吏知是楚国使臣，要索假道文验。申舟答言："奉楚王之命，但有聘齐文书，却没有假道文书。"关吏遂将申舟留住，飞报宋文公。时华元为政，奏于文公曰："楚，吾世仇也。今遣使公然过宋，不循假道之礼，欺我甚矣！请杀之！"宋公曰："杀楚使，楚必伐我，奈何？"华元对曰："欺我之耻，甚于受伐；况欺我，势必伐我，均之受伐，且雪吾耻。"乃使人执申舟至宋廷，华元一见，认得就是申无畏，怒上加怒，责之曰："汝曾戮我先公之仆，今改名，欲逃死耶？"申舟自知必死，大骂宋鲍："汝奸祖母，弑嫡侄[3]，幸免天诛。又妄杀大国之使，楚兵一到，汝君臣为齑粉矣！"华元命先割其舌，而后杀之。将聘齐的文书礼物，焚弃于郊外。从人弃车而遁，回报庄王。庄王方进午膳，闻申舟见杀，投箸于席，奋袂而起。即拜司马公子侧为大将，申叔时副之，立刻整车，亲自伐宋，使申犀为军正，从征。按申舟以夏四月被杀，楚兵以秋九月即造宋境，可谓速之至矣！潜渊有诗云：

明知欺宋必遭屯[4]，君命如天敢惜身！

投袂兴师风雨至，华元应悔杀行人。

楚兵将睢阳城围困，造楼车高与城等，四面攻城。华元率兵民巡守，一面遣大夫乐婴齐奔晋告急。晋景公欲发兵救之。谋臣伯宗谏曰："林父以六百乘而败于邲城，此天助楚也，往救未必有功。"景公曰："当今惟宋与晋亲，若不救，则失宋矣。"伯宗曰："楚

第五十五回

距宋二千里之遥，粮运不继，必不能久。今遣一使往宋，只说：晋已起大军来救。谕使坚守。不过数月，楚师将去。是我无敌楚之劳，而有救宋之功也。"景公然其言，问："谁能与我使宋国者？"大夫解扬请行。景公曰："非子虎不胜此任也。"解扬微服行及宋郊，被楚之游兵盘诘获住，献于庄王。庄王认得是晋将解扬，问曰："汝来何事？"解扬曰："奉晋侯之命，来谕宋国，坚守待救。"楚庄王曰："原来是晋使臣！尔前者北林之役，汝为我将芳贾所擒，寡人不杀，放汝回国；今番又来自投罗网，有何理说？"解扬曰："晋、楚仇敌，见杀分也，又何说乎？"庄王搜得身边文书，看毕，谓曰："宋城破在旦夕矣，汝能反书中之言，说汝国中有事，急切不能相救，恐误你国之事，特遣我口传相报。如此，则宋人绝望，必然出降，省得两国人民屠戮之惨。事成之日，当封你为县公，留仕楚国。"解扬低头不应。庄王曰："不然，当斩汝矣！"解扬本欲不从，恐身死于楚军，无人达晋君之命，乃佯许曰："诺。"庄王升解扬于楼车之上，使人从旁促之。扬遂呼宋人曰："我晋国使臣解扬也。被楚军所获，使我诱汝出降。汝切不可！我主公亲率大军来救，不久必至矣。"庄王闻其言，命速牵下楼车，责之曰："尔既许寡人，而又背之，尔自无信，非寡人之过也。"叱左右斩讫报来。解扬全无惧色，徐声答曰："臣未尝无信也。臣若全信于楚，必然失信于晋，假使楚有臣而背其主之言，以取赂于外国，君以为信乎？不信乎？臣请就诛，以明楚国之信，在外不在内[5]！"庄王叹曰："'忠臣不惧死。'子之谓矣！"纵之使归。

宋华元因解扬之告，缮守益坚。公子侧使军士筑土堙[6]于外，如敌楼之状，亲自居之，以阚[7]城内，一举一动皆知。华元亦

华元登床劫子反　老人结草亢杜回

于城内筑土堙以向之。自秋九月围起,至明年之夏五月,彼此相拒九个月头,睢阳城中,粮草俱尽,人多饿死。华元但以忠义激劝其下,百姓感泣,甚至易子为食,拾骸骨为爨,全无变志。庄王没奈何了。军吏禀道:"营中只有七日之粮矣!"庄王曰:"吾不意宋国难下如此!"乃亲自登车,阅视宋城,见守陴军士,甚是严整,叹了一口气,即召公子侧议班师。

申犀哭拜于马前曰:"臣父以死奉王之命,王乃失信于臣父乎?"庄王面有惭色。申叔时为庄王执辔在车,乃献计曰:"宋之不降,度我不能久耳。若使军士筑室耕田,示以长久之计,宋必惧矣。"庄王曰:"此计甚善!"乃下令,军士沿城一带起建营房,即拆城外民居,并砍伐竹木为之。每军十名,留五名攻城,五名耕种,十日一更番,军士互相传说。华元闻之,谓宋文公曰:"楚王无去志矣!晋救不至,奈何?臣请入楚营,面见子反,劫之以和,或可侥幸成事也。"宋文公曰:"社稷存亡,在此一行,小心在意!"华元探知公子侧在土堙敌楼上住宿,预得其左右姓名,及奉差守宿备细。捱至夜分,扮作谒者模样,悄地从城上缒下,直到土堙边。遇巡军击柝而来,华元问曰:"主帅在上乎?"巡军曰:"在。"又问曰:"已睡乎?"巡军曰:"连日辛苦,今夜大王赐酒一樽,饮之已就枕矣。"华元走上土堙,守堙军士阻之。华元曰:"我谒者庸僚[8]也。大王有紧要机密事吩咐主帅。因适才赐酒,恐其醉卧,特遣我来当面叮嘱,立等回复。"军士认以为真,让华元登堙。堙内灯烛尚明,公子侧和衣睡倒。华元径上其床,轻轻的以手推之。公子侧醒来,要转动时,两袖被华元坐住了。急问:"汝是何人?"华元低声答曰:"元帅勿惊,吾乃宋国右师华元也。奉主公之命,特地夜至求和。元帅

第五十五回

若见从，当世从盟好；若还不允，元与元帅之命，俱尽于今夜矣！"言毕，左手按住卧席，右手于袖中掣出雪白一柄匕首，灯光之下，晃上两晃。公子侧慌忙答曰："有事大家商量，不须粗卤。"华元收了匕首，谢曰："死罪勿怪！情势已急，不得从容也。"公子侧曰："子国中如何光景？"华元曰："易子而食，拾骨而爨，已十分狼狈矣。"公子侧惊曰："宋之困敝，一至此乎？吾闻军事'虚者实之，实者虚之'。子奈何以实情告我？"华元曰："君子矜[9]人之厄，小人利人之危。元帅乃君子，非小人，元是以不敢匿情。"公子侧曰："然则何以不降？"华元曰："国有已困之形，人有不困之志。君民效死，与城俱碎，岂肯为城下之盟哉？倘蒙矜厄之仁，退师三十里，寡君愿以国从，誓无二志！"公子侧曰："我不相欺，军中亦止有七日之粮矣。若过七日，城不下，亦将班师。筑室耕田之令，聊以相恐耳。明日我当奏知楚王，退军一舍；尔君臣亦不可失信。"华元曰："元情愿以身为质，与元帅共立誓词，各无反悔。"二人设誓已毕，公子侧遂与华元结为兄弟，将令箭一枝付与华元，吩咐："速行。"华元有了令箭，公然行走，直到城下，口中一个暗号，城上便放下兜子，将华元吊上城埤去了。华元连夜回复宋公，欢欢喜喜，专等明日退军消息。

次早天明，公子侧将夜来华元所言，告于庄王，言："臣之一命，几丧于匕首。幸华元仁心，将国情实告于我，哀恳退师；臣已许之。乞我王降旨！"庄王曰："宋困惫如此，寡人当取此而归。"公子侧顿首曰："我军止有七日之粮，臣已告之矣。"庄王勃然怒曰："子何为以实情输敌？"公子侧对曰："区区弱宋，尚有不欺人之臣；岂堂堂大楚，而反无之？臣故不敢隐讳。"庄王颜色顿霁[10]，曰：

华元登床劫子反　老人结草亢杜回

"司马之言是也！"即降旨退军，屯于三十里之外。申犀见军令已出，不敢复阻，捶胸大哭。庄王使人安慰之曰："子勿悲，终当成汝之孝。"楚军安营已定，华元先到楚军，致宋公之命，请受盟约。公子侧随华元入城，与宋文公歃血为誓。宋公遣华元送申舟之棺于楚营，即留身为质。庄王班师归楚，厚葬申舟，举朝皆往送葬。葬毕，使申犀嗣为大夫。

华元在楚，因公子侧又结交公子婴齐，与婴齐相善。一日，聚会之间，论及时事，公子婴齐叹曰："今晋、楚分争，日寻干戈，天下何时得太平耶？"华元曰："以愚观之，晋、楚互为雌雄，不相上下，诚得一人合二国之成，各朝其属，息兵修好，生民免于涂炭，诚为世道之大幸！"婴齐曰："此事子能任之乎？"华元曰："元与晋将栾书相善，向年聘晋时，亦曾言及于此。奈无人从中联合耳。"明日，婴齐以华元之言，告于公子侧。侧曰："二国尚未厌兵，此事殆未可轻议也。"华元留楚凡六年，至周定王十八年，宋文公鲍卒，子共公固[11]立，华元请归奔丧，始返宋国。此是后话。

却说晋景公闻楚人围宋，经年不解，谓伯宗曰："宋之城守倦矣。寡人不可失信于宋，当往救之。"正欲发兵，忽报："潞国有密书送到。"按潞国乃赤狄别种，隗姓，子爵，与黎国[12]为邻。周平王时，潞君逐黎侯而有其地，于是赤狄益强。此时潞子名婴儿，娶晋景公之娣伯姬为夫人。婴儿微弱，其国相酆舒，专权用事。先时，狐射姑奔在彼国，他是晋国勋臣，识多才广，酆舒还怕他三分，不敢放恣。自射姑死后，酆舒益无忌惮，欲潞子绝晋之好，诬伯姬以罪，逼其君使缢杀之。又与潞子出猎郊外，醉后君臣打弹为戏，

643

第五十五回

赌弹飞鸟。酆舒放弹，误伤潞子之目，投弓于地，笑曰："弹得不准，臣当罚酒一卮！"潞子不堪其虐，力不能制，遂写密书送晋，求晋起兵来讨酆舒之罪。谋臣伯宗进曰："若戮酆舒，兼并潞地，因及旁国，尽有狄土，则西南之疆益拓，而晋之兵赋益充，此机不可失也。"景公亦怒潞子婴儿不能庇其妻，乃命荀林父为大将，魏颗副之，出车三百乘伐潞。

酆舒率兵拒于曲梁[13]，战败奔卫。卫穆公速方与晋睦，囚酆舒以献于晋军。荀林父令缚至绛都，杀之。晋师长驱直入潞城，潞子婴儿迎于马首，林父数其诬杀伯姬之罪，并执以归。托言曰："黎人思其君久矣。"乃访黎侯之裔，割五百家，筑城以居之，名为复黎，实则灭潞也。婴儿痛其国亡，自刎而死。潞人哀之，为之立祠。今黎城南十五里，有潞祠山是也。

晋景公恐林父未能成功，自率大军屯于稷山[14]。林父先至稷山献捷，留副将魏颗，略定赤狄之地。还至辅氏[15]之泽，忽见尘头蔽日，喊杀连天，晋兵不知为谁。前哨飞报："秦国遣大将杜回起兵来到。"按秦康公薨于周匡王之四年，子共公[16]稻立，因赵穿侵崇起衅，秦兵围焦无功，遂厚结酆舒，共图晋国。共公立四年薨，子桓公[17]荣立。此时乃秦桓公之十一年，闻晋伐酆舒，方欲起兵来救；又闻晋已杀酆舒，执潞子，遂遣杜回引兵来争潞地。

那杜回是秦国有名的力士，生得牙张银凿，眼突金睛，拳似铜锤，脸如铁钵，虬须卷发，身长一丈有馀。力举千钧，惯使一柄开山大斧，重一百二十斤。本白翟人氏。曾于青眉山[18]，一日拳打五虎，皆剥其皮以归。秦桓公闻其勇，聘为车右将军。又以三百人破嵯峨山[19]贼寇万馀，威名大振，遂为大将。

华元登床劫子反　老人结草亢杜回

魏颗排开阵势,等待交锋。杜回却不用车马,手执大斧,领着惯战杀手三百人,大踏步直冲入阵来。下砍马足,上劈甲将[20],分明是天降下神煞一般!晋兵从来未见此凶狠,遮拦不住,大败一阵。魏颗下令,扎住营垒,且莫出战。杜回领着一队刀斧手,在营外跳跃叫骂,一连三日,魏颗不敢出应。忽报本国有兵来到,其将乃颗弟魏锜也。锜曰:"主公恐赤狄之党,结连秦国生变,特遣弟来帮助。"魏颗述秦将杜回,如此凶悍,勇不可当,正欲遣人请兵。魏锜不信,曰:"彼草寇何能为?来日弟当见阵,管取胜之。"

至明日,杜回又来挑战,魏锜忿然欲出,魏颗止之,不听。当下领着新来甲士,驱车直进,秦兵却四散奔走,魏锜分车逐之。忽然呼哨一声,三百个杀手,复合为一,都跟着杜回,大刀阔斧,下砍马足,上劈甲将。北边步卒随车行转,辂车不便转折,被他左右前后,觑便就砍,魏锜大败。亏着魏颗引兵接应,回营去了。

是夜,魏颗在营中闷坐,左思右想,没有良策。坐至三更困倦,朦胧睡去,耳边似有人言"青草坡"三字,醒来不解其义;再睡,仍复如前。乃向魏锜言之。魏锜曰:"辅氏左去十里,有个大坡,名为青草坡,或者秦军合败于此地也。弟先引一军往彼埋伏,兄诱敌军至此,左右夹攻,可以取胜。"魏锜自去行埋伏之事。魏颗传令:"拔寨都起。"扬言:"且回黎城。"杜回果然来追,魏颗略斗数合,回车就走,渐渐引近青草坡来。一声炮响,魏锜伏兵俱起。魏颗复身转来,将杜回团团围住,两下夹攻。杜回全不畏惧,抡着一百二十斤的开山大斧,横劈竖劈,当者辄死,虽然众杀手颇有损伤,不能取胜。二魏督率众军,力战杜回不退。看看杀至青草坡中间,杜回忽然一步一跌,如油靴踏着层冰,立脚不住,军中发起喊来。魏颗举

645

眼看时，遥见一老人，布袍芒履[21]，似庄家之状，将青草一路挽结，以攀杜回之足。魏颗、魏锜双车碾到，二戟并举，把杜回搠倒在地，活捉过来。众杀手见主将被擒，四散逃奔，俱为晋兵追而获之，三百人逃不得四五十人。魏颗问杜回曰："汝自逞英雄，何以见擒？"杜回曰："吾双足似有物攀住，不能展动，乃天绝我命，非力不及也。"魏颗暗暗称奇。魏锜曰："彼既有绝力，留于军中，恐有他变。"魏颗曰："吾意正虑及此。"即时将杜回斩首，解往稷山请功。

是夜，魏颗始得安睡，梦日间所见老人，前来致揖曰："将军知杜回所以获乎？是老汉结草以御之，所以颠蹶[22]被获耳。"魏颗大惊曰："素不识叟面，乃蒙相助，何以奉酬？"老人曰："我乃祖姬之父也。尔用先人之治命[23]，善嫁吾女，老汉九泉之下，感子活女之命，特效微力，助将军成此军功。将军勉之，后当世世荣显，子孙贵为王侯，无忘吾言。"

原来魏颗之父魏犨，有一爱妾，名曰祖姬。犨每出征，必嘱魏颗曰："吾若战死沙场，汝当为我选择良配，以嫁此女，勿令失所，吾死亦瞑目矣。"及魏犨病笃之时，又嘱颗曰："此女吾所爱惜，必用以殉吾葬，使吾泉下有伴也。"言讫而卒。魏颗营葬其父，并不用祖姬为殉。魏锜曰："不记父临终之嘱乎？"颗曰："父平日吩咐必嫁此女，临终乃昏乱之言。孝子从治命，不从乱命。"葬事毕，遂择士人而嫁之。有此阴德，所以老人有结草之报。魏颗梦觉，述于魏锜曰："吾当时曲体亲心，不杀此女，不意女父衔恩地下如此。"魏锜叹息不已。髯仙有诗云：

结草何人亢[24]杜回？梦中明说报恩来。

劝人广积阴功事，理顺心安福自该。

秦国败兵，回到雍州，知杜回战死，君臣丧气。晋景公嘉魏颗之功，封以令狐之地，复铸大钟，以纪其事，备载年月。后人因晋景公所铸，因名曰"景钟"。晋景公复遣士会领兵攻灭赤狄馀种，共灭三国[25]：曰甲氏，曰留吁，及留吁之属国曰铎辰。自是赤狄之土，尽归于晋。

时晋国岁饥，盗贼蜂起，荀林父访国中之能察盗者。得一人，乃郤氏之族，名雍。此人善于亿逆[26]，尝游市井间，忽指一人为盗，使人拘而审之，果真盗也。林父问："何以知之？"郤雍曰："吾察其眉睫之间，见市中之物有贪色，见市中之人有愧色，闻吾之至，而有惧色，是以知之。"郤雍每日获盗数十人，市井悚惧，而盗贼愈多。大夫羊舌职谓林父曰："元帅任郤雍以获盗也。盗未尽获，而郤雍之死期至矣。"林父惊问："何故？"不知羊舌职说出甚话来，且看下回分解。

---

〔1〕 "厥貉之会"二句：指宋昭公至厥貉迎楚穆王等共猎孟诸一事。见第四十八回。

〔2〕 戮之：惩罚、侮辱他。据第四十八回叙述，当时仅"挞之三百"。

〔3〕 弑嫡侄：此亦与四十九回叙述矛盾。上文明确叙述"昭公有庶弟公子鲍"。可见宋文公鲍乃是弑嫡兄昭公杵臼才得嗣位。

〔4〕 屯：《易经》六十四卦之一，指艰难，引申为灾难。

〔5〕 在外不在内：指对外国守信用，对本国不守信用。

〔6〕 土堙（yīn 因）：堆土为山，用以攻城。

〔7〕 阚（kàn 看）：通"瞰"，即瞰。俯视，向下看。

〔8〕 谒者庸僚：古代为君王接通宾客的近侍称为谒者。庸僚意为普通

第 五 十 五 回

官吏,亦可理解为华元虚报的名字。

〔9〕 矜:同情,怜悯。

〔10〕 霁(jì 既):雨止天晴,此借喻怒气平息,脸色转和。

〔11〕 共公固:宋共公子固,此据《春秋》。《史记·宋世家》作"瑕",固、瑕古音近,可通。宋共公在位十三年(前588—前576)。

〔12〕 黎国:古国名,周武王曾封帝尧之后代于黎。在今山西长治市西南。

〔13〕 曲梁:春秋初潞国地名,后并于晋。地在今山西省长治市潞城区北。

〔14〕 稷山:春秋时晋地名。在今山西稷山县南。

〔15〕 辅氏:春秋时晋地名。在今陕西大荔县东。

〔16〕 共公:秦共公嬴稻,在位四年(前608—前605)。

〔17〕 桓公:秦桓公嬴荣,在位二十八年(前604—前577)。

〔18〕 青眉山:古代山名。在今陕西延川县境内。

〔19〕 嵯峨山:古代山名。在今陕西三原县境内。

〔20〕 甲将:披上铠甲的将领。

〔21〕 芒履:草鞋。芒乃多年生草本植物,可造纸编鞋。

〔22〕 颠踬(zhì 致):绊倒,跌倒。

〔23〕 治命:与乱命相对,指清醒时的遗嘱。

〔24〕 亢:通"抗",抵御。

〔25〕 三国:其所指甲氏、留吁、铎辰三国均为赤狄部落国家。甲氏在今山西省长治市屯留区境内。留吁在屯留区南部一带。铎辰在潞城区附近。

〔26〕 亿逆:猜想,揣测。

648

第五十六回

萧夫人登台笑客　逢丑父易服免君

话说荀林父用邰雍治盗，羊舌职度邰雍必不得其死，林父请问其说。羊舌职对曰："周谚有云：'察见渊鱼者不祥，智料隐慝者有殃[1]。'恃邰雍一人之察，不可以尽群盗，而合群盗之力，反可以制邰雍，不死何为？"未及三日，邰雍偶行郊外，群盗数十人，合而攻之，割其头以去。荀林父忧愤成疾而死。

晋景公闻羊舌职之言，召而问曰："子之料邰雍当矣！然弭盗何策？"羊舌职对曰："夫以智御智，如用石压草，草必罅生[2]。以暴禁暴，如用石击石，石必两碎。故弭盗之方，在乎化其心术，使知廉耻，非以多获为能也。君如择朝中之善人，显荣之于民上，彼不善者将自化，何盗之足患哉？"景公又问曰："当今晋之善人，何者为最？卿试举之。"羊舌职曰："无如士会。其为人，言依于信，行依于义，和而不谄，廉而不矫，直而不亢，威而不猛。君必用之。"及士会定赤狄而还，晋景公献狄俘于周，以士会之功，奏闻周定王。定王赐士会以黻冕[3]之服，位为上卿。遂代林父之任，为中军元帅，且加太傅之职，改封于范[4]，是为范氏之始。士会将缉盗科条，尽行除削，专以教化劝民为善。于是奸民皆逃奔秦国，无一盗

第五十六回

贼,晋国大治。

景公复有图伯之意。谋臣伯宗进曰:"先君文公,始盟践土,列国景从。襄公之世,犹受盟新城,未敢贰也。自令狐失信[5],始绝秦欢。及齐、宋弑逆,我不能讨,山东诸国[6],遂轻晋而附楚。至救郑无功,救宋不果,复失二国。晋之宇下,惟卫、曹寥寥三四国耳。夫齐、鲁天下之望,君欲复盟主之业,莫如亲齐、鲁。盍使人行聘于二国,以联属其情,而伺楚之间,可以得志。"晋景公以为然,乃遣上军元帅郤克,使鲁及齐,厚其礼币。

却说鲁宣公以齐惠公定位之故,奉事惟谨,朝聘俱有常期。至顷公无野嗣立,犹循旧规,未曾缺礼。郤克至鲁修聘,礼毕,辞欲往齐,鲁宣公亦当聘齐之期,乃使上卿季孙行父,同郤克一齐启行。方及齐郊,只见卫上卿孙良夫、曹大夫公子首,也为聘齐来到。四人相见,各道来由,不期而会,足见同志了。四位大夫下了客馆。次日朝见,各致主君之意。礼毕,齐顷公看见四位大夫容貌,暗暗称怪,道:"大夫请暂归公馆,即容设飨相待。"四位大夫,退出朝门。

顷公入宫,见其母萧太夫人,忍笑不住。太夫人乃萧君之女,嫁于齐惠公。自惠公薨后,萧夫人日夜悲泣。顷公事母至孝,每事求悦其意,即闾巷中有可笑之事,亦必形容称述,博其一启颜也。是日,顷公干笑,不言其故。萧太夫人问曰:"外面有何乐事,而欢笑如此?"顷公对曰:"外面别无乐事,乃见一怪事耳!今有晋、鲁、卫、曹四国,各遣大夫来聘。晋大夫郤克,是个瞎子,只有一只眼光着看人。鲁大夫季孙行父,是个秃子,没一根毛发。卫大夫孙良

萧夫人登台笑客　逢丑父易服免君

夫,是个跛子,两脚高低的。曹公子首,是个驼背,两眼观地。吾想生人抱疾,五形四体,不全者有之。但四人各占一病,又同时至于吾国,堂上聚着一班鬼怪,岂不可笑?"萧太夫人不信,曰:"吾欲一观之可乎?"顷公曰:"使臣至国,公宴后,例有私享。来日儿命设宴于后苑,诸大夫赴宴,必从崇台之下经过。母亲登于台上,张帷而窃观之,有何难哉?"

话中略过公宴不题,单说私宴。萧太夫人已在崇台之上了。旧例:使臣来到,凡车马仆从,都是主国供应,以暂息客人之劳。顷公主意,专欲发其母之一笑,乃于国中密选眇者[7]、秃者、跛者、驼者各一人,使分御四位大夫之车。郤克眇,即用眇者为御;行父秃,即用秃者为御;孙良夫跛,即用跛者为御;公子首驼,即用驼者为御。齐上卿国佐谏曰:"朝聘,国之大事。宾主主敬,敬以成礼,不可戏也。"顷公不听。车中两眇,两秃,双驼,双跛,行过台下,萧夫人启帷望见,不觉大笑,左右侍女,无不掩口,笑声直达于外。

郤克初见御者眇目,亦认为偶然,不以为怪。及闻台上有妇女嬉笑之声,心中大疑。草草数杯,即忙起身,回至馆舍,使人诘问:"台上何人?""乃国母萧太夫人也。"须臾,鲁、卫、曹三国使臣,皆来告诉郤克,言:"齐国故意使执鞭之人,戏弄我等,以供妇人观笑,是何道理?"郤克曰:"我等好意修聘,反被其辱;若不报此仇,非丈夫也!"行父等三人齐声曰:"大夫若兴师伐齐,我等奏过寡君,当倾国相助。"郤克曰:"众大夫果有同心,便当歃血为盟。伐齐之日,有不竭力共事者,明神殛之!"四位大夫聚于一处,竟夜商量,直至天明,不辞齐侯,竟自登车,命御人星驰,各还本国而去。国佐叹曰:"齐患自此始矣!"史臣有诗云:

651

第 五 十 六 回

主宾相见敬为先,残疾何当配执鞭?

台上笑声犹未寂,四郊已报起烽烟。

是时鲁卿东门仲遂,叔孙得臣俱卒。季孙行父为正卿,执政当权。自聘齐被笑而归,誓欲报仇。闻郤克请兵于晋侯,因与太傅士会主意不合,故晋侯未许,行父心下躁急,乃奏知宣公,使人往楚借兵。值楚庄王旅病薨,世子审即位,时年才十岁,是为共王[8]。史臣有楚庄王赞云:

于赫庄王,干父之蛊;始不飞鸣,终能张楚。樊姬内助,孙叔外辅;戮舒[9]播义,觌晋觌武[10]。窥周围宋[11],威声如虎;蠢尔荆蛮,桓文为伍!

楚共王方有新丧,辞不出师。行父正在愤懑之际,有人自晋国来述:"郤克日夜言伐齐之利,不伐齐难以图伯,晋侯惑之。士会知郤克意不可回,乃告老让之以政。今郤克为中军元帅,主晋国之事,不日兴师报齐矣。"行父大喜,乃使仲遂之子公孙归父行聘于晋,一来答郤克之礼,二来订伐齐之期。鲁宣公因仲遂得国,故宠任归父,异于群臣。时鲁孟孙、叔孙、季孙三家,子孙众盛,宣公每以为忧。知子孙必为三家所凌,乃于归父临行之日,握其手密嘱之曰:"三桓日盛,公室日卑,子所知也。公孙此行,觑便与晋君臣密诉其情,倘能借彼兵力,为我逐去三家,情愿岁输币帛,以报晋德,永不贰志。卿小心在意,不可泄漏!"归父领命,赍重赂至晋,闻屠岸贾复以谀佞得宠于景公,官拜司寇。乃纳赂于岸贾,告以主君欲逐三家之意。岸贾为得罪赵氏,立心结交栾、郤二族,往来甚密。乃以归父之言,告于栾书。书曰:"元帅方与季孙氏同仇,恐此谋未必协也。吾试探之。"栾书乘间言于郤克,克曰:"此人欲乱鲁国,不可听之。"遂写密书一封,遣人星夜至鲁,飞报季孙行父。行父大怒曰:"当年弑杀公子恶及公子视,皆是东门遂主谋,我欲图国家安靖,隐忍其事,为之庇护。今其子乃欲见逐,岂非养虎留患耶?"乃以郤克密书,面致叔孙侨如看之。侨如曰:"主公不视朝,将一月矣。言有疾病,殆托词也。吾等同往问疾,而造主公榻前请罪,看他如何?"亦使人邀仲孙蔑。蔑辞曰:"君臣无对质是非之理,蔑不敢往。"乃拉司寇臧孙许同行。三人行至宫门,闻宣公病笃,不及请见,但致问候而返。

次日,宣公报薨矣。时周定王之十六年也。季孙行父等拥立世子黑肱,时年一十三岁,是为成公[12]。成公年幼,凡事皆决于季氏。季孙行父集诸大夫于朝堂,议曰:"君幼国弱,非大明政刑不可。当初杀嫡立庶,专意媚齐,致失晋好,皆东门遂所为也。仲遂有误国大罪,宜追治之。"诸大夫皆唯唯听命。行父遂使司寇臧孙许,逐东门氏之族。公孙归父自晋归鲁,未及境,知宣公已薨,季氏方治其先人之罪,乃出奔于齐国,族人俱从之。后儒论仲遂躬行弑逆,援立宣公,身死未几,子孙被逐,作恶者亦何益哉?髯翁有诗叹云:

援宣富贵望千秋,谁料三桓作寇仇?
槛折"东门"乔木萎,独馀青简[13]恶名留。

鲁成公即位二年,齐顷公闻鲁与晋合谋伐齐,一面遣使结好于楚,以为齐缓急之助。一面整顿车徒,躬先伐鲁,由平阴[14]进兵,直至龙邑[15]。齐侯之嬖人卢蒲就魁轻进,为北门军士所获。顷公使人登车,呼城上人语之曰:"还我卢蒲将军,即当退师。"龙人

第 五 十 六 回

不信,杀就魁,磔[16]其尸于城楼之上。顷公大怒,令三军四面攻之,三日夜不息。城破,顷公将城北一角,不论军民,尽皆杀死,以泄就魁之恨。正欲深入,哨马探得卫国大将孙良夫,统兵将入齐境。顷公曰:"卫窥吾之虚,来犯吾界,合当反戈迎之。"乃留兵戍龙邑,班师而南。行至新筑[17]界口,恰遇卫兵前队副将石稷已到,两下各结营垒。石稷诣中军告于孙良夫曰:"吾受命侵齐,乘其虚也。今齐师已归,其君亲在,不可轻敌。不如退兵,让其归路,俟晋、鲁合力并举,可以万全。"孙良夫曰:"本欲报齐君一笑之仇,今仇人在前,奈何避之?"遂不听石稷之谏,是夜率中军往劫齐寨。齐人也虑卫军来袭,已有整备。良夫杀入营门,劫了空营。方欲回车,左有国佐,右有高固,两员大将,围裹将来。齐侯自率大军掩至,大叫:"跛夫!且留下头颅!"良夫死命相持,没抵当一头处,正在危急。却得宁相、向禽两队车马,前来接应,救出良夫北奔。卫军大败。齐侯招引二将从后追来,卫将石稷之兵亦至,迎着孙良夫叫道:"元帅只顾前行,吾当断后。"良夫引军急走,未及一里,只见前面尘头起处,车声如雷。良夫叹曰:"齐更有伏兵,吾命休矣!"车马看看近前,一员将在车中鞠躬言曰:"小将不知元帅交兵,救援迟误,伏乞恕罪!"良夫问曰:"子何人也?"那员将答曰:"某乃守新筑大夫仲叔于奚是也。悉起本境之众,有百馀乘在此,足以一战,元帅勿忧。"良夫方才放心,谓于奚曰:"石将军在后,子可助之。"仲叔于奚应声麾车而去。

　　再说齐兵遇石稷断后之兵,正欲交战,见北路车尘蔽天,探是仲叔于奚领兵来到。齐顷公身在卫地,恐兵力不继,遂鸣金收军,止掠取辎重而回。石稷和于奚亦不追赶。后与晋人胜齐归国,卫

萧夫人登台笑客　逢丑父易服免君

侯因于奚有救孙良夫之功，欲以邑赏之。于奚辞曰："邑不愿受，得赐'曲县''繁缨'，以光宠于缙绅[18]之中，于愿足矣。"按《周礼》：天子之乐，四面皆县，谓之"宫县"；诸侯之乐，止县三面，独缺南方，谓之"曲县[19]"，亦曰"轩县"；大夫则左右县耳。"繁缨"，乃诸侯所以饰马者。二件皆诸侯之制，于奚自恃其功，以此为请。卫侯笑而从之。孔子修《春秋》，论此事，以为惟名器分别贵贱，不可假人[20]。卫侯为失其赏矣！此是后话，表过不提。

却说孙良夫收拾败军，入新筑城中。歇息数日，诸将请示归期，良夫曰："吾本欲报齐，反为所败，何面目归见吾主？便当乞师晋国，生缚齐君，方出我胸中之气！"乃留石稷等屯兵新筑，自己亲往晋国借兵。适值鲁司寇臧宣叔亦在晋请师。二人先通了郤克，然后谒见晋景公，内外同心，彼唱此和，不由晋景公不从。郤克虑齐之强，请车八百乘，晋侯许之。郤克将中军，解张为御，郑丘缓为车右。士燮将上军，栾书将下军，韩厥为司马。于周定王十八年[21]夏六月，师出绛州城，望东路进发。臧孙许先期归报，季孙行父同叔孙侨如帅师来会，同至新筑。孙良夫复约会曹公子首。各军俱于新筑取齐，摆成队伍，次第前行，连接三十馀里，车声不绝。

齐顷公预先使人于鲁境上觇探，已知臧司寇乞得晋兵消息。顷公曰："若待晋师入境，百姓震惊，当以兵逆之于境上。"乃大阅车徒，挑选五百乘。三日三夜，行五百馀里，直至鞌[22]地扎营。前哨报："晋军已屯于靡笄山[23]下。"顷公遣使请战，郤克许来日决战。大将高固请于顷公曰："齐、晋从未交兵，未知晋人之勇怯，臣请探之。"乃驾单车，径入晋垒挑战。有末将亦乘车自营门而出,高固取巨石掷之,正中其脑,倒于车上,御人惊走。高固腾身一跃,早跳在晋车之上,脚踹晋囚,手挽辔索,驰还齐垒,周围一转,大呼曰:"出卖馀勇!"齐军皆笑。晋军中觉而逐之,已无及矣。高固谓顷公曰:"晋师虽众,能战者少,不足畏也。"

次日,齐顷公亲自披甲出阵,邴夏御车,逢丑父为车右。两家各结阵于鞌。国佐率右军以遏鲁,高固帅左军以遏卫、曹,两下相持,各不交锋,专候中军消息。齐侯自恃其勇,目无晋人,身穿锦袍绣甲,乘着金舆,令军士俱控弓以俟,曰:"视吾马足到处,万矢俱发。"一声鼓响,驰车直冲入晋阵。箭如飞蝗,晋兵死者极多。解张手肘,连中二箭,血流下及车轮,犹自忍痛,勉强执辔。郤克正击鼓进军,亦被箭伤左胁,摽[24]血及屦,鼓声顿缓。解张曰:"师之耳目,在于中军之旗鼓,三军因之以为进退。伤未及死,不可不勉力趋战!"郑丘缓曰:"张侯之言是也!死生命耳!"郤克乃援枹连击,解张策马,冒矢而进。郑丘缓左手执笠,以卫郤克,右手奋戈杀敌。左右一齐击鼓,鼓声震天。晋军只道本阵已得胜,争先驰逐,势如排山倒海,齐军不能当,大败而奔。韩厥见郤克伤重,曰:"元帅且暂息,某当力追此贼!"言毕,招引本部驱车来赶,齐军纷纷四散。顷公绕华不注山[25]而走。韩厥遥望金舆,尽力逐之。逢丑父顾邴夏曰:"将军急急出围,以取救兵,某当代将军执辔。"邴夏下车去了。晋兵到者益多,围华不注山三匝。逢丑父谓顷公曰:"事急矣!主公快将锦袍绣甲脱下,与臣穿之,假作主公。主公可穿臣之衣,执辔于旁,以误晋人之目。倘有不测,臣当以死代君,君可脱也。"顷公依其言。更换方毕,将及华泉,韩厥之车,已到马首。韩厥见锦袍绣甲,认是齐侯,遂手揽其绊马之索,再拜稽首曰:

"寡君不能辞鲁、卫之请,使群臣询其罪于上国。臣厥忝在戎行,愿御君侯,以辱临于敝邑!"丑父诈称口渴不能答言,以瓢授齐侯曰:"丑父可为我取饮。"齐侯下车,假作华泉取饮,水至,又嫌其浊,更取清者。齐侯遂绕山左而遁,恰遇齐将郑周父御副车而至,曰:"邴夏已陷于晋军中矣!晋势浩大,惟此路兵稀,主公可急乘之!"乃以辔授齐侯,齐侯登车走脱。韩厥先遣人报入晋军曰:"已得齐侯矣!"郤克大喜。及韩厥以丑父献,郤克见之曰:"此非齐侯也!"郤克曾使齐,认得齐侯。韩厥却不认得,因此被他设计赚去。韩厥怒问丑父曰:"汝是何人?"对曰:"某乃车右将军逢丑父。欲问吾君,方才往华泉取饮者就是。"郤克亦怒曰:"军法:欺三军者,罪应死!汝冒认齐侯,以欺我军,尚望活耶?"叱左右:"缚丑父去斩!"丑父大呼曰:"晋军听吾一言,自今无有代其君任患者。丑父免君于患,今且为戮矣!"郤克命解其缚,曰:"人尽忠于君,我杀之不祥。"使后车载之。潜渊居士有诗云:

绕山戈甲密如林,绣甲君王险被擒。

千尺华泉源不竭,不如丑父计谋深。

后人名华不注山为金舆山,正以齐侯金舆驻此而得名也。

顷公既脱归本营,念丑父活命之恩,复乘轻车驰入晋军,访求丑父,出而复入者三次。国佐、高固二将,闻中军已败,恐齐侯有失,各引军来救驾,见齐侯从晋军中出,大惊曰:"主公何轻千乘之尊,而自探虎穴耶?"顷公曰:"逢丑父代寡人陷于敌中,未知生死,寡人坐不安席,是以求之。"言未毕,哨马报:"晋兵分五路杀来了!"国佐奏曰:"军气已挫,主公不可久留于此。且回国中坚守,以待楚救之至可也。"齐侯从其言,遂引大军,回至临淄去了。郤

第 五 十 六 回

克引大军,及鲁、卫、曹三国之师,长驱直入,所过关隘,尽行烧毁,直抵国都,志在灭齐。不知齐国如何应敌,再看下回分解。

---

〔1〕 "周谚有云"三句:周代谚语。以下二句,乃出自《列子·说符》。意为,明察以至能见到深渊之鱼、智慧足以窥知别人隐私的人,必将给自己带来灾难。慝(tè 特),邪恶。

〔2〕 罅(xià 下)生:从空隙中长出。

〔3〕 黻(fú 弗)冕:古代卿大夫祭祀时所穿戴的礼服、礼帽。

〔4〕 范:春秋时邑名。即今河南省范县。

〔5〕 令狐失信:指赵盾背信立灵公,败秦师于令狐一事。见第四十七回。

〔6〕 山东诸国:指太行山以东的各诸侯国,大体包括除秦、晋以外的所有国家。

〔7〕 眇者:瞎了一只眼睛的人。

〔8〕 共王:楚共王芈审,在位三十一年(前590—前560)。

〔9〕 戮舒:指车裂夏征舒一事。见第五十三回。

〔10〕 衄(nù 恶)晋觌(dí 敌)武:衄晋,指邲之战大败晋师。见第五十四回。衄,挫折,使失败。觌武,显示武力。《国语·周语中》:"觌武无烈。"注:"觌,见也。"

〔11〕 窥周围宋:窥周指庄王问鼎一事,见第五十一回。围宋指公子侧围睢阳达九月之久一事,见第五十五回。

〔12〕 成公:鲁成公姬黑肱,在位十八年(前590—前573)。

〔13〕 青简:即竹简,古代以竹简记事。这里用作史籍的代称。

〔14〕 平阴:春秋时齐邑名。在今山东平阴县东北。

〔15〕 龙邑:春秋时鲁邑。在今山东泰安市东南。

〔16〕 磔(zhé哲):分裂肢体,古代一种酷刑。

〔17〕 新筑:春秋时卫邑名。在卫、齐交界处,即今河北魏县南。

〔18〕 缙绅:缙,同"搢",插也。此指插笏。绅,束腰大带。古之为官者,垂绅插笏。后用作官僚、士大夫的代称。

〔19〕 曲县:县,同"悬",悬挂。天子奏乐,将钟、磬等乐器四面悬挂于架,象征宫室四面有墙。故称"宫县"。诸侯去其南面,称"曲县"。而大夫仅东西两面悬挂,称"判县"。士则仅悬一面,叫"特县"。这里指大夫而想僭用诸侯之礼。

〔20〕 "以为"二句:孔子所言"惟器与名,不可以假人",见《左传·成二年》,而不见于《春秋》。器,指曲县、繁缨之类器物。名,指当时爵号。

〔21〕 周定王十八年:即公元前589年。

〔22〕 鞌:春秋时齐地名。在今山东济南市西。

〔23〕 靡笄(jī机)山:齐国山名,即今济南市之千佛山。

〔24〕 摽(biào鳔):坠落。

〔25〕 华不注山:古山名。又名华山、金舆山。在今山东济南市东北。孤峰秀出,下有华泉。

第五十七回

娶夏姬巫臣逃晋　围下宫程婴匿孤

话说晋兵追齐侯,行四百五十里,至一地,名袁娄[1],安营下寨,打点攻城。齐顷公心慌,集诸臣问计。国佐进曰:"臣请以纪侯之甗[2]及玉磬,行赂于晋,而请与晋平。鲁、卫二国,则以侵地还之。"顷公曰:"如卿所言,寡人之情已尽矣。再若不从,惟有战耳!"国佐领命,捧着纪甗、玉磬二物,径造晋军。先见韩厥,致齐侯之意。韩厥曰:"鲁、卫以齐之侵削无已,故寡君怜而拯之。寡君则何仇于齐乎?"国佐答曰:"佐愿言于寡君,返鲁、卫之侵地如何?"韩厥曰:"有中军主帅在,厥不敢专。"韩厥引国佐来见郤克,克盛怒以待之,国佐辞气俱恭。郤克曰:"汝国亡在旦夕,尚以巧言缓我耶?倘真心请平,只依我两件事。"国佐曰:"敢问何事?"郤克曰:"一来,要萧君同叔之女[3]为质于晋;二来,必使齐封内垄亩尽改为东西行。万一齐异日背盟,杀汝质,伐汝国,车马从西至东,可直达也。"国佐勃然发怒曰:"元帅差矣!萧君之女非他,乃寡君之母,以齐、晋匹敌言之,犹晋君之母也。那有国母为质人国的道理?至于垄亩纵横,皆顺其地势之自然,若惟晋改易,与失国何异?元帅以此相难,想不允和议了。"郤克曰:"便不允汝和,汝奈我何？"国佐曰："元帅勿欺齐太甚也！齐虽褊小，其赋千乘；诸臣私赋，不下数百。今偶一挫衂，未及大亏。元帅必不允从，请收合残兵，与元帅决战于城下！一战不胜，尚可再战，再战不胜，尚可三战，若三战俱败，举齐国皆晋所有，何必质母东亩为哉？佐从此辞矣！"委甗、磬于地，朝上一揖，昂然出营去了。

季孙行父与孙良夫在幕后闻其言，出谓郤克曰："齐恨我深矣，必将致死于我。兵无常胜，不如从之。"郤克曰："齐使已去，奈何？"行父曰："可追而还也。"乃使良马驾车，追及十里之外，强拉国佐，复转至晋营。郤克使与季孙行父、孙良夫相见，乃曰："克恐不胜其事，以获罪于寡君，故不敢轻诺。今鲁、卫大夫合辞以请，克不能违也，克听子矣。"国佐曰："元帅已俯从敝邑之请，愿同盟为信。齐认朝晋，且反鲁、卫之侵地。晋认退师，秋毫无犯。各立誓书。"郤克命取牲血共歃，订盟而别。释放逢丑父复归于齐。齐顷公进逢丑父为上卿。晋、鲁、卫、曹之师，皆归本国。宋儒论此盟，谓郤克恃胜而骄，出令不恭，致触国佐之怒，虽取成而还，殊不足以服齐人之心也。

晋师归献齐捷，景公嘉战窜之功，郤克等皆益地。复作新上中下三军：以韩厥为新中军元帅，赵括佐之；巩朔为新上军元帅，韩穿佐之；荀骓为新下军元帅，赵旃佐之，爵皆为卿。自是晋有六军，复兴伯业。司寇屠岸贾见赵氏复盛，忌之益深。日夜搜赵氏之短，潜于景公。又厚结栾、郤二家，以为己援。此事且搁过一边，表白在后。

齐顷公耻其兵败，吊死问丧，恤民修政，志欲报仇。晋君臣恐齐侵伐，复失伯业，乃托言齐国恭顺可嘉，使各国仍还其所侵之地。

第五十七回

自此诸侯以晋无信义，渐渐离心。此是后话。

且说陈夏姬嫁连尹襄老，未及一年，襄老从军于邲，夏姬遂与其子黑要烝淫。及襄老战死，黑要恋夏姬之色，不往求尸，国人颇有议论。夏姬以为耻，欲借迎尸之名，谋归郑国。申公屈巫遂赂其左右，使传语于夏姬曰："申公相慕甚切，若夫人朝归郑国，申公晚即来聘矣。"又使人谓郑襄公曰："姬欲归宗国，盍往迎之？"郑襄公果然遣使来迎夏姬。楚庄王问于诸大夫曰："郑人迎夏姬何意？"屈巫独对曰："姬欲收葬襄老之尸，郑人任其事，以为可得，故使姬往迎之耳。"庄王曰："尸在晋，郑安从得之？"屈巫对曰："荀罃者，荀首之爱子也。罃为楚囚，首念其子甚切。今首新佐中军，而与郑大夫皇戌素相交厚，其必借郑皇戌居间，使讲解于楚，而以王子[4]及襄老之尸，交易荀罃。郑君以邲之战，惧晋行讨，亦将借此以献媚于晋，此真情无疑矣。"话犹未毕，夏姬入朝辞楚王，奏闻归郑之故。言下泪珠如雨，曰："若不得尸，妾誓不反楚！"楚庄王怜而许之。

夏姬方行，屈巫遂致书于郑襄公，求聘夏姬为内子。襄公不知庄王及公子婴齐[5]欲娶前因，以屈巫方重用于楚，欲结为姻亲，乃受其聘币，楚人无知之者。屈巫复使人至晋，通信于荀首，教他将二尸易荀罃于楚，以实其言。荀首致书皇戌，求为居间说合。庄王欲得其子公子穀臣之尸，乃归荀罃于晋，晋亦以二尸畀楚。楚人信屈巫之言为实，不疑其有他故也。及晋师伐齐，齐顷公请救于楚，值楚新丧，未即发兵。后闻齐师大败，国佐已及晋盟，楚共王曰："齐之从晋，为楚失救之故，非齐志也。寡人当为齐伐卫、鲁，以雪鞌耻。谁能为寡人达此意于齐侯者？"申公屈巫应声曰："微臣愿往！"共王曰："卿此去经由郑国，就便约郑师以冬十月之望，在卫境取齐，即以此期告于齐侯可也。"屈巫领命归家，托言往新邑收赋，先将家属及财帛，装载十馀车，陆续出城。自己乘轺车[6]在后，星驰往郑，致楚王师期之命。遂与夏姬在馆舍成亲，二人之乐可知矣！有诗为证：

佳人原是老妖精，到处偷情旧有名。

采战一双今作配，这回鏖战定输赢。

夏姬枕畔谓屈巫曰："此事曾禀知楚王否？"屈巫将庄王及公子婴齐欲娶之事，诉说一遍："下官为了夫人，费下许多心机，今日得谐鱼水，生平愿足！下官不敢回楚，明日与夫人别寻安身之处，偕老百年，岂不稳便？"夏姬曰："原来如此。夫君既不回楚，那使齐之命，如何消缴？"屈巫曰："我不往齐国去了。方今与楚抗衡，莫如晋国，我与汝适晋可也。"次早，修下表章一通，付与从人，寄复楚王，遂与夏姬同奔晋国。

晋景公方以兵败于楚为耻，闻屈巫之来，喜曰："此天以此人赐我也！"即日拜为大夫，赐邢[7]地为之采邑。屈巫乃去屈姓以巫为氏，名臣，至今人称为申公巫臣。巫臣自此安居于晋。楚共王接得巫臣来表，拆而读之，略云：

蒙郑君以夏姬室臣，臣不肖，遂不能辞。恐君王见罪，暂寓晋国。使齐之事，望君王别遣良臣。死罪！死罪！

共王见表大怒，召公子婴齐、公子侧使观之。公子侧对曰："楚、晋世仇，今巫臣适晋，是反叛也，不可不讨。"公子婴齐复曰："黑要烝母，是亦有罪，宜并讨之。"共王从其言，乃使公子婴齐领兵抄没巫臣之族，使公子侧领兵擒黑要而斩之。两族家财，尽为二将分得享

用。巫臣闻其家族被诛,乃遗书于二将,略云:

> 尔以贪谗事君,多杀不辜,余必使尔等疲于道路以死!

婴齐等秘其书,不使闻于楚王。巫臣为晋画策,请通好于吴国[8],因以车战之法,教导吴人。留其子狐庸仕于吴为行人[9],使通晋、吴之信,往来不绝。自此吴势日强,兵力日盛,尽夺取楚东方之属国。寿梦[10]遂僭爵为王。楚边境被其侵伐,无宁岁矣。后巫臣死,狐庸复屈姓,遂留仕吴,吴用为相国,任以国政。

冬十月,楚王拜公子婴齐为大将,同郑师伐卫,残破其郊。因移师侵鲁,屯于杨桥[11]之地。仲孙蔑请赂之。乃括国中良匠及织女、针女各百人,献于楚军,请盟而退。晋亦遣使邀鲁侯同伐郑国,鲁成公复从之。周定王二十年,郑襄公坚薨,世子费嗣位,是为悼公[12]。因与许国争田界,许君诉于楚,楚共王为许君理直,使人责郑。郑悼公怒,乃弃楚从晋。是年,郤克以箭伤失于调养,左臂遂损,乃告老;旋卒。栾书代为中军元帅。明年,楚公子婴齐帅师伐郑,栾书救之。

时晋景公以齐、郑俱服,颇有矜慢之心,宠用屠岸贾,游猎饮酒,复如灵公之日。赵同、赵括与其兄赵婴齐不睦,诬以淫乱之事,逐之奔齐,景公不能禁止。时梁山[13]无故自崩,壅塞河流,三日不通。景公使太史卜之。屠岸贾行赂于太史,使以"刑罚不中"为言,景公曰:"寡人未常过用刑罚,何为不中?"屠岸贾奏曰:"所谓刑罚不中者,失入失出,皆不中也。赵盾弑灵公于桃园,载在史册,此不赦之罪,成公不加诛戮,且以国政任之。延及于今,逆臣子孙,布满朝中,何以惩戒后人乎?且臣闻赵朔、原、屏[14]等,自恃宗族

娶夏姬巫臣逃晋 围下宫程婴匿孤

众盛，将谋叛逆。楼婴[15]欲行谏沮，被逐出奔。栾、郤二家，畏赵氏之势，隐忍不言。梁山之崩，天意欲主公声灵公之冤，正赵氏之罪耳。"景公自战邲时，已恶同、括专横，遂惑其言。问于韩厥，厥对曰："桃园之事，与赵盾何与？况赵氏自成季以来，世有大勋于晋。主公奈何听细人之言，而疑功臣之后乎？"景公意未释然。复问于栾书、郤锜。二人先受岸贾之嘱，含糊其词，不肯替赵氏分辨。景公遂信岸贾之言，以为实然。乃书赵盾之罪于版，付岸贾曰："汝好处分，勿惊国人！"

韩厥知岸贾之谋，夜往下宫[16]，报知赵朔，使预先逃遁。朔曰："吾父抗先君之诛，遂受恶名。今岸贾奉有君命，必欲见杀，朔何敢避？但吾妻见有身孕，已在临月，倘生女不必说了，天幸生男，尚可延赵氏之祀。此一点骨血，望将军委曲保全，朔虽死犹生矣。"韩厥泣曰："厥受知于宣孟[17]，以有今日，恩同父子。今日自愧力薄，不能断贼之头！所命之事，敢不力任？但贼臣蓄愤已久，一时发难，玉石俱焚，厥有力亦无用处。及今未发，何不将公主[18]潜送公宫，脱此大难？后日公子长大，庶有报仇之日也。"朔曰："谨受教！"二人洒泪而别。

赵朔私与庄姬约："生女当名曰文，若生男当名曰武，文人无用，武可报仇。"独与门客程婴言之。庄姬从后门上温车，程婴护送，径入宫中，投其母成夫人去了。夫妻分别之苦，自不必说。

比及天明，岸贾自率甲士，围了下宫。将景公所书罪版，悬于大门，声言："奉命讨逆。"遂将赵朔、赵同、赵括、赵旃各家老幼男女，尽行诛戮。旃子赵胜，时在邯郸，独免；后闻变，出奔于宋。当时杀得尸横堂户，血浸庭阶。简点人数，单单不见庄姬。岸贾曰：

"公主不打紧,但闻怀妊将产,万一生男,留下逆种,必生后患。"有人报说:"夜半有温车入宫。"岸贾曰:"此必庄姬也。"即时来奏晋侯,言:"逆臣一门,俱已诛绝,只有公主走入宫中。伏乞主裁!"景公曰:"吾姑[19]乃母夫人所爱,不可问也。"岸贾又奏曰:"公主怀妊将产,万一生男,留下逆种,异日长大,必然报仇,复有桃园之事,主公不可不虑!"景公曰:"生男则除之。"岸贾乃日夜使人探伺庄姬生产消息。数日后,庄姬果然生下一男。成夫人吩咐宫中,假说生女。屠岸贾不信,欲使家中乳媪入宫验之。庄姬情慌,与其母成夫人商议,推说所生女已死。此时景公耽于淫乐,国事全托于岸贾,恣其所为。岸贾亦疑所生非女,且未死,乃亲率女仆,遍索宫中。庄姬乃将孤儿置于裤中,对天祝告曰:"天若灭绝赵宗,儿当啼;若赵氏还有一脉之延,儿则无声。"及女仆牵出庄姬,搜其宫,一无所见,裤中绝不闻啼号之声。岸贾当时虽然出宫去了,心中到底狐疑。或言:"孤儿已寄出宫门去了。"岸贾遂悬赏于门:"有人首告孤儿真信,与之千金;知情不言,与窝藏反贼一例,全家处斩。"又吩咐宫门上出入盘诘。

却说赵盾有两个心腹门客,一个是公孙杵臼,一个是程婴。先前闻屠岸贾围了下宫,公孙杵臼约程婴同赴其难。婴曰:"彼假托君命,布词讨贼,我等与之俱死,何益于赵氏?"杵臼曰:"明知无益。但恩主有难,不敢逃死耳!"婴曰:"姬氏有孕,若男也,吾与尔共奉之;不幸生女,死犹未晚。"及闻庄姬生女,杵臼泣曰:"天果绝赵乎!"程婴曰:"未可信也,吾当察之。"乃厚赂宫人,使通信于庄姬。庄姬知程婴忠义,密书一"武"字递出。程婴私喜曰:"公主果生男矣!"及岸贾搜索宫中不得,程婴谓杵臼曰:"赵氏孤在宫中,索之不得,此天幸也!但可瞒过一时耳。后日事泄,屠贼又将搜索。必须用计,偷出宫门,藏于远地,方保无虞。"杵臼沉吟了半日,问婴曰:"立孤与死难,二者孰难?"婴曰:"死易耳,立孤难也。"杵臼曰:"子任其难,我任其易,何如?"婴曰:"计将安出?"杵臼曰:"诚得他人婴儿诈称赵孤,吾抱往首阳山中,汝当出首,说孤儿藏处。屠贼得伪孤,则真孤可免矣。"程婴曰:"婴儿易得也。必须窃得真孤出宫,方可保全。"杵臼曰:"诸将中惟韩厥受赵氏恩最深,可以窃孤之事托之。"程婴曰:"吾新生一儿,与孤儿诞期相近,可以代之。然子既有藏孤之罪,必当并诛,子先我而死,我心何忍?"因泣下不止。杵臼怒曰:"此大事,亦美事,何以泣为?"婴乃收泪而去。夜半,抱其子付于杵臼之手。即往见韩厥,先以"武"字示之,然后言及杵臼之谋。韩厥曰:"姬氏方有疾,命我求医。汝若哄得屠贼亲往首阳山,吾自有出孤之计。"

程婴乃扬言于众曰:"屠司寇欲得赵孤乎,曷为索之宫中?"屠氏门客闻之,问曰:"汝知赵氏孤所在乎?"婴曰:"果与我千金,当告汝。"门客引见岸贾,岸贾叩其姓氏。对曰:"程氏名婴,与公孙杵臼同事赵氏。公主生下孤儿,即遣妇人抱出宫门,托吾两人藏匿。婴恐日后事露,有人出首,彼获千金之赏,我受全家之戮,是以告之。"岸贾曰:"孤在何处?"婴曰:"请屏左右,乃敢言。"岸贾即命左右退避。婴告曰:"在首阳山深处,急往可得,不久当奔秦国矣。然须大夫自往。他人多与赵氏有旧,勿轻托也。"岸贾曰:"汝但随吾往,实则重赏,虚则死罪。"婴曰:"吾亦自山中来此,腹馁甚,幸赐一饭。"岸贾与之酒食。婴食毕,又催岸贾速行。岸贾自率家甲三千,使程婴前导,径往首阳山。纡回数里,路极幽僻,见临溪有草

第五十七回

庄数间,柴门双掩。婴指曰:"此即杵臼孤儿处也。"婴先叩门,杵臼出迎,见甲士甚众,为仓皇走匿之状。婴喝曰:"汝勿走,司寇已知孤儿在此,亲自来取,速速献出可也。"言未毕,甲士缚杵臼来见岸贾。岸贾问:"孤儿何在?"杵臼赖曰:"无有。"岸贾命搜其家,见壁室有锁甚固。甲士去锁,入其室,室颇暗,仿佛竹床之上,闻有小儿惊啼之声。抱之以出,锦绷绣褓[20],俨如贵家儿。杵臼一见,即欲夺之,被缚不得前。乃大骂曰:"小人哉,程婴也!昔下宫之难,我约汝同死,汝说:'公主有孕,若死,谁作保孤之人!'今公主将孤儿付我二人,匿于此山,汝与我同谋做事;却又贪了千金之赏,私行出首。我死不足惜,何以报赵宣孟之恩乎?"千小人,万小人,骂一个不住。程婴羞惭满面,谓岸贾曰:"何不杀之?"岸贾喝令:"将公孙杵臼斩首!"自取孤儿掷之于地,一声啼哭,化为肉饼,哀哉!髯翁有诗云:

一线宫中赵氏危,宁将血胤[21]代孤儿。

屠奸纵有弥天网,谁料公孙已售欺?

屠岸贾起身往首阳山擒捉孤儿,城中那一处不传遍,也有替屠家欢喜的,也有替赵家叹息的,那宫门盘诘,就怠慢了。韩厥却教心腹门客,假作草泽医人,入宫看病,将程婴所传"武"字,粘于药囊之上。庄姬看见,已会其意。诊脉已毕,讲几句胎前产后的套语,庄姬见左右宫人,俱是心腹,即以孤儿裹置药囊之中。那孩子啼哭起来,庄姬手抚药囊祝曰:"赵武,赵武!我一门百口冤仇,在你一点血泡身上,出宫之时,切莫啼哭!"吩咐已毕,孤儿啼声顿止,走出宫门,亦无人盘问。韩厥得了孤儿,如获至宝,藏于深室,使乳妇育之,虽家人亦无知其事者。

娶夏姬巫臣逃晋　围下宫程婴匿孤

屠岸贾回府，将千金赏赐程婴。程婴辞不愿赏。岸贾曰："汝原为邀赏出首，如何又辞？"程婴曰："小人为赵氏门客已久，今杀孤儿以自脱，已属非义，况敢利多金乎？倘念小人微劳，愿以此金收葬赵氏一门之尸，亦表小人门下之情于万一也。"岸贾大喜曰："子真信义之士也！赵氏遗尸，听汝收取不禁。即以此金为汝营葬之资。"程婴乃拜而受之。尽收各家骸骨，棺木盛殓，分别葬于赵盾墓侧。事毕，复往谢岸贾。岸贾欲留用之，婴流涕言曰："小人一时贪生怕死，作此不义之事，无面目复见晋人，从此将糊口远方矣。"程婴辞了岸贾，往见韩厥。厥将乳妇及孤儿交付程婴。婴抚为己子，携之潜入盂山藏匿。后人因名其山曰藏山，以藏孤得名也。

后三年，晋景公游于新田[22]，见其土沃水甘，因迁其国，谓之新绛。以故都为故绛。百官朝贺，景公设宴于内宫，款待群臣。日色过晡[23]，左右将治烛。忽然怪风一阵，卷入堂中，寒气逼人，在座者无不惊颤。须臾，风过，景公独见一蓬头大鬼，身长丈馀，披发及地，自户外而入，攘臂大骂曰："天乎！我子孙何罪，而汝杀之？我已诉闻于上帝，来取汝命！"言毕，将铜锤来打景公。景公大叫："群臣救我！"拔佩剑欲斩其鬼，误劈自己之指，群臣不知为何，慌忙抢剑。景公口吐鲜血，闷倒在地，不省人事。未知性命如何，且看下回分解。

---

〔1〕　袁娄：春秋时齐地名。在今山东临淄市西。

〔2〕　甗(yǎn 演)：古代炊饪器，以青铜或陶为之。上体圆，两耳似鼎，下

体三足似鬲。纪侯之甗,或是齐灭纪时所得之器。

〔3〕 萧君同叔之女:萧,宋附庸国名。同叔,萧国君之名。其女即齐国母萧太夫人。郤克讳言其身份,故意以此语称之。

〔4〕 王子:即楚庄王之次子公子穀臣。又,据第五十四回,公子穀臣被荀首射中右腕,被魏锜活捉,未言战死。但此处却一再言"尸",前后不统一。

〔5〕 公子婴齐:据第五十三回,欲娶夏姬者乃公子侧,而非婴齐。此处亦误。

〔6〕 轺(yáo遥)车:仅用一匹马所驾之轻便车。

〔7〕 邢:春秋时晋邑名。在今山西河津市境。

〔8〕 吴国:周时诸侯国名。开国之君为泰伯。泰伯乃周祖先太王(即古父亶父)之长子。太王欲传位给季历及其子昌(即周文王),故泰伯奔江南,文身断发,开创吴国。其地在今江苏、浙江一带。

〔9〕 行人:古代官名。掌国家宾客之礼籍,以接待四方之使者。

〔10〕 寿梦:吴泰伯十九世孙,僭号称王。在位二十五年(前585—前561)。

〔11〕 杨桥:春秋时鲁地名。地址不详。

〔12〕 悼公:郑悼公姬费(一作沸)。在位两年(前586—前585)。

〔13〕 梁山:晋境内山名,在今陕西韩城市境内。

〔14〕 原、屏:即赵同、赵括。赵同食采于原(原国旧地,今河南济源市西)。赵括食采于屏(地址不详)。

〔15〕 楼婴:即赵婴齐,或称赵婴,因食采于楼(今山西永和县南),故称。

〔16〕 下宫:本指亲庙,祖庙,此处疑为赵氏家族邸舍名。

〔17〕 宣孟:即赵盾。赵氏自盾后,皆称赵孟。盾谥宣,故称宣孟。韩厥自幼育于赵盾之家(见第四十八回),故云"受知"、"恩同父子"。

〔18〕 公主:《公羊传》云:"天子嫁女子于诸侯,必使诸侯同姓者主之,故谓之公主。"后诸侯之女也称公主,《史记·吴起列传》:"公叔为相,尚魏

公主。"

〔19〕 吾姑:庄姬乃成公之女,而景公乃成公世子,应称"姊"或"妹",不应称"姑"。

〔20〕 锦绷绣褓:绷,捆紧。褓,襁褓,指包婴儿的被毯。此指用锦绣包裹着的婴儿。

〔21〕 血胤:亲生儿子。胤,后代。父子气血相承,故称血胤。

〔22〕 新田:春秋时晋地名,即今山西侯马市。

〔23〕 晡:即申时。下午三至五时。

第五十八回

说秦伯魏相迎医　报魏锜养叔献艺

话说晋景公被蓬头大鬼所击，口吐鲜血，闷倒在地。内侍扶入内寝，良久方醒。群臣皆不乐而散。景公遂病不能起。左右或言："桑门大巫，能白日见鬼，盍往召之？"桑门大巫奉晋侯之召，甫入寝门，便言："有鬼！"景公问："鬼状何如？"大巫对曰："蓬头披发，身长丈馀，以手拍胸，其色甚怒。"景公曰："巫言与寡人所见正合，言寡人枉杀其子孙，不知此何鬼也？"大巫曰："先世有功之臣，其子孙被祸最惨者是也。"景公愕然曰："得非赵氏之祖乎？"屠岸贾在旁，即奏曰："巫者乃赵盾门客，故借端为赵氏讼冤，吾君不可听信。"景公嘿然[1]良久，又问曰："鬼可禳[2]否？"大巫曰："怒甚，禳之无益。"景公曰："然则寡人大限[3]何如？"大巫曰："小人冒死直言，恐君之病，不能尝新麦也。"屠岸贾曰："麦熟只在月内，君虽病，精神犹旺，何至如此？若主公得尝新麦，汝当死罪！"不由景公发落，叱之使出。大巫去后，景公病愈深，晋国医生入视，不识其症，不敢下药。

大夫魏锜之子魏相言于众曰："吾闻秦有名医二人，高和、高缓，得传授于扁鹊，能达阴阳之理，善攻内外之症，见为秦国太医。

说秦伯魏相迎医　报魏锜养叔献艺

欲治主公之病,非此人不可。盍往请之?"众曰:"秦乃吾之仇国,岂肯遣良医以救吾君哉?"魏相又曰:"恤患分灾,邻国之美事。某虽不才,愿掉三寸之舌,必得名医来晋。"众曰:"如此,则举朝皆拜子之赐矣!"

魏相即日束装,驰轺车星夜往秦。秦桓公问其来意。魏相奏曰:"寡君不幸而沾狂病,闻上国有良医和、缓,有起死回生之术,臣特来敦请,以救寡君。"桓公曰:"晋国无理,屡败我兵,吾国虽有良医,岂救汝君哉?"魏相正色曰:"明公之言差矣!夫秦、晋比邻之国,故我献公与尔穆公,结婚定好,世世相亲。尔穆公始纳惠公,复有韩原之来战;继纳文公,又有氾南之背盟[4]。不终其好,皆尔为之。文公即世,穆公又过听孟明,欺我襄公之幼弱,师出崤山,袭我属国,自取败衄。我获三帅,赦而不诛,旋违誓言,夺我王官[5]。灵、康之世[6],我一侵崇,尔即伐晋。及我景公问罪于齐,明公又遣杜回兴救齐之师[7]。败不知惩,胜不知止,弃好寻仇,莫不由秦。明公试思:晋犯秦乎?秦犯晋乎?今寡君有负兹[8]之忧,欲借针砭于高邻,诸臣皆曰:'秦绝我甚,必不许。'臣曰:'不然。秦君屡举不当,安知不悔于厥心?此行也,将假国手以修先君之旧好。'明公若不许,则诸臣之料秦者中矣!夫邻有恤患之谊,而明公废之;医有活人之心,而明公背之。窃为明公不取也。"秦桓公见魏相言辞慷慨,分剖详明,不觉起敬曰:"大夫以正见责寡人,敢不听教!"即诏太医高缓往晋。魏相谢恩,遂与高缓同出雍州,星夜望新绛而来。有诗为证:

　　婚媾于今作寇仇,幸灾乐祸是良谋。
　　若非魏相澜翻舌,安得名医到绛州?

第五十八回

时晋景公病甚危笃,日夜望秦医不至。忽梦有二竖子[9],从己鼻中跳出,一竖曰:"秦高缓乃当世之名医,彼若至,用药,我等必然被伤,何以避之?"又一竖子曰:"若躲在肓之上,膏之下[10],彼能奈我何哉?"须臾,景公大叫心膈[11]间疼痛,坐卧不安。少顷,魏相引高缓至,入宫诊脉毕,缓曰:"此病不可为矣!"景公曰:"何故?"缓对曰:"此病居肓之上,膏之下,既不可以灸攻,又不可以针达;即使用药之力,亦不能及。此殆天命也。"景公叹曰:"所言正合吾梦,真良医矣!"厚其饯送之礼,遣归秦国。

时有小内侍江忠,伏侍景公辛苦,早间不觉失睡。梦见背负景公,飞腾于天上,醒来与左右言之。值屠岸贾入宫问疾,闻其梦,贺景公曰:"天者阳明,病者阴暗;飞腾天上,离暗就明,君之疾必渐平矣。"晋侯是日,亦自觉胸膈稍宽,闻言甚喜。忽报:"甸人[12]来献新麦。"景公欲尝之,命饔人[13]取其半,舂而屑之为粥。屠岸贾恨桑门大巫言赵氏之冤,乃奏曰:"前巫者言主公不能尝新麦,今其言不验矣,可召而示之。"景公从其言,召桑门大巫入宫,使岸贾责之曰:"新麦在此,犹患不能尝乎?"巫者曰:"尚未可知。"景公色变。岸贾曰:"小臣咒诅,当斩!"即命左右牵去。大巫叹曰:"吾因明于小术,以自祸其身,岂不悲哉!"左右献大巫之首,恰好饔人将麦粥来献,时日已中矣。景公方欲取尝,忽然腹胀欲泄,唤江忠:"负我登厕。"才放下厕,一阵心疼,立脚不住,坠入厕中。江忠顾不得污秽,抱他起来,气已绝矣。到底不曾尝新麦,屈杀了桑门大巫,皆屠岸贾之过也!上卿栾书,率百官奉世子州蒲举哀即位,是为厉公[14]。众议江忠曾梦负公登天,后负公以出于厕,正应其梦,遂用江忠为殉葬焉。当时若不言其梦,无此祸矣。口舌害身,

说秦伯魏相迎医　报魏锜养叔献艺

不可不慎也！因晋景公为厉鬼击死，晋人多有言赵门冤枉之事者，只为栾、郤二家，都与屠岸贾交通相善，只有一个韩厥，孤掌难鸣，是以不敢为赵氏伸冤。

时宋共公遣上卿华元，行吊于晋，兼贺新君。因与栾书商议，欲合晋、楚之成，免得南北交争，生民涂炭。栾书曰："楚未可信也。"华元曰："元善于子重，可以任之。"栾书乃使其幼子栾针，同华元至楚，先与公子婴齐相见。婴齐见栾针年青貌伟，问于华元，知是中军元帅之子，欲试其才，问曰："上国用兵之法何如？"针对曰："整。"又问："更有何长？"针答曰："暇。"婴齐曰："人乱我整，人忙我暇，何战不胜？二字可谓简而尽矣！"由此倍加敬重。遂引见楚王，定议两国通和，守境安民，动干戈者，鬼神殛之！遂订期为盟。晋士燮，楚公子罢，共歃血于宋国西门之外。

楚司马公子侧，自以不曾与议，大怒曰："南北之不相通久矣！子重欲擅合成之功，吾必败之。"探知巫臣纠合吴子寿梦，与晋、鲁、齐、宋、卫、郑各国大夫会于钟离[15]，公子侧遂说楚王曰："晋、吴通好，必有谋楚之情。宋、郑俱从，楚之宇下一空矣。"共王曰："孤欲伐郑，奈西门之盟何？"公子侧曰："宋、郑受盟于楚，非一日矣，惟不顾盟，是以附晋。今日之事，惟利则进，何以盟为？"共王乃命公子侧帅师伐郑，郑复背晋从楚。此周简王十年[16]事也。

晋厉公大怒，集诸大夫计议伐郑。时栾书虽则为政，而三郤擅权。那三郤：乃郤锜、郤犨、郤至。锜为上军元帅，犨为上军副将，至为新军副将，犨子郤毅，至弟郤乞，并为大夫用事。伯宗为人，正直敢言，屡向厉公言："郤氏族大势盛，宜分别贤愚，稍抑其权，以保全功臣之后。"厉公不听。三郤恨伯宗入骨,遂谮伯宗谤毁朝政。厉公信之,反杀伯宗。其子伯州犁奔楚,楚用为太宰,与之谋晋。

厉公素性骄侈,兼好内外嬖幸甚多。外嬖胥童、夷羊五、长鱼矫、匠丽氏等一班少年,皆拜为大夫。内嬖美姬爱婢,不计其数。日事淫乐,好谀恶直,政事不修,群臣解体。士燮见朝政日非,不欲伐郑。郤至曰:"不伐郑,何以求诸侯?"栾书曰:"今日失郑,鲁、宋亦将离心,温季[17]之言是也。"楚降将苗贲皇亦劝伐郑,厉公从其言,独留荀䓨居守,遂亲率大将郤书、士燮、郤锜、荀偃、韩厥、郤至、魏锜、栾鍼等,出车六百乘,浩浩荡荡,杀奔郑国。一面使郤犨往鲁、卫各国,请兵助战。

郑成公闻晋兵势大,欲谋出降。大夫姚钩耳曰:"郑地褊小,间于两大,只宜择一强者而事之,岂可朝楚暮晋,而岁岁受兵乎?"郑成公曰:"然则何如?"钩耳曰:"依臣之见,莫如求救于楚。楚至,吾与之夹攻,大破晋兵,可保数年之安也。"成公遂遣钩耳往楚求救。楚共王终以西门之盟为嫌,不欲起兵,问于令尹婴齐。婴齐对曰:"我实无信,以致晋师,又庇郑而与之争,勤民以逞,胜不可必,不如待之。"公子侧进曰:"郑人不忍背楚,是以告急。前不救齐,今又不救郑,是绝归附者之望也。臣虽不才,愿提一旅,保驾前往,务要再奏'掬指'之功[18]。"共王大悦,乃拜司马公子侧为中军元帅,令尹公子婴齐为左军,右尹[19]公子壬夫将右军。自统亲军两广之众,望北进发,来救郑国。日行百里,其疾如风,早有哨马报入晋军。士燮私谓栾书曰:"君幼不知国事,吾伪为畏楚而避之,以儆君心,使知戒惧,犹可少安。"栾书曰:"畏避之名,书不敢居也。"士燮退而叹曰："此行得败为幸,万一战胜,外宁必有内忧,吾甚惧之!"

时楚兵已过鄢陵[20],晋兵不能前进,留屯彭祖冈[21],两下各安营下寨。来日,是六月甲午大尽之日[22],名为晦日。晦不行兵,晋军不做准备。五鼓漏尽[23],天色犹未大明,忽然寨外喊声大振。守营军士忙忙来报："楚军直逼本营,排下阵势。"栾书大惊曰："彼既压我军而阵,我军不能成列,交兵恐致不利。且坚守营垒,待从容设计以破之。"诸将纷纷议论,有言选锐突阵者,有言移兵退后者。时士燮之子名匄,年才一十六岁,闻众议不决,乃突入中军,禀于栾书曰："元帅患无战地乎?此易事也。"栾书曰："子有何计?"士匄曰："传令牢把营门,军士于寨内暗暗将灶土尽皆削平,并用木板掩盖,不过半个时辰,结阵有馀地矣。既成列于军中,决开营垒,以为战道,楚其奈我何哉?"栾书曰："井灶乃军中急务,平灶塞井,何以为食?"匄曰："先命各军预备干粮净水,足支一二日,俟布阵已定,分拨老弱于营后另作井灶就之。"士燮本不欲战,见其子进计,大怒,骂曰："兵之胜负,关系天命。汝童子有何知识,敢在此摇唇鼓舌?"遂拔戈逐之。众将把士燮抱住,士匄方能走脱。栾书笑曰："此童子之智,胜于范孟[24]也。"乃从士匄之计,令各寨多造干粮,然后平灶掩井,摆列阵势,准备来日交兵。胡曾咏史诗云：

军中列阵本奇谋,士燮抽戈若寇仇。

岂是心机逊童子,老成忧国有深筹。

却说楚共王直逼晋营而阵,自谓出其不意,军中必然扰乱。却寂然不见动静,乃问于太宰伯州犁曰："晋兵坚垒不动,子晋人也,必知其情。"州犁曰:"请王登辇车而望之。"楚王登辇车,使州犁立于其侧。王问曰:"晋兵驰骋,或左或右者何也?"州犁对曰:"召军吏也。"王曰:"今又群聚于中军矣。"州犁曰:"合而为谋也。"又望曰:"忽然张幕何故?"州犁曰:"虔告于先君也。"又望曰:"今又撤幕矣。"对曰:"将发军令也。"又望曰:"军中为何喧哗,飞尘不止?"对曰:"彼因不得成列,将塞井平灶,为战地耳。"又望曰:"车皆驾马矣,将士升车矣。"对曰:"将结阵也。"又望曰:"升车者何以复下?"对曰:"将战而祷神也。"又望曰:"中军势似甚盛,其君在乎?"对曰:"栾、范之族,挟公而阵,不可轻敌也。"楚王尽知晋国之情,乃戒谕军中,打点来日交锋之事。楚之降将苗贲皇[25]亦侍于晋侯之侧,献策曰:"自令尹孙叔之死,军政无常。两广精兵,久不选换,老不堪战者多矣。且左右二帅,不相和睦。此一战楚可败也。"髯翁有诗云:

　　楚用州犁本晋良,晋人用楚是贲皇。

　　人才难得须珍重,莫把谋臣借外邦。

　　是日,两军各坚垒相持,未战。楚将潘党于营后试射红心,连中三矢,众将哄然赞美。适值养由基至,众将曰:"神箭手来矣!"潘党怒曰:"我的箭何为不如养叔?"养由基曰:"汝但能射中红心,未足为奇;我之箭能百步穿杨!"众将问曰:"何为百步穿杨?"由基曰:"曾有人将颜色认记杨树一叶,我于百步外射之,正穿此叶中心,故曰百步穿杨。"众将曰:"此间亦有杨树,可试射否?"由基曰:"何为不可。"众将大喜曰:"今日乃得观养叔神箭也!"乃取墨涂记杨枝一叶,使由基于百步外射之,其箭不见落下。众将往察之,箭为杨枝挂住,其镞正贯于叶心。潘党曰:"一箭偶中耳!若依我说,将三叶次第记认,你次第射中,方见高手。"由基曰:"恐未必能,且试为之。"潘党于杨树上高低不等,涂记了三叶,写个"一""二""三"字。养由基也认过了,退于百步之外,将三矢也记个"一""二""三"的号数,以次发之,依次而中,不差毫厘。众将皆拱手曰:"养叔真神人也!"潘党虽然暗暗称奇,终不免自家要显所长,乃谓由基曰:"养叔之射,可谓巧矣!然杀人还以力胜,吾之射能贯数层坚甲,亦当为诸君试之。"众将皆曰:"愿观。"潘党教随行组甲之士,脱下甲来,叠至五层。众将曰:"足矣。"潘党命更迭二层,共是七层。众将想道:"七层甲,差不多有一尺厚,如何射得过?"潘党教把那七层坚甲,绷于射鹄[26]之上。也立在百步之外,挽起黑雕弓,拈着狼牙箭,左手如托泰山,右手如抱婴儿,觑得端端正正,尽力发去。扑的一声,叫道:"着了!"只见箭上,不见箭落,众人上前看时,齐声喝采起来道:"好箭,好箭!"原来弓劲力深,这枝箭直透过七层坚甲,如钉钉物,穿的坚牢,摇也摇不动。潘党面有德色,叫军士将层甲连箭取下,欲以遍夸营中。养由基且教:"莫动!吾亦试射一箭,未知何如?"众将曰:"也要看养叔神力。"由基拈弓在手,欲射复止。众将曰:"养叔如何不射?"由基曰:"只依样穿札,未为希罕,我有个送箭之法。"说罢,搭上箭,飕的射去,叫声:"正好!"这枝箭不上不下,不左不右,恰恰的将潘党那一枝箭,兜底送出布鹄那边去了。由基这枝箭,依旧穿于层甲孔内。众将看时,无不吐舌。潘党方才心服,叹曰:"养叔妙手,吾不及也!"史传上载楚王猎于荆山,山上有通臂猿[27],善能接矢。楚兵围之数重,王命左右发矢,俱为猿所接。乃召养由基。猿闻由基之名,

即便啼号。及由基到,一发而中猿心。其为春秋第一射手,名不虚传矣。潜渊有诗云:

  落乌[28]贯虱[29]名无偶,百步穿杨更罕有。
  穿札[30]将军未足奇,强中更有强中手。

众将曰:"晋、楚相持,吾王正在用人之际,两位将军,有此神箭,当奏闻吾王,美玉不可韫椟[31]而藏。"乃命军士将箭穿层甲,抬到楚共王面前,养由基和潘党一同过去。众将将两人先后赌射之事,细细禀知楚王:"我国有神箭如此,何愁晋兵百万?"楚王大怒曰:"将以谋胜,奈何以一箭侥幸耶?尔自恃如此,异日必以艺死!"尽收由基之箭,不许复射。养由基羞惭而退。

  次日五鼓,两军中各鸣鼓进兵。晋上军元帅郤锜攻楚左军,与公子婴齐对敌。下军元帅韩厥攻楚右军,与公子壬夫对敌。栾书、士燮各帅本部车马,中军护驾,与楚共王和公子侧对敌。这边晋厉公是郤毅为御,栾鍼为车右将军,郤至等引新军,为后队接应。那边楚共王出阵。上午本该乘右广,那右广却是养由基为将,共王怪由基恃射夸嘴,不用右广,反乘了左广。却是彭名为御,屈荡为车右将军。郑成公引本国车马为后队接应。

  却说厉公头带冲天凤翅盔,身披蟠龙红锦战袍,腰悬宝剑,手提方天大戟,乘着金叶包裹的戎辂。右有栾书,左有士燮,展开军门,杀奔楚阵来。谁知阵前却有一窝泥淖,黎明时候,未曾看得仔细,郤毅御车勇猛,刚刚把晋侯车轮陷于淖中,马不能走。楚共王之子熊茷,他少年好勇,领着前队,望见晋侯车陷,驱车飞赶过来。那边栾鍼忙跳下车,立于泥淖之中,尽平生气力,双手将两轮扶起,车浮马动,一步步挣出泥淖来。那边熊茷将次赶到。这里栾书的军马亦到,大喝:"小将不得无礼!"熊茷见旗上有"中军元帅"字,知是大军,吃了一惊,回车便走,被栾书追上,活捉过来。楚军见熊茷有失,一齐来救。却得士燮引兵杀出,后队郤至等俱到,楚兵恐堕埋伏,收兵回营。晋兵亦不追赶,各自归寨。哨马探听楚左军持重,晋上军不曾交战,下军战二十馀合,互有杀伤。胜负未分,约定来日再战。栾书将熊茷献功,晋侯欲斩之。苗贲皇进曰:"楚王闻其子被擒,明日必来亲自出战,可囚熊茷于军前,往来诱之。"晋侯曰:"善。"一夜安息无话。

黎明,栾书命开营索战,大将魏锜告书曰:"吾夜来梦见天上一轮明月,遂弯弓射之,正中月心,射出月中一股金光,直泻下来。慌忙退步,不觉失脚,陷于营前泥淖之内,猛然惊觉。此何兆也?"栾书详之曰:"周之同姓为日,异姓为月。射月而中,必楚君矣。然泥淖乃泉壤之中,退入于泥,亦非吉兆。将军必慎之!"魏锜曰:"苟能破楚,虽死何恨!"栾书遂许魏锜打阵。楚将工尹襄出头。战不数合,晋兵推出囚车,在阵上往来。楚共王见其子熊茷被囚于阵,急得心生烟火,忙叫彭名鞭马上前,来抢囚车。魏锜望见,撇了尹襄,径追楚王,架起一枝箭,飕的射去,正中楚王的左眼。潘党力战,保得楚王回车。楚王负痛拔箭,其瞳子随镞而出,掷于地下。有小卒拾而献曰:"此龙睛,不可轻弃。"楚王乃纳于箭袋之中。晋兵见魏锜得利,一齐杀上。公子侧引兵抵死拒敌,救脱了楚共王。郤至围住了郑成公,赖御者将大旆藏于弓衣[32]之内,成公亦走脱。

时楚王怒甚,急唤神箭将军养由基速来救驾。养由基闻唤,慌

第 五 十 八 回

忙驰到，身边并无一箭。楚王乃抽二矢付之曰："射寡人乃绿袍虬髯者，将军为寡人报仇。将军绝艺，想不费多矢也。"由基领箭，飞车赶入晋阵，正撞见绿袍虬髯者，知是魏锜。大骂："匹夫有何本事，辄敢射伤吾主？"魏锜方欲答话，由基发箭已到，正射中魏锜项下，伏于弓衣而死。栾书引军夺回其尸。由基馀下一矢，缴还楚王，奏曰："仗大王威灵，已射杀绿袍虬髯将矣！"共王大喜，自解锦袍赐之，并赐狼牙箭百枝。军中称为"养一箭"，言不消第二箭也。有诗为证：

鞭马飞车虎下山，晋兵一见胆生寒。

万人丛里诛名将，一矢成功奏凯还。

却说晋兵追逐楚兵至紧，养由基抽矢控弦，立于阵前，追者辄射杀之，晋兵乃不敢逼。楚将婴齐、壬夫闻楚王中箭，各来接应，混战一场，晋兵方退。栾鍼望见令尹旗号，知是公子婴齐之军，请于晋侯曰："臣前奉使于楚，楚令尹子重问晋国用兵之法，臣以'整暇'二字对。今混战未见其整，各退未见其暇。臣愿使行人持饮献之，以践昔日之言。"晋侯曰："善。"栾鍼乃使行人执酒榼[33]，造于婴齐之军，曰："寡君乏人，命鍼持矛车右，故不得亲犒从者，使某代进一觞。"婴齐悟昔日"整暇"之言，乃叹曰："小将军可谓记事矣！"受其榼，对使饮之，谓使者曰："来日阵前，当面谢也。"行人归述其语。栾鍼曰："楚君中矢，其师尚未肯退，奈何？"苗贲皇曰："蒐阅车乘，补益士卒，秣马厉兵，修阵固列，鸡鸣饱食，决一死战，何畏乎楚？"时郤犨、栾黡从鲁、卫请兵回转，言二国各起兵来助，已在二十里远近。楚谍探知，报闻楚王。楚王大惊曰："晋兵已众，鲁、卫又来，如之奈何？"即使左右召中军元帅公子侧商议。不知后事如何,且看下回分解。

---

〔1〕 嘿然:沉默不语的样子。嘿,同"默"。

〔2〕 禳(ráng 瓤):祈祷以消除灾祸。

〔3〕 大限:指死期。

〔4〕 氾南之背盟:指秦、晋同伐郑,秦据氾南,却毁盟班师,并留兵助郑一事。见第四十三回。

〔5〕 夺我王官:指孟明二次兴师,取晋王官城。见第四十六回。

〔6〕 灵、康之世:指晋灵公与秦康公时代。二公同年(前620)嗣位。

〔7〕 遣杜回兴救齐之师:按第五十五回记秦派杜回争夺潞地。

〔8〕 负兹:指诸侯患病。天子患病称不豫,诸侯患病称负兹,大夫患病称犬马,士庶患病称采薪。

〔9〕 竖子:小子、童子。指极小之人。

〔10〕 肓(huāng 荒)之上,膏之下:指心脏附近。中医以胸腹间横膈膜为肓,心脏下部为膏。

〔11〕 心膈(gé 格):胸部。

〔12〕 甸人:官名。掌田野之事及公族死刑。

〔13〕 饔(yōng 拥)人:官名。掌割治烹调之事。

〔14〕 厉公:晋厉公姬州蒲,或作州满,《史记》作寿曼。在位八年(前580—前573)。

〔15〕 钟离:春秋时吴、楚相邻之邑。在今安徽凤阳县东北。

〔16〕 周简王十年:周简王姬夷,周定王子。在位十四年(前585—前572)。简王十年,即公元前五七六年。

〔17〕 温季:即郤至。温为其采邑,季乃排行。

〔18〕 "掬指"之功:指晋楚邲之战,晋败军争先渡河,先乘者以刀断后攀

者之指,"舟中之指可掬也"。见第五十四回。

〔19〕 右尹:楚官名。位在令尹之下。

〔20〕 鄢陵:本西周鄢国地。春秋初郑武公灭鄢后,改称鄢陵。在今河南鄢陵县西北。

〔21〕 彭祖冈:古地名。在今鄢陵城北二十里。

〔22〕 大尽之日:即旧历大月三十日。大尽,即大月之末。

〔23〕 五鼓漏尽:古代以鼓报更,五鼓即五更。漏为古代计时器。以滴水计时,昼夜各百刻。漏尽即夜尽。

〔24〕 范孟:即士燮。士燮食邑于范,排行为孟。

〔25〕 苗贲皇:即斗贲皇。斗越椒子,越椒被杀后奔晋。食邑于苗,故称。

〔26〕 射鹄:射箭的靶子。

〔27〕 通臂猿:传说中的一种猿。其两臂可互通,能此长彼短。

〔28〕 落乌:乌,借指太阳,因太阳中有阴影形似乌鸦。相传唐尧时十日并出,草木枯焦,射手羿射落九日。见《淮南子·本经》。此以羿比养由基。

〔29〕 贯虱:射中虱子,言射技高明。典出《列子·汤问》:纪昌学射于飞卫,飞卫命昌先学视,悬虱于牖而望之。三年之后,见虱大于车轮。乃射之,贯虱之心而悬不绝。

〔30〕 札:指盔甲上的叶片。

〔31〕 韫(yùn 运)椟:藏在匣子里。

〔32〕 弓衣:即箭袋。

〔33〕 榼(kē 科):古代盛酒器,似杯而大。

第五十九回

宠胥童晋国大乱　诛岸贾赵氏复兴

话说楚中军元帅公子侧平日好饮，一饮百觚[1]不止，一醉竟日不醒。楚共王知其有此毛病，每出军，必戒使绝饮。今日晋、楚相持，有大事在身，涓滴不入于口。是日，楚王中箭回寨，含羞带怒。公子侧进曰："两军各已疲劳，明日且暂休息一日，容臣从容熟计，务要与主公雪此大耻。"公子侧辞回中军，坐至半夜，计未得就。有小竖名谷阳，乃公子侧贴身宠用的。见主帅愁思劳苦，客中藏有三重[2]美酒，暖一瓯以进。公子侧嗅之，愕然曰："酒乎？"谷阳知主人欲饮，而畏左右传说，乃诡言曰："非酒，乃椒汤耳。"公子侧会其意，一吸而尽，觉甘香快嗓，妙不可言！问："椒汤还有否？"谷阳曰："还有。"谷阳只说椒汤，只顾满斟献上。公子侧枯肠久渴，口中只叫："好椒汤！竖子爱我！"斟来便吞，正不知饮了多少，颓然大醉，倒于坐席之上。

楚王闻晋令鸡鸣出战，且鲁、卫之兵又到，急遣内侍往召公子侧来，共商应敌之策。谁知公子侧沉沉冥冥，已入醉乡，呼之不应，扶之不起。但闻得一阵酒臭，知是害酒，回复楚王。楚王一连遣人十来次催并。公子侧越催得急，越睡得熟。小竖谷阳泣曰："我本

第 五 十 九 回

爱元帅而送酒,谁知反以害之!楚王知道,连我性命难保,不如逃之。"时楚王见司马不到,没奈何,只得召令尹婴齐计议。婴齐原与公子侧不合,乃奏曰:"臣逆知晋兵势盛,不可必胜,故初议不欲救郑,此来都出司马主张。今司马贪杯误事,臣亦无计可施。不如乘夜悄悄班师,可免挫败之辱。"楚王曰:"虽然如此,司马醉在中军,必为晋军所获,辱国非小。"乃召养由基曰:"仗汝神箭,可拥护司马回国也。"当下暗传号令,拔寨都起,郑成公亲帅兵护送出境,只留养由基断后。由基思想道:"等待司马酒醒,不知何时?"即命左右便将公子侧扶起,用革带缚于车上,叱令逐队前行,自己率弓弩手三百人,缓缓而退。

黎明,晋军开营索战,直逼楚营,见是空幕,方知楚军已遁去矣。栾书欲追之,士燮力言不可。谍者报:"郑国各处严兵固守。"栾书度郑不可得,乃唱凯而还。鲁、卫之兵,亦散归本国。

却说公子侧行五十里之程,方才酒醒。觉得身子绷急,大叫:"谁人缚我?"左右曰:"司马酒醉,养将军恐乘车不稳,所以如此。"乃急将革带解去。公子侧双眼尚然朦胧,问道:"如今车马往那里走?"左右曰:"是回去的路。"又问:"如何便回?"左右曰:"夜来楚王连召司马数次,司马醉不能起。楚王恐晋军来战,无人抵敌,已班师矣。"公子侧大哭曰:"竖子害杀我也!"急唤谷阳,已逃去不知所之矣。楚共王行二百里,不见动静,方才放心。恐公子侧惧罪自尽,乃遣使传命曰:"先大夫子玉之败,我先君不在军中。今日之战,罪在寡人,无与司马之事。"婴齐恐公子侧不死,别遣使谓公子侧曰:"先大夫子玉之败,司马所知也。纵吾王不忍加诛,司马何面目复临楚军之上乎?"公子侧叹曰:"令尹以大义见责,侧其敢贪生乎？"乃自缢而死。楚王叹息不已。此周简王十一年事。髯仙有诗言酒之误事。诗云：

眇目君王资老谋，英雄谁想困糟丘[3]？
竖儿爱我翻成害，谩说能消万事愁。

话分两头。却说晋厉公胜楚回朝，自以为天下无敌，骄侈愈甚。士燮逆料晋国必乱，郁郁成疾，不肯医治，使太祝祈神，只求早死。未几卒，子范匄嗣。时胥童巧佞便给[4]，最得宠幸。厉公欲用为卿，奈卿无缺。胥童奏曰："今三郤并执兵权，族大势重，举动自专，将来必有不轨之事，不如除之。若除郤氏之族，则位署多虚，但凭主公择爱而立之，谁敢不从？"厉公曰："郤氏反状未明，诛之恐群臣不服。"胥童又奏曰："鄢陵之战，郤至已围郑君，两下并车，私语多时，遂解围放郑君去了。其间必先有通楚事情。只须问楚公子熊茷，便知其实。"厉公即命胥童往召熊茷。

胥童谓熊茷曰："公子欲归楚乎？"茷对曰："思归之甚，恨不能耳！"胥童曰："汝能依我一事，当送汝归。"熊茷曰："惟命。"胥童遂附耳言："若见晋侯，问起郤至之事，必须如此恁般答。"熊茷应允。胥童遂引至内朝来见。晋厉公屏去左右，问："郤至曾与楚私通否？汝当实言，我放汝回国。"熊茷曰："恕臣无罪，臣方敢言。"厉公曰："正要你说实话，何罪之有？"熊茷曰："郤氏与吾国子重，二人素相交善，屡有书信相通，言：'君侯不信大臣，淫乐无度，百姓胥怨，非吾主也。人心更思襄公，襄公有孙名周，见在京师。他日南北交兵，幸而师败，吾当奉孙周以事楚。'独此事臣素知之，他未闻也。"按晋襄公之庶长子名谈[5]，自赵盾立灵公，谈避居于

第 五 十 九 回

周,在单襄公[6]门下。后谈生下一子,因是在周所生,故名曰周。当时灵公被弑,人心思慕文公,故迎立公子黑臀。黑臀传欢[7],欢传州蒲。至是,州蒲淫纵无子,人心复思慕襄公。故胥童教熊茷使引孙周,以摇动厉公之意。熊茷言之未已,胥童接口曰:"怪得前日鄢陵之战,郤犨与婴齐对阵,不发一矢,其交通之情可见矣。郤至明纵郑君,又何疑焉?主公若不信,何不遣郤至往周告捷,使人窥之,若果有私谋,必与孙周私下相会。"厉公曰:"此计甚当。"遂遣郤至献楚捷于周。胥童阴使人告孙周曰:"晋国之政,半在郤氏,今温季来王都献捷,何不见之?他日公孙复还故国,也有个相知。"孙周以为然。郤至至周,公事已毕,孙周遂至公馆相拜。未免详叩本国之事,郤至一一告之,谈论半日而别。厉公使人探听回来,传说如此。熊茷所言,果然是实。遂有除郤氏之意,尚未发也。

一日,厉公与妇人饮酒,索鹿肉为馔甚急。使寺人孟张往市取鹿,市中适当缺乏。郤至自郊外载一鹿于车上,从市中而过。孟张并不分说,夺之以去。郤至大怒,弯弓搭箭,将孟张射死,复取其鹿。厉公闻之,怒曰:"季子太欺余也!"遂召胥童、夷羊五等一班嬖人共议,欲杀郤至。胥童曰:"杀郤至,则郤锜、郤犨必叛,不如并除之。"夷羊五曰:"公私甲士,约可八百人,以君命夜帅以往,乘其无备,可必胜也。"长鱼矫曰:"三郤家甲,倍于公宫,斗而不胜,累及君矣。方今郤至兼司寇之职,郤犨又兼士师,不如诈为狱讼,觑便刺之,汝等引兵接应可也。"厉公曰:"妙哉!我使力士清沸魋助汝。"长鱼矫打听三郤是日在讲武堂议事,乃与清沸魋各以鸡血涂面,若争斗相杀者,各带利刀,扭结到讲武堂来,告诉曲直。郤犨不知是计,下坐问之。清沸魋假作禀话,挨到近身,抽刀刺犨,中其腰，扑地便倒。郤锜急拔佩刀来砍沸魋，却是长鱼矫接住，两个在堂下战将起来。郤至捉空趋出，升车而逃。沸魋把郤犨再砍一刀，眼见得不活了，便来夹攻郤锜。锜虽是武将，争奈沸魋有千斤力气的人，长鱼矫且是年少手活，一个人怎战得他两个人过，亦被沸魋擖倒[8]。长鱼矫见走了郤至，道："不好了！我追赶他去。"也是三郤合当同日并命，正走之间，遇着胥童、夷羊五引着八百甲士来到，口中齐叫："晋侯有旨，只拿谋反郤氏，不得放走了！"郤至见不是头，回车转来，劈面撞见长鱼矫，一跃上车。郤至早已心慌，不及措手，被长鱼矫乱砍，便割了头。清沸魋把郤锜、郤犨都割了头，血淋淋的三颗首级，提入朝门。有诗为证：

无道君昏臣不良，纷纷嬖幸擅朝堂。

一朝过听谗人语，演武堂前起战场。

却说上军副将荀偃，闻本帅郤锜在演武堂遇贼，还不知何人。即时驾车入朝，欲奏闻讨贼。中军元帅栾书，不约而同，亦至朝门，正遇胥童引兵到来。书、偃不觉大怒，喝曰："我只道何人为乱，原来是你鼠辈！禁地威严，甲士谁敢近前？还不散去！"胥童也不答话，即呼于众曰："栾书、荀偃，与三郤同谋反叛，甲士与我一齐拿下，重重有赏！"甲士奋勇上前，围裹了书、偃二人，直拥至朝堂之上。厉公闻长鱼矫等干事回来，即时御殿。看见甲士纷纷，倒吃了一惊，问胥童曰："罪人已诛，众军如何不散？"胥童奏曰："拿得叛党书、偃，请主公裁决！"厉公曰："此事与书、偃无与。"长鱼矫跪至晋侯膝前，密奏曰："栾、郤同功一体之人，荀偃又是郤锜部将。三郤被诛，栾、荀二氏必不自安，不久将有为郤氏复仇之事。主公今日不杀二人，朝中不得太平。"厉公曰："一朝而杀三卿，又波及他

689

第 五 十 九 回

族,寡人不忍也!"乃恕书、偃无罪,还复原职。书、偃谢恩回家。长鱼矫叹曰:"君不忍二人,二人将忍于君矣!"即时逃奔西戎去了。

厉公重赏甲士,将三郤尸首,号令朝门,三日,方听改葬。其郤氏之族,在朝为官者,姑免死罪,尽罢归田。以胥童为上军元帅,代郤锜之位,以夷羊五为新军元帅,代郤犫之位,以清沸魋为新军副将,代郤至之位。楚公子熊茷释放回国。胥童既在卿列,栾书、荀偃羞与同事,每每称病不出。胥童恃晋侯之宠,不以为意。

一日,厉公同胥童出游于嬖臣匠丽氏之家。家在太阴山之南,离绛城二十馀里,三宿不归。荀偃私谓栾书曰:"君之无道,子所知也。吾等称疾不朝,目下虽得苟安,他日胥童等见疑,复诬我等以怨望之名,恐三郤之祸,终不能免,不可不虑。"栾书曰:"然则何如?"荀偃曰:"大臣之道,社稷为重,君为轻。今百万之众,在子掌握,若行不测[9]之事,别立贤君,谁敢不从?"栾书曰:"事可必济乎?"荀偃曰:"龙之在渊,没人[10]不可窥也;及其离渊就陆,童子得而制之。君游于匠丽氏,三宿不返,此亦离渊之龙矣,尚何疑哉?"栾书叹曰:"吾世代忠于晋家,今日为社稷存亡,出此不得已之计,后世必议我为弑逆,我亦不能辞矣!"乃商议忽称病愈,欲见晋侯议事。预使牙将[11]程滑,将甲士三百人,伏于太阴山之左右。二人到匠丽氏谒见厉公,奏言:"主公弃政出游,三日不归,臣民失望,臣等特来迎驾还朝。"厉公被强不过,只得起驾。胥童前导,书、偃后随。行至太阴山下,一声炮响,伏兵齐起。程滑先将胥童砍死。厉公大惊,从车上倒跌下来。书、偃吩咐甲士将厉公拿住。屯兵于太阴山下,囚厉公于军中。栾书曰:"范、韩二氏,将来恐有异言,宜假君命以召之。"荀偃曰:"善。"乃使飞车二乘,分召士匄、韩厥二将。使者至士匄之家,士匄问:"主公召我何事?"使者不能答。匄曰:"事可疑矣。"即遣心腹左右,打听韩厥行否。韩厥先以病辞。匄曰:"智者所见略同也。"栾书见匄、厥俱不至,问荀偃:"此事如何?"偃曰:"子已骑虎背,尚欲下耶?"栾书点头会意。是夜,命程滑献酖酒于厉公,公饮之而薨。即于军中殡殓,葬于翼城东门之外。士匄、韩厥骤闻君薨,一齐出城奔丧,亦不问君死之故。

葬事既毕,栾书集诸大夫共议立君。荀偃曰:"三郤之死,胥童谤谓欲扶立孙周,此乃谶[12]也。灵公死于桃园,而襄遂绝后,天意有在,当往迎之。"群臣皆喜。栾书乃遣荀罃如京师,迎孙周为君。周是时十四岁矣,生得聪颖绝人,志略出众。见荀罃来迎,问其备细,即日辞了单襄公,同荀罃归晋。行至地名清原[13],栾书、荀偃、士匄、韩厥一班卿大夫,齐集迎接。孙周开言曰:"寡人羁旅他邦,且不指望还乡,岂望为君乎?但所贵为君者,以命令所自出也。若以名奉之,而不遵其令,不如无君矣。卿等肯用寡人之命,只在今日;如其不然,听卿等更事他人。孤不能拥空名于上,为州蒲之续也。"栾书等俱战栗再拜曰:"群臣愿得贤君而事,敢不从命!"既退,栾书谓诸臣曰:"新君非旧比也,当以小心事之。"

孙周进了绛城,朝于太庙,嗣晋侯之位,是为悼公[14]。即位之次日,即面责夷羊五、清沸魋等逢君于恶之罪,命左右推出朝门斩之,其族俱逐出境外。又将厉公之死,坐罪程滑,磔之于市。吓得栾书终夜不寐。次日,即告老致政,荐韩厥以自代。未几,惊忧

第五十九回

成疾而卒。悼公素闻韩厥之贤，拜为中军元帅，以代栾书之位。

韩厥托言谢恩，私奏于悼公曰："臣等皆赖先世之功，得侍君左右。然先世之功，无有大于赵氏者。衰佐文公，盾佐襄公，俱能输忠竭悃[15]，取威定伯。不幸灵公失政，宠信奸臣屠岸贾，谋杀赵盾，出奔仅免。灵公遭兵变，被弑于桃园。景公嗣立，复宠屠岸贾。岸贾欺赵盾已死，假称赵氏弑逆，追治其罪，灭绝赵宗，臣民愤怨，至今不平。天幸赵氏有遗孤赵武尚在，主公今日赏功罚罪，大修晋政，既已正夷羊五等之罚，岂可不追录赵氏之功乎？"悼公曰："此事寡人亦闻先人言之，今赵氏何在？"韩厥对曰："当时岸贾索赵氏孤儿甚急，赵之门客曰公孙杵臼程婴，杵臼假抱遗孤，甘就诛戮，以脱赵武；程婴将武藏匿于盂山，今十五年矣。"悼公曰："卿可为寡人召之。"韩厥奏曰："岸贾尚在朝中，主公必须秘密其事。"悼公曰："寡人知之矣。"韩厥辞出宫门，亲自驾车，往迎赵武于盂山。程婴为御，当初从故绛城而出，今日从新绛城而入，城郭俱非，感伤不已。

韩厥引赵武入内宫，朝见悼公。悼公匿于宫中，诈称有疾。明日，韩厥率百官入宫问安，屠岸贾亦在。悼公曰："卿等知寡人之疾乎？只为功劳簿上有一件事不明，以此心中不快耳！"诸大夫叩首问曰："不知功劳簿上，那一件不明？"悼公曰："赵衰、赵盾，两世立功于国家，安忍绝其宗祀？"众人齐声应曰："赵氏灭族，已在十五年前，今主公虽追念其功，无人可立。"悼公即呼赵武出来，遍拜诸将。诸将曰："此位小郎君何人？"韩厥曰："此所谓孤儿赵武也。向所诛赵孤，乃门客程婴之子耳。"屠岸贾此时魂不附体，如痴醉一般，拜伏于地上，不能措一词。悼公曰："此事皆岸贾所为，今日不族[16]岸贾,何以慰赵氏冤魂于地下?"叱左右:"将岸贾绑出斩首!"即命韩厥同赵武,领兵围屠岸贾之宅,无少长皆杀之。赵武请岸贾之首,祭于赵朔之墓。国人无不称快。潜渊咏史诗曰:

岸贾当时灭赵氏,今朝赵氏灭屠家。

只争十五年前后,怨怨仇仇报不差!

晋悼公既诛岸贾,即召赵武于朝堂,加冠,拜为司寇,以代岸贾之职。以前田禄,悉给还之。又闻程婴之义,欲用为军正。婴曰:"始吾不死者,以赵氏孤未立也。今已复官报仇矣,岂可自贪富贵,令公孙杵臼独死?吾将往报杵臼于地下!"遂自刎而亡。赵武抚其尸痛哭,请于晋侯,殡殓从厚,与公孙杵臼同葬于云中山,谓之"二义"冢。赵武服齐衰[17]三年,以报其德。有诗为证:

阴谷[18]深藏十五年,裤中儿报祖宗冤。

程婴杵臼称双义,一死何须问后先!

再说悼公既立赵武,遂召赵胜[19]于宋,复以邯郸畀之。又大正群臣之位,贤者尊之,能者使之。录前功,赦小罪,百官济济,各称其职。且说几个有名的官员:韩厥为中军元帅,士匄副之;荀䓨为上军元帅,荀偃副之;栾黡为下军元帅,士鲂副之;赵武为新军[20]元帅,魏相副之;祁奚为中军尉,羊舌职副之;魏绛为中军司马;张老为候奄[21];韩无忌掌公族大夫[22];士渥浊为太傅;贾辛为司空;栾纠为亲军戎御;荀宾为车右将军;程郑为赞仆[23];铎遏寇为舆尉[24];籍偃为舆司马[25]。百官既具,大修国政:蠲逋[26]薄敛,济乏省役,振废起滞,恤鳏惠寡,百姓大悦。宋、鲁诸国闻之,莫不来朝。惟有郑成公因楚王为他射损其目,感切于心,不肯事晋。

第 五 十 九 回

楚共王闻厉公被弑，喜形于色，正思为复仇之举。又闻新君嗣位，赏善罚恶，用贤图治，朝廷清肃，内外归心，伯业将复兴，不觉喜变为愁。即召群臣商议，要去扰乱中原，使晋不能成伯。令尹婴齐束手无策。公子壬夫进曰："中国惟宋爵尊国大，况其国介于晋、吴之间，今欲扰乱晋伯，必自宋始。今宋大夫鱼石、向为人、鳞朱、向带、鱼府五人，与右师华元相恶，见今出奔在楚。若资以兵力，用之伐宋，取得宋邑，即以封之，此以敌攻敌之计。晋若不救，则失诸侯矣；若救宋，必攻鱼石，我坐而观其成败，亦一策也。"共王乃用其谋。即命壬夫为大将，用鱼石等为向导，统大军伐宋。不知胜负如何，且看下回分解。

---

〔1〕 觚（gū 孤）：古代盛酒器，兼作量器。一升曰爵，二升曰觚。

〔2〕 三重：酒酿三次叫三重。

〔3〕 糟丘：指酒糟堆积如山。比喻沉溺于酒。

〔4〕 巧佞便给：指花言巧语谄媚于人。

〔5〕 庶长子名谈：据《史记·晋世家》，晋襄公少子名捷，捷生谈，则姬谈乃晋襄公之孙。上文"襄公有孙名周"，亦误。姬周应为襄公之曾孙。

〔6〕 单（shàn 善）襄公：单本诸侯国名，故址在今河南孟津县北，时属东周畿内。单襄公即周朝卿士单朝。

〔7〕 "黑臀传欢"：黑臀即晋成公。晋成公传景公。景公名獳（见第五十二回），《史记》作"据"。晋公名欢（即骦）者乃文公之子，即晋襄公。见四十四回。此处疑误。

〔8〕 擉（chuò 辍）：刺，扎。

〔9〕 不测:无法料到的情况。常用作死亡之类重大变故。

〔10〕 没人:潜水之人。

〔11〕 牙将:下级将领。

〔12〕 谶(chèn 趁):预兆,指将来会应验的话。

〔13〕 清原:春秋时晋地名。在今山西稷山县东南。

〔14〕 悼公:晋悼公姬周,晋襄公曾孙。在位十五年(前572—前558)。

〔15〕 输忠竭悃(kǔn 捆):尽心竭力,忠诚不二。悃,诚心。

〔16〕 族:指全家斩首之酷刑。

〔17〕 齐衰(zī cuī 资崔):丧服名。五服之一,仅次于斩衰。其服以粗麻布制成,因缉边缝齐,故名齐衰。三年为最长的丧期。子为母辈始服齐衰三年。

〔18〕 阴谷:指山谷中深密隐秘之处。

〔19〕 赵胜:赵旃之子。赵氏被诛时,因聘齐返至邯郸得免。故奔宋避祸。见第五十七回。

〔20〕 新军:此时晋有四军。除上、中、下三军外,另设新军。原新上下军俱裁撤。

〔21〕 候奄:官名,一称候正。为军中主管侦察谍报诸事。

〔22〕 公族大夫:古官名。主管教训公族子弟。

〔23〕 赞仆:古官名。主乘马之事。

〔24〕 舆尉:军中官职名。主管辎重。

〔25〕 舆司马:军中官职名。主管兵甲。

〔26〕 蠲(juān 捐)逋:免去拖欠的租赋。蠲,免除。逋,拖欠的租税。

第 六 十 回

智武子分军肆敌　偪阳城三将斗力

话说周简王十三年[1]夏四月,楚共王用右尹壬夫之计,亲统大军,同郑成公伐宋。以鱼石等五大夫为向导,攻下彭城[2]。使鱼石等据之,留下三百乘,屯戍其地。共王谓五大夫曰:"晋方通吴,与楚为难,而彭城乃吴、晋往来之径。今留重兵助汝,进战则可以割宋国之封,退守亦可以绝吴、晋之使。汝宜用心任事,勿负寡人之托!"共王归楚。

是冬,宋平公[3]使大夫老佐帅师围彭城。鱼石统戍卒迎战,为老佐所败。楚令尹婴齐闻彭城被围,引兵来救。老佐恃勇轻敌,深入楚军,中箭而亡。婴齐遂进兵侵宋。宋平公大惧,使右师华元至晋告急。韩厥言于悼公曰:"昔文公之伯,自救宋始。兴衰之机,在此一举,不可以不勤也。"乃大发使,征兵于诸侯。悼公亲统大将韩厥、荀偃、栾黡等,先屯兵于台谷[4]。婴齐闻晋兵大至,乃班师归楚。

周简王十四年,悼公帅宋、鲁、卫、曹、莒、邾、滕、薛八国之兵,进围彭城。宋大夫向戌使士卒登轒车,向城上四面呼曰:"鱼石等背君之贼,天理不容!今晋统二十万之众,蹂破孤城,寸草不留。

智武子分军肆敌　偪阳城三将斗力

汝等若知顺逆,何不擒逆贼来降?免使无辜被戮。"如此传呼数遍,彭城百姓闻之,皆知鱼石理亏,开门以纳晋师。时楚戍虽众,鱼石等不加优恤,莫肯效力。晋悼公入城,戍卒俱奔散。韩厥擒鱼石,栾黡、荀偃擒鱼府,宋向戌擒向为人、向带,鲁仲孙蔑擒鳞朱,各解到晋悼公处献功。悼公命将五大夫斩首,安置其族于河东壶丘[5]之地。遂移师问罪于郑。楚右尹壬夫侵宋以救郑,诸侯之师还救宋,因各散归。

是年,周简王崩,世子泄心即位,是为灵王[6]。灵王自始生时,口上便有髭须,故周人谓之髭王。髭王元年夏,郑成公疾笃,谓上卿公子偑曰:"楚君以救郑之故,矢及于目,寡人未之敢忘。寡人死后,诸卿切勿背楚!"嘱罢遂薨。公子骈等奉世子髡顽即位,是为僖公[7]。

晋悼公以郑人未服,大合诸侯于戚[8]以谋之。鲁大夫仲孙蔑献计曰:"郑地之险,莫如虎牢,且楚、郑相通之要道也。诚筑城设关,留重兵以逼之,郑必从矣。"楚降将巫臣献计曰:"吴与楚一水相通,自臣往岁聘吴,约与攻楚,吴人屡次侵扰楚属,楚人苦之。今莫若更遣一介[9],导吴伐楚,楚东苦吴兵,安能北与我争郑乎?"晋悼公两从之。时齐灵公亦遣世子光,同上卿崔杼来会所,听晋之命。悼公乃合九路诸侯兵力,大城虎牢,增置墩台[10]。大国抽兵千人,小国五百三百,共守其地。郑僖公果然恐惧,始行成于晋。晋悼公乃还。

时中军尉祁奚年七十馀矣,告老致政。悼公问曰:"孰可以代卿者?"奚对曰:"莫如解狐。"悼公曰:"闻解狐卿之仇也,何以举之?"奚对曰:"君问可,非问臣之仇也。"悼公乃召解狐,未及拜官,

第 六 十 回

狐已病死。悼公复问曰："解狐之外,更有何人？"奚对曰："其次莫如午。"悼公曰："午非卿之子耶？"奚对曰："君问可,非问臣之子也。"悼公曰："今中军尉副羊舌职亦死,卿为我并择其代。"奚对曰："职有二子,曰赤,曰肸,二人皆贤,惟君所用。"悼公从其言,以祁午为中军尉,羊舌赤副之。诸大夫无不悦服。

话分两头。再说巫臣之子巫狐庸,奉晋侯命,如吴见吴王寿梦,请兵伐楚。寿梦许之,使世子诸樊为将,治兵于江口。早有谍人报入楚国。楚令尹婴齐奏曰："吴师从未至楚,若一次入境,后将复来。不如先期伐之。"共王以为然。婴齐乃大阅舟师,简精卒二万人,由大江袭破鸠兹[11],遂欲顺流而下。骁将邓廖进曰："长江水溜,进易退难。小将愿率一军前行,得利则进,失利亦不至于大败。元帅屯兵于郝山矶[12],相机观变,可以万全。"婴齐然其策,乃选组甲[13]三百人,被练袍者[14]三千人,皆气强力大,一可当十者,大小舟共百艘,一声炮响,船头望东进发。早有哨船探知鸠兹失事,来报世子诸樊。诸樊曰："鸠兹既失,楚兵必乘胜东下,宜预备之。"乃使公子夷昧,帅舟师数十艘,于东西梁山[15]诱敌;公子馀祭,伏兵于采石港[16]。邓廖兵过郝山矶,望梁山有兵船,奋勇前进。夷昧略战,即佯败东走。邓廖追过采石矶,遇诸樊大军,方接战,未十馀合,采石港中炮声大振,馀祭伏兵从后夹攻,前后矢发如雨点,邓廖面中三矢,犹拔箭力战。夷昧乘艨艟[17]大舰至,舰上俱精选勇士,以大枪乱捣敌船,船多覆溺。邓廖力尽被执,不屈而死。馀军得逃者,惟组甲八十,被练甲者三百人而已。婴齐惧罪,方欲掩败为功。谁知吴世子诸樊乘胜,反进兵袭楚,婴齐大败而回,鸠兹仍复归吴。婴齐羞愤成疾,未至郢都,遂卒。史臣有

智武子分军肆敌　偪阳城三将斗力

诗云：

　　乘车射御教吴人，从此东方起战尘。

　　组甲成擒名将死，当年错着族巫臣。

　　共王乃进右尹壬夫为令尹。壬夫赋性贪鄙，索赂于属国。陈成公不能堪，乃使辕侨如请服[18]于晋。晋悼公大合诸侯于鸡泽[19]，再会诸侯于戚。吴子寿梦亦来会好，中国之势大振。楚共王怒失陈国，归罪于壬夫，杀之。用其弟公子贞字子囊者代为令尹。大阅师徒，出车五百乘伐陈。时陈成公午已薨，世子弱嗣位，是为哀公[20]。惧楚兵威，复归附于楚。晋悼公闻之大怒，欲起兵与楚争陈。忽报无终国君嘉父，遣大夫孟乐至晋，献虎豹之皮百个。奏言："山戎诸国，自齐桓公征服，一向平靖。近因燕、秦微弱，山戎窥中国无伯，复肆侵掠。寡君闻晋君精明，将绍桓文之业，因此宣晋威德，诸戎情愿受盟。因此寡君遣微臣奉闻，惟赐定夺。"悼公集诸将商议，皆曰："戎狄无亲，不如伐之。昔者，齐桓公之伯，先定山戎，后征荆楚，正以豺狼之性，非兵威不能制也。"司马魏绛独曰："不可。今诸侯初合，大业未定，若兴兵伐戎，楚兵必乘虚而生事，诸侯必叛晋而朝楚。夫夷狄，禽兽也。诸侯，兄弟也。今得禽兽而失兄弟，非策也。"悼公曰："戎可和乎？"魏绛对曰："和戎之利有五：戎与晋邻，其地多旷，贱土贵货，我以货易土，可以广地，其利一也。侵掠既息，边民得安意耕种，其利二也。以德怀远，兵车不劳，其利三也。戎狄事晋，四邻震动，诸侯畏服，其利四也。我无北顾之忧，得以专意于南方，其利五也。有此五利，君何不从？"悼公大悦，即命魏绛为和戎之使。同孟乐先至无终国，与国王嘉父商议停当。嘉父乃号召山戎[21]诸国，并至无终，歃血定

699

第六十回

盟："方今晋侯嗣伯,主盟中华,诸戎愿奉约束,捍卫北方,不侵不叛,各保宁宇。如有背盟,天地不佑!"诸戎受盟,各各欢喜,以土宜[22]献魏绛,绛分毫不受。诸戎相顾曰:"上国使臣,廉洁如此!"倍加敬重。魏绛以盟约回报悼公,悼公大悦。

时楚令尹公子贞已得陈国,又移兵伐郑。因虎牢有重兵戍守,不走氾水一路,却由许国望颍水[23]而来。郑僖公髡顽大惧,集六卿共议。那六卿:公子騑字子驷、公子发字子国、公子嘉字子孔,三位俱穆公之子,于僖公为叔祖辈;公孙辄字子耳,乃公子去疾之子,公孙虿字子蟜,乃公子偃之子,公孙舍之字子展,乃公子喜之子,三位俱穆公之孙,袭父爵为卿,于僖公为叔辈。这六卿都是尊行,素执郑政。僖公髡顽心高气傲,不甚加礼,以此君臣积不相能[24]。上卿公子騑尤为枘凿[25]。今日会议之际,僖公主意,欲坚守以待晋救。公子騑开言曰:"谚云:'远水岂能救近火?'不如从楚。"僖公曰:"从楚则晋师又至,何以当之?"公子騑对曰:"晋与楚谁怜我者?我亦何择于二国?惟强者则事之。今后请以牺牲玉帛待于境外,楚来则盟楚,晋来则盟晋。两雄并争,必有大屈。强弱既分,吾因择强者而庇民焉,不亦可乎?"僖公不从其计,曰:"如驷言,郑朝夕待盟,无宁岁矣!"欲遣使求援于晋。诸大夫惧违公子騑之意,莫肯往者。僖公发愤自行,是夜宿于驿舍。公子騑使门客伏而刺之,托言暴疾。立其弟嘉为君,是为简公[26]。使人报楚曰:"从晋皆髡顽之意,今髡顽已死,愿听盟罢兵!"楚公子贞受盟而退。

晋悼公闻郑复从楚,乃问于诸大夫曰:"今陈、郑俱叛,伐之何先?"荀罃对曰:"陈国小地偏,无益于成败之数。郑为中国之枢,自来图伯,必先服郑。宁失十陈,不可失一郑也。"韩厥曰:"子羽识见明决,能定郑者必此人,臣力衰智耄,愿以中军斧钺[27]让之。"悼公不许,厥坚请不已,乃从之。韩厥告老致政,荀䓨遂代为中军元帅,统大军伐郑。兵至虎牢,郑人请盟,荀䓨许之。比及晋师返旆,楚共王亲自伐郑,复取成而归。

悼公大怒,问于诸大夫曰:"郑人反覆,兵至则从,兵撤复叛,今欲得其坚附,当用何策?"荀䓨献计曰:"晋所以不能收郑者,以楚人争之甚力也。今欲收郑,必先敝楚,欲敝楚,必用以逸待劳之策。"悼公曰:"何谓以逸待劳之策?"荀䓨对曰:"兵不可以数动,数动则疲;诸侯不可以屡勤,屡勤则怨。内疲而外怨,以此御楚,臣未见其胜也。臣请举四军之众,分而为三,将各国亦分派配搭。每次只用一军,更番出入,楚进则我退,楚退则我复进,以我之一军,牵楚之全军。彼求战不得,求息又不得,我无暴骨[28]之凶,彼有道涂之苦,我能亟往,彼不能亟来。如是而楚可疲,郑可固也。"悼公曰:"此计甚善!"即命荀䓨治兵于曲梁[29],三分四军,定更番之制。荀䓨登坛出令,坛上竖起一面杏黄色大旆,上写"中军元帅智"他本荀氏,为何却写"智"字?因荀䓨、荀偃叔侄同为大将,军中一姓,嫌无分别。䓨父荀首食采于智[30],偃父荀庚自晋作三行时,曾为中行将军,故又以智氏,中行氏别之。自此荀䓨号为智䓨,荀偃号为中行偃,军中耳目,就不乱了。这都是荀䓨的法度。坛下分立三军:

  第一军,上军元帅荀偃,副将韩起,鲁、曹、邾三国以兵从,中军副将范匄接应;

  第二军,下军元帅栾黡,副将士鲂,齐、滕、薛三国以兵从,中军上大夫魏颉接应;

第 六 十 回

第三军,新军元帅赵武,副将魏相,宋、卫、邾[31]三国以兵从,中军下大夫荀会接应。

荀䓨传令:第一次上军出征,第二次下军出征,第三次新军出征。中军兵将,分配接应,周而复始。但取盟约归报,便算有功,更不许与楚兵交战。公子杨干,乃悼公之同母弟,年方一十九岁,新拜中军戎御[32]之职,血气方刚,未经战阵。闻得治兵伐郑,磨拳擦掌,巴不得独当一队,立刻上前厮杀。不见智䓨点用,心中一股锐气,按纳不住,遂自请为先锋,愿效死力。智䓨曰:"吾今日分军之计,只要速进速退,不以战胜为功。分派已定,小将军虽勇,无所用之。"杨干固请自效。荀䓨曰:"既小将军坚请,权于荀大夫部下接应新军。"杨干又道:"新军派在第三次出征,等待不及,求拨在第一军部下。"智䓨不从。杨干恃自家是晋侯亲弟,迳将本部车卒,自成一队,列于中军副将范匄之后。司马魏绛奉将令整肃行伍,见杨干越次成列,即鸣鼓告于众曰:"杨干故违将令,乱了行伍之序,论军法本该斩首。念是晋侯亲弟,姑将仆御代戮,以肃军政。"即命军校擒其御车之人斩之,悬首坛下,军中肃然。杨干素骄贵自恣,不知军法。见御人被戮,吓得魂不附体,十分惧怕中,又带了三分羞、三分恼。当下驾车驰出军营,迳奔晋悼公之前,哭拜于地,诉说魏绛如此欺负人,无颜见诸将之面。悼公爱弟之心,不暇致详,遂拂然大怒曰:"魏绛辱寡人之弟,如辱寡人。必杀魏绛,不可纵也!"乃召中军尉副羊舌职往取魏绛。羊舌职入宫见悼公曰:"绛志节之士,有事不避难,有罪不避刑,军事已毕,必当自来谢罪,不须臣往。"顷刻间,魏绛果至,右手仗剑,左手执书,将入朝待罪。至午门,闻悼公欲使人取己,遂以书付仆人,令其申奏,便欲

智武子分军肆敌　偪阳城三将斗力

伏剑而死。只见两位官员,喘吁吁的奔至,乃是下军副将士鲂,主候[33]大夫张老。见绛欲自刎,忙夺其剑曰:"某等闻司马入朝,必为杨公子之事,所以急趋而至,欲合词禀闻主公。不识司马为何轻生如此?"魏绛具说晋侯召羊舌大夫之意。二人曰:"此乃国家公事,司马奉法无私,何必自丧其身?不须令仆上书,某等愿代为启奏。"三人同至宫门,士鲂、张老先入,请见悼公,呈上魏绛之书。悼公启而览之,略云:

> 君不以臣为不肖,使承中军司马之乏。臣闻三军之命,系于元帅;元帅之权,在乎命令。有令不遵,有命不用,此河曲之所以无功,邲城之所以致败也[34]。臣戮不用命者,以尽司马之职。臣自知上触介弟,罪当万死!请伏剑于君侧,以明君侯亲亲之谊。

悼公读罢其书,急问士鲂张老曰:"魏绛安在?"鲂等答曰:"绛惧罪欲自杀,臣等力止之,见在宫门待罪!"悼公悚然起席,不暇穿履,遂跣足步出宫门,执魏绛之手,曰:"寡人之言,兄弟之情也;子之所行,军旅之事也。寡人不能教训其弟,以犯军刑,过在寡人,于卿无与,卿速就职。"羊舌职在旁大声曰:"君已恕绛无罪,绛宜退!"魏绛乃叩谢不杀之恩。羊舌职与士鲂、张老,同时稽首称贺曰:"君有奉法之臣如此,何患伯业不就?"四人辞悼公一齐出朝。悼公回宫,大骂杨干:"不知礼法,几陷寡人于过,杀吾爱将!"使内侍押往公族大夫韩无忌处,学礼三月,方许相见。杨干含羞郁郁而去。髯翁有诗云:

> 军法无亲敢乱行,中军司马面如霜。
> 悼公伯志方磨励[35],肯使忠臣剑下亡?

第 六 十 回

　　智罃定分军之令,方欲伐郑。廷臣传报:"宋国有文书到来。"悼公取览,乃是楚、郑二国相比[36],屡屡兴兵,侵掠宋境,以偪阳[37]为东道,以此告急。上军元帅荀偃请曰:"楚得陈、郑而复侵宋,意在与晋争伯也。偪阳为楚伐宋之道,若兴师先向偪阳,可一鼓而下。前彭城之围,宋向戌有功,因封之以为附庸,使断楚道,亦一策也。"智罃曰:"偪阳虽小,其城甚固,若围而不下,必为诸侯所笑。"中军副将士匄曰:"彭城之役,我方伐郑,楚则侵宋以救之。虎牢之役,我方平郑,楚又侵宋以报之。今欲得郑,非先为固宋之谋不可。偃言是也。"荀罃曰:"二子能料偪阳必可灭乎?"荀偃、士匄同声应曰:"都在小将二人身上。如若不能成功,甘当军令!"悼公曰:"伯游倡之,伯瑕助之,何忧事不济乎?"乃发第一军往攻偪阳,鲁、曹、邾三国皆以兵从。偪阳大夫妘斑献计曰:"鲁师营于北门,我伪启门出战,其师必入攻;俟其半入,下悬门以截之。鲁败,则曹、邾必惧,而晋之锐气亦挫矣。"偪阳子用其计。

　　却说鲁将孟孙蔑率其部将叔梁纥、秦堇父、狄虒弥等攻北门,只见悬门不闭,堇父同虒弥恃勇先进,叔梁纥继之。忽闻城上豁喇一声,将悬门当着叔梁纥头顶上放将下来。纥即投戈于地,举双手把悬门轻轻托起。后军就鸣金起来。堇父、虒弥二将,恐后队有变,急忙回身。城内鼓角大振,妘斑引着大队人车,尾后追逐。望见一大汉,手托悬门,以出军将。妘斑大骇,想道:"这悬门自上放下,不是千斤力气,怎抬得住?若闯出去,反被他将门放下,可不利害!"且自停车观望。叔梁纥待晋军退尽,大叫道:"鲁国有名上将叔梁纥在此!有人要出城的,趁我不曾放手,快些出去!"城中无

智武子分军肆敌　偪阳城三将斗力

人敢应。妘斑弯弓搭箭，方欲射之。叔梁纥把双手一掀，就势撒开，那悬门便落了闸口。纥回至本营，谓董父、虎弥曰："二位将军之命，悬于我之两腕也。"董父曰："若非鸣金，吾等已杀入偪阳城，成其大功矣。"虎弥曰："只看明日，我要独攻偪阳，显得鲁人本事。"

至次日，孟孙蔑整队向城上搦战[38]，每百人为一队。狄虎弥曰："我不要人帮助，只单身自当一队足矣。"乃取大车轮一个，以坚甲蒙之，紧紧束缚，左手执以为橹[39]；右握大戟，跳跃如飞。偪阳城上，望见鲁将施逞勇力，乃悬布于城下，叫曰："我引汝登城，谁人敢登，方见真勇。"言犹未已，鲁军队中一将出应曰："有何不敢！"此将乃秦董父也。即以手牵布，左右更换，须臾盘至城堞。偪阳人以刀割断其布，董父从半空中蹾将下来。偪阳城高数仞，若是别人，这一跌，纵然不死，也是重伤。董父全然不觉。城上布又垂下，问道："再敢登么？"董父又应曰："有何不敢！"手借布力，腾身复上。又被偪阳人断布扑地，又一大跌。才爬起来，城上布又垂下，问道："还敢不敢？"董父声愈厉，答曰："不敢不算好汉！"挽布如前。偪阳人看见董父再坠再登，全无畏惧，倒着了忙。急割布时，已被董父捞着一人，望城下一摔，跌个半熟。董父亦随布坠下，反向城上叫道："你还敢悬布否？"城上应曰："已知将军神勇，不敢复悬矣。"董父遂取断布三截，遍示诸队，众人无不吐舌。孟孙蔑叹曰："诗云：'有力如虎。'此三将足当之矣！"

妘斑见鲁将凶猛，一个赛一个，遂不敢出战，吩咐军民竭力固守。各军自夏四月丙寅日围起，至五月庚寅，凡二十四日，攻者已倦，应者有馀。忽然天降大雨，平地水深三尺，军中惊恐不安。荀

第 六 十 回

偃、士匄虑水患生变,同至中军来禀智䓖,欲求班师。不知智䓖肯听从否,再看下回分解。

---

〔1〕 周简王十三年:即公元前573年。

〔2〕 彭城:春秋时宋邑名。即今江苏省徐州市。

〔3〕 宋平公:名子成,宋共公少子。在位四十四年(前575—前532)。

〔4〕 台谷:古地名。故址不详。疑为宋地。

〔5〕 壶丘:春秋时晋地名。在今山西垣曲县东南。

〔6〕 灵王:周灵王姬泄心,在位二十七年(前571—前545)。

〔7〕 僖公:郑僖公姬髡顽,在位五年(前570—前566)。

〔8〕 戚:春秋时卫邑名。在今河南濮阳市北。

〔9〕 介:本指使臣之副手,此指使臣。

〔10〕 墩(dūn 敦)台:报警台。

〔11〕 鸠兹:春秋时吴地名。在今安徽芜湖市东南。

〔12〕 郝山矶:古地名。即《左传》中之衡山,乃今安徽当涂县东北之横山。

〔13〕 组甲:指用丝绵所织之带以穿甲片而成的甲衣。此指士兵。

〔14〕 被(pī 披)练袍者:练是煮熟的生丝,用以穿甲片成衣,故称练袍。被练袍者为徒兵。组甲乃驾车之武士。

〔15〕 东西梁山:古山名。在今安徽和县、当涂县间。在和县者为西梁山,在当涂者为东梁山。两山隔江对峙如门,故又称天门山。

〔16〕 采石港:古地名。即今安徽马鞍山市西南采石镇。

〔17〕 艨艟(méng chōng 蒙充):大型战船。

〔18〕 请服:意同请成,即求和。服,服从,服事。

〔19〕 鸡泽:春秋时地名,在今河北邯郸市东北。

〔20〕 哀公：陈哀公妫弱，在位三十五年（前568—前534）。

〔21〕 山戎：北方少数民族部族名。散处于今河北迁安、卢龙一带。即第九回、二十一回之北戎、令支。

〔22〕 土宜：当地土特产。

〔23〕 颍水：古河流名，即今颍河。经登封、禹县南流至临颍。楚兵由陈至郑，经许至颍河，是走南路。而由氾水经虎牢，乃为东路。

〔24〕 积不相能：意同素不相能，即多年不和。能，和睦，融洽。

〔25〕 枘（ruì 锐）凿：卯眼和榫头。意指方枘圆凿，两不相容。

〔26〕 简公：郑简公姬嘉，在位三十六年（前565—前530）。

〔27〕 斧钺（yuè 月）：钺即大斧。斧、钺均为兵器。此作元帅指挥权的象征物。

〔28〕 暴骨：暴露尸骨，指战死沙场。

〔29〕 曲梁：春秋时地名。本潞国地，后属晋。在今山西省长治市潞城区北。

〔30〕 智：晋邑名，在今山西永济市北。

〔31〕 郳（ní 泥）：周代附庸国名，一称小邾。故址在今山东滕州境。

〔32〕 戎御：军中官职名。乃兵车驾御者，即车右。《国语·晋语七》韦昭注："戎御，御公戎车。"

〔33〕 主候：军中官职名。主管斥候之事，即负责侦察敌情者。

〔34〕 "此河曲"二句：前句指秦晋河曲之战，见第四十八回。后句指晋楚邲之战，见第五十四回。两次战争皆因部将骄纵，破坏军令，才导致无功或失败。

〔35〕 磨励：即磨练。

〔36〕 比：勾结。

〔37〕 偪（fú 扶）阳：周代诸侯国名。妘姓，子爵。地在今山东枣庄市峄城区南。

〔38〕 搦（nuò 懦）战：挑战。

〔39〕 橹（lǔ 鲁）：兵器，即大盾。

707

第六十一回

晋悼公驾楚会萧鱼　孙林父因歌逐献公

话说晋及诸侯之兵，围了偪阳城二十四日，攻打不下。忽然天降大雨，平地水深三尺。荀偃、士匄二将，虑军心有变，同至中军来禀智罃曰："本意谓城小易克。今围久不下，天降大雨，又时当夏令，水潦[1]将发。泡水[2]在西，薛水[3]在东，潍水[4]在东北，三水皆与泗水相通。万一连雨不止，三水横溢，恐班师不便。不如暂归，以俟再举。"智罃大怒，取所凭之几，向二将掷之，骂曰："老夫可曾说来，'城小而固，未易下也。'竖子自任可灭，在晋侯面前，一力承当。牵帅老夫，至于此地！攻围许久，不见尺寸之效，偶然天雨，便欲班师。来由得你，去由不得你！今限汝七日之内，定要攻下偪阳。若还无功，照军令状斩首！速去！勿再来见！"二将吓得面如土色，喏喏连声而退。谓本部军将曰："元帅立下严限，七日若不能破城，必取吾等之首。今我亦与尔等立限，六日不能破城，先斩汝等，然后自刎，以申军法。"众将皆面面相觑。

偃、匄曰："军中无戏言！吾二人当亲冒矢石，昼夜攻之，有进无退。"约会鲁、曹、邾三国，一齐并力。时水势稍退，偃、匄乘辇车，身先士卒，城上矢石如雨，全然不避。自庚寅日攻起，至甲午日,城中矢石俱尽。荀偃附堞[5]先登,士匄继之,各国军将,亦乘势蚁附而上。妘斑巷战而死。智䓨入城,偪阳君率群臣迎降于马首。智䓨尽收其族,留于中军。计攻城至城破之日,才五日耳。若非智䓨发怒,此举无功矣。髯翁有诗云:

仗钺登坛无地天,偏裨何事敢侵权?

一人投杌[6]三军惧,不怕隆城铁石坚。

时悼公恐偪阳难下,复挑选精兵二千人,前来助战。行至楚丘[7],闻智䓨已成大功,遂遣使至宋,以偪阳之地封宋向戌。向戌同宋平公亲至楚丘来见晋侯。向戌辞不受封,悼公乃归地于宋公。宋、卫二君,各设享款待晋侯。智䓨述鲁三将之勇,悼公各赐车服,乃归。悼公以偪阳子助楚,废为庶人,选其族人之贤者,以主妘姓之祀,居于霍城[8]。其秋,荀会卒,悼公以魏绛能执法,使为新军副将。以张老为司马。

是冬,第二军伐郑,屯于牛首[9],复添虎牢之戍。适郑人尉止作乱,杀公子骈、公子发、公孙辄于西宫之朝。骈之子公孙夏字子西,发之子公孙侨字子产,各帅家甲攻贼,贼败走北宫[10]。公孙虿亦率众来助,遂尽诛尉止之党,立公子嘉为上卿。栾黡请曰:"郑方有乱,必不能战,急攻之可拔也。"智䓨曰:"乘乱不义。"命缓其攻。公子嘉使人行成,智䓨许之。比及楚公子贞来救郑,则晋师已尽退矣。郑复与楚盟。传称:"晋悼公三驾服楚。"此乃"三驾"之一。周灵王九年[11]事也。

明年夏,晋悼公以郑人未服,复以第三军伐郑。宋向戌之兵,先至东门,卫上卿孙林父帅师同邾人屯于北鄙,晋新军元帅赵武等,营于西郊之外,荀䓨帅大军自北林[12]而西,扬兵于郑之南门,

第六十一回

约会各路军马，同日围郑。郑君臣大惧，又遣使行成。荀䓨又许之，乃退师于宋地。郑简公亲至亳城[13]之北，大犒诸军，与荀䓨等歃血为盟，晋、宋各军方散。此乃"三驾"之二。楚共王大怒，使公子贞往秦借兵，约共伐郑。时秦景公之妹，嫁为楚王夫人，两国有姻好。乃使大将嬴詹帅车三百乘助战。共王亲帅大军，望荥阳进发，曰："此番不灭郑，誓不班师！"

却说郑简公自亳城北盟晋而归，逆知楚军旦暮必至，大集群臣计议。诸大夫皆曰："方今晋势强盛，楚不如也。但晋兵来甚缓，去甚速，两国未尝见个雌雄，所以交争不息。若晋肯致死于我，楚力不逮，必将避之，从此可专事于晋矣。"公孙舍之献策曰："欲晋致死于我，莫如怒之。欲激晋之怒，莫如伐宋。宋与晋最睦，我朝伐宋，晋夕伐我。晋能骤来，楚必不能，我乃得有词于楚也。"诸大夫皆曰："此计甚善！"正计议间，谍人探得楚国借兵于秦的消息来报。公孙舍之喜曰："此天使我事晋也！"众人不解其意。舍之曰："秦、楚交伐，郑必重困。乘其未入境，当往迎之，因导之使同伐宋国。一则免楚之患，二则激晋之来，岂非一举两得？"郑简公从其谋，即命公孙舍之乘单车星夜南驰。渡了颍水，行不一舍，正遇楚军，公孙舍之下车拜伏于马首之前。楚共王厉色问曰："郑反覆无信，寡人正来问罪，汝来却是何意？"舍之奏曰："寡君怀大王之德，畏大王之威，所愿终身宇下，岂敢离遏[14]？无奈晋人暴虐，与宋合兵，侵扰无已。寡君惧社稷颠覆，不能事君，姑与之和，以退其师。晋师既退，仍是大王贡献之邑也。恐大王未鉴敝邑之诚，特遣下臣奉迎，布其心腹。大王若能问罪于宋，寡君愿执鞭为前部，稍

晋悼公驾楚会萧鱼　孙林父因歌逐献公

效犬马，以明誓不相背之意。"共王回嗔作喜曰："汝君若从寡人伐宋，寡人又何说乎？"舍之又奏曰："下臣束装之日，寡君已悉索敝赋，俟大王于东鄙，不敢后也。"共王曰："虽然如此，但秦庶长约在荥阳城下相会，须与同事方可。"舍之复奏曰："雍州辽远，必越晋过周，方能至郑。大王遣一介之使，犹可及止。以大王之威，楚兵之劲，何必借助于西戎哉？"共王悦其言，果使人辞谢秦师，遂同公孙舍之东行。及有莘之野[15]，郑简公帅师来会，遂同伐宋国，大掠而还。

宋平公遣向戌如晋，诉告楚、郑连兵之事。悼公果然大怒，即日便欲兴师。此番又轮该第一军出征了。智罃进曰："楚之借师于秦者，正以连年奔走道路，不胜其劳也。我一岁而再伐，楚其能复来乎？此番得郑必矣。当示以强盛之形，坚其归志。"悼公曰："善。"乃大合宋、鲁、卫、齐、曹、莒、邾、滕、薛、杞、小邾各国，一齐至郑，观兵于郑之东门，一路俘获甚众。此师乃"三驾"之三也。郑简公谓公孙舍之曰："子欲激晋之怒，使之速来，今果至矣，为之奈何？"舍之对曰："臣请一面求成于晋，一面使人请救于楚。楚兵若能亟来，必当交战，吾择其胜者而从之。若楚不能至，吾受晋盟，因以重赂结晋，晋必庇我，又何楚之足患乎？"简公以为然。乃使大夫伯骈行成于晋；使公孙良霄、太宰石㚟如楚告曰："晋师又至郑矣，从者十一国，兵势甚盛，郑亡已在旦夕。君王若能以兵威慑晋，孤之愿也。不然，孤惧社稷不保，不得不即安于晋，惟君王怜之，恕之！"楚共王大怒，召公子贞问计。公子贞曰："我兵乍归，喘息未定，岂能复发？姑让郑于晋，后取之，何患无日！"共王馀怒未平，乃囚良霄、石㚟于军府，不放归国。髯仙有诗云：

第 六 十 一 回

楚晋争锋结世仇，晋兵迭至楚兵休。

行人何罪遭拘执？始信分军是善谋。

时晋军营于萧鱼[16]，伯骈来至晋军，悼公召入，厉声问曰："汝以行成哄我，已非一次矣。今番莫非又是缓兵之计？"伯骈叩首曰："寡君已别遣行人先告绝于楚，敢有二心乎？"悼公曰："寡人以诚信待汝，汝若再怀反覆，将犯诸侯之公恶，岂独寡人！汝且回去，与汝君商议详确，再来回话。"伯骈又奏曰："寡君薰沐而遣下臣，实欲委国于君侯，君侯勿疑。"悼公曰："汝意既决，交盟可也。"乃命新军元帅赵武，同伯骈入城，与郑简公歃血订盟。简公亦遣公孙舍之随赵武出城，与悼公要约。是冬十二月，郑简公亲入晋军，与诸侯同会，因请受歃。悼公曰："交盟已在前矣，君若有信，鬼神鉴之，何必再歃？"乃传令："将一路俘获郑人，悉解其缚，放归本国。禁诸军不得犯郑国分毫，如有违者，治以军法！虎牢戍兵，尽行撤去，使郑人自为守望。"诸侯皆谏曰："郑未可恃也。倘更有反覆，重复设戍难矣。"悼公曰："久劳苦诸国将士，恨无了期。今当与郑更始[17]，委以腹心，寡人不负郑，郑其负寡人乎？"乃谓郑简公曰："寡人知尔苦兵，欲相与休息。今后从晋从楚，出于尔心，寡人不强。"简公感激流涕曰："伯君以至诚待人，虽禽兽可格[18]，况某犹人类，敢忘覆庇？再有异志，鬼神必殛！"简公辞去。明日使公孙舍之献赂为谢：乐师三人，女乐十六人，歌钟[19]三十二枚，镈磬相副[20]，针指女工三十人，轩车、广车[21]共十五乘，他兵车复百乘，甲兵具备。悼公受之。以女乐八人，歌钟十二，赐魏绛曰："子教寡人和诸戎狄，以正诸华。诸侯亲附，如乐之和，愿与子同此乐也。"又以兵车三分之一，赐智䓨曰："子教寡人分军敝楚，今郑人获成,皆子之功。"绛、罃二将,皆顿首辞曰:"此皆仗君之灵,与诸侯之劳,臣等何力之有?"悼公曰:"微二卿,寡人不能至此,卿勿固却。"乃皆拜受。于是十二国车马同日班师。悼公复遣使行聘各国,谢其向来用师之劳,诸侯皆悦。自此郑国专心归晋,不敢萌二三之念矣。史臣有诗云:

郑人反覆似猱狙[22],晋伯偏将诈力锄。

二十四年归宇下,方知忠信胜兵戈。

时秦景公伐晋以救郑,败晋师于栎[23],闻郑已降晋,乃还。

明年为周灵王十一年[24],吴子寿梦病笃,召其四子诸樊、馀祭、夷昧、季札至床前,谓曰:"汝兄弟四人,惟札最贤,若立之,必能昌大吴国。我一向欲立为世子,奈札固辞不肯。我死之后,诸樊传馀祭,馀祭传夷昧,夷昧传季札,传弟不传孙。务使季札为君,社稷有幸。违吾命者,即为不孝,上天不祐!"言讫而绝。诸樊让国于季札曰:"此父志也。"季札曰:"弟辞世子之位于父生之日,肯受君位于父死之后乎?兄若再逊,弟当逃之他国矣。"诸樊不得已,乃宣明次传之约,以父命即位[25]。晋悼公遣使吊贺。不在话下。

又明年为周灵王十二年,晋将智罃、士鲂、魏相相继而卒。悼公复治兵于绵山,欲使士匄将中军,匄辞曰:"伯游长。"乃使中行荀偃代智罃之任,士匄为副。又欲使韩起将上军,起曰:"臣不如赵武之贤。"乃使赵武代荀偃之任,韩起为副。栾黡将下军如故,魏绛为副。其新军尚无帅。悼公曰:"宁可虚位以待人,不可以人而滥位。"乃使其军吏,率官属卒乘,以附于下军。诸大夫皆曰:

713

第 六 十 一 回

"君之慎于名器如此。"乃各修其职,弗敢懈怠。晋国大治,复兴文、襄之业。未几,废新军并入三军,以守侯国之礼。

是年秋九月,楚共王审薨,世子昭立,是为康王[26]。吴王诸樊,命大将公子党帅师伐楚。楚将养由基迎敌,射杀公子党,吴师败还。诸樊遣使告败于晋,悼公合诸侯于向[27]以谋之。晋大夫羊舌肸进曰:"吴伐楚之丧,自取其败,不足恤也。秦、晋邻国,世有姻好,今附楚救郑,败我师于栎,此宜先报。若伐秦有功,则楚势益孤矣。"悼公以为然。使荀偃率三军之众,同鲁、宋、齐、卫、郑、曹、莒、邾、滕、薛、杞、小邾十二国大夫伐秦。晋悼公待于境上。秦景公闻晋师将至,使人以毒药数囊,沉于泾水之上流。鲁大夫叔孙豹,同莒师先济,军士饮水中毒,多有死者。各军遂不肯济。郑大夫公子蟜谓卫大夫北宫括曰:"既已从人,敢观望乎?"公子蟜帅郑师渡泾,北宫括继之。于是诸侯之师皆进,营于棫林[28]。谍报:"秦军相去不远。"荀偃令各军:"鸡鸣驾车,视我马首所向而行!"下军元帅栾黡,素不服中行偃,及闻令,怒曰:"军旅之事,当集众谋。即使偃能独断,亦宜明示进退,乌有使三军之众,视其马首者?我亦下军之帅也,我马首欲东。"遂帅本部东归。副将魏绛曰:"吾职在从帅,不敢俟中行伯矣。"亦随栾黡班师。早有人报知中行偃。偃曰:"出令不明,吾实有过。令既不行,何望成功?"乃命诸侯之师,各归本国,晋师亦还。时栾铖为下军戎右,独不肯归,谓范匄之子范鞅曰:"今日之役,本为报秦,若无功而返,是益耻也。吾兄弟二人,并在军中,岂可一时皆返?子能与我同赴秦师乎?"范鞅曰:"子以国耻为念,鞅敢不从!"乃各引本部驰入秦军。

晋悼公驾楚会萧鱼　孙林父因歌逐献公

却说秦景公引大将嬴詹及公子无地，帅车四百乘，离棫林五十里安营，正遣人探听晋兵进止。忽见东角尘头起处，一彪车马飞来，急使公子无地率军迎敌。栾铖奋勇上前，范鞅助之，连刺杀甲将十余人。秦军披靡欲走，望其后军无继，复鸣鼓合兵围之。范鞅曰："秦兵势大，不可当也！"栾铖不听。嬴詹大军又到，栾铖复手杀数人，身中七箭，力尽而死。范鞅脱甲，乘单车疾驰得免。栾黡见范鞅独归，问曰："吾弟何在？"鞅曰："已没于秦军矣！"黡大怒，拔戈直刺范鞅。鞅不敢相抗，走入中军。黡随后赶到，鞅避去。其父范匄迎谓曰："贤婿何怒之甚也？"黡妻栾祁，乃范匄之女，故以婿呼之。黡怒气勃勃，不能制，大声答曰："汝子诱吾弟同入秦师，吾弟战死，而汝子生还，是汝子杀吾弟也。汝必逐鞅，犹可恕，不然，我必杀鞅，以偿吾弟之命！"范匄曰："此事老夫不知也，今当逐之。"范鞅闻其语，遂从幕后出奔秦国。秦景公问其来意，范鞅叙述始末。景公大喜，待以客卿之礼。一日，问曰："晋君何如人？"对曰："贤君也，知人而善任。"又问："晋大夫谁最贤？"对曰："赵武有文德，魏绛勇而不乱，羊舌肸习于《春秋》，张老笃信有智，祁午临事镇定，臣父匄能识大体，皆一时之选。其他公卿，亦皆习于令典，克守其官，鞅未敢轻议也。"景公又曰："然则晋大夫中，何人先亡？"鞅对曰："栾氏将先亡。"景公曰："岂非以汰侈[29]故乎？"范鞅曰："栾黡虽汰侈，犹可及身，其子盈必不免。"景公曰："何故？"鞅对曰："栾武子[30]恤民爱士，人心所归，故虽有弑君之恶[31]，而国中不以为非，戴其德也。思召公者，爱及甘棠[32]，况其子乎？黡若死，盈之善未能及人，而武之德已远，修黡之怨者，必此时矣。"景公叹曰："卿可谓知存亡之故者也！"乃因范鞅而通于范匄，使庶长武聘晋，以修旧好，并请复范鞅之位。悼公从之，范鞅归晋。悼公以鞅及栾盈并为公族大夫，且谕栾黡勿得修怨。自此秦、晋通和，终春秋之世，不相加兵。有诗为证：

> 西邻东道世婚姻，一旦寻仇斗日新。
> 玉帛既通兵革偃，从来好事是和亲。

是年栾黡卒，子栾盈代为下军副将。

话分两头。却说卫献公名衎[33]，自周简王十年，代父定公即位。因居丧不戚，其嫡母定姜，逆知其不能守位，屡屡规谏，献公不听。及在位，日益放纵，所亲者无非谗谄面谀之人，所喜者不过鼓乐田猎之事。自定公之世，有同母弟公子黑肩，怙宠专政。黑肩之子公孙剽，嗣父爵为大夫，颇有权略。上卿孙林父，亚卿宁殖，见献公无道，皆与剽结交。林父又暗结晋国为外援，将国中器币宝货，尽迁于戚，使妻子居之。献公疑其有叛心，一来形迹未著，二来畏其强家，所以含忍不发。

忽一日，献公约孙、宁二卿共午食。二卿皆朝服待命于门，自朝至午，不见使命来召，宫中亦无一人出来，二卿心疑。看看日斜，二卿饥困已甚，乃叩宫门请见。守阍内侍答曰："主公在后圃演射，二位大夫若要相见，可自往也。"孙、宁二人心中大怒，乃忍饥径造后圃，望见献公方戴皮冠，与射师公孙丁较射。献公见孙、宁二人近前，不脱皮冠，挂弓于臂而见之，问："二卿今日来此何事？"孙、宁二人齐声答曰："蒙主公约共午食，臣等伺候至今，腹且馁矣。恐违君命，是以来此。"献公曰："寡人贪射，偶尔忘之。二卿且退，俟改日再约可也。"言罢，适有鸿雁飞鸣而过，献公谓公孙丁

晋悼公驾楚会萧鱼　孙林父因歌逐献公

曰："与尔赌射此鸿。"孙、宁二人，含羞而退。林父曰："主公耽于游戏，狎近群小，全无敬礼大臣之意。我等将来必不免于祸，如何？"宁殖曰："君无道，止自祸耳，安能祸人？"林父曰："我意欲奉公孙剽为君，子以为何如？"宁殖曰："此举甚当，你我相机而动便了。"言罢各别。

林父回家，饭毕，连夜径往戚邑，密唤家臣庾公差、尹公佗等，整顿家甲，为谋叛之计。遣其长子孙蒯，往见献公，探其口气。孙蒯至卫，见献公于内朝，假说："臣父林父，偶染风疾，权且在河上调理，望主公宽宥。"献公笑曰："尔父之疾，想因过饿所致，寡人今不敢复饿子。"命内侍取酒相待，唤乐工歌诗侑酒。太师[34]请问："歌何诗？"献公曰："《巧言》[35]之卒章，颇切时事，何不歌之？"太师奏曰："此诗语意不佳，恐非欢宴所宜。"师曹喝曰："主公要歌便歌，何必多言！"原来师曹善于鼓琴，献公使教其嬖妾，嬖妾不率教，师曹鞭之十下，妾泣愬于献公，献公当嬖妾之前，鞭师曹三百，师曹怀恨在心，今日明知此诗不佳，故意欲歌之，以激孙蒯之怒。遂长声而歌曰：

彼何人斯，居河之麋[36]？无拳[37]无勇，职为乱阶[38]。

献公的主意，因孙林父居于河上，有叛乱之形，故借歌以惧之。孙蒯闻歌，坐不安席，须臾辞去。献公曰："适师曹所歌，子与尔父述之。尔父虽在河上，动息寡人必知。好生谨慎，将息病体。"孙蒯叩头，连声"不敢"而退。回戚，述于林父。林父曰："主公忌我甚矣！我不可坐而待死。大夫蘧伯玉，卫之贤者，若得彼同事，无不济矣。"乃私至卫，往见蘧瑗曰："主公暴虐，子所知也。恐有亡国之事，将若之何？"瑗对曰："人臣事君，可谏则谏，不可谏则去之，

717

他非瑗所知矣。"林父度瑗不可动,遂别去。瑗即日逃奔鲁国。

林父聚徒众于丘宫[39],将攻献公。献公惧,遣使至丘宫,与林父讲和,林父杀之。献公使视宁殖,已戒车将应林父矣。乃召北宫括,括推病不出。公孙丁曰:"事急矣!速出奔,尚可求复。"献公乃集宫甲约二百馀人,为一队,公孙丁挟弓矢相从,启东门而出,欲奔齐国。孙蒯、孙嘉兄弟二人,引兵追及于河泽,大杀一阵,二百馀名宫甲,尽皆逃散,存者仅十数人而已。赖得公孙丁善射,矢无虚发,近者辄中箭而死,保着献公,且战且走。二孙不敢穷追而返。才回不上三里,只见庾公差、尹公佗二将,引兵而至,言:"奉相国之命,务取卫侯回报。"孙蒯、孙嘉曰:"有一善箭者相随,将军可谨防之!"庾公差曰:"得非吾师公孙丁乎?"原来尹公佗学射于庾公差,公差又学射于公孙丁,三人是一线传授,彼此皆知其能。尹公佗曰:"卫侯前去不远,姑且追之。"约驰十五里,赶着了献公。因御人被伤,公孙丁在车执辔,回首一望,远远的便认得是庾公差了,谓献公曰:"来者是臣之弟子,弟子无害师之事,主公勿忧。"乃停车待之。庾公差既到,谓尹公佗曰:"此真吾师也。"乃下车拜见。公孙丁举手答之,麾之使去。庾公差登车曰:"今日之事,各为其主。我若射,则为背师;若不射,则又为背主,我如今有两尽之道。"乃抽矢叩轮,去其镞,扬声曰:"吾师勿惊!"连发四矢,前中轼,后中轸[40],左右中两旁,单单空着君臣二人,分明显个本事,卖个人情的意思。庾公差射毕,叫声:"师傅保重!"喝教回车。公孙丁亦引辔而去。尹公佗先遇献公,本欲逞艺,因庾公差是他业师,不敢自专。回至中途,渐渐懊悔起来,谓庾公差曰:"子有师弟之分,所以用情,弟子已隔一层,师恩为轻,主命为重。若无功而返,何以复吾恩主?"庾公差曰:"吾师神箭,不下养由基,尔非其敌,枉送性命!"尹公佗不信庾公之言,当下复身来追卫侯。不知结末如何,再看下回分解。

---

〔1〕 水潦(lǎo 老):积水。

〔2〕 泡水:古水名。出山东单县,经江苏丰县北至沛县南流入泗水。

〔3〕 薛水:古水名。即薛河,源于山东滕州,南流至沛县入泗水。

〔4〕 潏(huò 货)水:古水名。即南沙河。源出山东滕州东北述山,西南流至江苏沛县入泗水。

〔5〕 堞(dié 蝶):城上如齿状的矮墙。

〔6〕 杌(wù 务):坐具。此指前文智罃"所凭之几"。

〔7〕 楚丘:春秋时宋地名。在今山东成武县西南。

〔8〕 霍城:本周代诸侯国霍之都城。霍亦姬姓,后为晋所并。故城在今山西霍县西南。

〔9〕 牛首:春秋时郑地名。在今河南通许县东北。

〔10〕 北宫:郑国君宫殿名。上句之"西宫"亦同。

〔11〕 周灵王九年:即公元前563年。

〔12〕 北林:春秋时郑地名。一称斐林。在今河南新郑市北。

〔13〕 亳(bó 薄)城:春秋时郑邑名。在今河南郑州市商城遗址。

〔14〕 离邈:或作离逖,远离、疏远。

〔15〕 有莘之野:指古代莘国故地。此时属宋。在今河南范县西北。

〔16〕 萧鱼:春秋时郑地名,在今河南许昌市境内。

〔17〕 更(gēng 耕)始:重新开始。

〔18〕 格:纠正。

〔19〕 歌钟:即编钟。铜制,每组音高各不相同,故可配曲。

第六十一回

〔20〕 镈磬(bó qìng 薄庆):乐器名。其顶制成编环钮状的金属磬。相副:即与三十二枚歌钟相配之数。

〔21〕 广(guàng 逛)车:一种可以纵横排列用以自固的兵车。

〔22〕 猱狙(náo jū 挠居):猿猴一类。

〔23〕 栎(yuè 越):春秋时郑邑名。在今河南禹州市境内。

〔24〕 周灵王十一年:即公元前561年。

〔25〕 即位:吴王诸樊在位十三年(前560—前548)。

〔26〕 康王:楚康王芈昭,楚共王子。在位十五年(前559—前545)。

〔27〕 向:春秋时吴地名。在今安徽怀远县西。

〔28〕 棫(yù 域)林:春秋时秦地名。在今陕西泾阳县境内。

〔29〕 汏(tài 太)侈:骄奢。

〔30〕 栾武子:即栾书。栾黡之父。谥为武,故称。

〔31〕 弑君之恶:指栾书与荀偃酖死晋厉公一事。见第五十九回。

〔32〕 "思召公者"二句:传说召公奭巡行南国,曾憩于甘棠树下,处理政务。后人怀其德,不敢砍伐此树,并作《甘棠》诗以颂之。

〔33〕 卫献公名衎(kàn 看):卫献公姬衎。卫定公子。两次在位。第一次十八年(前576—前559),后被孙林父逐走。第二次在位三年(前546—前544)。

〔34〕 太师:古代乐官之长。

〔35〕 《巧言》:《诗经·小雅》中篇目。据《诗序》:"巧言,刺幽王也。大夫伤于谗,故作是诗也。"

〔36〕 麋(mí 迷):水草卑湿之地。

〔37〕 拳:力。此句言彼谮人并无勇力可以作乱。

〔38〕 职为乱阶:职,唯,只。乱阶,动乱的阶梯,犹言祸端、祸根。

〔39〕 丘宫:地名,地近卫之戚邑,在今河南濮阳市境内。

〔40〕 轸(zhěn 诊):车后的横木。

第六十二回

诸侯同心围齐国　晋臣合计逐栾盈

　　话说尹公佗不信庾公之言,复身来追卫侯,驰二十餘里,方才赶着。公孙丁问其来意,尹公佗曰:"吾师庾公,与汝有师弟之恩。我乃庾公弟子,未尝受业,于子如路人耳。岂可徇私情于路人,而废公义于君父乎?"公孙丁曰:"汝曾学艺于庾公,可想庾公之艺从何而来?为人岂可忘本!快快回转,免伤和气。"尹公佗不听,将弓拽满,望公孙丁便射。公孙丁不慌不忙,将辔授与献公,候箭到时,用手一绰,轻轻接住。就将来箭搭上弓弦,回射尹公佗。尹公佗急躲避时,扑的一声,箭已贯其左臂。尹公佗负痛,弃弓而走。公孙丁再复一箭,结果了尹公性命。吓得随行军士,弃车逃窜。献公曰:"若非吾子神箭,寡人一命休矣。"公孙丁仍复执辔奔驰。又十餘里,只见后面车声震动,飞也似赶来。献公曰:"再有追兵,何以自脱?"正在慌急之际,后车看看相近,视之,乃同母之弟公子鱄冒死赶来从驾。献公方才放心,遂做一路奔至齐国。齐灵公馆之于莱城[1]。宋儒有诗谓献公不敬大臣,自取奔亡。诗曰:

　　　　尊如天地赫如神,何事人臣敢逐君?
　　　　自是君纲先缺陷,上梁不正下梁蹲。

第 六 十 二 回

孙林父既逐献公,遂与宁殖合谋迎公孙剽为君,是为殇公[2]。使人告难于晋。晋悼公问于中行偃曰:"卫人出一君复立一君,非正也。当何以处之?"偃对曰:"卫衎无道,诸侯莫不闻,今臣民自愿立剽,我勿与知可也。"悼公从之。齐灵公闻晋侯不讨孙、宁逐君之罪,乃叹曰:"晋侯之志惰矣!我不乘此时图伯,更待何时?"乃帅师伐鲁北鄙,围郕[3],大掠而还。时周灵王之十四年[4]也。

原来齐灵公初娶鲁女颜姬为夫人,无子。其媵鬷姬[5],生子曰光,灵公先立为太子。又有嬖妾戎子,亦无子,其娣仲子生子曰牙,戎子抱牙以为己子。他姬生公子杵臼,无宠。戎子恃爱,要得立牙为太子,灵公许之。仲子谏曰:"光之立也久矣,又数会诸侯,今无故而废之,国人不服,后必有悔!"灵公曰:"废立在我,谁敢不服?"遂使太子光率兵守即墨。光去后,即传旨废之。更立牙为太子,使上卿高厚为太傅,寺人夙沙卫强而有智,以为少傅。鲁襄公闻齐太子光之废,遣使来请其罪。灵公不能答。反虑鲁国将来助光争国,所以与鲁为仇,首先加兵,欲以兵威胁鲁,然后杀光。此乃灵公无道之极也!鲁使人告急于晋,因悼公抱病,不能救鲁。

是冬,晋悼公薨,群臣奉世子彪即位,是为平公[6]。鲁又使叔孙豹吊贺,且告齐患。荀偃曰:"俟来春当会诸侯,若齐不赴会,讨之未晚。"周灵王十五年,晋平公元年,大合诸侯于溴梁[7]。齐灵公不至,使大夫高厚代。荀偃大怒,欲执高厚,高厚逃归。复兴师伐鲁北鄙,围防[8],杀守臣臧坚。叔孙豹再至晋国求救。平公乃命大将中行偃合诸侯之兵,大举伐齐。

中行偃点军方回,是夜得一梦,梦见黄衣使者,执一卷文书,来

诸侯同心围齐国　晋臣合计逐栾盈

拘偃对证。偃随之行,至一大殿宇,上有王者冕旒端坐。使者命偃跪于丹墀之下。觑同跪者,乃是晋厉公、栾书、程滑、胥童、长鱼矫、三郤一班人众。偃心下暗暗惊异。闻胥童等与三郤争辩良久,不甚分明。须臾狱卒引去,止留厉公、栾书、中行偃、程滑四人。厉公诉被弑始末。栾书辩曰:"下手者,程滑也。"程滑曰:"主谋皆出书、偃,滑不过奉命而已,安得独归罪于我?"殿上王者降旨曰:"此时栾书执政,宜坐首恶,五年之内,子孙绝灭。"厉公忿然曰:"此事亦由逆偃助力,安得无罪?"即起身抽戈击偃之首。梦中觉首坠于前,偃以手捧其首,跪而戴之,走出殿门,遇梗阳[9]巫者灵皋,皋谓曰:"子首何歪也?"代为正之。觉痛极而醒,深以为异。次日入朝,果遇见灵皋于途,乃命之登车,将夜来所梦,细述一遍。灵皋曰:"冤家已至,不死何为?"偃问曰:"今欲有事东方,犹可及乎?"皋对曰:"东方恶气太重,伐之必克,主虽死,犹可及也。"偃曰:"能克齐,虽死可矣!"乃帅师济河,会诸侯于鲁济之地。

晋、宋、鲁、卫、郑、曹、莒、邾、滕、薛、杞、小邾共十二路车马,一同往齐国进发。齐灵公使上卿高厚辅太子牙守国,自帅崔杼、庆封、析归父、殖绰、郭最、寺人夙沙卫等,引着大军,屯于平阴[10]之城。城南有防[11],防有门,使析归父于防门之外,深掘壕堑,横广一里,选精兵把守,以遏敌师。寺人夙沙卫进曰:"十二国人心不一,乘其初至,当出奇击之。败其一军,则馀军俱丧气矣。如不欲战,莫如择险要而守之,区区防门之堑,未可恃也。"齐灵公曰:"有此深堑,彼军安能飞渡耶?"

却说中行偃闻齐师掘堑而守,笑曰:"齐畏我矣!必不能战,当以计破之。"乃传令使鲁、卫之兵,自须句[12]取路。使邾、莒之兵，自城阳[13]取路，俱由琅邪[14]而入。我等大兵，从平阴攻进，约定在临淄城下相会。四国领计去了。使司马张君臣，凡山泽险要之处，俱虚张旗帜，布满山谷。又束草为人，蒙以衣甲，立于空车之上。将断木缚于车辕，车行木动，扬尘蔽天。力士挽大旆引车，往来于山谷之间，以为疑兵。荀偃、士匄率宋、郑之兵居中，赵武、韩起率上军，同滕、薛之兵在右，魏绛、栾盈率下军，同曹、杞、小邾之兵在左，分作三路。命车中各载木石，步卒每人携土一囊。行至防门，三路炮声相应，各将车中木石，抛于堑中，加以土囊数万，把壕堑顷刻填平，大刀阔斧，杀将进去。齐兵不能当抵，杀伤大半。

析归父几为晋兵所获，仅以身免。逃入平阴城中，告诉灵公，言："晋兵三路填堑而进，势大难敌。"灵公始有惧色，乃登巫山[15]以望敌军。见到处山泽险要之地，都有旗帜飘扬，车马驰骤，大惊曰："诸侯之师，何其众也！且暂避之。"问诸将："谁人敢为后殿？"夙沙卫曰："小臣愿引一军断后，力保主公无虞。"灵公大喜。忽有二将并出奏曰："堂堂齐国，岂无一勇力之士？而使寺人殿其师，岂不为诸侯笑乎？臣二人情愿让夙沙卫先行。"二将者，乃殖绰、郭最也，俱有万夫不当之勇。灵公曰："将军为殿，寡人无后顾之忧矣。"夙沙卫见齐侯不用，羞惭满面而退，只得随齐侯先走。约行二十余里，至石门山[16]，乃是险隘去处，两边俱是大石，只中间一条路径。夙沙卫怀恨绰、最二人，欲败其功，候齐军过尽，将随行马三十余匹，杀之以塞其路。又将大车数乘，联络如城，横截山口。

再说绰、最二将，领兵断后，缓缓而退。将及石门隘口，见死马纵横，又有大车拦截，不便驰驱。乃相顾曰："此必夙沙卫衔恨于

诸侯同心围齐国　晋臣合计逐栾盈

心,故意为此。"急教军士搬运死马,疏通路径。因前有车阻,逐一匹要退后抬出,撇于空处,不知费了多少工夫。军士虽多,其奈路隘,有力无用。背后尘头起处,晋骁将州绰一军早到。殖绰方欲回车迎敌。州绰一箭飞来,恰射中殖绰的左肩。郭最弯弓来救,殖绰摇手止之。州绰见殖绰如此光景,亦不动手。殖绰不慌不忙,拔箭而问曰:"来将何人？能射殖绰之肩,也算好汉了！愿通姓名。"对曰:"吾乃晋国名将州绰也。"殖绰曰:"小将非别,齐国名将殖绰的便是。将军岂不闻人语云:'莫相谑,怕二绰？'我与将军以勇力齐名,好汉惜好汉,何忍自相戕贼乎？"州绰曰:"汝言虽当,但各为其主,不得不然。将军若肯束身归顺,小将力保将军不死。"殖绰曰:"得无相欺否？"州绰曰:"将军如不见信,请为立誓！若不能保全将军之命,愿与俱死。"殖绰曰:"郭最性命,今亦交付将军。"言罢,二人双双就缚。随行士卒,尽皆投降。史臣有诗云:

绰最赳赳二虎臣,相逢狭路志难伸。

覆军擒将因私怨,辱国依然是寺人。

州绰将绰、最二将解至中军献功,且称其骁勇可用。中行偃命暂囚于中军,候班师定夺。大军从平阴进发,所过城郭,并不攻掠,迳抵临淄外郭之下。鲁、卫、邾、莒兵俱到。范鞅先攻雍门[17]。雍门多芦荻,以火焚之。州绰焚申池[18]之竹木。各军一齐俱火攻,将四郭尽行焚毁。直逼临淄城下,四面围住,喊声震地,矢及城楼。城中百姓慌乱。灵公十分恐惧,暗令左右驾车,欲开东门出走。高厚知之,疾忙上前,抽佩剑断其辔索,涕泣而谏曰:"诸军虽锐,然深入岂无后虞？不久将归矣。主公一去,都城不可守也。愿更留十日,如力竭势亏,走犹未晚。"灵公乃止。高厚督率军民,协

725

第六十二回

力固守。

却说各兵围齐,至第六日,忽有郑国飞报来到,乃是大夫公孙舍之与公孙夏连名缄封,内中有机密至紧之事。郑简公发而视之,略云:

> 臣舍之、臣夏,奉命与子孔守国。不意子孔有谋叛之心,私自送款于楚,欲招引楚兵伐郑,已为内应。今楚兵已次鱼陵[19],旦夕将至。事在危急,幸星夜返斾,以救社稷!

郑简公大惧,即持书至晋军中,送与晋平公看了。平公召中行偃议之。偃对曰:"我兵不攻不战,竟走临淄,指望乘此锐气,一鼓而下。今齐守未亏,郑国又有楚警,若郑国有失,咎在于晋,不如且归,为救郑之计。此番虽不曾破齐,料齐侯已丧胆,不敢复侵犯鲁国矣。"平公是其言,乃解围而去。郑简公辞晋先归。

诸侯行至祝阿[20],平公以楚师为忧,与诸侯饮酒,不乐。师旷曰:"臣请以声卜之。"乃吹律歌《南风》,又歌《北风》。《北风》和平可听,《南风》声不扬,且多肃杀之声。旷奏曰:"《南风》不竞[21],其声近死,不惟无功,且将自祸。不出三日,当有好音至矣。"师旷字子野,乃晋国第一聪明之士。从幼好音乐,苦其不专,乃叹曰:"技之不精,由于多心;心之不一,由于多视。"乃以艾叶薰瞎其目,专意音乐。遂能察气候之盈虚,明阴阳之消长。天时人事,审验无差;风角[22]鸟鸣,吉凶如见。为晋太师掌乐之官,平时为晋侯所深信,故行军必以相随。至是闻其言,乃驻军以待之,使人前途远探。

未三日,探者同郑大夫公孙虿来回报,言:"楚师已去。"晋平公讶问其详,公孙虿对曰:"楚自子庚代子囊为令尹,欲报先世之仇，谋伐郑国。公子嘉阴与楚通，许楚兵到日，诈称迎敌，以兵出城相会。赖公孙舍之、公孙夏二人，预知子嘉之谋，敛甲守城，严讥[23]出入。子嘉不敢出会楚师。子庚涉颍水，不见内应消息，乃屯兵于鱼齿山[24]下。值大雨雪，数日不止，营中水深尺馀，军人皆择高阜处躲雨，寒甚，死者过半，士卒怨詈，子庚只得班师而回矣。寡君讨子嘉之罪，已行诛戮。恐烦军师，特遣下臣虿连夜奔告。"平公大喜曰："子野真圣于音者矣！"乃将楚伐郑无功，遍告诸侯，各回本国。史臣有诗赞师旷云：

歌罢《南风》又《北风》，便知两国吉和凶。

音当精处通天地，师旷从来是瞽宗。

时周灵王十七年[25]，冬十二月事也。比及晋师济河，已在十八年之春矣。

中行偃行至中途，忽然头上生一疡疽，痛不可忍，乃逗留于著雍[26]之地。延至二月，其疡溃烂，目睛俱脱而死。坠首之梦，与梗阳巫者之言，至是俱验矣。殖绰、郭最乘偃之变，破械而出，逃回齐国去了。范匄同偃之子吴，迎丧以归。晋侯使吴嗣为大夫，以范匄为中军元帅，以吴为副将，仍以荀为氏，称荀吴。

是年夏五月，齐灵公有疾，大夫崔杼与庆封商议，使人用温车，迎故太子光于即墨。庆封帅家甲，夜叩太傅高厚之门，高厚出迎，执而杀之。太子光同崔杼入宫，光杀戎子，又杀公子牙。灵公闻变大惊，呕血数升，登时气绝。光即位，是为庄公[27]。寺人夙沙卫率其家属奔高唐[28]，齐庄公使庆封帅师追之，夙沙卫据高唐以叛。齐庄公亲引大军围而攻之，月馀不下。高唐人工偻，有勇力，沙卫用之以守东门。工偻知沙卫不能成事，乃于城上射下羽书，书中约夜半于东北角伺候大军登城。庄公犹未准信。殖绰、郭最请曰："彼既相约,必有内应。小将二人愿往,当生擒奄狗,以雪石门山阻隘之恨!"庄公曰："汝小心前往,寡人自来接应。"绰、最引军至东北角,候至夜半,城上忽放长绳下来,约有数处。绰、最各附绳而上,军士陆续登城。工偻引着殖绰,竟来拿夙沙卫。郭最便去砍开城门,放齐兵入城。城中大乱,互相杀伤,约有一个更次方定。齐庄公入城,工偻同殖绰绑缚夙沙卫解到。庄公大骂："奄狗!寡人何负于汝,汝却辅少夺长?今公子牙何在!汝既为少傅,何不相辅于地下?"夙沙卫垂首无言。庄公命牵出斩之,以其肉为醢,遍赐从行诸臣。即用工偻守高唐,班师而退。

时晋上卿范匄,以前番围齐,未获取成,乃请于平公,复率大军侵齐。才济黄河,闻齐灵公凶信,乃曰："齐新有丧,伐之不仁!"即时班师。早有人报知齐国。大夫晏婴进曰："晋不伐我丧,施仁于我,我背之不义,不如请成,免两国干戈之苦。"那晏婴字平仲,身不满五尺,乃是齐国第一贤智之士。庄公亦以国家粗定,恐晋师复至,乃从婴之言,使人如晋谢罪,请盟。晋平公大合诸侯于澶渊[29],范匄为相,与齐庄公歃血为盟,结好而散。自此年馀无事。

却说下军副将栾盈,乃栾黡之子。黡乃范匄之婿,匄女嫁黡,谓之栾祁。栾氏自栾宾[30]、栾成[31]、栾枝、栾盾、栾书、栾黡,至于栾盈,顶针[32]七代卿相,贵盛无比。晋朝文武,半出其门,半属姻党。魏氏有魏舒,智氏有智起,中行氏有中行喜,羊舌氏有叔虎,籍氏有籍偃,箕氏有箕遗,皆与栾盈声势相倚,结为死党。更兼盈自少谦恭下士,散财结客,故死士多归之。如州绰、邢蒯、黄渊、箕

诸侯同心围齐国　晋臣合计逐栾盈

遗,都是他部下骁将。更有力士督戎,力举千钧,手握二戟,刺无不中,是他随身心腹,寸步不离的。又有家臣辛俞、州宾等,奔走效劳者不计其数。

栾黡死时,其夫人栾祁,才及四旬,不能守寡。因州宾屡次入府禀事,栾祁在屏后窥之,见其少俊,遂密遣侍儿道意,因与私通。栾祁尽将室中器币,赠与州宾。盈从晋侯伐齐,州宾公然宿于府中,不复避忌。盈归,闻知其事,尚碍母亲面皮,乃把他事,鞭治内外守门之吏,严稽家臣出入。栾祁一来老羞变怒,二则淫心难绝,三则恐其子害了州宾性命。因父范匄生辰,以拜寿为名,来至范府,乘间诉其父曰:"盈将为乱,奈何?"范匄询其详,栾祁曰:"盈尝言'鞅杀吾兄[33],吾父逐之,复纵之归国。不诛已幸,反加宠位。今父子专国,范氏日盛,栾氏将衰,吾宁死,与范氏誓不两立!'日夜与智起、羊舌虎等,聚谋密室,欲尽去诸大夫,而立其私党。恐我泄其消息,严敕守门之吏,不许与外家相通。今日勉强来此,异日恐不得相见!吾以父子恩深,不敢不言。"时范鞅在旁,助之曰:"儿亦闻之,今果然矣。彼党羽至盛,不可不防也。"一子一女,声口相同,不由范匄不信。乃密奏于平公,请逐栾氏。

平公私问于大夫阳毕。阳毕素恶栾黡而睦于范氏,乃对曰:"栾书实弑厉公;黡世其凶德,以及于盈,百姓昵于栾氏久矣。若除栾氏,以明弑逆之罪,而立君之威,此国家数世之福也。"平公曰:"栾书援立先君,盈罪未著,除之无名,奈何?"阳毕对曰:"书之援立先君,以掩罪也。先君忘国仇而徇私德,君又纵之,滋害将大。若以盈恶未著,宜剪除其党,赦盈而遣之。彼若求逞,诛之有名;若逃死于他方,亦君之惠也。"平公以为然,召范匄入宫,共议其事。

第六十二回

范匄曰:"盈未去而剪其党,是速之为乱也。君不如使盈往筑著邑[34]之城,盈去,其党无主,乃可图矣。"平公曰:"善。"乃遣栾盈往城著邑。盈临行,其党箕遗谏曰:"栾氏多怨,主所知也。赵氏以下宫之难[35]怨栾氏,中行氏以伐秦之役[36]怨栾氏,范氏以范鞅之逐怨栾氏,智朔殀死,智盈尚少,而听于中行[37],程郑[38]嬖于公,栾氏之势孤矣。城著非国之急事,何必使子?子盍辞之,以观君意之若何,而为之备。"栾盈曰:"君命,不可辞也。盈如有罪,其敢逃死?如其无罪,国人将怜我,孰能害之?"乃命督戎为御,出了绛州,望著邑而去。

盈去三日,平公御朝,谓诸大夫曰:"栾书昔有弑逆之罪,未正刑诛。今其子孙在朝,寡人耻之!将若之何?"诸大夫同声应曰:"宜逐之。"乃宣布栾书罪状,悬于国门,遣大夫阳毕,将兵往逐栾盈。其宗族在国中者,尽行逐出,收其栾邑。栾乐、栾鲂率其宗人,同州绰、邢蒯,俱出了绛城,竟往奔栾盈去了。叔虎拉了箕遗、黄渊随后出城,城门已闭,传闻将搜治栾氏之党,乃商议各聚家丁,欲乘夜为乱,斩东门而出。赵氏有门客章铿,居与叔虎家相邻,闻其谋,报知赵武。赵武转报范匄。匄使其子范鞅,率甲士三百,围叔虎之第。不知后事如何,且看下回分解。

---

〔1〕 莱城:莱,本诸侯国名。后为齐灭。故城在今山东昌邑市东南。

〔2〕 殇公:卫殇公在位十二年(前558—前547)。

〔3〕 郕(chéng 成):春秋时鲁邑名。在今山东宁阳县东北。

〔4〕 周灵王之十四年:即公元前558年。

〔5〕 鬷（zōng 宗）姬：亦鲁女，颜姬之侄女，皆姬姓。颜姬之母姓颜，鬷姬之母姓鬷。古代诸侯娶妇，常以其娣或侄女陪嫁，称媵。

〔6〕 平公：晋平公姬彪，在位二十六年（前557—前532）。

〔7〕 溴（jú 菊）梁：即溴水的大堤。溴水在河南西北部，源出济源市西，东流入黄河。溴梁当亦在今济源市境内。

〔8〕 防：春秋时鲁邑名。鲁有东防、西防。此应为东防，在今山东费县东北。

〔9〕 梗阳：春秋时晋邑名。在今山西清徐县境。

〔10〕 平阴：春秋时齐邑名。在今山东平阴县东北。

〔11〕 城南有防：旧平阴城南有长城，东至海，西至济水。此长城称防。防有门，距平阴三里。

〔12〕 须句（gōu 勾）：本诸侯国名。后为邾所灭，复并入鲁。地在今山东东平县东南。

〔13〕 城阳：春秋时莒邑名。在今山东莒县境内。

〔14〕 琅邪：春秋时齐邑名。在今山东青岛。

〔15〕 巫山：古山名。一名孝堂山。在今山东平阴县东北。

〔16〕 石门山：古山名。在今山东济南市长清区西南。

〔17〕 雍门：齐都临淄外郭西门。

〔18〕 申池：临淄外郭申门外之池。

〔19〕 鱼陵：春秋时郑地名。地址不详。

〔20〕 祝柯：春秋时齐地名。在今山东济南市长清区东北。

〔21〕 不竞：衰微，不强劲。

〔22〕 风角：古代战候之术。《后汉书·郎𫖮传》注："风角谓候四方四隅之风，以占吉凶也。"

〔23〕 讥：盘察，稽查。

〔24〕 鱼齿山：古山名。在今河南平顶山市西北。

〔25〕 周灵王十七年:即公元前555年。

〔26〕 著雍:春秋时晋地名。地址不详。

〔27〕 庄公:齐庄公吕光,在位六年(前553—前548)。

〔28〕 高唐:春秋时齐邑名。在今山东高唐县东。

〔29〕 澶渊:春秋时地名。本属卫,后属晋。在河南濮阳市西北。

〔30〕 栾宾:本晋侯宗室,乃晋靖侯之庶孙。封于栾(今河北石家庄市栾城区),故以栾为氏。栾宾曾任曲沃桓叔之相。栾氏世代卿相自栾宾始。

〔31〕 栾成:栾宾之子。晋哀侯时大夫。曲沃武公伐翼,杀哀侯,栾成死之。

〔32〕 顶针:本指诗词联句中后句首字用前句末字的做法。此借指世代相袭,中无间断。

〔33〕 吾兄:此以栾盈称栾铖为兄。按:栾铖为栾黡之弟,栾盈当称栾铖为叔父。参第六十一回。

〔34〕 著邑:春秋时晋邑。一称著雍。地址不详。或说在曲沃附近。

〔35〕 下宫之难:指屠岸贾尽诛赵氏,兵围下宫一事。见第五十七回。

〔36〕 伐秦之役:指中行偃伐秦时因出令不明,栾黡领兵独归一事。见第六十一回。

〔37〕 听于中行:因中行偃与智䓿系叔侄关系,同为荀氏。参见第六十回。

〔38〕 程郑:程郑为荀氏别族,乃荀骓之曾孙。此时正受晋侯宠爱。

第六十三回

老祁奚力救羊舌　小范鞅智劫魏舒

话说箕遗正在叔虎家中,只等黄渊到来,夜半时候,一齐发作。却被范鞅领兵围住府第,外面家丁,不敢聚集,远远观望,亦多有散去者。叔虎乘梯向墙外问曰:"小将军引兵至此,何故?"范鞅曰:"汝平日党于栾盈,今又谋斩关出应,罪同叛逆,吾奉晋侯之命,特来取汝。"叔虎曰:"我并无此事,是何人所说?"范鞅即呼章铿上前,使证之。叔虎力大,扳起一块墙石,望章铿当头打去,打个正着,把顶门都打开了。范鞅大怒,教军士放火攻门。叔虎慌急了,向箕遗说:"我等宁可死里逃生,不可坐以待缚。"遂提戟当先,箕遗仗剑在后,发声喊,冒火杀出。范鞅在火光中,认得二人,教军士一齐放箭。此时火势熏灼,已难躲避,怎当得箭如飞蝗,二人纵有冲天本事,亦无用处,双双被箭射倒。军士将挠钩搭出,已自半死,绑缚车中。救灭了火。只听得车声辚辚辘辘[1],火炬烛天而至,乃是中军副将荀吴,率本部兵前来接应。中途正遇黄渊,亦被擒获。范荀合兵一处,将叔虎、箕遗、黄渊,解到中军元帅范匄处。范匄曰:"栾党尚多,只擒此三人,尚未除患,当悉拘之!"乃复分路搜捕。绛州城中,闹了一夜。直至天明,范鞅拘到智起、籍偃、州宾等,荀吴拘到中行喜、辛俞及叔虎之兄羊舌赤、羊舌肸[2],都囚于朝门之外,俟候晋平公出朝,启奏定夺。

单说羊舌赤字伯华,羊舌肸字叔向,与叔虎虽同是羊舌职之子,叔虎是庶母所生。当初叔虎之母,原是羊舌夫人房中之婢,甚有美色,其夫欲之,夫人不遣侍寝。时伯华、叔向俱已年长,谏其母勿妒。夫人笑曰:"吾岂妒妇哉!吾闻有甚美者,必有甚恶。深山大泽,实生龙蛇。恐其生龙蛇,为汝等之祸,是以不遣耳。"叔向等顺父之意,固请于母,乃遣之。一宿而有孕,生叔虎。及长成,美如其母,而勇力过人。栾盈自幼与之同卧起,相爱宛如夫妇。他是栾党中第一个相厚的,所以兄弟并行囚禁。

大夫乐王鲋字叔鱼,其时方嬖幸于平公。平日慕羊舌赤、肸兄弟之贤,意欲纳交而不得。至是,闻二人被囚,特到朝门,正遇羊舌肸,揖而慰之曰:"子勿忧,吾见主公,必当力为子请。"羊舌肸嘿然不应。乐王鲋有惭色。羊舌赤闻之,责其弟曰:"吾兄弟毕命于此,羊舌氏绝矣!乐大夫有宠于君,言无不从,倘借其片语,天幸赦宥,不绝先人之宗,汝奈何不应,以失要人[3]之意。"羊舌肸笑曰:"死生命也。若天意降祐,必由祁老大夫,叔鱼何能为哉?"羊舌赤曰:"以叔鱼之朝夕君侧,汝曰'不能',以祁老大夫之致政闲居,而汝曰'必由之'。吾不知其解也!"羊舌肸曰:"叔鱼行媚者也,君可亦可,君否亦否。祁老大夫外举不避仇,内举不避亲,岂独遗羊舌氏乎?"

少顷,晋平公临朝,范匄以所获栾党姓名奏闻。平公亦疑羊舌氏兄弟三人皆在其数,问于乐王鲋曰:"叔虎之谋,赤与肸实与闻否?"乐王鲋心愧叔向,乃应曰:"至亲莫如兄弟,岂有不知?"平公

老祁奚力救羊舌　小范鞅智劫魏舒

乃下诸人于狱,使司寇议罪。时祁奚已告老,退居于祁[4]。其子祁午与羊舌赤同僚相善,星夜使人报信于父,求其以书达范匄,为赤求宽。奚闻信大惊曰:"赤与肸皆晋国贤臣,有此奇冤,我当亲往救之。"乃乘车连夜入都,未及与祁午相会,便叩门来见范匄。匄曰:"大夫老矣,冒风露而降之,必有所谕。"祁奚曰:"老夫为晋社稷存亡而来,非为别事。"范匄大惊,问曰:"不知何事关系社稷,有烦老大夫如此用心?"祁奚曰:"贤人,社稷之卫也。羊舌职有劳于晋室,其子赤、肸,能嗣其美。一庶子不肖,遂聚而歼之,岂不可惜!昔郤芮为逆,郤缺升朝。父子之罪,不相及也,况兄弟乎?子以私怨,多杀无辜,使玉石俱焚,晋之社稷危矣。"范匄蹴然[5]离席曰:"老大夫所言甚当。但君怒未解,匄与老大夫同诣君所言之。"于是并车入朝,求见平公,奏言:"赤、肸与叔虎,贤不肖不同,必不与闻栾氏之事。且羊舌之劳,不可废也。"平公大悟,宣赦,赦出赤、肸二人,使复原职。智起、中行喜、籍偃、州宾、辛俞皆斥为庶人。惟叔虎与箕遗、黄渊处斩。赤、肸二人蒙赦,入朝谢恩,事毕,羊舌赤谓其弟曰:"当往祁老大夫处一谢。"肸曰:"彼为社稷,非为我也,何谢焉?"竟登车归第。羊舌赤心中不安,自往祁午处请见祁奚。午曰:"老父见过晋君,即时回祁去矣,未尝少留须臾也。"羊舌赤叹曰:"彼固施不望报者,吾自愧不及肸之高见也!"髯翁有诗云:

尺寸微劳亦望酬,拜恩私室岂知羞。

必如奚肸才公道,笑杀纷纷货赂求。

州宾复与栾祁往来,范匄闻之,使力士刺杀州宾于家。

却说守曲沃大夫胥午,昔年曾为栾书门客。栾盈行过曲沃,胥

第六十三回

午迎款，极其殷勤。栾盈言及城著，胥午许以曲沃之徒助之。留连三日，栾乐等报信已至，言："阳毕领兵将到。"督戎曰："晋兵若至，便与交战，未必便输与他。"州绰、邢蒯曰："专为此事，恐恩主手下乏人，吾二人特来相助。"栾盈曰："吾未尝得罪于君，特为怨家所陷耳。若与拒战，彼有辞矣。不如逃之，以俟君之见察。"胥午亦言拒战之不可。即时收拾车乘，盈与午洒泪而别，出奔于楚。比及阳毕兵到著邑，邑人言："盈未曾到此，在曲沃已出奔了。"阳毕班师而归，一路宣布栾氏之罪。百姓皆知栾氏功臣，且栾盈为人，好施爱士，无不叹惜其冤者。

范匄言于平公，严禁栾氏故臣，不许从栾盈，从者必死！家臣辛俞初闻栾盈在楚，乃收拾家财数车出城，欲往从之。被守门吏盘住，执辛俞以献于平公。平公曰："寡人有禁，汝何犯之？"辛俞再拜言曰："臣愚甚，不知君所以禁从栾氏者，诚何说也？"平公曰："从栾氏者无君，是以禁之。"辛俞曰："诚禁无君，则臣知免于死矣。臣闻之，三世仕其家则君之[6]，再世则主之。事君以死，事主以勤。臣自祖若[7]父，以无大援[8]于国，世隶于栾氏，食其禄，今三世矣。栾氏固臣之君也。臣惟不敢无君，是以欲从栾氏，又何禁乎？且盈虽得罪，君逐之而不诛，得无念其先世犬马之劳，赐以生全乎？今羁旅他方，器用不具，衣食不给，或一朝填于沟壑，君之仁德，无乃不终？臣之此去，尽臣之义，成君之仁，且使国人闻之曰：'君虽危难，不可弃也。'于以禁无君者，大矣。"平公悦其言曰："子姑留事寡人，寡人将以栾氏之禄禄子。"辛俞曰："臣固言之矣：'栾氏，臣之君也。'舍一君又事一君，其何以禁无君者？必欲见留，臣请死！"平公曰："子往矣！寡人姑听子，以遂子之志。"辛俞再拜稽

首,仍领了数车辎重,昂然出绛州城而去。史臣有诗称辛俞之忠。诗曰:

翻云覆雨世情轻,霜雪方知松柏荣。
三世为臣当效死,肯将晋主换栾盈?

却说栾盈栖楚境上数月,欲往郢都见楚王,忽转念曰:"吾祖父宣力国家,与楚世仇,倘不相容,奈何?"欲改适齐,而资斧空乏,却得辛俞驱辎重来到,得济其用。遂修整车从,望齐国进发。此周灵王二十一年[9]事也。

再说齐庄公为人,好勇喜胜,不屑居人之下,虽然受命澶渊,终以平阴之败为耻。尝欲广求勇力之士,自为一队,亲率之以横行天下。由是于卿大夫士之外,别立"勇爵",禄比大夫,必须力举千斤,射穿七札者,方与其选。先得殖绰、郭最,次又得贾举、邴师、公孙敖、封具、铎甫、襄尹、偻堙等,共是九人。庄公日日召至宫中,相与驰射击刺,以为笑乐。一日,庄公视朝,近臣报道:"今有晋大夫栾盈被逐,来奔齐国。"庄公喜曰:"寡人正思报晋之怨,今其世臣来奔,寡人之志遂矣。"欲遣人往迎之。大夫晏婴出奏曰:"不可,不可!小所以事大者,信也。吾新与晋盟,今乃纳其逐臣,倘晋人来责,何以对之?"庄公大笑曰:"卿言差矣!齐、晋匹敌,岂分小大?昔之受盟,聊以纾[10]一时之急耳。寡人岂终事晋如鲁、卫、曹、邾者耶?"遂不听晏婴之言,使人迎栾盈入朝。盈谒见,稽首哭诉其见逐之由。庄公曰:"卿勿忧,寡人助卿一臂,必使卿复还晋国。"栾盈再拜称谢。庄公赐以大馆,设宴相款。州绰、邢蒯侍于栾盈之傍,庄公见其身大貌伟,问其姓名,二人以实告。庄公曰:

第六十三回

"向日平阴之役,擒我殖绰、郭最者非尔耶?"绰、蒯叩首谢罪。庄公曰:"寡人慕尔久矣!"命赐酒食。因谓盈曰:"寡人有求于卿,卿不可辞。"盈对曰:"苟可以应君命者,即发肤无所爱。"庄公曰:"寡人无他求,欲暂乞二勇士为伴耳。"栾盈不敢拒,只得应允,怏怏登车,叹曰:"幸彼未见督戎,不然,亦为所夺矣!"

庄公得州绰、邢蒯,列于勇爵之末,二人心中不服。一日,与殖绰、郭最同侍于庄公之侧,二人假意佯惊,指绰、最曰:"此吾国之囚,何得在此?"郭最应曰:"吾等昔为奄狗所误,须不比你跟人逃窜也。"州绰怒曰:"汝乃我口中之虱,尚敢跳动耶?"殖绰亦怒曰:"汝今日在我国中,也是我盘中之肉矣。"邢蒯曰:"既然汝等不能相容,即当复归吾主。"郭最曰:"堂堂齐国,难道少了你两人不成!"四人语硬面赤,各以手抚佩剑,渐有相并之意。庄公用好言劝解,取酒劳之。谓州绰、邢蒯曰:"寡人固知二卿不屑居齐人之下也。"乃更勇爵之名为"龙"、"虎"二爵,分为左右。右班"龙爵",州绰、邢蒯为首,又选得齐人卢蒲癸、王何,使列其下。左班"虎爵",则以殖绰、郭最为首,贾举等七人,依旧次序。众人与其列者,皆以为荣,惟州、邢、殖、郭四人,到底心下各不和顺。时崔杼、庆封以援立庄公之功,位皆上卿,同执国政。庄公常造其第,饮酒作乐,或时舞剑射棚[11],无复君臣之隔。

单说崔杼之前妻,生下二子,曰成,曰强,数岁而妻死。再娶东郭氏,乃是东郭偃之妹,先嫁与棠公为妻,谓之棠姜。生一子,名曰棠无咎。那棠姜有美色,崔杼因往吊棠公之丧,窥见姿容,央东郭偃说合,娶为继室。亦生一子,曰明。崔杼因宠爱继室,遂用东郭偃、棠无咎为家臣,以幼子崔明托之。谓棠姜曰:"俟明长成,当立为適子。"此一段话,且搁过一边。

且说齐庄公一日饮于崔杼之室,崔杼使棠姜奉酒,庄公悦其色,乃厚赂东郭偃,使之通意,乘间与之私合。来往多遍,崔杼渐渐知觉,盘问棠姜。棠姜曰:"诚有之。彼挟国君之势以临我,非一妇人所敢拒也。"杼曰:"然则汝何不言?"棠姜曰:"妾自知有罪,不敢言耳。"崔杼嘿然久之,曰:"此事与汝无干。"自此有谋弑庄公之意。

周灵王二十二年,吴王诸樊求婚于晋,晋平公以女嫁之。齐庄公谋于崔杼曰:"寡人许纳栾盈,未得其便。闻曲沃守臣乃栾盈之厚交,今欲以送媵为名,顺便纳栾盈于曲沃,使之袭晋。此事如何?"崔杼衔恨齐侯,私心计较,正欲齐侯结怨于晋,待晋侯以兵来讨,然后委罪于君,弑之以为媚晋之计。今日庄公谋纳栾盈,正中其计。乃对曰:"曲沃人虽为栾氏,恐未能害晋。主公必然亲率一军,为之后继。若盈自曲沃而入,主公扬言伐卫,由濮阳[12]自南而北,两路夹攻,晋必不支。"庄公深以为然。以其谋告于栾盈,栾盈甚喜。家臣辛俞谏曰:"俞之从主,以尽忠也;亦愿主之忠于晋君也!"盈曰:"晋君不以我为臣,奈何?"辛俞曰:"昔纣囚文王于羑里,文王三分天下,以服事殷。晋君不念栾氏之勋,黜逐吾主,糊口于外,谁不怜之?一为不忠,何所容于天地之间耶?"栾盈不听。辛俞泣曰:"吾主此行,必不免!俞当以死相送!"乃拔佩刀自刎而死。史臣有赞云:

> 盈出则从,盈叛则死。公不背君,私不背主。卓哉辛俞,晋之义士!

齐庄公遂以宗女姜氏为媵,遣大夫析归父送之于晋。多用温

第 六 十 三 回

车,载栾盈及其宗族,欲送至曲沃。州绰、邢蒯请从。庄公恐其归晋,乃使殖绰、郭最代之,嘱曰:"事栾将军,犹事寡人也。"行过曲沃,盈等遂易服入城。夜叩大夫胥午之门,午惊异,启门而出,见栾盈,大惊曰:"小恩主安得到此?"盈曰:"愿得密室言之。"午乃迎盈入于深室之中。盈执胥午之手,欲言不言,不觉泪下。午曰:"小恩主有事,且共商议,不须悲泣。"盈乃收泪告曰:"吾为范、赵诸大夫所陷,宗祀不守。今齐侯怜其非罪,致我于此,齐兵且踵至矣。子若能兴曲沃之甲,相与袭绛,齐兵攻其外,我等攻其内,绛可入也。然后取诸家之仇我者而甘心焉,因奉晋侯以和于齐。栾氏复兴,在此一举!"午曰:"晋势方强,范、赵、智、荀诸家又睦,恐不能侥幸,徒以自贼,奈何?"盈曰:"吾有力士督戎一人,可当一军;且殖绰、郭最,齐国之雄;栾乐、栾鲂,强力善射;晋虽强,不足惧也。昔我佐魏绛于下军,其子[13]舒每有请托,我无不周旋,彼感吾意,每思图报。若更得魏氏为内助,此事可八九矣。万一举事不成,虽死无恨!"午曰:"俟来日探人心何如,乃可行也。"盈等遂藏于深室。

至次日,胥午托言梦共太子[14],祭于其祠,以馂馀[15]飨其官属,伏栾盈于壁后。三觞乐作,胥午命止之,曰:"共太子之冤,吾等忍闻乐乎?"众皆嗟叹。胥午曰:"臣子,一例也。今栾氏世有大功,同朝潜而逐之,亦何异共太子乎?"众皆曰:"此事通国皆不平,不知孺子犹能返国否?"胥午曰:"假如孺子今日在此,汝等何以处之?"众皆曰:"若得孺子为主,愿为尽力,虽死无悔!"坐中多有泣下者。胥午曰:"诸君勿悲,栾孺子见在此。"栾盈从屏后趋出,向众人便拜,众人俱拜。盈乃自述还晋之意:"若得重到绛州

740

城中，死亦瞑目！"众人俱踊跃愿从。是日畅饮而散。

次日，栾盈写密信一封，托曲沃贾人，送至绛州魏舒处。舒亦以范、赵所行太过，得此密信，即写回书，言："某裹甲以待，只等曲沃兵到，即便相迎。"栾盈大喜。晡午搜括曲沃之甲，共二百二十乘，栾盈率之。栾之族人能战者皆从，老弱俱留曲沃。督戎为先锋，殖绰、栾乐在右，郭最、栾鲂在左，黄昏起行，来袭绛都。自曲沃至绛，止隔六十馀里，一夜便到。坏郭而入，直抵南门，绛人犹然不知，正是疾雷不及掩耳，刚刚掩上城门，守御一无所设，不消一个时辰，被督戎攻破，招引栾兵入城，如入无人之境。时范匄在家，朝饔方彻[16]，忽然乐王鲋喘吁而至，报言："栾氏已入南门。"范匄大惊，急呼其子范鞅敛甲拒敌。乐王鲋曰："事急矣！奉主公走固宫，犹可坚守。"固宫者，晋文公为吕郤焚宫之难，乃于公宫之东隅，别筑此宫，以备不测。广宽十里有馀，内有宫室台观，积粟甚多。轮选国中壮甲三千人守之，外掘沟堑，墙高数仞，极其坚固，故曰固宫。范匄忧国中有内应。鲋曰："诸大夫皆栾怨家，可虑惟魏氏耳。若速以君命召之，犹可得也。"范匄以为然。乃使范鞅以君命召魏舒，一面催促仆人驾车。乐王鲋又曰："事不可知，宜晦其迹。"时平公有外家[17]之丧，范匄与乐王鲋，俱衷甲加墨缞，以绖[18]蒙其首，诈为妇人，直入宫中，奏知平公，即御公以入于固宫。

却说魏舒家在城北隅，范鞅乘轺车疾驱而往，但见车徒已列门外，舒戎装在车，南向将往迎栾盈矣。范鞅下车，急趋而进曰："栾氏为逆，主公已在固宫，鞅之父与诸大臣，皆聚于君所，使鞅来迎吾子。"魏舒未及答语，范鞅踊身一跳，早已登车，右手把剑，左手牵魏舒之带，唬得魏舒不敢做声。范鞅喝令："速行！"舆人请问："何

第六十三回

往?"范鞅厉声曰:"东行往固宫!"于是车徒转向东行,径到固宫。未知后事何如,再看下回分解。

---

〔1〕 辊(guō 郭)辊辘(luò 落)辘:车轮滚动的声音。

〔2〕 兄羊舌赤、羊舌肸:二人与羊舌叔虎均为同父异母之兄弟。原文"羊舌肸"前有一"弟"字,但下文载明,赤、肸乃叔虎之嫡兄。叔虎尚未出生,二人均已成年。"弟"应为衍文,故删。

〔3〕 要(yāo 邀)人:求人。

〔4〕 祁:春秋时晋邑名。大夫祁奚之采邑,在今山西祁县东南。

〔5〕 蹴(cù 促)然:惊惧的样子。

〔6〕 君之:以之为君。

〔7〕 若:连接词,及,和。

〔8〕 大援:有力的引荐。

〔9〕 周灵王二十一年:即公元前551年。

〔10〕 纾(shū 舒):解除,缓和。

〔11〕 射棚:即箭靶。筑土为台,上设木制箭靶,以供习射之用。

〔12〕 濮阳:卫邑名,即曾为卫都之帝丘。在今河南濮阳市南。

〔13〕 其子:原文为"其孙",据《左传》改。本书之"子"、"孙"二字,颇多混淆处。如第六十一、六十二回之公孙剽,就有两处误为"公子剽"(但明刊本不误)。

〔14〕 共(gōng 恭)太子:晋献公之太子申生,惠公时谥为共太子,见第二十九回。

〔15〕 馂(jùn 俊)馀:指祭祀后的食品。

〔16〕 朝饔(yōng 拥)方彻:早餐刚结束。

〔17〕 外家:此指外祖父母家。

〔18〕 绖(dié 迭):古时守丧期结在头上或腰间的麻带。

第六十四回

曲沃城栾盈灭族　且于门杞梁死战

却说范匄虽遣其子范鞅往迎魏舒,未知逆顺如何,心中委决不下。亲自登城而望,见一簇车徒,自西北方疾驱而至,其子与魏舒同在一车之上,喜曰:"栾氏孤矣!"即开宫门纳之。魏舒与范匄相见,兀自颜色不定。匄执其手曰:"外人不谅,颇言将军有私于栾氏,匄固知将军之不然也。若能共灭栾氏者,当以曲沃相劳。"舒此时已落范氏牢笼之内,只得唯唯惟命,遂同谒平公,共商议应敌之计。须臾,赵武、荀吴、智朔、韩无忌、韩起、祁午、羊舌赤、羊舌肸、张孟趯诸臣,陆续而至,皆带有车徒,军势益盛。固宫止有前后两门,俱有重关。范匄使赵、荀两家之军,协守南关二重,韩无忌兄弟,协守北关二重,祁午诸人,周围巡儆。匄与鞅父子,不离平公左右。

栾盈已入绛城,不见魏舒来迎,心内怀疑。乃屯于市口,使人哨探,回报:"晋侯已往固宫,百官皆从,魏氏亦去矣。"栾盈大怒曰:"舒欺我,若相见,当手刃之!"即抚督戎之背曰:"用心往攻固宫,富贵与子共也!"督戎曰:"戎愿分兵一半,独攻南关,恩主率诸将攻北关,且看谁人先入?"此时殖绰、郭最,虽则与盈同事,然州

第 六 十 四 回

绰、邢蒯却是栾盈带往齐国去的,齐侯作兴[1]了他,绰、最每受其奚落。俗语云:"怪树怪丫叉",绰、最与州、邢二将有些心病,原原本本,未免迁怒到栾盈身上。况栾盈口口声声只夸督戎之勇,并无俯仰[2]绰、最之意,绰、最怎肯把热气去呵他冷面,也有坐观成败的意思,不肯十分出力。栾盈所靠,只是督戎一人。

当下督戎手提双戟,乘车径往固宫,要取南关。在关外阅看形势,一驰一骤,威风凛凛,杀气腾腾,分明似一位黑煞神下降。晋军素闻其勇名,见之无不胆落。赵武啧啧叹羡不已。武部下有两员骁将,叫做解雍、解肃,兄弟二人,皆使长枪,军中有名。闻主将叹羡,心中不服曰:"督戎虽勇,非有三头六臂,某弟兄不揣[3],欲引一枝兵下关,定要活捉那厮献功!"赵武曰:"汝须仔细,不可轻敌。"二将装束齐整,飞车出关,隔堑大叫:"来将是督将军否?可惜你如此英勇,却跟随叛臣。早早归顺,犹可反祸为福。"督戎闻叫大怒,喝教军士填堑而渡。军士方负土运石,督戎性急,将双戟按地,尽力一跃,早跳过堑北。二解倒吃了一惊,挺枪来战督戎。督戎舞戟相迎,全无惧怯。解雍的驾马,早被督戎一戟打去,折了背脊,车不能动。连解肃的驾马,嘶鸣起来,也不行走。二解欺他单身,跳下车来步战。督戎两枝大戟,一左一右,使得呼呼的响。解肃一枪刺来,督戎一戟拉去;戟势去重,磅的一声,那枝枪磕[4]为两段。解肃撇了枪杆便走。解雍也着了忙,手中迟慢,被督戎一戟刺倒。便去追赶解肃。解肃善走,径奔北关,缒城而上。督戎赶不着,退转来要结果解雍,已被军将救入关去了。督戎气忿忿的,独自挺戟而立,叫道:"有本事的,多着几个出来,一总厮杀,省得费了工夫!"关上无人敢应。督戎守了一会,仍回本营,吩咐军士,

744

曲沃城栾盈灭族　且于门杞梁死战

打点明日攻关。

是夜，解雍伤重而死，赵武痛惜不已。解肃曰："明日小将再决一战，誓报兄仇，虽死不恨！"荀吴曰："我部下有老将牟登，他有二子，牟刚、牟劲，俱有千斤之力，见在晋侯麾下侍卫。今夜使牟登唤来，明日同解将军出战，三人战一个，难道又输与他？"赵武曰："如此甚好！"荀吴自去吩咐牟登去了。

次早，牟刚、牟劲俱到。赵武看之，果然身材魁伟，气象狰狞，慰劳了一番，命解肃一同下关。那边督戎，早把坑堑填平，直逼关下搦战。这里三员猛将，开关而出。督戎大叫："不怕死的都来！"三将并不打话，一枝长枪，两柄大刀，一齐都奔督戎。督戎全无惧怯。杀得性起，跳下车来，将双戟飞舞，尽着气力，落戟去处，便有千钧之重。牟劲车轴，被督戎打折，只得也跳下车来，着了督戎一戟，打得稀烂。牟刚大怒，拚命上前，怎奈戟风如箭，没处进步。老将牟登，喝叫："且歇！"关上鸣起金来。牟登亲自出关，接应牟刚、解肃进去。督戎教军士攻关，关上矢石如雨，军士多有伤损，惟督戎不动分毫，真勇将也。

赵武与荀吴连败二阵，遣人告急于范匄。范匄曰："一督戎胜他不得，安能平栾氏乎？"是夜秉烛而坐，闷闷不已。有一隶人侍侧，叩首而问曰："元帅心怀郁郁，莫非忧督戎否？"范匄视其人，姓斐名豹，原是屠岸贾手下骁将斐成之子，因坐屠党，没官为奴，在中军服役。范匄奇其言，问曰："尔若有计除得督戎，当有重赏。"斐豹曰："小人名在丹书[5]，枉有冲天之志，无处讨个出身。元帅若于丹书上除去豹名，小人当杀督戎，以报厚德。"范匄曰："尔若杀了督戎，吾当请于晋侯，将丹书尽行焚弃，收尔为中军牙将。"斐豹曰："元帅不可失信。"范匄曰："若失信,有如红日!但不知用车徒多少?"斐豹曰："督戎向在绛城,与小人相识,时常角力赌胜。其人恃勇性躁,专好独斗,若以车徒往,不能胜也。小人情愿单身下关,自有擒督戎之计。"范匄曰："汝莫非去而不返?"斐豹曰："小人有老母,今年七十八岁,又有幼子娇妻,岂肯罪上加罪,作此不忠不孝之事?如有此等,亦如红日!"范匄大喜,劳以酒食,赏兕甲[6]一副。

次日,斐豹穿甲于内,外加练袍,札缚停当。头带韦弁[7],足穿麻屦,腰藏利刃,手中提一铜锤,重五十二斤,来辞范匄曰："小人此去,杀得督戎,奏凯而回。不然,亦死于督戎之手,决不两存。"范匄曰："我当亲往,看汝用力。"即时命驾车,使斐豹骖乘,同至南关。赵武、荀吴接见,诉以督戎如此英雄,连折二将。范匄曰："今日斐豹单身赴敌,只看晋侯福分。"言犹未已,关下督戎大呼搦战。斐豹在关上呼曰："督君还认得斐大否?"豹行大,故自称斐大,乃昔年彼此所呼也。督戎曰："斐大,汝今还敢来赌一死生么?"斐豹曰："他人怕你,我斐豹不怕你!你把兵车退后,我与你两人,只在地下赌斗,双手对双手,兵器对兵器,不是你死我活,就是我死你活,也落得个英名传后。"督戎曰："此论正合吾意。"遂将军士约退。这里关门开处,单单放一个斐豹出来。两个就在关下交战,约二十馀合,未分胜败。

斐豹诈言道："我一时内急[8],可暂住手。"督戎那里肯放。斐豹先瞧见西边空处,有一带短墙,捉个空隙就走。督戎随后赶来,大喝："走向那里去?"范匄等在关上,看见督戎往追斐豹,慌捏一把汗。谁知斐豹却是用计,奔近短墙,扑的跳将进去。督戎见斐

曲沃城栾盈灭族　　且于门杞梁死战

豹进墙去了，亦逾墙而入。只道斐豹在前面，却不知斐豹隐身在一棵大树之下，专等督戎进墙，出其不意，提起五十二斤的铜锤，自后击之，正中其脑。脑浆迸裂，扑地便倒，兀自把右脚飞起，将斐豹胸前兕甲碾去一片。斐豹急拔出腰间利刃，剁下首级，复跳墙而出。关上望见斐豹手中提有血淋淋的人头，已知得胜，大开关门。解肃、牟刚引兵杀出，栾军大败，一半杀了，一半投降，逃去者十无一二。范匄仰天沥酒曰："此晋侯之福也！"即酌酒亲赐斐豹，就带他往见晋侯。晋侯赏以兵车一乘，注功绩第一。潜渊先生有诗云：

督戎神力世间无，敌手谁知出隶夫？

始信用人须破格，笑他肉食[9]似雕瓠[10]！

再说栾盈引大队车马，攻打北关，连接督戎捷报，盈谓其下曰："吾若有两督戎，何患固宫不破耶？"殖绰践郭最之足，郭最以目答之，各低头不语。惟有栾乐、栾鲂，思欲建功，不避矢石。韩无忌、韩起，因前关屡败，不敢轻出，只是严守。到第三日，栾盈得败军之报，言："督戎被杀，全军俱没。"吓得手足无措，方请殖绰、郭最商议。绰、最笑曰："督戎且失利，况我曹乎？"栾盈垂泪不已。栾乐曰："我等死生，决于今夜，当令将士毕聚北门，于三更之后，悉登轈车，放火烧关，或可入也。"栾盈从其计。

晋侯喜督戎之死，置酒庆贺，韩无忌、韩起俱来献觞上寿，饮至二更方散。才回北关，点视方毕，忽然车声轰起，栾氏军马大集，轈车高与关齐，火箭飞蝗般射来，延烧关门。火势凶猛，关内军士，存札[11]不牢，栾乐当先，栾鲂继之，乘势遂占了外关。韩无忌等退守内关，遣人飞报中军求救。范匄命魏舒往南关，替回荀吴一枝军马，往北关帮助二韩。遂同晋侯登台北望，见栾兵屯于外关，寂然

第 六 十 四 回

无声,范匄曰:"此必有计。"传令内关用心防御。守至黄昏,栾兵复登辌车,仍用火器攻门。这里预备下皮帐,帐用牛皮为之,以水浸透,撑开遮蔽,火不能入。乱了一夜,两下暂息。范匄曰:"贼已逼近,傥久而不退,齐复乘之,国必殆矣。"遂命其子范鞅,率斐豹引一枝军,从南关转至北门,从外而攻。刻定时辰,约会二韩守关,荀吴率牟刚引一枝兵,从内关杀出外关。腹背夹攻,教他两下不能相顾。使赵武、魏舒,移兵屯于关外,以防南逸。调度已毕,奉晋侯登台观战。范鞅临行,请于匄曰:"鞅年少望轻,愿假以中军旗鼓。"匄许之。鞅仗剑登车,建旆而行。方出南关,谓其下曰:"今日之战,有进无退!若兵败,吾先自到,必不令诸君独死!"众皆踊跃。

却说荀吴奉范匄将令,使将士饱食结束,专等时候。只见栾兵纷纷扰扰,俱退出外关,心知外兵已到,一声鼓响,关门大开,牟刚在前,荀吴在后,甲士步卒,一齐杀出。栾盈亦虑晋军内外夹攻,使栾鲂用铁叶车[12],塞外门之口,分兵守之。荀吴之兵,不能出外。范鞅兵到,栾乐见大旆,惊曰:"元帅亲至乎?"使人察之,回报曰:"小将军范鞅也。"乐曰:"不足虑矣!"乃张弓挟矢,立于车中,顾左右曰:"多带绳索,射倒者则牵之。"驰入晋军,左射右射,发无不中。其弟栾荣同在车中,谓曰:"矢可惜也! 多射无名。"乐乃不射。少顷,望见一车远远而来,车中一将,韦弁练袍[13],形容古怪。栾荣指曰:"此人名斐豹,即杀我督将军者,可以射之。"栾乐曰:"俟近百步,汝当为我喝采!"言未毕,又一车从旁经过,栾乐认得车中乃是小将军范鞅,想道:"若射得范鞅,却不胜如斐豹?"乃驱车逐范鞅而射之。栾乐之箭,从来百发百中,偏是这一箭射个落

曲沃城栾盈灭族　且于门杞梁死战

空。范鞅回顾，见是栾乐，大骂："反贼！死在头上，尚敢射我？"栾乐便教回车退走。他不是怕惧范鞅，因射他不着，欲回车诱他赶来，觑得亲切，好端的放箭。谁知殖绰、郭最亦在军中，忌栾乐善射，惟恐其成功，一见他退走，遂大呼曰："栾氏败矣！"御人闻呼，又错认别枝兵败了，举头四望，辔乱马逸。路上有大槐根，车轮误触之而覆，把栾乐跌将出来。恰恰的斐豹赶到，用长戟钩之，断其手肘。可怜栾乐是栾族第一个战将，今日死于槐根之侧，岂非天哉！髯翁有诗云：

猿臂将军[14]射不空，偏教一矢误英雄。

老天已绝栾家祀，肯许军中建大功？

栾荣先跳下车，不敢来救栾乐，急逃而免。殖绰、郭最难回齐国，郭最奔秦，殖绰奔卫。栾盈闻栾乐之死，放声大哭，军士无不哀涕。栾鲂守不住门口，收兵保护栾盈，望南而奔。荀吴与范鞅合兵，从后追来，盈、鲂同曲沃之众，抵死拒敌，大杀一场，晋兵才退。盈、鲂亦身带重伤，行至南门，又遇魏舒引兵拦住。栾盈垂泪告曰："魏伯独不忆下军共事之日乎？盈知必死，然不应死于魏伯之手也！"魏舒意中不忍，使车徒分列左右，让栾盈一路。栾盈、栾鲂引着残兵，急急奔回曲沃去了。须臾，赵武军到，问魏舒曰："栾孺子已过，何不追之？"魏舒曰："彼如釜中之鱼，瓮中之鳖，自有庖人动手。舒念先人僚谊，诚不忍操刀也！"赵武心中恻然，亦不行追赶。范匄闻栾盈已去，知魏舒做人情，置之不言。乃谓范鞅曰："从盈者，皆曲沃之甲，此去必还曲沃。彼爪牙已尽，汝率一军围之，不忧不下也。"荀吴亦愿同往，范匄许之。二将帅车三百乘，围栾盈于曲沃。范匄奉晋平公复回公宫，取丹书焚之，因斐豹得脱隶籍者二

第六十四回

十馀家。范匄遂收斐豹为牙将。

话分两头。却说齐庄公自打发栾盈转身,便大选车徒,以王孙挥为大将,申鲜虞副之,州绰、邢蒯为先锋,晏氂为合后,贾举、邴师等随身扈驾,择吉出师。先侵卫地,卫人儆守,不敢出战。齐兵也不攻城,遂望帝丘而北,直犯晋界。围朝歌[15],三日取之。庄公登朝阳山犒军。遂分军为二队:王孙挥同诸将为前队,从左取路孟门[16]隘;庄公自率"龙""虎"二爵为后队,从右取路共山;俱于太行山取齐。一路杀掠,自不必说。邢蒯露宿共山[17]之下,为毒蛇所螫,腹肿而死。庄公甚惜之。不一日,两军俱至太行,庄公登山以望二绛,正议袭绛之事。闻栾盈败走曲沃,晋侯悉起大军将至,庄公曰:"吾志不遂矣!"遂观兵[18]于少水[19]而还。守邯郸大夫赵胜,起本邑之兵追之。庄公只道大军来到,前队又已先发,仓皇奔走,只留晏氂断后。氂兵败,被赵胜斩之。

范鞅、荀吴围曲沃月馀。盈等屡战不胜,城中死者过半,力尽不能守,城遂破。胥午伏剑而死。栾盈、栾荣俱被执。盈曰:"吾悔不用辛俞之言,乃至于此!"荀吴欲囚栾盈,解至绛城。范鞅曰:"主公优柔不断,万一乞哀而免之,是纵仇也。"乃夜使人缢杀之,并杀栾荣,尽诛灭栾氏之族。惟栾鲂缒城而遁,出奔宋国去了。鞅等班师回奏,平公命以栾氏之事,播告于诸侯。诸侯多遣人来称贺。史臣有赞云:

宾傅桓叔,枝佐文君。传盾及书,世为国桢[20]。黡一汰侈,遂坠厥勋。盈虽好士,适殒其身。保家有道,以诚子孙。

于是范匄告老,赵武代之为政。不在话下。

曲沃城栾盈灭族　且于门杞梁死战

再说齐庄公以伐晋未竟其功,雄心不死,还至齐境,不肯入。曰:"平阴之役,莒人欲自其乡袭齐,此仇亦不可不报也!"乃留屯于境上,大蒐[21]车乘。州绰、贾举等,各赐坚车五乘,名为"五乘之宾"。贾举称临淄人华周、杞梁之勇,庄公即使人召之。周、梁二人来见,庄公赐以一车,使之同乘,随军立功。华周退而不食,谓杞梁曰:"君之立'五乘之宾',以勇故也。君之召我二人,亦以勇故也。彼一人而五乘,我二人而一乘,此非用我,乃辱我耳!盍辞之他往乎?"杞梁曰:"梁家有老母,当禀命而行之。"杞梁归告其母。母曰:"汝生而无义,死而无名,虽在'五乘之宾',人孰不笑汝!汝勉之,君命不可逃也。"杞梁以母之语述于华周。华周曰:"妇人不忘君命,吾敢忘乎?"遂与杞梁共车,侍于庄公。

庄公休兵数日,传令留王孙挥统大军屯扎境上,单用"五乘之宾"及选锐三千,衔枚卧鼓,往袭莒国。华周、杞梁自请为前队。庄公问曰:"汝用甲乘几何?"华周、杞梁曰:"臣等二人,只身谒君,亦愿只身前往。君所赐一车,已足吾乘矣。"庄公欲试其勇,笑而许之。华周、杞梁约更番为御,临行曰:"更得一人为戎右,可当一队矣。"有小卒挺身出曰:"小人愿随二位将军一行,不知肯提挈否?"华周曰:"汝何姓名?"小卒对曰:"某乃本国人隰侯重也。慕二位将军之义勇,是以乐从。"三人遂同一乘,建一旗一鼓,风驰而去。先到莒郊,露宿一夜。次早,莒黎比公知齐师将到,亲率甲士三百人巡郊,遇华周、杞梁之车,方欲盘问。周、梁瞋目大呼曰:"我二人,乃齐将也,谁敢与我决斗?"黎比公吃了一惊,察其单车无继,使甲士重重围之。周、梁谓隰侯重曰:"汝为我击鼓勿休!"乃各挺长戟,跳下车来,左右冲突,遇者辄死,三百甲士,被杀伤了

751

第六十四回

一半。黎比公曰："寡人已知二将军之勇矣！不须死战，愿分莒国与将军共之！"周、梁同声对曰："去国归敌，非忠也；受命而弃之，非信也。深入多杀者，为将之事。若莒国之利，非臣所知！"言毕，奋戟复战。黎比公不能当，大败而走。

齐庄公大队已到，闻知二将独战得胜，使人召之还，曰："寡人已知二将军之勇矣！不必更战，愿分齐国，与将军共之！"周、梁同声对曰："君立'五乘之宾'，而吾不与焉，是少[22]吾勇也。又以利啖我，是污吾行也。深入多杀者，为将之事，若齐国之利，非臣所知！"乃挥去使者，弃车步行，直逼且于门[23]。黎比公令人于狭道掘沟炙炭，炭火腾焰，不能进步。隰侯重曰："吾闻古之士，能立名于后世者，惟捐生也。吾能使子踰沟。"乃仗楯自伏于炭上，令二子乘之而进。华周、杞梁既踰沟，回顾隰侯重，已焦灼矣。乃向之而号。杞梁收泪，华周哭犹未止。杞梁曰："汝畏死耶？何哭之久也？"华周曰："我岂怕死者哉？此人之勇，与我同也，乃能先我而死，是以哀之！"黎比公见二将已越火沟，急召善射者百人，伏于门之左右，俟其近，即攒射之。华周、杞梁直前夺门，百矢俱发，二将冒矢突战，复杀二十七人。守城军士，环立城上，皆注矢下射。杞梁重伤先死。华周身中数十箭，力尽被执，气犹未绝，黎比公载归城中。有诗为证：

> 争羡赳赳五乘宾，形如熊虎力千钧。
> 谁知陷阵捐躯者，却是单车殉义人！

却说齐庄公得使者回信，知周、梁有必死之心，遂引大队前进。至且于门，闻三人俱已战死，大怒，便欲攻城。黎比公遣使至齐军中谢曰："寡君徒见单车，不知为大国所遣，是以误犯。且大国死

曲沃城栾盈灭族　且于门杞梁死战

者三人，敝邑被杀者已百馀人矣。彼自求死，非敝邑敢于加兵也。寡君畏君之威，特命下臣百拜谢罪，愿岁岁朝齐，不敢有贰。"庄公怒气方盛，不准行成。黎比公复遣使相求，欲送还华周，并归杞梁之尸，且以金帛犒军。庄公犹未许。忽传王孙挥有急报至，言："晋侯与宋、鲁、卫、郑各国之君，会于夷仪[24]，谋伐齐国。请主公作速班师。"庄公得此急信，乃许莒成。莒黎比公大出金帛为献，以温车载华周，以辇载杞梁之尸，送归齐军。惟隰侯重尸在炭中，已化为灰烬，不能收拾。

庄公即日班师，命将杞梁殡于齐郊之外。庄公方入郊，适遇杞梁之妻孟姜，来迎夫尸。庄公停车，使人吊之。孟姜对使者再拜曰："梁若有罪，敢辱君吊？若其无罪，犹有先人之敝庐在。郊非吊所[25]，下妾敢辞！"庄公大惭曰："寡人之过也！"乃为位于杞梁之家而吊焉。孟姜奉夫棺，将窆于城外。乃露宿三日，抚棺大恸，涕泪俱尽，继之以血。齐城忽然崩陷数尺，由哀恸迫切，精诚之所感也。后世传秦人范杞梁差筑长城而死，其妻孟姜女送寒衣至城下，闻夫死痛哭，城为之崩。盖即齐将杞梁之事，而误传之耳。华周归齐，伤重，未几亦死。其妻哀恸，倍于常人。按《孟子》称："华周、杞梁之妻，善哭其夫而变国俗。"正谓此也。史臣有诗云：

忠勇千秋想杞梁，颓城悲恸亦非常。
至今齐国成风俗，嫠妇[26]哀哀学孟姜。

按此乃周灵王二十二年[27]之事。是年大水，穀水[28]与洛水斗，黄河俱泛滥，平地水深尺馀。晋侯伐齐之议遂中止。

却说齐右卿崔杼恶庄公之淫乱，巴不得晋师来伐，欲行大事，

第 六 十 四 回

已与左卿庆封商议事成之日,平分齐国,及闻水阻,心中郁郁。庄公有近侍贾竖,尝以小事,受鞭一百,崔杼知其衔怨,乃以重赂结之,凡庄公一动一息,俱令相报。毕竟崔杼做出甚事来,再看下回分解。

----

〔1〕 作兴:抬举。

〔2〕 俯仰:尊敬,重用之意。

〔3〕 不揣:不自量力。

〔4〕 磖(lā 拉):折断。

〔5〕 丹书:罪人名册。古时用红笔书写,故称。

〔6〕 兕(sì 四)甲:犀牛甲。兕,犀牛类动物,皮厚,可以制甲。

〔7〕 韦弁(biàn 变):古冠名。熟皮制成,赤色。可作头盔之用。

〔8〕 内急:腹胀,急欲大便的隐语。

〔9〕 肉食:指享受厚禄的官僚。

〔10〕 雕瓠(hú 胡):雕画的葫芦。外表华美,内里空无一物。

〔11〕 存札:驻扎,停留。

〔12〕 铁叶车:以铁片包裹之车。

〔13〕 练袍:见第六十回注〔14〕。

〔14〕 猿臂将军:指善射的将军。李广善射,《汉书》称其"为人长,猿臂,其善射亦天性也"。此处借指栾乐。

〔15〕 朝歌:古邑名。本属卫,后并于晋。在今河南淇县。

〔16〕 孟门:古地名。在今河南卫辉市西,为太行山著名隘道。

〔17〕 共山:太行山诸峰之一。疑在共邑境内,共邑在今河南卫辉市。

〔18〕 观兵:检阅军队,示人以兵威。

〔19〕 少水:古水名。即今之沁水。沁水出山西沁源县北,经安泽、阳城

至河南武涉入黄河。

〔20〕 国桢：国家的支柱。桢，筑墙时竖立在两边的木柱。引申为骨干、支柱。

〔21〕 大蒐：本指五年一次的军事大检阅。此指大肆聚集。

〔22〕 少：轻视。

〔23〕 且于门：且于本莒邑，在今山东莒县。路狭如隧，莒人因势筑塞，故称之为且于门。

〔24〕 夷仪：春秋时晋邑名。在今河北邢台市西。

〔25〕 郊非吊所：依古礼，对贱者方可郊吊。杞梁为国而死，当进秩为大夫，郊吊乃是对死者的不尊重。

〔26〕 嫠（lí离）妇：寡妇。

〔27〕 周灵王二十二年：即公元前550年。

〔28〕 穀水：古水名。出河南渑池县，流至东周王城汇入洛水。

第六十五回

弑齐光崔庆专权　纳卫衎宁喜擅政

话说周灵王二十三年，夏五月，莒黎比公因许齐侯岁岁来朝，是月，亲自至临淄朝齐。庄公大喜，设飨于北郭，款待黎比公。崔氏府第，正在北郭。崔杼有心拿庄公破绽，诈称寒疾不能起身，诸大夫皆侍宴，惟杼不往。密使心腹叩信于贾竖。竖密报云："主公只等席散，便来问相国之病。"崔杼笑曰："君岂忧吾病哉？正以吾病为利，欲行无耻之事耳。"乃谓其妻棠姜曰："我今日欲除此无道昏君！汝若从吾之计，吾不扬汝之丑，当立汝子为適嗣。如不从吾言，先斩汝母子之首。"棠姜曰："妇人，从夫者也。子有命，焉敢不依？"崔杼乃使棠无咎，伏甲士百人于内室之左右，使崔成、崔强伏甲于门之内，使东郭偃伏甲于门之外。分拨已定，约以鸣钟为号。再使人送密信于贾竖："君若来时，须要如此恁般。"

且说庄公爱棠姜之色，心心念念，寝食不忘。只因崔杼防范稍密，不便数数[1]来往。是日，见崔杼辞病不至，正中其怀，神魂已落在棠姜身上。燕享之仪，了事而已。事毕，趋驾往崔氏问疾。阍者谬对曰："病甚重，方服药而卧。"庄公曰："卧于何处？"对曰："卧于外寝。"庄公大喜，竟入内室。时州绰、贾举、公孙傲、偻堙四人从行。贾竖曰:"君之行事,子所知也。盍待于外,无溷入以惊相国。"州绰等信以为然,遂俱止于门外。惟贾举不肯出,曰:"留一人何害?"乃独止堂中。贾竖闭中门而入。阍者复掩大门,拴而锁之。庄公至内室,棠姜艳妆出迎。未交一言,有侍婢来告:"相国口燥,欲索蜜汤。"棠姜曰:"妾往取蜜即至也。"棠姜同侍婢自侧户冉冉而去。庄公倚槛待之,望而不至。乃歌曰:

　　室之幽兮,美所游兮。室之邃兮,美所会兮。不见美兮,忧心胡底[2]兮!

歌方毕,闻廊下有刀戟之声。庄公讶曰:"此处安得有兵?"呼贾竖不应。须臾间,左右甲士俱起。庄公大惊,情知有变,急趋后户,户已闭。庄公力大,破户而出,得一楼登之。棠无咎引甲士围楼,声声只叫:"奉相国之命,来拿淫贼!"庄公倚槛谕之曰:"我,尔君也;幸舍我去!"无咎曰:"相国有命,不敢自专。"庄公曰:"相国何在?愿与立盟,誓不相害!"无咎曰:"相国病不能来也。"庄公曰:"寡人知罪矣!容至太庙中自尽,以谢相国何如?"无咎又曰:"我等但知拿奸淫之人,不知有君。君既知罪,即请自裁,毋徒取辱。"庄公不得已,从楼牖中跃出,登花台,欲逾墙走。无咎引弓射之,中其左股,从墙上倒坠下来。甲士一齐俱上,刺杀庄公。无咎即使人鸣钟数声。

时近黄昏,贾举在堂中侧耳而听。忽见贾竖启门,携烛而出曰:"室中有贼,主公召尔。尔先入,我当报州将军等。"贾举曰:"与我烛。"贾竖授烛,失手坠地,烛灭。举仗剑摸索,才入中门,遇绊索踬地。崔强从门旁突出,击而杀之。州绰等在门外,不知门内之事。东郭偃伪为结好,邀至旁舍中,秉烛具酒肉,且劝使释剑乐饮，亦遍饮从者。忽闻宅内鸣钟，东郭偃曰："主公饮酒矣。"州绰曰："不忌相国乎？"偃曰："相国病甚，谁忌之？"有顷，钟再鸣。偃起曰："吾当入视。"偃去，甲士悉起。州绰等急简兵器，先被东郭偃使人盗去了。州绰大怒，视门前有升车石[3]，磔[4]以投入。倭堙适趋过，误中堙，折其一足，惧而走。公孙傲拔系马柱而舞，甲士多伤。众人以火炬攻之，须发尽燎。时大门忽启，崔成、崔强复率甲自内而出，公孙傲以手拉崔成，折其臂，崔强以长戈刺傲，立死，并杀倭堙。州绰夺甲士之戟，复来寻斗，东郭偃大呼："昏君奸淫无道，已受诛戮，不干众人之事，何不留身以事新主？"州绰乃投戟于地曰："吾以羁旅亡命，受齐侯知己之遇。今日不能出力，反害倭堙，殆天意也！惟当舍一命以报君宠，岂肯苟活，为齐、晋两国所笑乎？"即以头触石垣三四，石破头亦裂。邴师闻庄公之死，自刭于朝门之外。封具缢于家。铎父与襄君相约，往哭庄公之尸，中路闻贾举等俱死，遂皆自杀。髯翁有诗云：

　　似虎如龙勇绝伦，因怀君宠命轻尘。

　　私恩只许私恩报，殉难何曾有大臣。

时王何约卢蒲癸同死，癸曰："无益也，不如逃之，以俟后图。幸有一人复国，必当相引。"王何曰："请立誓！"誓成，王何遂出奔莒国。卢蒲癸将行，谓其弟卢蒲嫳曰："君之立勇爵，以自卫也。与君同死，何益于君？我去，子必求事崔、庆而归我，我因以为君报仇，如此，则虽死不虚矣！"嫳许之。癸乃出奔晋国。卢蒲嫳遂求事庆封，庆封用为家臣。申鲜虞出奔楚，后仕楚为右尹。时齐国诸大夫闻崔氏作乱，皆闭门待信，无敢至者。惟晏婴直造崔氏，入其室，枕庄公之股，放声大哭。既起，又踊跃三度[5]，然后趋出。棠

弑齐光崔庆专权　纳卫衎宁喜擅政

无咎曰："必杀晏婴，方免众谤。"崔杼曰："此人有贤名，杀之恐失人心。"晏婴遂归，告于陈须无曰："盍议立君乎？"须无曰："守有高、国，权有崔、庆，须无何能为？"婴退，须无曰："乱贼在朝，不可与共事也。"驾而奔宋。晏婴复往见高止、国夏，皆言："崔氏将至，且庆氏在，非吾所能张主也。"婴乃叹息而去。

未几，庆封使其子庆舍，搜捕庄公余党，杀逐殆尽。以车迎崔杼入朝，然后使召高、国，共议立君之事。高、国让于崔、庆，庆封复让于崔杼。崔杼曰："灵公之子杵臼，年已长，其母为鲁大夫叔孙侨如之女，立之可结鲁好。"众人皆唯唯。于是迎公子杵臼为君，是为景公[6]。时景公年幼，崔杼自立为右相，立庆封为左相。盟群臣于太公之庙[7]，刑牲歃血，誓其众曰："诸君有不与崔、庆同心者，有如日！"庆封继之，高、国亦从其誓。轮及晏婴，婴仰天叹曰："诸君能忠于君，利于社稷，而婴不与同心者，有如上帝！"崔、庆俱色变。高、国曰："二相今日之举，正忠君利社稷之事也。"崔、庆乃悦。时莒黎比公尚在齐国，崔、庆奉景公与黎比公为盟，黎比公乃归莒。

崔杼命棠无咎敛州绰、贾举等之尸，与庄公同葬于北郭，减其礼数，不用兵甲，曰："恐其逞勇于地下也。"命太史伯以疟疾书庄公之死，太史伯不从，书于简曰："夏五月乙亥，崔杼弑其君光。"杼见之大怒，杀太史。太史有弟三人，曰仲、叔、季。仲复书如前，杼又杀之；叔亦如之，杼复杀之；季又书，杼执其简谓季曰："汝三兄皆死，汝独不爱性命乎？若更其语，当免汝。"季对曰："据事直书，史氏之职也。失职而生，不如死！昔赵穿弑晋灵公，太史董狐，以赵盾位为正卿，不能讨贼，书曰：'赵盾弑其君夷皋。'盾不为怪，知

第六十五回

史职不可废也。某即不书，天下必有书之者。不书不足以盖相国之丑，而徒贻识者之笑，某是以不爱其死，惟相国裁之！"崔杼叹曰："吾惧社稷之陨，不得已而为此。虽直书，人必谅我。"乃掷简还季。季捧简而出，将至史馆，遇南史氏方来，季问其故。南史氏曰："闻汝兄弟俱死，恐遂没夏五月乙亥之事[8]，吾是以执简而来也。"季以所书简示之，南史氏乃辞去。髯翁读史至此，有赞云：

朝纲纽解，乱臣接迹。斧钺不加，诛之以笔。不畏身死，而畏溺职。南史同心，有遂无格[9]。皎日青天，奸雄夺魄。彼哉谀语，羞此史册！

崔杼愧太史之笔，乃委罪贾竖而杀之。是月，晋平公以水势既退，复大合诸侯于夷仪，将为伐齐之举。崔杼使左相庆封以庄公之死，告于晋师，言："群臣惧大国之诛，社稷不保，已代大国行讨矣。新君杵臼，出自鲁姬，愿改事上国，勿替旧好。所攘朝歌之地，仍归上国，更以宗器若干，乐器若干为献。"诸侯亦皆有赂。平公大悦，班师而归，诸侯皆散。自此晋、齐复合。时殖绰在卫，闻州绰、刑蒯皆死，复归齐国。卫献公衎出奔在齐，素闻其勇，使公孙丁以厚币招之；绰遂留事献公。此事搁过一边。

是年，吴王诸樊伐楚，过巢[10]，攻其门。巢将牛臣隐身于短墙而射之，诸樊中矢而死。群臣守寿梦临终之戒，立其弟馀祭为王。馀祭曰："吾兄非死于巢也，以先王之言，国当次及，欲速死以传季弟，故轻生耳。"乃夜祷于天，亦求速死。左右曰："人所欲者，寿也。王乃自祈早死，不亦远于人情乎？"馀祭曰："昔我先人太王，废长立幼，竟成大业[11]。今吾兄弟四人，以次相承，若俱考终

弑齐光崔庆专权　纳卫衎宁喜擅政

命,札且老矣。吾是以求速也。"此段话且搁过一边。

却说卫大夫孙林父、宁殖既逐其君衎,奉其弟剽为君。后宁殖病笃,召其子宁喜谓曰:"宁氏自庄、武[12]以来,世笃忠贞。出君之事,孙子为之,非吾意也。而人皆称曰:'孙宁'。吾恨无以自明,即死,无颜见祖父于地下！子能使故君复位,盖吾之愆,方是吾子。不然,吾不享汝之祀矣。"喜泣拜曰:"敢不勉图！"殖死,喜嗣为左相,自是日以复国为念。奈殇公剽屡会诸侯,四境无故。上卿孙林父又是献公衎的嫡仇,无间可乘。周灵王二十四年[13],卫献公袭夷仪[14]据之,使公孙丁私入帝丘城,谓宁喜曰:"子能反父之意,复纳寡人,卫国之政,尽归于子,寡人但主祭祀而已。"宁喜正有遗嘱在心,今得此信,且有委政之言,不胜之喜。又思:"卫侯一时求复,故以甜言相哄,倘归而悔之,奈何？公子鱄贤而有信,若得他为证明,他日定不相负。"乃为复书,密付来使,书中大约言:"此乃国家大事,臣喜一人,岂能独力承当？子鲜乃国人所信,必得他到此面订,方有商量。"子鲜者,公子鱄之字也。献公谓公子鱄曰:"寡人复国,全由宁氏,吾弟必须为我一行。"子鱄口虽答应,全无去意。献公屡屡促之,鱄对曰:"天下无无政之君。君曰'政由宁氏',异日必悔之。是使鱄失信于宁氏也,鱄所以不敢奉命。"献公曰:"寡人今窜身一隅,犹无政也。倘先人之祀,延及子孙,寡人之愿足矣,岂敢食言,以累吾弟。"鱄对曰:"君意既决,鱄何敢避事,以败君之大功。"乃私入帝丘城,来见宁喜,复申献公之约。宁喜曰:"子鲜若能任其言,喜敢不任其事！"鱄向天誓曰:"鱄若负此言,不能食卫之粟。"喜曰:"子鲜之誓,重于泰山矣。"公子鱄回复献公去了。

第六十五回

宁喜以殖之遗命，告于蘧瑗。瑗掩耳而走曰："瑗不与闻君之出，又敢与闻其入乎？"遂去卫适鲁。喜复告于大夫石恶、北宫遗，二人皆赞成之。喜乃告于右宰穀，穀连声曰："不可，不可！新君之立，十二年矣，未有失德。今谋复故君，必废新君，父子得罪于两世，天下谁能容之？"喜曰："吾受先人遗命，此事断不可已。"右宰穀曰："吾请往见故君，观其为人视往日如何，而后商之。"喜曰："善。"

右宰穀乃潜往夷仪，求见献公。献公方濯足，闻穀至，不及穿履，徒跣而出，喜形于面，谓穀曰："子从左相处来，必有好音矣。"穀对曰："臣以便道奉候，喜不知也。"献公曰："子第为寡人致左相，速速为寡人图成其事。左相纵不思复寡人，独不思得卫政乎？"穀对曰："所乐为君者，以政在也。政去，何以为君？"献公曰："不然。所谓君者，受尊号，享荣名，美衣玉食，崇阶华宫，乘高车，驾上驷，府库充盈，使令[15]满前，入有嫔御姬侍之奉，出有田猎毕弋[16]之娱，岂必劳心政务，然后为乐哉？"穀嘿然而退。复见公子鱄，穀述献公之言，鱄曰："君淹恤[17]日久，苦极望甘，故为此言。夫所谓君者，敬礼大臣，录用贤能，节财而用之，恤民而使之，作事必宽，出言必信，然后能享荣名，而受尊号，此皆吾君之所熟闻也。"右宰穀归谓宁喜曰："吾见故君，其言粪土耳！无改于旧。"喜曰："曾见子鲜否？"穀曰："子鲜之言合道，然非君所能行也。"喜曰："吾恃子鲜矣。吾有先臣之遗命，虽知其无改，安能已乎？"穀曰："必欲举事，请俟其间。"

时孙林父年老，同其庶长子孙蒯居戚，留二子孙嘉、孙襄在朝。周灵王二十五年，春二月，孙嘉奉殇公之命，出使聘齐，惟孙襄居

762

守。适献公又遣公孙丁来讨信,右宰榖谓宁喜曰:"子欲行事,此其时矣。父兄不在,襄可取也。得襄,则子叔无能为矣。"喜曰:"子言正合吾意。"遂阴集家甲,使右宰榖同公孙丁帅之以伐孙襄。孙氏府第壮丽,亚于公宫,墙垣坚厚,家甲千人,有家将雍鉏、褚带二人,轮班值日巡警。是日褚带当班,右宰榖兵到,褚带闭门登楼问故。榖曰:"欲见舍人[18],有事商议。"褚带曰:"议事何须用兵?"欲引弓射之。榖急退,帅卒攻门。孙襄亲至门上,督视把守。褚带使善射者,更番迭进,将弓持满,临楼牖而立,近者辄射之,死者数人。雍鉏闻府第有事,亦起军丁来接应。两下混战,互有杀伤。右宰榖度不能取胜,引兵而回。孙襄命开门亲自驰良马追赶,遇右宰榖,以长铙[19]挽其车。右宰榖大呼:"公孙为我速射!"公孙丁认得是孙襄,弯弓搭箭,一发正中其胸,却得雍、褚二将齐上,救回去了。胡曾先生咏史诗云:

孙氏无成宁氏昌,天教一矢中孙襄。

安排兔窟[20]千年富,谁料寒灰发火光[21]!

右宰榖转去,回复宁喜,说孙家如此难攻,"若非公孙神箭,射中孙襄,追兵还不肯退。"宁喜曰:"一次攻他不下,第二次越难攻了。既然箭中其主,军心必乱,今夜吾自往攻之。如再无功,即当出奔,以避其祸。我与孙氏,已无两立之势矣。"一面整顿车仗,先将妻子送出郊外,恐一时兵败,脱身不及。一面遣人打听孙家动静。约莫黄昏时候,打探者回报:"孙氏府第内有号哭之声,门上人出入,状甚仓皇。"宁喜曰:"此必孙襄伤重而亡也。"言未毕,北宫遗忽至,言:"孙襄已死,其家无主,可速攻之。"时漏下已三更,宁喜自行披挂,同北宫遗、右宰榖、公孙丁等,悉起家众,重至孙氏之门。

雍鉏、褚带方临尸哭泣，闻报宁家兵又到，急忙披挂，已被攻入大门，鉏等急闭中门，奈孙氏家甲，先自逃散，无人协守，亦被攻破。雍鉏逾后墙而遁，奔往戚邑去了；褚带为乱军所杀。

其时，天已大明，宁喜灭孙襄之家，断襄之首，携至公宫，来见殇公，言："孙氏专政日久，有叛逆之情，某已勒兵往讨，得孙襄之首矣。"殇公曰："孙氏果谋叛，奈何不令寡人闻之？既无寡人在目，又来见寡人何事？"宁喜起立，抚剑言曰："君乃孙氏所立，非先君之命，群臣百姓，复思故君，请君避位，以成尧舜之德。"殇公怒曰："汝擅杀世臣，废置任意，真乃叛逆之臣也！寡人南面为君，已十三载，宁死不能受辱！"即操戈以逐宁喜。喜趋出宫门。殇公举目一看，只见刀枪济济，戈甲森森，宁家之兵，布满宫外，慌忙退步。宁喜一声指麾，甲士齐上，将殇公拘住。世子角闻变，仗剑来救，被公孙丁赶上，一戟刺死。宁喜传令，囚殇公于太庙，逼使饮鸩而亡。此周灵王二十五年春二月辛卯日事也。宁喜使人迎其妻子，复归府第。乃集群臣于朝堂，议迎立故君。各官皆到，惟有太叔仪乃是卫成公之子，卫文公之孙，年六十馀，独称病不至。人问其故，仪曰："新旧皆君也。国家不幸有此事，老臣何忍与闻乎？"

宁喜迁殇公之宫眷于外，扫除宫室，即备法驾，遣右宰穀、北宫遗同公孙丁往夷仪迎接献公。献公星夜驱驰，三日而至。大夫公孙免馀，直至境外相见。献公感其远迎之意，执其手曰："不图今日复为君臣。"自此免馀有宠。诸大夫皆迎于境内，献公自车揖之。既谒庙临朝，百官拜贺，太叔仪尚称病不朝。献公使人责之曰："太叔不欲寡人返国乎？何为拒寡人？"仪顿首对曰："昔君之出，臣不能从，臣罪一也。君之在外，臣不能怀贰心，以通内外之言,罪二也。及君求入,臣又不能与闻大事,罪三也。君以三罪责臣,臣敢逃死!"即命驾车,欲谋出奔。献公亲往留之。仪见献公,垂泪不止,请为殇公成丧,献公许之,然后出就班列。

献公使宁喜独相卫国,凡事一听专决,加食邑三千室。北宫遗、右宰榖、石恶、公孙免馀等,俱增秩禄。公孙丁、殖绰有从亡之劳,公孙无地、公孙臣,其父有死难之节,俱进爵大夫。其他太叔仪、齐恶、孔羁、褚师申等,俱如旧。召蘧瑗于鲁,复其位。

却说孙嘉聘齐而回,中道闻变,迳归戚邑。林父知献公必不干休,乃以戚邑附晋,诉说宁喜弑君之恶,求晋侯做主。恐卫侯不日遣兵伐戚,乞赐发兵,协力守御。晋平公以三百人助之。孙林父使晋兵专戍茅氏[22]之地。孙蒯谏曰:"戍兵单薄,恐不能拒卫人,奈何?"林父笑曰:"三百人不足为吾轻重,故委之东鄙。若卫人袭杀晋戍,必然激晋之怒,不愁晋人不助我也。"孙蒯曰:"大人高见,儿万不及。"宁喜闻林父请兵,晋仅发三百人,喜曰:"晋若真助林父,岂但以三百人塞责哉?"乃使殖绰将选卒千人,往袭茅氏。不知胜负如何,且看下回分解。

---

〔1〕 数数(shuò 硕):常常,屡次。

〔2〕 胡底(zhì 治):何所止,即无边无际之意。底,同"厎",到达。

〔3〕 升车石:指登车脚踏之石。

〔4〕 磔(zhé 哲):古时分裂肢体之刑叫磔。这里引申为击碎。

〔5〕 踊跃三度:指多次顿足哀哭。古代丧礼,有擗踊之仪。男踊女擗,擗即椎胸,踊乃顿足,都是表示哀痛的动作。

〔6〕 景公：齐景公吕杵臼,灵公吕环之子,庄公吕光庶弟。在位五十八年(前547—前490)。

〔7〕 太公之庙：齐开国之君姜太公吕尚之庙,乃齐之祖庙。

〔8〕 夏五月乙亥之事：隐指崔杼弑齐庄公一事。此事发生在五月十七日,当日干支为乙亥。

〔9〕 有遂无格：意谓只能完成,不能停止。遂,成也。格,阻止。

〔10〕 巢：本古国名。后并于楚,地在今安徽巢县东北。

〔11〕 "昔我先人"三句：太王即周之始祖古公亶父。因其少子季历之子昌(即周文王)甚贤,乃废长子太伯立季历。太伯至江南为吴之始祖。而文王昌实奠定周朝,成就大业。

〔12〕 庄、武：指宁殖祖父宁速,谥庄子；宁殖父宁俞,谥武子。

〔13〕 周灵王二十四年：即公元前548年。

〔14〕 夷仪：春秋时邑名。在今山东省聊城市西南。与上两段晋侯"复大合诸侯于夷仪"并非一地。前一夷仪在今河北(参见第六十四回注〔24〕),属晋。此夷仪为邢地,齐桓公救邢时曾迁其都于此。公元前635年,邢为卫并,乃属卫。

〔15〕 使令：指供使唤命令的人,即仆役。

〔16〕 毕弋(yì义)：均捕鸟器。毕为长柄之网,弋乃带丝绳之箭。

〔17〕 淹恤：久遭忧患。

〔18〕 舍人：古时王公贵族的侍从宾客、亲近左右,通称为舍人。此实为对主人孙襄的宛转说法。

〔19〕 长铙(náo挠)：古代军中乐器。长柄,头似铃而无舌,用槌击之以止众。此用以拉对方之车。

〔20〕 兔窟：狡兔之窟,常有数穴,以保安全。借喻孙氏经营之戚邑。

〔21〕 寒灰发火光：意同死灰复燃。比喻卫献公被篡逐后又得返国复辟。

〔22〕 茅氏：春秋时卫地名。在今河南濮阳市东北,即戚邑之东。

第六十六回

杀宁喜子鱄出奔　戮崔杼庆封独相

话说殖绰帅选卒千人,去袭晋戍,三百人不勾一扫,遂屯兵于茅氏,遣人如卫报捷。林父闻卫兵已入东鄙,遣孙蒯同雍鉏引兵救之。探知晋戍俱已杀尽,又知殖绰是齐国有名的勇将,不敢上前拒敌,全军而返,回复林父。林父大怒曰:"恶鬼尚能为厉[1]!况人乎?一个殖绰不能与他对阵,倘卫兵大至,何以御之?汝可再往,如若无功,休见我面!"孙蒯闷闷而出,与雍鉏商议,雍鉏曰:"殖绰勇敌万夫,必难取胜,除非用诱敌之计方可。"孙蒯曰:"茅氏之西,有地名圉村,四围树木茂盛,中间一村人家。村中有小小土山,我使人于山下掘成陷坑,以草覆之,汝先引百人与战,诱至村口,我屯兵于山上,极口詈骂,彼怒,必上山来擒我,中吾计矣。"雍鉏如其言,帅一百人驰往茅氏,如探敌之状,一遇殖绰之兵,佯为畏惧,回头便走。殖绰恃勇,欺雍鉏兵少,不传令开营,单带随身军甲数十人,乘轻车追之。雍鉏弯弯曲曲,引至圉村,却不进村,径打斜往树林中去了。殖绰也疑心林中有伏,便教停车。只见土山之上,又屯着一簇步卒,约有二百人数,簇拥着一员将。那员将小小身材,金鍪[2]绣甲,叫着殖绰的姓名,骂道:"你是齐邦退下来的歪货!栾

第六十六回

家用不着的弃物！今捱身在我卫国吃饭，不知羞耻，还敢出头！岂不晓得我孙氏是八代世臣，敢来触犯！全然不识高低，禽兽不如！"殖绰闻之大怒。卫兵中有人认得的指道："这便是孙相国的长子，叫做孙蒯。"殖绰曰："擒得孙蒯，便是半个孙林父了。"那土山平稳，颇不甚高。殖绰喝教："驱车！"车驰马骤，刚刚到山坡之下，那车势去得凶猛，踏着陷坑，马就牵车下去，把殖绰掀下坑中。孙蒯恐他勇力难制，预备弓弩，一等陷下，攒箭射之。可怜好一员猛将，今日死于庸人之手！正是：瓦罐不离井上破，将军多在阵前亡。有诗为证：

神勇将军孰敢当？无名孙蒯已奔忙。

只因一激成奇绩，始信男儿当自强。

孙蒯用挠钩搭起殖绰之尸，割了首级，杀散卫军，回报孙林父。林父曰："晋若责我不救戍卒，我有罪矣。不如隐其胜而以败告。"乃使雍鉏如晋告败。

晋平公闻卫杀其戍卒，大怒，命正卿赵武，合诸大夫于澶渊，将加兵于卫。卫献公同宁喜如晋，面诉孙林父之罪，平公执而囚之。齐大夫晏婴，言于齐景公曰："晋侯为孙林父而执卫侯，国之强臣，皆将得志矣。君盍如晋请之，寓莱之德[3]，不可弃也。"景公曰："善。"乃遣使约会郑简公一同至晋，为卫求解。晋平公虽感其来意，然有林父先入之言，尚未肯绽口[4]。晏平仲私谓羊舌肸曰："晋为诸侯之长，恤患补阙，扶弱抑强，乃盟主之职也。林父始逐其君，既不能讨，今又为臣而执君，为君者不亦难乎？昔文公误听元咺之言，执卫成公归于京师，周天子恶其不顺，文公愧而释之。夫归于京师，而犹不可，况以诸侯囚诸侯乎？诸君子不谏，是党臣而抑君,其名不可居也。婴惧晋之失伯,敢为子私言之。"盻乃言于赵武,固请于平公,乃释卫侯归国。尚未肯释宁喜。右宰穀劝献公饰女乐十二人,进于晋以赎喜。晋侯悦,并释喜。喜归,愈有德色,每事专决,全不禀命。诸大夫议事者,竟在宁氏私第请命,献公拱手安坐而已。

时宋左师向戌,与晋赵武相善,亦与楚令尹屈建相善。向戌聘于楚,言及昔日华元欲为晋、楚合成之事。屈建曰:"此事甚善,只为诸侯各自分党,所以和议迄于无成。若使晋、楚属国互相朝聘,欢好如同一家,干戈可永息矣。"向戌以为然。乃倡议晋、楚二君,相会于宋,面定弭兵交见之约。楚自共王至今,屡为吴国侵扰,边境不宁,故屈建欲好晋以专事于吴。而赵武亦因楚兵屡次伐郑,指望和议一成,可享数年安息之福。两边皆欣然乐从,遂遣使往各属国订期。

晋使至于卫国,宁喜不通知献公,径自委石恶赴会。献公闻之大怒,诉于公孙免馀。免馀曰:"臣请以礼责之。"免馀即往见宁喜,言:"会盟大事,岂可使君不与闻?"宁喜艴然[5]曰:"子鲜有约言矣,吾岂犹臣[6]也乎哉?"免馀回报献公曰:"喜无礼甚矣!何不杀之?"献公曰:"若非宁氏,安有今日?约言实出自寡人,不可悔也。"免馀曰:"臣受主公特达之知[7],无以为报,请自以家属攻宁氏,事成则利归于君,不成则害独臣当之。"献公曰:"卿斟酌而行,勿累寡人也。"免馀乃往见其宗弟公孙无地、公孙臣曰:"相国之专,子所知也。主公犹执硁硁[8]之信,隐忍不言。异日养成其势,祸且倚[9]于孙氏矣。奈何?"无地与臣同辞而对曰:"何不杀之?"免馀曰:"吾言于君,君不从也。若吾等伪为作乱,幸而成,君

第六十六回

之福,不成,不过出奔耳。"无地曰:"吾弟兄愿为先驱。"免馀请歃血为信。

时周灵王二十六年[10],宁喜方治春宴,无地谓免馀曰:"宁氏治春宴,必不备,吾请先尝之,子为之继。"免馀曰:"盍卜之?"无地曰:"事在必行,何卜之有?"无地与臣悉起家众以攻宁氏。宁氏门内,设有伏机。伏机者,掘地为深窟,上铺木板,别以木为机关。触其机,则势从下发,板启而人陷。日间去机,夜则设之。是日因春宴,家属皆于堂中观优,无守门者,乃设机以代巡警。无地不知,误触其机,陷于窟中。宁氏大惊,争出捕贼,获无地。公孙臣挥戈来救,宁氏人众,臣战败被杀。宁喜问无地曰:"子之此来,何人主使?"无地瞋目大骂曰:"汝恃功专恣,为臣不忠,吾兄弟特为社稷诛尔,事之不成,命也!岂由人主使耶?"宁喜怒,缚无地于庭柱,鞭之至死,然后斩之。右宰穀闻宁喜得贼,夜乘车来问。宁氏方启门,免馀帅兵适至,乘之而入。先斩右宰穀于门。宁氏堂中大乱,宁喜惊忙中,遽问:"作贼者何人?"免馀曰:"举国之人皆在,何问姓名乎?"喜惧而走,免馀夺剑逐之,绕堂柱三周,喜身中两剑,死于柱下。免馀尽灭宁氏之家,还报献公。献公命取宁喜及右宰穀之尸,陈之于朝。

公子鱄闻之,徒跣入朝,抚宁喜之尸,哭曰:"非君失信,我实欺子。子死,我何面目立卫之朝乎?"呼天长号者三,遂趋出。即以牛车载其妻小,出奔晋国。献公使人留之,鱄不从。行及河上,献公复使大夫齐恶驰驿追及之,齐恶致卫侯之意,必要子鱄回国。子鱄曰:"要我还卫,除是宁喜复生方可!"齐恶犹强之不已,子鱄取活雉一只,当齐恶前拔佩刀刎落雉头,誓曰:"鱄及妻子,今后再

杀宁喜子鱄出奔　戮崔杼庆封独相

履卫地,食卫粟,有如此雉!"齐恶知不可强,只得自回。子鱄遂奔晋国,隐于邯郸,与家人织屦易粟而食,终身不言一"卫"字。史臣有诗云:

他乡不似故乡亲,织屦萧然竟食贫。

只为约言金石重,违心恐负九泉人。

齐恶回复献公,献公感叹不已,乃命收殓二尸而葬之。欲立免馀为正卿,免馀曰:"臣望轻,不如太叔。"乃使太叔仪为政,自此卫国稍安。

话分两头。却说宋左师向戌,倡为弭兵之会,面议交见之事。晋正卿赵武、楚令尹屈建俱至宋地,各国大夫陆续俱至。晋之属国鲁、卫、郑,从晋营于左;楚之属国蔡、陈、许,从楚营于右。以车为城,各据一偏。宋是地主,自不必说。议定:照朝聘常期,楚之属朝聘于晋,晋之属亦朝聘于楚。其贡献礼物,各省其半,两边分用。其大国齐、秦,算做敌体与国,不在属国之数,各不相见。晋属小国,如邾、莒、滕、薛,楚属小国,如顿、胡、沈、麇[11],有力者自行朝聘,无力者从附庸一例,附于邻近之国。遂于宋西门之外,歃血订盟。楚屈建暗暗传令,衷甲[12]将事,意欲劫盟,袭杀赵武,伯州犁固谏乃止。赵武闻楚衷甲,以问羊舌肸,欲预备对敌之计。羊舌肸曰:"本为此盟以弭兵也。若楚用兵,彼先失信于诸侯,诸侯其谁服之!子守信而已,何患焉。"及将盟,楚屈建又欲先歃,使向戌传言于晋。向戌造晋军,不敢出口,其从人代述之。赵武曰:"昔我先君文公,受王命于践土,绥服四国,长有诸夏。楚安得先于晋?"向戌还述于屈建。建曰:"若论王命,则楚亦尝受命于惠王[13]矣。

771

第六十六回

所以交见者,谓楚、晋匹敌也。晋主盟已久,此番合当让楚。若仍先晋,便是楚弱于晋了,何云敌国?"向戌复至晋营言之。赵武犹未肯从,羊舌肸谓赵武曰:"主盟以德不以势,若其有德,歃虽后,诸侯戴之。如其无德,歃虽先,诸侯叛之。且合诸侯以弭兵为名,夫弭兵天下之利也,争歃则必用兵,用兵则必失信,是失所以利天下之意矣。子姑让楚。"赵武乃许楚先歃,定盟而散。时卫石恶与盟,闻宁喜被杀,不敢归卫,遂从赵武留于晋国。自是晋、楚无事。不在话下。

再说齐右相崔杼,自弑庄公,立景公,威震齐国。左相庆封性嗜酒,好田猎,常不在国中。崔杼独秉朝政,专恣益甚,庆封心中阴怀嫉忌。崔杼原许棠姜立崔明为嗣,因怜长子崔成损臂,不忍出口。崔成窥其意,请让嗣于明,愿得崔邑[14]养老。崔杼许之。东郭偃与棠无咎不肯,曰:"崔,宗邑也,必以授宗子。"崔杼谓崔成曰:"吾本欲以崔予汝,偃与无咎不听,奈何?"崔成诉于其弟崔强。崔强曰:"内子[15]之位,且让之矣,一邑尚吝不予乎?吾父在,东郭等尚然把持;父死,吾弟兄求为奴仆不能矣。"崔成曰:"姑浼[16]左相为我请之。"成、强二人求见庆封,告诉其事。庆封曰:"汝父惟偃与无咎之谋是从,我虽进言,必不听也。异日恐为汝父之害,何不除之?"成、强曰:"某等亦有此心,但力薄,恐不能济事。"庆封曰:"容更商之。"成、强去,庆封召卢蒲嫳述二子之言。卢蒲嫳曰:"崔氏之乱,庆氏之利也。"庆封大悟。过数日,成、强又至,复言东郭偃、棠无咎之恶。庆封曰:"汝若能举事,吾当以甲助子。"乃赠之精甲百具,兵器如数。成、强大喜,夜半率家众披甲执

杀宁喜子鱄出奔　戮崔杼庆封独相

兵，散伏于崔氏之近侧。东郭偃、棠无咎每日必朝崔氏，候其入门，甲士突起，将东郭偃、棠无咎攒戟刺死。

崔杼闻变大怒，急呼人使驾车，舆仆逃匿皆尽，惟圉人在厩。乃使圉人驾马，一小竖为御，往见庆封，哭诉以家难。庆封佯为不知，讶曰："崔、庆虽为二氏，实一体也。孺子敢无上至此！子如欲讨，吾当效力。"崔杼信以为诚，乃谢曰："倘得除此二逆，以安崔宗，我使明也拜子为父。"庆封乃悉起家甲，召卢蒲嫳使率之，吩咐："如此如此。"卢蒲嫳受命而往。崔成、崔强，见卢蒲嫳兵至，欲闭门自守。卢蒲嫳诱之曰："吾奉左相之命而来，所以利子，非害子也。"成谓强曰："得非欲除孽弟[17]明乎？"强曰："容有之。"乃启门纳卢蒲嫳。嫳入门，甲士俱入。成、强阻遏不住，乃问嫳曰："左相之命何如？"嫳曰："左相受汝父之诉，吾奉命来取汝头耳！"喝令甲士："还不动手！"成、强未及答言，头已落地。卢蒲嫳纵甲士抄掳其家，车马服器，取之无遗，又毁其门户。棠姜惊骇，自缢于房。惟崔明先在外，不及于难。卢蒲嫳悬成、强之首于车，回复崔杼。杼见二尸，且愤且悲，问嫳曰："得无震惊内室否？"嫳曰："夫人方高卧未起。"杼有喜色，谓庆封曰："吾欲归，奈小竖不善执辔，幸借一御者。"卢蒲嫳曰："某请为相国御。"崔杼向庆封再三称谢，登车而别。行至府第，只见重门大开，并无一人行动。比入中堂，直望内室，窗户门闼，空空如也。棠姜悬梁，尚未解索。崔杼惊得魂不附体，欲问卢蒲嫳，已不辞而去矣。遍觅崔明不得，放声大哭曰："吾今为庆封所卖，吾无家矣，何以生为？"亦自缢而死。杼之得祸，不亦惨乎？髯翁有诗曰：

昔日同心起逆戎，今朝相轧便相攻。

第 六 十 六 回

　　莫言崔杼家门惨，几个奸雄得善终！
崔明半夜，潜至府第，盗崔杼与棠姜之尸，纳于一柩之中，车载以出，掘开祖墓之穴，下其柩，仍加掩覆，惟圉人一同做事，此外无知者。事毕，崔明出奔鲁国。庆封奏景公曰："崔杼实弑先君，不敢不讨也。"景公唯唯而已。庆封遂独相景公。以公命召陈须无复归齐国。须无告老，其子陈无宇代之。此周灵王二十六年事也。

　　时吴、楚屡次相攻，楚康王治舟师以伐吴，吴有备，楚师无功而还。吴王馀祭，方立二年，好勇轻生，怒楚见伐，使相国屈狐庸，诱楚之属国舒鸠[18]叛楚。楚令尹屈建帅师伐舒鸠，养由基自请为先锋。屈建曰："将军老矣！舒鸠蕞尔国，不忧不胜，无相烦也。"养由基曰："楚伐舒鸠，吴必救之。某屡拒吴兵，熟知军情，愿随一行，虽死不恨！"屈建见他说个"死"字，心中恻然。基又曰："某受先王知遇，尝欲以身报国，恨无其地。今须发俱改，脱一旦病死牖下，乃令尹负某矣。"屈建见其意已决，遂允其请，使大夫息桓助之。养由基行至离城[19]，吴王之弟夷昧同相国屈狐庸率兵来救。息桓欲俟大军，养由基曰："吴人善水，今弃舟从陆，且射御非其长，乘其初至未定，当急击之。"遂执弓贯矢，身先士卒，所射辄死，吴师稍却。基追之，遇狐庸于车，骂曰："叛国之贼[20]！敢以面目见我耶？"欲射狐庸。狐庸引车而退，其疾如风，基骇曰："吴人亦善御耶？恨不早射也。"说犹未毕，只见四面铁叶车围裹将来，把基困于垓心。乘车将士，皆江南射手，万矢齐发，养由基死于乱箭之下。楚共王曾言其恃艺必死，验于此矣。息桓收拾败军，回报屈建。建叹曰："养叔之死，乃自取也！"乃伏精兵于栖山，使别将子

杀宁喜子鲜出奔　戮崔杼庆封独相

强以私属诱吴交锋，才十馀合遂走，狐庸意其有伏不追。夷昧登高望之，不见楚军，曰："楚已遁矣！"遂空壁逐之。至栖山之下，子强回战，伏兵尽起，将夷昧围住，冲突不出。却得狐庸兵到，杀退楚兵，救出夷昧。吴师败归。屈建遂灭舒鸠。

明年，楚康王复欲伐吴，乞师于秦，秦景公使弟公子铖帅兵助之。吴盛兵以守江口，楚不能入。以郑久服事晋，遂还师侵郑。楚大夫穿封戌，擒郑将皇颉于阵。公子围欲夺之，穿封戌不与。围反诉于康王，言："已擒皇颉，为穿封戌所夺。"未几，穿封戌解皇颉献功，亦诉其事。康王不能决，使太宰伯州犁断之。犁奏曰："郑囚乃大夫，非细人也，问囚自能言之。"乃立囚于庭下，伯州犁立于右，公子围与穿封戌立于左，犁拱手向上曰："此位是王子围，寡君之介弟也。"复拱手向下曰："此位为穿封戌，乃方城外之县尹也。谁实擒汝？可实言之！"皇颉已悟犁之意，有心要奉承王子围，伪张目视围，对曰："颉遇此位王子不胜，遂被获。"穿封戌大怒，遂于架上抽戈欲杀公子围，围惊走，戌逐之不及。伯州犁追上，劝解而还。言于康王，两分其功，复自置酒，与围、戌二人讲和。今人论徇私曲庇之事，辄云："上下其手。"盖本伯州犁之事也。后人有诗叹云：

斩擒功绩辨虚真，私用机门媚贵臣。

幕府计功多类此，肯持公道是何人！

却说吴之邻国名越，子爵，乃夏王禹之后裔，自无余[21]始封，自夏历周，凡三十馀世，至于允常[22]。允常勤于为治，越始强盛，吴忌之。馀祭立四年，始用兵伐越，获其宗人，刖其足，使为阍，守馀皇[23]大舟。馀祭观舟醉卧，宗人解馀祭之佩刀，刺杀馀祭。从

第 六 十 六 回

人始觉,共杀宗人。馀祭弟夷昧,以次嗣立,以国政任季札。札请戢兵[24]安民,通好上国,夷昧从之。乃使札首聘鲁国,求观五代[25]及列国之乐,札一一评品,辄当其情,鲁人以为知音。次聘齐,与晏婴相善。次聘郑,与公孙侨相善。及卫,与蘧瑗相善。遂适晋,与赵武、韩起、魏舒相善。所善皆一时贤臣,札之贤亦可知矣。要知后事,再看下回分解。

---

〔1〕 厉:凶猛之鬼。

〔2〕 金鍪(móu谋):铜制头盔。

〔3〕 寓莱之德:指卫献公衎被逐奔齐,齐灵公馆之于莱城,对卫侯有恩德。见第六十二回。

〔4〕 统口:改口。

〔5〕 艴(bó薄)然:气愤的样子。

〔6〕 犹臣:普通的臣子。

〔7〕 特达之知:特别的恩惠。知,指知遇之恩。

〔8〕 硁硁(kēng坑):微小。

〔9〕 倚:《广韵》:"倚,加也。"引申为超过。

〔10〕 周灵王二十六年:即公元前546年。

〔11〕 顿、胡、沈、麇(jūn军):均为春秋时小国名。顿,故城在今河南项城市。胡,故城在今安徽阜阳市西北。沈,故城在今河南汝南县东。麇,故城在今湖北省十堰市郧阳区西。

〔12〕 衷甲:内披衣甲。

〔13〕 受命于惠王:指楚贡包茅,周惠王以胙赐楚曰:"镇尔南方,毋侵中国。"见第二十四回。

〔14〕 崔邑:春秋时齐邑名。地在今山东济南市济阳区东北。

〔15〕 内子:本指大夫之嫡夫人,这里借指立嗣的嫡长子。

〔16〕 浼(měi美):恳求。

〔17〕 蘖弟:庶弟。树木分出之旁枝叫蘖。

〔18〕 舒鸠:春秋时群舒国之一,偃姓。故址在今安徽舒城县一带。

〔19〕 离城:春秋时舒鸠之都城。在今安徽舒城县西。

〔20〕 叛国之贼:因屈狐庸之父屈巫本为楚国大夫,后为娶夏姬,乃叛楚归晋,并联吴伐楚,故称叛国之贼。见第五十七回。

〔21〕 无余:传为夏代君主少康的庶子,恐宗庙祭祀断绝,乃封之于越。

〔22〕 允常:一作元常。其父为夫谭。越至允常时,开拓疆土,始为大国。其子即越王勾践。

〔23〕 馀皇:吴国制造的一种大型船只。

〔24〕 戢(jí极)兵:休兵,息兵。

〔25〕 五代:指尧、舜、夏、商、周五个朝代。

第六十七回

卢蒲癸计逐庆封　　楚灵王大合诸侯

话说周灵王长子名晋，字子乔，聪明天纵[1]，好吹笙，作凤凰鸣。立为太子。年十七，偶游伊、洛，归而死。灵王甚痛之。有人报道："太子于缑岭[2]上，跨白鹤吹笙，寄语土人曰：'好谢天子，吾从浮丘公[3]住嵩山，甚乐也！不必怀念。'"浮丘公，古仙人也。灵王使人发其冢，惟空棺耳，乃知其仙去矣。至灵王二十七年，梦太子晋控鹤[4]来迎，既觉，犹闻笙声在户外。灵王曰："儿来迎我，我当去矣。"遗命传位次子贵，无疾而崩。贵即位，是为景王[5]。是年，楚康王亦薨。令尹屈建与群臣共议，立其母弟麇[6]为王。未几，屈建亦卒，公子围代为令尹。此事叙明，且搁过一边。

再说齐相国庆封，既专国政，益荒淫自纵。一日，饮于卢蒲嫳之家，卢蒲嫳使其妻出而献酒，封见而悦之，遂与之通。因以国政交付于其子庆舍，迁其妻妾财币于卢蒲嫳之家，封与嫳妻同宿，嫳亦与封之妻妾相通，两不禁忌。有时两家妻小，合做一处，饮酒欢谑，醉后罗唣[7]，左右皆掩口，封与嫳不以为意。嫳请召其兄卢蒲癸于鲁，庆封从之。癸既归齐，封使事其子庆舍。舍膂力兼人，癸亦有勇,且善谀,故庆舍爱之,以其女庆姜妻癸。翁婿相称,宠信弥笃。癸一心只要报庄公之仇,无同心者,乃因射猎,极口夸王何之勇。庆舍问:"王何今在何处?"癸曰:"在莒国。"庆舍使召之。王何归齐,庆舍亦爱之。自崔、庆造乱之后,恐人暗算,每出入,必使亲近壮士执戈,先后防卫,遂以为例。庆舍因宠信卢蒲癸、王何,即用二人执戈,馀人不敢近前。

旧规:公家供卿大夫每日之膳,例用双鸡。时景公性爱食鸡跖[8],一食数千。公卿家效之,皆以鸡为食中之上品。鸡价腾贵,御厨以旧额不能供应,往庆氏请益。卢蒲嫳欲扬庆氏之短,劝庆舍勿益,谓御厨曰:"供膳任尔,何必鸡也?"御厨乃以鹜[9]代之。仆辈疑鹜非膳品,又窃食其肉。是日,大夫高虿字子尾、栾灶字子雅[10],侍食于景公。见食品无鸡,但鹜骨耳,大怒曰:"庆氏为政,刻减公膳,而慢我至此!"不食而出。高虿欲往责庆封,栾灶劝止之。早有人告知庆封,庆封谓卢蒲嫳曰:"子尾、子雅怒我矣!将若之何?"卢蒲嫳曰:"怒则杀之,何惧焉!"卢蒲嫳告其兄癸。癸与王何谋曰:"高、栾二家,与庆氏有隙,可借助也。"何乃夜见高虿,诡言庆氏谋攻高、栾二家。高虿大怒曰:"庆封实与崔杼同弑庄公。今崔氏已灭,惟庆氏在,吾等当为先君报仇。"王何曰:"此何之志也!大夫谋其外,何与卢蒲氏谋其内,事蔑不济矣。"高虿阴与栾灶商议,伺间而发。陈无宇、鲍国、晏婴等,无不知之,但恶庆氏之专横,莫肯言者。卢蒲癸与王何卜攻庆氏,卜者献繇词曰:

虎离穴,彪[11]见血。

癸以龟兆问于庆舍曰:"有欲攻仇家者,卜得其兆,请问吉凶?"庆舍视兆曰:"必克。虎与彪,父子也;离而见血,何不克焉?所仇者

第 六 十 七 回

何人？"癸曰："乡里之平人耳。"庆舍更不疑惑。秋八月，庆封率其族人庆嗣、庆遗，往东莱[12]田猎，亦使陈无宇同往。无宇别其父须无，须无谓曰："庆氏祸将及矣！同行恐与其难，何不辞之？"无宇对曰："辞则生疑，故不敢。若诡以他故召我，可图归也。"遂从庆封出猎。去讫，卢蒲癸喜曰："卜人所谓'虎离穴'者，此其验矣。"将乘尝祭[13]举事。陈须无知之，恐其子与于庆封之难，诈称其妻有病，使人召无宇归家。无宇求庆封卜之，暗中祷告，却通陈庆氏吉凶。庆封曰："此乃灭身之卦。下克其上，卑克其尊，恐老夫人之病，未得痊也。"无宇捧龟，涕泣不止。庆封怜之，乃遣归。庆嗣见无宇登车，问："何往？"曰："母病不得不归。"言毕而驰。庆嗣谓庆封曰："无宇言母病，殆诈也。国中恐有他变，夫子当速归！"庆封曰："吾儿在彼何虑？"无宇既济河，乃发梁[14]凿舟，以绝庆封之归路，封不知也。

时八月初旬将尽矣。卢蒲癸部署家甲，匆匆有战斗之色，其妻庆姜谓癸曰："子有事而不谋于我，必不捷矣！"癸笑曰："汝妇人也，安能为我谋哉？"庆姜曰："子不闻有智妇人胜于男子乎？武王有乱臣[15]十人，邑姜[16]与焉。何为不可谋也？"癸曰："昔郑大夫雍纠，以郑君之密谋，泄于其妻雍姬，卒致身死君逐，为世大戒。吾甚惧之！"庆姜曰："妇人以夫为天，夫唱则妇随之，况重以君命乎？雍姬惑于母言，以害其夫，此闺阃之蟊贼[17]，何足道哉？"癸曰："假如汝居雍姬之地，当若何？"庆姜曰："能谋则共之，即不能，亦不敢泄。"癸曰："今齐侯苦庆氏之专，与栾、高二大夫谋逐汝族，吾是以备之。汝勿泄也。"庆姜曰："相国方出猎，时可乘矣。"癸曰："欲俟尝祭之日。"庆姜曰："夫子刚愎自任，耽于酒色，怠于公

卢蒲癸计逐庆封　楚灵王大合诸侯

事,无以激之,或不出,奈何?妾请往止其行,彼之出乃决矣。"癸曰:"吾以性命托子,子勿效雍姬也。"庆姜往告庆舍曰:"闻子雅、子尾将以尝祭之隙,行不利于夫子,夫子不可出也!"庆舍怒曰:"二子者,譬如禽兽,吾寝处之!谁敢为难?即有之,吾亦何惧!"庆姜归报卢蒲癸,预作准备。

至期,齐景公行尝祭于太庙,诸大夫皆从,庆舍莅事,庆绳主献爵[18],庆氏以家甲环守庙宫。卢蒲癸、王何执寝戈[19],立于庆舍之左右,寸步不离。陈、鲍二家,有圉人善为优戏,故意使在鱼里街[20]上搬演。庆氏有马,惊而逸走,军士逐而得之。乃尽絷其马,解甲释兵,共往观优。栾、高、陈、鲍四族家丁,俱集于庙门之外,卢蒲癸托言小便,出外约会停当,密围太庙。癸复入,立于庆舍之后,倒持其戟,以示高虿。虿会意,使从人以闲击门扉三声,甲士蜂拥而入。庆舍惊起,尚未离坐,卢蒲癸从背后刺之,刃入于胁;王何以戈击其左肩,肩折。庆舍目视王何曰:"为乱者乃汝曹乎?"以右手取俎壶投王何,何立死。卢蒲癸呼甲士先擒庆绳杀之。庆舍伤重,负痛不能忍,只手抱庙柱摇撼之,庙脊俱为震动,大叫一声而绝。景公见光景利害,大惊欲走避。晏婴密奏曰:"群臣为君故,欲诛庆氏以安社稷,无他虑也。"景公方才心定,脱了祭服,登车,入于内宫。卢蒲癸为首,同四姓之甲,尽灭庆氏之党。各姓分守城门,以拒庆封,防守严密,水泄不通。

却说庆封田猎而回,至于中途,遇庆舍逃出家丁,前来告乱。庆封闻其子被杀,大怒,遂还攻西门。城中守御严紧,不能攻克,卒徒渐渐逃散。庆封惧,遂出奔鲁国。齐景公使人让鲁,不当收留作叛之臣。鲁人将执庆封以畀齐人,庆封闻而惧,复奔吴国。吴王夷

781

第六十七回

昧,以朱方[21]居之,厚其禄入,视齐加富,使伺察楚国动静。鲁大夫子服何闻之,谓叔孙豹曰:"庆封又富于吴,殆天福淫人乎?"叔孙豹曰:"善人富,谓之赏;淫人富,谓之殃。庆氏之殃至矣,又何福焉。"庆封既奔,于是高虿、栾灶为政,乃宣崔、庆之罪于国中,陈庆舍之尸于朝以殉。求崔杼之柩不得,悬赏购之:有能知柩处来献者,赐以崔氏之拱璧[22]。崔之圉人贪其璧,遂出首。于是发崔氏祖墓,得其柩斫之,见二尸,景公欲并陈之。晏婴曰:"戮及妇人,非礼也。"乃独陈崔杼之尸于市,国人聚观,犹能识认,曰:"此真崔子矣!"诸大夫分崔、庆之邑,以庆封家财,俱在卢蒲嫳之室,责嫳以淫乱之罪,放之于北燕,卢蒲癸亦从之。二氏家财,悉为众人所有。惟陈无宇一无所取。庆氏之庄,有木材百馀车,众议纳之陈氏。无宇悉以施之国人,由是国人咸颂陈氏之德。此周景王初年事也。

其明年,栾灶卒,子栾施嗣为大夫,与高虿同执国政。高虿忌高厚之子高止,以二高并立为嫌,乃逐高止。止亦奔北燕。止之子高竖,据卢邑[23]以叛。景公使大夫闾丘婴帅师围卢。高竖曰:"吾非叛,惧高氏之不祀也。"闾丘婴许为高氏立后,高竖遂出奔晋国。闾丘婴复命于景公。景公乃立高酀以守高傒之祀。高虿怒曰:"本遣闾丘欲除高氏,去一人,立一人,何择焉。"乃潜杀闾丘婴。诸公子子山、子商、子周等,皆为不平,纷纷讥议。高虿怒,以他事悉逐之,国中侧目。未几,高虿卒,子高强嗣为大夫。高强年幼,未立为卿,大权悉归于栾施矣。此段话且搁过一边。

是时晋、楚通和,列国安息。郑大夫良霄字伯有,乃公子去疾

卢蒲癸计逐庆封　楚灵王大合诸侯

之孙,公孙辄之子,时为上卿执政。性汰侈,嗜酒,每饮辄通宵。饮时恶见他人,恶闻他事,乃窟地为室,置饮具及钟鼓于中,为长夜之饮,家臣来朝者,皆不得见。日中乘醉入朝,言于郑简公,欲遣公孙黑往楚修聘。公孙黑方与公孙楚争娶徐吾犯之妹,不欲远行,来见良霄求免。阍人辞曰:"主公已进窟室,不敢报也。"公孙黑大怒,遂悉起家甲,乘夜同印段围其第,纵火焚之。良霄已醉,众人扶之上车,奔雍梁[24]。良霄方醒,闻公孙黑攻己,大怒。居数日,家臣渐次俱到,述国中之事,言:"各族结盟,以拒良氏,惟国氏、罕氏不与盟。"霄喜曰:"二氏助我矣!"乃还攻郑之北门。公孙黑使其侄驷带,同印段率勇士拒之。良霄战败,逃于屠羊之肆,为兵众所杀,家臣尽死。公孙侨闻良霄死,亟趋雍梁,抚良霄之尸而哭之曰:"兄弟相攻[25],天乎,何不幸也!"尽敛家臣之尸,与良霄同葬于斗城之村。公孙黑怒曰:"子产乃党良氏耶?"欲攻之。上卿罕虎止之曰:"子产加礼于死者,况生者乎?礼,国之干也,杀有礼不祥!"黑乃不攻。郑简公使罕虎为政,罕虎曰:"臣不如子产。"乃使公孙侨为政。时周景王之三年[26]也。公孙侨既执郑政,乃使都鄙有章[27],上下有服[28],田有封洫[29],庐井有伍[30],尚忠俭,抑泰侈。公孙黑乱政,数其罪而杀之。又铸《刑书》[31]以威民,立乡校[32]以闻过。国人乃歌诗曰:

　　我有子弟,子产诲之。我有田畴,子产殖[33]之。子产而[34]死,谁其嗣之?

一日,郑人出北门,恍惚间遇见良霄,身穿介胄,提戈而行;曰:"带与段害我,我必杀之!"其人归述于他人,遂患病。于是国中风吹草动,便以为良霄来矣!男女皆奔走若狂,如避戈矛。未几驷带病卒。又数日，印段亦死。国人大惧，昼夜不宁。公孙侨言于郑君，以良霄之子良止为大夫，主良氏之祀，并立公子嘉之子公孙泄[35]，于是国中讹言顿息。行人游吉字子羽，问于侨曰："立后而讹言顿息，是何故也？"侨曰："凡凶人恶死，其魂魄不散，皆能为厉。若有所归依，则不复然矣。吾立祀为之归[36]也。"游吉曰："若然，立良氏可矣，何以并立公孙泄？岂虑子孔亦为厉乎？"侨曰："良霄有罪，不应立后。若因为厉而立之，国人皆惑于鬼神之说，不可以为训。吾托言于存七穆[37]之绝祀，良、孔二氏并立，所以除民之惑也。"游吉乃叹服。

再说周景王二年，蔡景公为其世子般娶楚女芈氏为室。景公私通于芈氏。世子般怒曰："父不父，则子不子矣！"乃伪为出猎，与心腹内侍数人，潜伏于内室。景公只道其子不在，遂入东宫，径造芈氏之室。世子般率内侍突出，砍杀景公，以暴疾讣于诸侯，遂自立为君；是为灵公。史臣论般以子弑父，千古大变！然景公淫于子妇，自取悖逆，亦不能无罪也。有诗叹云：

　　新台丑行[38]污青史，蔡景如何复蹈之？
　　逆刃忽从宫内起，因思急子可怜儿！

蔡世子般虽以暴疾讣于诸侯，然弑逆之迹，终不能掩。自本国传扬出来，各国谁不晓得。但是时盟主偷惰，不能行诛讨之法耳！

其年秋，宋宫中夜失火，夫人乃鲁女伯姬也。左右见火至，禀夫人避火。伯姬曰："妇人之义，傅母[39]不在，宵不下堂。火势虽迫，岂可废义？"比及傅母来时，伯姬已焚死矣。国人皆为叹息。时晋平公以宋有合成之功，怜其被火，乃大合诸侯于澶渊，各出财币以助宋。宋儒胡安国[40]论此事，以为不讨蔡世子弑父之罪，而谋恤宋灾，轻重失其等矣。此平公所以失霸也。

周景王四年，晋、楚以宋之盟，故将复会于虢[41]。时楚公子围代屈建为令尹。围乃共王之庶子，年齿最长，为人桀骜不恭，耻居人下，恃其才器，阴畜不臣之志，欺熊麇微弱，事多专决。忌大夫蒍掩之忠直，诬以谋叛，杀之而并其室。交结大夫蒍罢、伍举为腹心，日谋篡逆。尝因出田郊外，擅用楚王旌旗。行至芋邑[42]，芋尹申无宇数其僭分，收其旌旗于库，围稍戢。至是，将赴虢之会，围请先行聘于郑，欲娶丰氏之女。临行，谓楚王熊麇曰："楚已称王位，在诸侯之上。凡使臣乞得用诸侯之礼，庶使列国知楚之尊。"熊麇许之。公子围遂僭用国君之仪，衣服器用，拟于侯伯，用二人执戈前导。将及郑郊，郊人疑为楚王，惊报国中。郑君臣俱大骇，星夜匍匐出迎，及相见，乃公子围也。公孙侨恶之，恐其一入国中，或生他变，乃使行人游吉辞以城中舍馆颓坏，未乃修葺，乃馆于城外。公子围使伍举入城，议婚丰氏，郑伯许之。既行聘，筐篚[43]甚盛。临娶时，公子围忽萌袭郑之意，欲借迎女为名，盛饰车乘，乘机行事。公孙侨曰："围之心不可测，必去众而后可。"游吉曰："吉请再往辞之。"于是游吉往见公子围曰："闻令尹将用众迎，敝邑褊小，不足以容从者，请除地于城外，以听迎妇之命。"公子围曰："君辱贶[44]寡大夫[45]围，赐以丰氏之婚，若迎于野外，何以成礼？"游吉曰："礼，军容不入国，况婚姻乎？令尹若必用众，以壮观瞻，请去兵备。"伍举密言于围曰："郑人知备我矣，不如去兵。"乃使士卒悉弃弓矢，垂櫜[46]而入。迎丰氏于馆舍，遂赴会所。

第 六 十 七 回

　　晋赵武及宋、鲁、齐、卫、陈、蔡、郑、许各国大夫，俱已先在。公子围使人言于晋曰："楚、晋有盟在前，今此番寻好，不必再立誓书，重复歃血。但将盟宋旧约，表白一番，令诸君勿忘足矣。"祁午谓赵武曰："围之此言，恐晋争先也。前番让楚先晋，今番晋合先楚。若读旧书，楚常先矣。子以为何如？"赵武曰："围之在会，缉蒲[47]为王宫，威仪与楚王无二。其志不惟外亢[48]，将有内谋，不如姑且听之，以骄其志。"祁午曰："虽然，前番子木衷甲赴会，幸而不发，今围更有甚焉，吾之宜为之备。"赵武曰："所以寻好者，寻弭兵之约也。武知有守信而已，不知其他。"既登坛，公子围请读旧书，加于牲上。赵武唯唯。既毕事，公子围遽归。诸大夫皆知围之将为楚君也。史臣有诗云：

　　　　任教贵倨称公子，何事威仪效楚王？
　　　　列国尽知成跋扈，郏敖燕雀尚怡堂[49]。

赵武心中，终以读旧书先楚为耻，恐人议论，将守信之语，向各国大夫再三分剖，说了又说。及还过郑，鲁大夫叔孙豹同行，武复言之。豹曰："相君谓弭兵之约，可终守乎？"武曰："吾等偷食[50]，朝夕图安，何暇问久远？"豹退谓郑大夫罕虎曰："赵孟将死矣！其语偷，不为远计。且年未五十，而谆谆焉如八九十岁老人，其能久乎？"未几，赵武卒，韩起代之为政。不在话下。

　　再说楚公子围归国，值熊麇抱病在宫。围入宫问疾，托言有密事启奏，遣开嫔侍，解冠缨加熊麇之颈，须臾而死。麇有二子，曰幕，曰平夏，闻变，挺剑来杀公子围。勇力不敌，俱为围所杀。麇弟右尹熊比字子干、宫厩尹[51]熊黑肱字子晳，闻楚王父子被杀，惧祸，比出奔晋，黑肱出奔郑。公子围讣于诸侯曰："寡君麇不禄[52]

即世，寡大夫围应为后。"伍举更其辞曰："共王之子围为长。"围于是嗣即王位，改名熊虔，是为灵王[53]。以蒍罢为令尹，郑丹为右尹，伍举为左尹，斗成然为郊尹[54]。太宰伯州犁有公事在郏[55]，楚王虑其不服，使人杀之。因葬楚王麇于郏，谓之郏敖。以蒍启疆代为太宰。立长子禄为世子。灵王既得志，愈加骄恣，有独霸中原之意。使伍举求诸侯于晋；又以丰氏女族微，不堪为夫人，并求婚于晋侯。晋平公新丧赵武，惧楚之强，不敢违抗，一一听之。

周景王六年，为楚灵王之二年，冬十二月，郑简公、许悼公如楚，楚灵王留之，以待伍举之报。伍举还楚复命，言："晋侯二事俱诺。"灵王大悦，遣使大征会于诸侯，约以明年春三月为会于申[56]。郑简公请先往申地，迎待诸侯。灵王许之。至次年之春，诸国赴会者，接踵不绝。惟鲁、卫托故不至，宋遣大夫向戌代行。其他蔡、陈、徐、滕、顿、胡、沈、小邾等国君，俱亲身赴会。楚灵王大率兵车，来至申地，诸侯俱来相见。左尹伍举进曰："臣闻欲图霸者，必先得诸侯；欲得诸侯者，必先慎礼。今吾王始求诸侯于晋，宋向戌、郑公孙侨，皆大夫之良，号为知礼者，不可不慎也。"灵王曰："古者合诸侯之礼何如？"伍举曰："夏启有钧台之享[57]，商汤有景亳之命[58]，周武有孟津之誓[59]，成王有岐阳之蒐[60]，康王有酆宫之朝[61]，穆王有涂山之会[62]，齐桓公有召陵之师[63]，晋文公有践土之盟[64]，此六王二公所以合诸侯者，莫不有礼，惟君所择。"灵王曰："寡人欲霸诸侯，当用齐桓公召陵之礼，但不知其礼如何？"伍举对曰："夫六王二公之礼，臣闻其名，实未之习也。以所闻齐桓公伐楚，退师召陵，楚使先大夫屈完如齐师，桓公大陈八国车乘,以众强夸示屈完,然后合诸侯与屈完盟会。今诸侯新服,吾王亦惟示以众强之势,使其怖畏,然后征会讨贰,不敢不从矣。"灵王曰:"寡人欲用兵诸侯,效桓公伐楚之事,谁当先者?"伍举对曰:"齐庆封弑其君,逃于吴国。吴不讨其罪,又加宠焉,处以朱方之地,聚族而居,富于其旧,齐人愤怨。夫吴,我之仇也。若用兵伐吴,以诛庆封为名,则一举而两得矣。"灵王曰:"善。"于是盛陈车乘,以恐胁诸侯,即申地为会盟。以徐君是吴姬所出,疑其附吴,系之三日。徐子愿为伐吴向导,乃释之。使大夫屈申,率诸侯之师伐吴,围朱方,执齐庆封,尽灭其族。屈申闻吴人有备,遂班师,以庆封献功。灵王欲戮庆封,以徇于诸侯。伍举谏曰:"臣闻,无瑕者[65]可以戮人。若戮庆封,恐其反唇而稽也。"灵王不听,乃负庆封以斧钺,绑示军前,以刀按其颈,迫使自言其罪曰:"各国大夫听者:无或如齐庆封弑其君,弱其孤,以盟其大夫。"庆封遂大声叫曰:"各国大夫听者:无或如楚共王之庶子围,弑其君——兄之子麇而代之,以盟诸侯。"观者皆掩口而笑。灵王大惭,使速杀之。胡曾先生咏史诗云:

  乱贼还将乱贼诛,虽然势屈肯心输。

  楚虔空自夸天讨,不及庄王戮夏舒。

灵王自申归楚,怪屈申从朱方班师,不肯深入,疑其有贰心于吴,杀之。以屈生代为大夫。薳罢如晋,迎夫人姬氏以归,薳罢遂为令尹。

  是年冬,吴王夷昧帅师伐楚,入棘、栎、麻[66],以报朱方之役。楚灵王大怒,复起诸侯之师伐吴。越君允常恨吴侵掠,亦使大夫常寿过帅师来会。楚将薳启疆为先锋,引舟师先至鹊岸[67],为吴人所败。楚灵王自引大兵,至于罗汭[68]。吴王夷昧,使其宗弟蹶繇犒师。灵王怒而执之,将杀其血,以衅[69]军鼓。先使人问曰:"汝来时曾卜吉凶否?"蹶繇对曰:"卜之甚吉!"使者曰:"君王将取汝血以衅军鼓,何吉之有?"蹶繇对曰:"吴所卜,乃社稷之事,岂为一人吉凶哉?寡君之遣繇犒师,盖以察王怒之疾徐,而为守御之缓急。君若欢焉,好迎使臣,使敝邑忘于儆备,亡无日矣。若以使臣衅鼓,敝邑知君之震怒,而修其武备,于以御楚有馀矣。吉孰大焉!"灵王曰:"此贤士也!"乃赦之归。

楚兵至吴界,吴设守甚严,不能攻入而还。灵王乃叹曰:"向乃枉杀屈申矣!"灵王既归,耻其无功,乃大兴土木,欲以物力制度[70],夸示诸侯。筑一宫名曰章华[71],广袤四十里,中筑高台,以望四方,台高三十仞,曰章华台,亦名三休台。以其高峻,凡登台必三次休息,始陟[72]其巅也。其中宫室亭榭,极其壮丽,环以民居。凡有罪而逃亡者,皆召使归国,以实其宫。宫成,遣使征召四方诸侯,同来落成[73]。不知诸侯几位到来,且看下回分解。

---

〔1〕 天纵:意同天赐。

〔2〕 缑(gōu 沟)岭:古山名。在今河南洛阳偃师区,又名缑氏山。

〔3〕 浮丘公:相传为黄帝时得道的仙人。

〔4〕 控鹤:驾鹤,乘鹤。

〔5〕 景王:周景王姬贵,在位二十五年(前544—前520)。

〔6〕 母弟麇(jūn 军):此处有误。熊麇应为楚康王之子,而非其弟。回末庆封也说他是灵王围之"兄之子"。第六十九回复有康王兄弟五人名字,亦

第六十七回

无糜。

　　〔7〕罗唣(zào躁):吵闹。

　　〔8〕鸡跖(zhí直):鸡脚掌。

　　〔9〕鹜(wù务):鸭子。

　　〔10〕高虿、栾灶:俱为齐惠公之孙,亦称公孙虿、公孙灶。高虿乃公子高祈之子,栾灶乃公子栾坚之子。故分别以高、栾为氏。

　　〔11〕彪:据《韵会》:"彪,小虎也。"故称彪与虎为父子。

　　〔12〕东莱:春秋时齐地名。在今山东昌邑县东南。

　　〔13〕尝祭:秋祭叫尝祭。

　　〔14〕发梁:折毁桥梁。

　　〔15〕乱臣:善于治理国家的臣子。乱,反训为治。《尚书·泰誓》:"予有乱臣十人。"予,周武王自称。

　　〔16〕邑姜:周武王之妻,姜太公之女,周成王之母。邑姜为十名"乱臣"之一。

　　〔17〕蟊(máo毛)贼:本指食禾稼之害虫。借喻那些危害社会的败类。

　　〔18〕献爵:敬酒。此指祭典中主持奠酒之人。

　　〔19〕寝戈:《左传·襄公二十八年》杜注:"寝戈,亲近兵杖。"即近身护卫用的武器。

　　〔20〕鱼里街:齐都临淄太庙前街名。

　　〔21〕朱方:春秋时吴邑名。在今江苏镇江市东。

　　〔22〕拱璧:古璧玉名,平圆形,正中有孔,形如两手合围,故称拱璧。古代贵族相聘、祭祀或丧葬时佩用。

　　〔23〕卢邑:春秋时齐邑名。在今山东济南市长清区西南。

　　〔24〕雍梁:春秋时郑邑名。在今河南禹州市东北。

　　〔25〕兄弟相攻:良霄之祖父公子去疾与公孙黑之父公子骈,均为郑穆公之子。故两家乃兄弟之族,而公孙黑与良霄则为叔侄。

790

〔26〕 周景王三年：即公元前542年。

〔27〕 都鄙有章：都指城内，鄙为郊野。章，区别。指对城市和农村有不同的政策。

〔28〕 上下有服：上下，指从贵至贱不同等级的人士。服指职务、役使。

〔29〕 封洫(xù 序)：田界和水沟。古代以深广各四尺者为沟，深广各八尺者为洫。

〔30〕 庐井有伍：庐井，指庐舍和水井，代农家。有伍，指有一定的行列和规则。因田地调整疆界，又作大小水渠，则庐舍亦须另作布置。另一说谓伍即赋税，亦通。

〔31〕 铸《刑书》：将《刑书》铸刻在鼎上，公布于众，以示不变。子产所铸之《刑书》，是我国第一部成文法典。

〔32〕 乡校：古代的一种成人学校。国人常可在其中议论朝政。

〔33〕 殖：繁殖。指增加产量。

〔34〕 而：假若，如果。

〔35〕 "并立"句：指同时立公孙泄为大夫，以主公子嘉之祀。公子嘉字子孔，因暗通楚国获罪被杀（见第六十二回），亦属"凶人恶死"一类。

〔36〕 为之归：让它得到归宿。因立其子为大夫，则恶死凶人的灵魂就能享受祭祀。

〔37〕 七穆：指郑穆公的七支后代，当时俱为郑之大夫。郑穆公十一子，子孔、子然、公子志皆因子孔之乱而亡，另一子子羽不愿为卿。其馀七族均当政。此七族即罕氏（公孙舍之）、驷氏（公孙夏）、国氏（公孙侨）、良氏（良霄）、游氏（公孙虿）、丰氏（公孙段）、印氏（印段）。

〔38〕 新台丑行：指父占有儿媳为妻。见第十二回。

〔39〕 傅母：古代负责辅导、保育贵族子女的老年妇人。此指保护国君夫人的年老嫫姆，常选择无夫无子而又晓习妇道者为之。《公羊传》："不见傅母不下堂。"

〔40〕 胡安国(1074—1138)：南宋哲学家。字康侯，建宁崇安(今属福建)人。曾官宝文阁直学士，卒谥文定。著有《春秋传》三十卷。以下议论即出此书。又：诸本多作"胡安定"应为"胡安国"或"胡文定"之误。特更正。

〔41〕 虢：此为东虢，西周末已为郑所并。地在今河南郑州市北。

〔42〕 芋邑：东周时无芋邑地名。《左传》有"芋尹"一词，乃楚国及陈国之官名，职掌不详，但并非芋邑之尹。作者不察，故而傅会。

〔43〕 筐篚(fěi 匪)：均为盛物的竹器，方的叫筐，圆的叫篚。此指装好了的礼品。

〔44〕 辱贶(kuàng 况)：承蒙加惠于。谦词。

〔45〕 寡大夫：本国大夫对他国人士的谦称。

〔46〕 垂櫜(gāo 高)：櫜乃古时收藏弓箭或甲衣的一种口袋。垂櫜，表示内无兵器。

〔47〕 缉蒲：修理、整治蒲宫。蒲宫乃楚王之离宫。

〔48〕 外亢：扬威于外。亢，指好斗之势。

〔49〕 "郏(jiá 夹)敖"句：楚人称无谥号之国君叫敖。敖同"獒"，意同酋长。此指楚王麇。燕雀尚怡堂，比喻如燕雀之安居堂中而无远虑。

〔50〕 偷食：苟且偷安。

〔51〕 宫厩(jiù 救)尹：楚国官名。掌饲养。

〔52〕 不禄：诸侯死，讣告上的婉转说法。

〔53〕 灵王：楚灵王芈围，楚共王庶子。在位十二年(前540—前529)。

〔54〕 郊尹：楚国官名。治理国都郊区的大夫。

〔55〕 郏：春秋时楚邑名。在今河南郏县境内。

〔56〕 申：本国名，此时已并为楚邑。在今河南南阳市北。

〔57〕 钧台之享：相传夏代君王夏启曾在钧台享祭百神。钧台，在今河南禹州市境。

〔58〕 景亳之命：相传商汤曾在景亳会盟诸国。景亳，在今河南商丘

市北。

〔59〕 孟津之誓:周武王曾两次会诸侯于孟津。第二次盟会时曾作《太誓》。孟津,一称盟津,在今河南孟州市南十八里。

〔60〕 岐阳之蒐:《国语·晋语八》:"昔(周)成王盟诸侯于岐阳。"岐阳即今陕西岐山县。蒐,检阅。

〔61〕 酆宫之朝:此事诸书未载。似指诸侯朝见周康王于酆宫。周康王姬钊,成王子,西周第三个君王。酆宫,即丰宫,当为周文王庙,在今陕西省西安市鄠邑区东五里。

〔62〕 涂山之会:周穆王曾在涂山会见诸侯。此事仅见《竹书纪年》。涂山,在今安徽怀远县东南。

〔63〕 召陵之师:齐桓公率八路诸侯与楚臣屈完订盟一事,见第二十四回。

〔64〕 践土之盟:指晋文公率九国诸侯于践土朝见周襄王一事。见第四十一回。

〔65〕 无瑕者:没有过失的人。瑕,玉的疵点。

〔66〕 棘、栎(yuè 越)、麻:均为春秋后期楚邑名。棘,在今河南永城市南。栎,在今河南新蔡县北。麻,在今安徽砀山县东北。

〔67〕 鹊岸:春秋时地名。在今安徽无为县南至铜陵市北沿长江北岸一带。

〔68〕 罗汭(ruì 芮):罗水弯曲之处。古有罗水,在今河南罗山县,北入于淮。

〔69〕 衅(xìn 信):血祭。指古代杀生取血涂器物以祭。

〔70〕 制度:借指规模、气度。

〔71〕 章华:楚宫名,一说台名。在今湖北监利县西北离湖上。一说在今湖北江陵县东。

〔72〕 陟(zhì 治):登上。

〔73〕 落成:古代宫室建成时举行的祭礼叫落,或称落成。

第六十八回

贺虒祁师旷辨新声　散家财陈氏买齐国

话说楚灵王有一癖性,偏好细腰,不问男女,凡腰围粗大者,一见便如眼中之钉。既成章华之宫,选美人腰细者居之,以此又名曰细腰宫。宫人求媚于王,减食忍饿,以求腰细,甚有饿死而不悔者。国人化之,皆以腰粗为丑,不敢饱食。虽百官入朝,皆用软带紧束其腰,以免王之憎恶。灵王恋细腰之宫,日夕酣饮其中,管弦之声,昼夜不绝。

一日,登台作乐,正在欢宴之际,忽闻台下喧闹之声。须臾,潘子臣拥一位官员至前,灵王视之,乃芊尹申无宇也。灵王惊问其故。潘子臣奏曰:"无宇不由王命,闯入王宫,擅执守卒,无礼之甚。责在于臣,故拘使来见,惟我王详夺!"灵王问申无宇曰:"汝所执何人?"申无宇对曰:"臣之阍人也。托使守阍,乃逾墙盗臣酒器,事觉逃窜,访之岁馀不得。今窜入王宫,谬充守卒,臣是以执之。"灵王曰:"既为寡人守宫,可以赦之。"申无宇对曰:"天有十日[1],人有十等[2]。自王以下,公、卿、大夫、士、皂、舆、僚、仆、台,递相臣服,以上制下,以下事上,上下相维,国以不乱。臣有阍人,而臣不能行其法,使借王宫以自庇。苟得所庇,盗贼公行,又谁禁之！臣宁死不敢奉命。"灵王曰："卿言是也。"遂命以阍人畀无宇，免其擅执之罪。无宇谢恩而出。

越数日，大夫薳启疆邀请鲁昭公[3]至，楚灵王大喜。启疆奏言："鲁侯初不肯行，臣以鲁先君成公与先大夫婴齐盟蜀[4]之好，再三叙述，胁以攻伐之事，方始惧而束装。鲁侯习于礼仪，愿我王留心，勿贻鲁笑。"灵王问曰："鲁侯之貌如何？"启疆曰："白面长身，须垂尺馀，威仪甚可观也。"灵王乃密传一令，精选国中长躯长髯，出色大汉十人，伟其衣冠，使习礼三日，命为傧相[5]，然后接见鲁侯。鲁侯乍见，错愕不已。遂同游章华之宫，鲁侯见土木壮丽，夸奖之声不绝。灵王曰："上国亦有此宫室之美乎？"鲁侯鞠躬对曰："敝邑褊小，安敢望上国万分之一。"灵王面有骄色。遂陟章华之台。怎见得台高？有诗为证：

　　高台半出云，望望高不极。

　　草木无参差，山河同一色。

台势高峻逶迤，盘数层而上，每层俱有明廊曲槛。预选楚中美童，年二十以内者，装束鲜丽，略如妇人，手捧雕盘玉斝，唱郢歌劝酒，金石丝竹，纷然响和。既升绝顶，乐声嘹亮，俱在天际，觥筹交错，粉香相逐，飘飘乎如入神仙洞府，迷魂夺魄，不自知其在人间矣。大醉而别，灵王赠鲁侯以大屈之弓[6]。"大屈"者，弓名，乃楚库所藏之宝弓也。

次日，灵王心中不舍此弓，有追悔之意，与薳启疆言之。启疆曰："臣能使鲁侯以弓还归于楚。"启疆乃造公馆，见鲁侯，佯为不知，问曰："寡君昨宴好之际，以何物遗君？"鲁侯出弓示之。启疆见弓，即再拜称贺。鲁侯曰："一弓何足为贺？"启疆曰："此弓名闻

第六十八回

天下,齐、晋与越三国,皆遣人相求,寡君嫌有厚薄,未敢轻许。今特传之于君。彼三国者,将望鲁而求之,鲁其备御三邻,慎守此宝。敢不贺乎?"鲁侯蹴然[7]曰:"寡人知弓之为宝,若此,何敢登受?"乃遣使还弓于楚,遂辞归。伍举闻之,叹曰:"吾王其不终乎!以落成召诸侯,诸侯无有至者,仅一鲁侯辱临,而一弓之不忍,甘于失信。夫不能舍己,必将取人,取人必多怨,亡无日矣。"此周景王十年事也。

却说晋平公闻楚以章华之宫,号召诸侯,乃谓诸大夫曰:"楚,蛮夷之国,犹能以宫室之美,夸示诸侯,岂晋而反不如耶?"大夫羊舌肸进曰:"伯者之服诸侯,闻以德,不闻以宫室。章华之筑,楚失德也,君奈何效之!"平公不听,乃于曲沃汾水之傍,起造宫室,略仿章华之制,广大不及,而精美过之,名曰虒祁[8]之宫。亦遣使布告诸侯。髯翁有诗叹云:

　　章华筑怨万民愁,不道虒祁复效尤。
　　堪笑伯君无远计,却将土木召诸侯!

列国闻落成之命,莫不窃笑其为者。然虽如此,却不敢不遣使来贺。惟郑简公因前赴楚灵王之会,未曾朝晋。卫灵公元新嗣位,未见晋侯,所以二国之君,亲自至晋。二国中又是卫君先到。

单表卫灵公行至濮水[9]之上,天晚宿于驿舍,夜半不能成寝,耳中如闻鼓琴之声,乃披衣起坐,倚枕而听之。其音甚微,而泠泠[10]可辨,从来乐工所未奏,真新声也。试问左右,皆曰:"弗闻。"灵公素好音乐,有太师名涓,善制新声,能为四时之曲。灵公爱之,出入必使相从。乃使左右召师涓。师涓至,曲犹未终。灵公

贺虒祁师旷辨新声　散家财陈氏买齐国

曰："子试听之，其状颇似鬼神。"师涓静听，良久声止。师涓曰："臣能识其略矣。更须一宿，臣能写之。"灵公乃复留一宿，夜半，其声复发。师涓援琴而习之，尽得其妙。

既至晋，朝贺礼毕，平公设宴于虒祁之台。酒酣，平公曰："素闻卫有师涓者，善为新声，今偕来否？"灵公起对曰："见在台下。"平公曰："试为寡人召之。"灵公召师涓登台。平公亦召师旷，相者[11]扶至。二人于阶下叩首参谒。平公赐师旷坐，即令师涓坐于旷之傍。平公问师涓曰："近日有何新声？"师涓奏曰："途中适有所闻，愿得琴而鼓之。"平公命左右设几，取古桐之琴，置于师涓之前。涓先将七弦调和，然后拂指而弹。才奏数声，平公称善。曲未及半，师旷遽以手按琴曰："且止。此亡国之音，不可奏也。"平公曰："何以见之？"师旷奏曰："殷末时，乐师名延者，与纣为靡靡之乐，纣听之而忘倦，即此声也。及武王伐纣，师延抱琴东走，自投于濮水之中。有好音者过此，其声辄自水中而出。涓之途中所闻，其必在濮水之上矣。"卫灵公暗暗惊异。平公又问曰："此前代之乐，奏之何伤？"师旷曰："纣因淫乐，以亡其国，此不祥之音，故不可奏。"平公曰："寡人所好者，新声也。涓其为寡人终之。"师涓重整弦声，备写抑扬之态，如诉如泣。平公大悦，问师旷曰："此曲名为何调？"师旷曰："此所谓《清商》也。"平公曰："《清商》固最悲乎？"师旷曰："《清商》虽悲，不如《清徵》。"平公曰："《清徵》可得而闻乎？"师旷曰："不可。古之听《清徵》者，皆有德义之君也。今君德薄，不当听此曲。"平公曰："寡人酷嗜新声，子其无辞。"师旷不得已，援琴而鼓。一奏之，有玄鹤一群，自南方来，渐集于宫门之栋，数之得八双。再奏之，其鹤飞鸣，序立于台之阶下，左右各八。

第 六 十 八 回

三奏之,鹤延颈而鸣,舒翼而舞,音中宫商,声达霄汉。平公鼓掌大悦,满坐生欢,台上台下,观者莫不踊跃称奇。平公命取白玉卮,满斟醇酿,亲赐师旷,旷接而饮之。平公叹曰:"音至《清徵》,无以加矣!"师旷曰:"更不如《清角》。"平公大惊曰:"更有加于《清徵》者乎?何不并使寡人听之?"师旷曰:"《清角》更不比《清徵》,臣不敢奏也。昔者黄帝合鬼神于泰山,驾象车而御蛟龙,毕方并辖[12],蚩尤居前,风伯清尘,雨师洒道,虎狼前驱,鬼神后随,螣蛇[13]伏地,凤凰覆上,大合鬼神,作为《清角》。自后君德日薄,不足以服鬼神,神人隔绝。若奏此声,鬼神毕集,有祸无福。"平公曰:"寡人老矣!诚一听《清角》,虽死不恨。"师旷固辞。平公起立,迫之再三。师旷不得已,复援琴而鼓。一奏之,有玄云从西方而起,再奏之,狂风骤发,裂帘幙,摧俎豆,屋瓦乱飞,廊柱俱拔,顷之,疾雷一声,大雨如注,台下水深数尺,台中无不沾湿。从者惊散,平公恐惧,与灵公伏于廊室之间。良久,风息雨止,从者渐集,扶携两君下台而去。

是夜,平公受惊,遂得心悸之病。梦中见一物,色黄,大如车轮,蹒跚[14]而至,径入寝门。察之,其状如鳖,前二足,后一足,所至水涌。平公大叫一声曰:"怪事!"忽然惊醒,怔忡[15]不止。及旦,百官至寝门问安。平公以梦中所见,告之群臣,皆莫能解。须臾,驿使报:"郑君为朝贺,已到馆驿。"平公遣羊舌肸往劳。羊舌肸喜曰:"君梦可明矣。"众问其故,羊舌肸曰:"吾闻郑大夫子产,博学多闻,郑伯相礼,必用此人,吾当问之。"肸至馆驿致饩,兼道晋君之意,病中不能相见。时卫灵公亦以同时受惊,有微恙告归。郑简公亦遂辞归,独留公孙侨候疾。羊舌肸问曰:"寡君梦见有物如鳖，黄身三足，入于寝门，此何祟也？"公孙侨曰："以侨所闻，鳖三足者，其名曰能。昔禹父曰鲧，治水无功，舜摄尧政，乃殛鲧于东海之羽山[16]，截其一足，其神化为黄能，入于羽渊。禹即帝位，郊祀其神。三代以来，祀典不缺。今周室将衰，政在盟主，宜佐天子，以祀百神。君或者未之祀乎？"羊舌肸以其言告于平公。平公命大夫韩起，祀鲧如郊礼。平公病稍定，叹曰："子产真博物君子也！"以莒国所贡方鼎赐之。公孙侨将归郑，私谓羊舌肸曰："君不恤民隐[17]，而效楚人之侈，心已僻[18]矣，疾更作，将不可为。吾所对，乃权词以宽其意也。"其时有人早起，过魏榆[19]地方，闻山下有若数人相聚之声，议论晋事。近前视之，惟顽石十馀块，并无一人。既行过，声复如前。急回顾之，声自石出。其人大惊，述于土人。土人曰："吾等闻石言数日矣。以其事怪，未敢言也。"此语传闻于绛州。平公召师旷问曰："石何以能言？"旷对曰："石不能言，乃鬼神凭之耳。夫鬼神以民为依，怨气聚于民，则鬼神不安，鬼神不安，则妖兴。今君崇饰宫室，以竭民之财力，石言其在是乎？"平公嘿然。师旷退，谓羊舌肸曰："神怒民怨，君不久矣！侈心之兴，实起于楚。虽楚君之祸，可计日而俟也。"月馀，平公病复作，竟成不起。自筑虒祁宫至薨日，不及三年，又皆在病困之中，枉害百姓，不得安享，岂不可笑。史臣有诗云：

崇台广厦奏新声，竭尽民脂怨黩[20]盈。

物怪神妖催命去，虒祁空自费经营！

平公薨后，群臣奉世子夷嗣位，是为昭公[21]。此是后话。

再说齐大夫高强，自其父虿逐高止，潜杀闾丘婴，举朝皆为不平。及强嗣为大夫，年少嗜酒，栾施亦嗜酒，相得甚欢。与陈无宇、鲍国踪迹少疏，四族遂分为二党。栾、高二人每聚饮，醉后辄言陈、鲍两家长短。陈、鲍闻之，渐生疑忌。忽一日，高强因醉中，鞭扑小竖，栾施复助之。小竖怀恨，乃乘夜奔告陈无宇，言："栾、高欲聚家众，来袭陈、鲍二家，期在明日矣。"复奔告鲍国，鲍国信之。忙令小竖往约陈无宇，共攻栾、高。无宇授甲于家众，即时登车，欲诣鲍国之家。途中遇见高强，亦乘车而来。强已半醉，在车中与无宇拱手，问："率甲何往？"无宇谩应曰："往讨一叛奴耳！"亦问："子良何往？"强对曰："吾将饮于栾氏也。"

既别，无宇令舆人速骋，须臾，遂及鲍门。只见车徒济济，戈甲森森，鲍国亦贯甲持弓，方欲升车矣。二人合做一处商量。无宇述子良之言："将饮于栾氏，未知的否，可使人探之。"鲍国遣使往栾氏觇视，回报："栾、高二位大夫，皆解衣去冠，蹲踞而赛饮。"鲍国曰："小竖之语妄矣。"无宇曰："竖言虽不实，然子良于途中见我率甲，问我何往，我谩应以将讨叛奴。今无所致讨，彼心必疑，倘先谋逐我，悔无及矣。不如乘其饮酒，不做准备，先往袭之。"鲍国曰："善。"两家甲士同时起行，无宇当先，鲍国押后，杀向栾家，将前后府门，团团围住。栾施方持巨觥欲吸，闻陈、鲍二家兵到，不觉觥坠于地。高强虽醉，尚有三分主意，谓栾施曰："亟聚家徒，授甲入朝，奉主公以伐陈、鲍，无不克矣。"栾施乃悉聚家众。高强当先，栾施在后，从后门突出，杀开一条血路，径奔公宫。陈无宇、鲍国恐其挟齐侯为重，紧紧追来。高氏族人闻变，亦聚众来救。

景公在宫中，闻四族率甲相攻，正不知事从何起，急命阍者紧闭虎门[22]，以宫甲守之。使内侍召晏婴入宫。栾施、高强攻虎门不能入,屯于门之右;陈、鲍之甲,屯于门之左,两下相持。须臾,晏婴端冕委弁[23],驾车而至。四家皆使人招之,婴皆不顾,谓使者曰:"婴惟君命是从,不敢自私。"阍者启门,晏婴入见。景公曰:"四族相攻,兵及寝门,何以待之?"晏婴奏曰:"栾、高怙[24]累世之宠,专行不忌,已非一日。高止之逐,闾丘之死,国人胥怨,今又伐寝门[25],罪诚不宥。但陈、鲍不候君命,擅兴兵甲,亦不为无罪也。惟君裁之!"景公曰:"栾、高之罪,重于陈、鲍,宜去之。谁堪使者?"晏婴对曰:"大夫王黑可使也。"景公传命,使王黑以公徒助陈、鲍攻栾、高,栾、高兵败,退于大衢。国人恶栾、高者,皆攘臂助战。高强酒犹未醒,不能力战。栾施先奔东门,高强从之。王黑同陈、鲍追及,又战于东门。栾、高之众,渐渐奔散,乃夺门而出,遂奔鲁国。陈、鲍逐两家妻子,而分其家财。

晏婴谓陈无宇曰:"子擅命以逐世臣,又专其利,人将议子。何不以所分得者,悉归诸公,子无所利,人必以让德称子,所得多矣。"无宇曰:"多谢指教!无宇敢不从命。"于是将所分食邑及家财,尽登簿籍,献于景公。景公大悦。景公之母夫人曰孟姬,无宇又私有所献。孟姬言于景公曰:"陈无宇诛剪强家,以振公室,利归于公,其让德不可没也。何不以高唐之邑[26]赐之?"景公从其言,陈氏始富。陈无宇有心要做好人,言:"群公子向被高虿所逐,实出无辜,宜召而复之。"景公以为然。无宇以公命召子山、子商、子周等,凡幄幕器用,及从人之衣履,皆自出家财,私下完备,遣人分头往迎。诸公子得归故国,已自欢喜,及见器物毕具,知是陈无宇所赐,感激无已。无宇又大施恩惠于公室,凡公子、公孙之无禄者,悉以私禄分给之。又访求国中之贫约孤寡者,私与之粟。凡有

第六十八回

借贷，以大量出，以小量入；贫不能偿者，即焚其券。国中无不颂陈氏之德，愿为效死而无地也。史臣论：陈氏厚施于民，乃异日移国之渐。亦由君不施德，故臣下得借私恩小惠，以结百姓之心耳。有诗云：

威福君权敢上侵，辄将私惠结民心。

请看陈氏移齐计，只为当时感德深。

景公用晏婴为相国，婴见民心悉归陈氏，私与景公言之，劝景公宽刑薄敛，兴发补助[27]，施泽于民，以挽留人心。景公不能从。

话分两头。再说楚灵王成章华之宫，诸侯落成者甚少。闻晋筑虒祁宫，诸侯皆贺，大有不平之意。召伍举商议，欲兴师以侵中原。伍举曰："王以德义召诸侯，而诸侯不至，是其罪也。以土木召诸侯，而责其不至，何以服人？必欲用兵以威中华，必择有罪者征之，方为有名。"灵王曰："今之有罪者何国？"伍举奏曰："蔡世子般弑其君父，于今九年矣。王初合诸侯，蔡君来会，是以隐忍不诛。然弑逆之贼，虽于孙犹当伏法，况其身乎？蔡近于楚，若讨蔡而兼其地，则义利两得矣。"说犹未了，近臣报："陈国有讣音到，言陈侯弱[28]已薨，公子留嗣位。"伍举曰："陈世子偃师，名在诸侯之策[29]；今立公子留，置偃师于何地？以臣度之，陈国必有变矣。"毕竟陈事如何，且看下回分解。

---

[1] 天有十日：指天有甲、乙、丙、丁、戊、己、庚、辛、壬、癸十个天干。见《左传·昭公七年》杜预注。

〔2〕 人有十等：远古的等级制度。据《左传·昭公七年》，十等人中无卿而舆下有隶。其中：皂为吏役，舆指一般卫士，隶指罪人没为奴者，僚为苦役差人，仆为三代之奴，台乃逃亡之奴而又被抓回者，亦称陪台，为奴隶中最下等。

〔3〕 鲁昭公：名姬稠，襄公子。在位三十二年（前541—前510）。

〔4〕 盟蜀：蜀，春秋时鲁地名，在今山东泰安市西。盟蜀一事在鲁成公二年（前589年）。楚师伐卫，伐鲁，至蜀。成公请与楚将盟。与盟者尚有卫、郑、陈、蔡、宋、许等国。本书未记述。

〔5〕 傧相：赞礼者。

〔6〕 大屈之弓：宝弓名。一名大曲。疑屈曲度特强，故弹力甚大。

〔7〕 蹴（cù 促）然：不安的样子。

〔8〕 虒（sī 斯）祁：宫殿名。故址在今山西侯马市附近。有柱三十，柱径五尺，可见其宏伟。

〔9〕 濮水：古水名。其上游流经今河南原阳、封丘、长垣诸县流入山东菏泽。

〔10〕 泠泠（líng 铃）：形容声音清越。

〔11〕 相者：扶持者。因师旷眼盲，故需人搀扶。

〔12〕 毕方并辖：毕方为传说中神名，一说为木精。并辖，一起驾车。

〔13〕 腾（téng 腾）蛇：传说中神蛇，能兴云雾而游其中。

〔14〕 蹒跚（pán shān 盘删）：盘旋的样子。

〔15〕 怔忡：惊恐不安。

〔16〕 羽山：神话中地名。后人多以为在朐山县，即今江苏连云港市。下文之羽渊即当地之羽潭。

〔17〕 隐：痛苦，疾苦。

〔18〕 僻：偏，不正。

〔19〕 魏榆：春秋时晋地名。在今山西晋中市榆次区北。

第六十八回

〔20〕 怨黩(dú 独)：怨愤之言。与"怨讟"同。

〔21〕 昭公：晋昭公姬夷，在位六年(前531—前526)。

〔22〕 虎门：齐寝宫之南门。门画虎，故称。

〔23〕 端冕委弁(biàn 变)：应为端委弁冕。即身穿朝服，头戴大冠。朝服之端正而宽长者叫端委。弁、冕皆男子冠名。吉礼之服用冕，常礼之服用弁。

〔24〕 怙(hù 户)：倚仗，依靠。

〔25〕 寝门：寝宫之门，即前之虎门。寝宫，即后宫。

〔26〕 高唐之邑：春秋时齐邑。在今山东高唐县东南。

〔27〕 兴发补助：指开仓出粟，救助贫民。语出《孟子·梁惠王下》："于是始兴发补不足。"

〔28〕 陈侯弱：即陈哀公妫弱，陈成公之子，在位三十五年(前568—前534)。

〔29〕 策：即策书。古代立嗣授官，均用策书作为符信。诸侯凡立世子，还需以策书报于同盟诸国。

第六十九回

楚灵王挟诈灭陈蔡　晏平仲巧辩服荆蛮

话说陈哀公名弱,其元妃郑姬生子偃师,已立为世子矣。次妃生公子留,三妃生公子胜。次妃善媚得宠,既生留,哀公极其宠爱,但以偃师已立,废之无名。乃以其弟司徒公子招为留太傅,公子过为少傅,嘱付招、过:"异日偃师当传位于子留。"周景王十一年[1],陈哀公病废在床,久不视朝。公子招谓公子过曰:"公孙吴且长矣,若偃师嗣位,必复立吴为世子,安能及留?是负君之托也。今君病废已久,事在吾等掌握,及君未死,假以君命,杀偃师而立留,可以无悔。"公子过以为然,乃与大夫陈孔奂商议。孔奂曰:"世子每日必入宫问疾三次,朝夕在君左右,命不可假也。不若伏甲于宫巷,俟其出入,乘便刺之,一夫之力耳。"过遂与招定计,以其事托孔奂,许以立留之日,益封大邑。孔奂自去阴召心腹力士,混于守门人役数内,阍人又认做世子亲随,并不疑虑。世子偃师问安毕,夜出宫门,力士灭其火,刺杀之。宫门大乱。须臾,公子招同公子过到,佯作惊骇之状,一面使人搜贼,一面倡言:"陈侯病笃,宜立次子留为君。"陈哀公闻变,愤恚[2]自缢而死。史臣有诗云:

嫡长宜君国本安,如何宠庶起争端?

第六十九回

古今多少偏心父,请把陈哀仔细看!

司徒招奉公子留主丧即位,遣大夫于徵师以病薨赴告于楚。时伍举侍于灵王之侧,闻陈已立公子留为君,不知世子偃师下落,方在疑惑。忽报:"陈侯第三子公子胜同侄儿公孙吴求见。"灵王召之,问其来意。二人哭拜于地。公子胜开言:"嫡兄世子偃师,被司徒招与公子过设谋枉杀,致父亲自缢而死。擅立公子留为君,我等恐其见害,特来相投。"灵王诘问于徵师。徵师初犹抵赖,却被公子胜指实,无言可答。灵王怒曰:"汝即招、过之党也!"喝教刀斧手,将徵师绑下斩讫。伍举奏曰:"王已诛逆臣之使,宜奉公孙吴以讨招、过之罪,名正言顺,谁敢不服?既定陈国,次及于蔡,先君庄王之绩,不足道也。"灵王大悦。乃出令兴师伐陈。公子留闻于徵师见杀,惧祸不愿为君,出奔郑国去了。或劝司徒招:"何不同奔?"招曰:"楚师若至,我自有计退之。"

却说楚灵王大兵至陈。陈人皆怜偃师之死,见公孙吴在军中,无不踊跃,咸箪食壶浆,以迎楚师。司徒招事急,使人请公子过议事。过来,坐定,问曰:"司徒云'有计退楚',计将安出?"招曰:"退楚只须一物,欲问汝借。"过又问:"何物?"招曰:"借汝头耳!"过大惊,方欲起身。招左右鞭捶乱下,将过击倒,即拔剑斩其首,亲自持赴楚军,稽首诉曰:"杀世子立留,皆公子过之所为。招今仗大王之威,斩过以献,惟君赦臣不敏之罪!"灵王听其言词卑逊,心中已自欢喜。招又膝行而前,行近王座,密奏曰:"昔庄王定陈之乱,已县陈矣,后复封之,遂丧其功。今公子留惧罪出奔,陈国无主,愿大王收为郡县,勿为他姓所有也。"灵王大喜曰:"汝言正合吾意。汝且归国,为寡人辟除宫室,以候寡人之巡幸。"司徒招叩谢而去。

楚灵王挟诈灭陈蔡　晏平仲巧辩服荆蛮

公子胜闻灵王放招还国，复来哭诉，言："造谋俱出于招，其临时行事，则过使大夫孔奂为之。今乃委罪于过，冀以自解，先君先太子目不瞑于地下矣。"言罢，痛哭不已，一军为之感动。灵王慰之曰："公子勿悲，寡人自有处分。"次日，司徒招备法驾仪从，来迎楚王入城。灵王坐于朝堂，陈国百官俱来参谒。灵王唤陈孔奂至前，责之曰："戕贼世子，皆汝行凶，不诛何以儆众！"叱左右将孔奂斩讫。与公子过二首，共悬于国门。复诮[3]司徒招曰："寡人本欲相宽，奈公论不容何？今赦汝一命，便可移家远窜东海。"招仓皇不敢措辩，只得拜辞。灵王使人押往越国安置去讫。公子胜率领公孙吴拜谢讨贼之恩。灵王谓公孙吴曰："本欲立汝，以延胡公[4]之祀。但招、过之党尚多，怨汝必深，恐为汝害，汝姑从寡人归楚。"乃命毁陈之宗庙，改陈国为县。以穿封戌争郑囚皇颉事[5]，不为谄媚，使守陈地，谓之陈公。陈人大失望。髯翁有诗叹云：

　　本兴义旅诛残贼，却爱山河立县封。
　　记得蹊田夺牛语，恨无忠谏似申公！

灵王携公孙吴以归，休兵一载，然后伐蔡。伍举献谋曰："蔡般怙恶已久，忘其罪矣。若往讨，彼反有词，不如诱而杀之。"灵王从其计。乃托言巡方[6]，驻军于申地，使人致币于蔡，请灵公至申地相会。使人呈上国书，蔡侯启而读之，略云：

　　寡人愿望君侯之颜色，请君侯辱临于申。不腆之仪，预以犒从者。

蔡侯将戎车起行。大夫公孙归生谏曰："楚王为人，贪而无信。今使人之来，币重而言卑，殆诱我也。君不可往！"蔡侯曰："蔡之地不能当楚之一县，召而不往，彼若加兵，谁能抗之？"归生曰："然则

第六十九回

请立世子而后行。"蔡侯从之,立其子有为世子,使归生辅之监国。即日命驾至申,谒见灵王。灵王曰:"自此地一别,于今八年矣,且喜君丰姿如旧。"蔡侯对曰:"般荷上国辱收盟籍,以君王之灵,镇抚敝邑,感恩非浅。闻君王拓地商墟[7],方欲驰贺,使命下临,敢不趋承。"灵王即于申地行宫,设宴款待蔡侯,大陈歌舞,宾主痛饮甚乐。复迁席于他寝,使伍举劳从者于外馆。蔡侯欢饮,不觉酕醄[8]大醉。壁衣中伏有甲士,灵王掷杯为号,甲士突起,缚蔡侯于席上。蔡侯醉中,尚不知也。灵王使人宣言于众曰:"蔡般弑其君父,寡人代天行讨。从者无罪,降者有赏,愿归者听。"原来蔡侯待下,极有恩礼,从行诸臣,无一人肯降者。灵王一声号令,楚军围裹将来,俱被擒获。蔡侯方才酒醒,知身被束缚,张目视灵王曰:"般得何罪?"灵王曰:"汝亲弑其父,悖逆天理,今日死犹晚矣。"蔡侯叹曰:"吾悔不用归生之言也!"灵王命将蔡侯磔死,从死者共七十人,舆隶最贱者,俱诛不赦。大书蔡侯般弑逆之罪于版,宣布国中。遂命公子弃疾统领大军,长驱入蔡。宋儒论蔡般罪固当诛,然诱而杀之,非法也。髯翁有诗云:

蔡般无父亦无君,鸣鼓方能正大伦。

莫怪诱诛非法典,楚灵原是弑君人。

却说蔡世子有,自其父发驾之后,旦晚使谍者探听。忽报蔡侯被杀,楚兵不日临蔡,世子有即时纠集兵众,授兵登堞[9]。楚兵至,围之数重。公孙归生曰:"蔡虽久附于楚,然晋、楚合成,归生实与载书。不若遣人求救于晋,傥惠顾前盟,或者肯来相援。"世子有从其计,募国人能使晋者。蔡洧之父蔡略,从蔡侯于申,在被杀七十人之中。洧欲报父仇,应募而出,领了国书,乘夜缒城北走,

楚灵王挟诈灭陈蔡　晏平仲巧辩服荆蛮

直达晋国，来见晋昭公，哭诉其事。昭公集群臣问之。荀吴奏曰："晋为盟主，诸侯依赖以为安。既不救陈，又不救蔡，盟主之业堕矣。"昭公曰："楚虔暴横，吾兵力不逮，奈何？"韩起对曰："虽知不逮，可坐视乎？何不合诸侯以谋之？"昭公乃命韩起约诸国会于厥愁[10]。宋、齐、鲁、卫、郑、曹，各遣大夫至会所听命。韩起言及救蔡之事，各国大夫人人伸舌，个个摇首，没一个肯担当主张的。韩起曰："诸君畏楚如此，将听其蚕食乎？倘楚兵由陈、蔡渐及诸国，寡君亦不敢与闻矣。"众人面面相觑，莫有应者。时宋国右师华亥在会，韩起独谓华亥曰："盟宋之役，汝家先右师[11]实倡其谋，约定南北弭兵，有先用兵者，各国共伐之。今楚首先败约，加兵陈、蔡，汝袖手不发一言，非楚无信，乃尔国之欺谩也。"华亥觳觫对曰："下国何敢欺谩，得罪主盟？但蛮夷不顾信义，下国无如之何耳！今各国久弛武备，一旦用兵，胜负未卜。不若遵弭兵之约，遣一使为蔡请宥，楚必无辞。"韩起见各国大夫俱有惧楚之意，料救蔡一事，鼓舞不来，乃商议修书一封，遣大夫狐父，迳至申城，来见楚灵王。蔡洧见各国不肯发兵救蔡，号泣而去。狐父到申城将书呈上，灵王拆书看之，略云：

日者[12]，宋之盟，南北交见，本以弭兵为名。虢之会，再申旧约，鬼神临之。寡君率诸侯恪守成言，不敢一试干戈。今陈、蔡有罪，上国赫然震怒，兴师往讨，义愤所激，聊以从权。罪人既诛，兵犹未解，上国其何说之辞？诸国大夫执政，皆走集敝邑，责寡君以拯溺解纷之义，寡君愧焉！犹惧以征发师徒，自干[13]盟约，遣下臣起合诸大夫共此尺书，为蔡请命。倘上国惠顾前好，存蔡之宗庙，寡君及同盟，咸受君赐，岂惟蔡人。

书末,宋齐各国大夫,俱署有名字。灵王览毕笑曰:"蔡城旦暮且下,汝以空言解围,以三尺童子待寡人耶?汝去回复汝君,陈、蔡乃孤家属国,与汝北方无与,不劳照管。"狐父再欲哀恳,灵王遽起身入内,亦无片纸回书。狐父怏怏而回。晋君臣虽则恨楚,无可奈何。正是:

有力无心空负力,有心无力枉劳心。
若还心力齐齐到,涸海移山孰敢禁!

蔡洧回至蔡国,被楚巡军所获,解到公子弃疾帐前。弃疾胁使投降,蔡洧不从,乃囚于后军。弃疾知晋救不至,攻城益力。归生曰:"事急矣!臣当拚一命,迳往楚营,说之退兵。万一见听,免至生灵涂炭。"世子有曰:"城中调度,全赖大夫,安可舍孤而去?"归生对曰:"殿下若不相舍,臣子朝吴可使也。"世子召朝吴至,含泪遣之。朝吴出城往见弃疾,弃疾待之以礼。朝吴曰:"公子重兵加蔡,蔡知亡矣。然未知罪之在也。若以先君般失德,不蒙赦宥,则世子何罪?蔡之宗社何罪?幸公子怜而察之!"弃疾曰:"吾亦知蔡无灭亡之道,但受命攻城,若无功归报,必得罪矣。"朝吴曰:"吴更有一言,请屏左右。"弃疾曰:"汝第言之,吾左右无妨也。"朝吴曰:"楚王得国非正,公子宁不知之?凡有人心,莫不怨愤!又内竭脂膏于土木,外竭筋骨于干戈,用民不恤,贪得无厌,昔岁灭陈,今复诱蔡。公子不念君仇,奉其驱使,怨黩方作,公子将分其半矣!公子贤明著誉,且有'当璧'之祥,楚人皆欲得公子为君,诚反戈内向,诛其弑君虐民之罪,人心响应,谁能为公子抗者!孰与事无道之君,敛万民之怨乎?公子倘幸听愚计,吴愿率死亡之馀,为公子

楚灵王挟诈灭陈蔡　晏平仲巧辩服荆蛮

先驱。"弃疾怒曰："匹夫敢以巧言离间我君臣！本该斩首，姑寄汝头于颈上，传语世子，速速面缚出降，尚可保全馀喘也。"叱左右牵朝吴出营。原来当初楚共王有宠妾之子五人：长曰熊昭，即康王；次曰围，即灵王虔；三曰比，字子干；四曰黑肱，字子晰；末即公子弃疾也。共王欲于五子之中，立一人为世子，心中不决，乃大祀群神，奉璧密祷曰："请神于五人中，择一贤而有福者，使主社稷。"乃以璧密埋于太室[14]之庭中，暗记其处，使五子各斋戒三日后，五更入庙，次第谒祖。视其拜当璧处者，即神所选立之人矣。康王先入，跨过埋璧，拜于其前。灵王拜时，手肘及于璧上。子干、子晰，去璧甚远。弃疾时年尚幼，使傅母[15]抱之入拜，正当璧纽[16]之上。共王心知神佑弃疾，宠爱益笃。因共王薨时，弃疾年尚未长，所以康王先立，然楚大夫闻埋璧之事者，无不知弃疾之当为楚王矣。今日朝吴说及"当璧"之祥，弃疾恐此语传扬，为灵王所忌，故佯怒而遣之。

朝吴还入城中，述弃疾之语。世子有曰："国君死社稷，乃是正理。某虽未成丧嗣位，然既摄位守国，便当与此城相为存亡，岂可屈膝仇人，自同奴隶乎？"于是固守益力。自夏四月围起，直至冬十一月，公孙归生积劳成病，卧不能起，城中食尽，饿死者居半，守者疲困，不能御敌。楚师蚁附而上，城遂破。世子端坐城楼，束手受缚。弃疾入城，抚慰居民；将世子有上了囚车，并蔡洧解到灵王处报捷。以朝吴有当璧之言，留之不遣。未几，归生死，朝吴遂留事弃疾。此周景王十四年[17]事也。

时灵王驾已回郢，梦有神人来谒，自称九冈山[18]之神，曰："祭我，我使汝得天下。"既觉大喜，遂命驾至九冈山。适弃疾捷报到,即命取世子有充作牺牲,杀以祭神。申无宇谏曰:"昔宋襄用鄫子于次睢之社,诸侯叛之。王不可蹈其覆辙!"灵王曰:"此逆般之子,罪人之后,安得比于诸侯?正当六畜用之耳。"申无宇退而叹曰:"王汰虐已甚,其不终乎!"遂告老归田,去讫。蔡洧见世子被杀,哀泣三日。灵王以为忠,乃释而用之。蔡洧之父,先为灵王所杀,阴怀复仇之志,说灵王曰:"诸侯所以事晋而不事楚者,以晋近而楚远也。今王奄有陈、蔡,与中华接壤,若高广其城,各赋千乘,以威示诸侯,四方谁不畏服?然后用兵吴、越,先服东南,次图西北,可以代周而为天子。"灵王悦其谀言,日渐宠用。于是重筑陈、蔡之城,倍加高广,即用弃疾为蔡公,以酬其灭蔡之功。又筑东西二不羹城[19],据楚之要害,自以天下莫强于楚,指顾可得天下。召太卜将守龟[20]卜之,问:"寡人何日为王?"太卜曰:"君既已称王矣,尚何问?"灵王曰:"楚、周并立,非真王也。得天下者,方为真王耳。"太卜爇龟,龟裂。太卜曰:"所占无成。"灵王掷龟于地,攘臂大呼曰:"天乎,天乎!区区天下,不肯与我,生我熊虔何用?"蔡洧奏曰:"事在人为耳,彼朽骨者何知。"灵王乃悦。

诸侯畏楚之强,小国来朝,大国来聘,贡献之使,不绝于道。就中单表一人,乃齐国上大夫晏婴,字平仲,奉齐景公之命,修聘楚国。灵王谓群下曰:"晏平仲身不满五尺[21],而贤名闻于诸侯。当今海内诸国,惟楚最盛,寡人欲耻辱晏婴,以张楚国之威,卿等有何妙计?"太宰薳启疆密奏曰:"晏平仲善于应对,一事不足以辱之,必须如此如此。"灵王大悦。薳启疆夜发卒徒于郢城东门之傍,另凿小窦,刚刚五尺,吩咐守门军士:"候齐国使臣到时,却将

楚灵王挟诈灭陈蔡　晏平仲巧辩服荆蛮

城门关闭，使之由窦而入。"不一时，晏婴身穿破裘，轻车羸马，来至东门。见城门不开，遂停车不行，使御者呼门。守者指小门示之曰："大夫出入此窦，宽然有馀，何用启门？"晏婴曰："此狗门，非人所出入也！使狗国者，从狗门入；使人国者，还须从人门入。"使者以其言，飞报灵王。王曰："吾欲戏之，反被其戏矣。"乃命开东门，延之入城。晏子观看郢都城郭坚固，市井稠密，真乃地灵人杰，江南胜地也。怎见得？宋学士苏东坡有《咏荆门》诗为证：

游人出三峡，楚地尽平川。

北客随南贾，吴樯开蜀船。

江侵平野断，风掩白沙旋。

欲问兴亡意，重城自古坚。

晏婴正在观览，忽见有车骑二乘，从大衢来，车上俱长躯长鬣[22]，精选的出色大汉，盔甲鲜明，手握大弓长戟，状如天神，来迎晏子，欲以形晏子之短小。晏子曰："今日为聘好而来，非为攻战，安用武士！"叱退一边，驱车直进。将入朝，朝门外有十馀位官员，一个个峨冠博带，济济彬彬[23]，列于两行。晏子知是楚国一班豪杰，慌忙下车。众官员向前逐一相见，权时分左右叙立，等候朝见。就中一后生，先开口问曰："大夫莫非夷维[24]晏平仲乎？"晏子视之，乃斗韦龟之子斗成然也，官拜郊尹。晏子答曰："然。大夫有何教益？"成然曰："吾闻齐乃太公所封之国，兵甲敌于秦、楚，货财通于鲁、卫。何自桓公一霸之后，篡夺相仍，宋、晋交伐，今日朝晋暮楚，君臣奔走道路，殆无宁岁？夫以齐侯之志，岂下桓公；平仲之贤，不让管子。君臣合德，乃不思大展经纶，丕振[25]旧业，以光先人之绪，而服事大国，自比臣仆，诚愚所不解也。"晏子扬声对曰：

813

第 六 十 九 回

"夫识时务者为俊杰,通机变者为英豪。夫自周纲失驭,五霸迭兴,齐、晋霸于中原,秦霸西戎,楚霸南蛮,虽曰人材代出,亦是气运使然。夫以晋文雄略,丧次被兵[26];秦穆强盛,子孙遂弱;庄王之后,楚亦每受晋、吴之侮;岂独齐哉?寡君知天运之盛衰,达时务之机变,所以养兵练将,待时而举。今日交聘,乃邻国往来之礼,载在王制,何谓臣仆?尔祖子文,为楚名臣,识时通变,倘子非其嫡裔[27]耶?何言之悖也。"成然满面羞惭,缩颈而退。须臾,左班中一士问曰:"平仲固自负识时通变之士,然崔、庆之难,齐臣自贾举以下,效节死义者无数,陈文子有马十乘,去而违之[28]。子乃齐之世家,上不能讨贼,下不能避位,中不能致死,何恋恋于名位耶?"晏子视之,乃楚上大夫阳匄字子瑕,乃穆王之曾孙[29]也。晏子即对曰:"抱大节者,不拘小谅;有远虑者,岂固近谋?吾闻君死社稷,臣当从之。今先君庄公,非为社稷而死;其从死者,皆其私昵。婴虽不才,何敢厕身宠幸之列,以一死沽名哉?且人臣遇国家之难,能则图之,不能则去之。吾之不去,欲定新君,以保宗祀,非贪位也。使人人尽去,国事何赖?况君父之变,何国无之?子谓楚国诸公在朝列者,人人皆讨贼死难之士乎?"这一句话,暗指着楚熊虔弑君,诸臣反戴之为君,但知责人,不知责己。公孙瑕无言可答。少顷,右班中又一人出曰:"平仲!汝云'欲定新君,以保宗祀',言太夸矣。崔、庆相图,栾、高、陈、鲍相并,汝依违观望其间,并不见出奇画策,无非因人成事。尽心报国者,止于此乎?"晏子视之,乃右尹郑丹字子革。晏子笑曰:"子知其一,未知其二。崔、庆之盟,婴独不与。四族之难,婴在君所。宜刚宜柔,相机而动,主于保全君国,此岂旁观者所得而窥哉?"左班中又一人出曰:"大丈

814

夫匡时[30]遇主,有大才略,必有大规模。以愚观平仲,未免为鄙吝之夫矣。"晏子视之,乃太宰薳启疆也。晏子曰:"足下何以知婴鄙吝乎?"启疆曰:"大丈夫身仕明主,贵为相国,固当美服饰,盛车马,以彰君之宠锡。奈何敝裘羸马,出使外邦,岂不足于禄食耶?且吾闻平仲,少服狐裘,三十年不易。祭祀之礼,豚肩不能掩豆[31],非鄙吝而何?"晏子抚掌大笑曰:"足下之见,何其浅也!婴自居相位以来,父族皆衣裘,母族皆食肉,至于妻族,亦无冻馁。草莽之士[32],待婴而举火者,七十馀家。吾家虽俭,而三族肥;身似吝,而群士足。以此彰君之宠锡,不亦大乎?"言未毕,右班中又一人出,指晏子大笑曰:"吾闻成汤身长九尺,而作贤王;子桑[33]力敌万夫,而为名将。古之明君达士,皆由状貌魁梧,雄勇冠世,乃能立功当时,垂名后代。今子身不满五尺,力不胜一鸡,徒事口舌,自以为能,宁不可耻!"晏子视之,乃公子贞之孙囊瓦字子常,见为楚王车右之职。婴乃微微而笑,对曰:"吾闻秤锤虽小,能压千斤;舟桨空长,终为水役。侨如身长而戮于鲁,南宫万绝力而戮于宋。足下身长力大,得无近之?婴自知无能,但有问则对,又何敢自逞其口舌耶?"囊瓦不能复对。忽报:"令尹薳罢来到。"众人俱拱立候之。伍举遂揖晏子入于朝门,谓诸大夫曰:"平仲乃齐之贤士,诸君何得以口语相加?"

须臾,灵王升殿,伍举引晏子入见。灵王一见晏子,遽问曰:"齐国固无人耶?"晏子曰:"齐国中呵气成云,挥汗成雨,行者摩肩,立者并迹,何谓无人?"灵王曰:"然则何为使小人来聘吾国?"晏子曰:"敝邑出使有常典,贤者奉使贤国,不肖者奉使不肖国,大人则使大国,小人则使小国。臣小人,又最不肖,故以使楚。"楚王

第 六 十 九 回

惭其言，然心中暗暗惊异。使事毕，适郊人献合欢橘至，灵王先以一枚赐婴，婴遂带皮而食。灵王鼓掌大笑曰："齐人岂未尝橘耶？何为不剖？"晏子对曰："臣闻受君赐者，瓜桃不削，橘柑不剖。今蒙大王之赐，犹吾君也，大王未尝谕剖，敢不全食？"灵王不觉起敬，赐坐命酒。少顷，武士三四人，缚一囚从殿下而过。灵王遽问："囚何处人？"武士对曰："齐国人。"灵王曰："所犯何罪？"武士对曰："坐盗[34]。"灵王乃顾谓晏子曰："齐人惯为盗耶？"晏子知其故意设弄，欲以嘲己，乃顿首曰："臣闻：江南有橘，移之江北，则化而为枳[35]。所以然者，地土不同也。今齐人生于齐，不为盗，至楚，则为盗，楚之地土使然，于齐何与焉？"灵王嘿然良久，曰："寡人本将辱子，今反为子所辱矣。"乃厚为之礼，遣归齐国。

齐景公嘉晏婴之功，尊为上相，赐以千金之裘，欲割地以益其封，晏子皆不受。又欲广晏子之宅，晏子亦力辞之。一日，景公幸晏子之家，见其妻，谓晏子曰："此卿之内子耶？"婴对曰："然。"景公笑曰："嘻！老且丑矣！寡人有爱女，年少而美，愿以纳之于卿。"婴对曰："人以少姣事人者，以他年老恶，可相托也。臣妻虽老且丑，然向已受其托矣，安忍倍[36]之？"景公叹曰："卿不倍其妻，况君父乎？"于是深信晏子之忠，益隆委任。要知后事，且看下回分解。

---

〔1〕 周景王十一年：即公元前534年。

〔2〕 愤恚（huì 汇）：愤怒懊恼。

〔3〕 诮（qiào 窍）：责备。

〔4〕 胡公:陈国始封之君,妫氏,名满。

〔5〕 争郑囚皇颉事:指穿封戌俘郑将皇颉,公子围(即楚灵王)与之争,穿不让一事,见第六十六回。

〔6〕 巡方:巡行四方。本专指天子或天子委派之大臣。楚僭王爵,故亦自称巡方。

〔7〕 商墟:即殷商旧都,应在黄河、淇水一带。这里代指陈国。

〔8〕 酕醄(máo táo 毛桃):大醉后昏昏糊糊的样子。

〔9〕 授兵登埤(pì 辟):发给武器,登上城墙。埤,指城上有孔矮墙。

〔10〕 厥慭(yìn 印):春秋时卫地名,在今河南新乡市境。

〔11〕 汝家先右师:指宋右师华元。华亥乃华元之后,亦嗣官右师。

〔12〕 日者:往日,前些时候。

〔13〕 干:犯。

〔14〕 太室:太庙当中之室。参见第四十一回注〔14〕。

〔15〕 傅母:见第六十七回注〔39〕。

〔16〕 璧纽:系璧之孔,即璧之中心。

〔17〕 周景王十四年:公元前531年。

〔18〕 九冈山:《左传》作冈山,楚国境内山名,故址在湖北松滋市境内。

〔19〕 东西二不羹(láng 狼)城:楚王所修筑之新城。东不羹城在今河南舞阳县北,西不羹城在今河南襄城县东南。

〔20〕 守龟:各诸侯国均有龟甲,藏于府库,以卜大事。此龟甲有专人掌守,故称。

〔21〕 不满五尺:周尺约当今尺八寸馀。五尺略等于今尺四尺。

〔22〕 鬣(liè 烈):胡须。

〔23〕 济济彬彬:指人材众多而又颇见文采。

〔24〕 夷维:晏婴之籍贯,乃春秋时齐邑名。在今山东高密市境内。

〔25〕 丕振:大力振兴。

817

〔26〕 丧次被兵:丧葬期间遭遇战争。指"晋襄公墨衰败秦"一事。

〔27〕 倘:这里有难道之意。嫡裔:斗成然乃令尹子文之五代孙。

〔28〕 "陈文子"二句:文子即陈须无。崔杼弑齐庄公时,曾驾而奔宋。马十乘,即马四十匹。这两句出《论语·公冶长》。事见本书第六十五回。

〔29〕 阳匄:父阳尹,祖王子扬,乃楚穆王子。故阳匄乃穆王之曾孙。后曾为楚平王令尹。

〔30〕 匡时:挽救艰危的时局。

〔31〕 "豚(tún 屯)肩"句:言小猪的肘子很小,装不满木盘子。豚,小猪。豆,盛物礼器,类似高足盘。木制。

〔32〕 草莽之士:指无官职的在野之人。

〔33〕 子桑:指秦将公孙枝。

〔34〕 坐盗:因为偷盗。

〔35〕 枳(zhǐ 止):乔木名。似橘而小叶多刺,果小味酸,不能食,可入药。《周礼·考工记序》曰:"橘逾淮北而为枳。"

〔36〕 倍:同"背"。

第七十回

杀三兄楚平王即位　劫齐鲁晋昭公寻盟

话说周景王十二年[1]，楚灵王既灭陈、蔡，又迁许、胡、沈、道[2]、房、申六小国于荆山之地，百姓流离，道路嗟怨。灵王自谓天下可唾手而得，日夜宴息于章华之台，欲遣使至周，求其九鼎，以为楚国之镇。右尹郑丹曰："今齐、晋尚强，吴、越未服，周虽畏楚，恐诸侯有后言也。"灵王愤然曰："寡人几忘之。前会申之时，赦徐子之罪，同于伐吴，徐旋附吴，不为尽力。今寡人先伐徐，次及吴，自江以东，皆为楚属，则天下已定其半矣。"乃使薳罢同蔡洧奉世子禄居守，大阅车马，东行狩[3]于州来[4]，次于颍水之尾[5]。使司马督[6]率车三百乘伐徐，围其城。灵王大军屯于乾溪[7]，以为声援。时周景王之十五年，楚灵王之十一年也。冬月，值大雪，积深三尺有馀。怎见得？有诗为证：

彤云蔽天风怒号，飞来雪片如鹅毛。

忽然群峰失青色，等闲平地生银涛。

千树寒巢僵鸟雀，红炉不暖重裘薄。

比际从军更可怜，铁衣冰凝愁难着。

灵王问左右："向有秦国所献复陶裘[8]、翠羽被[9]，可取来服

第七十回

之。"左右将裘被呈上。灵王服裘加被，头带皮冠，足穿豹舄[10]，执紫丝鞭，出帐前看雪。有右尹郑丹来见，灵王去冠被，舍鞭，与之立而语。灵王曰："寒甚！"郑丹对曰："王重裘豹舄，身居虎帐，犹且苦寒，况军士单褐[11]露踝，顶兜穿甲[12]，执兵于风雪之中，其苦何如？王何不返驾国都，召回伐徐之师；俟来春天气和暖，再图征进，岂不两便？"灵王曰："卿言甚善！然吾自用兵以来，所向必克，司马旦晚必有捷音矣。"郑丹对曰："徐与陈、蔡不同。陈、蔡近楚，久在宇下，而徐在楚东北三千馀里，又附吴为重。王贪伐徐之功，使三军久顿于外，受劳冻之苦，万一国有内变，军士离心，窃为王危之。"灵王笑曰："穿封戌在陈，弃疾在蔡，伍举与太子居守，是三楚也。寡人又何虑哉？"言未毕，左史[13]倚相趋过王前，灵王指谓郑丹曰："此博物之士也。凡《三坟》、《五典》、《八索》、《九邱》[14]，无不通晓，子革其善视之。"郑丹对曰："王之言过矣。昔周穆王乘八骏之马，周行天下，祭公谋父[15]作《祈招》[16]之诗，以谏止王心，穆王闻谏返国，得免于祸。臣曾以此诗问倚相，相不知也。本朝之事，尚然不知，安能及远乎？"灵王曰："《祈招》之诗如何？能为寡人诵之否？"郑丹对曰："臣能诵之。诗曰：'祈招之愔愔[17]，式昭德音。思我王度，式如玉，式如金。形[18]民之力，而无醉饱之心。'"灵王曰："此诗何解？"郑丹对曰："愔愔者，安和之貌。言祈父[19]所掌甲兵，享安和之福，用能昭我王之德音，比于玉之坚，金之重。所以然者，由我王能恤民力，适可而止，去其醉饱过盈之心故也。"灵王知其讽己，默然无言。良久，曰："卿且退，容寡人思之。"是夜，灵王意欲班师。忽谍报："司马督屡败徐师，遂围徐。"灵王曰："徐可灭也。"遂留乾溪。自冬逾春，日逐射猎为乐，方役百姓筑台建宫，不思返国。

时蔡大夫归生之子朝吴，臣事蔡公弃疾，日夜谋复蔡国，与其宰观从[20]商议。观从曰："楚王黩兵远出，久而不返，内虚外怨，此天亡之日也。失此机会，蔡不可复封矣。"朝吴曰："欲复蔡，计将安出？"观从曰："逆虔之立，三公子心皆不服，独力不及耳。诚假以蔡公之命，召子干、子晳，如此恁般，楚可得也。得楚，则逆虔之巢穴已毁，不死何为？及嗣王之世，蔡必复矣。"朝吴从其谋，使观从假传蔡公之命，召子干于晋，召子晳于郑，言："蔡公愿以陈、蔡之师，纳二公子于楚，以拒逆虔。"子干、子晳大喜，齐至蔡郊，来会弃疾。观从先归报朝吴。朝吴出郊谓二公子曰："蔡公实未有命，然可劫而取也。"子干、子晳有惧色。朝吴曰："王佚游不返，国虚无备，而蔡洧念杀父之仇，以有事为幸。斗成然为郊尹，与蔡公相善，蔡公举事，必为内应。穿封戌虽封于陈，其意不亲附王，若蔡公召之，必来。以陈、蔡之众，袭空虚之楚，如探囊取物，公子勿虑不成也。"这几句话，说透利害，子干、子晳方才放心，曰："愿终听教。"朝吴请盟，乃刑牲歃血，誓为先君郏敖报仇。口中说誓，虽则如此，誓书上却把蔡公装首，言欲与子干、子晳共袭逆虔。掘地为坎，用牲加书于上而埋之。事毕，遂以家众导子干、子晳袭入蔡城。

蔡公方朝餐，猝见二公子到，出自意外，大惊，欲起避。朝吴随至，直前执蔡公之袂曰："事已至此，公将何往？"子干、子晳抱蔡公大哭，言："逆虔无道，弑兄杀侄[21]，又放逐我等，我二人此来，欲借汝兵力，报兄之仇，事成，当以王位属子。"弃疾仓皇无计，答曰："且请从容商议。"朝吴曰："二公子馁矣，有餐且共食。"子干、子晳食讫，朝吴使速行。遂宣言于众曰："蔡公实召二公子，同举大事，

第七十回

已盟于郊,遣二公子先行入楚矣。"弃疾止之曰:"勿诳我!"朝吴曰:"郊外坎牲载书,岂无有见之者?公勿讳,但速速成事,共取富贵,乃为上策。"朝吴乃复号于市曰:"楚王无道,灭我蔡国,今蔡公许复封我,汝等皆蔡百姓,岂忍宗祀沦亡?可共随蔡公赶上二公子,一同入楚。"蔡人闻呼,一时俱集,各执器械,集于蔡公之门。朝吴曰:"人心已齐,公宜急抚而用之,不然有变!"弃疾曰:"汝迫我上虎背耶?计将安出?"朝吴曰:"二公子尚在郊,宜急与之合,悉起蔡众。吾往说陈公,帅师从公。"弃疾从之。子干、子晳率其众与蔡公合。朝吴使观从星夜至陈,欲见陈公。路中遇陈人夏啮,乃夏征舒之玄孙,与观从平素相识,告以复蔡之意。夏啮曰:"吾在陈公门下用事,亦思为复陈之计,今陈公病已不起,子不必往见。子先归蔡,吾当率陈人为一队。"观从回报蔡公。朝吴又作书密致蔡洧,使为内应。蔡公以家臣须务牟为先锋,史猈副之,使观从为向导,率精甲先行。恰好陈夏啮亦起陈众来到。夏啮曰:"穿封戍已死,吾以大义晓谕陈人,特来助义。"蔡公大喜,使朝吴率蔡人为右军,夏啮率陈人为左军,曰:"掩袭之事,不可迟也!"乃星夜望郢都进发。蔡洧闻蔡公兵到,先遣心腹出城送款。斗成然迎蔡公于郊外。令尹蒍罢方欲敛兵设守。蔡洧开门以纳蔡师,须务牟先入,呼曰:"蔡公攻杀楚王于乾溪,大军已临城矣!"国人恶灵王无道,皆愿蔡公为王,无肯拒敌者。蒍罢欲奉世子禄出奔,须务牟兵已围王宫,蒍罢不能入,回家自刎而死。哀哉!胡曾先生有诗云:

漫夸私党能扶主,谁料强都已酿奸。
若遇郏敖泉壤下,一般恶死有何颜?

蔡公大兵随后俱到,攻入王宫,遇世子禄及公子罢敌,皆杀之。蔡

杀三兄楚平王即位　劫齐鲁晋昭公寻盟

公扫除王宫,欲奉子干为王;子干辞。蔡公曰:"长幼不可废也。"子干乃即位,以子晳为令尹,蔡公为司马。朝吴私谓蔡公曰:"公首倡义举,奈何以王位让人耶?"蔡公曰:"灵王犹在乾溪,国未定也,且越二兄而自立,人将议我。"朝吴已会其意,乃献谋曰:"王卒暴露已久,必然思归,若遣人以利害招之,必然奔溃。大军继之,王可擒也。"蔡公以为然。乃使观从往乾溪,告其众曰:"蔡公已入楚,杀王二子,奉子干为王矣。今新王有令:'先归者复其田里,后归者劓[22]之,有相从者,罪及三族[23],或以饮食馈献,罪亦如之。'"军士闻之,一时散其大半。

灵王尚醉卧于乾溪之台,郑丹慌忙入报。灵王闻二子被杀,自床上投身于地,放声大哭。郑丹曰:"军心已离,王宜速返!"灵王拭泪言曰:"人之爱其子,亦如寡人否?"郑丹曰:"鸟兽犹知爱子,何况人也?"灵王叹曰:"寡人杀人子多矣!人杀吾子,何足怪!"少顷,哨马报:"新王遣蔡公为大将,同斗成然率陈、蔡二国之兵,杀奔乾溪来了。"灵王大怒曰:"寡人待成然不薄,安敢叛吾?宁一战而死,不可束手就缚!"遂拔寨都起,自夏口从汉水而上,至于襄州[24],欲以袭郢。士卒一路奔逃,灵王自拔剑杀数人,犹不能止,比到訾梁[25],从者才百人耳。灵王曰:"事不济矣!"乃解其冠服,悬于岸柳之上。郑丹曰:"王且至近郊,以察国人之向背何如?"灵王曰:"国人皆叛,何待察乎?"郑丹曰:"若不然,出奔他国,乞师以自救亦可。"灵王曰:"诸侯谁爱我者?吾闻大福不再,徒自取辱。"郑丹见不从其计,恐自己获罪,即与倚相私奔归楚。灵王不见了郑丹,手足无措,徘徊于釐泽[26]之间,从人尽散,只剩单身。腹中饥馁,欲往乡村觅食,又不识路径。村人也有晓得是楚王

第七十回

的,因闻逃散的军士传说,新王法令甚严,那个不怕,各远远闪开。

灵王一连三日,没有饮食下咽,饿倒在地,不能行动。单单只有两目睁开,看着路傍,专望一识面之人,经过此地,便是救星。忽遇一人前来,认得是旧时守门之吏,比时唤作涓人,名畴。灵王叫道:"畴,可救我!"涓人畴见是灵王呼唤,只得上前叩头。灵王曰:"寡人饿三日矣!汝为寡人觅一盂饭,尚延寡人呼吸之命。"畴曰:"百姓皆惧新王之令,臣何从得食?"灵王叹气一口,命畴近身而坐,以头枕其股,且安息片时。畴候灵王睡去,取土块为枕以代股,遂奔逃去讫。灵王醒来,唤畴不应,摸所枕,乃土块也。不觉呼天痛哭,有声无气。须臾,又有一人乘小车而至,认得灵王声音,下车视之,果是灵王。乃拜倒在地,问曰:"大王为何到此地位?"灵王流泪满面,问曰:"卿何人也?"其人奏曰:"臣姓申名亥,乃芋尹申无宇之子也。臣父两次得罪于吾王,王赦不诛。臣父往岁临终嘱臣曰:'吾受王两次不杀之恩,他日王若有难,汝必舍命相从!'臣牢记在心,不敢有忘。近传闻郢都已破,子干自立,星夜奔至乾溪,不见吾王,一路追寻到此,不期天遣相逢。今遍地皆蔡公之党,王不可他适。臣家在棘村,离此不远,王可暂至臣家,再作商议。"乃以干糒[27]跪进,灵王勉强下咽,稍能起立。申亥扶之上车,至于棘村。灵王平昔住的是章华之台,崇宫邃室,今日观看申亥农庄之家,筚门蓬户,低头而入,好生凄凉,泪流不止。申亥跪曰:"吾王请宽心。此处幽僻,无行人来往,暂住数日,打听国中事情,再作进退。"灵王悲不能语。申亥又跪进饮食,灵王只是啼哭,全不沾唇。亥乃使其亲生二女侍寝,以悦灵王之意。王衣不解带,一夜悲叹,至五更时分,不闻悲声。二女启门报其父曰:"王已自缢于寝所矣。"胡曾先生咏史诗曰：

> 茫茫衰草没章华，因笑灵王昔好奢。
>
> 台土未乾箫管绝，可怜身死野人家。

申亥闻灵王之死，不胜悲恸，乃亲自殡殓，杀其二女以殉葬焉。后人论申亥感灵王之恩，葬之是矣。以二女殉，不亦过乎？有诗叹曰：

> 章华霸业已沉沦，二女何辜伴穸窆[28]。
>
> 堪恨暴君身死后，馀殃犹自及闺人。

时蔡公引着斗成然、朝吴、夏啮众将，追灵王于乾溪。半路遇着郑丹、倚相二人，述楚王如此恁般，"今侍卫俱散，独身求死，某不忍见，是以去之。"蔡公曰："汝今何往？"二人曰："欲还国中耳。"蔡公曰："公等且住我军中，同访楚王下落，然后同归可也。"蔡公引大军寻访，及于訾梁，并无踪迹。有村人知是蔡公，以楚王冠服来献，言："三日前，于岸柳上得之。"蔡公问曰："汝知王生死否？"村人曰："不知。"蔡公收其冠服，重赏之而去。蔡公更欲追寻，朝吴进曰："楚王去其衣冠，势穷力敝，多分死于沟渠，不足再究。但子干在位，若发号施令，收拾民心，不可图矣。"蔡公曰："然则若何？"朝吴曰："楚王在外，国人未知下落，乘此人心未定之时，使数十小卒，假称败兵，绕城相呼，言：'楚王大兵将到！'再令斗成然归报子干，如此如此。子干、子晰，皆懦弱无谋之辈，一闻此信，必惊惶自尽。明公徐徐整旅而归，稳坐宝位，高枕无忧，岂不美哉？"蔡公然之。乃遣观从引小卒百馀人，诈作败兵，奔回郢都，绕城而走，呼曰："蔡公兵败被杀，楚王大兵，随后便至！"国人信以为实，莫不惊骇。须臾，斗成然至，所言相同。国人益信，皆上城了望。成然

第 七 十 回

奔告子干,言:"楚王甚怒,来讨君擅立之罪,欲如蔡般、齐庆封故事。君须早自为计,免致受辱,臣亦逃命去矣。"言讫,奔狂而出。子干乃召子晳言之,子晳曰:"此朝吴误我也。"兄弟相抱而哭。宫外又传:"楚王兵已入城!"子晳先拔佩剑,刎其喉而死。子干慌迫,亦取剑自刎。宫中大乱,宦官宫女,相惊自杀者,横于宫掖,号哭之声不绝。斗成然引众复入,扫除尸首,率百官迎接蔡公。国人不知,尚疑来者是灵王;及入城,乃蔡公也,方悟前后报信,皆出蔡公之计。蔡公既入城,即位,改名熊居,是为平王。昔年共王曾祷于神,当璧而拜者为君,至是果验矣。国人尚未知灵王已死,人情汹汹,尝中夜讹传王到,男女皆惊起,开门外探。平王患之,乃密与观从谋,使于汉水之傍,取死尸加以灵王冠服,从上流放至下流,诈云已得楚王尸首,殡于訾梁,归报平王。平王使斗成然往营葬事,谥曰灵王。然后出榜安慰国人,人心始定。后三年,平王复访求灵王之尸,申亥以葬处告,乃迁葬焉。此是后话。

却说司马督等围徐,久而无功,惧为灵王所诛,不敢归,阴与徐通,列营相守。闻灵王兵溃被杀,乃解围班师。行至豫章[29],吴公子光,率师要击[30],败之,司马督与三百乘悉为吴所获。光乘胜取楚州来之邑。此皆灵王无道之所致也。

再说楚平王安集楚众,以公子之礼,葬子干、子晳。录功用贤,以斗成然为令尹,阳匄字子瑕,为左尹。念蘧掩、伯州犁之冤死,乃以犁子郤宛为右尹,掩弟蘧射、蘧越俱为大夫。朝吴、夏啮、蔡洧俱拜下大夫之职。以公子鲂敢战,使为司马。时伍举已卒,平王嘉其生前有直谏之美,封其子伍奢于连,号曰连公[31]。奢子尚亦封于棠[32],为棠宰,号曰棠君。其他蘧启疆、郑丹等一班旧臣,官职如故。欲官观从,从言其先人开卜:"愿为卜尹[33]。"平王从之。群臣谢恩,朝吴与蔡洧独不谢,欲辞官而去。平王问之,二人奏曰:"本辅吾王兴师袭楚,欲复蔡国,今王大位已定,而蔡之宗祀,未沾血食,臣何面目立于王之朝乎?昔灵王以贪功兼并,致失人心,王反其所为,方能令人心悦服。欲反其所为,莫如复陈、蔡之祀。"平王曰:"善。"乃使人访求陈、蔡之后,得陈世子偃师之子名吴,蔡世子有之子名庐,乃命太史择吉,封吴为陈侯,是为陈惠公[34],庐为蔡侯,是为蔡平公[35],归国奉宗祀。朝吴、蔡洧随蔡平公归蔡,夏啮随陈惠公归陈。所率陈、蔡之众,各从其主,厚加犒劳。前番灵王掳掠二国重器货宝,藏于楚库者,悉给还之。其所迁荆山六小国,悉令还归故土,秋毫无犯。各国君臣上下,欢声若雷,如枯木之再荣,朽骨之复活。此周景王十六年事也。髯翁有诗云:

枉竭民脂建二城,留将后主作人情。

早知故物仍还主,何苦当时受恶名。

平王长子名建,字子木,乃蔡国郧阳[36]封人之女所生,时年已长,乃立为世子,使连尹伍奢为太师。有楚人费无极,素事平王,善于贡谀,平王宠之,任为大夫。无极请事世子,乃以为少师。以奋扬为东宫司马。平王既即位,四境安谧,颇事声色之乐。吴取州来,王不能报。无极虽为世子少师,日在平王左右,从于淫乐。世子建恶其谄佞,颇疏远之。令尹斗成然恃功专恣,无极谮而杀之,以阳匄为令尹。世子建每言成然之冤,无极心怀畏惧,由是阴与世子建有隙。无极又荐鄢将师于平王,使为右领[37],亦有宠。这段情节,且暂搁起。

第 七 十 回

话分两头。再说晋自筑虒祈宫之后，诸侯窥其志在苟安，皆有贰心。昭公新立，欲修复先人之业，闻齐侯遣晏婴如楚修聘，亦使人征朝于齐。齐景公见晋、楚多事，亦有意乘间图伯，欲观晋昭公之为人，乃装束如晋，以勇士古冶子从行。方渡黄河，其左骖之马，乃景公所最爱者，即令圉人于从舟取至，系于船头，亲督圉人饲料。忽大雨骤至，波涛汹涌，舟船将覆。有大鼋舒头于水面，张开巨口，抢向船头，衔左骖之马，入于深渊。景公大惊。古冶子在侧，言曰："君勿惧也，臣请为君索之。"乃解衣裸体，拔剑跃于水中，凌波踢浪而去。载沉载浮，顺流九里，望之无迹。景公叹曰："冶子死矣！"少顷，风浪顿息，但见水面流红。古冶子左手挽骖马之尾，右手提血沥沥一颗鼋头，浴波而出。景公大骇曰："真神勇也！先君徒设勇爵，焉有勇士如此哉！"遂厚赏之。

既至绛州，见了晋昭公，昭公设宴享之。晋国是荀吴相礼，齐国是晏婴相礼。酒酣，晋侯曰："筵中无以为乐，请为君侯投壶[38]赌酒。"景公曰："善。"左右设壶进矢，齐侯拱手让晋侯先投。晋侯举矢在手，荀吴进辞曰："有酒如淮，有肉如坻[39]。寡君中此，为诸侯师。"晋侯投矢，果中中壶，将馀矢弃掷于地。晋臣皆伏地称："千岁。"齐侯意殊不怿，举矢亦效其语曰："有酒如渑[40]，有肉如陵。寡人中此，与君代兴。"扑的投去，恰在中壶，与晋矢相并，齐侯大笑，亦弃馀矢。晏婴亦伏地呼："千岁！"晋侯勃然变色。荀吴谓齐景公曰："君失言矣！今日辱贶敝邑，正以寡君世主夏盟之故。君曰'代兴'，是何言也？"晏婴代答曰："盟无常主，惟有德者居焉。昔齐失霸业，晋方代之。若晋有德，谁敢不服？如其无德，吴、楚亦将迭进，岂惟敝邑！"羊舌肸曰："晋已师诸侯矣，安用壶

杀三兄楚平王即位　劫齐鲁晋昭公寻盟

矢？此乃荀伯之失言也！"荀吴自知其误，嘿然不语。齐臣古冶子立于阶下，厉声曰："日昃君劳，可辞席矣！"齐侯即逊谢而出，次日遂行。羊舌肸曰："诸侯将有离心，不以威胁之，必失霸业。"晋侯以为然。乃大阅甲兵之数，总计有四千乘，甲士三十万人。羊舌肸曰："德虽不足，而众可用也。"于是先遣使如周，请王臣降临为重，因遍请诸侯，约以秋七月俱集平丘[41]相会。诸侯闻有王臣在会，无敢不赴者。

至期，晋昭公留韩起守国，率荀吴、魏舒、羊舌肸、羊舌鲋、籍谈、梁丙、张骼、智跞等，尽起四千乘之众，望濮阳城进发。连络三十馀营，遍卫地皆晋兵。周卿士刘献公挚先到。齐、宋、鲁、卫、郑、曹、莒、邾、滕、薛、杞、小邾十二路诸侯毕集，见晋师众盛，人人皆有惧色。既会，羊舌肸捧盘盂进曰："先臣赵武，误从弭兵之约，与楚通好。楚虔无信，自取陨灭。今寡君欲效践土故事，徼惠于天子，以镇抚诸夏，请诸君同歃为信！"诸侯皆俯首曰："敢不听命！"惟齐景公不应。羊舌肸曰："齐侯岂不愿盟耶？"景公曰："诸侯不服，是以寻盟；若皆用命，何以盟为？"羊舌肸曰："践土之盟，不服者何国？君若不从，寡君惟是甲车四千乘，愿请罪于城下。"说犹未毕，坛上鸣鼓，各营俱建起大斾。景公虑其见袭，乃改辞谢曰："大国既以盟不可废，寡人敢自外耶？"于是晋侯先歃，齐、宋以下相继。刘挚王臣，不使与盟，但监临其事而已。邾、莒以鲁国屡屡侵伐，诉于晋侯。晋侯辞鲁昭公于会，执其上卿季孙意如，闭之幕中。子服惠伯私谓荀吴曰："鲁地十倍邾、莒，晋若弃之，将改事齐、楚，于晋何益？且楚灭陈、蔡不救，而复弃兄弟之国乎？"荀吴然其言，以告韩起。起言于晋侯，乃纵意如奔归。自是诸侯益不直[42]晋，晋不

829

第 七 十 回

复能主盟矣。史臣有诗叹云：

> 侈心效楚筑虒祁，列国离心复示威。
> 壶矢有灵侯统散，山河如故事全非！

要知后事如何，且看下回分解。

---

〔1〕 周景王十二年：即公元前533年。

〔2〕 道：春秋时汉东小国名。故址在今河南确山县北。

〔3〕 行狩（shòu 受）：同巡守。指帝王离开京城巡行境内。

〔4〕 州来：本周时诸侯国名，后并于楚。在今安徽凤台县境内。

〔5〕 颖水之尾：颖水下游。颖水为淮河支流，从凤台西流入淮河。

〔6〕 司马督：人名，名督，官司马。馀不详。

〔7〕 乾（qián 前）溪：春秋时楚地名。在今安徽亳州市东南。

〔8〕 复陶裘：一种用禽兽毛绒做的袍子。

〔9〕 翠羽被（pī 披）：用鸟类羽毛做的披风。被，同"披"。

〔10〕 豹舄（xì 系）：豹皮做的鞋子。单底称履，复底加木者为舄。

〔11〕 单褐：粗麻布做的单衣。

〔12〕 顶兜（dōu 都）穿甲：头戴兜鍪，身披铁甲。

〔13〕 左史：周代史官分左、右史，相传左史记言，右史记事。

〔14〕 《三坟》、《五典》、《八索》、《九邱》：皆上古时典籍名。今皆不存。或云，《三坟》为三皇之书，《五典》为五帝之书，《八索》为八卦占卜之书，《九邱》为九州志。

〔15〕 祭（zhài 债）公谋父：周公姬旦之孙，周公子祭伯之子。

〔16〕 《祈招》：《诗经》逸诗名，仅存以下六句，馀佚。

〔17〕 愔愔（yīn 殷）：和乐安闲的样子。

〔18〕 形：同"刑"。作制约、节约解。

〔19〕 祈父：周代官名，即司马。

〔20〕 观从：公孙归生之家宰。其父观起为楚康王车裂而死，故有意向楚康王长弟灵王报仇。

〔21〕 弑兄杀侄：弑兄二字不实，因楚康王系病死。杀侄，指杀死楚康王子熊麇。见第六十七回。

〔22〕 劓（yì 易）：古代割鼻之刑。

〔23〕 三族：指父族、母族及妻族。

〔24〕 襄州：即今湖北襄阳市。襄州乃西魏所置，春秋时尚无此地名。

〔25〕 訾（zī 资）梁：春秋时楚地名。在今河南信阳市境内。

〔26〕 鳌泽：春秋时楚地名。地址不详。

〔27〕 干糒（bèi 倍）：干粮。

〔28〕 穸窀（xì zhūn 细谆）：墓穴。本应作窀穸，因叶韵故倒换。

〔29〕 豫章：春秋时楚之地名。指安徽霍邱一带经河南固始、光山到湖北应山间大片土地。

〔30〕 要（yāo 腰）击：中途拦击。要，通"邀"。

〔31〕 连公：即连尹，楚朝中官名。连非地名，前句"封其子伍奢于连"，系作者误以为"连"乃地名而来。

〔32〕 棠：春秋时楚邑名。在今河南遂平县西。

〔33〕 卜尹：楚官名，掌占卜之官，秩比大夫。

〔34〕 陈惠公：名妫吴，陈哀公之孙。在位二十四年（前529—前506）。

〔35〕 蔡平公：即姬庐，蔡灵公之孙。在位八年（前529—前522）。

〔36〕 鄢阳：春秋时蔡邑名。故址不详。

〔37〕 右领：楚官职名。似为右广的首领。

〔38〕 投壶：古代的一种游戏，投矢于酒壶口内，以多寡为输赢。

〔39〕 "有酒"二句：指酒多如淮河之流水，肉多如河上之洲渚。坻（chí 池），水中高地。

〔40〕 渑(shéng 绳):春秋时齐国水名。源出今山东淄博临淄区西北,注入时水。今已湮塞。

〔41〕 平丘:春秋时卫国地名。在今河南封丘县东四十里。

〔42〕 不直:不以之为正确,引申为不赞成,不支持。

第七十一回

晏平仲二桃杀三士　楚平王娶媳逐世子

话说齐景公归自平丘，虽然惧晋兵威，一时受歃，已知其无远大之谋，遂有志复桓公之业。谓相国晏婴曰："晋霸西北，寡人霸东南，何为不可？"晏婴对曰："晋劳民于兴筑，是以失诸侯。君欲图伯，莫如恤民。"景公曰："恤民何如？"晏婴对曰："省刑罚，则民不怨；薄赋敛，则民知恩。古先王春则省耕，补其不足；夏则省敛，助其不给[1]。君何不法之？"景公乃除去烦刑，发仓廪以贷贫穷，国人感悦。于是征聘于东方诸侯。徐子不从，乃用田开疆为将，帅师伐之。大战于蒲隧[2]，斩其将嬴爽，获甲士五百馀人。徐子大惧，遣使行成于齐。齐侯乃约郯子[3]、莒子同徐子结盟于蒲隧。徐以甲父[4]之鼎赂之。晋君臣虽知，而不敢问。齐自是日强，与晋并霸。景公录田开疆平徐之功，复嘉古冶子斩鼋之功，仍立"五乘之宾"以旌之。田开疆复举荐公孙捷之勇。那公孙捷生得面如靛染，目睛突出，身长一丈，力举千钧。景公见而异之，遂与之俱猎于桐山。忽然山中赶出一只吊睛白额虎来，那虎咆哮发喊，飞奔前来，径扑景公之马。景公大惊。只见公孙捷从车上跃下，不用刀枪，双拳直取猛虎，左手揪住项皮，右手挥拳，只一顿，将那只大虫

833

第 七 十 一 回

打死，救了景公。景公嘉其勇，亦使与"五乘之宾"。公孙捷遂与田开疆、古冶子结为兄弟，自号"齐邦三杰"。挟功恃勇，口出大言，凌铄[5]闾里，简慢公卿。在景公面前，尝以尔我相称，全无礼体。景公惜其才勇，亦姑容之。时朝中有个佞臣唤做梁丘据，专以先意逢迎，取悦于君。景公甚宠爱之。据内则献媚景公，以固其宠；外则结交三杰，以张其党。况其时陈无宇厚施得众，已伏移国之兆。那田开疆与陈氏是一族，异日声势相倚，为国家之患，晏婴深以为忧。每欲除之，但恐其君不听，反结了三人之怨。

忽一日，鲁昭公以不合于晋之故，欲结交于齐，亲自来朝。景公设宴相待。鲁国是叔孙婼相礼，齐国是晏婴相礼。三杰带剑，立于阶下，昂昂自若，目中无人。二君酒至半酣，晏子奏曰："园中金桃已熟，可命荐新，为两君寿。"景公准奏，宣园吏取金桃来献。晏子奏曰："金桃难得之物，臣当亲往监摘。"晏子领钥匙去讫。景公曰："此桃自先公时，有东海人，以巨核来献，名曰万寿金桃，出自海外度索山，亦名蟠桃，植之三十馀年，枝叶虽茂，花而不实。今岁结有数颗，寡人惜之，是以封锁园门。今日君侯降临，寡人不敢独享，特取来与贤君臣共之。"鲁昭公拱手称谢。少顷，晏子引着园吏，将雕盘献上。盘中堆着六枚桃子，其大如碗，其赤如炭，香气扑鼻，真珍异之果也。景公问曰："桃实止此数乎？"晏子曰："尚有三四枚未熟，所以只摘得六枚。"景公命晏子行酒。晏子手捧玉爵，恭进鲁侯之前，左右献上金桃，晏子致词曰："桃实如斗，天下罕有；两君食之，千秋同寿！"鲁侯饮酒毕，取桃一枚食之，甘美非常，夸奖不已。次及景公，亦饮酒一杯，取桃食讫。景公曰："此桃非易得之物，叔孙大夫，贤名著于四方，今又有赞礼之功，宜食一桃。"叔孙婼跪奏曰："臣之贤，万不及相国。相国内修国政，外服诸侯，其功不小。此桃宜赐相国食之，臣安敢僭？"景公曰："既叔孙大夫推让相国，可各赐酒一杯，桃一枚。"二臣跪而领之，谢恩而起。

晏子奏曰："盘中尚有二桃，主公可传令诸臣中，言其功深劳重者，当食此桃，以彰其贤。"景公曰："此言甚善！"即命左右传谕，使阶下诸臣，有自信功深劳重，堪食此桃者，出班自奏，相国评功赐桃。公孙捷挺身而出，立于筵上，而言曰："昔从主公猎于桐山，力诛猛虎，其功若何？"晏子曰："擎天保驾，功莫大焉！可赐酒一爵，食桃一枚，归于班部。"古冶子奋然便出曰："诛虎未足为奇。吾曾斩妖鼋于黄河，使君危而复安，此功若何？"景公曰："此时波涛汹涌，非将军斩绝妖鼋，必至覆溺，此盖世奇功也！饮酒食桃，又何疑哉？"晏子慌忙进酒赐桃。只见田开疆撩衣破步而出曰："吾曾奉命伐徐，斩其名将，俘甲首五百馀人，徐君恐惧，致赂乞盟。郯、莒畏威，一时皆集，奉吾君为盟主，此功可以食桃乎？"晏子奏曰："开疆之功，比于二将，更自十倍。争奈无桃可赐，赐酒一杯，以待来年。"景公曰："卿功最大，可惜言之太迟，以此无桃，掩其大功。"田开疆按剑而言："斩鼋打虎，小可事耳！吾跋涉千里之外，血战成功，反不能食桃，受辱于两国君臣之间，为万代耻笑，何面目立于朝廷之上耶？"言讫，挥剑自刎而死。公孙捷大惊，亦拔剑而言曰："我等微功而食桃，田君功大，反不能食。夫取桃不让，非廉也；视人之死而不能从，非勇也。"言讫，亦自刎。古冶子奋气大呼曰："吾三人义均骨肉，誓同生死，二人已亡，吾独苟活，于心何安？"亦自刎而亡。景公急使人止之，已无及矣。鲁昭公离席而起曰："寡

第七十一回

人闻三臣皆天下奇勇,可惜一朝俱尽矣。"景公闻言嘿然,变色不悦。晏婴从容进曰:"此皆吾国一勇之夫,虽有微劳,何足挂齿?"鲁侯曰:"上国如此勇将,还有几人?"晏婴对曰:"筹策庙堂,威加万里,负将相之才者数十人;若血气之勇,不过备寡君鞭策之用而已,其生死何足为齐轻重哉!"景公意始释然。晏子更进觞于两君,欢饮而散。三杰墓在荡阴里。后汉诸葛孔明《梁父吟》,正咏其事:

  步出齐东门,遥望荡阴里[6]。
  里中有三坟,累累正相似。
  问是谁家冢?田疆古冶子。
  力能排南山,文能绝地纪[7]。
  一朝中阴谋,二桃杀三士!
  谁能为此者?相国齐晏子。

鲁昭公别后,景公召晏婴问曰:"卿于席间,张大其辞,虽然存了齐国一时体面,只恐三杰之后,难乎其继。如之奈何?"晏子对曰:"臣举一人,足兼三杰之用。"景公曰:"何人?"曰:"有田穰苴者,文能附众,武能威敌,真大将之才也!"景公曰:"得非田开疆一宗乎?"晏子对曰:"此人虽出田族,然庶孽微贱,不为田氏所礼,故屏居东海之滨。君欲选将,无过于此。"景公曰:"卿既知其贤,何不早闻?"晏子对曰:"善仕者不但择君,兼欲择友。田疆古冶辈血气之夫,穰苴岂屑与之比肩哉?"景公口虽唯唯,终以田陈同族为嫌,踌躇不决。忽一日,边吏报道:"晋国探知三杰俱亡,兴兵犯东阿[8]之境;燕国亦乘机侵扰北鄙。"景公大惧。于是令晏子以缯帛诣东海之滨,聘穰苴入朝。苴敷陈兵法,深合景公之意,即日拜为将军,使帅车五百乘,北拒燕、晋之兵。穰苴请曰:"臣素卑贱,君擢之闾里之中,骤然授以兵权,人心不服。愿得吾君宠臣一人,为国人素所尊重者,使为监军,臣之令乃可行也。"景公从其言,命嬖大夫庄贾,往监其军。苴与贾同时谢恩而出。至朝门之外,庄贾问穰苴出军之期,苴曰:"期在明日午时,某于军门专候同行,勿过日中也。"言毕别去。

至次日午前,穰苴先至军中,唤军吏立木为表[9],以察日影;因使人催促庄贾。贾年少,素骄贵,恃景公宠幸,看穰苴全不在眼。况且自为监军,只道权尊势敌,缓急自由。是日亲戚宾客,俱设酒饯行,贾留连欢饮,使者连催,坦然不以为意。穰苴候至日影移西,军吏已报未牌,不见庄贾来到,遂吩咐将木表放倒,倾去漏水[10],竟自登坛誓众,申明约束。号令方完,日已将晡[11]。遥见庄贾高车驷马,徐驱而至,面带酒容。既到军门,乃从容下车,左右拥卫,踱上将台。穰苴端然危坐[12],并不起身,但问:"监军何故后期?"庄贾拱手而对曰:"今日远行,蒙亲戚故旧携酒饯送,是以迟迟也。"穰苴曰:"夫为将者,受命之日,即忘其家;临军约束,则忘其亲;秉枹鼓[13],犯矢石,则忘其身。今敌国侵凌,边境骚动,吾君寝不安席,食不甘味,以三军之众,托吾两人,冀旦夕立功,以救百姓倒悬之急,何暇与亲旧饮酒为乐哉?"庄贾尚含笑对曰:"幸未误行期,元帅不须过责。"穰苴拍案大怒曰:"汝倚仗君宠,怠慢军心,倘临敌如此,岂不误了大事!"即召军政司问曰:"军法期而后至,当得何罪?"军政司曰:"按法当斩!"庄贾闻一"斩"字,才有惧意,便要奔下将台。穰苴喝教手下,将庄贾捆缚,牵出辕门斩首。唬得庄贾滴酒全无,口中哀叫讨饶不已。左右从人,忙到齐侯处报

第七十一回

信求救。连景公也吃一大惊,急叫梁丘据持节往谕,特免庄贾一死;吩咐乘轺车疾驱,诚恐缓不及事。那时庄贾之首,已号令辕门了。梁丘据尚然不知,手捧符节,望军中驰去。穰苴喝令阻住,问军政司曰:"军中不得驰车,使者当得何罪?"答曰:"按法亦当斩!"梁丘据面如土色,战做一团,口称:"奉命而来,不干某事。"穰苴曰:"既有君命,难以加诛;然军法不可废也。"乃毁车斩骖,以代使者之死。梁丘据得了性命,抱头鼠窜而去。于是大小三军,莫不股栗。

穰苴之兵,未出郊外,晋师闻风遁去。燕人亦渡河北归。苴追击之,斩首万馀。燕人大败,纳赂请和。班师之日,景公亲劳于郊,拜为大司马,使掌兵权。史臣有诗云:

宠臣节使且罹刑,国法无私令必行。
安得穰苴今日起,大张敌忾[14]慰苍生。

诸侯闻穰苴之名,无不畏服。景公内有晏婴,外有穰苴,国治兵强,四境无事,日惟田猎饮酒,略如桓公任管仲之时也。

一日,景公在宫中与姬妾饮酒,至夜,意犹未畅,忽思晏子,命左右将酒具移于其家。前驱往报晏子曰:"君至矣!"晏子玄端[15]束带,执笏拱立于大门之外。景公尚未下车,晏子前迎,惊惶而问曰:"诸侯得无有故乎?国家得无有故乎?"景公曰:"无有。"晏子曰:"然则君何为非时而夜辱于臣家?"景公曰:"相国政务烦劳,今寡人有酒醴之味,金石之声,不敢独乐,愿与相国共享。"晏子对曰:"夫安国家,定诸侯,臣请谋之。若夫布荐席,除簠簋[16]者,君左右自有其人,臣不敢与闻也。"景公命回车,移于司马穰苴之家,前驱报如前。司马穰苴冠缨披甲,操戟拱立于大门之外,前迎景公之车,鞠躬而问曰:"诸侯得无有兵乎?大臣得无有叛者乎?"景公曰:"无有。"穰苴曰:"然则昏夜辱于臣家者何也?"景公曰:"寡人无他,念将军军务劳苦,寡人有酒醴之味,金石之乐,思与将军共之耳。"穰苴对曰:"夫御寇敌,诛悖乱,臣请谋之。若夫布荐席,陈簠簋,君左右不乏,奈何及于介胄之士耶?"景公意兴索然。左右问曰:"将回宫乎?"景公曰:"可移于梁丘大夫之家。"前驱驰报亦如前。景公车未及门,梁丘据左操琴,右挈竽[17],口中行歌而迎景公于巷口。景公大悦,于是解衣卸冠,与梁丘据欢呼于丝竹之间,鸡鸣而返。明日,晏婴、穰苴同入朝谢罪,且谏景公不当夜饮于人臣之家。景公曰:"寡人无二卿,何以治吾国?无梁丘据,何以乐吾身?寡人不敢妨二卿之职,二卿亦勿与寡人之事也。"史臣有诗云:

双柱擎天将相功,小臣便辟[18]岂相同?

景公得士能专任,赢得芳名播海东。

是时中原多故,晋不能谋。昭公立六年薨,世子去疾即位,是为顷公[19]。顷公初年,韩起、羊舌肸俱卒。魏舒为政,荀跞、范鞅用事,以贪冒闻。祁氏家臣祁胜,通于邬臧之室[20],祁盈执祁胜。胜行赂于荀跞。跞谮于顷公,反执祁盈。羊舌食我党于祁氏,为之杀祁胜。顷公怒,杀祁盈、食我,尽灭祁、羊舌二氏之族,国人冤之。其后鲁昭公为强臣季孙意如所逐,荀跞复取货于意如,不纳昭公。于是齐景公合诸侯于鄢陵[21],以谋鲁难,天下俱高其义。齐景公之名,显于诸侯。此是后话。

却说周景王十九年,吴王夷昧在位四年,病笃,复申父兄之命,

第七十一回

欲传位于季札。札辞曰:"吾不受位明矣!昔先君有命,札不敢从,富贵于我如秋风之过耳,吾何爱焉?"遂逃归延陵[22]。群臣奉夷昧之子州于为王,改名曰僚,是为王僚。诸樊之子名光,善于用兵,王僚用之为将。与楚战于长岸[23],杀楚司马公子鲂,楚人惧,筑城于州来以御吴。

时费无极以谗佞得宠。蔡平公庐,已立嫡子朱为世子,其庶子名东国,欲谋夺嫡,纳货于无极。无极先谮朝吴,逐之奔郑。及蔡平公薨,世子朱立。无极诈传楚王之命,使蔡人逐朱,立东国为君。平王问曰:"蔡人何以逐朱?"无极对曰:"朱将叛楚,蔡人不愿,是以逐之。"平王遂不问。无极又心忌太子建,欲离间其父子,而未有计。一日,奏平王曰:"太子年长矣,何不为之婚娶?欲求婚,莫如秦国。秦,强国也,而睦于楚;两强为婚,楚势益张矣。"平王从之,遂遣费无极往聘秦国,因为世子求婚。秦哀公[24]召群臣谋其可否。群臣皆言:"昔秦、晋世为婚姻,今晋好久绝,楚势方盛,不可不许。"秦哀公遂遣大夫报聘,以长妹孟嬴许婚。今俗家小说称为无祥公主者是也。公主之号,自汉代始有之[25],春秋时焉有此号哉?平王复命无极领金珠彩币,往秦迎娶。无极随使者入秦,呈上聘礼。哀公大悦,即诏公子蒲送孟嬴至楚,装资百辆,从媵之姜数十馀人。孟嬴拜辞其兄秦伯而行。

无极于途中,察知孟嬴有绝世之色;又见媵女内有一人,仪容颇端,私访其来历,乃是齐女,自幼随父宦秦,遂入宫中,为孟嬴侍妾。无极访得备细,因宿馆驿,密召齐女谓曰:"我相你有贵人之貌,有心要抬举你,做个太子正妃,汝能隐吾之计,管你将来富贵不尽。"齐女低首无言。无极先一日行,趋入宫中,回奏平王,言:"秦女已到,约有三舍之远。"平王问曰:"卿曾见否?其貌若何?"无极知平王是酒色之徒,正要夸张秦女之美,动其邪心,恰好平王有此一问,正中其计。遂奏曰:"臣阅女子多矣,未见有如孟嬴之美者。不但楚国后宫,无有其对,便是相传古来绝色,如妲己、骊姬,徒有其名,恐亦不如孟嬴之万一矣!"平王闻秦女之美,面皮通红,半晌不语,徐徐叹曰:"寡人枉自称王,不遇此等绝色,诚所谓虚过一生耳!"无极请屏左右,遂密奏曰:"王慕秦女之美,何不自取之?"平王曰:"既聘为子妇,恐碍人伦。"无极奏曰:"无害也。此女虽聘于太子,尚未入东宫,王迎入宫中,谁敢异议?"平王曰:"群臣之口可钳,何以塞太子之口?"无极奏曰:"臣观从媵之中,有齐女才貌不凡,可充作秦女。臣请先进秦女于王宫,复以齐女进于东宫,嘱以毋漏机关,则两相隐匿,而百美俱全矣。"平王大喜,嘱无极机密行事。无极谓公子蒲曰:"楚国婚礼,与他国异。先入宫见舅姑,而后成婚。"公子蒲曰:"惟命。"无极遂命辁车将孟嬴及妾媵,俱送入王宫,留孟嬴而遣齐女。令宫中侍妾扮作秦媵,齐女假作孟嬴,令太子建迎归东宫成亲。满朝文武及太子,皆不知无极之诈。孟嬴问:"齐女何在?"则云:"已赐太子矣。"潜渊咏史诗云:

卫宣作俑[26]是新台,蔡固奸淫长逆胎[27]。

堪恨楚平伦理尽,又招秦女入宫来。

平王恐太子知秦女之事,禁太子入宫,不许他母子相见。朝夕与秦女在后宫宴乐,不理国政。外边沸沸扬扬,多有疑秦女之事者。无极恐太子知觉,或生祸变,乃告平王曰:"晋所以能久霸天下者,以地近中原故也。昔灵王大城陈、蔡,以镇中华,正是争霸之基。今二国复封,楚仍退守南方,安能昌大其业?何不令太子出镇城父[28],以通北方?王专事南方,天下可坐而策也。"平王踌躇未答。无极又附耳密言曰:"秦婚之事,久则事泄。若远屏太子,岂不两得其利?"平王恍然大悟。遂命太子建出镇城父,以奋扬为城父司马,谕之曰:"事太子如事寡人也!"伍奢知无极之谗,将欲进谏。无极知之,复言于平王,使伍奢往城父辅助太子。太子行后,平王遂立秦女孟嬴为夫人;出蔡姬归于郧。太子到此,方知秦女为父所换,然无可奈何矣。

孟嬴虽蒙王宠爱,然见平王年老,心甚不悦。平王自知非匹,不敢问之。逾年,孟嬴生一子,平王爱如珍宝,遂名曰珍。珍周岁之后,平王始问孟嬴曰:"卿自入宫,多愁叹,少欢笑,何也?"孟嬴曰:"妾承兄命,适事君王。妾自以为秦、楚相当,青春两敌。及入宫庭,见王春秋鼎盛[29],妾非敢怨王,但自叹生不及时耳!"平王笑曰:"此非今生之事,乃宿世之姻契也。卿嫁寡人虽迟,然为后则不知早几年矣。"孟嬴心感其言,细细盘问宫人,宫人不能隐瞒,遂言其故。孟嬴凄然垂泪。平王觉其意,百计媚之,许立珍为世子。孟嬴之意稍定。

费无极终以太子建为虑,恐异日嗣位为王,祸必及己,复乘间谮于平王曰:"闻世子与伍奢有谋叛之心,阴使人通于齐、晋二国,许为之助,王不可不备。"平王曰:"吾儿素柔顺,安有此事?"无极曰:"彼以秦女之故,久怀怨望。今在城父缮甲厉兵[30]有日矣。常言穆王行大事[31],其后安享楚国,子孙繁盛,意欲效之。王若不行,臣请先辞,逃死于他国,免受诛戮。"平王本欲废建而立少子珍,又被无极说得心动,便不信也信了,即欲传令废建。无极奏曰:"世子握兵在外,若传令废之,是激其反也。太师伍奢是其谋主,

晏平仲二桃杀三士　楚平王娶媳逐世子

王不如先召伍奢,然后遣兵袭执世子,则王之祸患可除矣。"平王然其计,即使人召伍奢。奢至,平王问曰:"建有叛心,汝知之否?"伍奢素刚直,遂对曰:"王纳子妇已过矣!又听细人之说,而疑骨肉之亲,于心何忍?"平王惭其言,叱左右执伍奢而囚之。

无极奏曰:"奢斥王纳妇,怨望明矣。太子知奢见囚,能不动乎?齐、晋之众,不可当也。"平王曰:"吾欲使人往杀世子,何人可遣?"无极对曰:"他人往,太子必将抗斗。不若密谕司马奋扬,使袭杀之。"平王乃使人密谕奋扬,曰:"杀太子,受上赏;纵太子,当死!"奋扬得令,即时使心腹私报太子,教他:"速速逃命,无迟顷刻!"太子建大惊。时齐女已生子名胜,建遂与妻子连夜出奔宋国。奋扬知世子已去,使城父人将自己囚系,解到郢都,来见平王,言:"世子逃矣!"平王大怒曰:"言出于余口,入于尔耳,谁告建耶?"奋扬曰:"臣实告之。君王命臣曰:'事建如事寡人。'臣谨守斯言,不敢贰心,是以告之。后思罪及于身,悔已无及矣!"平王曰:"尔既私纵太子,又敢来见寡人,不畏死乎?"奋扬对曰:"既不能奉王之后命,又畏死而不来,是二罪也。且世子未有叛形,杀之无名,苟君王之子得生,臣死为幸矣。"平王恻然,似有愧色,良久曰:"奋扬虽违命,然忠直可嘉也!"遂赦其罪,复为城父司马。史臣有诗云:

无辜世子已偷生,不敢逃刑就鼎烹。

谗佞纷纷终受戮,千秋留得奋扬名。

平王乃立秦女所生之子珍为太子,改费无极为太师。

无极又奏曰:"伍奢有二子,曰尚曰员,皆人杰也。若使出奔吴国,必为楚患。何不使其父以免罪召之?彼爱其父,必应召而

第七十一回

来；来则尽杀之，可免后患。"平王大喜，狱中取出伍奢，令左右授以纸笔，谓曰："汝教太子谋反，本当斩首示众；念汝祖父有功于先朝，不忍加罪。汝可写书，召二子归朝，改封官职，赦汝归田。"伍奢心知楚王挟诈，欲召其父子同斩。乃对曰："臣长子尚，慈温仁信，闻臣召必来。少子员，少好于文，长习于武，文能安邦，武能定国，蒙垢忍辱，能成大事。此前知[32]之士，安肯来耶？"平王曰："汝但如寡人之言，作书往召；召而不来，无与尔事。"奢念君父之命，不敢抗违，遂当殿写书，略云：

> 书示尚、员二子：吾因进谏忤旨，待罪缧绁[33]。吾王念我祖父有功先朝，免其一死，将使群臣议功赎罪，改封尔等官职。尔兄弟可星夜前来。若违命延迟，必至获罪。书到速速！

伍奢写毕，呈上平王看过，缄封停当，仍复收狱。平王遣鄢将师为使，驾驷马，持封函印绶，往棠邑来。伍尚已回城父矣。鄢将师再至城父，见伍尚，口称："贺喜！"尚曰："父方被囚，何贺之有？"鄢将师曰："王误信人言，囚系尊公。今有群臣保举，称君家三世忠臣，王内惭过听[34]，外愧诸侯之耻，反拜尊公为相国，封二子为侯，尚赐鸿都侯，员赐盖侯。尊公久系初释，思见二子，故复作手书，遣某奉迎。必须早早就驾，以慰尊公之望。"伍尚曰："父在囚系，中心如割，得免为幸，何敢贪印绶[35]哉？"将师曰："此王命也，君其勿辞。"伍尚大喜，乃将父书入室，来报其弟伍员。不知伍员肯同赴召否，且看下回分解。

---

[1] "古先王"四句：古先王，指上古尧、舜等贤君。以下出《孟子·梁

惠王下》:"春省耕而补不足,秋省敛而助不给。"赵岐注:"春省耕,问耒耜之不足;秋省敛,助其力不给也。"省,视察,访问。敛,收获。不给,指劳力不够。

〔2〕 蒲隧(suì 碎):春秋时地名。在今江苏睢宁县西南。

〔3〕 郯(tán 谈)子:郯乃诸侯国名,己姓,爵为子。故城在今山东郯城县境。郯子即郯君。

〔4〕 甲父:古国名。其地在今山东金乡县南。

〔5〕 凌铄(lì 利):欺压,侵犯。

〔6〕 荡阴里:春秋时村里名。在今山东淄博临淄区南。

〔7〕 "文能"句:智慧可以斩断维系大地的绳子。地纪,古代传说,天圆地方,大地四角有巨绳维系,才使地有定位。

〔8〕 东阿:即柯邑。春秋时齐邑名,汉代始置东柯县。故址在今山东阳谷县东北。

〔9〕 表:测量日影的标杆。

〔10〕 漏水:漏壶之水。古代用木表以记时,以铜制漏壶以记刻。

〔11〕 晡(bū 逋):即申时,下午三至五时。

〔12〕 危坐:正坐。

〔13〕 枹(fú 扶)鼓:鼓槌和鼓。古代击鼓进军,此指进攻之时。

〔14〕 敌忾(kài 慨四声):抵抗所愤恨的敌人。敌,对抗。忾,气愤。

〔15〕 玄端:古代诸侯、大夫的礼服。

〔16〕 除簠簋(fǔ guǐ 府轨):摆设饮食器皿。簠、簋皆为盛食物之器。簠,多为方形。簋,多为圆形。

〔17〕 挈竽(qiè yú 怯于):用手提竽。竽为管乐器,约二十余管,分前后两排,口吹之而成声。

〔18〕 便(pián 骈)辟:逢迎谄媚。

〔19〕 顷公:晋顷公姬去疾,在位十四年(前525—前512)。

〔20〕 通于邬臧之室:指祁胜、邬臧二人住房相互凿通,以利淫乱。二人

第七十一回

均为祁盈家臣。

〔21〕 鄢陵：春秋时郑邑名。在今河南鄢陵县北。

〔22〕 延陵：春秋时吴邑名。季札之封邑，故人称札为延陵季子。其地在今江苏常州市武进区。

〔23〕 长岸：春秋时楚地名。在今安徽当涂县西南之西梁山。

〔24〕 秦哀公：即秦景公子，在位三十六年（前536—前501）。

〔25〕 "公主之号"二句：此说欠准确。战国时即有称者。《史记·吴起传》："公叔为相，尚魏公主。"即为其例，但不普遍。至汉时始定为制度。

〔26〕 作俑（yǒng 勇）：俑，指用以殉葬的木偶或泥俑。作俑，制造殉葬的偶人，以后发展为用真人殉葬。故孔子说："始作俑者，其无后乎。"意指创造了一个极坏的先例。

〔27〕 "蔡固"句：指蔡景公（名固）与世子般之妻芈氏私通，世子般弑景公自立一事。见第六十七回。

〔28〕 城父：春秋时楚邑名。在今河南宝丰县东。

〔29〕 春秋鼎盛：年岁已高的婉转说法。

〔30〕 缮甲厉兵：修整盔甲，磨好武器。

〔31〕 穆王行大事：指楚穆王商臣弑其父楚成王而自立，后代子孙相继为王一事。见第四十六回。

〔32〕 前知：预见未来之事，主要指善于观察和决策，能适应形势的发展。

〔33〕 缧绁（léi xiè 雷谢）：拘系犯人的绳索，引申为牢狱。

〔34〕 过听：误听。

〔35〕 印绶：指官印及系印的带子。此代指官职。